imaginist

想象另一种可能

理
想
国
imaginist

URSULA K. LE GUIN

THE FOUND
AND
THE LOST

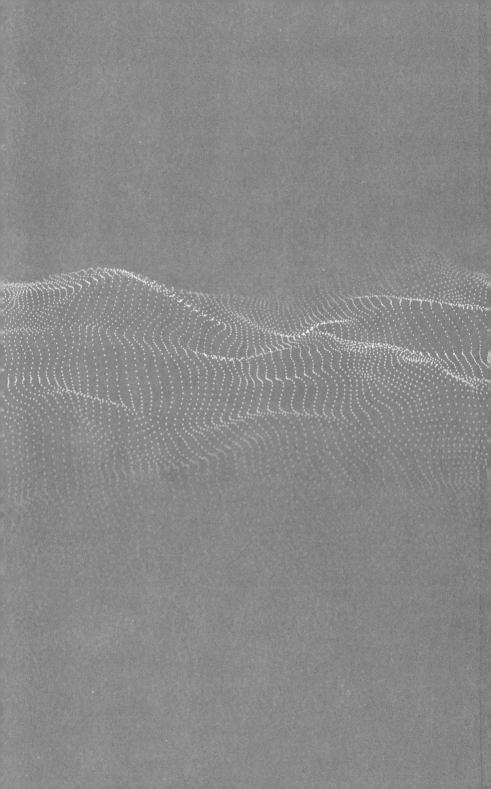

寻获与失落

[美] 厄休拉·勒古恩 著

周华明　胡绍晏　王侃瑜　陈楸帆　胡晓诗　江波　李特　姚人杰　慕明　三丰 译

河南文艺出版社

目 录

比帝国还要辽阔，还要缓慢

Vaster than Empires and More Slow

周华明 / 译

又是树。

我记得在《新维度 I》上首次发表这个故事时，罗伯特·西尔弗伯格小心地问我，是否愿意换一个小说标题。我可以想见，读者读至一半时，可能会觉得标题已揭示了故事的全貌，但这个标题是如此之美，如此之贴切，让人难以割舍，于是西尔弗伯格先生大度地允许我保留了这个名字。它取自马弗尔的《致羞怯的情人》——

我们的爱情如植物般不断生长
比帝国还要辽阔，还要缓慢

和《死了九次的人》一样，这不是一篇心灵神话，而是一篇普通的科幻小说，我无意描摹动作或冒险，而力图展现心理上的趣味。我已倦于写冒险故事，除非角色的动作展现了其内心的活动，或其举动反映了人本身的样子。实际上，往往故事中的动作越多，真正发生的事就越少。而我显然更热衷于描写人心深处的变化，描摹那根植于我们心底的广阔世界。每个人的心中都有一座森林，这森林广袤无垠，未经涉足。每一晚，我们每个人都将迷失在这森林中，孤身逡巡。

树叶中藏着一个小小的致敬。我心目中最好的科幻小说之一——罗杰·泽拉兹尼的《塑形者》，其主角名为查尔斯·伦德尔，该故事中的一种病症便由此得名。

只有在联盟成立初期的几十年里，地球还曾向外发射过勘探舰，进行那些漫长至难以想象的星际旅行。冲出已知的世界，越过一颗颗星球，去往更遥远的地方，寻找那些尚未被海恩星人殖民或开拓的世界，真正的异星世界。所有的已知星球都只能上溯至其海恩起源。而地球人，不仅是被海恩星人发现，更有赖于其保护才繁衍至今，因而对此极为反感。他们想逃离这个由海恩星人构筑的大家庭。想要寻找其他新的种族。而海恩星人，则像所有通情达理而又疲于应付的父母一样，不仅支持他们的探索，还提供了飞船和志愿者，对联盟中其他几个种族也是如此。

所有这些投身于这场极限探测的志愿者，都有一个共同的特征：精神都不太正常。

毕竟，有什么精神正常的人会投身于这种无望的事业，去收集那些五个乃至十个世纪都传不回来的信息？由于安塞波的应用尚无法摆脱宇宙物质的干扰，因此截至目前，即时通信只能在 120 光年的范围内实现。勘探者将与世隔绝，也清楚即便有朝一日能归来，也将面对全然不同的世界。只要在联盟诸世界间穿梭过，哪怕只有几十年的时间差，正常人也绝不会自愿参与一次穿越几个世纪的旅行。因此，勘探者们要么是与社会格格不入，要么就是自绝于人间。简言之，都是疯子。

十个这样的疯子在司马铭宇宙港登上摆渡船，在转运的这三天里笨拙地尝试着去认识其他人，三天后，他们将登上勘探舰，古姆号。古姆是个西蒂安语昵称，常用来称呼婴儿或宠物。地球政府租下了这艘西蒂安勘探舰，队伍中有两个西蒂安人，两名海恩星人，一个贝尔登人，还有五个地球人。这群构成复杂的船员们一个接一个地蜿蜒穿过连接管，登上勘探舰，仿佛一群想要让宇宙受孕却又瞻前顾后的精子。摆渡船驶离，领航员引导古姆号出航。几个小时后，她已翩然飞至距离司马铭港几亿英里的宇域边缘，然后骤然消失不见。

10小时29分钟后，或者说，256年后，古姆号回到了正常的宇域。不出意外的话，应该是在恒星KG-E-96651附近。没错，那颗针尖儿大的金色恒星就在那儿。在四亿公里的宇域内，还有一颗绿色的星星，那就是被一名西蒂安制图师标记为4470号的世界。勘探舰首先要找到这颗行星。但这活儿就像是在一个四亿英里的大海里捞针，做起来远比听起来难得多。古姆号还不能用光速在行星轨道上寻觅，否则很可能一头撞上恒星KG-E-96651或者4470号世界，然后，轰，大家一起爆炸。她只能用火箭推进，把速度放慢到一小时几十万英里。数学家／领航员阿萨尼弗尔很清楚那颗行星在哪儿，他觉得应该能在十天内捞到这根针。而勘察团的成员也可以借这段时间混熟一点。

"我真受不了他。"波洛克说道。他是团队中的硬科学家（负责化学，还有物理学、天文学、地质学等），星星点点的唾沫正在他的小胡子上闪耀，"那家伙就是个疯子。我真想不通他是怎么通过测试进入勘察团的，除非这是当局故意安排的，把我们都当成了小白鼠，想看看队伍里有个跟大家完全合不来的人会是啥情况。"

"我们通常会用仓鼠和海恩食腐鼠。"曼侬客客气气地说道。这名海恩星人是团队的软科学家（负责心理学，以及精神病学、人类学、生态学等）。"而不是小白鼠。而且，你也知道，欧斯登先生可是一个非常稀有的案例。他是首个被彻底治愈的伦德尔症患者。这种病症表现为多种儿童自闭症，之前被认为是不可治愈的。伟大的地球分析家汉莫戈德认为，造成这种自闭症状的其实是某种非同寻常的共情能力，并开发出了相应的治疗方式。欧斯登先生是首位接受这种治疗的病患，事实上，在十八岁之前，他都跟汉莫戈德医生住在一起。治疗取得了完全的成功。"

"成功？"

"当然！他现在显然不再自闭了。"

"是，但他简直让人无法忍受！"

"怎么说呢，你看，"曼侬饶有兴致地打量着波洛克胡子上的唾沫星子，"两个陌生人——以你和欧斯登先生为例——在碰面时，通常都会进入一种防御－进攻的交互模式，但你自己却很少察觉。习惯、教养以及潜意识都让你忽略这一事实。你习惯了去忽视它，甚至完全无视它，否认它的存在。而欧斯登先生，作为一名共情者，能感受到它。他会同时感受到自己的和你的情绪，甚至分不清那究竟是谁的。或许你在见到他时，心底带上了见到陌生人时常有的那种抵触心理。再加上你可能不喜欢他的外貌、衣着或是握手方式——随便什么吧，总之他感到了这种恶意。而他那种自闭症式的防御又被治疗消除了，只能转向某种以攻代守的应对模式，这是对你无意识间投向他的敌意的自动反应。"曼侬一口气说了一大段。

"所以他就可以这么混蛋了？"波洛克道。

"他就不能放过我们吗？"哈费克斯问道，他是团队中的生物学家，另一个海恩星人。

"这就像听力一样。"副硬科学家奥勒罗，正弯着腰给自己的脚指甲涂荧光指甲油，说道，"耳朵上又没有眼皮，他没法关闭这种共情。不管想不想，他都会听到我们的情绪。"

"他知道我们在想什么吗？"工程师伊斯科瓦纳一脸恐惧地看向周围的人们。

"不。"波洛克吼道，"共情可不是读心术！没有人能够读懂别人的心思。"

"那可不一定，"曼侬道，脸上还带着那种温和的笑容，"就在我离开海恩星前，一个最近刚刚重新发现的世界发来了一份非常有趣的报告。一位名叫罗康南的高智专家报告称，在当地某种突变的人种里发现了一种可后天习得的读心术。我只在《高智简报》上看过一份梗概，但是——"他还在说，但其他人已经发现，他们可以在曼侬说话时另外聊些什么，曼侬似乎并不介意，甚至还能把他们聊的内容听个差不多。

"那他为什么要恨我们？"伊斯科瓦纳道。

"没人恨你。亲爱的安德。"奥勒罗说着，为伊斯科瓦纳左边拇指涂上粉色的荧光指甲油。工程师红了脸，又不禁微笑。

"他表现得就像是恨我们一样。"隼人，船上的协调者说道。她是一位有着纯粹亚洲血统的柔美女性，声音却令人惊异地低沉、暗哑而细弱，像一只幼年的牛蛙，"如果是我们的敌意让他感到难受，那他干吗要用没完没了的攻击和侮辱来增加这种敌意？我觉得这个汉莫戈德医生的治愈方法实在不怎么样。说真的，曼侬，没准儿还不如自闭症呢……"

她闭上了嘴。因为欧斯登走进了主舱室。

他看上去像被剥了皮。皮肤异常的白而薄透，血管清晰可见，仿佛一张褪了色的红蓝色地图。他的喉结，嘴边的肌肉，手腕和手背上的骨头及韧带都明显地凸了出来，仿佛人体解剖学课上的标本。头发是暗锈色的，像是干涸已久的血迹。眉毛和睫毛却很淡，但只在特定角度的光照下才能看见，大多数情况下，都只能看见他眼窝的骨头、眼皮的纹路和那双没有颜色的眸子。可他并不是白化病患者，因此眸子不是红色的，但也不是蓝色或灰色的。色彩被从他的眼睛中剥离，只留下一池冰水，清澈而深不可测。他从不会直直地看向什么人。脸上总是毫无表情，就像一幅解剖学的示意图，或者一张被剥了皮的脸庞。

"我同意，"他用那种尖锐刺耳的声音说道，"相比你们这些人填塞在我身边的廉价、二手的情感之雾，我宁肯选择像自闭症患者那样自我封闭。你现在又为什么恼火得一身汗呢，波洛克？看见我就没法忍受了？怎么不像昨晚那样再自己消遣一下？完事儿你就该泄了火了。哪个混蛋动了我放在这儿的磁带？别碰我的东西。我不准，听到没有？"

"欧斯登，"阿萨尼弗尔用他缓慢而洪亮的声音问道，"你就非得[1]这么混蛋吗？"

安德·伊斯科瓦纳缩了起来，举起双手捂住脸。争吵总是

---

[1] 原文为斜体，表引用或强调，在本书中均用仿宋体表示，下同。

让他害怕。奥勒罗抬起头，用一种茫然而热切的目光打量着眼前的景象，不愧是永远的观察者。

"我为什么不能？"欧斯登道，他没看阿萨尼弗尔，而且尽可能地与舱室里的其他人保持着最远的距离，"我在你们身上找不出一星半点值得我改变的理由。"

哈费克斯总是那么矜持而耐心："理由就是接下来的几年里我们都要同舟共济了。要想让团队的气氛好点，我们就得——"

"你还不明白吗？我根本不在乎你们中的任何人！"欧斯登说道，拿起他的微型磁带走了出去。伊斯科瓦纳突然就睡着了。阿萨尼弗尔用手指在空中挥毫泼墨，嘟哝着主祭仪什么的。"我真想不通为什么会让他成为团队的一员，这一定是地球当局的阴谋。我第一眼就看穿了。这次的任务注定是要失败了。"哈费克斯回过头对协调者低声道。波洛克笨拙地摆弄着裤扣，眼里有泪水在打转。瞧，我说过他们都是疯子，但你们都以为我在夸大其词。

话虽如此，他们会这么想也不是那么难以理解。极端勘察员都希望自己的队友们聪明、训练有素，反复无常但总归能互相体谅。而且绝大多数时间里，他们都不得不在丁点儿大的地方挤作一团，只能指望队友的多疑、抑郁、躁狂、恐惧和强迫症不至于夸张到让人无法忍受。欧斯登可能够聪明，但训练得不充分，性格更是彻头彻尾的灾难。全靠他那异乎寻常的天赋才在队伍里获得了一席之地：共情能力，确切地说，是和广义上的生物建立共情的能力。这能力让他能无视种族，从接触到的任何事物上感知其情感和体验。他能感受到一只白老鼠的性欲，一只被压扁的蟑螂的痛苦，一个飞蛾知觉中的光和颜色。

当局认为，在一个异星世界上，最重要的就是了解身边的物种是否有知觉，以及如果真有的话，它对你的感观又是怎样的。所以，欧斯登的职位是前所未有的：团队的感测者。

"那到底是什么感觉，欧斯登？"有一天，在主舱室里，隼人登美子问道，头一次想缓和跟他的关系，"你用自己的共情能力从别人那里感受到的究竟是什么？"

"狗屎。"他嚷了回来，用他那恼火的尖锐嗓音，"这是个塞满了动物性的精神排泄物的世界。我整天就在你们的狗屎里蹚来蹚去。"

"我只想多了解一点事实。"隼人觉得自己的嗓音简直平静得不可思议。

"你并不是在寻求事实，只是在尝试跟我接触。心底里有那么一点恐惧，一些好奇，还有满坑满谷的厌恶。就像是拿木棍戳一只死狗，看看蛆虫怎么到处乱爬一样。你知不知道我根本不想跟人接触，我只想一个人待着？"他的皮肤上泛起大片的潮红和紫色，声调也变得更加尖锐了。尽管隼人并未出言反驳，欧斯登仍对她吼道，"滚回你的粪坑里打滚去吧，你这个黄皮婊子！"

"冷静点。"隼人道，语气依然平静，但立即撇下他返回了自己的舱室。欧斯登并没有说错，她的问题很大程度上不过是个借口，她希望以此引起他的兴趣。但这又何妨？这努力难道不是暗示着对彼此的尊重吗？在问这个问题时，她心底对他多少是有些不信任的，但更多的则是同情。同情这个可怜的、傲慢又恶毒的混蛋，奥勒罗嘴里的*没皮先生*。以欧斯登那混蛋样，他还能指望别人给他什么呢？爱吗？

"我猜，他可能受不了别人同情他。"奥勒罗躺在下铺，正在把自己的乳头刷成金色。

"那他就无法和任何人建立起正常的关系。那位汉莫戈德医生所做的，不过是把一个自闭症从里翻到了外面。"

"可怜的双插头。"奥勒罗道，"登美子，今晚哈费克斯会来待一会儿，你不介意吧？"

"你就不能去他的舱室吗？每次我都得跑到主舱室跟那只去了皮的萝卜待在一起。"

"你恨他，对吧？我猜他能感觉到。但昨晚我也跟哈费克斯睡了来着。再来一次，跟他同舱室的阿萨尼弗尔就要嫉妒了。所以还是在这儿比较好。"

"那就同时伺候他们俩。"登美子用一种暗含挑衅的粗鲁语气说道。她是在地球上的东亚长大的，当地的文化主流有点像清教徒，登美子从小就被教育说女孩要严守贞操。

"我一晚上只想睡一个。"奥勒罗懵懂地回答道。她来自贝尔登，这颗花园之星上没出现过轮子，也没有过贞洁这个概念。

"那不如试试欧斯登。"登美子道。她性格上的缺陷很少像现在这样展露无遗：极度的不自信，甚至常常表现为某种自毁倾向。正如她报名参加这次远航，正是因为这所谓的勘探从各种意义上而言，都毫无意义。

这个小贝尔登人抬起头，瞪大了眼睛，手上还紧抓着她的涂刷："登美子，这么下流的话你也说得出口！"

"怎么了？"

"这样太恶心了！我不喜欢欧斯登！"

"你还会在乎这个啊，我还真不知道。"登美子随口应付道，她当然知道。她收拢了几张文件，随即离开舱室，走之前还不忘丢下一句，"不管你是想跟哈费克斯还是谁上床，最好在最后一遍钟声前结束，我累了。"

奥勒罗哭了起来，泪水滴落在她涂成金色的小乳头上。她总是这么容易掉眼泪。而登美子从十岁起就再没哭过了。

这并不是一艘多么幸福的船，但阿萨尼弗尔和他的计算机抓住了4470号世界的踪迹，这让船上的气氛多少有了些改观。瞧，它就在那儿，一颗深绿色的宝石，仿如沉在重力井底的真理。他们一同看着这个玉盘慢慢变大，一种奇妙的一体感油然而生。欧斯登的自私，他直击要害的残忍让他们彼此抱团，联系紧密。"或许，"曼侬道，"他就是被送来当靶子的？就是地球人常说的替罪羊。说不定这就是他对团队的作用？"所有这些小心翼翼维系人际关系的队员们，没有一个出声反对。

他们进入行星轨道。行星背光区没有非自然的可见光，大陆上也没有找到任何可被确认为非自然造物的聚点或线条。

"没有人。"哈费克斯低声道。

"当然没有。"欧斯登不无讥讽地回道。他一个人占据了一个观测屏，头上套着一个塑料袋，据说这样能削弱其他人发出的共情噪音。"我们已经在海恩人扩张范围的两百光年外了，这里一个人都没有。到处都没有。造人这种弥天大错，你以为造物主会犯第二次吗？"

没人搭理他，所有人都在满心喜悦地打量着身下那颗无比巨大的绿宝石，那里有生命，但没有人类。他们都是些与社会格格不入的异类，而眼前的世界不会让人联想到荒凉，而是宁静。就连欧斯登都不再像以往那般面无表情，他皱起了眉毛。

寻获与失落

在海面上用反推火箭降落。空中侦察。着陆。飞船落在一片平原上，周围是草一般的植物，浓密，碧绿，茎叶弯俯，随风摇摆，轻抚着飞船凸出的观察摄像机，微小的花粉给镜头蒙上了一层光晕。

"看起来像是纯粹的植物行星。"哈费克斯道，"欧斯登，你感知到什么有意识的物种了吗？"

所有人都转向团队的感测者。他已经从屏幕前走开，正在给自己倒茶，没有费心去回答队友的问题。他几乎很少回答别人当面的提问。

在这艘船上，军队式死板僵硬的纪律可不太适合套用在这群疯狂的科学家们身上，他们的指挥体系介于议会式民主制和粗鄙的啄序模式之间，其混乱程度能把现役的职业军人活活逼疯。不知出于什么考虑，当局将协调者的头衔授予了隼人登美子博士。于是她第一次行使了这一特权："感测者欧斯登先生，"她说道，"请回答哈费克斯先生的问题。"

"九个神经兮兮的人科动物的情感像罐子里的虫子一样挤在我身边，"欧斯登连头都没回，"我怎么可能感知到任何外界的信息？如果我有什么值得一提的发现，我会告诉你的。我知道自己身为感测者的责任，协调者隼人，但你要是再下这种不知所谓的命令，我就只能拒不履行这份责任了。"

"很好，感测者先生。我相信今后都无需命令你了。"登美子牛蛙似的声音很平静，但背对着她的欧斯登却畏缩了一下，仿佛她心底压抑不住的愤懑正如有型的刀斧般加诸他的身上。

生物学家的预感被证明是正确的。开始实地调查后，他们没找到任何动物，连微生物都没有。这里没有任何生物彼此相食。要么依靠光合作用，要么以腐败物维生，靠光或死亡活着，而非其他生命。植物，无穷无尽的植物，这些人类世界的访客一种都认不出。无穷无尽明暗不一的颜色，绿色，紫罗兰色，紫红色，棕色，红色。无穷无尽的寂静。只有起风时枝叶轻拂的声音。暖风满载着花粉和孢子，将甜美的暗绿色尘雾吹过葱郁的草原，灌木丛生的荒野，无花盛开的森林，那里尚无人类踏足，更从未有好奇的目光深入。这样一个温暖而悲凉的世界，悲凉而又宁静。晴和的原野上遍布着一种状似紫色水龙骨目蕨类的植物，勘探者们漫步其间，如郊游一般，一面走，一面柔声交谈。他们知道自己的声音打破了笼罩这个世界数十亿年之久的寂静，风与叶，叶与风，吹与息，息与吹的寂静。他们交谈的声音是那样轻柔，但这是人类在这个世界上最初的交谈。

"可怜的欧斯登，"珍妮·钟，生物和科技工程师，一边为正在进行环北极勘探的喷气直升机导航，一边说道，"他脑袋里有一套那么精细的高保真设备，却什么都接收不到。多浪费。"

"他说过自己憎恨植物。"奥勒罗咯咯笑道。

"我还以为他会喜欢植物呢。至少，植物不会惹他烦心。"

"对这些植物，我也说不上喜欢，"波洛克俯瞰着飞机下方如紫色波浪般起伏的环北极圈森林，"到处都一模一样。没有变化。没有思想。要是谁独自一人走进这森林，准会疯掉。"

"但它们都是生命。"珍妮·钟说道，"只要是生命，欧斯登就没有不憎恨的。"

"他也没有那么坏啦。"奥勒罗大度道。波洛克瞥了她一眼，问道："你跟他睡过吗，奥勒罗？"

奥勒罗气得大哭："你们地球人太下流了！"

"她可没有，"珍妮·钟立即反击道，"你呢，波洛克？"

化学家尴尬地笑了笑：哈，哈，哈。几星唾沫又蹦到了胡须上，闪闪发亮。

"欧斯登根本受不了别人碰他，"奥勒罗抽泣着说，"有一次，我只是不小心蹭到了他，就被他一把推开，好像我是一坨……脏东西似的。对他来说，我们都只是脏东西而已。"

"他不是什么好东西。"波洛克的声音有点紧张，让同队的两名女性吓了一跳，"他会把这个团队搞得四分五裂，以这样那样的方式。但记住我的话，他根本没法跟别人生活在一起。"

他们在北极点降落。午夜的太阳仍悬在低矮的山尖，放出黯淡的光芒。一种枯干、短簇的粉绿色苔藓状植物蔓延向四面八方，或者说蔓延向唯一的方向：南方。慑于笼罩此地的无比寂静，三名勘探者立刻开始调试装备，开展工作，仿佛亘古不动的巨兽表皮上活动不休的三个小小病毒。

没人邀请欧斯登加入队伍成为领航员、摄影师或记录员，他也从未主动申请过，所以他很少离开基地。他一直在用舰上的计算机整理哈费克斯的植物分类资料，还作为伊斯科瓦纳的助理参与修理和维护工作。伊斯科瓦纳已经开始延长睡眠时间了，一天三十二小时里要睡上二十五个小时，甚至常常在无线电装置修理到一半或者喷气直升机的导航线路检查到一半就睡着了。一天，协调者待在基地以了解情况。除了鲍斯威特·陶，没人待在基地，她有癫痫发作的风险，正处于先兆肌肉紧张的状态，于是曼侬给她连上了电子脉冲治疗仪。登美子一面向数据中心口授报告，一面注意着奥斯登和伊斯科瓦纳。就这么过了两个小时。

"你觉不觉得用 860 式微型焊枪来密封这个焊缝更好。"伊斯科瓦纳用他那种轻柔而又犹疑的语气说道。

"用你说？！"

"对不起，我只是看到你用的是 840 式——"

"等我拿出 860 式就会换掉了。我不知道该怎么办的时候会问你的，工程师。"

过了一分钟，登美子再抬头看时，不出意料地看到伊斯科瓦纳趴在桌上，含着大拇指，沉沉睡着。

"欧斯登。"

那张白色的脸庞没有转过来，也没有说话，只不耐烦地示意他在听。

"你不会不知道伊斯科瓦纳有多脆弱吧？"

"他的心志有多脆弱，我可管不着。"

"但你总管得着你自己的行为吧。伊斯科瓦纳对我们在这里的工作很关键，而你没有那么关键。如果你不能控制自己的敌意，那就干脆避开他算了。"

欧斯登放下工具，站起身。"我很乐意！"他用刮擦般恶狠狠的嗓音说道，"你根本不知道，时时刻刻都能感受到伊斯科瓦纳那种毫无理由的恐惧，共享他那可怕的怯懦，和他一样对一切事物都畏缩不前，是一种什么样的感受！"

"你还要把自己的残忍怪罪到他身上？我还以为以你的自尊心不至于干出这种事。"登美子发现自己正恨得发抖，"如果你的共情能力真能让你感受到安德的痛苦，为什么就不能在你心底唤出哪怕一丁点同情？"

"同情，"欧斯登说道，"同情。你懂个屁的同情。"

登美子瞪着他，而他却看都不看她一眼。

"要我描述一下你现在是怎么看待我的吗？"他说道，"我能把你心头那些微妙的情绪剖析得纤毫毕现，比你自己剖析的还要清楚。我接受的训练就是一感知到这种情感反应就去分析它们。而我又确实能感受到。"

"可你总是这样，别人怎么可能对你有什么善意？"

"我这样又怎么了，你这头蠢猪。我待人和善一点，事情就会有什么变化吗？你以为普通人类就都是什么友善之泉吗？我只有被鄙视和被憎恨两种选择。与其像女人或懦夫那样，我宁愿被憎恨。"

"胡说八道。别在那儿自怜自伤了。每个人都——"

"可我不是每个人！"欧斯登说道，"你，你们所有人，是每个人。而我是我自己！我只有一个！"

这种狂妄自大的唯我主义论调，让登美子震惊得一时说不出话来。过了好一阵子，她才说道："你会杀掉你自己的，欧斯登。"语气里既无同情，亦无怨恨，只有心理学家的纯然冷漠。

"那是你才会做的事。登美子，"欧斯登嘲讽道，"我没有抑郁症，剖腹自尽也不是我的风格。你就直说吧，要我干什么？"

"离开。放过你自己，也放过我们。带上飞车和数据采集器去做物种分类吧。去森林里，哈费克斯还没进森林呢。在无线电覆盖，而又超出你共情感知的地方，划一块一百平方米的森林就是了。每天的八点和二十四点汇报。"

欧斯登就这么去了，接下来的五天里，除了每天两次报平安的信号外，他再也没有发回任何信息。基地里众人的精神面貌如舞台换幕般焕然一新。伊斯科瓦纳每天清醒的时间高达十八个小时。鲍斯威特·陶拿出了星际鲁特琴，吟唱起仙乐般的歌谣（此前，欧斯登总会因为音乐而抓狂）。曼侬、哈费克斯、珍妮·钟和登美子也不再依赖镇静剂了。波洛克在实验室里用蒸馏法制备了些酒，一个人喝了个精光，第二天早上醒来时还头疼不已。阿萨尼弗尔和鲍斯威特·陶举行了一场通宵的数字降灵会，这种神秘的高等数学狂欢是虔信的西蒂安人最主要的欢乐之源。奥勒罗跟每个人都上了床。工作也进展得很顺利。

硬科学家奋力跨过类似禾本科的本地植物那高大肥厚的茎叶，向基地跑来。"森林里有东西——"他的眼睛凸起，上气不接下气，胡须和指尖都颤抖不已。"那东西很大。会动，就在我身后。那时我正弯着腰放置一个水准点。它突然扑向我。就像是从树上荡下来的一样。从我身后。"他瞪着身边的队友，浑浊的眼中满是惊恐和疲惫。

"坐下，波洛克。缓口气。我们再确认一遍，你看到了某种东西——"

"我没看清。只看到了个动作。有意识的。一个——我不知道那是什么玩意儿。一个会自己动的东西。就在那些树里，那些类似岩柏属的本地植物里，随便你叫它们什么吧。反正就在树林边缘。"

哈费克斯表情严峻。"那里没什么能攻击你的东西，波洛克。那儿连微型动物都没有。更不可能有什么大型动物。"

"有没有可能是某种附生植物突然掉了下来？一根树藤松开了，刚好从你身后落了下来？"

"不可能。"波洛克说道，"它是穿过树枝，直朝我扑来的，速度很快。我一转身，它就跑了，远远地跑回上面了。还发出了一种树枝折断似的声音！那要不是动物，天知道还能是什么玩意儿！它很大——有人那么大，至少。可能是红色的，我没看清，不能肯定。"

"那是欧斯登吧，在扮人猿泰山呢。"珍妮·钟的笑声里透着某种紧张，登美子胡乱地回了她一个勉强的笑容。但哈费克斯没有笑。

"在那些类似岩柏属的本地植物下，是很容易感到紧张。"他的声音礼貌而克制，"我早就注意到了。所以才会尽量避免在森林里工作。那里的枝叶的间距、炫目的色彩仿佛会催眠，尤其是那些虬曲的植物，还有那些会释放孢子的，分布得也很均匀，看起来十分不自然。说实话，我个人觉得很不舒服。有没有可能这种效果强化到一定程度后，会造成某种幻觉……"

波洛克拼命摇头。他舔了舔嘴唇。"就在那儿！"他说道，"有东西。出于某种目的。想要从背后攻击我！"

当晚二十四时，欧斯登像往常一样发来了信号。哈费克斯将波洛克碰到的情况转告给他。"欧斯登先生，波洛克认为森林里有某种具备自我意识、能动的生物，你有碰见过什么能证实这一猜测的迹象吗？"

一阵沉默，只有无线电嘲讽般的嘶嘶声，然后才传来欧斯登那令人不快的声音："没见过。他胡扯的吧。"

"我觉得森林的氛围让人很不舒服，甚至有可能造成幻觉。"哈费克斯以无可挑剔的礼貌语气继续道，"而你是所有人中在森林里待的时间最长的，你有这种感觉吗？"

嘶嘶嘶。"我只感觉波洛克总爱一惊一乍的。让他待在实验室里别出来了。这样还能少添点乱子。还有什么事吗？"

"暂时没有了。"哈费克斯道，欧斯登随即切断了通讯。

没人能证实波洛克的故事，但也没人能否定。他信誓旦旦地说那儿有个东西，体型庞大，想要出其不意地攻击他。这点确实很难否认，鉴于他们置身于这样一个异星世界，而且每个进入过森林的人，行走在那些树（"好，就叫它们树好了，"哈费克斯说，"它们其实是同一类东西，只是，当然，又完全不同。"）下时都会感到莫名的寒意和不安。所有人都时常觉得心神不宁，或是觉得背后有人正盯着自己。

"我们得弄清楚到底是怎么回事。"波洛克道。他要求临时出任生物学家的助手，像欧斯登那样进入森林观察并探索。奥勒罗和珍妮·钟也主动提出能不能结成一个两人小队进入森林。哈费克斯把他们派到了营地附近的森林，这是一座巨大的原始森林，覆盖了 D 大陆五分之四的面积。但不准随身带武器，也不能超出五十英里的半圆，欧斯登目前的定位也在这个半圆里。他们每天都要汇报两次，为时三天。波洛克汇报说曾瞥见一个半直立的巨大身影在河对岸的树木间活动；奥勒罗则信誓旦旦地说第二天晚上有听到什么东西在帐篷附近活动。

"这个星球上没有动物。"哈费克斯仍在坚持这一点。

下一个早上，欧斯登没有按时汇报。

登美子等了不到一个小时，就跟哈费克斯一道飞去了欧斯登前一晚汇报时的地方。可喷气直升机盘旋之处，只有一片紫色枝叶的海洋，一望无际，难以逾越，这让登美子陷入了近乎绝望的恐慌。"这样我们怎么可能找得到他！"

"他汇报说是在河岸边落地的。先找到飞车，他的宿营地一定就在附近，他不可能离开营地太远。记录物种可是个精细活儿。那边，就是那条河。"

"他的车在那儿！"从斑斓的植物枝叶和阴影中，登美子瞥见一道异样的反光，"咱们过去！"

她将飞机悬停在目标上方，放下梯子。跟哈费克斯一道降入密林，直至被这生命之海完全吞噬。

一踏足森林的地表，登美子就打开了随身枪袋的皮扣，然后瞥了毫无武装的哈费克斯一眼。她不时摸一下枪，但并没有把枪掏出来。四下里没有一点声音，离开这条水流缓慢的棕色溪水不出几英尺，光线也暗了下来。周围全是些参天巨木，彼此离得远远的，间距像尺量般规律而精确；树皮柔软，有些表面光滑，还有些则像海绵一样，有的是灰色，有的是棕色或者棕绿色，上面缠着缆绳般的藤蔓，还饰以各种附生植物，伸展出一捧捧机械复制般的巨大黑色碟状叶片，交织成了二三十米厚的冠层。而脚下的土地则像床垫一样柔软而富有弹性，每一英寸都有凸起的树根，还长满了低矮而肥嫩的植物。

"这是他的帐篷。"登美子道，在这片森林广袤的寂静中，她的嗓音显得异常突兀，连她自己都被吓了一跳。帐篷里是欧斯登的睡袋、几本书和一箱配给食物。我们该大声叫他，喊他，她暗想，却提都没提，哈费克斯也没有。他们以帐篷为中心向外探索，边走边互相瞄着，小心不让对方的身影被参天巨木或浓密的阴影遮蔽。离帐篷不到三十英尺的地方，有个小东西反射的白色光芒吸引了登美子的注意，走近才发现那是一个笔记本，随即她就被欧斯登的身体绊倒了。他面朝下趴在两棵巨木间，头和手上都是血，有的地方已经干涸，有的还在渗血。

"他死了吗？"哈费克斯赶到她身边，他那苍白的海恩星人皮肤在幽暗的林间看来像是染上了一层深绿。

"没有。他遭到了攻击。从背后挨了一记。"登美子用手轻触欧斯登那满是血的颅骨、太阳穴和后颈，"某种武器或工具……我没发现骨折的痕迹。"

她把欧斯登的身体翻到正面，好把他抬起来。正当她抓紧他，弯腰凑近他的脸时，欧斯登睁开了眼睛。他惨白的嘴唇蠕动着。一种死一般的恐惧钻入了登美子的心房。她高声尖叫了两三声，甚至跌跌撞撞地冲向森林深处的晦暗，仿佛这样就能逃开一样。哈费克斯及时抓住了她，坚定的拥触和声音减轻了她的恐慌。"怎么了？出什么事了？"

"我不知道。"登美子啜泣道。她的心仍在怦怦直跳，身体颤抖不止，连视线都变得模糊了。"那种恐惧——看到他的眼睛，我……我吓坏了。"

"我们都很紧张。可我没想到——"

"我现在没事了。来吧，我们得把他带回去治疗。"

两人不自觉地加快了速度，匆匆地把欧斯登抬到河畔，在他腋下套上绳索，将他拉到空中，悬在枝叶之海那恍若实质的浓黑之上，像麻袋一样晃荡着，微微左右旋转。他们把他拉到喷气式直升机上，随即起飞。没一会儿，就已回到了开阔的大草原上。登美子锁定了返回基地的航线，深深地吸了口气，抬起头，目光与哈费克斯相遇了。

"我吓得几乎晕倒了。从没这样过。"

"我也……莫名其妙地被吓了个半死。"哈费克斯回答道。他看上去苍老了许多，一副惊魂未定的样子，"可能没你那么严重，但和你一样，这恐惧来得莫名其妙的。"

"就是碰到他，抓紧他的那一瞬。他好像清醒了一下。"

"共情？……真希望他能告诉我们，到底是什么袭击了他。"

而欧斯登，就像个破损的人偶，身上满是血和泥，半躺在后座上，当时他们急着逃离森林，便匆匆把他塞在了那儿。

回到基地后，迎接他们的是更多的恐慌。这场并不致命的残忍袭击，既透露着邪恶又令人迷惑。由于哈费克斯坚持认定星球上不可能有动物，人们便开始各自勾画那想象中的敌人，有自主意的植物，暗怀敌意的植物怪兽，超自然的投影之类的。珍妮·钟原本已经消停的恐惧症又复苏了，满嘴都是什么缠绕在人们身边和背后的恶灵。她、奥勒罗和波洛克已经被叫回了基地，也没人想在这时候出去了。

遇袭后的三四个小时里，欧斯登一个人躺在原地，流失了大量血液，再加上脑震荡和严重的挫伤，他陷入半昏迷和休克状态。脱离休克后，他又开始持续低烧，其间叫了好几次医生，用一种悲伤的语调："汉莫戈德医生……"这样过了两天，他才终于清醒过来，登美子立刻把哈费克斯叫来了他的舱房。

"欧斯登，你能告诉我们是什么袭击了你吗？"

那双没有颜色的眸子瞥了一眼哈费克斯的脸。

"你受到了攻击。"登美子柔声道。那游移的目光熟悉得简直可恨。但她是医生，理当保护伤者。"你可能不记得了。但有什么东西袭击了你。你在森林里时——"

"啊！"他叫出了声，眼睛亮了起来，面孔也跟着扭曲起来，"森林——森林里——"

"森林里有什么？"

他喘着粗气，脸上现出一种越发清醒的神情，过了一会儿，才回答道："我不知道。"

"看见袭击你的东西了吗？"哈费克斯问道。

"我不知道。"

"但你现在记起来了。"

"我不知道。"

"这关系到我们所有人的性命。你必须告诉我们你到底看见了什么！"

"我不知道。"欧斯登说道，软弱地啜泣起来。他正在隐瞒真相，他的心防已经脆弱到根本无法掩饰这一点，尽管如此，他还是坚持不肯说出来。波洛克正在一旁嚼着自己花白的胡子，竭力想听清舱房里发生了什么。哈费克斯俯身抓住欧斯登，说道："你必须告诉我们——"登美子不得不上前把他推开。

哈费克斯竭力控制自己的样子，看得人有些难受。他沉默着离开，返回自己的舱房，显然是又要去嗑个两三倍剂量的镇静剂了。其他的男男女女则零零星星地待在这座由一个长厅和十个舱室组成的巨大而脆弱的建筑中，不言不语，只是神情里多了些恐慌和压抑。即使是在这时，他们也和以往一样，对欧斯登毫无招架之力，只得任由他摆布。登美子低头看着他，一股恨意直涌上来，如胆汁般烧得喉咙生疼。这种以别人的痛苦为食的自我中心主义，这种彻头彻尾的自私比任何肉体上的畸形都更令人厌恶。这样一个天生的怪物，根本就不该被生下来。根本就不该活在这世上。根本就该死。那一棒子怎么就没把他的头敲开呢？

可欧斯登脸色苍白地躺在那里，手无助地垂在身旁，无色的双眼圆睁着，不时有泪水从眼角滑落。他在试图躲开什么东西。"不要。"他一面用微弱而暗哑的嗓音说着，一面举起双手，想要护住自己的脑袋。"不要！"

她在床边的折叠凳上坐了好一会儿，才把自己的手放在他的手上。他想抽出手，却因虚弱而动弹不得。

两人就这么沉默了许久。

"欧斯登，"她低声道，"我很抱歉，我真的很抱歉。我希望你好起来。让我帮你好起来，欧斯登。我不想伤害你。听着，我现在明白了。是我们中的一个干的。我说的没错吧？不，不用回答，我说错的时候再告诉我。可我说的没错……这星球上怎么会没有动物呢？有整整十个呢。我不管是谁干的。这不重要，不是吗？刚刚，我差点儿就干出同样的事了。我才意识到。我不知道这到底是怎么回事，欧斯登。你不明白我们要明白这一点有多困难……可听着。如果这是爱，而不是仇恨或恐惧……为什么就不能是爱呢？"

"不。"

"为什么不？为什么就不能？难道人类就都这么虚弱吗？这太可怕了。但没关系，别在意，别担心。好好躺着。至少现在那不是恨，不是吗？至少有同情，关注，祝愿，你能感到的，欧斯登，你能感觉到吗？"

"夹杂在……别的东西里。"他的声音低得几乎听不见。

"我猜那是潜意识里的噪音吧。而且其他人都在房间里……听着，我们在森林里发现你时，我把你翻过来时，你不是醒了那么一下吗？我感受到了你的恐惧。当时我简直被吓坏了。我感受到的是你对我的恐惧吗？"

"不。"

她仍握着欧斯登的手，他完全放松下来，沉入了睡眠中，像一个被痛苦折磨的病人终于脱离了痛苦一样。"森林，"他喃喃道，言语含糊，她几乎抓不住其中的意思，"害怕。"

她没再试着去逼他说出真相，只是一直握着他的手，看着他沉沉入睡。她知道自己心底的感受，也知道他一定能抓住这感受。她很清楚，自己心底只有一种情感，或者说一种心理状态，它是如此矛盾，可以在一瞬间完全颠倒过来，成为自己的反面。海恩星系通用语中确实有这么一个词，ontá，意思是爱，也是恨。当然，倒不是说她爱上了欧斯登，完全不是那么回事。她对他的感情是ontá，一种两极分化的恨。她握着他的手，肢体接触带来的情感之流，这欧斯登惧之如蛇蝎的感受如电弧般在两人间回荡。他睡着后，嘴唇边，那像是解剖学图样般的肌肉线条也松弛了下来，登美子甚至在那面容上看到了一丝浅浅的微笑，这是此前从没有人见到过的奇迹。而后这微笑消失了。他又继续睡着了。

他挺皮实，第二天就能坐起身，还能觉出肚子饿。哈费克斯想审讯他，但被登美子阻止了。她在欧斯登的舱室门口挂上了一张塑料膜，就像欧斯登自己此前常干的那样。

"这样真的能减少共情情绪的接收吗？"她问。而他则以一种干涩而小心的口吻回答道："不能。"如今，他们常常用这样的口吻相互交谈。

"那么，是警告？"

"也有点这个意思，但更像是安慰剂。汉莫戈德医生认为这样有效……好吧，或许是有那么一点作用。"

所以说，他也曾见过爱的。一个未经人事的孩子，被成人世界巨大而汹涌的情感之潮淹没，呛得喘不过气来。差点儿就要被吞噬时，一个人拯救了他。那个人教他如何呼吸，如何生活下去。给了他所需的一切，给了他保护和爱。他的世界里只有这么一个人：他的父亲，他的母亲，他的神。"他还活着吗？"登美子问道，心底里想着欧斯登无以伦比的孤独，以及那些伟大的医生们各种古怪而残忍的疗法。而欧斯登微弱的苦笑则让她哑然无语。

"他应该在两个半世纪前就死了吧，"欧斯登道，"你忘了我们现在是在什么地方了吗，协调官？我们都彻底抛弃了自己的小家……"

塑料帘外，隐约可以感受到4470号世界上其他八名人类的活动。偶尔响起的声音低沉中透着焦虑。伊斯科瓦纳睡着了；鲍斯威特·陶在接受治疗；珍妮·钟忙着在自己的舱房里装配更多发光设备，以求不让自己的影子落在地上。

"他们都吓坏了。"登美子道，她自己也吓坏了。"每个人都在幻想着到底是什么袭击了你。土豆猿人或者长着毒牙的巨型菠菜之类的，就连哈费克斯都……我不知道。你尽力不让他们了解真相，这或许是对的。对彼此失去信任，或许只会让事情变得更糟。但我们怎么就都变得这么脆弱，无法面对现实，就这么轻易分崩离析了呢？难道我们都疯了吗？"

"很快，我们会疯得更厉害的。"

"为什么？"

"外面的确有东西。"他闭上嘴，唇边的肌肉如石头般僵硬而突兀。

"一些有意识的东西？"

"一个意识。"

"在森林里？"

他点点头。

"那，它是什么——？"

"恐惧。"他看起来似乎又被那恐惧攫住了，焦躁不安地扭动着身躯，"我在那儿摔倒时，并没有立刻失去意识。或者我保持住了意识。你知道的，可能，我也不知道怎么说，可能更像是被麻痹了。"

"确实。"

"我躺在地上，动弹不得。脸埋在泥土里，埋在柔软的腐殖树叶中。它们紧贴着皮肤，钻进我的鼻孔和眼睛。我动不了，也什么都看不到，仿佛被大地吞噬了，沉到了泥土里，成了它的一部分。我知道自己位于两棵树中间，尽管我看不到。我能感觉到身下泥土里的树根，就在我身下，很深很深的地方。我能感到手上满是血。血把我脸周围的泥土染得黏糊糊的。然后是恐惧。恐惧涌了上来。就好像它们终于知道了我在这儿，就躺在它们身上，在它们的怀抱里，在它们之中，是它们所恐惧的部分，亦是这恐惧本身。我没法不把这种恐惧传递回去，也没法阻止这恐惧越来越强，一动都不能动，也无从逃避。我只想晕过去。可这恐惧又把我唤醒，我还是一动都不能动。它们更是无法动弹。我们就陷入了这样彼此恐惧的对视之中。"

登美子只觉得一股寒意从头皮上慢慢爬过，仿佛那恐惧已在她身周具现。"它们，它们是谁，欧斯登？"

"它们，它——我也不知道。恐惧吧。"

"他到底在说什么？"登美子转述对话的内容时，哈费克斯质问道。她不让哈费克斯去直接质问欧斯登，觉得自己需要保护欧斯登免受这名海恩星人那强大而备受压抑的情绪凌虐。但不幸的是，这让哈费克斯心底的偏执和焦虑之火愈燃愈烈，他认为登美子和欧斯登是一边的，并且一同对探险队隐瞒了关乎所有人生死存亡的重要信息。

"这就像是让盲人描述大象的样子。跟我们一样，欧斯登也并未看见或听到这个……意识，并没有获得更有价值的信息。"

"但他感觉到了这个意识，我亲爱的登美子。"哈费克斯的声音中透着强自压抑住的愤怒。"不是什么共情感应。他后脑上的疤还在呢。那玩意儿把他打倒在地，用棍子之类的东西给了他一下。难道他就一眼都没看见吗？"

"他能看见什么，哈费克斯？"登美子问道，但哈费克斯完全无视了她话语中的暗示，或者他根本不愿朝那个方向想。他只希望动手的是个本地生物。谋杀者是来自团队外的异种，而不是在座的任何一个。罪犯绝非我们中的一员！

"他一下子就被敲晕了。"登美子已倦于这样一再解释，"他什么都没看到。但他一个人在森林里醒来时，感受到了巨大的恐惧。这种恐惧并非源于他自身，而是通过共情能力感知到的。而且他很肯定，这恐惧并非源于在座的任何一个。由此可见，本地生物并非全无意识。"

哈费克斯面色阴沉地盯着她看了一会儿："你是想吓唬我吗，登美子？我不明白你为什么要这么做。"他站起身，走向他的实验桌，脚步缓慢而蹒跚，不像是一个正当盛年的四十岁男子，倒像是八十岁的老翁。

登美子看向周围的人们，由衷地感到绝望。她很清楚，自己与欧斯登新建立起的脆弱、紧密而又深刻的相互信赖给予了她全新的力量。可如果连哈费克斯都不能保持冷静，还有谁能做到呢？波洛克和伊斯科瓦纳把自己关在了房间里，剩下的人都在工作或者各忙各的。但他们的姿势和位置有点奇怪。登美子一开始没意识到，过了一会儿才发现所有人都面朝着森林。例如，奥勒罗正在和阿萨尼弗尔下国际象棋，却把自己的椅子挪到了几乎和阿萨尼弗尔并排的位置上。

登美子转向曼侬，让他看看这种诡异的模式。曼侬正在研究一团纠结在一起的细长蛛腿似的棕色根须，他瞬间就抓住了关键，并极为简洁地做出了回应："提防敌人。"

"什么敌人？你感觉到了什么，曼侬？"她突然对眼前这位心理学家生出一线希望，面对人们透出的这些模糊的暗示和共情，她作为一名生物学家是一筹莫展了。

"我只是觉得，在某个特定的方位，能感到一种强烈的紧张感。但我不是共情者。因此这种紧张，既可以说是由某种特定的外界压力造成的，也就是团队的成员在森林里受到了攻击；也可以是广义的外界压力，即置身于一个全然陌生的环境中，森林这个词最初的含义 [1]，恰可作为对这一环境的绝佳暗喻。"

几个小时后，登美子被欧斯登噩梦中的尖叫吵醒，曼侬正在安抚他，于是她又沉入睡眠中，继续那个在黑暗的森林中走投无路的梦。早上，伊斯科瓦纳没有醒来，哪怕是用上

---

[1] Forest，最初指的是用于狩猎的野地，后演变为被树木覆盖的林地。

了兴奋剂也无济于事。他沉睡不醒，越陷越深，不时低声嘟哝着什么，直到完全退化，含着大拇指，侧身蜷缩着，再也醒不过来。

"两天倒下两个。十个小印第安人，九个小印第安人……[1]"波洛克说道。

"那你就是下一个小印第安人，"珍妮·钟厉声道，"滚回去分析你那些尿吧。波洛克！"

"他简直要把我们都逼疯了。"波洛克说道，起身挥舞着左臂，"你们感觉不到吗？天杀的，你们是都瞎了还是都聋了？感觉不到他在做什么，散布什么吗？这些都是从他那里来的——从他的房间里——从他的意识里。他会用恐惧把我们所有人都逼疯的！"

"你在说谁？"阿萨尼弗尔说着，猛然迫近，须发笼罩着这个小地球人。

"还要我说出他的名字吗？那好吧。欧斯登！欧斯登！欧斯登！你们以为我为什么想干掉他？那是自卫！是为了拯救我们所有人！因为你们看不到他在对我们做什么。他让我们相互争吵，希望以此毁掉整个任务。而现在他就像一个虽然不发出声音，但却持续广播着的巨大收音机一样，把恐惧投射到我们心底，让我们无法入睡，也无法思考，就这么把我们逼疯。登美子和哈费克斯已经被他控制了，而你们剩下的人还有救。我必须采取行动！"

---

[1] 来自美国童谣《十个小印第安人》（"Ten little Indians"），描述的是十个印第安男孩以不同的方式逐一死去的故事,这里的"印第安人"指的是美洲原住民。

"你上次的行动可不怎么有效。"欧斯登说道，他半裸着站在自己的舱室门口，身上全是绷带和嶙峋肋骨，"哪怕我自己动手都能比你干得漂亮。天啊，把你们吓得六神无主的可不是我，波洛克，是外面的东西——在外面，在森林里！"

波洛克扑向欧斯登，却被阿萨尼弗尔拽了回来。阿萨尼弗尔毫不费力地抓住他，好让曼侬给他打一针镇静剂。被拉开时，波洛克还在高喊大收音机什么的。一分钟后，镇静剂生效，他和伊斯科瓦纳一样陷入了宁静的沉睡中。

"好了。"哈费克斯道，"现在，欧斯登，把你知道的全部真相都说出来吧。"

欧斯登道："我什么都不知道。"

他看上去憔悴而虚弱。登美子便让他先坐下再说。

"在森林里待了三天，我觉得自己时常能接收到某种感应。"

"你为什么不报告？"

"跟你们一样，我也以为自己产生了幻觉。"

"那也需要向基地汇报。"

"那你们就会把我召回基地。那我会受不了的。你们都认为，让我加入这次任务是一个巨大的错误。我没法和其余九名神经兮兮的团队成员在这么狭小的空间里朝夕相处。我不该申请参加这次极限探测，当局也不应该接纳我的申请。"

没人说话，但登美子却敢肯定，因为她看到了，在读取到他们难言的赞同时，欧斯登那瑟缩的肩膀和僵硬的面部肌肉。

"随便，我不想回基地是因为我很好奇，为什么周围没有具备意识的生物，我仍能接收到情绪反应，即便是我疯了也不应如此啊。那时它们的反应并无恶意，非常含糊。这感觉很怪异。

就像是紧闭房间里的一股风，或是眼角进出的一颗火星。一切都太不真实了。"

在这种情况下，他的讲述全赖众人的反馈：人们如何听，他就如何讲，任由他们摆布：人们讨厌他，他就尖酸刻薄；人们嘲笑他，他就滑稽可笑；人们专心聆听，他才能专注于讲述。聆听者的情感、反应和心理状态操纵着他，令他无法自拔。一共有七个人，太多了，他根本应付不过来，只得像球一样被他们翻腾的意识传来传去，根本无法保持连贯的思路。就算他在讲述，他们也在听，但还是有人会走神：奥勒罗可能在想他也并非一无是处，哈费克斯在寻找他字里行间不可告人的动机，阿萨尼弗尔的注意力很难长时间集中在具体的东西上，总是不由自主地滑向永恒和谐的数字世界，而登美子则不时陷入遗憾或恐惧之中。欧斯登的声音开始打结，而后缠作一团。"我，我想一定是那些树。"他这么说完，停了下来。

"不是树。"哈费克斯道，"和地球上所有那些具备海恩星血统的植物一样，它们也没有神经系统。一点都没有。"

"你这叫只见树木，不见森林，用地球话说。"曼侬插嘴道，脸上挂着狡黠的笑容。哈费克斯瞪了他一眼："但你们有没有想过那些困扰了我们整整二十天的树根结团？"

"它们怎么了？"

"毫无疑问，它们是相互联结的。把这些树连在了一起，不是吗？让我们来做个大胆的假设，虽然这不太可能——假设你对动物的脑组织结构一无所知，然后给你一个轴突，或者单独的一个神经胶质细胞，让你检查，你有可能猜出这究竟是什么吗？你能发现这个细胞是有意识的吗？"

"不能，因为它本来就没有。一个单独的细胞能对外界刺激做出某种机械性的反应，但也仅此而已了。你是想说每一棵本地植物都只是某个大脑组织中的一个细胞吗，曼侬？"

"那倒也不见得。我只是想告诉你们，它们全都彼此相连，不但树根结团彼此相连，树枝也被那些绿色的附生植物连在了一起。一种无比复杂，无比宽广的联结。就连大草原上那些本土草本类植物都有这种根须联结，不是吗？我知道，意识或智慧并不是一件什么东西，你没法从脑细胞里找到它，也没法从中提取它。它是彼此相连的细胞的一种功能，就某种角度而言，它就是联结本身。它并不真的存在。我并不是想说这颗星球真的存在意识，我只是觉得欧斯登或许可以给我们描述一下。"

欧斯登接过了话茬儿，茫然道："那是一种没有感官的意识。看不见，听不见，没有感觉，也不能动。有时是对触碰的应激反应。还有对太阳、光、水，以及根系附近土壤中的化学元素的反应。动物的思维完全无法理解。一种没有思维的存在。一种没有主体和客体之分的生命意识。涅槃。"

"那你为什么会接收到恐惧？"登美子低声问道。

"我不知道。我看不出它们对外物或他者的这种感知是如何形成的，那是一种难以察觉的反应……连续几天，都只是某种类似不安的感觉。直到那一天，我倒在两棵树中间，血滴在了树根上——"欧斯登的脸上现出颗颗汗珠，"那感觉变成了恐惧，"他的嗓音尖厉刺耳，"只剩下了恐惧。"

"就算它们真的具有这种功能，"哈费克斯道，"又怎么可能理解一个能够自由移动的物质实体呢？更不要说作出回应了。

它们不可能理解我们，就像我们无法理解无限一样。"

"无限空间里的无尽寂静使我感到恐惧。"登美子喃喃道，"帕斯卡理解了无限。藉由恐惧。"

"对森林来说，"曼侬道，"我们可能就像森林大火。飓风。危险。对植物来说，所有移动得很快的东西都很危险。没有根的可怕怪物。如果它有思维，倒真的很有可能意识到欧斯登的存在。只要是清醒时，欧斯登的脑子就会对周围的一切开放。当他满心痛苦和恐惧地躺倒在地，或者说躺倒在它的意识中央时，它感到恐惧也很正——"

"不是它，"哈费克斯道，"这里没有动物，没有大型生物，没有人！最多是可能有一种功能——"

"只有恐惧。"欧斯登道。

他们都沉默了一会儿，沉默地聆听着外面的寂静。

"所以，我才会时刻觉得有东西正从后面看着我？"珍妮·钟低声问道。

欧斯登点头道。"你们虽然不敏锐，但还是能感觉到。伊斯科瓦纳的情况是最糟的，因为他确实具备一点共情的能力。如果他找到窍门，或许也能传送信号，但他太虚弱了，这辈子都只能是个半吊子了。"

"听着，欧斯登，"登美子道，"既然你能传送，不如就传送给它——这森林，这恐惧——我们不会伤害它。既然它有意识，或者就是一个意识，但既然它们有感知，而这感知又能转化为某种类似我们的感情反应的东西，那你能不能给它们回消息呢？给它们发个信息，告诉它们，我们没有恶意，我们是友好的。"

"要知道，没人能发出假的共情信息，登美子。你没法发送你根本没有的情绪。"

"可我们确实没有恶意，也确实是友好的啊！"

"真的吗？在森林里救起受伤的我时，你是友好的？"

"不，那时我被吓坏了，可那是——它，那个森林，那些植物，那不是我自己的恐惧，不是吗？"

"有什么差别呢？那就是你们的感受，你们还不明白吗？"欧斯登怒道，"为什么我不喜欢你们，而你们，你们所有人也不喜欢我？你们就没有发现吗，从第一次见面开始，我就只是在把你们心底对我的恶意和挑衅发回给你们？对你们的敌意，我敬谢不敏，原物奉还。我这么做是在自卫，就像波洛克。他也是在自卫。而我的自卫方式就是以牙还牙，不然还能怎么办，像以前一样缩回到自己的世界里吗？可不幸的是，这创造出了一个能够自我维系和自我强化的闭合电路。你们对我这个怪胎的第一反应，是下意识的厌恶，到了现在，当然已经变成了仇视。你们还没明白我的意思吗？现在，外面的森林只对外散发恐惧，因此我能反馈给它的也只有恐惧。那是因为，在面对它时，我除了恐惧什么都感觉不到！"

"那我们该做什么呢？"登美子问道。曼侬立刻回答："搬营地，搬到另一个大陆上去。如果那里也有这种有思维能力的植物，就像这个一样，可能它们不会立刻注意到我们，甚至根本不会注意到我们。"

"这或许也是一个可行的办法。"欧斯登表情僵硬。其他人正以一种重新认识他一般的好奇看着他。他暴露了自己，如今他们可以如其所是地看待他了，一个被困在陷阱里的受难者。

或许，像登美子一样，他们也能意识到，这陷阱本身，他的狂妄自大和冷血无情，是他们自己建造的，而不是他。是他们自己建造了这个笼子，再把他关了进去，而欧斯登就像一个被关进笼子的猩猩一样，从栏杆之间向外扔屎。如果在见到他时，人们心底抱持着信任，甚至强大到能抱持着爱来对待他，他又会以怎样的面貌来对待他们呢？

可没有人这样做过，而现在又已经太迟了。如果有更多时间，有更多独处的空间，登美子或许能与欧斯登建立起某种情感的共鸣，某种和谐的互信关系，但已经没有时间了，他们必须完成工作。更何况也没有足够的空间让两人这样慢慢培养这种严肃的情感，他们只能像现在这样，带着一点同情、一点遗憾——这些小小的爱的替代品。这已经让登美子从中获取了力量，但对欧斯登而言却无济于事。她能从他那仿佛被剥了皮的面容上，看出欧斯登正因为其他人的好奇，甚至她的同情而愤懑不已。

"躺一下吧。伤口又在流血了。"她说道，欧斯登便回去了。

第二天早上，他们收拾了装备，融化了喷涂成型的机库和生活空间，用机械动力吊起古姆号，绕着 4470 号世界转了半圈，越过红红绿绿的大地，越过大片大片的绿色海洋。他们在 G 大陆找到了一个合适的定居点：一个覆满随风摇摆的禾本类本地植物，有两万平方公里大的草原。基地附近一百公里内的平原上都没有森林，也没有单独的一棵树或小树丛。树木型的本地植物似乎只会以同一树种的集聚的方式出现，这基地周围除了一些常见的腐殖类植物和孢子类植物外，绝不会有其他树种杂生。勘察团在建筑框架上喷覆全息层，到了一天三十二个小时中的晚上，他们就已经在新营地里安顿了下来。伊斯科瓦纳还在沉睡，波洛克依然需要服用镇静剂，但其他人都觉得好多了。"总算能喘口气了。"所有人都这么说。

欧斯登起身，颤巍巍地走到门前，倚着墙壁，透过微薄的暮色，看着像草又不是草的本地植物在昏暗的天边随风摇曳。风中带着些许的花粉甜香和无涯的瑟瑟声响，此外便再无声音。他微微垂着头，尽管头上还缠着绷带，这名共情者仍一动不动地站了很久。直至夜色笼罩原野，星光辉映大地，远处人类的房舍里亮起灯光。晚风悄然止息，连那风声都不见了。欧斯登就聆听这寂静。

漫漫长夜里，隼人登美子也在静静聆听。她静静地躺在床上，听着血液在体内流动，听着队友的呼吸，听着风声如涛，夜色奔涌，梦境浮动，渺远星辰间嘈杂声渐起，宇宙缓慢归于沉寂，死亡的声音不断游走。她挣扎着从自己的床上爬起来，从狭小孤寂的舱室中逃了出去。伊斯科瓦纳一人睡得正熟。波洛克被束缚衣捆得好好的，仍在用令人费解的故乡方言喃喃念叨着。奥勒罗和珍妮·钟正一脸严肃地玩着牌。鲍斯威特·陶躺在治疗舱里，已接入设备。阿萨尼弗尔正在画一幅曼陀罗，图样是素数的第三方位相图。曼侬和哈费克斯连夜陪护欧斯登。

登美子给欧斯登换掉头上的绷带。为了处理伤口，他那柔顺的淡红色头发被剃去了几块，留下的部分看上去怪怪的，有些已经变白，像被人撒了一层盐霜。过程中她的双手莫名颤抖起来。在场的所有人都没说话。

"为什么这里也有那种恐惧？"在这诡异的宁静中，她的声音显得干瘪而不真实。

"不只是那些树，这些草也是……"

"但我们现在离早上的营地已经有一万两千公里了！我们都飞到了行星的另一面了！"

"它是一体的。"欧斯登道，"一个巨大的绿色意识。一个念头从你的左脑传到右脑能需要多久？"

"它不会思考。这不是思考。"哈费克斯有气无力地说道，"这只是一个信息处理网络。那些树枝，附着的藤蔓，树木之间相互连接的根须：它们肯定都能传递某种电化学冲动。更确切地说，这里并没有单个的植物。就连花粉都是这个网络的一部分，毫无疑问，依靠风力漂洋过海，传播信息。但这简直难以想象。这颗星球的整个生物圈是一个通信网络，敏感，没有理性，不朽，孤立……"

"孤立，"欧斯登道，"就是这个！所以才会恐惧！并不是因为我们能自由移动或者能破坏森林。只是因为我们的存在。我们跟它不一样。而这颗星球上从未有过第二种存在！"

"你说的对，"曼侬的声音低如耳语，"它没有同类，没有敌人。除了自己，它没跟任何事物打过交道。永远只有它自己。"

"可如果不是为了种群的生存，那它生出这智慧来是做什么用的呢？"

"可能它根本没有智慧呢？"欧斯登道，"你为什么要这么功利，哈费克斯？你不是一个海恩星人吗？不是说参差多样才是幸福之源吗？"

哈费克斯没有上钩，他的脸色很差。"我们得赶快离开这个世界。"他说。

"现在你知道我为什么总想离开，总想离你们远点了吧？"

欧斯登语气里带着某种病态的和善，"这感觉可不怎么好受，是吧——别人的恐惧？要是个动物的意识就好了，我还能沟通一下。我跟眼镜蛇和老虎都相处得很好。高等智慧多少会占点便宜。我真该把这本事用在动物园里，而不是拿来跟一队人类打交道……要是我能跟那个蠢土豆沟通就好了！要不是它这么铺天盖地……我没准儿还能感知到一些恐惧之外的情感。在吓坏之前，它有——这里有某种宁静。可惜那时我没能领会，我还没意识到它有多么广博。想想看吧，它就那么看着整个天光，整个夜晚，看着风起风止，冬夏繁星，在同一刻，感知所有这一切。这种扎根于大地，举目无敌，包罗万物又自成一体的感受。你们能理解吗？无人侵扰，甚至没有别人，只有作为一个整体的自己……"

他从未提起过这些。登美子想着。

"可你根本没法抵挡它，欧斯登。"登美子道，"你的精神世界被改变过，在它面前，你太脆弱了。如果不离开，我们或许还没什么，可你一定会被逼疯的。"

他踌躇了一下，跟着抬起头，看向登美子，眼光清澈如水。这是他第一次迎向她的目光，两人久久对视。

"可我要那么正常的神志又有何用？"他语气尖锐，"但你说的没错，登美子。至少有一点你说的是对的。"

"我们得离开了。"哈费克斯喃喃道。

"如果我向它投降呢？"欧斯登沉思道，"是不是这样就能跟它沟通了？"

"投降？"曼侬立刻紧张地反问，"我猜你的意思是说，不再把从这个星球意识那里接收到的共情信息反射回去；不再抗拒这恐惧，而是完全接受它。如果这么做，你要么立刻被吓死，要么被逼回到自己的精神世界里，再变回那个自闭症患者。"

"为什么？"欧斯登道，"它的信息是抗拒。而抗拒恰恰就是我的救赎。它不具备智慧，可我有。"

"可尺度不一样。一个人的大脑怎么可能跟这么广大的东西相提并论？"

"一个人的大脑可以抵达的尺度，甚至包含了繁星的轨迹、宇宙的运转，以及这一切之后的逻辑，"登美子道，"并将其解释为爱。"

曼侬看看这个又看看那个，哈费克斯沉默不语。

"在森林里会容易点，"欧斯登道，"你们谁能送我过去？"

"什么时候？"

"现在，趁着你们还没崩溃或发疯。"

"我来吧。"登美子道。

"我们都不行。"哈费克斯道。

"我不行，"曼侬道，"我……我太害怕了。我会坠机的。"

"把伊斯科瓦纳也带上。如果我真的做到了，可以让他做我们之间的传声筒。"

"你是否同意感测者的计划，协调者？"哈费克斯正式问道。

"我同意。"

"我不赞成。但我会跟你们一起去的。"

"我觉得我们是箭在弦上了，哈费克斯。"登美子说着，看向欧斯登的面庞，那张戴着白色面具似的丑脸如今发着光，仿佛初坠爱河的小男孩。

奥勒罗和珍妮·钟一直在玩牌，只求思绪不要回到阴森森的床上，面对愈演愈烈的恐惧，她们像吓坏的小孩一样不停地叽叽喳喳。"这个东西，它在森林里，它会抓住你——"

"这么大了还怕黑？"欧斯登嘲讽道。

"可是，你看看伊斯科瓦纳吧，还有波洛克，就连阿萨尼弗尔也——"

"它不会伤害你的。这不过是通过神经突触传递的冲动，不过是穿过枝叶的风，不过是噩梦而已。"

他们乘坐喷气式直升机出发，伊斯科瓦纳蜷在机身后部的舱室里，睡得正熟，登美子负责领航，哈费克斯和欧斯登沉默不语，只看着前方。广袤的平原被星光映成一望无际的灰白色，只在地平线上有一道黑边，那便是森林了。

他们靠近了那条黑边，再越过了它，黑暗就在他们身下铺陈开来。

为了找个着陆点，登美子不得不放低飞行高度，尽管她心底只想飞得越高越好，离得越远越好，再也不回来。在这片森林里，植物世界的无比活力似乎更加具体而真切，它的恐惧就像无边的黑色巨浪般扑来。前方有一小片灰色的土地，一个光秃秃的小山丘，比周围那些黑色的树木还要略微高出一点。不，那些不是树，它们只是有根的黑色阴影，只是巨大整体的组成部分。她在这片林中空地上降下喷气直升机，一次糟糕的着陆，握住操纵杆的手像抹了冷肥皂一样湿滑。

然后他们就置身于这片森林中，就在这片被夜幕笼罩的黑暗正中央了。

登美子畏惧地闭上了眼睛。伊斯科瓦纳在睡梦中发出呻吟。哈费克斯的呼吸声变得急促而粗重，他僵坐在那儿，就连欧斯登越过他去打开舱门时仍一动不动。

欧斯登站起身，在舱门边俯身准备下去时，停顿了一下，控制面板上的微光映亮了他的背和缠着绷带的后脑。

登美子颤抖着，甚至抬不起头来，只能不停地低声道："不，不，不，不，不，不，不。不。不。"

欧斯登悄无声息地动了起来，他猛然穿过舱门，跃入黑暗中。就此消失不见。

我来了！一个无声之声轰然响起。

登美子尖叫起来。哈费克斯开始咳嗽，像是在努力站起来，却未能如愿。

登美子努力把自己缩进身体，缩进腹部那只看不见的眼睛，缩进她存在的中心。周围再无他物，只有恐惧。

这恐惧消失了。

她抬起头，慢慢地松开紧握的双手。她坐直身子。夜晚仍然黑不见底，但繁星正在森林上闪耀。然后，就再没有什么了。

"欧斯登。"她说道，却发不出声音来。她试着提高音量，声音如牛蛙般低沉而嘶哑。没有回答。

她这才注意到哈费克斯有点不对劲。他从座位上滑了下去，登美子试着在黑暗中寻找他的脸，就在那一瞬间，在那死一般的寂静中，飞机后舱的黑暗中传来一个声音。"很好。"那声音道。

那是伊斯科瓦纳的声音。她打开舱室内的灯，看见工程师躺在地上，蜷成一团，一手半覆在嘴上，睡得正香。

那张嘴张开了，开始说话。"一切都很好。"

"欧斯登——"

"都很好。"那声音继续用伊斯科瓦纳的嘴说着。

"你在哪里？"

没有回答。

"回来啊！"

起风了。"我要留在这儿。"那个轻柔的声音说道。

"你不能留——"

没有回答。

"那就只剩你一个人了，欧斯登！"

"听着。"那声音变低了，含糊了，仿佛消散在了风中，"听着，祝你们一切都好。"

她不停地呼喊着他的名字，可再也没有收到什么回答。伊斯科瓦纳一动不动地躺着。哈费克斯也一动不动地躺着。

"欧斯登！"她探身对着舱门外的黑暗，对着寂静风声中的森之生命喊道，"我会回来的。我必须先把哈费克斯送回基地。可我会回来的，欧斯登！"

一片寂静，只有叶间的风声。

余下的八个人，又花了四十一天，按照规定完成了对4470号世界的勘察。一开始，阿萨尼弗尔和另一两名女性还每天进入森林，前往他们降落的小山丘附近寻找欧斯登，可登美子却拿不准，那一晚她在极度的恐慌中到底降落在了哪个小山丘上。他们为欧斯登留下了成堆的补给，生存五十年所需的食物、衣物、帐篷和工具，然后就没再继续搜查。在这片无边无际的森林中，到处都是阴森的小径，到处是由顶至底的藤蔓，没有人能找到独自藏匿的人，如果他想要藏身的话，他们很可能与他擦身而过，却毫无觉察。

但他就在那儿，因为恐惧已经消失不见了。

那段直面永恒无意识的可怕经历让登美子变得更理智了，也越发意识到理性之必要，她想要理性地思考欧斯登到底做了什么，但她找不到合适的言语来表达。欧斯登纳入了那恐惧，接受了那恐惧，继而超越了它。他把自己毫无保留地交到了这异种生命手上，无条件地投降了，不留一丝邪念。他从他者那里学会了爱，也由此获得了全部的自我——但这并不符合理性的表达。

勘察队的人们在树下行走，穿过这广袤的生命群落，身周是如梦的静谧，森然的宁静，仿佛这一切与他们若即若离，而又并不在意。时间和距离都失去了意义。如果我们的世界够大，时间够多 [1]……这星球依然日夜交错，冬夏两季的风依然将细小的灰色花粉送过平静的海洋。

古姆号在经历了许多次勘察，许多年时光，跨越了许多光年的距离后，又回到了几个世纪前，那个被称为司马铭宇宙港的地方。那里竟然还有人等着接收（太不可思议了）团队报告，并记录人员损失：生物学家哈费克斯，死于恐惧；感测者欧斯登，自愿留下殖民。

---

[1]　Had we but world enough and time，引自马弗尔《致羞怯的情人》。

水牛城女孩，今晚相约吧

Buffalo Gals, Won't You Come Out Tonight

周华明 / 译

一

"你从天上掉了出来。"郊狼说。

小女孩仍蜷成一团，侧身躺着，背抵在嶙峋的岩石上，就这么用一只眼睛看着郊狼。另一只眼，她用手紧捂着，手背贴着地，沾满尘土。

"天上有一块烧穿了，就在那儿，悬崖边上那地方，然后你就从里边掉了出来。"郊狼耐心地重复了一遍，好像这个消息有点过时了。"你伤着了吗？"

她还好。她和迈克尔斯先生在飞机上，马达声很响，哪怕迈克尔斯先生是用吼的，她也根本听不清他在说什么，风剧烈地摇动着机翼，让她觉得恶心，但那也还好。他们正飞往峡谷镇，是的，在一架飞机上。

她定睛再看。郊狼仍坐在那儿，还打了个哈欠。它是个大家伙，体格健壮，银灰色的皮毛厚密而闪亮。狭长的黄色眼睛延伸出清晰的黑色泪痕纹，活像一只虎斑猫。

她慢慢坐起身，右手仍紧覆在右眼上。

"你少了一只眼睛？"郊狼突然来了兴趣。

"我不知道。"女孩道。她这才记起要呼吸，跟着颤抖起来，"我好冷。"

"我帮你把眼睛找回来。"郊狼道，"来！走走就不抖了。太阳升起来了。"

寒冷寂寞的光辉横洒在这片凹陷的土地，这片绵延一百来英里的山艾上。郊狼四下打转，一会儿在一丛丛的旱雀草和一枝黄里闻来闻去，一会儿在岩石上东抓西挠。"你不找了吗？"它说着，突然蹲坐在地，放弃了搜寻，"原先我常玩一个把戏，把眼睛扔到树上，从那儿往下看各种各样的事，然后吹一声口哨，它们就会回到我的脑袋里。但有一次，那只该死的蓝松鸦把它偷走了。我吹完口哨啥都没回来，最后只好把两颗松脂塞进眼眶里才又能看见。你也可以试试。不过你还有一只眼睛呢，也够用了，要两只干吗呢？要来吗，还是在那儿等死？"

女孩蹲下身，颤抖着。

"好吧，反正你想来就跟上。"郊狼道，又打了个哈欠，咬爆一只虱子，站起来，转身，一溜烟儿地穿过稀疏的山艾和一枝黄，沿着山脊一路向下冲进原野。那道纤细的灰黄色身影很难捕捉，女孩只能眼睁睁地看着它消失在或明或暗的山艾间。

女孩在心底大喊："等等，请等等我。"却一句话都说不出来，只能拼命站起身，跌跌撞撞地跟在郊狼后面。她找不见它。右眼上覆着手，只靠一只左眼，她分不清远近，世界变成了一幅巨大的平面画。蓦地，郊狼现身在画面中央，回望着她，眼睛眯成一条缝儿，咧着嘴笑。她走起路来已经稳当多了，头上的跳痛也没那么厉害了，虽然还是有种又深又重的疼。可她刚赶上来一点，郊狼就又一溜烟儿地跑了。"等等我！"这次她终于喊出来了。

"行。"郊狼道，可还是自顾自地跑着。她跟在后面，沿着山势一路向下，一步步深入那幅平面画般的荒原中。

脚下的每一步都不一样，每丛灌木都不一样，又都一样。她跟在郊狼身后，从悬崖投下的巨大阴影中走了出来，视线高度的阳光晃花了她仅存的左眼。这光混着暖意，瞬间渗入她的每一缕肌肉，每一根骨头。一整晚都很难呼吸的空气也变得柔滑甜美起来。

山艾正在捎回它们的影子，照在女孩背上的阳光也灼热起来，她跟着郊狼，沿着一条溪谷的边缘向前。走了一阵儿，郊狼歪斜着走下基蚀坡，女孩狼狈地跟在后面，穿过丛丛灌木柳，踩着宽阔的沙质河床来到小溪旁。一起喝水。

郊狼像猫一样踮起脚，悄无声息地轻跳过小河，尾尖保持低垂，而不是像犬类那样横冲直撞，溅得水花四溢。女孩知道沾湿的鞋子会把脚磨破，犹豫了一下才走进水里，只想着尽量少蹚几步。右臂因为一直举手覆着眼睛，变得又累又疼。"我需要一个绷带。"她对郊狼说。而它昂着头，什么也没说，只是伸直前腿趴在那儿，看着河水。闲适而又警觉。女孩在它身边滚烫的沙地上坐下，试着挪开右手。但手掌被干掉的血黏在了眼眶上。微微的扯痛让她啜泣起来。其实并没那么疼，但她吓坏了。郊狼走至近前，鼻子几乎戳到她的脸上。那种浓烈又刺激的动物体味直往她鼻孔里钻。它开始舔那伤口，它潮湿的舌头打着卷儿、透着力，一遍遍精准地舔在那个可怕的、带着疼痛的黑洞上，直到女孩放松下来，发出一声如释重负的哭音。她垂下头，几乎是紧贴在郊狼灰黄色的腹侧，她看到了她坚硬的乳头，发白的腹部软毛，不由得伸臂环抱住这只母狼，抚摸着它背上和两肋粗硬的皮毛。

"好了，"郊狼道，"出发！"然后头也不回地向前走去。女孩跟跄着站起身来，跟在后面。"我们去哪儿？"她问，郊狼沿溪弛行，回道，"沿溪走就是了……"

有那么一阵子，她一定是边走边睡着了，因为她觉得自己正在从梦中醒来，却发现自己还在走着，只是到了别的地方。她不明白自己怎么知道这是"别的地方"。她们还在沿溪走着，尽管溪谷两侧的山壁已趋于平缓，但目力可及的远处，仍是一丛丛的山艾。好的那只眼睛觉得舒服了点，另一只仍在疼，但没那么尖锐了。多想无益。等等，郊狼呢？

她停下脚步。飞机坠入的那个冰冷的洞又打开了，她掉了下去。她就站在那儿，一直向下坠，喉咙中发出一声微弱的呜咽。

"这儿呢！"

女孩转过头，看见郊狼正在啃一只快要风干的乌鸦尸体，黑色的羽毛黏在它黑色的唇缘和瘦长的下巴上。

她看见那个黄褐色皮肤的女人跪在一堆篝火边，正在把什么东西洒进锥形锅里。女孩能听到锅里的水在沸腾，虽然锅是架在岩石上的，没直接挨着火。那女人的头发灰黄，用一根绳子绑在脑后。她光着脚，露出又黑又硬的脚底，看上去跟鞋底一样。但脚拱很高，脚趾排成两道整齐的弧形。她穿着蓝色牛仔裤和老旧的白衬衫，正望向女孩。"来吃乌鸦！"她说道。女孩慢慢走到女人和篝火旁边，蹲下身子。她不再觉得自己在下坠了，只觉得很轻，很空，舌头像木头一样梗在她的嘴里。

郊狼正对着那个不知是锅还是篮子的东西吹气，探进去两根指头，再飞也似的抽回来，一边甩着手，一边嚷："哎呦！妈的！我怎么就没个勺子？"她折下一枝枯死的山艾，在锅里蘸一下，再捞出来舔舔，又对女孩喊："小家伙，来吃啊。"

女孩靠近了点，折了根草枝，蘸了下。草枝上粘着一团粉红色的糊糊。她舔了舔，味道浓郁而细腻。

她连蘸带舔地吃了好一阵子，才顾得上问："这是什么？"

"吃的。干鲑鱼糊糊，"郊狼道，"可算凉了！"她把两只手指伸进锅里，捞了一大团出来，吃得一干二净。女孩也学着她的样子试了试，却糊得满下巴都是。这就像是用筷子，需要练习。她不停地练习。她们你一把我一把地吃着，直到锅里只剩下三块石头。女孩没问锅里为什么会有石头。她们把石头舔干净。郊狼把这个锅子或者篮子的内壁也舔了个干净，拎到溪水里荡了一下，戴在了头上。那锅子大小正好，像个锥形的帽子。她脱下蓝色牛仔裤，叫道："在火上撒泡尿！"然后又开双腿站在上面，肆意地尿了，"啊哈，小母牛上蒸笼了！"女孩涨红了脸，自觉也该来一泡尿，但又拉不下脸，最后还是没尿。郊狼光着屁股在奄奄一息的篝火边跳舞，踢着她细长的腿，嘴里哼着歌：

水牛城女孩，今晚相约吧，

相约吧，相约吧。

水牛城女孩，今晚相约吧，

来月光下，跳舞啊。

水牛城女孩，今晚相约吧 53

她套上牛仔裤。女孩在用溪沙掩埋最后的余火，她认认真真地堆着，唯恐出错。郊狼就在一边看着。

"说的是你吗？"她问，"一个水牛城女孩？其他的呢？"

"其他的？"女孩警觉地把自己从上到下扫了一遍。

"其他人呢？"

"噢。呃，妈妈带着鲍比，我的小弟弟，跟诺姆叔叔一起走了。其实他不是我的亲叔叔。迈克尔斯先生反正也要去来着，干脆就带我飞去峡谷镇找我的亲生爸爸。琳达，我的继母，嗯，你知道的，她说这个夏天，我想什么时候来都可以，然后就是这样了。可是飞机……"

女孩突然收了声，脸先是涨红了，又变成一片惨白。郊狼饶有兴味地看着。"哦，"女孩道，"哦——哦——迈克尔斯先生——他肯定——他怎会——"

"走吧！"郊狼道，随即迈开步子。

女孩喊道："我得回去——"

"回去干什么？"郊狼道。她停下脚步，回头看着那女孩，又继续走，还走得更快了。"跟上，女孩！"她喊道，仿佛女孩就是这女孩的名字。女孩既疑惑又无望，又嘟囔了句什么，却还是跟在了她身后："我们要去哪儿？我们在哪儿？"

"这是我的国度。"郊狼回答道，声音里透着自豪，缓慢而庄严地抬起手，沿着遥远的地平线画过，"我造的。这儿他妈的每一丛山艾都是。"

然后她们继续向前。郊狼步履轻盈，虽然有点蹦蹦跳跳的，但脚下却很踏实，女孩只能拼命不被落下。月亮渐升，阴影从岩石和灌木下钻了出来，爬得到处都是。她们离开小溪，沿着一道崎岖向上的山坡走了很长一段路，斜坡的尽头是一座耸入云端的悬崖。黝黑的树木这里一棵那里一棵，这就是人们所说的杜松林，一种沙漠林地，树和树之间相隔甚远。经过每棵杜松时，都能闻到一股刺鼻的味道，学校里的小孩们常说这味道像猫尿，但这女孩却挺喜欢的，这味道似乎能一直钻进她的脑海中，让她保持清醒。她摘下一颗杜松子含在嘴里，过了一会儿又吐了出来。疼痛像黑色的巨浪般涌来，她一路跌跌撞撞地走着。不知怎么就坐在了地上，试着站起身时，却发现腿不听使唤。她觉得自己蠢透了，又害怕，跟着哭了起来。

"我们到家了！"郊狼从山上远远喊道。

女孩抬起仅剩的那只噙满泪水的眼睛，看到了山艾、杜松、旱雀草和悬崖。干燥的暮色中，她听到远处传来一声郊狼的啸叫。

她眼见山顶的悬崖下有个小镇，满是没上过漆的简陋棚屋和木板房。跟着又听到郊狼喊："来呀，小崽！来啊，女孩，我们到家了！"山势陡峭，她还是站不起来，干脆四肢并用，一路沿着山坡爬到了悬崖下的房子那里。还没等到她爬上去，就已经有几个人出来迎接她了。一开始，她还以为那都是些孩子，然后才发现他们大多是成人，只是非常矮，身体宽而肥，手脚却很小巧。他们的眼睛都亮亮的。几个女人扶她起来，一边走一边哄她："真棒，马上就到了！"傍晚时分，远处房屋里亮起昏黄的灯光，光芒从房屋打开的门径、开裂的墙板间漏出来，燃起些许暖意。静谧的晚空弥漫着林木燃烧发出的甜美气息。那些矮人们一路低声说笑。"让她住哪儿呢？""送她到罗宾家去，她们都已经睡下了。""噢，她可以跟我们一起住。"

女孩嘶声问道："郊狼呢？"

"出去打猎了。"矮人回答道。

一个低沉的声音问："村里有新来的？"

"是的，有个新人。"一个男性矮人回答道。

人群中那个用低沉嗓音提问的男子看起来格外不一般。他高大而魁梧，双手有力，头很大，脖子粗短。矮人们恭敬地给他让开道路。他静静地走进人群，丝毫不见傲慢。他低下头，饶有兴致地打量着女孩。那双眼睛闪闪发亮，眨动间，就如同有人在蜡烛前挥手，遮了一瞬烛光似的。

"还是只小猫头鹰啊，"他说，"你那只眼睛怎么了，新人？"

"我……我们飞的时候……"

"你还太小，不该那么早飞的，"大个子用他那低沉而柔和的声音说道，"是谁带你来的？"

"郊狼。"

有个矮人也帮腔道："她和郊狼一起来的，青枭先生。"

"那她今晚就该待在郊狼的房子里。"大个子男人说。

"那里只有骨头和孤独，"一名矮个儿的女子道，她穿着件条纹衬衫，面颊胖胖的，"她可以住我们那儿。"

事情就这么定了。这个胖脸女人拍拍女孩的胳膊，带着她穿过几座窝棚，来到一座低矮的、没有窗户的屋子面前。房门太低了，女孩得蹲下身子才能钻进去。房子里有好些人，有些是早就在这里了，还有不少是跟在胖脸女人后面拥进来的。角落摇篮式的盒子里，几个婴儿睡得正香。房间里的火燃得很旺，有股迷人的香味，像是烤过的芝麻。她得了些食物，但没吃两口就开始打瞌睡，右眼里的黑一个劲儿地往左眼爬，一时间，她什么都看不见了。没人问她叫什么，也没人告诉她自己叫什么。

她听到孩子们叫那个圆脸女人花栗鼠，终于鼓起勇气问道："有什么地方可以给我睡觉吗，花栗鼠太太？"

"当然，跟我来。"一个女儿说道，"这里"，带着女孩走进后面的屋子。这间屋子和拥挤的前厅并没有完全隔开，但要暗得多，也没那么拥挤。墙边是一排架子，上面铺着床单和毯子。"来，爬进来！"花栗鼠的女儿说着，拍拍女孩的手臂，这在他们这儿是安慰的意思。女孩爬上架子，盖上毯子，她把头枕好，心想："我还没刷牙。"

二

她醒来又睡去。一天天的，花栗鼠的卧室里总是闷闷的，暖暖的，暗暗的。一夜夜的，人们进来睡觉，又睡醒离开。她就这么昏睡着，偶尔坐起身来，去前厅拿起长勺，舀点桶里的东西喝，便躺了回去，复又陷入昏睡之中。

这一天，她从架子上坐起身来，双腿晃荡着，尽管仍有点昏沉、虚弱，但身上没那么难受了。她把手伸进牛仔裤的口袋里。左边口袋里有个小梳子，还有张泡泡糖包装纸；右边是两张一美元的纸币和两个硬币，一个二十五美分，一个十美分。

花栗鼠和一个有着漂亮黑眼睛的丰满女人走了进来。"啊，你醒了，总算可以跳舞了。"花栗鼠咯咯笑着跟她打招呼，坐到旁边，一把揽住她。

"松鸦要带你跳舞，"黑眼女人说，"他会把你治好的。我们来给你准备准备！"

悬崖脚下的泉水汪成了一片池，岸边的淤泥中生着芦苇。

正在那里嬉闹的孩子们跑开去，把地方留给女孩和那两个女人静静沐浴。水面很温暖，但深至小腿和脚的地方就是冷的了。三人赤裸着身子，两个女人圆润的小腹和胸乳、肥厚的髋和臀，都在傍晚的斜阳下闪耀着暖暖的光芒，她们柔声笑着，把女孩从上到下冲洗了一遍，搓洗她的四肢、手脚和头发，以无比轻柔的动作擦洗她右眼边上的颧骨和眉毛，端详一下，再打上肥皂，冲洗干净，把她从水里拎出来；给她擦干，再互相擦干；把自己的衣服穿好，再给女孩也穿好；给她把头发编好，再把对方的头发编好；在辫梢儿系上一根羽毛，看看她，再互相看看；再带她下山回到那杂乱不堪的小镇，带至房屋间一片说不上是游乐场还是停车场的空地上。这里没有街道，只有小径与灰尘，没有草坪和花园，只有灌木和灰尘。这片空地上已经有不少人了，有的聚在一起，有的在闲逛，穿着五颜六色的衬衫、印花裙子，戴着珠串或耳环，都像是特意打扮过。"嘿，花栗鼠，白脚！"看到两个女人，人们纷纷招呼道。

一个男人上前迎接她们，他穿着崭新的牛仔裤，蓝色的工装衬衫有点褪色，但很干净，外面套着亮蓝色棉绒马甲，看上去非常英俊、气派，也很紧张。"来吧，女孩！"他的声音沙哑粗犷，和这些说话细声细气的同伴们放在一起，还颇为令人吃惊。"今晚我们就把那只眼睛修好！你就只管放心坐着好了。"他握住女孩手腕，把她牵到场地中央摆着的一块布垫子上，尽管态度强硬得近乎粗鲁，动作却很轻柔。女孩觉得这样挺蠢的，但也只得坐定，还不准动弹。但那种众目睽睽之下的不安很快消去，因为大家除了间或瞥她一眼外，并没有怎么注意她，最多是花栗鼠、白脚和她们的家人不时冲她安抚地挤挤眼睛。时不时地，松鸦还会扑到她面前，说些"准跟新的一样好！"之类的话，然后再跑开去，挥舞着他的蓝色长臂，大吼大叫着把人群组织起来。

一个精瘦的黄褐色身影慢慢地爬上山丘，晃进空地——女孩正要跳起来，又想起自己得静坐不动，只好坐在原地，轻声叫道："郊狼！郊狼！"

郊狼懒洋洋地走过来，低头看着女孩，笑道："可别让这个蓝松鸦把你搞残了，女孩。"然后又晃悠开了。

女孩只能一脸热切地盯着她不放。

人们陆续在空地一侧坐下来，在女孩四周的尘土地面上围成一个不规则的半圆，线条的两端不断延长，直到将将围成个半径约十步到十五步的整圆。人们身上穿的都是女孩熟悉的衣服，牛仔裤，牛仔夹克，衬衫，背心，棉布裙子，只是所有人都光着脚，所有人都比她见过的人更漂亮，而且都美得独树一帜，仿佛每个人都用自己的方式重新定义了美。当然，也有些人看起来颇为奇怪：有的人身型瘦削，皮肤黑亮，说话如耳语一般；还有一个长腿女人，眼睛亮如珠宝。那个叫青枭的大个子也在，昏昏欲睡又颇具威严，像是拥有六万英亩农场的麦考恩法官。他身边的女人像是他的姐妹，因为他们有着一模一样的鹰钩鼻和大而有力的手，只是她要更黑更瘦，凶戾的眼睛中透着一股疯狂的神情。那是一双黄色的眸子，圆圆的，不像郊狼的眼睛那么斜而长。郊狼坐在不远处，无聊地打着呵欠，不时挠挠腋下。这时一个男人走进圈中，身上只穿了条苏格兰裙，披了件斗篷，上面的菱形图案不知是画上去的还是拿珠子串成的，他手里拿着一只骨片串成的环形乐器，一面飞也似的晃动，一面依着那丁零咣啷的节奏狂舞着。他的躯干与四肢粗壮却又灵活，动作流畅，激情四溢。他从女孩身边擦过，绕着她起舞，又擦过，女孩盯着他，挪不开眼睛。他手里的乐器越晃越快，骨片都快看不清了，另一只手里拿着一个薄而锐利的东西。边上围成一圈的人们开始歌唱，跟着响板的节拍，反复低声哼着那几个音节。这一切令人兴奋又感到无聊，陌生而又似曾相识。响尾蛇的舞步也越来越快，离她越来越近，目光紧紧地盯着她。一开始，女孩被他毫无表情的面容和狭长的双眼吓坏了，下意识地瑟缩了一下，但她很快就回过神来，继续端坐，扮演自己的角色。舞蹈不停，歌声不息，直教她之前的无聊化作一股洪流，仿佛永无止休。

松鸦昂首阔步地走进圈子，站到她身旁。他不会唱歌，但会用他的粗声大嗓喊："嘿！嘿！嘿！嘿！"周围的人们亦齐声应和，这声音高高飞起，撞上头顶突出的悬崖，再弹回来，汇入下一拍的呼喊声中。松鸦一手抓着根顶上有颗球的棍子，另一只手里抓着颗弹珠似的东西。那根棍子是根烟斗，他从管子里吸出烟来，一口口地喷着：先是喷向四面八方，然后是上上下下，最后是那颗弹珠似的东西。然后，那乐声突然凝止，整个世界都安静了数息。松鸦蹲下身，仔细地盯着女孩的脸，头微微侧向一边。乐声和歌声复又响起，更胜刚才，他喃喃低语，跟着伸手向前，去触摸女孩的右眼，探进黑暗的疼痛深处。他手上的动作可算不上温柔，女孩抽搐一下，又忍住了，随即看清松鸦手里的弹珠，那是一块蜂蜡似的暗黄色球体，她认命似的咬紧牙关，连那只完好的眼睛也一并紧闭上。

"好了！"松鸦喊道，"睁开眼，来吧！让我们看看！"

牙关仍像老虎钳一般紧咬着，她睁开了双眼。右边眼皮似乎已粘在了一起，扯开时那道火辣辣白晃晃的痛楚，让她差点儿在所有人的目光下吐出来。

"嘿，能看见吗？好使吗？看着好像还不错！"松鸦摇晃着她的手臂，冲着她嚷，"感觉如何？能用吗？"

她只觉得眼前一片混乱，朦朦胧胧的，像笼着一层黄光。所有人都已围了过来，盯着她瞧，笑着，摸摸她的手，拍拍她的肩膀，她发现：要是闭上那只还在疼的眼睛，一切就变得清晰而扁平了；如果两只眼睛都睁开，眼前的一切就有点模糊，有点泛黄，但却有了纵深。

郊狼的长鼻子、细长眼和大大的笑容凑到了她的眼前。"这是啥，松鸦？"她问道，一面盯着那只新眼睛瞧，"莫不是上次你从我这儿偷走的一只？"

"这是松脂！"松鸦怒道，"你以为我会用什么傻帽郊狼的二手眼睛吗？我可是医生！"

"欧呦，欧呦，医生，"郊狼道，"小家伙，这眼睛可真丑，丑得像屎一样！你咋不问兔子要颗屎蛋呢？"她又把那张瘦削的长脸往前凑了凑，女孩觉得她简直要亲上来了，但那条薄而结实的舌头却又精准地舔了一下那团痛楚，冰冰凉凉，清清爽爽的。女孩再睁开双眼时，眼前的一切瞧上去就清楚多了。

"这只眼睛挺好的。"女孩道。

"嘿！"松鸦喊道，"她说挺好的！这只眼睛挺好的！她亲口说的！我早说了吧！我说什么来着！"他欢呼着，挥舞着手臂，朝外跑去。郊狼也不知哪儿去了。剩下的人也纷纷散去。

女孩站在那儿，因为站得太久而浑身僵硬。天似已全黑，只有西侧远远地还漾着一丝极为黯淡的天光。东侧的平原早已沉入浓黑的夜色中。

棚屋里亮起点点光芒。镇子边缘有人在拨弄一把破旧的小提琴，奏出一支孤涩的旋律。

有人来到女孩身旁，柔声问："你睡哪儿？"

"我不知道。"女孩道。她只觉得肚子都要饿穿了，"我能待在郊狼那儿吗？"

"她不怎么在家。"那个柔声的女人道，"你之前是跟花栗鼠一起的，对吧？或者跟兔子还是长耳兔来着，反正她们都有一大家子……"

"你也有自己的家吗？"女孩问这位眼神潮润的优雅女性。

"我有两个小鹿。"那女性笑道，"但我只是来镇上看跳舞的。"

"我真的想跟郊狼待在一起，"女孩停了一下，才怯生生道，语气却透着执拗。

"好，那就这样吧。她的房子在这边。"雌鹿陪着女孩走到小镇边缘靠近高处一间东倒西歪的木屋边。屋子里没有亮灯。房子前面堆着不少垃圾。半开的房门前，没有台阶。门上面歪歪扭扭地钉着一块破烂不堪的松木板，上面写着稍等 [1]。

"嘿，郊狼？有人来了。"雌鹿说道。没人应门。

雌鹿把门推开点，探头张望一下："我猜她出去狩猎了。我得回去找我的小家伙们了。你能行吗？要吃的话，随便找谁要都行——你知道吧……能行吗？"

"嗯，我能行。谢谢你。"女孩道。

---

[1] 原文为大写，在本书中均用黑体表示，下同。

她看着雌鹿在清朗的暮色中渐渐远去，脚步细碎却极尽优雅，像穿着高跟鞋，每一步都轻快而精准。

稍等里太黑了，什么都看不见，而且塞得满满当当，女孩每走一步都会撞上点东西。她不知道该在哪儿，以及怎么生火。她摸到一个像床的东西，躺下去才发觉那更像是一堆脏衣服，闻起来就更像了。还有东西在咬她的胳膊、腿、脖颈和背。更别提肚子饿得发疼。她循着味道摸到角落，天花板上垂下来一条鱼干样的东西，她摸索着撕下油乎乎的一片送到嘴里。是烟熏鲑鱼干。她吃了一片又一片，直至肚子终于满足了，再把手指和嘴角舔干净。敞开的门边，一坛水里映着几点星光，女孩小心翼翼地闻闻，又小心翼翼地尝了几滴。水有点土腥味，温温的，还泛着霉味，她就只稍稍喝了两口止渴。再回到那堆脏衣服里躺下和跳蚤做伴。她完全可以去花栗鼠家，或其他友善人家，可她哪儿也没去，就一个人躺在郊狼那张脏兮兮的床上，脑子里转着这些念头，自顾自地拍打着跳蚤，睡熟了。

夜深时，有人说："挪开点，小崽子。"跟着一团温暖就在她身旁卧下。

早餐是干鲑鱼糊糊，她们坐在门前的阳光下吃了个精光。郊狼每日每夜都在狩猎，可她们吃的仍是那些鲑鱼干、肉干和当季的浆果，从没见过新鲜的野味。女孩没问过为什么，也没觉着奇怪。她倒是想问问郊狼为什么像人一样晚上睡觉白天走路，而不是像其他郊狼一样日夜颠倒。可她在脑袋里组织问句时，马上就意识到人就是该晚上睡觉，白天起床，这没啥不对的。不过，那天她们躺在一道打虱子时，女孩倒确实问了个问题。

"我不明白你们为什么看起来都跟人一样。"她说。

"我们就是人啊。"

"我说，像我这样的，真正的人。"

"瞧着像而已，"郊狼道，"话说，那只可怜的眼睛怎么样了？"

"挺好的。可是，就好像你还穿衣服，住在房子里，会生火还有别的这些……"

"那只是你自己觉得挺好……要不是那个大嗓门的松鸦半道插进来，我准能给你整一颗真挺好的眼珠子。"

女孩早已习惯郊狼在话题间跳来跳去还不忘自夸的说话方式。在某些方面，郊狼跟她认识的很多小孩没什么区别，当然，从其他方面而言，又是天差地别了。

"你是说，我见到的一切都不是真的？不真实——就像是在电视上之类的？"

"并不，"郊狼道，"嘿，你领子上有只虱子。"她伸手弹开这虱子，又用一根手指拈起来，放嘴里嚼嚼，再一口吐掉。

"噫！"女孩道，"那其实？"

"其实？在我眼里，你就是个灰黄色的、四足奔跑的小崽。对那几家子来说，"她不无鄙夷地对着下方不远处那片拥挤的小房子扬了扬手，"你还是个耸着鼻子嗅来嗅去的小家伙。对老鹰来说，你还是个蛋，要不就是刚长出雏羽。明白了吗？完全取决于你是怎么看的。这世上只有两种人。"

"人和动物？"

"不，一种人说这世上有两种人，另一种人不这么说。"郊狼咧开嘴，拍着大腿，被自己的笑话逗得哈哈大笑。可女孩没明白她的意思，还在等她继续。

"好吧。"郊狼道，"先有第一种人。剩下的是另一种。统共就这两种。"

"第一种人是？"

"我们，动物，还有别的。所有这些本来就有的。你知道的。还有你们这些小崽，孩子，雏鸟。都是第一种人。"

"那么，剩下的？"

"他们，"郊狼道，"你知道的。剩下的那些。新来的。外面来的。"她坚毅美丽的面容变得严肃起来，甚至可以说是庄重了。她直直地瞥了一眼女孩，这在她是很少见的，那金色的眸子里，光芒一闪而逝，"我们过去就在这儿，"她说道，"我们一直在这儿。我们在的就是这儿。我们还能在哪儿呢？可现在，这儿成他们的了。他们掌管一切……操，我都能干得比他们好。"

女孩仔细想了想，把她前阵子一直听到的一个词抛了出来："他们是非法移民。"

"非法！"郊狼冷笑着，语气尖酸，"非法就是只病鸟[1]。非法是他妈啥意思？你想让一只郊狼颁布法令吗？快长大吧，孩子！"

"我才不想呢。"

"你不想长大？"

"长大了，我就变成另一种人了。"

"没错，所以，"郊狼耸了耸肩，"这就是生活。"她站起身，绕到房子后面，隔着墙传来尿洒在后院地上的声音。

---

[1] 原文为：Illegal is a sick bird. 此处为英语中的文字游戏，将 illeagle 拆为 ill-eagle，并分别用近义词代替，其中 ill 对应 sick，eagle 对应 bird。

从很多方面来讲，郊狼真不是个好母亲。她的男朋友们来的时候，女孩就知道自己得去花栗鼠或者兔子家对付一晚了，因为郊狼和她的朋友根本等不及上床，往往是还在地上，甚至前院里就搞上了。还有几次，郊狼很晚才跟朋友狩猎回来，女孩只能躺在同一张床上，紧紧贴着墙，听着郊狼和她朋友在边上干那事。有点像打架，又有点像舞蹈，有种特别的节奏。她倒不太介意，只是觉得这样没法睡觉。

只有一次，她半道醒来，发现郊狼的朋友正在用一种可怕的方式抚摸她的肚子。她不知道该怎么办，幸好郊狼跟着醒了，觉察到朋友在干什么，她狠狠揍了他一顿，把他踢下了床。他只能在地上睡了一夜，第二天早上还道歉来着："啊，该死，崽，我忘了这小崽在，我还以为那是你——"

郊狼可没那么好说话，她吼道："你觉着我一点底线都没有？你觉着我会让只郊狼在我的床上强奸一个孩子？"她把这公狼踢出了房子，还抱怨了整整一天。可没过多久，他就又来共度良宵了，他们俩还折腾了三四次。

另一件让女孩尴尬的事是郊狼总在大庭广众之下扒掉裤子，自顾自地撒尿。可这儿的大多数人似乎也不怎么在意。最让这女孩烦恼的莫过于郊狼在哪儿都能拉屎，拉完了还要回头跟自己的屎疙瘩聊两句。这实在是太变态了！好像她真的疯了一样——尽管郊狼经常疯疯癫癫的，可女孩知道她并没有疯。

这天，趁着郊狼在打盹儿，女孩把房子周围那些干屎蛋扫成一堆，埋在了附近一片沙土地里，她自己、短尾猫和其他一些人一般都是在这里拉屎的，之后再用沙土把它们埋起来。

郊狼睡醒了，懒洋洋地晃出稍等，把手伸进她浅灰色的浓发中，揉着脑袋，打着哈欠，用那双狭长的眼睛四下打量一番，跟着问道："嘿，他们哪儿去了？"然后喊道，"你们在哪儿？你们去哪儿了？"

远处的沙地里传来一片微弱的、瓮声瓮气的喊声："妈咪，妈咪，我们在这儿！"

郊狼奔过去，蹲坐在地上，刨出每一颗屎疙瘩，跟他们说了好长时间的话。虽然她回来时什么都没说，但女孩已经满脸通红，心怦怦直跳："对不起，我不该这么做的。"

"他们得离我近点才好受。"郊狼一边洗手一边说（尽管房子总是脏兮兮的，她自己却很爱干净，或者说，她有一套自己的干净标准）。

"我走路时总会踩到他们。"女孩试着为自己的行为辩解。

"可怜的小屎疙瘩。"郊狼以舞步似的轻快脚步跳了几下。

"郊狼，"女孩怯生生地问，"你生过小宝宝吗？我是说，真的小狼崽？"

"我？我生过宝宝吗？好几窝！那个想要摸你的，还记得吧？就是我的儿子。要挑的话……听着，女孩。挑女儿！如果你一定要生，生女儿！至少她们会滚得远远的！"

三

女孩觉得自己就叫女孩，有时候也觉得自己的名字是迈拉。据她所知，她是镇里唯一一个有两个名字的人。她没法不想这件事，还有郊狼说的那两种人；她没法不去想自己到底是哪边的。镇上已经有人明确表示，在他们看来，女孩无论如何都不属于这里，过去不，将来也不。每次碰到老鹰，他那愤怒的眼神都像是要在女孩身上烧出两个洞来。臭鼬家的孩子们肆意品评谈论起她的体味时，也从不顾忌被人听到。虽然白脚、花栗鼠和她们的家人对她都很友善，但那是大家族特有的宽厚，反正多一个不多，少一个不少。如果丢了颗眼睛、躺在沙漠里等死的她碰到的是她们，或是棉尾兔和长耳兔，她们会像郊狼一样救她吗？郊狼疯了才会这么干，至少大家都觉得她疯了。郊狼不怕她。这女孩穿行于两种人之间，她跨越了那条界线。雄鹿和雌鹿，还有他们美丽的孩子们其实也不怕，因为他们无时无刻不生活在危险中，早已习惯。响尾蛇也不怕，因为他自己就够吓人了。当然，说不定响尾蛇是怕她的，因为他从不跟女孩说话，也不靠近她。但没人像郊狼这样待她。就连小孩们也是如此。她唯一的固定玩伴年纪比她小，是一个古怪而勇敢的小男孩，名叫角蟾仔。在一望无际的山艾丛中，他们一道挖土，堆成这样那样的形状；假装是在狩猎、摘果子、操持家务、举办舞会……各种各样有趣的游戏。这个苍白、矮胖的孩子眉毛很长，话很少，但他是个忠诚的朋友，还比他这个年纪的其他小孩懂得都多。

这天早上，女孩和角蟾仔坐在池边晒太阳时，又提起了这个话题："这儿找不到像我一样的人呢。"

"哪儿都没有像我一样的人。"角蟾仔说道。

"好吧，你知道我在说什么。"

"我知道……我猜过去可能有过你这样的人。"

"那别人怎么称呼他们呢？"

"呃，就是人吧。跟别人一样……"

"可那些人现在住在哪儿呢？他们有自己的城镇。我过去也住在其中的一座。可现在，我不知道那些城镇都在哪儿。得去找才行。我不知道妈妈现在在哪儿，只知道爸爸在峡谷镇。总有一天我要去那儿找他。"

"问小马好了。"角蟾仔给出了明智的建议。他不喜欢水，也不喝水，此刻已经避开了水边，正在编着灯芯草。

"我不认识小马。"

"他常在下边那座小丘晃悠。他一直在等自己的叔叔变老，他就能把他一脚踢开，自己当老大。在那之前，老头和老太婆可不想看到他在附近晃悠。马都挺奇怪的。但不管怎样，你可以去问他。他去过很多地方。他们家族是跟着新来的人一道来的，至少，他们自己是这么说的。"

非法移民，女孩想。但这主意似乎值得一试。这一天，郊狼又一个招呼都不打就人间失踪了，女孩就带上一小包鲑鱼干和大树莓，独自下山往西南方几英里外的那座平顶小丘去了。

通往那座小丘的是一道足迹重重的小径，小丘的脚下是一泓美丽的泉水。她在池边的柳树下等着，没一会儿，小马就来了。他有着铜红色的皮肤，长而强壮的双腿，厚实的胸膛，黑色的眼睛。一路奔来时，满头黑发迎风飘扬，端的是光彩非常。在女孩面前停下时，还气息悠长毫不急促，他打了个响鼻，低头看着她："你是谁？"

镇子里没人这么问过她，从来没有。女孩立刻意识到那个传言是真的，小马是跟着她的族人们一起来到这儿的，只有人类才会在第一次见面时问你是谁。

"我跟郊狼住在一起。"女孩小心翼翼地回答道。

"噢，对的，我听说过你。"小马道，他跪下身，在池边埋头长饮，双手就浸在清凉的泉水中。喝完后他擦擦嘴，向后坐倒在自己的脚后跟上，对女孩大声宣告道："我将为王！"

"群马之王？"

"没错！很快就是了。我早就能轻松地打败那个老家伙了，但我还等得起。让他再逍遥几天吧。"小马语气里透着自傲和宽宏。女孩凝视着他，仿佛很早之前就爱上了他，并将永远爱他。

"如果你愿意，我可以帮你梳梳头发。"女孩道。

"很好！"小马道，在那里坐定不动，女孩走到他身后，掏出口袋里的梳子为他梳理。小马的头发有近一米长，有些粗糙，黑得发亮。女孩花了好长时间才把乱发理顺，用柳树皮绑成一个巨大的马尾辫。小马在池边俯下身子，欣赏着水中的倒影。"很好！"他说道，"真漂亮！"

"你去过……你知道其他人在哪儿吗？"女孩低声问道。

小马沉默了好一阵儿，女孩还以为他不会回答了。然后听到小马道："你是说那些有金属，有草地的地方？那些洞？我都是绕着走的。那里已经到处是墙了。过去还没那么多来着。祖母说，过去那儿没那么多墙。你认识祖母吗？"他用那双又大又黑的眼睛，直直地看着女孩，语带天真。

"你的祖母？"

"嗯，是的。祖母。你知道。她编网。嗯，不管怎样，我知道那儿有一些我的族人，一些马。我看到过他们在墙那边，但看上去好疯。你知道，这些新来的人是我们带到这儿来的。没了我们，他们根本到不了这里，他们只有两条腿，还有那些金属壳。我可以把整个故事从头到尾讲给你。王通晓所有的故事。"

"我很喜欢听故事。"

"那得讲上三个晚上，你想听他们的什么事呢？"

"我在想可能我应该去找他们。去他们那里。"

"这很危险，非常危险。你不能就这么去那里——他们会抓住你的。"

"我只想知道要怎么去。"

"我知道怎么去。"小马的语气突然变得成熟而稳重，让女孩确信他是真的知道该怎么去，"对于小马驹来说，这条路可没那么好走。"小马再看看她："我有个表妹两只眼睛的颜色也不一样，"他从右到左端详着女孩的眼睛，"一只棕色，一只蓝色。但她是只斑点马。"

"黄色这只是蓝松鸦帮我做的，"女孩解释，"原先那只搞丢了，因为一场……那时……呃，你觉得我到不了那地方是吗？"

"你要去那里干什么呢？"

"我就是觉得自己应该去。"

小马点点头，站起身。女孩只能站在那里看着他。

"我想，我能带你去。"小马道。

"你愿意带我去？什么时候？"

"噢，要不现在？你知道，要是当上了群马之王，我就没法离开了，必须留下来保护女人们。而我是绝对不会让自己的族人靠近那些地方的！"提到那个地方时，小马漂亮的身躯不由自主地打了个寒战，但他甩了甩头，继续道，"当然，他们是抓不住我的。但别的马跑得可就没我这么快了——"

"我们两个人去的话，要多久呢？"

小马想了一会儿。"最近的一个穿过那片红岩地就到了。如果现在出发，我们大概能在明天中午回来。那只是一个小洞。"

女孩不明白小马说的洞是什么意思，但她也没问。

"你想去吗？"小马问道，把马尾辫甩到背后。

"当然。"女孩说着站起身，只觉得脚下有点发飘，仿佛大地在颤抖。

"你能跑吗？"

女孩摇了摇头。"我大概只能走着去了。"

小马笑了起来，那笑声洪亮又欢快。"来吧。"他跪下身，双手在背后交握，搭成马镫，让她踏着爬上他的肩膀，"他们叫你什么来着？"他打趣道，轻松站起身，小跑起来，"蚊子？苍蝇？跳蚤？"

"他们叫我小咬，因为我总咬住不放！"女孩欢叫道，抓住用柳皮扎成一束的黑色鬃毛，因为自己突然变得八尺高而欢笑不已，小马带着她向前奔去，女孩毫不费力地穿行在沙漠里，只觉得自己正如草絮般迎风飞舞。

昨天刚满月，眼下，明亮的月光照亮了他们眼前的平原。小马轻松地一路向前奔跑。后半夜，他们在一个小猫头鹰[1]营地停了下来，吃了点东西，休息了一会儿。大多数猫头鹰都出去狩猎了，只有一名老妇人在她的篝火边招待了他们，给他们讲了些蟋蟀鬼魂的故事，还有那些看不见的伟大人物。女孩听得瞌睡连连，老妇人的故事便和她自己的梦境交织在一起。后来，小马又背起她，轻松地迈开大步，慢慢向前跑着。月亮在

---

[1] Pygmy Owl，鸺鹠，俗称"小猫头鹰"。

他们身后落下，前进的方向上，天空被玫瑰色和金色的光芒映亮。轻柔的夜风已消逝不见，空气变得寒冷刺骨、凝滞不动。四下里都有一股淡淡的烧焦的酸味。女孩感到小马的步伐也变得越来越紧张不安。

"嘿，王子！"

一个小小的、略带责备的声音响起。女孩听过那声音，看见杜松旁那个衣着简洁、戴着一顶旧黑帽的身影后，她立刻认出那是谁了。

"嘿，山雀！"小马道，转过身，停了下来。在郊狼的镇子里，所有人都尊敬山雀。但她不知道那究竟是为什么。山雀看起来只是个普通人而已，和其他小鸟一样，每天都忙忙碌碌又唠唠叨叨的。不像鹌鹑那么讨人喜欢，更不像老鹰或大猫头鹰那样让人敬畏。

"你要去那个方向？"山雀问小马。

"这个小家伙想看看她的族人是不是住在那边。"小马道。女孩这才惊讶地意识到：这就是她想要的吗？

和往常一样，山雀一脸的不赞同，她若有所思地鸣啼几声，这是她另外的一个习惯，然后站起身："我也一起去吧。"

"那太好了。"小马感激道。

"我负责侦察。"山雀说完就抢在两人前出发了，速度快得惊人，小马则用他那不紧不慢的大步子跟在后面。

空气里的酸味更浓了。

山雀在他们前方的一个小山坡上停下来，站定不动。小马也慢下脚步，最后完全停了下来。"就在那儿。"他低声道。

女孩盯着那边。太阳初升，晨光熹微，雾气弥漫，她看不太真切，尤其是全力张望时，左眼更像是什么都看不见了。"那边有什么？"她低声问道。

"一个洞，就在墙那边。看见了吗？"

那里似乎有一道笔直的、跃动不已的线，划过整个山艾平原，向远处延伸。在线的另一侧有什么东西？是雾吗？有什么东西在移动。"那是牛！"女孩道。小马沉默地站在那里，浑身僵硬。山雀正朝他们飞回来。

"那是个牧场。"女孩道，"那是一道栅栏。那里有好些肉牛。"这些话带着铁腥味，仿佛沾着盐。刚被她叫到名字的那一切在摇动，渐渐从视线中消失，什么都没剩下——只剩下这世上的一个洞。像用烟头在大地上烧出来的。"靠近点！"她催促小马，"我想再看清楚点。"

小马下意识地听从了她的要求，尽管身体仍绷得紧紧的，他还是尽力靠了过去。

"附近没人。"山雀用那种小而干涩的嗓音道，"但有个速度很快的乌龟样的东西正在过来。"

小马点了点头，但仍在向前。

女孩攀着小马宽厚的肩膀，盯着前方的空白，仿佛山雀的话让她的眼睛又能聚焦了，她又看到了那一切：草地上三五成群的牛，有几只扬起白色的脸庞看向她，蓝灰色的大眼睛转来转去——栏杆——小山另一侧现出一个带烟囱的屋顶，一个高高的谷仓——然后是远处，有什么东西正在快速移动，那玩意儿跑得飞快，直奔他们而来。

"快跑！"女孩对小马叫道，"跑！快跑！"听到那声音，小马像松开了缰绳一样转身飞跑，大踏步地全速奔跑，把初升的朝阳，燃烧的战车，还有那酸涩的、铁锈一般的、死亡的气息远远地抛在身后。山雀飞在他们前面，仿如晨雾里的一抹灰烬。

四

"小马？"郊狼道，"那个笨蛋？冷静点！[1]"

女孩回到稍等时，郊狼已经在家了，但她显然没担心女孩去了哪儿，可能根本没注意到女孩没在。她的心情不太好，等到女孩向她解释完自己去了哪里，郊狼的心情就更差了。

"下回再要做什么蠢事，可别忘了叫上我。论起犯蠢，我可是专家。"郊狼说完，神情阴郁地走出门。女孩看着她蹲下身子，用棍子戳了戳院子里一坨有年头的白色屎疙瘩，想让它回答她一直在问的某个问题，而那坨屎疙瘩就是不肯开口。那天晚些时候，女孩看见两只公郊狼在泉水边晃荡，一只挺年轻，一只年纪大些，看上去脏兮兮的，都在远远地朝稍等张望。女孩立刻决定今晚还是去别处睡吧。

花栗鼠家那满满当当的房间没什么吸引力。想到今晚天气又很暖和，还有月光，女孩开始考虑要不就在外面睡得了。如果能确保睡觉时没有什么不速之客，比如响尾蛇来打扰……她犹豫不决地站在小镇中央，一个干哑的嗓音道："嘿，女孩。"

"嘿，山雀。"

---

[1] 原文为：Catfood! 字面意思是"猫粮"，是 Calm The Fuck Down 的缩写 CTFD 的一种变形。

这个瘦削的黑发女人正站在自家门口，拍打着一块小地毯。她总把自家打扫得很干净，像她自己一样整整齐齐的。自打那次跟山雀一道从沙漠冒险归来后，女孩算是知道了山雀为什么这么受人尊敬，尽管她还说不出来。

"我在想今晚要不要睡在外面。"女孩犹豫道。

"那样对身体可不好。"山雀道，"那我们还筑巢干吗呢？"

"呃，妈妈今晚有点忙。"女孩道。

"切！"山雀啐道，用力拍打着小地毯以示不满，"你那个小伙伴呢？至少他们家都是些正派人。"

"角蟾仔？他爸妈挺怕生的……"

"好吧。不管怎样，进来吃点东西吧。"山雀道。

女孩帮她做了晚饭。这下她知道汤锅里为什么会有石头了。

"山雀，"女孩道，"我还是不明白，你能告诉我吗？妈妈说这取决于在看的人是谁。可是，我是说，我可以看到你的穿衣打扮都像人一样，但你这样用篮子煮饭又是为什么呢？为什么这里没有他们——就是那天早上我们跟小马一起见到的那种人——用的那些东西呢？"

"我不知道。"山雀道。在房间里，她的声音变得轻柔优雅，"我想我们现在的做事方式和过去的人没什么两样。我们、你们、那些岩石、植物，还有其他的一切，万事万物都在一起的时候。"她看着那用柳条、蕨根和沥青编成的篮子，看着那些因放在火里加热而变得黝黑的石头，"你看这一切是怎样在一起的——"

"可是你们会用火——这可不一样——"

"啊！"山雀不耐烦地打断了她，"你们这些人！以为太阳是你们发明的吗？"

她抓起木钳，把烧热的石头拨进装满水的篮子，汤水立刻发出响亮的嘶嘶声，冒出大堆蒸气，咕嘟咕嘟地冒着泡。女孩立刻把捣碎的种子撒进去，搅动汤水。

　　山雀拎出一篮上好的黑莓。她们就坐在那刚拍打干净的地毯上吃了起来。女孩现在已经很会用两根手指挖起吃食送进嘴里了。

　　"虽说这世界不是我造就的。"山雀道，"但我的烹饪技术可要比郊狼好多了。"

　　女孩嘴里塞得满满的，只能点点头。

　　"我不知道为什么要让小马带我去那儿。"填饱肚子后，女孩说道，"看到它的时候，我跟小马一样害怕。但现在，不知道为什么，我又觉得我该回去了。尽管我想待在这儿，和我的——呃，和郊狼在一起。我不明白这是怎么回事。"

　　"我们住在一起时，这土地就是完整的。"山雀用她那种斗室里才有的轻柔嗓音道，"可其他人，那些新人，他们去了别的地方住。他们的地方太重了，它们就压在我们的土地上，挤压它，拉扯它，吮吸它，吞噬它，在它身上咬出洞，再挤走它。可能再过上那么一段时间，这世上就只有一种土地了，那就是他们的土地。我们这里的人将不复存在。我还记得野牛，他们住在山那边。羚羊，就住在镇上。灰熊和灰狼，在西边的山上。不见了，都不见了。你在郊狼家里吃的鲑鱼，那些是梦之鲑鱼，是为真食。可看看河里，现在还剩多少鲑鱼？春天时，河水还会因为鲑鱼上溯而变成一片红锦吗？还有谁还会因为第一条鲑鱼自动送到嘴边而欢舞？还有谁在河边起舞？你真该问问郊狼，这些她知道得比我更清楚。可她都忘了……她已经没救了。比渡鸦还没救，她每到一个地方都得撒点尿，还把家里弄得一团糟……"山雀的嗓音又尖锐起来，啼出一两个跳跃的音符，而后就再无言语。

过了一会儿，女孩轻声问道："祖母是谁？"

"祖母。"山雀看着女孩，若有所思地吃了几颗黑莓，摸了摸她们身下的地毯。

"如果我在这块地毯上点火，上面就会烧出洞来。"山雀道，"对吧？所以我们都是在沙子或者土地上生火……万事万物彼此交织。所以我们将编织者称为祖母。"她啼出四个音符，向上看着通风孔，"毕竟，所有这些地方，还有那些地方，或许都只是这编织的一面罢了。谁知道呢，我一次只能用一只眼睛看，又怎么看得出它有多深呢？"

那一晚，女孩裹着毯子，躺在山雀家的后院里。风飞扑向山坳里的棉白杨，掀起阵阵声浪。但昨夜漫长的冒险已让女孩疲惫不堪。她在风声中沉沉睡去，直至天明。醒来时正瞧见水平的晨光从东方的群山间透出，将它们染成朦胧的暗红色，仿如举手遮住眼睛后，从指缝间透出的火光。在烟草地里——小镇居民们也只会种点野生烟草了——蜥蜴和甲壳虫正在哼唱着某种耕作曲，或者不如说，祈祷歌。啊——啊——啊——啊，啊——啊——啊——啊，显得轻柔而散漫。女孩躺在地上，暖暖地蜷在毯子里，那歌声让她觉得自己像生了根，长在土里，大地护佑着她，包容着她，已分不清哪里是自己的指尖，哪里属于土壤。仿佛此身已殒，但体内又有充沛的生命力，成了大地的化身。她跳起身，将毯子折得整整齐齐的，放回山雀那张已经空无一人的整洁床上，一路欢舞着上了山，回到了稍等。
在半开的门前，她这样唱道：

> 一起跳舞的女孩，长袜上有个洞。
>
> 她的膝盖在跳跃，脚趾在摆动。
>
> 一起跳舞的女孩，长袜上有个洞。
>
> 月光下我们一起舞动。

郊狼钻了出来，头发乱糟糟，身体左摇右摆，眯着眼睛打量她。"吵死了！"郊狼吮了吮牙齿，从门边的葫芦里打出水来泼在头上，再晃晃头把水滴甩开。"走，我们离开这儿，"她说道，"我受够了！真不知道自己中了什么邪。如果在这个年纪再怀上，那就太操蛋了。我们到镇子外边去，我得透透气。"

房子里很昏暗，但女孩仍能瞧见两只公郊狼摊在地上、床上，打着鼾。郊狼走到那个有年头的白色屎疙瘩边上，踢了它一下，怒吼道："你为啥不拦着我？"

"我跟你说过。"屎疙瘩闷声闷气地嘟囔。

"屎鸡巴蛋。"郊狼骂道，"走吧，女孩，我们去哪儿？"但她根本没想听女孩的回答，径直道，"我知道。走吧！"

她甩开大步穿过镇子，修长的腿看上去仍懒洋洋的，步速却快得很，很难跟上。幸好女孩正觉得精力旺盛，欢快地跳起了舞，于是郊狼的步伐也欢快起来，蹦跳着，旋转着，摇摆着，一路顺着山脊下到了平原处。然后转向东北方，马丘被她们甩在身后，越来越远，越来越小。

快到中午时，女孩才想起来："我没带吃的。"

"会有吃的自己出来的。"郊狼道，"一定会。"很快，她就转了个弯，径直走向一个破落的灰色小棚子。那棚子藏在两株半死不活的杜松和一丛一枝黄后面，闻起来臭极了，门上有个牌子写着：狐狸家。私人住所。禁止侵入。——但郊狼一把推开了门，抓起半只小烟熏鲑鱼就立马跑了回来。"除了咱们两个闯空门的，就没人在了！"她得意地笑道。

"这不是偷东西吗？"女孩有些担心。

"没错。"郊狼回答道，继续向前跑去。

她们在一条干涸的小溪边把带着狐臭味的鲑鱼吃掉，小睡了一会儿，又继续向前。

没多久，女孩就闻到了那股苦涩的、像什么东西燃烧的味道，她停下了脚步，只觉得有一只大手重重地推着她的胸口，要将她推开。同时又像是踏入了一条汹涌的河流，身不由己地被水流推向前。

"嘿，靠近点。"郊狼停下来，往一个杜松树桩上撒尿。

"靠近哪里？"

"他们的镇子，看见了吗？"她指了指一对点缀着几株山艾的山峰。在那双峰间，是一片灰蒙蒙的空白。

"我不想去那儿。"

"我们不会走进去的。绝不！就靠过去瞧一眼。很有意思的，"郊狼偏过头来哄劝道，"他们在那儿干的事都可古怪了。"

女孩往后缩了一下。

郊狼不再嬉皮笑脸，而是一本正经道："我们会很小心的。"她保证，"当心那些大狗。行不？要是小狗，我随便就能搞定。拿来当午餐，但大狗就不一样了。好了吗？那咱们就出发吧！"

尽管看上去仍然懒洋洋的、漫不经心，但郊狼头的姿态和黄色眼珠上泛起的光芒，却透着一股机警。然后她径直向前，不再回首。女孩跟了上去。

一路前进，周遭的压力也越来越大，仿佛是空气本身在推拒着它们。又仿佛时间流逝得太快、太剧烈，不是如水般流过，而是浪涛般拍击着岩石，一下又一下，越来越快，越来越强，直至变成响尾蛇的那种咔嗒声。仿佛万物都在轻诉：快点，你必须得快点！众生都在低语：没时间了！整个世界都在颤抖着，尖叫着从身旁冲过。一切浮现，闪耀，吼叫，腐朽又消逝。有一个男孩——他猛然出现在视野中，但不是站在地面上，而是悬浮在离地几寸的地方，左右晃动着腿，仿佛在跳着某种狂乱的摇摆舞，而后便消失了。二十个孩子成排坐在空中，唱着刺耳的歌，墙壁就在他们身上合拢。一个篮子；不，一个锅；不，一个桶，一个垃圾桶，满是香味扑鼻的鲑鱼；不，满是腥臭的鹿皮和腐烂的菜梗。别过去，郊狼！她在哪儿？

"妈！"女孩喊道，"妈妈！"——前一秒她还站在一个普通小镇的街道上，身边是加油站；下一秒就站在恐惧的中央，那些空白、看不见的墙、可怖的味道、压力、疯狂奔涌的时光如洪流般裹挟着她，她就像水面漂浮的细枝，直冲向瀑布。她必须紧紧抓住什么，抓住不放，才能不掉下去——"妈妈！"

郊狼站在一大篮鲑鱼边上，慢慢靠近，尽管她很警惕，但这是光天化日之下，在丰沛的水流中。也是同一道水流，将一个男人和一个男孩从加油站后缀着山艾的那座山上冲了下来，他们手里都抓着枪，戴着红帽子，他们是猎人，现在是狩猎季。"嘿，瞧见那只郊狼了吗？大得就跟我老婆的屁股一样。大白天的就在这儿晃荡！"那个男人说道，端起枪，开始瞄准。迈拉尖叫着，冲向溺人的急流，郊狼从她身边超了过去，大喊着："快逃！"她转过身，然后就被冲到不知哪儿去了。

她们一路逃到小山的山坳里，离那地方远远的，大口大口地喘了好一阵子，才觉得回过气来。

"妈，这简直蠢透了。"女孩怒吼道。

"确实。"郊狼道，"可你看见那一大堆吃的了吗？"

"我不饿。"女孩郁闷地说，"等到我们逃得远远的，再说饿不饿吧。"

"但他们是跟你一样的人啊。"郊狼道，"都跟你一样，你的亲戚朋友，表弟表妹，你的同胞！嘭！砰！那儿有只郊狼！嘭！那是我老婆的屁股！砰！那儿有东西！嘭嘭嘭嘭！哥们儿，把他们都干掉！嘭嘭嘭嘭嘭嘭！"

"我想回家。"女孩道。

"还没好呢。"郊狼道，"我得先拉一泡。"拉完了，她转头，凑近那新鲜的屎疙瘩，然后笑着播报："它说我得留下。"

"它什么都没说！我听着呢！"

"你听得懂吗？你什么都能听见？大耳朵小姐什么都能听见，什么都能看见，用她那黏黏糊糊、破破烂烂的眼睛——"

"你的眼睛还是松脂做的呢！你亲口说的！"

"那是骗你的！"郊狼吼道，"瞧，你连别人是在说真话还是在逗你玩都分不清！听着，放松点，想干啥干啥，这是片自由的土地。我今晚就在这一片晃晃。我就喜欢这么干。"她坐下来，就着一个轻柔的四四拍拍打着土地，哼着歌谣。那歌声不成调，又无止尽，仿佛是为了让时间别跑得那么快，它让树、灌木、蕨类的根须彼此交缠在一起，形成一张巨大的网，好将小溪绑在河床上，将岩石锁在它该待的地方，将大地拚在一起。女孩就躺在那里静静地听。

"我爱你。"她说。

郊狼就这么一直唱着。

太阳消失在西方起伏的山峰后，不再显现，只留下一缕辉光，映亮了灰绿色的山丘。

郊狼停下歌声，吸了吸鼻子。"嘿，"她说道，"晚饭！"她站起身，顺着山谷踱步。"来啊！"她回身柔声道，"跟我来！"

恐惧还未消融，女孩觉得关节里像是被撒了一把冰碴子，但她还是僵硬地起身跟上郊狼。山丘的另一侧是一条线，一道栅栏。女孩不去看它。还好。她们还在线外面。

"看那里！"

那是一条烟熏鲑鱼，整整一条王鲑，就放在一个雪松树皮垫子上。"这是一份供奉！我的天！"郊狼惊讶得甚至忘了咒骂，"我有好些年没见过了。我还以为他们都忘了！"

"供奉给谁的？"

"当然是我了！还能是谁！小家伙，睁大你的眼睛看看！"

女孩犹疑地看着那条鲑鱼。

"它闻起来有点怪。"

"哪儿怪了？"

"有股烧焦的味道。"

"那是烟熏的味道。笨蛋！来吃啊。"

"我不饿。"

"好吧，反正也不是给你的。这是我的！供奉给我的！我的！

嘿，你们这些家伙，那边的家伙们！郊狼感谢你们！你们要是三天两头这么来一次，我兴致来了说不定还会帮你们点小忙！"

"别，别喊！妈妈！他们还没走远呢！"

"那都是我的人！"郊狼向女孩做了个"一切有我"的手势，盘腿坐下，撕下一大块鲑鱼，吃了起来。

金星在清澈的夜空中闪耀，如同深邃的光之池，让两山间笼上了一层雾一般的微光。女孩从那光芒上挪开眼睛，抬头看着星星。

"噢！"郊狼道，"噢，该死！"

"怎么了？"

"不该吃这东西的！"郊狼道，然后抱着肚子颤抖起来，她先是尖叫，而后呜咽，两眼翻白，修长的四肢摊开，抽搐不止，紧咬的牙关间涌出大团的白沫。郊狼猛地身子后仰成弓型，女孩在一旁想要抱住她，却被她痉挛的四肢狠狠地甩了出去。女孩手脚并用地爬回来，拼命抱住郊狼，而她只是再次痉挛，抽搐，颤抖，而后便静止不动了。

月亮升起来时，郊狼已经冷了。此前她黄褐色的皮毛下还充盈着暖意，让女孩想着她或许还活着，或许只要她一直抱住郊狼，保持这暖意，她就能恢复过来。她紧紧抱着郊狼，不去看她咧开的黑色嘴唇和翻白的双眼。可当寒意从皮毛下渗出，死亡已无所遁形，女孩只能松开那具已然僵硬的纤细尸体，让她躺倒在尘土中。

女孩去往一旁的山谷，在满是砂石的平地上挖出一个洞，一个浅坑。女孩知道郊狼她们不会埋葬死者，但人类会。女孩把那具纤细的尸体搬至浅坑，放下，用她蓝白色的围巾覆住。围巾不够大，郊狼僵硬的四爪伸了出来。女孩用混着些许山艾和风滚草碎屑的砂石盖住尸体，再堆上更多砂石。她又回到放鲑鱼的雪松垫子边，那一旁有具羔羊尸体，她用尘土和砂石盖住这毒饵。而后起身前行，不再回首。

她在山顶站定，俯瞰对面的低处，两山间的小镇放射出朦胧的光。

"我诅咒你们都不得好死。"她大声道。然后转身下山，走入荒野。

五

第二天晚上，山雀在马丘北边碰见了她。

"我没哭。"女孩道。

"我们都没哭。"山雀道，"这边，跟我来，我们去祖母家。"

祖母家在地下，地方很宽敞，又黑又宽敞，祖母就在中央，盘在织布机边，就在闪电中编织，将山脉、黑雨和白雨编织入那块毡垫。跟她们说着话，她手下还在不停编着。

"你好，山雀。你好，新来的。"

"祖母。"山雀回应道。

女孩说："我不是那种新来的人。"

祖母的眼睛小而昏暗。她微笑着继续编织，梭子在经线上来回。

"那就是原来的人好了。"祖母道，"你该回去了，孙女。回你住的地方去。"

"我跟郊狼住。可现在她死了！他们杀了她。"

"噢，别担心郊狼！"祖母的声音中流露出一丝笑意，"她总是死来死去的。"

女孩呆立不动，看着梭子往复。

"那么，我能回家吗？我是说，回她的家？"

"我觉得这不太行。"祖母道，"你说呢？山雀？"

山雀摇了摇头，没说话。

"那里应该都黑了，什么都没有，还有跳蚤……你离开了你们人类的时间，走进了我们的世界，但我觉得郊狼是在用她的办法带你回去。如果你现在回去，还能跟他们一起生活。你爸爸不是还在那边吗？"

女孩点了点头。

"他们一直在找你。"

"真的吗？"

"是的。你从天上掉下来以后，他们就一直在找。那个男人死了，但你不在那儿——他们就一直找。"

"他活该！他们都活该！"女孩说道。她举手覆住双眼，大哭起来，却没有泪水滴落。

"哭吧，小家伙。哭吧，孙女。"蜘蛛道，"别害怕。你在那儿会过得好好的。我也会陪你的。在你的梦里，你的脑海中，你家地下室黑暗的角落里。别杀我，不然我就要让雨下个不停——"

"我也会来看你的。"山雀说道，"给我造个花园！"

女孩屏住呼吸，握紧双手，直至不再啜泣，直至能说出话来。

"我还能见到郊狼吗？"

"我不知道。"祖母回答道。

女孩接受了这个事实。又沉默了一会儿，她问："我能留着这颗眼睛吗？"

"当然，你能留着这颗眼睛。"

"谢谢你，祖母。"女孩答道。她转身离开，沿着夜晚的山脊向上攀登，攀向明日。在她身前很远的地方，拂晓的天空中飞着一只小鸟，头顶黑暗，双翼如晨光闪耀。

赫恩家的人们

Hernes

胡绍晏 / 译

献给伊丽莎白·约翰斯顿·巴克

范妮，1899

我说，我与你同名。她说她从前有另一个名字。我问她是什么。她不愿说。她说，"如今叫我印第安范妮就好"。她说这地方叫作克拉滩。沙滩上方的溪流旁有一座村庄。布莱顿海岬上，凯利家的泉水附近也有一座。沉船角的那一头还有两座，圣坛岩也有一座。这些全是她的族人。"我全部的族人。"她说。他们死于天花、肺痨和性病。他们全都死在村子里。她的孩子全都死于天花。她说那些村子里还剩五个女人。另外四个为生计当了妓女，但她太老了。那四个都死了。"我什么病都没生过。"她的眼睛就像是海龟的。我用两分钱向她买下一只小篮子。漂亮的小玩意儿。她的孩子们都出生于白人来此定居之前，然后在一年之间全都死了。他们全都死了。

弗吉尼娅，1979

傍晚，在一整天的写作之后，我打算去沉船角走一走。我披上黄色雨衣，步入冬季的寒风中。度假的游客终于全部离开，沙滩上空无一人。风暴从海上带来无穷无尽的垃圾，密密麻麻地排列在布莱顿海岬至沉船角间漫长的海岸线上。海草；大大小小的湿树枝；海鸟的羽毛；白色、粉色、蓝色和橙色的塑料碎片，远远看去，我还以为那是些碎贝壳；破旧的塑料浮球与浮筒；黑色柏油状的油块，源自某次他们不曾提及的井喷事故或油船泄漏；所有这一切都被丢在沙滩上，丢在暴风巨浪留下的泛黄泡沫间。

开始下雨了，雨滴从黑压压的云层砸下。我拉起油布兜帽，南风裹挟着暴雨使劲抽打着我的兜帽，让我听不见其他声响。我无法抬头仰望雨中的天空，只能看着脚下棕色沙地上漾着的一片片积水。积水的表面被迎面而来的疾风吹皱，同时又有无数的雨滴融入其中。我张开嘴啜饮雨水。雨越来越大，倾泻的雨丝强劲而繁密，像毛发一样密，像麦穗一样密，条条雨丝间几乎没有间隙。假如我向左转，也就是向东，稍稍抬起头，便能望向雨水的源头，这不仅仅是平常从家里窗口看到的那种一波波涌动的雨水，而是集结成致密的阵列，仿佛无数高挑白皙的女人，无数巨硕的幽灵，一个接一个地沿着沙滩向北方奔去，迅捷如风，又肃穆有序，犹如某种庄重深沉的生灵，从我面前匆匆掠过。

一阵强风吹来，我必须静立不动才能与之抗衡，接着又是一阵更强的风。然后，风雨开始渐渐平息。四周安静下来。雨点变得稀稀拉拉，再往后，雨彻底停了。除了波浪的拍打，没有其他声响。海面上泛着蓝绿色的微光。我望向内陆，看到大地上方的云层依然黑漆漆的，那些高挑的身影，那些由雨水构成的女人奔向北方群山的幽壑中，在黝黑的树丛间化作丝丝缕缕的白色雾气。她们消失了。

我朝着布莱顿海岬的方向往回走时，天空中充满宁静淡雅的蓝粉色光芒，映照着退潮时入海口处形成的环礁湖。潮水线上琐碎杂乱的垃圾已经被雨水冲得零零落落。在海边浅滩和水潭那柔和的色彩之间，默默地站立着数以百计的海鸥，等待着黑夜的降临。到那时，它们将展开双翅，飞向大海，在波涛之上安然入睡。

范妮，1919

是流感。我知道是在哪里染上的。在波特兰的剧院里。人们不停地咳嗽，咳啊咳。那里很冷，充斥着发油和尘埃的气味。简想让莉莉看电影。她总是想带这孩子进城。但这孩子一直在咳嗽，还扭来扭去的。她很冷。她不喜欢电影。她从来就不听故事。她不会把一件件的事情串成故事。她不会有什么出息的。我的族人中一个了不起的人物都没有，而且我猜他们都已经死了吧。俄亥俄或许还有一些远方亲戚，明妮那一支。简问起我的家族。我又知道些什么呢？我对他们有什么可牵挂的？我离开了他们，来了西部。跟着杰克·沙维，跟着沙维先生。那是1883年，来了西部，来了奥怀希，来到雪中的蒿草地。我离开了从小长大的地方，离开了所有的家人。水池里的母牛，白色的母牛，在夜里就像是闪亮的白银。不对，那是后来的事了，那是在卡拉普亚的乳牛场。那不断哞哞哀号的，是母亲的红母牛。我问，母亲，母牛为什么哭？她说，为了她的牛犊，孩子。为了小珍珠。她说我们把牛犊卖了。我也为自己的宠物哭了起来。但我跟着沙维先生出走，抛下了一切。我们的蜜月是在火车的卧铺车厢里度过的。一间卧室。蜜月套房，夫人！挑夫笑着说道，沙维先生赏了他五元小费。五元！我们在芝加哥联合车站登上火车。如今，我时常想起这车站，想起它高耸的大理石墙壁，东来西去的列车，烟囱里冒的白烟，人们高声的吆喝。联合车站里寒风阵阵。而我们下车后，雪中的蒿草地也是如此寒冷。当时已是傍晚，周围没有城镇，也没有车站月台。蒿草平原上有五栋房子。我心想，我再也暖和不起来了。我看管着行李箱，沙维先生从车马房带回来一辆平板马车。于是我们出发了，沿着农场前进，四周是冰雪覆盖的蓝灰色平原。天儿多么冷！那些夜里，每当杰克·沙维在克里比奇牌局中赢我时，他都笑得多么欢快！他老是能赢。他的眼睛多么亮！他也咳嗽，咳啊咳。然后是我们的儿子，我们的儿子死了。咳啊咳。附近有五个村子。奥怀希就是那五栋房子再加车马房。城镇距离我们有三十英里，得坐马车穿过蒿草，穿过雪地。杰克真蠢啊，接手这片农场，五年就让他丢了性命。他有双明亮的眼睛。他本可以成为了不起的人。我的家人一向都没什么出息。小妹维妮死于一阵阵夹杂着喘息的咳嗽。咳嗽，红母牛的哀号。白母牛站在傍晚的池子里，池水仿佛水银。我呼唤她，来吧，小珍珠，过来！她是我的宠物，她母亲死后，是我亲手将她养大的。我和塞尔文买下那片乳牛场或许也是件愚蠢的事，尽管他的确懂一点乳业知识。这块位于卡拉普亚的地如今不知能卖多少钱。假如塞尔文还活着，我会在那里一直住下去吗？还会来到海岸，来到世界的尽头吗？会像如今这样住在群山环绕的山谷里吗？美丽的土地，就像俄亥俄。这是一片充满希望的土地，范妮，充满希望的土地！可怜的塞尔文。可怜的杰克·沙维，他们俩干起活来都那么拼命。干活那么拼命，死得那么早。他们都曾心怀希望。我从来都不报太大希望，只要能过得去，只要能撑下去就行。你对耶稣不抱希望吗，范妮？塞尔文临死前问我。我能说什么呢？母亲说，小妹维妮现在去了耶稣身边，我说，我恨耶稣。你为什么把她卖给他？你不该卖掉她！母亲凝视着我，就那么看着我，一句话都没说。

哦，我生病了。我闻到尘埃的气味。

篮子上的花纹就像是鸟羽，一道浅棕，一道深棕，又一道浅棕，又一道深棕，我看得很清楚。我想要看一看，摸一摸。这是一件漂亮东西，放在莉莉房间的五斗橱上。那孩子用它来装贝壳。我想握住一枚凉爽而光滑的贝壳。浅棕与深棕交错排列，整齐匀称，贝壳上的花纹，鸟翼上的花纹，就像一行行有序的文字。这是我当时仅有的漂亮物件。我刚在俄勒冈定居下来时，夏洛特说要把祖母的猫眼石胸针寄给我，但她一直没寄。她在信中说，牛津的珠宝商说那并非真正的猫眼石，只是玻璃而已，她不好意思寄一件赝品。我写信让她寄来，但她一直没有寄。愚蠢的女人。我很想要它。过了这么多年，我仍然想着它。愚蠢的女人。哦，我好痛，我生病了，好痛。那时，印第安范妮会来串门，树林一直覆盖到沙丘底下。伐木工、房屋和道路还没有出现。黝黑的山林一直延伸至沙丘，云杉的松果和针叶散落于沙地中，附近仍有散步的麋鹿和飞翔的鹭，我带着孩子们来到了此处。因为山谷里的尘埃、农场里的尘埃、呼吸中的干牛粪让小约翰尼透不过气来，因为我再也不想要农田和牧场，不想要牛群，不想要咳嗽。我把那地方连同牲口一起卖给了辛曼，然后带上孩子们前往西方幽暗的森林。树林外是明亮的水面。我看着女儿在沙地里飞奔，沿着海滩越跑越远。那名老妇，印第安范妮，偶尔会来，但次数不多。她的棚屋在沉船角背后，有一次，我去那里跟她聊天。我用两分钱买下那只篮子。不是给孩子们的，而是用来装我自己的发夹，就搁在小木屋的架子上。你去那儿干什么？埃达·辛曼问道。亨丽埃塔·库普说，你在海岸那里要怎么过呢？图什么呢？那简直是世界的尽头！连一条路都没有！为了约翰尼的肺，我说。就连最近的教堂都要到阿斯托里亚！我没有说话。那里只有黝黑的树林，明亮的水面，以及既无法耕种又无法放牧的沙地。我住在世界的尽头。我说，我与你同名。

莉莉，1918

死亡是一个洞。死亡是一个四四方方的黑洞。母亲从桌边站起来说，哦，布拉弗，哦，布拉弗。祖母一句话也没说。我听见母亲的哭声，我的眼底似乎感受到忽明忽暗的光。祖母说我可以去玩，但她的语气很生硬。来了许多人，我跟萨米一起玩，还有小瓦妮塔。迪基和萨米在玩牛仔与印第安人的游戏，一次又一次穿过我们在杜鹃树丛下搭的房子。然后我可以去多萝西家吃晚餐，但不能过夜。我必须回家睡觉。一开始房间里很黑，但后来变得白茫茫的，并化作实体压在我身上，挤得我体内的空间越来越窄小，然后一切都成了白色，令我无法呼吸。母亲来了，我告诉她，那是毒气。她说，不是，亲爱的，但我知道那就是毒气。迪基·汉布尔顿说，在战争中，吸入毒气的人在死之前会吐出黄色泡沫，就像凯利先生的马。迪基掐着自己的脖子咳嗽，咳，咳，但他根本就不懂。他的舅舅没有死。《阿斯托里亚人》上说的。美国远征军列兵，约翰·查尔斯·奥泽。俄勒冈的英雄陨落。一个正方形黑洞，四周环绕着绿草。我很担心房间里的毒气。每天晚上，我一躺上床，房间就开始变白，变挤。我叫母亲，她就会进来。她来之后就没事了。我想要猫先生陪我睡。母亲同意了，但祖母说不行，因为我的呼吸问题。她现在大概快死了吧。我有个死去的舅舅。我认识一个死人。他为自己的国家而死。我讨厌迪基·汉布尔顿。

简，1902

　　我把自己的名字写在滚烫的沙地里。风会把它吹走，海水会把它冲掉，然而我就喜欢这样做。我喜欢写自己的名字。我喜欢在作业上签名：简·S.奥泽，简·沙维·奥泽。塞尔文·奥泽不是我父亲，他只是布拉弗的父亲。我父亲是杰克·沙维，我记得他：火炉又红又烫，他站在那里，又高又瘦，当他弯下腰跟我说话时，我能看到他头发里的雪花，他闻起来有奶牛、靴子和烟的味道。他的呼吸里有雪的气味。我喜欢这一切，我也喜欢自己的名字。我喜欢签名：简。普普通通的简，普普通通的简，爱上一个瑞典人，嫁给一个丹麦人；普普通通的简，普普通通的简，吞下窗一扇，死于玻璃片。哈！我喜欢签名。我在海滩上签名。我的海滩。私人土地——擅闯者将被起诉。这里是简的海滩。速速后退，愚蠢的凡人！这不是你们该来的地方！我希望玛丽来做伴吗？不，我不希望。今天，这片海滩完全属于我。我的海洋，只属于简，只有简在沙地上奔跑，在岩石上奔跑，光着脚。我永远不结婚。玛丽可以结婚，玛丽会很开心。我会跟丹麦人结婚。我会跟一个从很远很远很远的地方来的人结婚。我永远不结婚，我将住在凯利的小屋里，那是母亲买下的地产，位于布莱顿海岬。我将独自居住，独自变老，到了夜晚，就像海鸥和猫头鹰一样号叫。我的地产。我的海滩。我的群山。我的天空。我的爱，我的爱！不管我要爱什么。我爱这地方，我爱自己的名字，我喜爱这种爱的感觉。我在滚烫的沙地里，在潮湿凉爽的沙地里留下脚印，它们在我身后的沙滩上排成一列，我在爱中奔跑，写下自己的名字，简独自奔跑，十个脚趾，一对脚掌，从布莱顿海岬到沉船角，从沙滩一直到海里，返回时裙子仍滴着水。你抓不到我！

范妮，1906

　　他们说要在海岸边开一家邮局，我立即提议更改地名。威尔·汉布尔顿想要叫它布莱顿海岬，因为那比较好听，能吸引波特兰人过来消夏。老弗兰克和桑迪想要叫它鱼溪。我说，这不像地名，俄勒冈的每一条溪流里都有鱼。这地方有它自己的名字。你父亲不是管它叫克拉桑德溪吗，桑迪？他从一开始就住这里。桑迪点点头，没错，没错。他说老亚历克在他的地图上写下的是拉桑德。但她告诉过我这个名字，她村子的名字。我说，这里可是要建自己的邮局和一家大酒店的，这样一个镇子叫鱼溪可不合适。于是威尔又开始说，我们需要一个体面的名字，以便吸引理想的住户。我说，我觉得新邮局就该叫克拉桑德，因为真正的老住户都这么叫它。于是弗兰克开始像瓷娃娃一样不停地点头。他们全都自认为是山里人，从刘易斯和克拉克时代就在这里了。而威尔·汉布尔顿是新来的，他们希望他记住这一点。我说，我只是觉得这名字挺合适。威尔笑了起来。他知道我不达目的不肯罢休。

我从卡拉普亚来到此处时，简妮十岁，约翰尼两岁。第一年冬季，我们住在滨海路的棚屋里。我有积蓄。我在店里工作了八年，攒下一笔钱。等到辛曼家终于付清农场的款额，我买下了布莱顿海岬悬崖上的一块地，那原本是属于老凯利的。我花了五十元买下一块五十英亩的地。老爷子很喜欢我。他说反正他更需要五十元钱，而不是一块石头。那里的一切都被伐光了，但他们还留了点，所以林子还会长回来的。这里有两处优质泉水，其中一处已经开发出来了。我想要把那栋旧棚屋拆了，它已经毫无价值。我拥有那片地，还有商店的一半股份，我不欠任何人的债。假如塞尔文还活着，我恐怕要还一辈子的债。我想在那块地上建一栋房子。镇里会变得很拥挤，随着博览会大酒店的落成，会有越来越多的人来。刘易斯街上有两幢新房子在建。我自己或许也可以在镇上建一栋，将来不管是出租还是售卖都行。威尔·汉布尔顿把滨海路沿线的老树全都砍了，他也在买地。用不了多久，这里便会到处都是房屋。

那年冬天，我已经无法阻止棚屋漏水。屋顶的油布被吹走，下雨时只能用锅和桶接水。这地方的雨可真大！我来之前从没见过这样的雨。太阳出来时，小约翰尼想要把阳光从地上捡起来，他不明白那是什么。假如你走在树丛中，黝黑的老杉树下光线如此昏暗，然而再往前走一步，便会踏入一片光明之中。即使是在下雨时，海滩上也很明亮。光线会从海面上反射过来。我看着雨水从云层上落到海里，一根根雨线仿佛房屋的梁柱，而阳光则从它们之间穿透过来。这样的景象，我称之为荣耀殿堂。

我刚来那年，麋鹿会走到海滩上来，但如今再也没有了，我常看到麋鹿群在溪流边的湿地里穿行，然而从前，它们会一直走到沙丘，就像一队骆驼，但比骆驼更高大，明亮的眼睛四处张望。

这又能说明什么呢？老弗兰克说。他支持威尔，因为威尔是有钱人。这什么都说明不了。我说，这说明的是这个地方。这是它的名字。其他地方可都不叫克拉桑德，不是吗？他们都笑了起来。于是我做到了。反正更改地名的申请已经递交，我星期二就交了。

莉莉，1924

等我结婚时，我要让四个伴娘穿上粉色和白色的薄纱。我的裙子是镶银的白色蕾丝，并配有面纱，我手捧的花束是粉色和白色的玫瑰花蕾加满天星。我的鞋是银色的，由小羊皮制成。我会抛出花束，让多萝西去接。花车是白色的敞篷车，婚礼后，我们便驶往波特兰度蜜月，住在马尔特诺马旅馆的蜜月套房里。

婚礼的基本色调也可以是蓝与白，我的伴娘们身穿蓝色泡泡袖薄纱裙，再配以白饰带和白鞋子。玛乔丽、伊迪丝、琼和瓦妮塔是伴娘，而多萝西是首席伴娘，束一条银色饰带，穿银色小羊皮鞋子。我的婚纱由白色与银色的蕾丝制成，再加上类似于玛丽·安妮·贝克博格新裙子上的那种小立领。我的银色小羊皮鞋子有着精巧的小高跟。花束是白玫瑰蕾中掺着一些蓝色花朵和满天星，并配以银色的长丝带与蝴蝶结。

我们可以一起从吉尔哈特坐火车前往波特兰，在那座带塔楼的石头教堂里举行婚礼，我们会出现在波特兰的报纸上：来自克拉桑德的莉莉·赫恩小姐举行婚礼。

多萝西的母亲有一条古老的蕾丝面纱，在他们家已经传了数百年，裹着旧得发黄的薄纸，装在樟木盒子里。她给我看过。等她结婚时，我也要当她的首席伴娘。我们说好的。真希望我家也有一条古老的蕾丝面纱。祖母一件漂亮东西都没有。她总是穿着难看的旧靴子，住在那家杂货店后面。她留给母亲的就只有这栋房子和布朗一家住的房子，以及高高的海岬上那片野林子。我倒希望她买下的是诺斯曼家的房子，那我们就能住进去了。汉布尔顿先生对母亲说："那是一栋真正的豪宅，简。你妈妈买下了半个街区，却没有购入这栋房子，这真让我惊讶。"如果把门廊修葺一下，把整幢楼刷白，再铺上闪亮的镶木地板，那将是一栋真正的豪宅，我们可以在里面举办婚礼。参与典礼的人们沿着楼梯走下来，我的婚纱拖着长长的蕾丝后摆，可爱的女花童穿粉色裙子，拿戒指的小男孩穿着蓝短裤。可以由小爱德华来拿戒指。当我顺着亮闪闪的弧形楼梯走下来时，他们便奏起《婚礼进行曲》。

也许我可以去波特兰读女校，在那里结交一个好朋友，然后在她家举办婚礼。她的家位于高档的西山区，铺着镶木地板，壁纸上绘有风景画。我身穿银色与白色的蕾丝婚纱，从亮闪闪的弧形楼梯走下来，一群初入社交场的美丽少女看着我，交响乐队奏起《婚礼进行曲》。我朋友的父亲将充当托付人的角色。他身材高大，气度不凡，鬓角处的头发呈别致的铁灰色。他搀扶着我的胳膊，伴娘们替我将银白两色的蕾丝裙摆整理妥当。来自克拉桑德的莉莉·赫恩小姐。在波特兰举办婚礼的莉莉·弗朗西丝·赫恩小姐。新娘手花是白色香橙花，从南加州运来的。我还是会把它抛给多萝西。

简，1907

我为何而生：

我穿着黑裙子，白衬衫，系一条白围裙，白帽子固定在头发上。我的头发梳理得整整齐齐，高高盘起，紧紧别住。我微笑着接受点单，端出一盘盘食物。女人们赞许地看着我，因为我动作灵巧敏捷。男人们欣赏我，目光时而移开，时而返回。我看到他们的手在颤抖。我从他们背后经过，如一阵轻风拂过赛璐珞硬领上方露出的泛红后颈。谢谢，小姐。我从博览会大酒店的弹簧门进进出出，穿梭在喧闹闷热的厨房与人们正低声交谈的凉爽餐厅间。我端的托盘里有一盘盘的食物，也有一盘盘的面包屑、剩骨头和其他垃圾；有满满的玻璃杯，也有空空的脏杯子。我端上一盘盘热气腾腾、摆盘精致、色泽鲜艳、香气四溢、令人胃口大开的菜肴。我收走那些脏兮兮、油腻腻的冷盘子。我端上酒杯，我收走酒杯。我轻捷灵动、态度亲切，给饥饿的食客奉上食物。来去之间，我帮一桌又一桌的客人点菜，上菜，满足他们的食欲。但我穿梭于餐桌之间，仿佛一缕轻风从人们的椅背后掠过，为的可不是这个！我可不是为此而生的！我生来是为了：他站在柜台后面稍稍靠左的地方，低垂着脑袋，只见一头乌发，灯光映照下的双手握着登记册，然后他抬起头，看见了我。我生来是为了让他能看见我，他生来是为了让我能看见他。他为我而生，我为他而生，为此，我们出入于日光与星光之下，来往于海洋与陆地之间。

范妮，1908

她一直是个聪明的乖孩子，就像她的父亲一样。她在学校表现优秀，拼写、作文、心算都有奖拿。她是联合学校选美比赛的春之公主。她是所在高中高年级女生戏剧的女主角，演出是在萨马希的芬兰礼堂，她捧着一束马蹄莲，站在那里唱：

> 我不管男人怎么想！
> 管他呢？管他呢？

她像女王一样提起裙子，鞠躬行礼。她们从哪里学的？她们怎么知道的？前一天还在海滩上像鹬鸟一样奔跑，第二天却如同女王一般站在舞台的灯光下高唱管他呢？，挺拔，坚强，甜美，所有人都为她鼓掌。我无法鼓掌。直到帷幕合上，我才松开紧握的双手。我为什么替她担心？我为什么还替她担心？她从没受到过伤害。她一直很出色。他们说：噢，看看你的小简妮！简妮在酒店招呼过我们。她出落得多美啊！玛丽跟着那无赖博·沃德跑了，连婚都没结，我倒是也替艾丽斯·莫尔斯感到难过，但她任由玛丽涂脂抹粉，整天跟伐木工和装卸工开车出去玩，还能指望什么呢？简跟玛丽一直是朋友，但玛丽跟那些人出去时，她从来不参与。这方面，我一点都不替她担心。她清楚自己的价值，她是个好姑娘，像杰克·沙维一样高挑优雅，拥有明亮的眼睛和愉快的笑声，但也同样骄傲。约翰尼则更像塞尔文，随和亲切，讨人喜欢。我不担心约翰尼。他不会受到任何伤害。我为什么要替我的女儿担心呢？我甚至都不敢说我的女儿。因为赌注太高。

我讨厌小赌注的牌局，杰克·沙维曾经说。一块钱一点怎么样，范范？他说。那是在奥怀希的农场，到了夜晚，他摆好克里比奇计分板，干爽的雪花敲击着墙板。我已经欠你一万块了，杰克·沙维！来吧，范范，一块钱一点。赌注太小没意思。

我担心的不是拉斐特。尽管他一副城里人做派，但我相信他是个好人，而且我知道他是爱她的。他们互相爱慕。我担心的就是这个吗？相爱是怎么回事？杰克·沙维。我的爱人是杰克·沙维。从看到他站在牛津的鞍具柜台后面的那一刻起，我就知道，我就是为此而生的。这似乎非常清晰明了，世上的一切，生命的全部，都在于那一副身体与头脑。所有信守的承诺，所有打破的承诺，都是你在爱情中的赌注。世上所有的财富，你一生的全部价值。倒不是说你失去了什么，或是有多么匮乏，而是说这一切全都不知不觉地消融于无形，难以分辨，日复一日地消磨殆尽，工作，聊天，生气，疲惫，一无所成，只有咳嗽，一无所有。没有牌局。你的过去和将来都去了哪里？爱情去了哪里？那些承诺去了哪里？那个承诺去了哪里？

也许这就是我担心她的地方。担心她像杰克一样被命运抛弃。担心她成不了事，无法实现自己的价值。女人做成过什么事吗？那可不多见。

男人相对容易些。但一开始都不容易，无论是男是女。

拉斐特·赫恩，我不知道，也许他能有点成就吧，也许不能。我也为他感到担心。为什么呢？我喜欢那小伙儿吗？是的，他们的爱情中也有我的份儿，我被卷入其中，我把他当儿子。

他总是昂着头。一个城里人，衣着考究，穿尖头皮鞋，浓密的黑发梳得整整齐齐。我喜欢他回头微笑的样子。他充满自信，也很能干。他是博览会大酒店的副经理，他确信自己能拿到旧金山那家新酒店的管理职位。他就是抱着这样的期望结的婚。很高的赌注。但他在三十岁的年纪已经干得很不错了。他有一种光环，前途光明。女人们都能看得到。他也能看懂女人。就连我，他也能看透，我知道的，有些男人可以看透所有女人。但他疯狂地爱着简。酒店经理的妻子，这对她来说将是一种全新的生活，一天到晚都有陌生人来来去去，精致的食物、饮料和衣服，快节奏的城市生活。这就是我为她担心的事吗？这就是我为他们担心的事吗？我害怕的究竟是什么？在阿斯托里亚的旅馆房间里，装扮停当，等着参加女儿婚礼时，为什么我的心跳得如此沉重，为什么我双手紧握？

莉莉，1928

怎么回事，哦，怎么回事，哦，血，血。我在流血。血，都是血，我死了。哦，让我进入黑暗的地底，树根之下。走开，走开，他——

他用他父亲的车载我，现在这车是他的了，在黑暗中离开派对，走得远远的，远远的。走得远远的，好让我藏起鲜血。

　　也许这是诅咒，也许诅咒来得早了。也许诅咒来到车里，来到黑暗中，来到路上，来到森林里。跳完舞之后，道路在黑暗中蜿蜒，森林里每棵树的每根枝杈上都坐着一名天使，身穿闪亮的白衣，大声哭喊。当时我知道她们的存在，但我现在能看到。然后所有天使都开始滴血。她们的，哦，闪亮的白衣上，两腿之间，有硬邦邦的棕色斑点，裙子上还有股怪味儿。那颜色像是杂货店后面的旧浴缸，就在祖母的楼梯旁边，里里外外都生了锈，剥落的红褐色，斑驳的棕色，碰一下就会把你的手指也染红。别舔你的手指，多萝西说，铁锈有毒，你会得破伤风的。也许这就是诅咒。所有的天使都躲藏在树林和星辰之间，躲藏在一片片巨大的阴影中，然后他——

　　我走进屋，母亲问，是你吗，亲爱的？我说是的。那是昨晚。此刻，我在光亮中看到血。

　　他关掉车头灯，四周一片漆黑，引擎毫无声息。我说，迪基，我们真的该回家了。哦，蓝松鸦，哦，蓝松鸦的叫声，但离阳光那么遥远。这里太黑了。请走开，哦，请走开，哦，请走开，哦，请走开，别碰我。请停下。一开始只有一点点血，但现在，它开始从我的手指、胳膊和腿上的毛孔里涌出来，染在所有的衣服上，床单上，结成硬邦邦的棕色血斑，就像有毒的铁锈。我能嗅到那味道。我不敢洗澡，我不该洗澡。水是干净的，如果我洗了澡，水就会变成红棕色，就会有我身上的味道。我会让水变臭。艾尔瑟小姐说，那不是好姑娘该用的词，但我，但我，哦，但是我哦，我不是——

我干了什么？我这是怎么了？发生这样的事都怪我自己，都怪我自己。好姑娘们——

但我说，咦，往那边拐做什么，那是去克拉桑德的路，不是吗？迪基——

迪基·汉布尔顿是个大学生。他在加利福尼亚念书，秋天再回来。我爱上他了。我们一定是互相爱慕。我穿着新裙子走进客厅，准备参加派对，他说，哦，小莉莉，语气那么温柔。莉莉，那么温柔。

多萝西离开了派对。她过来道别，但她是跟着乔·塞柯特走的，而我和迪基在一起，所以我怎么能跟她走呢？她告诉我，玛乔丽说所有男生都到丹尼·贝克博格的车那边去了，他有私酿酒，她看到迪基·汉布尔顿也在跟他们一起喝。但我还等着迪基回来跳舞。我一定得等他。我一定是恋爱了。乐队、舞蹈、仙女灯笼、别的姑娘们，这一切都在路的另一头，遥远、渺小而光明。迪基回来了，我们走，走啊，莉莉，我们去树林野餐。但现在是晚上，我笑着说。我想要跳舞，我喜欢跳舞。迪基拉着我转圈，我的白裙子那么漂亮，在仙女灯笼的光亮中随着我的舞步闪耀。我的白鞋踩在车厢地板上，但那些天使从巨树之间探出身子，淌下黑色的血，是铁的味道，铁棒的味道，哦！哦停下！停下！停下！停下！停下！停下！停下！停下！

旧金山，1914 夏

夏日的雾气笼罩着海面。白雾的触须探向光秃秃的山丘，大团的雾气聚集起来，越过金门大桥，抹去了海湾里的岛屿、水面上的船只和马林郡境内黝黑的山脉。青蓝色的天空映衬出一排山丘，山脚下，淡淡的灯光仿佛珠宝，沿着东湾的海岸排列成一条条曲曲直直的模糊线条。一艘灯火辉煌的渡轮在微微闪烁的水面上，朝集市街尽头那栋高耸的建筑驶来。

穿着晚礼服的一男一女从上加利福尼亚酒店走出来，在台阶上稍作停留。街灯和他们身后旅馆窗户里透出的光把黄昏分解成一块块光亮与阴影。街道里熙熙攘攘，充斥着人声和马蹄声，高耸的车轮轻盈地滚动。那女人深吸一口气，稍稍紧了紧她的白色丝巾。男人转过头看着她，露出微笑。

"一起走走？"

她点点头。

一名职员从旅馆里奔出来，用恭敬但紧急的语气说："赫恩先生，芝加哥发来电报——"拉斐特·赫恩转过身去跟他说话。简·赫恩站在那里，轻轻握住流苏围巾，留意到自己优雅的姿态，也留意到丈夫黑衣下修长精瘦的身体，还有他低声说话的声音；她也留意到自己在故作姿态，一动也不动，站在旅馆门前低矮宽阔的台阶上，就像一只海鸟，孤零零地矗立在广阔的海岸边，面前是一片黑暗。

他紧紧地挽住她的胳膊，显示出一种控制力。她顺从地跟着他走，用另一只手提起裙子，走下阶梯。穿越满是马粪和稻草的街道时，又再次提起裙子。透过一盏盏街灯和马车挂灯发出的光，凉爽而广阔的风从海面吹来。

"你穿得够暖和吗？"

"够。"

路过一家珠宝店时，她望了一眼橱窗，由于已是夜间，黑天鹅绒首饰托和绸缎衬垫上都空着。他开口了，语气干巴巴的，仿佛她的心不在焉让他有些不快："你的话我考虑过了。"

"嗯。"她应了一声，眼睛直视着前方，脚步也没有停下，尽管由于紧身夜礼服的拖累，步子迈不了太大。

"我打定主意了，你可以去你母亲那儿，就像你希望的那样，当然，带上莉莉。从七月到八月。你想去哪儿都行。在星光列车上定一间卧铺。如有可能，我九月份也会过去住一两天，然后咱们一起回来。一直以来，我工作都太忙了，简。我意识到，我要操心的事情太多了，忽视了你的想法。"

"也许是我操心的事情。"她微笑着说。

他克制地微微摇了摇头，略微有点不耐烦。他们继续往前走，他沉默了片刻。"你一直想去看你母亲。我发现我太自私了，一直把你留在这儿。"

"是你叫我留下的，然后我才留了下来。而不是你把我留在了这儿。"

"你为什么一定要这样抠字眼呢？我们所有的争执都是由此而起。不管你要我怎么说吧，我的意思是，把你留在这儿，是我太自私了。我很抱歉。我是说你可以去，随时都可以。"

她继续往前走，他从侧面瞥了一眼她的脸。

"是你说你想要这样的。"他说道。

"对，谢谢。"

他把她的胳膊往自己这边拉了拉，姿态略有放松。他刚一开口，她的喉咙里就发出一声轻响，仿佛是怀疑的笑声。

"我不知道哪里好笑。"

"我们在演戏，如果我们能好好谈话，而不是一再回避——"

"我说你可以做你说想要做的事，你说我演戏，回避。那你想要怎么样呢？"

他俩又走了半个街区，然后她才回答。他缩短步伐，让两人的速度保持一致，他们的鞋跟在人行道上发出清脆的响声。他们往北拐到一条比较安静的街道，此处的灯光不如集市街那样辉煌。

"做一个诚实的女人，嫁一个诚实的男人。"她说道。

一组强壮的柏雪龙马拉着四轮马车从他们身旁经过，车上载着许多十加仑的罐子，马车沿着街边前进，隆隆地穿过整条街区。他们穿过一条马路，拉斐特·赫恩紧紧挽住妻子的手臂，望向左右两侧。

"所以，"他轻描淡写地说，"你要我不断付出代价。"

"付出代价？为什么付出代价？"

"为那次误会。"

"哪次误会？"

"跟路易莎的事？当然，那是个错误，是个误会。要我说多少遍才行？我们多久就得翻一回旧账？"

"除非你不再对我撒谎。难道是我逼你撒谎的吗？"

"要是你一直都在翻同一本旧账，要是你对我一点信任都没有——我又能说什么呢，简？"

"你要我在你说谎的时候相信你。"她说道，仿佛是要他确认这句话。

"你总是这么怀恨在心，我要说什么你才相信呢？你不愿让我重新开始。你说过——"他的嗓音带着悲哀的战栗——"我们从头开始。但你一直不让我重新开始。"

又往前走了几步之后，她将胳膊从他的臂弯中抽出来，拉了拉围巾快要垂落的一角。雾气更浓了，远处的街灯变成朦胧的乳白色。

"拉斐，"她说，"我也想了很多。我真的有想过要重新开始——自从你跟她断绝来往之后。我明白，男人，有些男人有这个需求，我知道这是事实。在我看来，那就像醉鬼需要威士忌一样，但我知道这么说不太合适。这更像是饥饿。我猜你没办法控制，饿了就得要吃，你无法阻止自己。我明白这一点。但我不明白的是，你把这一切都说成是我的错。你说我不让你重新开始。但你知道这不公平。你已经重新开始了，只不过不是跟我而已。然后你还想说这是我的错。也许是吧。因为我无法满足你。但你总是拒绝承认。"

"因为这不是真的，因为这太荒唐了！你知道这不是真的！"他转过来跟她面对面，语气激动。她看见他的眼睛里闪着泪水。"我爱你！"

"我想你是真的爱我，拉斐。但我们讨论的不是这个问题。"

"就是这个问题！我们讨论的就是爱！我们的爱！跟你相比，其他人对我来说算什么呢？你是我的妻子，我的整个世界，除了你我谁都不在乎，难道你不明白，不相信吗？"

他们停下来相对而立，身旁是一栋木屋高耸的门廊。周围有许多大地震之后修建的房屋，比那木屋更大，更新。高高的灌木丛伸向门廊外侧，垂到木头台阶上，像是要为他们提供一个说话的地方，避开街道上来来往往的人，仿佛这是他们自家的门廊与花园。天已经快黑了，空气中的寒意越来越浓。

"我知道你说的是真心话，拉斐，"她怯弱而沮丧地说，"但谎言让爱变得一文不值，让我们的婚姻变得一文不值。"

"一文不值？只是对你来说而已！"他愤怒地指责道。

"那对你来说有什么价值呢？"

"你是我孩子的母亲！"

"哦？"然后，她半带着笑意说，"好吧，这倒没错。"她望着他，眼神中是毫不掩饰的疑惑，也要求对方给出坦率的回答。"你也是我孩子的父亲。所以呢？"

"走吧。"说着，他再次挽起她的胳膊向前走去。

她回头看了看房子前面的台阶和灌木，似乎不愿离开它们。"我们已经走过了整整一条街，不是吗？"

他继续往前跨步，她也跟了上去。

"已经八点多了。"她说道。

"我根本不想看剧。"

他在街角停下脚步，视线转向远处，然后说道："对我来说，你对我的信任是一切的根基。一切。假如这一点遭到破坏，像你说我想要你离开城里，离开这里是为了，是为了让我自己更方便——"

"如果是我想错了，我道歉。"

"如果是你想错了！"他苦涩而尖刻地重复道。她什么也没说。他放轻语气继续说，"我知道我伤害过你，简。我让你受到了极大的伤害。我不会替自己找借口。我是个蠢货，是个畜生，我很抱歉。我的余生都会因此而感到抱歉。只要你能相信就好了！我们就让这件事过去吧。让我们从头来过。但你要老是翻旧账，要是你不信任我的爱，我又能怎么办呢？要是我没法一直忍下去，那又怪得了谁呢？"

"怪我？"她直白地问道。

他握住她胳膊的手抓得更紧了，稍后，她不得不说："拉斐，放手。"他没有放手，但抓得没那么紧了。

就着马路对面街灯苍白的光，她望向他的脸。

"我们的确彼此相爱，拉斐。然而爱情、婚姻，甚至莉莉的出生——假如没有信任，这些还有什么意义？"她的嗓音越来越尖锐，说到最后一个字时已经有些破音，她发出一声尖叫，仿佛被自己的声音割伤了。她挣出自己的胳膊，用紧握的双手掩住脸面。

狭窄的人行道上，他警惕地站在她面前，不太确定该怎么办。他轻声叫她的名字，试探性地触碰她的手，就像触碰一个伤口。

她放下双手，握住胸口的白色围巾。"告诉我，拉斐，你真正相信的是，你有权做出你选择去做的这些事，对吧？"

过了一会儿，他轻柔而坚定地说："没错，男人有权去做他选择去做的事。"

她钦佩地望着他。"我真希望我是那种能不追究的女人。"

"我也希望！"他半开玩笑说，但也显出急切，"哦，简妮，只要告诉我你究竟想——"

"我觉得我最好还是去北方，回到家乡。"

"过一个夏天。"

她没有回答。

"我九月过来。"

她摇摇头。

"我九月过来。"他重复道。

"我自己会选择什么时候来，要不要来！"

他们互相瞪视，被她突然迸发的怒气吓到了。她抱紧双臂，把手伸到披巾底下取暖。银色的流苏在雾蒙蒙的风中闪烁。

"你是我的妻子，我会来找你。"他平静地安慰道。

"如果你的妻子只是你的女人之一，那我不要做你的妻子。"

这番话听起来很假，像是在排练。

"好了，回家吧，简妮。这件事让你情绪太激动，你累了。来吧。今晚不适合看剧，不是吗？"他年轻英俊的脸上现出疲惫。"你在发抖。"他关切地说道，然后搂住她的双肩轻轻推转，让她背过身来，靠在他身旁，为她挡住风。他们搂抱在一起，开始慢慢往回走。

"我不是一匹马，拉斐。"走过几个街区之后，她说道。

他低头看着她，面带询问之色。

"你对待我的方式就像萝妮被牛惊到时那样。说一些毫无意义的话，让她平静下来，然后牵回家……"

"不要太苛刻，简妮。"

她没有说话。

"我想要抱住你，保护你，珍惜你。你是我的至爱，我太需要你了。你是我生命的中心。但你总是扭曲我说的每句话，做的每件事。不管我怎么做，怎么说都不对。"

在行走中，他依然搂着她的肩，身体朝她倾斜靠拢，但他的胳膊僵硬而沉重。

"自尊是我唯一拥有的东西，"她说道，"你曾经也是其中的一部分，是最美好、最辉煌的一部分。可惜现在已经不是了，我不得不放弃，但我不想放弃别的。"

"老天，你到底想要怎样，简妮？你要我怎么做？"

"光明正大地做事。"

"怎么讲？"

"你知道我是什么意思。"

"用暗示、怀疑和指控把我逼疯，这就是公平吗？这就是你的自尊？"

"萨莉·埃吉斯。"她低声说道，语气中带着强烈的羞耻。

"什么，"他淡淡地说，停下脚步，从她身边退开。许久，他才喘着气说，"我受不了了，受不了你没完没了的嫉妒。还要暗中监视，当作要挟的资本。我以为你是个有器量的女人。"

她愣了一下，在路灯下苍白的雾气中，她的脸绷得紧紧的，没有一丝血色。"我也以为。"她说道。

接着，她继续迈步向前，流苏围巾紧紧地裹住双臂，一直覆盖到咽喉。走出几步之后，她回头瞥了一眼。他没有动。她停下脚步。

"你说的对，"他说道，语声不高，但很清晰，"这没有用。我不知道你想要什么。随便你吧！"

他转身离开，鞋跟急促的踢踏声越来越轻。她犹疑不决地站在那里，看着他高大挺拔的身影在翻滚的雾气中逐渐模糊。

她转回身往前走，一开始有些犹豫，回头看了几眼。雾气更浓了，朦胧的灯光下，房屋、灯柱、行人、马匹、马车和汽车都变成了一团团游移不定的幽影，无法清晰地分辨出其形状与方位。夫妇俩都还没走出一条街，便消失在彼此的视线之中。集市街上，马车和汽车的灯光更密更亮，半透明的空气中让人分不清自己看到的是转动的车轴还是轮辐的影子，就在这美丽而神秘的幽灵与幻像之间，传来了孩子们的叫声，海鸟一般。开战了，他们用稚嫩的嗓音喊道，开战了！开战了！

弗吉尼娅，1971

一团团、一丛丛、一圈圈，形状各异的泡沫堆被十一月的白浪裹挟着涌向岸边，又被风卷到潮湿的沙滩上。在水面上洁白明亮的泡沫，到了沙滩上就变得暗淡。风暴来临时，深海波浪猛烈拍击着海底丛林中的巨型海带，断裂的茎叶被搅打、分解成气泡，再被风浪打发成持久不散的泡沫，漂荡于海面之上，最终被海浪卷到岸边。随着活体细胞的腐烂，泡沫不再是盐白色，而是氧化成淡黄与暗褐色。这是被死亡染上的色调。假如它是由纯水构成的泡沫，就会像淡水溪流里的水泡一样立刻破裂。但它是由海水构成的，孕育着丰盈的生命，而生命必然会死亡与腐烂。它是浑浊的，绝称不上纯净。它是生命之液，就像羊水的浓汤。不慈的冬日之海，如此冷酷，溺死人类、倾覆船只，从唇间喷射出疯狂的泡沫。在她的唇齿之间，泡沫并非纯粹的咸味，而是像不断涌出的低档香槟，带有一股寡淡的泥土味，还会在你齿间留下一两粒细沙。

连绵的海浪将泡沫推聚到一起，仿佛一团团雷雨云。浪花退去，将它们东一块西一块地留在沙滩上，像枕头，像波浪，在风中阵阵颤抖，犹如白皙丰满的肉体，天然让人想到女性，尽管它们根本与女性无关。这些软弱、迟钝、松弛、无助的多孔猪油块，男人对女人的所有这些轻视、书写和描摹，如今都如凌乱蓬松的泡沫般在海滩上战栗着，任由孔武有力的波浪和强劲凛冽的寒风摆布。泡沫堆仍在继续分解，其中有一部分在湿滑的沙子上快速滑动，形态滑稽，仿佛是有生命的活物，抵达较为干燥的沙地后便停顿下来，在原地晃动，或是挣脱开来，继续朝沙丘顶端滚动，边滚边缩小，直到再次停滞不前，便颤动着继续缩小，逐渐消失不见。

一阵狂风掠过，一队队泡沫安静而专注地往前滑行，然后停下来，微微颤抖，不断缩小、减损，随着相邻的泡壁破裂、融合，整个脆弱的无形构造不断塌缩、分解，然而这其中的每一团、每一角、每一片泡沫，都是一个实体，一个短暂的存在：这些相连在一起的气泡被看到、被感知到了，在我存在的时段与它存在时段的交会处——我的双眼、大海，以及涌动的空气。我们沿着海滩飞翔，潮湿苦涩的外膜中裹着一团空气，在晨曦中泛着白光，不能被抓住，只要轻轻一碰，便会消失无踪！

简，1929

我找啊找啊，我一定要找。我一定要找到她。我不该这样疏忽的，现在她不见了。我的表丢了，被偷走了。我必须前往隐藏在光秃秃的黑色群山间的小镇，到那里的珠宝店问问。珠宝商常会收到赃物，他们知道该去哪里找我的表。我驾着福特车进入峡谷，下方是看不见的河流。峡谷上方的高地就是我出生时母亲居住的荒原。我驾着车深入高耸的山崖之间，但珠宝商已经不在这个小镇上住了。街上的男人们在讨论钱。他们瞥了我一眼，咧嘴一笑，然后转回头去。他们低声交谈，发出阵阵笑声。他们知道它在哪里。一名戴黑色针织围巾的幼童沿着山岭间肮脏的街道奔跑。我跟着她，但她远远地跑在前面。她一拐弯，钻进一个嵌在一堵长长的墙里的门洞。我到达后，看到门内是个带百叶窗的庭院。庭院里只有一口干枯的井，以及破损的井盖和断裂的绳索。

我是在缝纫时记起这个梦的。我坐在缝纫机旁，机针咔嗒作响，就好像梦里汽车在路上颠簸的声音。

莉莉，你今天早晨有喝牛奶吗？

她去冰箱里取出牛奶。她很顺从。她总是很顺从，总是爱做梦。然而我并不是一直像现在，像我努力想要表现出的这样温和、耐心和细心。

我一边缝纫，一边清醒着做梦。我带着她坐火车去加利福尼亚，去斯坦福，去那男孩念书的地方。我在绿草地上找到了他。他跟朋友们在一起，都是些富家子弟。我对莉莉说，看看他，看看这个蠢货，看看他粗笨的双手和聒噪的笑声，这就是威尔·汉布尔顿引以为豪的瘪犊子！你怎么会被他羞辱到？对你来说，被他粘上跟被一团烂泥糊住有什么区别？我对那男孩一顿数落，令他目瞪口呆，浑身颤抖，然后我张开手掌，使劲儿扇了他一巴掌，他哭哭唧唧地蹲下来，怂得不行。怂包一个。

然后我们到了旧金山，不是斯坦福，站在我们面前的是拉斐。我对她说，这是你父亲，莉莉。她抬起头看着他。他的毛发已经灰白，甚至有些谢顶，腰身也不再柔韧，但他仍是个英俊优雅的男士，看上去比实际年龄要年轻。他看着莉莉，仿佛她仍是个小宝宝。那时候，他常常让她坐在自己膝盖上，一边摇晃，一边唱：嘿，莉莉呀，莉莉呀，嘿，莉莉哦。但他的脸变了。看到她之后，他的目光变得凝重。你怎么了？他问道。

一口枯井，一截断绳。

给她取名的是拉斐。我本想叫她弗朗西丝或者弗朗西丝卡的，以示与母亲和旧金山的渊源。弗朗西丝卡·赫恩，很好听的名字。但拉斐想叫她莉莉。

据说他们打算在金门海峡造一座桥。

莉莉，傻傻的小莉莉，不要在黑暗中下到井里去，快上来，快抬起头。哦！你不是第一个叫莉莉的女孩，也不会是最后一个。但她让他进来了！这是第二次！她让他进来了，让他进了屋，进了我们的家！她有什么不知道的！我什么没告诉过她，什么没教过她？我怎么就养了这么个傻瓜？独自在树林里，独自在车里，面对他粗壮的大手和躯干，她能怎么办？她一整天都待在自己房间里，说是身体不舒服。我以为她的生理期到了。我没留意观察她。我没有多想。邮局的事很忙。我没留意观察她。然后，就在那天晚上，他来了，抓挠她的窗户，像小狗一样呜咽哀求，于是她就让他进来了。她让他进来了。我无法原谅她。我要怎么尊重她？她让他进了我的家。她以为她必须这么做，她以为自己爱他，以为自己属于他。我明白，我明白。然而她让他进来了，进到这栋房子里，到她的床上，到她的身体里。

玛丽说，他应该娶她。她说，要勇敢面对汉布尔顿家的混蛋。勇敢面对他们？让她嫁给他，让她每晚都躺在那里，等着他在法律的庇佑下，用粗笨的身体压着她施暴？不。他们匆匆忙忙地把他送回了那所富家子弟念的学校。让他待在那里。他可以炫耀说，自己如何强暴了一个姑娘，然后她有多么享受，第二天晚上又让他进了屋。他们会喜欢这故事，他们会相信他。他离开了，那正是我所希望的。但我不知道莉莉去了哪里。

有人说看到过这姑娘一直在镇上干什么。说她果然在到处卖弄风情。但凡有点廉耻心都该把她送走。基督教的道德。单亲家庭的孩子。全都是意料之中的事。

她像幽灵一样走在人群中，仿佛人们看不见她。她消失了。

是她把自己送走了吗？这就是她的去向？也许她只是暂时离开了。也许她躲了起来，躲在内心深处的黑暗里，躲在人们看不到的地方。但她不能一直躲下去。也许当她的孩子出世时，她也会现身。也许她会跟着一起走出来。也许她能够重获新生，开口讲述自己的事。也许到了那时，她不会再像从前那样拔自己手指、胳膊和大腿上的汗毛，一个十七岁金发女孩那纤细柔软、几乎不存在的汗毛，一根又一根，直到光滑白皙的皮肤看起来就像是浸在血水里的海绵。

金门海峡上架起了一座桥，一座雾中的桥。我追着一个孩子，一个小女孩来到桥上。等等我！等等！我追着被人从我身边掳走的女儿，进入黑暗与迷雾之中。

莉莉，1931

这是我的房子。房主是母亲，但她说这里永远是我的家。这是我的房间，窗外有一大片杜鹃树。他就是从那里进来的。杜鹃树被他弄得咔嗒作响，折断了许多枝杈。我的心怦怦直跳，我看到它在我的睡衣底下跳动，像只动物。他敲打窗台和玻璃。莉莉，莉莉，让我进去！于是我知道，他那时是真的爱我。

昨晚在车里，在森林里，那是个误会，是个意外。他醉了，他喝了酒，他不知道自己在做什么。但他第二天晚上来到我家，来到我的窗前，那是因为他爱我。他不得不离开，因为他的父亲说一不二、冷酷无情又野心勃勃，但他是真的爱我。这是我们的悲剧。我喜欢自己的房间。我喜欢把干净的被单铺到床上。

我不喜欢让小宝进我的房间。天使们总是跟着她一起进来。她们站在窗口，不让我获得安慰。她们站在门口，不让他的爱进来。天使不让我拥有悲剧。她们拒绝这一切，用明晃晃的剑把他赶到屋外。他连滚带爬地爬出窗户，因为他觉得自己听到了母亲的声音。我最后看到的就是他的一条腿，一只脚，还有他的鞋底，从此我就再也没见过他。因为走得太匆忙，他都来不及系鞋带，他的鞋底连同他的人一起从窗台消失了。他以为他听到的是我母亲的声音，但那只是走廊里的猫，而曙光已经用它明晃晃的剑刺穿了天空。他慌乱地爬进杜鹃树丛，折断了许多树枝。它们决不会再允许他回到花园。

我看到小宝弗吉尼娅在花园里，和天使们在一起。她醒着的时候，天使们常常跟着她。我倒是希望，当她在婴儿床里入睡时，能有个天使看护她，一个高大的护卫，面带沉思，在阴影中守护着她。我在杂志里见过类似的图片。当她在阳光下的花园里奔跑，或是像个软绵绵的小包裹一样走在雨中，她们都会跟着她。她常常跟她们交谈。昨天，她抬起头，小脸上充满疑惑，对花园里的一个天使说："金尼娅要怎么办？"我从没听到过她们的回答。也许她能听到。

一个温暖的夜晚，我俩坐在门廊上，成群结队的天使聚集在那株大杉树低处的枝杈上，我忍不住悄声对她说："你看见她们了吗，小宝？"她没看她们。她抬头看着我，展露出最睿智、最亲和的微笑。天使们就算是看着她的时候也从来不笑。她们神情肃穆。我把她抱上膝头，她的小脑袋靠在我的胳膊上，睡了过去。然后天使们离开了那棵树，穿过草坪，走向群山。我想她们来自海洋，最终要去往群山。她们的剑所发出的光，即是山脉顶端和大海对面的光。

一条腿，一只脚，一只肮脏的鞋底从天堂的窗户里被扔了出来。天堂并不存在。我不怎么去教堂。只有对天使感到厌烦的时候，我才跟多萝西一起去教堂，好躲开她们。多萝西允许我拥有悲剧，她是我真正的朋友。假如有天堂的话，我就能去那里寻求宽恕，把一切洗刷干净，然后我就可以拥有悲剧。但天使们不会允许我去的，所以我只能回自己房间。

不，小宝，不要进妈妈的房间。咱们去厨房吧，好吗，做馅饼当晚餐。小宝喜欢蓝莓馅饼吗？小金尼娅愿意帮妈妈吗？

"南莓馅饼！"

天使们从来不笑，也从来不哭。我不让她们看见我为迪基的爱而流的眼泪，因为她们会把我宝贵的眼泪像垃圾一样扔到窗外，就像扔出一双旧鞋子，砸得杜鹃树丛窸窣作响。我从她们手中拯救了我的爱。我的爱，我的爱！窗台上一只一晃而过的脚。

昨晚我正唱着歌哄小宝睡觉时，母亲来到房间里，于是我记起小宝出生时，她也在这间屋子里，默默地站在昏暗的光线中，显得那么高大。她是如此高大，面带沉思，站立在阴影中，但我从未对她说起过那些天使。

简，1926

这么多年过去了。可怜的拉斐，听起来他这次是栽了。我很想见见这个叫桑塔·莫妮卡的女人。他从来都没有挑选女人的概念，除了我之外，而且他也不知道要怎么留住我。不过至少他以前的运气还不错，没有陷入无法自拔的境地，不过也到此为止了。我倒情愿他是自由的，尽管跟我们所拥有的相比，那也不算什么，但多少还是有一些的。现在已经一点都不剩了。没有她我活不下去，他痴迷地写道。一个像他这样的男人怎么会变成阴茎的奴隶？

很奇怪，我竟想到这样的话，从前，这类词汇甚至都很少出现在我头脑中。如今母亲已经去世了。她不喜欢听到这种话。倒不是说她有多保守。而是因为词汇会发生演变，甚至会改变世界，这真奇怪。我离开拉斐时，她并不赞同，但她也从没说我应该回去找他。你已经尽力了，她说。不过离婚会让她感到羞耻。她也不希望听到这个词。

我并不感到羞耻，但我也不喜欢这种苦涩的结局。现在我明白了，我当时还有着更多的期待。如今，我已经不再做这样的白日梦：等到我俩都老了，他生了病，回到这里，回到我身边。我会让他住进朝南的屋子，照顾他，给他送去汤和报纸。然后他会死，我会哭，然后继续活下去，但一切都将回到从前，回到还没破碎的时候。然而事情并没有如此发展。我们没能回到从前。

他甚至都不曾想到问一下莉莉，忘了自己还有个女儿。

于是，我就要变成一个离异女人（divorcée）了，这个花哨而愚蠢的法语词。为什么要特指女人呢？他不也是个离异的男人（divorcé）吗？他的那个女人拥有马利布的海滨地产，但我敢打赌，她并没有。我敢打赌，她想要。我敢打赌，他们有某种见不得人的交易，欺骗性的，而拉斐陷了进去，就像以往无数次发生过的一样。他的口味有点重。可怜的拉斐。可怜的我。我永远都成不了寡妇了。我永远不会知道他埋在何处。

收到他的信后，我需要出去走走，去海滩上，去天空下走走。波浪从阳光下的雾气中涌来，有一种类似珍珠的光泽。我一直走到沉船角。返回时，海滩上有些来消夏的人，现在这里总是有人在。包括住在瓦伊尼家的一家人，还有住大酒店的人。他们中有个削瘦的男孩，让我立即想到了拉斐。他大概十二三岁，还是个孩子。他奔向水中，那是溪流汇入海洋之处，有环礁湖，也有浅水滩，多么英俊的男孩，他高高地踢起腿，帽檐一直压到眼睛，鼻子向上仰起。他在家人面前像小丑一样奔跑跳跃，轻盈如光，溅起一片片水花。我心想，哦，他们会有什么样的命运？我的心犹如洗碗布一般搅成一团——这些可爱的男孩会有什么样的命运？

然后我看到另一个男孩，年纪要更小一些。他们全家人正排成一列拖着脚步往前走。在海滩上待了一天，他们都很疲惫。这是他们的假期，不能浪费，因此他们奋力朝着沙丘顶端走去，而那最小的一个落到了最后，站在原地大哭。他收集的海鸥羽毛撒落在地上。他的脚边全是沾了沙子的羽毛。他在大哭：哦，我的羽毛都掉了！眼泪与鼻涕顺着他的脸流淌下来：哦，等一等！等一等！我得把它们捡起来！然而他们没有等他，也没有转身。他大概六岁，也可能是七岁，已经过了为羽毛哭鼻子的年龄，应该成为一个男子汉了。他只能一边哭，一边跑着追上他们，把那些羽毛留在身后的沙地里。

于是，回家的路上我都在想着小爱德华·汉布尔顿。他们都叫他小矮子。那三个大男孩，还有那装腔作势、每天下午到处蹭糖果吃的瓦妮塔，威尔当然也是，就连多维也这么叫他。威尔坏笑着说，那是多维一时兴起想到的，就好像这件事没他的份儿似的。他们不会一时兴起想到爱德华，他们根本就不会想到他。也许正是因为如此，这孩子跟他们都不一样。他是个聪明的小家伙，很喜欢莉莉，总是围着她转，叫她维莉。他聪明可爱，然而他们从不回头看他，从不听他说话。威尔除了在揍他的时候，根本就不理会这孩子。都是闹着玩的，他说，为了让那小子变得坚强。我常看到迪基吓唬那孩子：把手拿开！你知不知道自己在干吗！十八岁的人了，欺负一个五岁的孩子。毫无疑问，在他们看来，这是在把爱德华培养成男子汉。

有时候，我会以旁观者的视角向自己提问：她为什么回克拉桑德？她为什么把孩子带回这里抚养？我不知道答案。我喜爱加利福尼亚，我喜爱这个城市。然而为什么一有机会，我就立刻逃回了这个世界尽头的小地方呢？为了回家找母亲，那是没错，但又不止于此。昨天我爬上了我的那块地，沿着栅栏走了走，围栏外的海岬高地东侧有木材公司在伐木，我开始琢磨怎么在这里建一栋房子，就像我和母亲常聊起的那样。这件事我想过多少次了？得有上千次了。我还在想，要是我把杂货店的另一半股权卖给威尔·汉布尔顿，就像他最近一年来一直都在暗示的那样，那我就能把这笔钱投入房地产。我可以买下克拉桑德溪以南的那块地，就在主街旁边，能盖十栋房子。那片地的最东头将会成为建造木材加工厂的绝佳地段，德雷克先生上个月在萨马希说过这话。地的主人是简森。他会卖给我的。假如我有现金的话。靠管理邮局，我永远不可能买下它。而且，终止与威尔·汉布尔顿的合作，对我来说是一种解脱。我得一边盯着他的手，一边盯着他的账，我跟玛丽说过，就像是在跟一头公象做生意，两头都得盯着，不然它不是用鼻子卷住你，就是一屁股坐到你身上。

我的生活，我的一切全都在这里。不过我会尽量多带莉莉去波特兰，我不想让孩子活在愚昧之中。要是她嫁到了克拉桑德外面，我会很高兴。这里没有适合她的人选，也许要等到她开始跟高中同学一起出去玩，才会遇到不错的年轻人。我也考虑过，高中的最后一两年，把她送去波特兰的圣玛丽中学。玛丽也说要送多萝西去。我不确定。我只知道我被绑在了这里。我的灵魂无法越过布莱顿海岬。我不知道这是为什么。一直以来，我真正想要的只有自由。我也得到了自由。

弗吉尼娅，1935

之前我都挺喜欢自己画的画，大家也都喜欢。但今天，我想要给外祖母画麋鹿。我知道它应该是什么样的，就像我在我们家那块高地上见过的那样，或是像橱窗里的杯子上那样。我想把它当作生日礼物送给外祖母。在我的笔下，它看起来就像一支雪茄，上面伸出几根棍子。我小心地描画线条，然后用黑笔加粗，再把空白的地方涂黑。太难看了，我只能把它涂掉，重新拿一张纸。这次我画得很轻很轻，所以就算一条线画错了，也还是可以把它擦掉，然而结果仍是一样。我能想象麋鹿的模样，但画出来就只是个丑陋而巨大的四不像。我把它撕掉重来，但这一次更糟。我开始生气地哭喊。我踢了一脚桌子腿，房间里那张讨厌的旧牌桌便翻倒在地，我的彩笔全都摔断了，我开始嘶喊，然后她们都进来了。

母亲捡起彩笔，外祖母把我抱起来，让我坐在她腿上，直到我停止号叫。我想要告诉她麋鹿和生日礼物的事。那可不容易，因为我正哭得上气不接下气，而且她抱着我，也让我感到困倦。我听到她体内的声音说，我明白，没关系，然后母亲也凑过来坐到床上。我靠在她身上，想看看是否也能听见她体内的声音。我能听到，她说，该洗脸了，金妮。

我没有生日礼物可以送给外祖母，所以只能给她讲了那只杯子。我告诉她，瓦伊尼店里有一只杯子，我本想照着它上面那只麋鹿的样子来画的。于是，午餐后，她说道，咱们去看看那只杯子吧。我俩走到瓦伊尼的店铺，杯子仍在橱窗内。那麋鹿看上去高贵威严，周围有一圈被外祖母称为花环的东西。啊，我感觉这是一头高贵的麋鹿，外祖母说。我们走进店里，她用五分钱给自己买下了杯子，但她说这是我送她的生日礼物，因为如果不是被我发现，她永远不可能拥有它。瓦伊尼先生说这是一只剃须杯。我猜那是剃胡子用的。我说也许她可以用它来喝咖啡，但外祖母说她更想留着它当摆设，跟五斗橱上的印第安篮子和从旧金山带来的象牙镜子放在一起。

莉莉，1937

我坐在客厅沙发上缝缝补补，那是一个晴朗的冬日，日出后的一小时，阳光从东窗射进来，直直地落到我在缝补的衣服上。光线从云杉的枝杈间钻出来，直扑向我的脸。我被那明亮的光逼得闭上了眼。一股暖意穿过我的身躯，穿透灵魂与骨骼。我通透地坐在原地，知道是天使们来了。我被光明洞穿，感觉到温暖。我就是太阳。天使们融入太阳的光辉，她们离开了。

稍后，我能睁得开眼睛了。我的胸口和膝盖都暖暖的，刺眼的光辉变成了穿过空中的一束光。尘埃的微粒悬浮于光束中，如太空里的天体一般无声地移动，又像人们说的恒星一般闪亮，我们所有人都是闪烁的尘埃，时而飘到一起，时而又分开。

弗吉尼娅，1957

这就是我的母亲，一个坚强的女人，她的力量来自孤独；也是一个柔弱的女人，沉溺于空想的喜悦。父亲并不是一个男人，而只是一滴精液。他播下种，却没有养育。谁是强暴者和被强暴者的孩子？

从没人说起珀耳塞福涅是否生过孩子。冥王、亡灵审判官、财富之神强暴了她，并将她扣留下来做他的妻子。她从未怀过孕吗？也许冥王没有生育能力，也许她曾在地狱里堕过胎。也许地狱里出生的婴儿都是死胎。也许在地狱，胎儿会永远留在子宫内，因为据说那里就是天堂。这些假设都有可能是真的，但我认为珀耳塞福涅生过孩子，她在恩纳的原野里遭到强暴的九个月后便生下那孩子。她正在那里采花，春天的花朵，黑暗之王的黑色战车从地下冒了出来，将她俘走。因此，那孩子出生于地底死气沉沉的冬季。

后来，珀耳塞福涅每年可以跟母亲一起生活六个月，她把这个小家伙包得严严实实的，抱在怀里，爬上层层阶梯，走过长长的路，来到光明的世界。来到母亲的家里。"母亲！快看！"

德墨忒尔将她俩揽入怀中，就像一个在采集花朵或稻谷的妇女。

婴儿在阳光下如同野草般苗壮成长，等到珀耳塞福涅该回到地底，跟丈夫一起度过秋冬时，她母亲想要说服她把孩子留下。"你不能把这个可怜的小家伙带回那可怕的地方。这不利于她的健康，塞菲。她绝不可能顺利成长！"

在这栋明亮的大房子里，她母亲既是厨师，也是主妇。珀耳塞福涅很想把孩子留下。她想到了她的丈夫，那位亡灵审判官用那双水煮鲑鱼般的白眼珠看着这孩子的样子，在那双眼睛看来，每个人都是有罪的。她想到了地下世界有多么黑暗潮湿，困在头顶的岩石下，孩子没有可以奔跑的空间，除了金银珠宝也没有其他玩具。然而按照他们的说法，她已经签下协议。背叛，她已经吞下背叛的果实。七颗石榴籽，就像她的血一样红，她已经将它们吞下，背叛了自己。她吃下了主人的食物，便再也无法获得自由，而她的孩子是奴隶之女，也无法得到自由。她永远只能有一半的自由。于是她抱起婴儿，走下黑暗的台阶，孩子的外祖母只能愤怒地独自待在空旷明亮的大房子里，整个冬天，雨水不断地抽打着屋顶。

天王是珀耳塞福涅的父亲和叔父。强暴她的冥王是她的叔父和丈夫。她还有另一个叔父：海王。

许多年来，珀耳塞福涅和她的女儿在黑暗与光明之间来来往往，有一次，当她们在地上世界时，珀耳塞福涅的女儿悄悄溜走了。她得放轻脚步，还得擦亮眼睛，因为母亲和外祖母从不允许她跑到视线之外，但是谁让她们那么忙呢，在花园里忙完又在厨房里忙，种植、除草、烹饪、制罐……打理世间的各种家务。于是小女孩独自溜了出来，跑到了沙滩上，跑到了海岸边。那个像鹿一样奔跑的女孩啊——她叫什么名字来着？我不懂希腊语，所以不知道她的名字，她就只是个女孩，跟所有普通女孩一样——她跑到沙滩上，沿着海边行走。浪花在阳光下翻滚，白马的鬃毛被风吹得向后翻卷。她看见一名男子驾着白马，站在飞驰的战车上，那辆晶莹闪烁的白盐战车。"你好，海王叔叔！"

"你好，侄女！你是一个人出来的吗？这很危险！"

"我明白。"她说道。但她真的明白吗？只有自由的人才可能明白，她怎么会明白？她只有一半的自由，怎么会明白？

海王将白色鬃毛的马群径直赶上沙滩，然后伸手去抓她，就像冥王当年抓她母亲那样。他伸出冰冷的大手，抓住她的手臂，然而她的皮肤一阵闪光，骨肉消失于无形。他抓了个空。风从那女孩的身体穿过，她成了泡沫。她在海风中闪烁着，然后便消失了。海王站在战车里，凝视着这一切。波浪拍打着沙滩和战车，化作四散的泡沫，而那女人又出现了，从泡沫之中诞生的女孩，她是星球的灵魂，星尘的女儿。

她伸出手去触摸海王，于是他也化为泡沫，晶莹的白色，一如他所曾是的样子。她看着这个星球，看到的是时间海岸泡沫中的一个气泡，那便是它所曾是的。那么，她自己呢？一个短暂的存在，泡沫中的一个气泡，那便是她所曾是的，曾被娩出，再次被娩出，同时也孕育着新的生命。

"孩子去哪儿了，塞菲？"

"我以为她跟你在一起呢！"

哦，厨房里，花园里的恐惧，深深刺入人心，带来一股寒意。又一次背叛，永远的背叛！

那孩子悠闲地步入花园大门，甩了甩头发。她将面临斥责、禁足，一场严肃的谈话。难道你不为自己感到羞耻吗？多么羞耻！羞耻！羞耻！然后她会哭泣，会感到羞愧与害怕，会接受安抚。她们会一起哭泣，在这尘世的厨房里哭泣。她们一起哭，一起流下温热的眼泪，这些女人在厨房里，远离冷冰冰的海岸，远离那盐晶般明亮闪烁的宇宙边缘。但她们知道自己身处何地，知道自己是谁。她们知道是谁在打理房子。

简，1935

我建了一栋房子，母亲。就在你那片地上，我们那片地上，在布兰顿海岬，原本凯利家所在之处。如今，钱很管用，而我已经存了十年。伯特·布朗愉快地揽下了这活计，因为也没什么别的人要造房子。所有支架用的都是从博览会大酒店拆下来的旧木材，我曾在那里当招待，也是在那里，我遇到了拉斐。去年，约翰·汉纳把它给拆了。想要什么随便拿，他说。他用那些木材盖了两栋房，我盖了一栋，用那细腻洁净的冷杉木、镶板的门和白橡木地板。这是一栋漂亮房子，母亲。我真希望你能亲眼看一看。你打理过丈夫买下的房子和农场，也曾买卖地产，还把赫姆洛克街的房子给了我，但你从没有自己的房子，一直就住在杂货店楼上。但你总是说，我想在布莱顿海岬建一栋房子，就在那块地上。

昨晚我第一次在那里过夜，尽管楼上的墙还没砌好，水管也没接通，尽管还有一千样东西还没完工。然而那漂亮宽阔的木地板早许多年便已存在，还有那雪松木的屋顶，窗外就是大海，我睡在我那俯瞰大海的房间里，整晚都能听到海浪的声音。

第二天一早起床后，我看见麋鹿从旁边经过。天刚蒙蒙亮，勉强能让我看到它们穿过潮湿的草地，进入树林。一共有九头，顶着王冠似的鹿角，踩着高贵的步伐，其中一头在走向黝黑的树林时，抬头看了我一眼。

我打了些溪水，在火上煮了杯咖啡，站在厨房的窗前喝。天空现出鲑鱼红，河边湿地里飞出一只大蓝鹭。之前，我并不知道鹭飞起来什么样。这个在天空中展开宽阔的翅膀，缓缓滑翔的生灵是什么？然后我知道了，就像理解一个外语词汇，就像看到自己的名字用一种陌生的字母拼写，我认出了它，于是我脱口而出：鹭。

五十年代夏，六十年代夏

夏天，回家，大学假期，搭乘火车，从那有着厚重的历史与人文，也有着重工业的东岸，从祖辈建造的那些古老的、自我陶醉的城市，穿越整片大陆。离开她的母校（alma mater）——所谓提供哺育的母亲，回到了家，尽管对于弗吉尼娅来说，大学更像是一位富裕而知名的老先生，一个祖父，一个忙于重要事务、几乎不知道她存在的长辈。在他那座丰饶、华美的宅邸里，她学会了安静度日。这是一种可悲的关系，但她是个好姑娘，她在不停地进步。不过到了夏天，火车便会载着她回家，穿过草原，穿过群山，远离他的世界，一路向西。

给她和戴夫主持婚礼的是一位治安法官。"你确定不叫你母亲来？"他恳切地问。她笑着说："你知道的，我们家的人都不太喜欢婚礼。"他们的蜜月是在新罕布什尔州和缅因州度过的，就在他父母和远房亲戚们的那些避暑别墅里。他的奖学金拿去付了自己的学费，他们过活靠的是她打字及编辑论文与学期报告的收入。戴夫第一次来到西部，就是在写完学位论文的那年夏天。

　　外祖母搬到了赫姆洛克街的房子，跟母亲一起住，让这对小夫妻可以独享布莱顿海岬的房子。她说，这样就没有碍手碍脚的老太婆了，戴夫也能不受干扰地干活了。外祖母还说，男人在犄角旮旯里没法干活，他需要大展手脚的空间。一两天过后，他将外祖母的橡木工作台从楼下的西窗移到了一堵内墙边。他说写作时抬头看到海会让他分心。他说，从错误的角度看到海让他感到很别扭。他说，太阳不会落入海中，我很乐意回到现实世界。而回到自己的世界之后，他会说，风景太美了，广阔的空间。我妻子来自厄勒甘。他念这个地名的方式就像是在说外语。他念不对一个州的名字，她觉得很有趣，很可爱。在来东部之前，我一直以为正确的读音是舍克奈克托第，她说。他感到不可思议。谁都知道，那应该念斯克内克塔迪[1]。这一点也不好笑。

　　夏日，在西卧的大床上醒来的夏日早晨，一睁眼便能透过宽阔的窗户看到海洋上方的天空。无论是醒着还是在睡梦中，都能听见大海。波浪反复冲刷着布莱顿海岬底下的岩石，发出

---

[1]　Schenectady，美国纽约州东部的一座城市。

平静安宁的声响，永不停歇。戴夫总是写到深夜，经常两三点才睡。因为他认为只有干个通宵，日夜颠倒，才算是真正的工作。他摸黑爬上床，刚刚结束紧张的写作，神经还绷得紧紧的。弗吉尼娅往往会被他吵醒，黑暗中，她将他拖入大海的节奏，随着潮水涨落，平静持久的波涛声让他们双双入睡。黎明，鸟群执着的合唱将她唤醒。第一丝曙光出现时，她便会来到户外。那年夏天，她有两次看到麋鹿从森林和房屋之间走过。稍后，太阳从沙漠、草原和老城的方向升起，爬上蓝色的海岸山脉。然后，到了十点或十一点，戴夫也会下楼，手中端着咖啡杯，沉默地坐下，慢慢地清醒过来。他坐到那张对着墙壁的桌子前，开始工作，反复修改他的论文《庞德与艾略特的文明意象》。他跟导师通电话，一讲就是几个小时，漏掉一条脚注都会令他无比恐慌。她懒懒散散地沿着海滩行走，把自己交托给太阳和风。她用野生的梅子制作果酱，她在祖母的房子里操持家务。有时她也写作，但每次都将未完成的作品搁置一旁。写作是一种背叛。他的工作很艰辛，很重要，而她的写作会耗尽他亟需的能量。

下一次回到家，已经是三年后的夏天了。戴夫接受了布朗大学的工作机会，拒绝了薪酬更高的印第安纳大学。我不想走岔道，他说道。她也赞同这一点，尽管她陪他来到布卢明顿参加面试时，对此处充满向往：校园里有高耸的树林，萤火虫在内陆宜人的黑暗中闪烁。那依然是一场梦，现实在东部。但他知道她想家了。

"今年夏天去蒂拉穆克海岬徒步怎么样？"

"算了吧，你不行的，会掉进海里去。"

写论文的那个夏天，他们就一直说要去蒂拉穆克海岬徒步。

"别这样，"他说，"我非要去厄勒甘不可！"于是他们开着那辆二手福特野马，那辆结实的小车从东部的老城出发，穿越草原、沙漠和山脉，追随着日落一路向西。这一次，外祖母留在自己房子里等着，为他们烹煮丰盛的晚餐：莳萝蛋黄酱煮鲑鱼，勃艮第红酒炖牛肉，克拉桑德溪里的鳟鱼被捕上来才一小时就被扔进了油锅。"我丈夫在旧金山管理酒店的时候，"她说，"我跟法国主厨学过烹饪。""天哪，她太了不起了。"戴夫低声说。他们住在赫姆洛克街的小房子里，睡觉的那间小屋就是弗吉尼娅整个少女时期住的房间，里面有个五斗橱，大理石台面上搁着一只印第安篮子，一块象牙背框的镜子和一个绿色的玻璃浮子。他们不仅在海滩散步，也走遍了海岸山脉的每一条小径。戴夫仔细研究地图，设定目标。据说马鞍山的另一侧没有路，于是他找到了一条。他获得了胜利，他征服了西部。而她是追随者，就像萨卡加维亚[1]。

"今年夏天我一次也没看见麋鹿。"她在出发前一周说道。

"因为猎人，"外祖母说，"还有伐木。"

"麋鹿？"戴夫说。他向加油站的小伙子们打听麋鹿在哪里。他开车带着她把问来的偏僻小路走了个遍。他翻过尼亚卡尼山，进入尼哈勒姆角，一直开到路的尽头。他们沿着长长的丘岭行走，下方是河流和海洋之间的湿地。"看那儿！那儿！"他欣喜地喊道。一群头顶王冠的影子正摇摇摆摆地向着远处阴暗的湿地走去。他找到了麋鹿，把它们送给了她。他们驾着那辆结实的灰

[1] 美国原住民休休尼族妇女，曾为开拓美国西部蛮荒的刘易斯与克拉克远征队担任向导及翻译。

色小野马翻过尼亚卡尼山，弯弯曲曲的公路下方是暮色中的海洋。她母亲替他们留了晚饭，是冷火腿和三豆沙拉。

"给我讲讲夜光虫。"她母亲对戴夫说。他对待她的方式就像对待小孩一样，而她跟他对话的方式也像孩子一样，充满信任。

"我们叫萤火虫，"他说道，"如果你把很多只一起放进玻璃罐，过不了多久，它们就会开始以同样的节奏一齐闪烁。"说起自己的童年，仿佛那是很久以前的事，仿佛如今已没有萤火虫。

莉莉在旁边听着，乖巧可爱。"我只听说过这一个名字，夜光虫。"她说。

"它们从未翻越过落基山脉。"弗吉尼娅说。她母亲说："对，就像你诗里写的那样。"

"《闪光》。"弗吉尼娅吃惊地说。她不知道母亲看没看过客厅书架上那本崭新的书。她曾凭此获得耶鲁青年诗人奖。"耶鲁，呃。"戴夫曾说。

数年后的又一个夏天，她哭泣着回到家。眼泪，这便是那年夏天她所有的一切。她兀自流着泪，在她那间黑漆漆的小卧室里；在夜晚的海滩上，一边走，一边咽下泪水；在外祖母的房子里就着水槽洗蛤蜊，泪水被咽下，藏起来，干涸了。看不见的眼泪。泪水蒸发成盐晶体，令她双眼刺痛，咽喉哽塞，令她感到永无止境的痛苦。满嘴的咸涩，沉默。沉默的夏日。戴夫每晚都从剑桥给她打电话，告诉她他都看过哪些公寓，选中了哪一套，以及他那本关于罗伯特·洛威尔的书进展如何。他坚持让她在西部度过这个夏天。他让她待在厄勒甘。她需要休息，需要振作起来。他说夏天的剑桥太难熬了，又热又闷。"你在写作吗？"他问道。她说是的，因为他也想让她写作。每晚他都打电话来跟她聊天，但挂掉之后她就会哭起来。

她母亲坐在屋后的小花园里。泛白的栅栏边有一片野生的玫瑰老藤，卧室窗下是一大丛杜鹃树，中间是一片杂乱的草坪，莉莉在上面放了两把躺椅。夜晚的空气中满是玫瑰的香气。暖风从东北方的陆地吹来。据说这一周，内陆已是酷暑。即便在这里，屋内也非常热。"出来坐吧。"她母亲说。因此，当她在黑漆漆的小屋里哭完之后，便洗掉脸上的盐渍，来到室外。暮光下，她母亲看上去就像她的名字，在玫瑰藤和黝黑的杜鹃树丛之间呈现出暗淡的白色。此处没有夜光虫，但她母亲说："这里曾有过天使。你还记得吗，弗吉尼娅？"

她摇摇头。

"在草地里，在树丛间。你还会跟她们说话，我从来没跟她们说过话。"

来自内陆的风吹走了大海的声音。尽管现在是涨潮期间，她们身处沙丘下的赫姆洛克街，却几乎听不到今晚的波涛声。

"有一次，你还问她们金尼娅要怎么办。"

她笑出声来。她开始流泪，不过这一次是淡水的。她咽下不断涌出的泪水。"母亲，"她说道，"我还是想不起来。"

"哦，好吧，没事，"莉莉说，"你为什么不留在俄勒冈呢？我相信戴夫可以在那些大学里找到工作。"

"他现在是哈佛的助理教授，妈妈。"

"哦，对。你已经许多年没叫我妈妈了，不是吗？"

"对。我就是想这么叫。可以吗？"

"哦，可以。我从来都觉得母亲这个称谓不太合适。"

"那你觉得什么合适？"

"哦，我觉得没有什么是合适的。要知道，我从来就不是一个真正的母亲。所以，我能有你这样的女儿真是太棒了。但你叫我母亲的时候，我总是有点不自在，因为那不是真的。"

"那就是真的，母亲，妈妈。听我说，我失去了一个孩子，我流过一次产，六月初的时候。我本不想告诉你的。我不想让你伤心。但我现在想要你知道。"

"哦，天哪，"她在暮光中长长地叹了口气，"哦，天哪。哦，他们一旦离开，就再也不会回来了。"

"他们翻不过落基山脉。"

佛蒙特的夏季，空气仿佛温暖潮湿的羊毛毯，紧紧裹住身体，掩住口鼻，令人窒息的柔软，汗水一般潮湿，就像是一条汗水织成的毯子。然而她没有再流泪，不管是咸的还是甜的，干的还是湿的。

"让我感到困惑的是你的自我中心主义，"戴夫说。"我以为我俩之间是伙伴关系，一种相当与众不同的伙伴关系。你好像突然想要很多东西，说那都是你没有的，但我不知道那是什么。你到底想要什么呢，弗吉尼娅？"

"那是我们永远无法知道的事。"她冷冷地诵读道。她变得很无情，很刻薄。"我想要读完学位，然后教书。"她说道。

"那你是想要放弃写作了吗？"

"难道我不能一边写作一边教书吗？你就是这样的。"

"我真希望能腾出时间来写作——！你好像打算丢掉大多数写作者梦寐以求的东西。自由的时间！"

她点点头。

"当然，诗歌不像职业写作那么花时间。好吧，我想你要做的就是去卫斯理学院[1]上上课。"

"我想读个正经学位，我想做的是这个，"当然，说出这件事是不可能的，也是不应该的，但她说出来了，"在西部。"

"读一个学位？在西部？"

她点点头。

"你是说，去一座西部的大学？"

"对。"

"弗吉尼娅，"他困惑地笑着说，"理性一点。我在哈佛教书，你不会希望我放弃吧。但你想去西部读研究生？那我们怎么办？"

"我不知道。"

无情，刻薄。小屋外面是一座座圆形丘陵，紧密地挨在一起。潮湿的天空仿佛一张带电的湿毯子，盖在山峦上方。闪电在云层中剧烈地闪烁，却没有一点雷声。

"你宁愿让我就这么丢掉整个职业生涯？"

无情，刻薄。"当然不是。毕竟你的职业生涯已经不再依赖我了。"

"我的职业生涯什么时候依赖过你？"

她瞪大了眼睛。"你读研究生时，我在工作——"他一脸茫然。"你刚才说，我们是伙伴关系！那时候我在工作，在当打字员，在编辑论文——"

---

[1] Wellesley，位于马萨诸塞州波士顿近郊的一座女子文理学院。

"就这个？"他停顿了片刻，"你觉得那些没有得到回报？"

"不是！我从来没这么想过。但是你读完了学位。现在我也想要读学位。这有什么过分的吗？"

"一磅肉[1]，嗯？不，这没什么过分的。我大概只是没料到而已。我以为你对写作的态度要更加严肃呢。好吧，听着，如果这对你真的很重要，现阶段，我可以看看有没有机会把你弄到拉德克利夫[2]去读研究生。或许有点乏味，但只要我没发现危险信号——"

"要我怎么说你才能明白？"

他将啤酒一饮而尽，把罐子放到小屋地板上，没有出声。良久，他终于开口了，慎重、体贴而又耐心："我在努力理解你想要的是什么。你以前一直说想要写作的时间。你现在有了。你不用工作，我们已经过了那个阶段。就算你获得学位，我们肯定也不差你教书的这点钱。而且要知道，你在读研究生的时候可写不出多少诗来。但我大概能明白，为什么你认为自己应该读完学位。是出于精神因素，一种安慰。但那不就是郊区家庭主妇综合征吗？没事可做的女人回学校去自我提升，或者说，哦，上帝啊，自我表达。要知道，这些对你来说可都太低档了。用博士学位来填充生孩子之前的空余时间——"他耸耸肩，"所以，我的建议是你今年秋天到缅因州的海滩待一个月。你愿意的话，待整个学期都行。在那里搞你的写作。我可以在周末来看你。但不要拿研究生课程当儿戏，弗吉尼娅！女人总是这样，

---

[1] 典自莎士比亚喜剧《威尼斯商人》，安东尼奥向犹太人夏洛克借贷，约定如若不能按期如数归还，夏洛克便可以在他身上割下一磅肉。

[2] Radcliffe，时为位于马萨诸塞州波士顿近郊的另一座女子文理学院。

结果——我很抱歉，但这样会让它显得很掉价。大学的学术研究不是游乐场里的沙坑。"

她低头看着自己手里的啤酒罐。"更像战场，"她说道，"每个人的双手都沾满了鲜血，那些教授。"

他微微一笑。"既然你能看出来这一点，为什么还要加入战团？"

"为了获得会员卡。"

"博士学位？获得了又怎么样呢？"

"这样我就可以拿到教职。"

"要知道，就算没有这个学位，你也可以教创意写作。"

"你根本瞧不起创意写作课，你经常这么说。那为什么还让我去教呢？"

"因为这都是些小儿科的课程。"说着，他站起身，走到隔壁房间的冰箱跟前，一边说话，一边拉开冰箱，拿出一罐啤酒，打开它，然后走回来坐到纱门旁的藤椅上。他们没有开灯，屋里几乎全黑了。蚊子在纱门外嗡嗡作响。

"假如你想玩一玩，没问题。但在成人世界，你是玩不转的，弗吉尼娅。二者的规则是不一样的。你现在得来的都很容易。耶鲁的奖就像是从天上掉下来的。而且，作为我的妻子，有些门对你是敞开的。也许你不愿承认为什么有的评论者会那么把你的作品当回事，为什么有的编辑那么乐意接受。你不必承认。你大可不理会现实，继续写你的诗，这是你作为艺术家的特权。但别想把这种态度带到幼儿园外面去。在我营生的地方，成功不是得一两个奖那么简单，得靠一辈子的勤勉工作。没有什么东西是白送到你手上的，一件都没有。你得靠自己去挣。所以，拜托，不要仅仅是出于某种不安，或者是没有成就感，就把我为我俩搭建起来的一切搅得乱七八糟。我听说你的艺术家朋友们一直在讨论所谓的东部权势集团。这太幼稚了。要不是我身处真正的文学权势集团，你真以为你的上一本书能够出版？你被纳入了一个权势网络中，你的成功必须依靠它，与它对抗或者拒绝承认，都是幼稚的行为，也很不负责任。至少是对我的不负责任。"

"我的上一本书，"她的声音很低，显得中气不足，"很失败。就像是流产，就像是从，从一开始就搞砸了。我没有拒绝承认任何事。我只是想纠正错误，做正确的事。"

"你说的是正确还是写作？"他歪着脑袋轻声问道，"你太焦虑了，弗吉尼娅。对自己作品的不满，还有那次不幸的流产，都让你无法释怀，情绪低落。我不想看到你把自己搞得闷闷不乐。试试我的主意。去缅因州，去写作，去休息！"

"我想要读学位。去西海岸。"

"你一直这么说。我也想理解，但恐怕办不到。你一时兴起，想要在穷乡僻壤修读博士学位，我就得放弃获得哈佛英文系终身教职的机会，去一个遍地都是仙人掌的地方教专科学院的一年级新生写作文。我要怎么才能理解呢？你最近有跟你母亲聊过吗？这倒是有点像她对真实世界的看法！说真的，弗吉尼娅，我认为我有权要求你重新考虑这一要求，以免对我俩的关系造成压力。"

"对。"

"什么对？"

"对，你有权这么做。"

"然后呢？"

"这是双向的，不是吗？"

"什么是双向的？"

"关系。我无法呼吸，戴夫。你吸走了所有的氧气。但我不是一棵树。我试过像树一样吸入氮气，呼出氧气，我试过为你当一棵榆树，然而我却得了荷兰榆树病。如果继续生活在这里，我会死掉的。我不可能靠着你呼出的空气生活。我也无法再为你提供氧气。我生病了，我害怕死去，我很抱歉这会给我们的关系造成压力！"

"好吧。"他说道，仿佛砍刀落下。

他站起身，望向纱门外，他的身影挡住了整个门框。

"好吧，别用诗人的隐喻，你到底想要什么，弗吉尼娅？"

"我要读博士，在西部的学校，然后教书。"

"我说的话你一点也没听进去。"

她保持沉默。

"告诉我，你到底想要什么。"他说道。

一个又一个夏天，零零碎碎的夏天，在夏季短训班和秋季学期之间，她会从伯克利过来住一两个星期，睡觉。在那段时间里，除了睡觉什么都不做。在阳光下的沙滩上，在布莱顿海岬阴凉处的吊床上，在她自己房间的床上，一边睡，一边听大海的声音。

然后，在那个漫长辽阔的夏季，因为要写毕业论文，她住到了外祖母位于布莱顿海岬的房子里。"那栋窄小的房子里摊不开你所有的书。你需要一个属于你自己的空间来工作。"外祖母说。"弗吉尼娅 [1] 也是这么说的。"弗吉尼娅说。但她每周仍有三四天会到赫姆洛克街母亲的住处过夜。她一大早起床，沿着沙滩走到沉船角，然后再走回来，对着大海随意哼着歌。海浪在她身边翻滚，让她想到了《海浪》。在清晨中漫步，让她想到《岁月》。接着，她沿着泥土路，或步行，或驾车，来到布莱顿海岬的房子。那里有宽阔的地板，还有一扇宽阔的项目桌，就在那扇面朝大海的窗户下，从那里可以看到日落。她在那里写毕业论文。她也在笔记本的页边空白处和文件卡的背面写诗。

"所以那不是戴夫的孩子。"

"我已经三年没见他了，外祖母。"

外祖母显得不太自在。她弓着背坐在安乐椅里，一边挪动着身子，一边啃大拇指的指甲，像个十几岁的孩子。

"我和拉斐特分居十二年，"最后，她挺直身子说道，语气相当正式，"他提出离婚，因为他想再婚。但我觉得，我要是有另一个男人，也会提出离婚的，尤其是怀了孩子。"

"戴夫不想离婚。他和一个女孩睡觉，一个学生。我猜他的想法是，如果他离婚了，就不得不跟她结婚。不管怎样，假如我仍是已婚状态，生下的孩子就有合法身份，而不是像他的母亲一样。我没有冒犯的意思，外祖母。"

"那是不一样。"外祖母的语气中没有任何特殊的情绪。

"我遇到……孩子的父亲是今年春天，在弗雷斯诺。他就住那儿。他结婚了，他们有个孩子，天生就有缺陷，脊柱裂，情况很糟糕。他们俩得一直照顾她。他们不想把她送进收容医院。

---

[1] 指弗吉尼亚·伍尔夫，典自《一间自己的房间》。

他说她是有情感反应的。他叫杰克，全名是雅各·沃瑟斯坦。教现代史的。他是个好人。非常温柔。他对女儿和妻子充满内疚。他是个内疚专家。他教的是二战，集中营，原子弹。"

"所以他……"

"他知道我怀孕了。我回家前刚见过他，六月份。他非常内疚，也非常高兴，这是他最想要的。我并不是说这是计划中的。子宫帽漏了。"她停下来，感觉脸和喉咙泛起阵阵燥热。一切都虚伪而轻佻。她感到祖母强烈的抗拒，不是责难，也不是评判，而是抗拒：仿佛一堵墙。她感觉自己在墙外，浅薄，啰唆，廉价易得。她心想，简·赫恩的生活中就没有轻易得来的东西。

"所以，"简·赫恩试图寻找合适的措辞，"你要……你要怎么在南加州教书……"

"我跟系主任谈过，他们会在春季学期给我放假。他们对我真的很不错。在这件事上，作为某人的太太的确有帮助，说实话，那是必不可少的条件。但我可以之后再离婚。跟你聊过之后，我想我应该告诉戴夫，我的确想离婚。如果他不同意，我就提起诉讼。哦，老天，我希望他同意。"

"这没问题。"祖母生硬地说。稍后，她又以较为轻松的语气补充道，"你想要什么东西，通常都能如愿，弗吉尼娅。但你得想好是否真的想要。"

她思考了片刻。"孩子。加州大学洛杉矶分校的工作。这就是我想要的。还有下一本诗集。还有普利策奖。怎么样？"

"嗯，你可以的，你总是能争取到想要的东西。"

"孩子不算。我猜那应该算是白送的。你觉得怎么样，我们家是不是该有个男孩了？"

简·赫恩望向西窗外，望向海洋上方的天空。"他们确实不是你争取到的，"她说，"他们不属于你。"

范妮，1918

我肥嘟嘟的小宝，我快乐的小约翰尼，我的乖孩子，从不干坏事。我从来不用为你担心，从来不用。我的儿子不惹麻烦。大家都知道，他是个友善稳重的人，大家都喜欢约翰尼·奥泽。就算是在杂志里看到那些恐怖的照片时，我也只会想到那些可怜的外国人。如此遥远。波特兰火车站里到处是笑脸，车窗里的小伙子们在微笑，挥着手，挥着帽子，许多漂亮的姑娘也在挥手。那些关于士兵的故事，那些笑话，那些欢快的歌曲，"在那里，在那里，那里的战鼓已敲响。"[1] 去军队里待一两年对约翰尼有好处，让他长长见识。威尔·汉布尔顿说，让他变得皮实一点，留在这里只能做妈妈的宝贝。范妮，让他去吧，把他塑造成男子汉。泥泞的战壕里有个人死于毒气。我从没说不要去。我从没说不要去。我不知道，但我为什么不知道？我为什么不替他担心？我为什么不畏惧邪恶？

我失去了我的儿子。人们都说，她失去了她的儿子。仿佛他是我的一件物品，一块手表。我失去了我的手表。我失去了我的儿子。我很粗心，我很愚蠢。但你不可能留住他。你不可能将他放在你的口袋里，或者别在你的裙子上。你必须放手让

---

[1] 乔治·M.科汉于 1917 年创作的歌曲《在那里》，流行于两次世界大战期间，歌词的第一句即为"约翰尼，拿起你的枪"。

他们走。炎热的上午，我和小妹维妮一起去池塘岸边玩。我们称之为做泥饼，即把黏糊糊的泥土捏成各种各样的形状，马，房子，人，把它们留在岸边晾干。然后我们忘记了，它们吸入水分，重新滑落回泥浆中。我傍晚再来时，泥地里只剩下一团团不成形的烂泥，再也没有人的模样。塑造出人形，把他塑造成男子汉。愚蠢的女人，你不是失去了你的儿子，而是把他给丢弃了。是你让他走的，是你把他送走，你忘了他的，然后他就成了泥土。

他有一双泛红的手，指骨突出，他经常耷拉着肩膀。他轻柔的嗓音。他是个聪明而温和的男孩。他本该成长为一个男子汉的，一个好人，一个真正的人。

哦，塞尔文，我很抱歉。塞尔文，他本该成为你的骄傲。

他疯狂地想要穿上军装。他以为那样就行了，大家都是这么说的。他怎么可能明白？他才二十岁。我本应该知道的。但我没有畏惧邪恶。我本应告诉他，约翰·奥泽，穿上军装没有用，得靠你自己。我担心他的肺，山谷里的牧场充满尘埃，所以我才把他带来克拉桑德。在他还是个小男孩时，经常会笑着笑着就咳起来。我担心他的肺，然后我让他去吸毒气。如今，我无法呼吸。我想告诉他，要畏惧邪恶，我的乖孩子，要畏惧邪恶，然而太迟了。

简，1967

我看着天花板上晃动的光，那是来自海面的反射。我一辈子都住在广阔的海边。大海见证了我的一切作为，我与世间众人的一切事务，然而始终伴随着我的，其实还有另一个世界。

　　跟大多数人一样，我缩在自己的皮囊里，把世界屏蔽在外，然后自以为很安全，以为这里只有我一个。但世界和我们互相交织，互相融合，并没有边界。只要我活着，就会吸入空气，然后再把加热后的空气呼出去。过去，在我还跑得动的时候，我会沿着海滩奔跑，于是在沙地上留下了我的足印。我的所想所为，世界都给予回应，而我也会作出相应的反馈。但没人能收服海洋。海面也无法在海面上留下任何痕迹。你只有拼命划动手脚，它才会将你托起；一旦直到你筋疲力竭，便会一路沉落下去，仿佛你从没尝试过游泳。大海如此既无情，又永无止息。那些漫长的夜里，我一直听着它无休止的翻腾。走到东窗前，我能看到海岸山脉。天空下，蓝色的群山总是勾勒出千篇一律的轮廓。我的注意力不由自主地沿着山峦的曲线移动，就好像我的双脚在顺着山地行走。我躺着看云朵，它们非常安详，没那么变动不居，缓缓地变幻，融合，直到你的思绪也融入其中，跟它们一起静静地变化。然而在下方，大海不断地用它白色的头颅撞向岩石，仿佛一个发了疯的老国王。岩石在它的指间化作沙砾，陆地遭到它的吞食。大海是那么狂暴，永不停歇。寂静的夜里，我都能听到大海的声音。空气是沉默的，除非有强烈的风；大地是沉默的，只有孩童的话语；天空也一言不发；但大海却在不停地叫嚷、咆哮、嘶喊，发出雷鸣般的摩擦与撞击声，无休无止。从世界诞生的那一刻起，它就一直在制造噪音，并将永远持续下去，无休无止，永不停歇，直到太阳熄灭。然后，大海，那死亡的化身，无情的他者，其死亡意味着真正的死亡。去想象大海是沉默的，是一件可怕的事，这种想象会让我觉得和平就像一滴水，或泡沫里的气泡，悬在汹涌的波涛中，让我想到夹杂在所有这些毫无意义的噪音中的各种人声。这是时间发出的噪音。小溪与河流歌唱着奔向大海，唱着歌回到那单调而持续不断的噪音之中，那是世间一种亘古不变的存在。那噪音出自燃烧的群星。如今，在我自身的沉寂中，我听得到它。我全身的细胞也在燃烧，发出同样的噪音。我躺下来，仿佛半空中溅起的水滴，或泡沫里的气泡，正沿着光明的海滩飘荡。我在奔跑，我在奔跑，你抓不到我！

莉莉，1943

爱德华·汉布尔顿小时候很喜欢我，我也喜欢这小矮子。他常常一边大声喊着嗨，维莉！，一边朝我跑过来，红扑扑的脸上挂着微笑。他以为我叫维莉。我猜是因为他听到别人称呼他父亲为威尔。我叫他小兄弟。他确实可以说是我的兄弟。

梅和汉布尔顿家的人称他的孩子为小石头，但他的名字叫温斯顿·丘吉尔·汉布尔顿。他是个早产儿，他们给驻扎在奥德堡的爱德华打电话。他说，给他取名叫温斯顿·丘吉尔。在这样的时代，男孩子需要一个好名字，他说。

那是个黑暗的时代。听到广播里关于太平洋战场和意大利局势的新闻之后，母亲与玛丽、洛雷娜·惠斯勒、赫尔斯·乔克围坐在一起讨论，我感觉我们生活的世界变得一片黑暗，人们只能依靠无线电互相联络，而我们更是远在它的边缘地带，爆发战争的那片海洋的边缘。到了夜晚，由于灯火管制，镇子里黑漆漆的，仿佛又回到了那个只有森林的年代，仿佛这座小镇从未存在过，海的边缘就只有森林。

这是个黑暗的年代。母亲也曾这样说起上一场战争，说起死在法国的约翰舅舅。她说，那是个黑暗的年代。我不太记得他，只记得在什么人的家里，有个高大的身影矗立在我和一扇朝西的窗户之间，笑着。我记得自己骑在马上，旁边有个人牵着马往前走。母亲说那应该就是约翰舅舅，因为他在车马房工作过一阵子，有时会让我骑着一匹年迈的矮种马在院子里转圈。她还说，他会像风一样沿着沙滩骑马飞奔。他当时二十岁，据说他死在战壕里。如今，爱德华已经二十二岁。他在南太平洋战场 [1]，就像黑暗舞台上的一名演员。他还没见过孩子。我不知道他有没有死。他们说，要过上好几个星期，你才会收到消息。他们说，当你收到死者的信时，有时他们已经死去几个星期，或是几个月了。

我对他的爱毫无意义，就像死者的来信一样没用。除了母亲、金妮和多萝西，我对其他任何人的爱都没有意义。我知道多维·汉布尔顿讨厌我住在这里。我们一直有打招呼。早上好，莉莉。早上好，多维。这么多年了。她从不跟金妮说话。迪基的其他孩子都在得克萨斯，她会在店里跟洛雷娜聊起她们，但只要我一进门，她就会止住话头。她们是金妮的姐妹，也是多维的孙女。有些词就像是刀子：女儿，孙女。我从不说出口，它们会割伤我的舌头。我有说母亲，但那往往也会割伤我的舌头。只有多萝西是我的朋友。她始终都是我的朋友。这个词

---

[1] 原文为 the South Pacific Theater，theater 在这里指的是"战场"，但也有"剧院"的意思。

就像牛奶一样香甜。

如今，多萝西的头发开始变成金黄色，于是她又把它们染回红色。自从生完孩子，她的脖子和脚踝变粗了。她的动作也不再灵活、轻盈，像年轻女孩那样，比如说金妮，走在街上，人们就只能她看到那双长腿和马尾辫。多萝西当年也是这样，那时候，我们常在溪流边玩耍，整个下午都在过家家，给人偶举办婚礼。如今，她沉稳而坦率，动作迟缓，就像一头红母牛，非常美丽。她知晓一切，从不担忧。卡尔和乔去参战她也不担心。对她来说，战争不是黑暗空旷的剧院，而更像是建筑工地，男人们开着卡车在那里忙活。她说，卡尔当初老是跟克拉茨卡尼那个伐木工的老婆纠缠不清，现在他可就安生多了。军队对他来说是最安全的地方！乔在佐治亚州的某个军事基地替洗衣房开卡车。他在给多萝西的信中写道，我的敌人就是那成千上万件汗衫。她把他的信读给我听。他的信很有趣，他是个好人。她很想念他，但又不那么想念，她并不需要他。她是完整的，仿佛一个浑圆的世界。我喜欢她，因为她从自己那完整圆满的世界里望着我，然后把我也带进去，于是我不再身处世界的边缘，不再暴露于天空之下。自从战争开始，自从天使出现，我便无法在海滩上行走，无法忍受海边开阔的天空。天使已经消失了，但我依旧害怕她们的翅膀。哦，莉莉，她说道，别再发呆了。哦，莉莉，你可别那么疯狂！你觉得呢，莉莉，我的小宝可爱吗？他可爱吗？莉莉，今天下午你能照管一下孩子们吗，我得去萨马希。莉莉，你女儿聪明吗？她聪明吗？多萝西可以说出所有的词。她不害怕。她是我的真爱。

简，1966

杰伊朝莉莉奔来，有时带着一个问题，有时带来一朵花。"小天使，"莉莉便会说，"到莉莉这儿来，小天使！"

她的胳膊比孩子的还要细。

我七十九岁，却不知道什么是爱。我看着女儿死去，心中暗想，她对我来说，从来就只代表着心碎。但为什么会心碎？

我不明白。我不知道什么是对，什么是错。我觉得莉莉留在家里不接受治疗是错的。我觉得弗吉尼娅回来陪她也是错的。她在大学里一直那么努力，现在却丢下了一切。她说，明年就可以加入萨马希的社区大学，成为全职员工。她说那就是她想要的。想要留在这里。我觉得她不该要孩子，她甚至都不想跟那个男的结婚。这些我都感觉不太对。然而我懂什么呢？没有她，我一个人应付不了，我无法照顾莉莉。我的胳膊不中用，连只猫都抱不起来，只能等着他自己跳到我的腿上。快过来，老南瓜。他会戏弄我，先坐下来洗个脸。还有护士，癌症护士。

他们现在就直接把那个词毫无顾忌地说出来。这个家里从来没人得过，最多是听母亲跟我说过，有一次，她在俄亥俄的母亲脚指头里似乎嵌进了一粒草籽，于是她就把它剔掉，也没多想，然后整个晚上都在流血，把床单都染红了。然而她并没有得癌症，母亲也没有，我也没有。

我很受不了那个女人。她会说药物让他们变迟钝了，或者他们不知道什么才是对自己最好的，当着莉莉的面，仿佛她是个婴儿或者白痴！但她很强壮，大概也精通专业。莉莉对她很耐心。她对待所有人所有事都很耐心。莉莉令我感到羞愧。

等到弗吉尼娅带着孩子进来，护士便离开了，让我可以松一口气。晚上就我们四个，杰伊睡着了，莉莉也昏沉沉地打瞌睡，我和弗吉尼娅坐着聊天，或者玩克里比奇牌，有时她也批改试卷。打牌我经常赢，这是弗吉尼娅不太擅长的事之一。有一天晚上，我告诉她，你写诗能得奖，但千万别想靠打牌谋生。

　　莉莉想要在自己家中死去，她是对的；弗吉尼娅同意了，她也是对的。我不想让她来这里。我不想我的女儿在这里死去。也不想她在这里生活。但她也并不想来。她出生于城市，却一辈子都住在赫姆洛克街的房子里。她从不离开超过一周，除了那次去世界博览会，在战争爆发之前。但她女儿将在此处生活，在这栋房子里，我的房子。女儿出生的床，也是母亲去世时睡的床，就在那间小屋里，窗外有杜鹃树丛。像往常一样，弗吉尼娅的回答很坦率。是的，她说，是的，你要是把布莱顿海岬的房子留给我，我就会住进去。她说，我喜爱洛杉矶，但我得工作，在这里，我效率更高。那你教书怎么办？我说，但她笑着答道，我在这儿也一样可以教。如果你把房子留给我，她说，我就住进去，杰伊也会在那里长大。

　　这让我很愉快。她让我很愉快。她昂着头的样子很像拉斐。她经常横眼一瞥，眼中闪着光芒。我认为她迁就莉莉是错的，我认为她生孩子是错的，我认为她来这里住是错的，但我猜，或许当一个女人拥有自由，我们就认为她已经错了。

　　我怀念我自己的自由：在沙滩上奔跑，一直跑到沉船角，光着脚，一个人。

　　这是昨天爱德华过来和我聊天时我脑中想到的，这大概是我最近一次想起沙滩奔跑的事了。我跟弗吉尼娅聊天，跟爱德华聊天，在交谈中，我依然能活动，仿佛头脑即是海岸，是空旷绵长的沙滩，是海浪，是天空。弗吉尼娅跟我说起各种各样的人，大学里的学生与老师，以及她去各处领奖和开会时遇到的作家，我们也聊起这座镇子里我认识的人。她喜欢听我讲我小时候镇上发生的事，还有我在旧金山那些年的事。但这些对她来说就像是童话故事。爱德华比她大不了多少，但想法要更成熟，也许是因为参加过战争，但他从小就善于思考。弗吉尼娅就像鹭鸟，不停地飞翔，我常常跟不上她。爱德华孜孜不倦地前进，试图看清前方的路，试图把事情想清楚，试图判断对错。弗吉尼娅是自由的，爱德华则是在寻求自由。我很钦佩他这一点。极少有男人能让女人坦率地与其交谈。汉布尔顿家的真诚都生在爱德华一个人身上了。

我时常会停下来，在脑子里对自己说：从血缘上讲，爱德华是弗吉尼娅的叔叔。我不知道他有没有这样想过。我们从没谈过这件事。

自从她告诉我的那一天起，我就再也没跟威尔·汉布尔顿说过话。

二十年了。每次在主街上与他擦肩而过，我都当作没看见，就像路过一条狗，或是什么都没看见。

他很快就学乖了，派其他人来邮局取信、买邮票、寄包裹，比如瓦妮塔，爱德华，或者杂货店的员工。我拒绝接待他。他一进来，我便躲到后面去，直到他离开。我站在那里，一开始脸上有点发热，但很快就没什么感觉了。我会找些事干，直到他离开。假如他在店里时又有其他人进来，我就让他们等一下，或者稍后再来。我知道这里的人们会怎么评价邮局里那个疯狂的简·赫恩：为二十年前的事耿耿于怀，假装某人不存在，而那人甚至还是拥有半个镇子的威尔·汉布尔顿。我没说我是对的。我也没说我是错的。我只是做了我能做的。

威尔·汉布尔顿管教不严，任由他的长子作恶，还为此奖励他。如果有合适的理由，我也许可以原谅那男孩，但我不能原谅他父亲。我认为他没有理由得到原谅。

我做了我所能做的，却一无所获。面对邪恶，除了拒绝，你还能做什么呢？你不能假装它不存在，而是要正视它，了解它，然后拒绝它。惩罚，什么是惩罚？以牙还牙，那是小学男生的做法。主说：申冤在我！然后又走向另一个极端：赦免他们，因为他们所做的，他们不知道。那谁知道？我不知道。但我想要知道。我不原谅一个不想知道的人，一个不想知道自己是否邪恶的人。我认为他们心中很清楚自己做了什么。他们之所以这样做，只是因为他们有足够的权力来这么做。正是他们的权力。正是他们凌驾于他人，凌驾于我们之上的权力。威尔凌驾于他的儿子们之上，他的儿子凌驾于我的女儿之上。我没什么手段与之抗衡，但我不必赞美它，不必微笑相迎，也不必为之服务。我可以背过身去。我正是这么做的。

弗吉尼娅，1972

我依然在逃避我自己。海上的迷雾演变出各种形状：一条胳膊，一只闪烁的眼睛，潮水线上方的一排足印。我必须继续追踪，因为有追踪才有猎物。我就是那迷雾中的猎物。

肉体并非答案。也许它就是问题。在满足性欲的过程中，我找到了另一个人，而不是我要找的自己。尽管母亲没讲过，但我相信书中所说的：另一个人是一种基础。然而我没能在基底上建起任何东西。这地基也许很扎实，但也很陌生，那是另一个人的国度。我在他的王国里游荡，就像一名游客，到处观光——一个惊异而迷惑的异乡人——或者说像个朝圣者，满怀希望与崇敬，却始终没有找到通往神龛的路，尽管我有看到写着爱情和婚姻的指路牌，尽管我脚下的是千百万人踩踏出的大道。我是个失败的十字军战士，一直无法抵达圣地。我从未建造过堡垒，甚至连一栋房子也没有，最多是有几个夜间临时庇身所，用枝叶搭建的帐篷，就像原始人那样。我羞愧地离开了他那伟大古老的国度，偷偷躲进一艘船，航向新世界。于是我开始寻求新的生活。

所有的问题都在于肉体。人的肉体和子宫中孕育的血肉有什么区别？这血肉将成长为一个孩子，一个人。我在怀上她之前，就开始从她的生命中寻找我的存在。然后我怀了她，我以为可以单纯地疼爱这小小的躯体。然而自从她在我体内第一次做出动作，我便知道她不属于我。这是另一个人，另一个生命，比其他任何生命都更加纯粹，因为假如并非如此，假如我不需要承担责任，又如何能单纯地疼爱她呢？

于是，在最后一波漫长而难以言状的疼痛过后，我把她生了下来，她获得了自由。她总是会回来，下午四点回到家，要牛奶和饼干。咱们能去河边玩吗？她最多只在别处过一夜，或者参加学校组织的远足，但她依然与我渐行渐远。我能感觉到那根弦在伸展，那根不具实体的钢丝，许多年来，她不断地抽拉着它，它是那么纤细，以至于当她离开时，我几乎难以察觉，好几个星期都想不起这回事，直到一阵猛烈的拉扯令我喊出声来，因为子宫深处的疼痛就像是心弦的抽绞。这感觉我早就有过的。当她开始学步时，我就已经感觉到了。那一次，她不是走向我，而是离开我。她看到一件想要的玩具，于是站起来，跨出人生中最初的四步，然后带着胜利的喜悦扑倒在玩具上。她想去哪里就去哪里。但我不能追着她跑。我不能追赶她，把她当成猎物。即使她是我的血肉，我也不能胡乱追着她跑。我的灵魂刚开始学步，便结结实实摔了一跤，在失败中空手而归，哭喊着寻求安慰。

哦，那些影像聚在一起，向我扑来，给予我安慰！将我托上半空，令我头晕目眩！我将耳朵贴到一个人胸口，听到絮絮低语：小宝不哭，没事的，不哭。

这些影像是实体，还是灵魂？我将人生的希望寄托在了什么样的文字上？它们能拯救我吗，就像我试图拯救自己的孩子？那召唤的手臂，闪烁的眼睛，迷雾中的笑声，一排走入水中再不返回的足印，它们会引导我的探求吗？还是会误导我，令我迷失？

我只得相信这些都是真实的。我只得信任并跟随它们。除了珍贵的影像和迷人的文字，还有什么能引导我，召唤我向前？跟我们一起唱，跟我们一起唱！它们在歌唱，我也跟着一起唱。它们说，这就是世界！它们给我一颗从海里捞上来的绿色玻璃球，映照出树林和星辰。这就是世界，我说道，但我在这世界的哪儿？然后那些文字说，跟着我们，跟着我们！我跟着它们。有追踪才有猎物。在雾气笼罩之下，我从海水中爬上岸，走入了漆黑的树林。一名身材矮小，肤色黝黑的老妇就站在林中的空地上。她给了我一件物品，大概是一个杯子，一个鸟窝，或者一个篮子。虽然我接了过来，但不太确定她给的是什么。她无法跟我说话，因为她的语言属于死者。她保持着沉默。我保持着沉默。所有的文字都消失了。

旧金山，1939 年夏，简

距离我上一次看到金门海峡中飘浮的雾气，已经隔了半辈子。他们在海峡上架起了一座红色大桥，又建起了一座横跨旧金山湾的双层桥，于是，那海岛上布满了灯火、鲜花、高楼和喷泉，但雾气与过去并没有什么两样。阳光下，闪烁的迷雾笼罩着城市，仿佛一道巨大而缓慢的波峰。随着雾峰缓缓地翻滚消融，那座桥消失了。灰色海水对岸的城市消失了，太阳塔的顶端也消失了。灰蒙蒙的海水越来越暗淡。在冰冷、灰暗而寂静的光线下，我们一边走，一边从锥形纸筒里抓出新鲜烫手的炸薯条来吃。

我刚带那孩子去过巴黎城市百货店，给她买了一件真正的旧金山裙子。我告诉她说，象牙背框的镜子来自绀氏商行，所以我们得去绀氏。我给她买了一把上好的镶银梳子。她很快便会适应这里的生活。她眼睛一瞥，就能洞悉一切。只要在旅馆里待上一天，她就成了城里的孩子：泰然自若地握起餐厅的叉子，抖开大餐巾，铺到膝盖上。"请给我冰水就好！"哦，这就是弗吉尼娅，她就是那么镇定。

然而莉莉，可怜的莉莉，说起来她就出生于此地，就在山上的医院里，我的旧金山宝宝，我的小弗朗西丝卡！她瞪着眼环顾四周，就像一头野生的母牛。她的眼睛不停地转来转去。

还有她的帽子，哦，天哪，看看我女儿戴的那顶帽子。毋庸置疑，莉莉不属于尘世，但我属于。我爱这座城市。

假如我看到拉斐沿着街道走来……我们经过上加利福尼亚酒店原址时，我心想。假如我看到拉斐沿着街道走来，我会转身跟他走。哪怕那个叫桑塔·莫妮卡的女人正挽着他的胳膊。他有两条胳膊。我要告诉他，我再也没找到另一个男人值得我如此大费周章。我应该告诉他这件事。尽管那对他来说并不重要。他会替我难过，以为我十分痛苦，以为我是想说离开他是个错误的决定。那不是错误的决定。假如缺乏信任，爱情有什么意义？我的决定没有错，但我希望看到他转过头来望着我，眼中闪着光芒。我想要见他。如今他已经六十岁。一切都过去了，仿佛隔着一整个世界，上加利福尼亚酒店被拆了，集市街全都经过改建，而我也不想再回到过去。我不想。我只想看看六十岁的拉斐·赫恩，然后跟他一起沿着美丽的街道一路走到太阳塔，像从前一样挽着他的胳膊，穿行于喷水池和彩虹菊之间。然后在渡船码头一起看烟花，就像婚后一星期的那个独立日。但现实并非如此。牵手只能有一次，而我放手也是对的。

不过我真的很累。那天晚上，当我们从博览会回来时，浓雾笼罩着旅馆外的街道。我感到很累，莉莉和孩子也早已筋疲力尽了。报童的吆喝让我心头一凉。我听到他们在喊：战争即将来临。

莉莉

离回家还有六天。这一次，火车行驶的方向正合我意。海岸星光号，很美的名字。列车侍者很友善，一边帮我整理铺位，一边说笑话。他称我为小姐。你还好吗，小姐？但当我半夜醒来时，窗外的群山在月光下深邃的黑暗中移行。我想要回家。就只有六天了。金银岛上长长的街道走得我筋疲力尽，而盖威游乐场里的风是那么的冰冷。这里有巨幅的世界地图，还有人在绘制比房屋侧墙还大的画，维纳斯从海中的泡沫里升起，四周围绕着风和花朵。一切都如此巨硕，还有那么多人，那么那么多的人！我跟不上母亲和弗吉尼娅，她们什么都想要看一看，微型动物，巨型马，还想到矿井底下去。她们想看里普利的怪奇表演，但当那人开始从额头上的一个孔里吹出烟来，母亲说，哦，呸，然后转身就走，而弗吉尼娅也很乐意离开。但是她们接着又想去看被镜子切成两半的女人。她们怎么受得了？怎么能那么大胆地在街上走？车辆呼呼地飞驶而过——她们怎么知道要搭乘哪一路电车，怎么知道去哪里坐巴士？到处都是一模一样的高楼，她们怎么能认出我们的旅馆？我径直从旅馆门前走过，她们笑着把我叫住。她们为何如此勇敢，在这充满陌生人的陌生世界里竟如此从容？

弗吉尼娅

我一辈子都无法忘记世界博览会的美丽与辉煌。我相信，这种辉煌是我所向往并愿意为之付出生命的。

其中最棒的要数那匹马。在金银岛上待了一天之后，我们走向返回旧金山的巴士站。大家都很疲惫了，哦，风中夹带着雾气，多么寒冷，但我看到一块招牌：世界上最大的马！我说，我们可以去看看吗？除了去看萨莉·兰德[1]，外祖母从来都不拒绝。于是我们去了。一开始，那人大概是想说关门了，但外祖母往里看了看说，哦，老天！真漂亮！那人喜欢她，就让我们进去了，只是我们几个，没有拥挤的人群。收下钱之后，他便开始介绍那匹马。

这是一匹柏雪龙，浑身布满斑驳的灰毛，海面上的天空有时就是这种色调。他的脑袋跟我整个人一般大。他转过头看着我们，硕大的黑眼睛，长长的黑睫毛。面对如此宏伟高贵的存在，我心中充满敬畏。他站在马厩隔间里的稻草上，非常耐心。那人在他边上就像个小男孩。稍后，我问能不能摸摸他。那人说，当然，亲爱的。于是我摸到了他腿和肩膀相连处闪亮斑驳的毛发。马的脑袋再次转过来，我摸到了他柔软的鼻子，他将温热的气息呼到我身上。那人提起马的前蹄给我们看。在粗糙浓密的蹄毛下，马蹄就像个大圆盘，上面还钉着巨大的蹄铁。那人说，这位小淑女想骑马吗？母亲说，哦，不。但外祖母说，你想骑吗，弗吉尼娅？我无法开口。我的心在胸腔里迅速膨胀。那人帮助我翻过栅栏，进入隔间，然后又把我推上马背，让我骑跨上这匹世界上最大的马。他的背就像床一样宽，因此我只能撑开双腿。他很暖和，我能摸到他的鬃毛。他那灰色的颈项十分粗壮，鬃毛编织成一个个小辫儿，整齐紧凑，略呈灰白色。他温和地站立着，但我们哪儿也去不了，因为他被拴在隔间内。你什么时候带他出去？外祖母问。那人说，通常是一大早，博览会开门之前。我把他牵到大街上散步。那一定很壮观！外祖母说。我

---

[1] Sally Rand，美国艳舞女星，曾在金门国际博览会表演。

开始想象：安静的早晨，那匹高大的马昂着脑袋，踏出雷霆般的脚步，强壮有力的马蹄敲击着地面，仿佛地震一般。

在回家的巴士和电车上，我一直都在想那匹马。到家之后，我要写一首诗。我要写下自己的想象。太阳塔下，高大的马在布满雾气的大街上踱步，并非我亲眼所见，但我也要把亲眼所见的宏伟与高贵融入其中。我是为此而生的，为了耐心地描绘那种辉煌。

简，1918

我闭上眼就能看到烟花。绽放的火焰仿佛一朵朵明亮的菊花，向着漆黑的沙滩坠落。啊！人们齐声说道。烟花也许是世界上最接近于完美满足的东西。

今天下午，酒店门口挂满了飘扬的彩旗，还有人发表演讲：勇敢的战士，辉煌的胜利，落荒而逃的敌人。

我闭上眼就能看到布拉弗在沙滩上奔跑，才三四岁大，跑在我和玛丽前面。周六，母亲委托我们照看他一整天，而她去店里工作，就像是放一天假。姑娘们，别让他跑出视线之外！他会沿着海滩飞奔，像一粒蓟草的种子。他才三四岁大，我们并不担心，因为他害怕下水。

每次经过车马房，我都会想起前年夏天，他骑着那匹漂亮的枣红色小马在海滩上奔跑。每次。

在汉布尔顿家的野餐会上，他们会将红白蓝的皱纹纸系到栅栏上，院子里的每一棵树上都插有旗子。威利·惠斯勒总是说他希望战争能继续下去，好让他可以入伍。"就算我只有十六岁，也已经很大了，可以去杀德国佬了，对不对？对不对？"

"很大的笨蛋。"他母亲说。

她讲的也没错。顶着一个源自德语的姓氏，还说要去杀德国佬，而且是在我和母亲面前。然而她当着我们的面用这种语气跟他说话让我感到很不安。女人们这样跟儿子说话，就好像她们看不起自己的儿子，因为他变成了她们期望他变成的样子，但男人却以此为荣。由于迪基某种无礼顶撞的行为，威尔把他从房子后面一直拽到野餐地点，用鞭子抽打他，一定要让大家知道，迪基非常不乖，必须施以鞭挞。同时，他也要确保迪基明白这一点。这是一种炫耀。

就连玛丽也总是把卡尔说得像个恶棍，尽管那可怜的孩子就像一条小狗崽，他想要的不过是人拍一拍，和蔼地对他说句话。然而玛丽和博就是不愿满足他，仿佛拒绝是他们的责任。那个家庭里真正的恶棍是多萝西。我很高兴她喜欢跟莉莉一起玩。莉莉总是神思恍惚，只活在自己的头脑里，像小飞蛾一样随风飘舞。"城里的孩子，"我们刚回到家时母亲说道，"从不把自己的小裙子弄脏，就好像她从来都不触碰地面一样。"

"我知道我把自己弄得很脏。"我说道。

她说："你又不是城里的孩子。你出生的地方，三十里内都没有其他房子。"

"我天生就脏。"我说道，但她并不觉得好笑。母亲的自尊心和我讲的笑话往往互不相容。此刻她没有露出笑容。在今年之前，她从来都没显出过疲惫的姿态。我知道她很高兴我接手了她的邮局。我希望她能像先前一直打算的那样，在布莱顿海岬那块地上盖一栋房子。我建议我俩一起上去清理泉眼，但她总是一拖再拖。我希望能让她振作起来。她要是不在海岬上建房子，我希望她来跟我们一起住，但她太独立了。如今，杂货店楼上的房间看起来特别暗，就好像她的生命一样灰暗。我跟她在一起时，可以感受到这种暗淡。然而我也知道，她以我为荣。这是我安身立命的根基。

我看到夜晚海滩上的焰火，仿佛菊花在黑暗中绽放与凋零，我看到波浪在五彩的火光下短暂地微微闪烁。我看到傍晚时分，布拉弗骑着马在海滩上全速飞奔，越跑越远。

"啊，来吧，"威尔·汉布尔顿站在长长的野餐桌尽头说道，"为博览会大酒店的新业主干一杯！"

谁是当今克拉桑德的领袖人物显然已经毫无疑问。我从来都不明白母亲为何能如此轻松地与他打交道。我猜她从来都不理会他的胡搅蛮缠，而他也明白这一点。但他总是觍着一张大脸，拿酒桶般的胸膛挤着你，嘴里唠唠叨叨说个不停，这会让我失去耐心。多维说话细声细气，男孩们则喜欢推推搡搡，大呼小叫，至于小瓦妮塔，他们对待她跟对待男孩子完全相反：他们称赞她，因为她具有某些他们鄙视的特质。就像穿上衣服的小鹦鹉。但是老天，她是个漂亮的孩子！看看那些蝴蝶结和花边！还站在椅子上背诵诗歌！"祖国的旗帜。"我看到母亲脸上的表情。

我在杜鹃树丛后面发现红发的恶棍多萝西正模仿给莉莉听，口齿不清，嗓音甜美："举国的旗记。"我很想笑，但还是不得不叫她别讲了。威尔不喜欢别人拿他或者他的家人开玩笑。他对博和玛丽评价很高。我猜他让他俩参加野餐是因为玛丽跟我是朋友。我让他感到棘手。我经常乘火车去波特兰。我曾在旧金山居住。拉斐曾管理一家大酒店。我也许知道一些威尔·汉布尔顿不知道的事。我的脑袋里也许会产生什么想法。这让他感到不安。

我很清楚，只要我给出一句话或者一个动作，威尔会如何反应。即使我什么都不说，什么都不做，他可能也会那么干。他脸上的表情我不可能看错，那就像是嗅到了某种气味。当他们以这样的姿态盯着你，当他们身体的注意力集中在你身上，你不用思索就能感觉到，就像是感觉到天气的温暖。然而在我想象中，威尔裸露的身体仿佛一块大奶酪。我想象与他幽会，午餐时间？在哪里？一间合上百叶窗的卧室？想到这些让我感到反胃。然后他又回家去找多维。就像拉斐回家找我。

所以这就是他的动机。不是为了爱，也不是为了欲望。那些都只是他们的借口而已。就像旗帜和演讲，看起来冠冕堂皇。但他想要的是压制，是权力。他只能靠金钱压制母亲，而且效果从来都不能令他满意。她是个独立的合伙人，并不怕他。假如能让我跟他偷情，他就有了控制我和母亲的手段。除此之外，他还能获得欺骗多维的满足感。好吧，威尔，有本事你就吞下这块美味的馅饼，像笑话里讲的那样。

我有时也会做梦，但本郡没一个男人值得我看第二眼。我不知道自己想要什么，也不知道自己是否想要什么。我只想进一步了解他人的灵魂。我从来都不了解任何人。从来没有。玛丽当然是我的好朋友，我们分享生活中的一切，然而有些东西是例外。就好像我体内有一个国度，但我自己无法抵达。拉斐也许到过那里，但他离开了。其他人心中也有类似的地方，只是我不知道如何寻找。

洛雷娜·惠斯勒——她给我的感觉是，我对她的全部了解只是她披覆在表面的另一种人格，就像一件衣服。野餐会上，多维聊起波特兰的某位夫人给她看一款新型编织品，是用某种特殊的细钩针制作的。洛雷娜说："撒旦还会为闲着的手找到它该做的事。"她的语气平静温和，多维和玛丽都没留意，我也差点儿没留意。我望向洛雷娜。她犹如金鱼一般平和。但她的内心有着那样的国度。她就像个谜。有时候，你一辈子都跟某个人相邻而居，经常跟她聊天，却从来无法了解她。你偶尔能瞥到一眼她的内心，仿佛黑暗中一闪而过的流星，仿佛焰火的最后一颗火花，然后又回到漆黑一片。但那火花，那灵魂，不管它叫什么，短暂照亮了她心中那个国度，照亮了黑暗中的浪花。

弗吉尼娅，1968

去年夏天，外祖母葬礼后的那个晚上，爱德华·汉布尔顿来到我家。他来之前总是先打电话，只有那一次例外。我正在把咖啡渣倒进花坛里，像外祖母常做的那样，这时看到他在暮光中沿着车道走上来。夏天的日落十分漫长，光线由淡金色逐渐转成橙色，紫色，暗红色。

杰伊在睡觉。她在葬礼上安静而警惕，有一点点畏怯。到家后，她发现自己的毛绒小狮子雷欧不见了。她开始哭喊，坚持说我们把它丢在了墓园。等到我在露台上找到被她落在室外露台上的小狮子，她便大发脾气。我只能暂时把她关进屋子里，然而我并不想这么做，我想抱住她一起哭。最后，她安静下来，我们一起默默地摇晃着身子。她睡着后，我把她抱上床，一边是雷欧，另一边是老南瓜。他需要有人做伴，他想念外祖母。

爱德华独自步行来访，火焰色的光线中，我们站在院子里，听着海浪的声音。

"我爱你的外祖母，也爱你母亲。"他说道。

他还有话要说，但我不知道是什么，也不想帮他说出来。我的心中充满悲哀与孤独，还有那辉煌的暮色。如果他说出来，我愿意听，但我不当他的翻译，他的本地向导。在我看来，男人应当学习我们国度的语言，而不是靠我们来替他们说话。

他犹豫了片刻，然后说："我爱你。"

西方烈火般的日光把他的脸映得红彤彤的，也在他脸上投下朦胧的阴影。我挪动了一下，他以为我要开口说话。他抬起一只手。他跟外祖母讲话时，我经常会看到他这样抬起手来，那是他在思考，在措辞。

"四十年代末，你读大学的时候，总是在圣诞和夏季回家。你在从前那家海鲜汤馆当女侍。你常到店里来替母亲买东西。"他绽出愉快而灿烂的笑容，让我也不由得微笑起来。"你是我的愉悦所在，"他说。"不要误会我的意思：我跟梅之间没什么问题。我们从来就没有问题。我退伍之后，有了妻子和孩子。这是个奇迹，太神奇了。然后是蒂姆的出生。我喜欢管理杂货店，喜欢这份活计。除了已经拥有的，我不再需要别的东西。但你是我的愉悦。"

他再次抬起手，仿佛我准备说话似的。

"你去了东部，结婚，又离婚，然后拿到学位——这许多年里，我失去了你。但我去过多萝西的店里，去看你母亲，她在柜台后面找零，就像一只白尾野兔。我也会在社区会议结束之后跟简交谈。所以那也是一样，不是欢乐，不是满足，而是一种愉悦。梅、小石头和蒂姆，我都可以留得住，留在我的手中，留在我的怀里，我可以留住我拥有的一切。这就是快乐。但你们赫恩家的人，我却完全留不住。我只能放手，再放手。这才是更真实的愉悦。"

他的两个儿子都在越南。我带着愧疚与悲哀背过身去。

"我有自己的家庭，"他说，"父母，哥哥姐姐，妻子，儿子。但你们一直是我精神上的家人。"

他站立着望向室外红色的天空。风转变了方向，如今正从内陆吹来，带着森林和夜晚的气味。

"你是我哥哥的女儿。"他说。

"我知道。"我说，因为我不太确定他是否知道这一点。

"这不重要，"他说，"对他，对他们所有人来说都不重要，只是沉默和谎言而已。但对我来说，它的意义就是，无论我眼下拥有多少，最终都得放手，无法挽留。如今，我只能全部放手，一点也留不住。剩下的就只有真实。那种真实的愉悦。那是我生命中最真实的所在。"

他隔空望着我，再次露出微笑。"所以，我要感谢你。"他说道。

我伸出双手，但他没有握住我的手。他没有触碰我。他转身离开，绕过房子，向着车道走去。他沿着那条路走回镇里时，天空中最后一丝彩光也渐渐褪去，只剩下灰暗的夜色。

我相信他说的话。我相信那种真实，相信那种愉悦。但我要为他哭泣，为了那废弃的爱。

爱德华是我的初恋，当时我才十三四岁。我知道他是谁，但那有什么关系？有什么意义？他善良，纤瘦，英俊。他加入军队，然后跟梅·贝克博格结婚。我只是个单相思的小姑娘。

他来我母亲家告别的时候，在烟灰缸里按灭了一只烟蒂，我把它收了起来，藏在一个盒式项链坠里，然后一直都戴着那条项链。我崇拜梅和她的小宝宝，我将他们奉为至尊。这是一种单纯的浪漫：爱上永远无法触及的东西。他说他因为纯粹的愉悦和爱而感谢我，但这种愉悦和爱是否就只是空心的气泡，一触即破？

然而我不知道世上是否还有更具实质性的东西。那天夜里，他抱着儿子，我抱着杰伊，紧紧地搂在心口，安全无虞，直到睡眠来临。我们以为能留住孩子，但他们醒来后便会跑远。如今，他的两个儿子都在外面，只有死神可以触及，而他们的任务就是跟死亡打交道。

如果他们死了，我可以预见，他也会跟着一起去。但依然触碰不到他们，只是跟着一起去而已。梅是个坚强的女子，她将孤身一人。也许她一直都是孤身一人。他以为能留住她，然而我们何曾留住过任何东西？

莉莉，1965

我很小很小的时候，母亲带我到酒店大堂里看圣诞树上燃烧的蜡烛。住在这家酒店里的时候我还不记事。但我现在忽然想起来，就像是书本里的一幅图画，只要翻到那一页，就能看到那画面。我的四周和上方布满黝黑的树枝，亮闪闪的金箔纸点缀其间。阴影中藏有燃烧的蜡烛，还有许多大大小小的圆球，红的，银的，蓝的，绿的，仿佛一颗颗彩色的行星，而烛焰的镜像重重叠叠地映照在这些行星里，火焰周围包裹着一圈迷雾，一圈璀璨的光晕。

他们一定是把我放在了树下。也许我还不会走路。我坐在地下，被枝杈包围着，四周有松木的气息和蜡烛的香味。我注视着那些悬在朦胧光晕和幽暗树枝间的彩色行星。有个特别大的银色玻璃球离我的脸很近。它的表面映照出其他的装饰品，相应地，其他装饰品上也有它的影子。除了那一簇簇火焰，金光闪烁的饰纸，以及黑羽毛似的松针，闪亮的球面上还有一双圆圆的眼睛，有时看得到，有时看不到。我觉得这是一只动物，正在看着我，我觉得那银色的玻璃球是活的，正在观察我。我觉得这棵树也是活的。在我看来，它是一个包含了许多个行星的世界。我的一生仿佛都在看着这棵树，包括燃烧的蜡烛，明亮的眼睛，彩色的圆球，以及无所不在的繁密枝杈。

你看到树顶上的天使了吗？

一个男人的声音问道。

我只想看树枝上那些闪亮的行星，只想看它们在枝杈间构筑的宇宙，只想看那双与我对视的眼睛。当他把我抱举起来时，我哭了。你看到天使了吗，莉莉？

范妮，1898

我们等到落潮才蹚水过鱼溪。当马匹踏入溪水中时，一只巨大的鸟突然从黑色的树丛间飞出来，掠过我们头顶，沿溪飞远了。我叫道：那是什么！它看上去比人还大。车夫说，那是大蓝鹭。他还说，每次横穿这条河时，我都会找找它在哪儿。

小镇上几乎没什么东西，亨丽埃塔·库普说，这是世界的尽头。我将会在百货店里给亚历克·麦克道尔先生和他儿子桑迪·麦克道尔打工。镇里有一栋漂亮的房子，属于来自阿斯托里亚的诺斯曼家族，但据说，他们很少待在这里。铁匠铺和车马房的主人是凯利先生。溪流对岸有个破败的农场。树桩之间分布着十四栋房子，街道的规划虽然整齐，但都泡在两尺深的泥浆里。

桑迪·麦克道尔先生为我准备好了一栋房子。不过那是男人眼中的准备好。那房子有两间屋子，孤零零地坐落在沙丘后面的黑杉树下，比正规街道的末端还要往南边一点，只有一条沙子路通到门口。麦克道尔先生称它为滨海路，他还说，等到他们在镇子北面的布莱顿海岬上修出来一条路，还打算开辟相应的马车运营线呢。现在，邮件都要靠人从南部的海滩运进来，而且只能是在能通行的季节；到了冬季涨潮时，海滩就无法通行了。麦克道尔为那座房子表示道歉。这只是一栋破旧阴暗的小屋。火炉是好的，我需要的木柴也都已经劈好，放在了手边。房顶很破。他说希望我不会感到孤独。在杂货店楼上的空间装修好之前，这里是唯一的空房，他跟我讲了十遍不用害怕，直到我说，麦克道尔先生，我不是个胆小的女人。我想你也不是，他说道。

他说这里没印第安人，而且已经有十年都不曾有人射杀过美洲狮。但沉船角背面住着一名老妇，我已经见过她两次。今天早晨，孩子们还在睡觉，我起来点燃火炉。雨停了，在第一缕曙光中，我站立在门口。我看到一队麋鹿沿着沙丘朝南方走去。它们都跟马一样高大，彼此紧紧跟随，有的鹿角就像是一株小树。我数了数，一共三十九头。每一头路过时，都会用它们那明亮的黑眼睛看我一眼。

弗吉尼娅，1975

总有那样的故事，官方的故事，被公布出来，放进档案里，成了历史。故事还会生出故事，就好像私生子，从闭合的双唇之间溜出来，从夹紧的大腿之间扭动着挣脱出来，一边奔逃，一边大声呼喊：自由！自由！最后，她遭到神的强暴，被锁进档案之中，变成白发苍苍的历史；然而在此之前，她的孩子也已经出生了，一个新生儿。

故事告诉我们，悲伤的母亲为寻找女儿如何走遍了陆地和海洋。当她在悲伤，在寻觅时，谷物不再生长，花朵不再开放。等她找到那少女，春天就来了。野草开始生长，鸟儿开始歌唱，小雨在西风中落下。

然而少女已非昔日的少女，每一年，她必须离开光明世界里的母亲，回到地底，在丈夫身边度过半年。当女儿回到死亡世界，母亲哭泣时，即是每年的秋冬。

这是真实的故事，是历史。

但孩子总是会出生，孩子有她自己的故事要讲，那是非官方的，未经确认的，新的故事。

该待在地底时，她都待在那里。在永恒的光阴中，她有一半时间以冥后的身份主持审判。她将法律书籍归入档案，保存所有文件记录。她跟丈夫一起生活，直到约定的时间届满，回家的季节即将到来。植物的根从地底世界低矮的岩石天花板上悬垂下来——松树、榉树、栗树、红树，只有巨树最长的主根可以抵达如此深处——那些根在岩石间潮湿黑暗的泥浆中不断探索，生长出分叉卷曲的细须。凭借这一现象，她知道，返程的时候到了。看到那细丝般的根须，她就知道，树木需要她带回春天。

她去见丈夫，那位审判官。她前往审判厅，作为原告出现在他面前。那诸多等候审判的死者纷纷给她让路。她从这些沉默顺从的亡灵中间穿过，仿佛冬季结束时，潮湿的树叶间钻出一抹绿色，碎裂的冰块中涌出一股黝黑的活水。她在审判官金色的宝座前，在银色的立柱间，在镶嵌着珠宝的地板上站定，然后提起诉讼："吾王，根据先前订立的契约，我离开的时间已到。"

尽管他想要拒绝，却无法办到。冥王虽然可以不顾及仁慈，但他依然受到法律的束缚。他那俊美的黑色脸庞悲哀而肃穆。他用银元般的眼睛注视着她，没有开口，只是略一点头。

她转身离他而去。她轻盈地走上长长的道路和向上的阶梯。地狱犬大声吠叫，老船夫皱着眉头看到她站在河边的阴影中，但她放声大笑。她踏上渡船，前往对岸，那里有许多人在等。她轻盈地跨出渡船，沿着越来越明亮的道路往上跑，穿过一条狭窄的通道，终于来到阳光之下。

经过长久的雨雪，潮湿的原野呈现出暗褐色。那双在地狱里一直保持洁净的脚，立即便被淤泥染黑了。那头在地狱里一直干爽整洁的长发，立即便被风吹散，被雨打湿了。她一边欢笑，一边像鹿一样跳着，跑着，急着回家去见母亲。

她回到家。遭到冬天摧残的花园无人照料。"我来收拾。"她说。房子大门敞开着。"她们一定在等我。"她说。厨房的火炉是凉的，碗碟都收了起来，房间里没人。"她们一定是出去找我了，"她说，"我一定来晚了。她们为什么不在这儿等我？"

她点燃炉火，摆出面包、奶酪和红酒。随着天色渐晚，她点亮了灯，让房屋的窗户在暮色中闪耀。假如母亲和外祖母在雨中跋涉，便会看见那灯火："瞧！她回家了！"

但她们没有来。一个个日夜过去了，她收拾屋子，在花园里播种。原野转为绿色，树上长出叶子，花也都开了：花园的小径旁有水仙、樱草、蓝玲和雏菊。但母亲和外祖母没有来。她们去了哪里？她们在忙些什么？她踏上原野去寻找她们。很快，她就找到了。

我不想讲这个故事。我不想讲一个孩子看到外祖母被活活烧死，看到母亲被强暴，施暴者是敌人，是士兵，是游击队，是爱国者，是信徒，是异教徒，是恐怖分子，是党派武装，是反对派，是支持者，是机构，是管理者，是普通人，是领袖，是追随者，是发号施令者，是遵从者，是政府，是机器，她被卷入机器，她跌入机器，被开膛破肚，撕成碎片，她被坦克、卡车、拖拉机碾过，被履带与车轮压断柔软的手臂，骨头纷纷折裂，鲜血、体液、尿液，迸流而出，因为身体是血肉之躯，而非草芥。我不想说，孩子看见了神，也看见了神的所作所为。我不想说出这孩子的故事，她是世界的春天，但当她走出家门，却看到祖母被浇上汽油焚烧，灰白的头发全都着了火。她看到母亲的双腿被机器拉开，枪管捅入母亲的子宫，然后开火。

她跑啊跑，像女人一样奔跑，脚步沉重，每跑一步乳房都会颤动，她气喘吁吁地奔下那条狭窄的通道，踏入黑暗之中。她没有支付船夫费用，而是命令他："快划！"船夫默默遵从她的指示，地狱犬也趴伏下来。她跑过长长的道路和幽暗的阶梯，来到审判厅中，来到岩石天空下那座镶满宝石的宫殿。

前厅和候见室中满是黑影，甚至比往常更拥挤。他们向两侧分开，为她让出一条路。

冥界之王既是她丈夫，也是她父亲的弟弟。他坐在宝座之上，审判所有来到他面前的人，而事实上，所有人最终都会来到他的面前。

"你的母亲死了，"她说道，"你的妹妹也死了。他们杀死了大地和时间。还剩下什么，吾王？"

"钱。"她丈夫说道。

审判官的宝座由纯金制成，立柱则是银的，地板里镶嵌着钻石和蓝绿宝石，墙壁上贴满千元纸钞。

"我和你离婚，粪土之王。"她说道。

然后她重复道，"我和你离婚，粪土之王。"

她又加上一遍，"粪土之王，我和你离婚。"

话音刚落，那宫殿便缩成一堆粪便，黑暗审判官变成一只甲虫，在粪堆里团团乱转。

她头也不回地向上走去。

她来到河边，黑色的巨浪拍打着沙滩。地狱犬发出号叫。摆渡亡灵的船夫试图掉头回到对岸，但他的船原地打转，随后倾覆，沉入河底。亡者的灵魂像小鱼一样在黑色的水中游着，闪闪发光。

她跃入河中，在黝黑的水里游动。她顺着水流，乘着波浪，漂至河口，黑色的水面变得更加开阔，波涛拍打着堤岸。

太阳向着海面沉落，在波浪上投射出一条光明的通道。

那辆白盐战车的残骸躺在沙滩上，闪光的车轮已经破碎，白马的骸骨散落各处。枯死的海藻仿佛白发，铺撒在岩石表面。

她躺到沙滩上，四周是海鸟的骨头、细碎的塑料片，以及裹在黑色石油中的被毒死的鱼。她躺到沙滩上，潮水涌向堤岸，波浪拍打着她的身体，她的身体在波浪中碎裂。她变成了泡沫，变成了水和空气的混合物，她既是幻象，又有实体，她无所不在。

她站起身，这个泡沫构成的女人穿过沙滩，走入黝黑的群山。她回到家里，孩子正在厨房等她。在越来越暗的大地上，她远远望见窗户里的灯光。是谁点亮了灯火？你是谁的孩子，谁是你的孩子？谁的故事将会被传述？

我说，我与你同名。

赛格里纪事

The Matter of Seggri

王侃瑜 / 译

记录中与赛格里的首次接触发生在海恩93周期，242年。一艘由艾奥星（金牛座4）出发的漫游船历经六代时间抵达这颗星球，船长在航行日志中录入了以下这份报告：

奥劳－欧劳船长的报告

我们在这颗星球上待了将近四十天，他们叫它赛里或叶哈里。我们在这儿过得很愉快，离开时对当地居民和他们那同样冥顽不灵的国家都有了很好的评估。他们住在精致宏伟的建筑中，并管那叫城堡，周围全是些很大的公园。公园围墙外是精耕的田地和丰饶的果园，都是从炎热干旱的石头荒漠中辛勤开垦而出的，这里最多的就是这种荒地。他们的女人住在墙外挤挤挨挨的村里或镇上。农场和工厂的日常活计都由女人来干，这里女人多得是。她们是普通的苦工，住在镇上，镇子归城堡的领主所有。她们住在牛群与其他各种牲畜之间，这些牲畜可以进屋，其中有些的体型相当大。这些女人总是穿得灰扑扑的，干什么都喜欢成群结队。她们从未获准进入公园围墙，只得把供给男人的食物和必需品留在城堡的外门口。对于我们，她们流露出极大的恐惧和不信任。我的几个船员跟着路上的姑娘走，镇上的女人像一群野兽般涌出来，船员们看这阵势觉得最好还是立即回城堡。招待我们的主人说，我们最好还是离女人们的镇子远点，我们听从了他的建议。

男人在他们那硕大的公园中往来自由，进行着这样或是那样的运动。晚上，他们会去镇上，到属于他们的屋子里，在那儿随意挑选女人，春风一度。我们得知，作为一夜享乐的回报，女人会付给男人报酬，用他们那里的钱，一种铜币；如果能怀上孩子，她们愿意付更多。男人的夜晚就这样在肉身的满足中度过，只要他们想要，多频繁都行；白天则在各种运动和比赛中度过，有一种摔跤运动尤其特别，他们把彼此扔向空中，但却好像从来都不会受伤，而是站起来回到战斗中。他们的身手相当敏捷，这让我们惊叹不已。他们也用钝剑击剑，用又长又轻的棍子搏斗。还有一种运动是用球的，在宽大的场地上进行，用手接抛球，用脚踢球，绊、截、踢对方的队员，很多人会在激烈的运动中摔得鼻青脸肿，或是一瘸一拐的。这项运动很适合观赏，双方身着对比色队服，色彩都很鲜艳，并饰以俗丽的金色，看着那些华丽的衣服一会儿涌到这边，一会儿冲到那边，在场地里上上下下，乱作一团，奔跑的球员突破防守人群，接住被抛向空中的球，再在剩下所有人的热切追击下奔往这个或那个球门，实在是一种享受。他们把这种比赛的场地叫作战场，有一块战场在城堡公园的围墙外，靠近镇子，女人也可以来观赏欢呼，她们全情投入，高呼着心爱球员的名字，以粗野的吼叫激励他们获胜。

男孩一满十一岁，就会被从女人身边带走，送去城堡接受适合男人的教育。我们见过一次孩子被送入城堡的情形，有很多仪式和庆祝。据说，女人们发现如果怀的是男胎会很难足月生产，就算能生下来，也有许多在婴儿时期就会死去，即使他们受到无微不至的呵护。因此，女人的数量远多于男人。由此我们见证神给这个种族施下的诅咒，就像祂对其他所有不信者所施下的那样。那些顽固不化的异教徒，对真言听而不闻，对圣光视而不见。

这些男人几乎不懂艺术，只会一种跳跃式的舞蹈，科学水平比野蛮人好不了多少。我与城堡里一位尊贵的男人交谈过，他身穿金和绯红两色的衣服，所有人都叫他王子或长老，对他尊敬且顺从，但就连他也十分无知。他认为群星就是一颗颗充斥着人类和野兽的行星，问我们是从哪颗星星上来的。他们只有蒸汽驱动的轮船，在地表和水表行驶，没有在空中或太空中飞行的概念，对此也没什么好奇心，只会鄙夷地说那全是女人家的事。实际上，我发现，就算是问他们一些常识性的问题，比如机械的工作原理、织布的方法、全息影像的传输，这些大人们也答不上来，还会马上指责我对所谓女人家的事情感兴趣，希望我能像个男人一样好好讲话。

在公园里凶猛牲畜的繁育方面，他们可谓是相当博识，在服饰缝制上也很有一手，做衣服的布都是女人们在工厂中织出来的。这些男人对服饰华美精致的攀比风气如此之盛，要不是他们同样强壮、热衷于运动比赛，在场上竞技时也充满着骄傲和极为纤细而又炽烈的荣誉感，我们可能会觉得他们一点都不像是男人。

含有奥劳－欧劳船长报告的日志（在历经十二代的旅行后）回到了艾奥星的神圣宇宙档案馆，这些档案在所谓的大骚乱时期散落四方，最终在海恩得以保存的只有一些片段。之后没有与赛格里进一步接触的记录，直到伊库盟在 93/1333 年派遣首批观察使：超－地球男性卡扎·阿格德和海恩女性 G. 麦莉门特。在轨道上花了一年时间进行地图测绘、摄影、录制和研究广播节目、分析并学会一门主要地区语言后，两位观察使才登陆该行星。因为坚信此地文化相当脆弱，他们自称是一起船难的幸存者，从一座遥远的岛屿出海捕渔，不料被风吹离了航线。正如他们所料，他们立刻被分开，卡扎·阿格德被送进城堡，麦莉门特则进入了镇子。卡扎得以保留自己的名字，鉴于他的名字在当地语境中听起来很像是真名；麦莉门特则化名尤德。我们只有她的报告，下面摘录三段：

机动使格林度·"尤塔哈尤德忒"·门拉得·麦莉门特致伊库盟报告摘录，93/1334 年

34/223 由于她们的贸易和信息网络相当发达，很清楚自己星球上的其他地方正在发生什么，我那无知的外国遇难者的角色实在是演不下去了。今天，艾考把我叫过去，问道："但凡我们这儿有个值得买的种雄，或是我们的队伍赢了几场比赛，我都会怀疑你是间谍。不过，你到底是什么人？"

我说："你能准我去哈卡的学院吗？"

她说："去干什么？"

"我猜那里应该有科学家？我需要和她们交流。"

这番解释对她来说是成立的，她嗨了一声，这在当地语言中表示同意。

　　"我朋友能和我一起去吗？"

　　"你是说莎斯克？"

　　那一瞬间，我们都没反应过来。她没想到一个女人会叫一个男人朋友，而我没想到莎斯克算是朋友。莎斯克的年纪还小，我没太把她当朋友。

　　"我是说卡扎，和我一起来的男人。"

　　"一个男人……去学院？"她满腹狐疑，盯着我说，"你们到底是从哪里来的？"

　　这个问题合情合理，不带任何敌意或挑衅。我希望自己能够回答，但我也愈发相信我们会对这些人造成巨大损害。恐怕我们此刻正面临雷斯哈瓦那的抉择。

　　艾考为我支付了去哈卡的旅费，与我同行的是莎斯克。细细想来，莎斯克确实是我的朋友。是她把我带进母宅，劝艾考和阿兹曼对待客人要有主人的样子，也是她一直在照顾我，只是她说话做事都如此客套，我没意识到她那种固有的同情心是多么深厚。驶往哈卡的路上，我们乘坐的小巴车一路作响，我试着向她道谢，她的回答一如往常——哎呀，大家都是一家人；人们就该互相帮助；没人可以独自生活。

　　"女人从不独自生活吗？"我问她。我见过的所有女人都属于一座母宅或女儿宅，无论是一对妻子还是像艾考她们那样三世同堂的大家庭：五位年长的妇女，三位住在家里的女儿，四个孩子——一个所有人都娇养溺爱的男孩，以及三个女孩。

　　"啊，也有，"莎斯克说，"如果她们不想娶妻，也可以选择单身。有时候，失去妻子的老妇人也独自生活，一直到死。但通常来说，她们会搬去女儿宅生活。在学院里，慧妇也有独自居住的地方。"尽管莎斯克可能很普通，但她总是尽量认真且完整地回答每一个问题，她给出的答案都是仔细想过的。她一直是可贵的信息来源，却从不问我从哪里来之类的问题，这也让我的日子好过不少。以前我以为她不问是由于人被无可争议的生活方式固化所导致的好奇心匮乏，以及年轻人的自我中心。可如今我意识到，这是她的体贴周到。

"慧妇就是老师？"

"嗨。"

"学院的老师都非常受人尊敬？"

"那就是慧妇的意思，也是我们把艾考的母亲叫做慧妇卡考的原因。她没去过学院，但很有思想，都是她在生活中学到的，她有很多东西可以教给我们。"

所以尊敬和教导是一回事，而我听过的唯一一个用于女人对女人表示尊敬的词是老师的意思。所以在教导我时，年轻的莎斯克是在尊敬她自己吗？并／或获得我的尊敬？这使我对这个社会有了新的认识，先前我以为这是一个财富至上的社会。然而，扎德达——雷哈的现任镇长——显然因为大肆炫富而饱受艳羡，但人们从不叫她慧妇。

我对莎斯克说："你教了我那么多东西，我能叫你慧妇莎斯克吗？"

她又尴尬又高兴，局促不安地说："哎别别别别。"接着她又说，"如果你以后还回雷哈，我很想与你相爱，尤德。"

"我以为你爱的是种雄扎达！"我脱口而出。

"是啊，我爱他，"她说道，眼珠乱转，心醉神迷，就跟她们平时谈到种雄时一样，"你不爱他吗？想想与他共处的样子，哇塞！哎哟，我光是想想就情难自禁！"她微笑着扭动身体。现在轮到我尴尬了，而且我可能表现了出来。"你不喜欢他吗？"她用一种我几乎无法忍受的天真态度问我。她表现得像个幼稚的少女，但我知道她不是个幼稚的少女。"但我根本不可能有那么多钱用他。"她说完叹了口气。

所以你就想拿我来将就将就，我不乏恶意地想。

"我打算攒点钱，"过了一分钟，她宣布，"我明年想生个孩子。我当然出不起种雄扎达的钱，他可是个大竞赛冠军，但如果我不去看今年卡达奇的比赛，就能存下一笔钱，足够在我们这儿的性屋里找个相当不错的种雄了，大师罗斯拉或许就不错。我希望，我知道这很蠢，但我还是要说，我一直都希望你能成为我孩子的爱母。我知道你不能，你还得去学院。我只是想告诉你，我爱你。"她抓住我的双手，拉近她的脸，将我的手掌按在她的眼睛上，过了好一会儿才放开我。她在微笑，但我的手上有她的眼泪。

"噢，莎斯克。"我说，不知所措。

"没关系的！"她说，"我得哭一会儿。"然后她哭了。她不加掩饰地流着眼泪，弯着腰，绞着手，柔声哭着。我拍了拍她的胳膊，为自己感到一种无法言说的羞耻。其他乘客转过头看，小声咕哝同情的话语。一位老妇人说："就这样，这样就对了，亲爱的！"几分钟后，莎斯克停止哭泣，用衣袖擦擦鼻子和脸，长长地、深吸了一口气，说："好了。"她向我微笑。"司机，"她叫道，"我想撒尿，能停一下吗？"

司机是个看起来很焦虑的女人，她低声咆哮了几句，不过还是把巴士停在宽阔多草的路边。莎斯克和另一个女人下了车，到野草丛中撒尿。在一个只有单一性别，并且没有耻感——关于这点，我并不确定，只是在为自己感到羞耻时突然想到——的社会里，日常生活方方面面的行为都得到了令人称羡的简化。

34/245（口述）仍旧没有卡扎的消息。我觉得当初给他安塞波是对的。我希望他有和人联系。我希望他联系的人是我。我需要知道城堡里会发生什么。

无论如何，如今我能更好理解我在雷哈的比赛中所见之事了。这里每有一个成年男性，就有十六个成年女性。大约每六个胎儿中会有一个是男胎，不过其中许多没能存活的男胎和有缺陷的男婴将青春期的男性人口比例下拉到了十六分之一。我的祖先当时在这些人的染色体上动手脚时一定玩得很开心，尽管那已经是一百万年前的事了，我仍感到内疚。我得学会不要感到羞耻，但最好别忘记内疚的益处。总之，雷哈这么小的镇子和其他镇子共享一个城堡。我来这里的第十天被带去看的那场令人困惑的盛事是一场比赛，阿瓦格城堡试图保住在主竞赛中的名次，却输给了北方的一座城堡。这意味着阿瓦格的队伍不能参加今年法德加的大竞赛，那是这里往南的一座城市，胜者将继续前往扎斯克参加总竞赛，届时，来自大陆各方的数百位参赛队员、数千位观众也都将云集于此。我看了去年扎斯克主竞赛的一些全息影像。评论说那场比赛总共有 1280 位队员，用了 40 只球。在我看来那就是一场混战，像两支没有武器的军队在战斗，但我想那也需要高超的技术和战略吧。获胜队伍的所有队员都会获得当年的特设称号，还有一个终身称号，而后把荣誉带回各自的城堡，以及支持城堡的镇子。

我现在有点了解比赛是怎么回事了，鉴于学院不支持任何城堡，我得以从系统外部审视它。学院里的人对体育、运动员和性感的种雄，并不像雷哈的年轻女人乃至部分年长女人那样痴迷。这种痴迷对外面的女人来说是种义务。为你的队伍欢呼，支持你的勇士，爱慕当地的英雄，都是再合理不过的事。她们的处境要求性屋中的男人强壮、健康，这是社会选择对自然选择的进一步强化。不过，能远离欢呼、狂喜，以及海报上那些肌肉膨胀、眼神赤裸，也很有本钱的家伙，我还是很高兴的。

我已经做出了雷斯哈瓦那的抉择。我选择了不透露真相。秀格拉德、斯考德和其他老师，我们叫她们教授，她们都是智慧又开明的人，完全能够理解太空旅行之类的概念，在技术创新等方面也都说得上话。我只回答她们关于技术的问题。我任由他们假定我们的社会和他们的差不多，大多数人都会自然而然这么想，尤其是单一文化中的人。一旦被他们发现二者有多么不同，其后果将会是革命性的，我没有权限、理由或意愿在赛格里引发这样一场革命。

据我所知，他们的性别不均造就了这样一个社会：男人享有所有特权，而女人享有所有权力。这显然是一种相当稳定的安排。从他们的历史来看，这种情况已经延续了至少两千年，并且很可能以这样或那样的形式存在了更久。但通过与我们接触、了解人类社会的常态，这种稳定可能被迅速打破，那将是灾难性的。我不知道男人是会紧握他们的特权不放还是会要求自由，但女人绝不会愿意放弃她们的权力，此外，他们的社会系统和情感关系也会瓦解。即便他们学会了撤销自己身上被强加的基因编码，要想恢复正常的性别比例也需要好几代人的时间。我不能成为那缕引发雪崩的微风。

34/266（口述）斯考德从阿瓦格城堡的男人们那里没打听出什么东西来。她提问时不得不非常小心，因为如果她告诉他们卡扎是个外星人或者在任何方面有特殊之处，他就会陷入险境。他们会觉得那代表着某种优越性，那他就需要在力量与技巧的试炼中证明自己。我想城堡的等级制度一定相当顽固僵化，男人在这个机制中的上升或下降，都是通过发起挑战、赢得或输掉那些强制或选择性的试炼来实现的。女人观看的那些运动和赛事仅仅是城堡中无休止的系列竞赛的展示品罢了。卡扎是个没受过训练的成年男性，在此类试炼中毫无胜算。她说，他唯一可能的逃避方式就是装病或装傻，她觉得他肯定这么做了，鉴于他还活着，但这也就是她能问出的全部结果了——"那个在塔哈－雷哈翻了船的男人还活着。"

尽管城堡里领主们的食物、房屋、衣服和资金支持全靠女人来提供，但她们显然觉得他们的不合作是理所当然的。仅仅是获得那么一丁点儿信息，她看起来都高兴极了，我也是。

但我们得把卡扎从那里救出来。从斯考德那里听说得越多，我越觉得卡扎危险。我总觉得他们简直是被宠坏的顽童，但其实这些男人更像是军国主义训练营中的士兵。只是训练永无止境。当他们赢得试炼时，他们会获得各种称号和级别，你可以把它们翻译成将军之类代表着军国主义权力等级的称呼。有些将军、领主、大师等等，同时也是体育偶像、性屋红人，就像可怜的莎斯克爱慕的那个一样。但当他们明显衰老下去以后，他们常常会把从女人那里得来的荣耀换成在男人中间的权力，成为自己城堡中的暴君，对那些次等男人颐指气使，直到他们被推翻，被赶出去。老年种雄似乎总是独自居住在远离主城堡的小屋中，被视作疯狂而危险的人——流氓。

这种生活听起来很可悲。十一岁以后，他们唯一被允许做的事就是在城堡内的比赛和运动中竞争，十五岁后，再加上在性屋中竞争，为了钱，为了被选择的权利等等。没别的了。没有选择。没有职业。没有手艺。不能远行，除非参加大竞赛。不准进入学院，以免习得任何形式的思想自由。我问斯考德为什么一个聪明的男人连进学院学习都不行，她告诉我学习对男人来说相当有害，它会削弱男人的荣誉感，使他的肌肉松弛，并让他雄风不再。"涌向大脑的东西可都是从睾丸流出来的，"她说，"这完全是为了他们好，省得他们被教育糟蹋。"

我试图做到若水，像我所学的那样，但我感到厌恶。她大概也觉察到了，因为过了一会儿她给我讲秘密学院的事。学院中的一些女人确实会把信息悄悄带给城堡中的男人。那些可怜的家伙秘密聚会，互相教导。在城堡里，同性恋关系在十五岁以下的男孩中是受鼓励的，但在成年男人中却不被官方容忍，她说秘密学院的运营者通常都是同性恋男性。他们只得秘密进行，因为一旦被抓到阅读或者谈论理念，就会被领主和大师惩罚。斯考德说，秘密学院中也流传出一些有趣的作品，但她想了一会儿才举出例子。一个男人偷偷传出了一个有趣的数学定理，还有一个画家的风景画，尽管技术上很原始，却受到了艺术专业人士称颂。她不记得他叫什么名字了。

艺术、科学、所有的研究与专业技术，都是哈格雅德，即技术性工作。它们都在学院中被教授，没有分学科，也很少有专家。老师和学生的领域总是在交叉、互换，在一个领域是著名学者也不妨碍你在另一个领域当名学生。斯考德是生理学的慧妇，也写剧本，但现在正跟随一位历史学慧妇研习历史。她的思想广博、活跃而无畏。我在海恩读的学校可以从这所学院学到许多。这是个绝妙的地方，充满了自由的头脑，但只有一种性别的头脑。一种带篱笆的自由。

我希望卡扎也能找到一所秘密学院，或者通过别的办法让自己融入这座城堡。他固然强壮，但这里的男人为赢得这些比赛已训练多年。许多比赛都很暴力。女人们说不用担心，我们不会让男人互相残杀，我们保护他们，他们是我们的珍宝。但在全息影像中，我见过比武双方狠狠地互相摔打，脑震荡的男人被抬下场。"只有没经验的斗士才会受伤。"真令人安心，呵。他们还斗牛。还有那种他们叫做主竞赛的混战，他们故意弄断彼此的腿和脚踝。"不瘸腿的算什么英雄？"女人们说。也许那倒是种安全的选择，摔断自己的腿，那就不必再证明自己是个英雄了。但卡扎会不会还要证明别的什么？

我请莎斯克留意雷哈的性屋，听说卡扎在那里就告诉我，但阿瓦格城堡要负责四个镇子的交配（那是她们的词，同样的词也用于公牛）服务，所以他可能被送去了别处的性屋。但也可能没有，因为什么比赛都没赢过的男人是不许去性屋的。只有冠军能去，还有十五到十九岁之间的男孩，年长女性称之为弟伢，指的是动物幼崽——小狗、小猫、小羊羔等到。单纯找乐子时，她们一般都会点弟伢；只有想怀孕的时候，才会花大价钱点冠军。不过卡扎已经三十六岁了，他不是小狗、小猫或小羊羔。他是个男人，而这个地方对男人来说很可怕。

卡扎·阿格德被杀死了。阿瓦格城堡的领主最终透露事实，但却没说具体情形。一年之后，麦莉门特用无线电召来着陆舱，离开赛格里，回到海恩。她的建议是观察和回避。但是常驻使决定再派一对观察使过去，这次来的两位都是女性，机动使阿莉·艾优和吴泽霖。她们在赛格里生活了八年，第三年后成为首席机动使，后来艾优又作为大使待了十五年。她们在雷斯哈瓦那的抉择中选择了缓慢揭示所有真相。他们设下了外星访客不得超过两百人的限制。接下来几代时间里，赛格里人逐渐习惯了外星人的存在，也开始考虑要不要加入伊库盟。他们针对基因修改的提案做了全球公投，但没通过，因为除非削弱女人的投票权，否则男人的投票根本毫无意义。截至本报告的提交，赛格里尚未实施重大的基因修改，尽管他们已经学会了各种修复技术并投入应用，这提高了足月降生的男婴比重，如今赛格里的性别比例约为12:1。

下述段落是93/1569年一名位于乌什的赛格里女性提交给厄里索·德·威斯大使的回忆：

亲爱的朋友，你让我讲讲我希望其他星球上的人们了解的一切，关于我的生活、我的星球。那可不是件容易的事！我想让别的什么地方的别的什么人了解我生活中的什么事吗？我知道在别人——那些一半一半的种族——眼里我们有多奇怪，我知道他们觉得我们落后、粗野，甚至变态。也许再过上几十年，我们会下定决心改造自己。但那时候我早死了，我也不想活着看到那一天。我爱我的族人。我喜欢我们凶猛、骄傲、美丽的男人，不希望他们变得像女人。我喜欢我们可靠、有力、慷慨的女人，不想她们变得像男人。而且，尽管我知道你们的每个男人都有独属于他自己的本性和特质，每个女人也是这样，但我还是很难说清楚那样会让我们失去什么。

我还是个孩子的时候，有个比我小一岁半的弟弟。他的名字叫伊图。我母亲生我的时候去了市里，付了五年的积蓄给我的种父，一位舞蹈冠军大师。而伊图的种父是我们村性屋里的一个老家伙，人们叫他落后大师。他从没赢过任何比赛，也好多年都没播种成功过了，因此只要有人肯点他，不给钱他也乐意得很。我母亲说起这事总要笑——她还在给我哺乳，甚至没采取任何避孕措施，还给了他两个铜币的小费！她在发现自己怀孕时很生气。检查后发现是个男胎，想到要像他们所说的那样等着流产，她更觉得厌恶了。但等到伊图被健健康康地生下来时，她给了那个老种雄两百铜币，那是她所有的现金。

他不像很多别的男婴那样娇弱，但你怎么可能不去爱护一个男孩呢？我记得我无时无刻不在照顾伊图，小弟弟应该做什么、不该做什么、要让他远离的一切风险，我都记得清清楚楚。我为自己的责任感到骄傲，当然也有些虚荣，因为我有个弟弟可以照顾。我们村其他母宅可没有还住在家里的儿子。

伊图是个可爱的孩子，一个明星。他有着我们乌什人典型的羊毛般柔软的头发，一双大眼睛，天性甜美快乐，也很聪明。其他孩子都爱他，总想跟他玩，但我们俩最喜欢自己玩又长又复杂的编故事游戏。我们有一群牛，总共十二头，是村里的老妇人用葫芦壳雕的——人们总是送他礼物——那些牛就是我们挚爱的游戏中的演员。我们的牛群住在一个叫作树什的国家，在那里进行伟大的冒险，爬山，发现新的土地，在河上划船，等等。像所有牛群一样，像我们村的牛群一样，老母牛是领袖，公牛独自居住，其他雄牛被阉割，小母牛则是冒险者。我们的公牛会定期来访与母牛交配，也可能会被拉去树什城堡和男人们竞斗。我们用黏土做城堡，棍子做男人，公牛总是赢，把棍子人撞成碎片，有时候甚至还能把城堡撞成碎片。但我们故事中的精华部分在于两头小母牛，我的这头叫欧普，弟弟的那头叫乌蒂。有一次，我们的英雄小母牛正在进行她们的伟大冒险，就在流经我们村子的小溪上，她们的船飘向远方。我们在下游很远处发现船被一根原木拦住了，那里的溪流又深又急。可我的小母牛还在船里。我们潜下水找啊找，但没找到乌蒂。她溺水了。树什城堡为她举行了一场隆重的葬礼，伊图哭得很伤心。

他为自己勇敢的玩具小母牛哀悼了很久，我只好跑去问牧牛人迭德吉我们能否为她工作，因为我觉得跟真的牛待在一起能让伊图开心起来。有两个免费牧牛工她当然高兴（当母亲发现我们真的在干活时，她让迭德吉每天支付我们四分之一个铜币）。我们骑着两头高大驯良的老母牛，鞍具大到伊图都能躺在上面。每天，我们赶着一群两岁大的小牛来荒原上找艾蒾吃，放牧越多，艾蒾长得越好。我们得看好小牛，不让它们走远，不让它们践踏溪岸，当它们想停下反刍时，我们还要把它们聚到一处，用它们的排泄物滋养有用的植物。大部分工作都是我们的老坐骑做的。母亲来看过我们在做些什么，觉得没问题，而且整天待在荒原上准能让我们保持健康强壮。

我们爱自己的母牛坐骑，可它们又正经又负责，很像母宅里的大人。小牛就不一样了，它们都是专门用来骑的品种，当然不是什么名贵的动物，只是村野品种，但艾茳把它们喂得胖胖的，精神头也足。伊图和我骑在小牛光溜溜的背上，全凭一根缰绳来驾驭。起先我们总是掉下来，只得仰躺在地，眼见着小牛扬着后蹄甩着尾巴飞奔而去。不过，到年底的时候，我们已经成了很好的骑手，开始训练我们的坐骑玩些花样，在全速奔跑时交换坐骑，还有撑角跳。伊图是个了不起的撑角跳选手。他训练了一头三岁的大块头花色公牛，它生着七弦琴般的角，他俩的舞蹈精彩绝伦，就像我们在全息影像中见到的伟大城堡里最好的撑角跳舞者。如此卓越的表演，我们怎能留在荒原上自己欣赏？很快，我们就开始向其他孩子炫耀，邀请他们来盐之泉观看伟大的花样骑术表演。当然大人们很快也都听说了。

我母亲是个勇敢的女人，可即便是她也觉得太过火了，震怒之下，她冷冷地对我说："我本来相信你能照顾好伊图的。你让我失望了。"

其他所有人一遍遍地说我将一个男孩宝贵的生命，将希望之瓶、生命宝库置于危险中，但真正伤到我的还是母亲的话。

"我确实在照顾伊图，他也在照顾我。"我对她说，以一个孩子所知的对公平的全部热忱，那是我们与生俱来的权利，却很少兑现。"我们都知道什么是危险的，不会做蠢事，我们了解自己的牛，而且我们做所有事都在一起。等到他必须去城堡的时候，他要做很多更加危险的事情，但现在他至少已经知道其中一样该怎么做了。而且在那里，他只能一个人面对危险，可现在我们做所有事都在一起。我没有让你失望。"

母亲看着我们。我还不到十二岁，伊图才十岁。她哭了。她坐到地上，开始大声地哭泣。伊图和我都走过去，抱住她一起哭。伊图说："我不去。我不去那该死的城堡。他们不能强迫我去那里！"

我相信他。他也相信自己。但母亲更了解现实。

也许某一天，男孩可以选择自己的生活。在你们那里，男人的命运并不是由他的身体决定的，不是吗？也许某一天，这里也会如此。

我们的城堡希迭戈，自伊图出生以来当然就一直关注着他，每年一次，母亲会给他们送去医生给伊图出具的报告，五岁的时候，母亲和她的妻子们带他去城堡参加领受仪式。伊图觉得尴尬、恶心，还有点得意。他悄悄告诉我："那里全是老男人，闻起来怪怪的，让我脱掉衣服，有些测量用的东西，他们量了我的小鸡鸡！说它非常好。他们说我有个很好的小鸡鸡。姐姐，降种之后会怎么样啊？"他不是第一次问我这种我答不上来的问题了，像往常一样，我编了个答案。"降种就是说你可以有孩子了。"在某种程度上，这和真相也差不太远。

我听说，有些城堡会在男孩长到九、十岁的时候，为之后的断离做一些准备，比如说，派稍大一点的男孩接触他们、给他们比赛门票、带他们参观公园和建筑，希望能吸引他们，这样一来，等他们长到十一岁，可能就会非常渴望去城堡。但我们这些偏远地区的人，荒原边缘的村民，用的还是过去那种严酷的方式。除了领受仪式外，男孩和男人们没有任何接触，一直到他十一岁生日。到那天，他认识的每个人都会送他到城门，把他交给那些陌生人，他的整个余生都将与那些人在一起。和过去的人们一样，现在的男男女女依然相信，这种绝对的断离能让他们成为真正的男人。

慧妇乌什吉自己生过一个儿子，还有一个外孙，当过五六任镇长，尽管不太有钱，但在村里饱受尊敬。听说伊图不想去那该死的城堡的第二天，她就来到我们的母宅，说要和他谈谈。他告诉我她说了什么。她没有用什么东西来吸引他，也没有用甜言蜜语诱导他。她告诉他，他生来就是为他的人民服务的，他只有一项责任，那就是在长大后尽可能地播种；他也只有一项义务，那就是成为一个强壮、勇敢的男人，比其他男人更加强壮、勇敢，这样女人们才会选择他来配种。她说他必须住进城堡，因为男人不能在女人中间生活。这时候，伊图问她："为什么不能？"

"你真的问了？"我说，敬畏他的勇气，因为慧妇乌什吉是个强大可怕的老女人。

"我问了。但她没有正面回答。她想了很久，看着我，看向别处，然后盯着我看了很久，最后说，因为我们会毁了他们。"

"太疯狂了，"我说，"男人是我们的宝藏。她在说什么？"

伊图当然不知道，但他努力思考她的话，我觉得她说出的话里再也没有比这句更令他印象深刻的了。

经过讨论，村里的老人们、我的母亲和她的妻子们决定允许伊图继续练习撑角跳，因为这会成为他在城堡里很有用的技能，但他不能再牧牛了，也不能在我牧牛的时候跟我同去，或者加入任何村里孩子做的工作或玩的游戏。"你做什么事都和珀在一起，"她们告诉他，"但她应该和其他女孩一起行动，你应该自己一个人行动，像个男人的样子。"

她们对伊图一向宽容，但对我们女孩子却很严厉，如果看到我们竟敢跟伊图讲话，她们就会叫我们去干自己的活，让他一个人待着。要是我们不听话——他和我偷偷溜出来，在盐之泉碰头，一起骑牛，或者只是藏在我们以前一起玩的溪谷那里讲讲话——她们只会冷着他，不理他，好让他自己感到羞愧，而我受到的却是切切实实的惩罚。被关在老纤维加工厂的地下室里一整天，那是我们村的监狱；第二次是两天；第三次被她们抓到我们两个单独待在一起，我在地下室里被关了十天。一个叫菲斯克的年轻女人每天给我送一次吃的，确保我有足够的水喝，确保我没生病，但她从不说话，那是她们惩罚村里人的惯用手法。晚上，我能听见其他孩子在头顶的街道走过。等到天终于黑了，我才能睡觉。我整天都没事情做，没有工作，没东西可想，除了她们的嘲笑和蔑视，因为我辜负了她们的信任；还有这种不公平的待遇，我受到惩罚，伊图却没有。

被放出来以后，我的感觉变了。我感到自己被关在地下室里时，内心的某种东西也关上了。

我们在母宅用餐时，她们要确保伊图和我分开坐。有一度我们甚至不跟对方讲话。我回到学校和工作中。我不知道伊图每天都在干什么。我根本不去想。那时离他的生日只有五十天。

有一天晚上，我爬上床，发现陶枕下有一张字条：今日免在西谷。伊图不会写字，他会写的那些字都是我偷偷教给他的。我又害怕又生气，但还是等了一个小时，直到大家都睡着了，起床，出门，潜入风朗星明的夜里，跑到溪谷去。那是旱季的末尾，溪中几乎没有流水。伊图在那里，弓着身子，双臂环绕膝盖，在水边昏暗皲裂的泥土上投下一小团影子。

我说的第一句话是：“你想让我再被关一次吗？她们说下次就是三十天！”

“她们要关我五十年。”伊图说，没有看我。

“我又能有什么办法？本来就应该这样！你是个男人。你得做男人该做的事。而且她们不会把你关起来的，你还能参加隔着比赛，来镇上交配，等等等等。你根本不知道被关起来是什么感受！”

“我想去赛拉达，”伊图说，语速很快，他抬起头来看我，眼里闪着光，“我们可以骑牛去雷当的巴士站，我存了钱，有二十三个铜币，我们可以坐巴士去赛拉达。只要我们把牛放了，它们就能自己回家。”

“你以为到了赛拉达你又能干什么？”我轻蔑又好奇地问。我们村里没人去过首都。

“伊卡盟的人在那里。”他说。

“伊库盟，”我纠正他，“那又怎么样呢？”

“他们可以带我走。”伊图说。

他说这话时我感觉很奇怪。我仍旧很生气，仍旧很轻蔑，但一股悲哀像黑水般在我体内涌起。“他们为什么要带你走？他们跟一个小男孩有什么好说的？你要怎么找到他们？而且二十三个铜币根本不够。赛拉达可远了。这个主意真的太蠢了。你不能这么做。”

“我以为你会跟我一起走。”伊图说，他的声音弱了些，但依然平稳。

“我不会做这么蠢的事。”我生气地说。

“好吧，”他说，“但你也不会告发我的，对吧？”

"不会，我不会告发你！"我说，"但你不能逃走，伊图。你不能。这太……这太不光彩了。"

这次他回答的时候声音颤抖。"我不在乎，"他说，"我不在乎光不光彩。我想要自由！"

我们都哭了。我在他身边坐下，像过去那样依靠彼此，哭了一会儿。时间不长。我们不爱哭。

"你不能这么做，"我在他耳边说，"不会成功的，伊图。"

他点点头，接受了我明智的建议。

"城堡里没那么糟。"我说。

一分钟后，他轻轻从我身边退开。

"我们会再见面的。"我说。

他只问了一句："什么时候？"

"比赛的时候。我可以去看你。我敢打赌你会成为那里最好的骑手和撑角跳选手。我敢打赌你会赢得所有奖项，然后成为一个冠军。"

他顺从地点点头。他知道，我也知道，我背叛了我们的爱，还有我们与生俱来的权利——公平。他知道他已经没有希望了。

那是我们最后一次单独讲话，几乎也是我们最后一次讲话。

大约十天后，伊图逃走了，骑牛逃向雷当，她们很轻易就发现了他的踪迹，在日落之前就把他带回了村里。我不知道他会不会觉得是我告发了他。我没跟他一起走，这让我感到羞愧，再也无法直视他。我离他远远的，她们再也不用刻意让我远离他了。他也没费心思来找我讲话。

我的青春期开始了，初潮就在伊图生日的前夜。像我们这种保守的城堡，是不允许正处于经期中的女人靠近城门的，所以当伊图成为男人时，我和其他几个女孩还有女人只能站在远处观看，看不到多少仪式内容。他们唱歌时，我默默站在那里，低头看着脚下的尘土、我的新凉鞋、凉鞋里的脚，感受我子宫的疼痛和拉扯感，血液的秘密流动，还有悲痛。那时我就知道，这种悲痛将伴随我终生。

伊图进去了，城门关上了。

他成了最年轻的撑角跳冠军，有两年，他十八和十九岁的时候，来我们村配过几次种，但我从没见过他。我有个朋友和他睡过，她讲给我听，说他有多么好，以为我想听，但我让她闭嘴，带着一股无名的怒火走开了，我们都不明白这是为什么。

他二十岁的时候被卖去东边海岸的一座城堡。我女儿降生时，我给他写了信，后来又写过几次，但他从没回过信。

我不知道我跟你说了什么关于我的生活和我的星球的事。我不知道这是不是我想让你知道的。这只是我不得不说的。

以下是一部短篇小说，是阿德城著名作家塞姆·葛立迭于93/1586 年写下的。赛格里的古典文学是叙事诗和戏剧。古典诗歌和戏剧是集体创作的，不论是最初的版本，还是后来几代的改写版，通常都不知道作者是谁。他们不大注重保存所谓的真本，因为在他们看来，作品是一个不断变化的过程。或许是在伊库盟的影响下，到了十六世纪晚期，开始有个体作者独立创作短篇叙事散文，有历史的，也有虚构的。这种体裁越来越流行，尤其是在城市中，尽管其从未获得伟大的古典史诗和戏剧那样广大的读者。毫不夸张地说，每个人都熟知史诗和戏剧的情节，背得出其中的许多句子，她们在书中或者全息影像中看过很多遍了，几乎每个成年女性都看过或参演过其中几部的舞台改编作品。这些作品是造就赛格里单一文化的主要统一影响之一。而那些叙事散文只能被默默阅读，更像是这种文化反思自身的方式，个人道德自省的工具。保守的赛格里女人们并不支持这种体裁，觉得它与赛格里高度协同合作的社会结构是相悖的。学院里的文学系课程也没有收录小说，甚至常常轻蔑地将其拒之门外——"小说是给男人看的玩意儿。"

塞姆·葛立迭出版了三本小说集。她的文风坦率、直接，这是赛格里短篇小说的典型特征。

错爱

塞姆·葛立迭 / 文

阿扎克在下游地区的一座母宅中长大，离纺织厂很近。她是个聪明女孩，家人和邻居都以她为荣，筹钱送她去学院念书。回到市里以后，她成了一家工厂的初级经理。阿扎克擅长与人合作，事业发展得很好。对于未来几年想做什么，她有着清晰的目标：找两三个合伙人，一起建一座女儿宅，做一门生意。

作为一个漂亮女人，正当最美好的青春年华，阿扎克从性爱中获得了极大乐趣，尤其是在与男人一起时。尽管在为做生意的计划而储蓄，但她仍在性屋花了很多钱，她常常去那里，有时一次要点两个男人。她喜欢看他们互相刺激，展现单独一人时无法达成的超凡技术，也喜欢看他们没发挥好时互相羞辱。她觉得事后的男人身体非常恶心，如果一个男人不能一晚上折腾个三四次，她就会毫不犹豫地把他赶走。

她那个地区的城堡买了个年轻冠军，他曾在东南城堡舞蹈锦标赛中获胜，并且很快被送到了性屋。阿扎克在全息影像中见过他在决赛中的舞蹈，被他流畅优雅的风格和美貌迷住了，她热切地想与他交配。他的身价比性屋里其他男人都要高上一倍，但她毫不犹豫地付了钱。她发现他英俊可亲，热情温柔，技能高超又性情温顺。共度的第一晚，两人都非常尽欢。她离开时给了他很大一笔小费。不到一星期，她又回来了，点名要托德拉。他带给她的乐趣无与伦比，很快她就彻底迷上了他。

"我希望你只属于我一个人。"有天晚上，她对他说，他们躺在床上，慵懒而满足。

"那也是我内心的渴望，"他说，"我希望自己是你一个人的种仆。来这里的其他女人都无法吸引我。我不想要她们。我只想要你。"

她不知道他讲的是不是真话。下次来的时候，她装作不经意地问经理，托德拉是否像她们所希望的那样受欢迎。"不是，"经理说，"除了你，每个人都说他要花很长时间才能来兴致，不情不愿的，对她们也爱答不理。"

"怪了。"阿扎克说。

"根本不奇怪，"经理说，"他爱上你了。"

"一个男人爱上一个女人？"阿扎克说完笑了。

"太常见不过了。"经理说。

"我以为只有女人才会爱上彼此。"阿扎克说。

"女人有时候也会爱上男人，这非常糟糕，"经理说，"我可得提醒你，阿扎克，爱情只应发生在女人之间，而不是这里，这里的爱情从来都没好结果。我倒也不是跟钱过不去，但我希望你也能和别的男人在一起，别老是点托德拉。你这是在给他希望，你知道的，这对他可不是什么好事。"

"你俩可都没少赚我的钱！"阿扎克说，仍把这当作玩笑。

"要是没有爱上你，他能从其他女人身上赚更多的钱。"经理说。对于阿扎克而言，比起她在托德拉身上获得的快乐，这个理由微不足道。她说："他当然可以跟她们所有人来，在我完事以后，但现在，我想要他。"

那天晚上他们交易完成以后，她对托德拉说："这儿的经理说你爱上了我。"

"我早就告诉过你，"托德拉说，"我告诉过你我想属于你，服务你，你一个人。我愿意为你而死，阿扎克。"

"别说蠢话了。"她说。

"你不喜欢我吗？我没能取悦你吗？"

"你是我遇到的所有男人中最喜欢的，"她说着吻了他，"你很美，完全让我满意，我的甜心托德拉。"

"你不想要这里的其他任何男人，对吧？"他问。

"不想。他们都又丑又笨，哪里比得上我美丽的舞者。"

"那你听着。"他坐起身，正色说道。他二十二岁，身材纤细，四肢修长，肌肉匀称，眼距宽，嘴唇薄，嘴唇敏感。阿扎克躺着，轻抚他的大腿，心里想着他是多么可爱，多么讨人欢喜。"我有个计划，"他说，"我跳舞的时候，你知道的，那种故事舞蹈，我扮演女人，当然了，我从十二岁就开始就跳女角了。人们经常说他们都不相信我真的是个男人，我扮女人扮得太好了。如果我逃走——从这里、从城堡逃走——扮成一个女人——我可以去你家里当个仆人——"

"什么？"阿扎克惊叫出声。

"我可以住在那里，"他急切地说，朝她俯身，"和你住在一起。我可以一直待在那里，你每天晚上都可以和我在一起。你不用花一分钱，只要负担我的食物就行。我会伺候你，满足你，帮你打扫房子，做任何事，任何事，阿扎克，求求你了，我的挚爱，我的主人，让我成为你的人！"他见她仍无法相信，又匆匆地补充道："要是你厌倦了我，可以把我赶走——"

"要是你逃走之后还想回城堡，他们会往死里抽你的，你这个傻瓜！"

"我很珍贵，"他说，"他们会惩罚我，但不会伤害我。"

"你错了。你已经很久没跳舞了，在这里的价值已经下滑了，因为你跟除我之外的任何人在一起时表现得都不好。这是经理告诉我的。"

眼泪在托德拉眼眶中打转。阿扎克不想让他痛苦，但他那狂野的计划实在太令她震惊了。"如果你被发现，亲爱的，"她温柔地说，"我会非常丢脸的。这个计划太幼稚了，托德拉。请不要再做这种白日梦了。但我真的真的很喜欢你，我爱慕你，除你之外不想别的男人。你相信我吗，托德拉？"

他点点头，强忍住眼中的泪水，说："现在而已。"

"现在，还有很久很久很久！亲爱的，甜心，美丽的舞者，我们拥有彼此，只要我们想，年复一年！但你得对来这里的其他女人履行责任，这样才不会被你的城堡卖走，求求你了！我不能失去你，托德拉。"她热情地把他拥入怀中，立刻唤起他的欲望，她向他打开，很快，他们两个就发出了痛苦而又欢愉的叫喊声。

尽管她没法完全认真看待他的爱——毕竟这种错位的爱，除了他提出的那个愚蠢的计划，又能有什么结果呢？——但他仍触动了她的心弦，她对他多了一层温柔，这大大提升了他们的乐趣。那之后的一年多里，她每周有两三晚去性屋找他共度，这是她能负担得起的最高频率。经理仍想抑制他的爱，所以尽管他在性屋的其他客人当中一点都不受欢迎，她还是没有降低托德拉的价格，因此，阿扎克在他身上花了很多钱，而他，在第一晚之后，再也没收过她的小费。

有一个女人，一直没能在性屋的其他种雄那儿受孕，于是她试了托德拉，立刻怀孕了，孕检之后，得知是个男胎。另一个女人也通过他受孕，又是一个男胎。要托德拉当种父的需求激增。女人从城市的各处赶来找他。当然这也意味着，他必须在她们的排卵期留出空来。如今有很多个晚上，他不能见阿扎克，因为经理不接受贿赂。托德拉不喜欢自己变得那么受欢迎，但阿扎克抚慰他，向他保证，告诉他她有多么为他骄傲，他的工作绝不会影响他们的爱。事实上，他变得这么抢手，她根本不觉得可惜，因为她遇到了另一个她想与之共度良宵的人。

那是一名年轻女人，名叫泽达，在工厂工作，是一位机械维修专家。她高大英俊，阿扎克一下子就注意到她走路时那自由强健的步子，她骄傲的站姿。她找了个借口跟她结交。在阿扎克看来，泽达也欣赏她，但很长一段时间内，两人都表现得只把对方当朋友，而没有进展到伴侣。她俩常常结伴，一同去看比赛和舞蹈，阿扎克发现，比起单独和托德拉待在性屋里，她更喜欢这种开放的社交生活。她们聊到怎么合伙做机械维修服务的生意。渐渐地，阿扎克发现泽达美丽的身体总是在自己脑海中打转。终于，一天晚上，在她的单身公寓里，她告诉她的朋友她爱她，但又怕多余的欲望给她们的友谊带来负担。

泽达回答："我第一眼看见你就想要你，但我不想让你因我的欲望而困扰。我以为你更喜欢男人。"

"之前我更喜欢男人，但我现在只想着你。"阿扎克说。

她发现自己一开始很羞怯，但泽达熟练又细致，能够不断延长双方的愉悦期，让她抵达做梦都没想到过的圆满境界。她对泽达说："你让我成为一个真正的女人。"

"那让我们成为彼此的妻子。"泽达开心地说。

她们结了婚，搬到城西一座屋子，离开工厂，一起做生意。

在这段时间里，阿扎克都没把她另结新欢的事告诉托德拉，只是越来越少去找他。她为自己的懦弱感到一点羞耻，便说服自己他忙于履行配种的责任，不会真有多想她的。毕竟他是个男人，尽管嘴上说着浪漫的爱，但做爱才是男人最重要的事，而不是像女人那样，仅仅把性交当作爱和生活的一部分。

她和泽达结婚时，给托德拉寄了封信，说他们的人生已经走上了不同的岔路，她要搬走了，不能再见他了，不过她会一直想起他，满怀喜爱。

她马上收到了托德拉的回信，乞求她回来和他谈谈，一遍遍地重申他那矢志不渝的爱。那封信里的拼写错误很多，几乎无法辨认，但它打动了她，也使她尴尬和羞愧，她没有回复。

他写了一封又一封信，试图通过她新店的全息网络联系她。泽达让她别做任何回复，说："给他希望是件很残忍的事。"

她们新店的生意从一开始就很顺利。有天晚上，她们正在家里切菜准备晚饭，门口传来一阵敲门声。"进来吧。"泽达说，以为来者是乔琪，她们正在考虑吸纳为第三位伴侣的一个朋友。但进来的是一个陌生人，一个高挑美丽的女人，头上裹着围巾。陌生人径直向阿扎克走去，声音哽咽："阿扎克，阿扎克，求求你，求求你让我待在你身边。"围巾从他的长发上掉落下来。阿扎克认出来人是托德拉。

她很震惊，还有点害怕，但她认识托德拉已经很久了，也很喜欢他，情感的惯性使她伸出双手来欢迎他。她在他脸上看到了恐惧和绝望，感到很是抱歉。

可泽达猜到了他是谁，又警惕又愤怒。她手里仍握着菜刀，从房间里溜出去，叫来了市警。

她回来时，看到那个男人正在乞求阿扎克让他留下来，藏在她们家里，当个仆人。"我可以做任何事，"他说，"求求你了，阿扎克，我唯一的爱，求求你！没有你我无法生活。我无法和那些女人共处，那些只想求种的陌生人。我无法再跳舞。我只想你一个人，你是我唯一的希望。我会当个女人，没人会知道。我会剪掉头发，没人会知道的！"他说啊说，几乎是在用他那狂热的爱威胁她，但也很可怜。泽达冷冷地听着，觉得他疯了。阿扎克听着他讲，又是痛苦，又是羞愧。"不，不，那是不可能的。"她一遍又一遍地说，但他根本不听。

警察来到门口时，他认出她们是什么人，冲到屋子后面想要逃走。警察在卧室里抓住了他，他绝望地反抗着，被她们粗暴地制服了。阿扎克朝她们大喊，让她们别伤害他，但她们根本不在意，把他的手臂扭到身后，打他的头，直到他停止抵抗。她们把他拖了出去。队长留下取证。阿扎克试图为托德拉求情，但泽达陈述了事实，并补充说她觉得他疯狂又危险。

过了几天，阿扎克去警局打听，得知，托德拉被遣送回了城堡，一同被送回去的还有一份警告，让他们一年内不要派他去性屋，或者直到城堡的领主们认为他能够控制自己的行为。想到他会遭受怎样的惩罚，她感到非常担心。泽达说："他那么珍贵，他们不会伤害他的。"正如他自己所说。阿扎克乐于相信如此。事实上，知道他不会再来碍事，她感到很解脱。

她和泽达先是把乔琪发展成生意伙伴，然后是家庭成员。乔琪从码头地区来，坚韧幽默，工作努力，要求很少，是让人舒服的伴侣。她们对彼此感到很满意，生意也蒸蒸日上。

一年过去，然后又是一年。阿扎克回到她从前的地区，跟她最初工作的那个工厂里的两个女人签署一份维修工作的合同。她向她们打听托德拉。她们告诉她，他不时会回到性屋。他被授予他们城堡的冠军种雄称号，需求量很大，价格也更高了，因为他让那么多女人怀孕，而且其中很多都是男胎。没人会为了找乐子而找他，她们说，据说他很粗暴，甚至残忍。女人只有在想受孕的时候才会点他。想到他对她的温柔，阿扎克觉得很难想象他会表现得野蛮。她猜大概是城堡的严酷惩罚改变了他。但她不相信他真的变了。

又过了一年。生意运转得很好，阿扎克和乔琪都开始认真讨论生孩子。泽达不想生育，但愿意当个母亲。

乔琪在本地的性屋有个喜欢的男人，时不时就会去找他求欢，现在，她开始在排卵期找他，他作为种雄的名声也不错。

阿扎克跟泽达结婚后就没去过性屋。她注重忠诚，除了泽达和乔琪外不再跟任何人做爱。想到怀孕，她发现自己过去和男人春风一度的兴趣已经消失殆尽，甚至变成了厌恶。她也不喜欢用精子库里的精子做人工授精的主意，但跟一个陌生男人共处更令她恶心。考虑要怎么办时，她想到了托德拉，她真心爱过、也从他那里获得了许多快乐的人。他现在又是一个冠军种雄了，作为一个可靠的播种者而在全市闻名。显然别的男人都不能带给她愉悦，而且他曾如此爱她，以至于置自己的职业甚至生命于危险之中。这种不负责任的行为早已结束。他没再给她写过信，如果城堡和性屋经理觉得他依然疯狂或不可信任，是绝不会让他跟女人交配的。过了那么久，她想她也许可以回去找他，给予他过去曾如此渴望的愉悦。

她通知了性屋下一次排卵期的预估时间，点名要托德拉。那个时间段他已经被预订了，她们给她推荐了另一个种雄，但她宁愿等到下个月。

乔琪已经怀上孕了，兴高采烈。"快点，快点！"她对阿扎克说，"我们要生双胞胎！"

阿扎克发现自己在期待和托德拉的重聚。对于他们上次见面时的暴力和因此给他带来的痛苦，她感到很后悔，所以写了一封信给他：

亲爱的，我希望长期的分离和上一次见面时的不幸能够在此次重逢的喜悦中被遗忘，希望你仍像我爱你一样爱我。我会为怀上你的孩子而万分骄傲，让我们祈祷会是个儿子！我迫不及待想再次见到你，我美丽的舞者。你的阿扎克。

没等到他回信，她的下一次排卵期就到了。她穿上自己最好的衣服。泽达仍不相信托德拉，还劝过她别去找他，这时她闷闷不乐地向她道别，祝她好运。乔琪则往她脖子上挂了一根链子，上面有颗保佑她怀孕的坠子。然后她就去了。

性屋当值的是一位新经理，这个面相粗犷的年轻女人告诉她："他要是给你惹麻烦，你就大声叫我们。虽说他是个冠军，但他很粗暴，要是伤到了人，我们不会放过他的。"

"他不会伤害我的。"阿扎克微笑着说，急切地走进那间熟悉的房间，在这里，她和托德拉曾无数次享用彼此的身体。他正站在窗边等，像过去一样。他转过身，看起来就像她记忆中的那样，四肢修长，丝滑的长发如水般沿着背部淌下，间距很开的双眼凝视着她。

"托德拉！"她说，伸出双手朝他走去。

他握住她的手，唤她的名字。

"你收到我的信了吗？开心吗？"

"是啊。"他微笑着说。

"所有的不愉快，那些关于爱的愚蠢想法，都过去了吧？我很抱歉让你受到了伤害，托德拉，我不想再看到那种事情发生。就让我们像过去那样轻轻松松、开开心心地在一起，好不好？"

"是的，都过去了，"他说，"看到你我很高兴。"他轻轻把她拉近自己，温柔地脱下她的衣服，爱抚她的身体，就像过去一样，他知道怎样能带给她愉悦，她也记得该怎样取悦他。他们脱光衣服一起躺下，她抚弄着他的身体，很是兴奋，却又有点不情愿打开自己，毕竟隔了那么久，他好像感到不舒服似的，动了动手臂。她退开一点点，看到他手里有把刀，一定是之前藏在床上的。他把它藏在背后。

她感到自己的头脑冷却下来，但还是在继续抚弄他的身体，不敢说话，不敢抽离，因为他正用另一只手紧拥住她。

突然之间，他翻身压到她身上，强行进入了她，疼痛来得如此剧烈，有一瞬间她还以为那是刀。他立刻射精了。趁他拱起身子，她从他身下挣脱出来，连滚带爬地来到门口，跑出房间大声呼救。

他追过来，拿刀捅她。在经理还有其他男男女女抓住他之前，刀刺到了她的肩胛骨。男人们很生气，狠狠打他，经理叫他们别打了也没有用。他赤裸着，流着血，意识模糊，被捆了起来，立即送回城堡。

所有人都围到阿扎克身边，为她清洗包扎。那个伤口很浅。她又震惊又困惑，只问得出一句："他们会把他怎么样？"

"你说他们会把一个企图谋杀的强奸犯怎么样？给他颁个奖？"经理说，"他们会阉了他。"

"但这是我的错。"阿扎克说。

经理盯着她，说："你疯了吗？回家去。"

她回到房间里，机械地穿上衣服，看着他们躺过的床。她站在托德拉站过的窗边。她回忆起很久以前看他跳舞，那是他第一次获得冠军的比赛。她想："我的人生错了。"但她不知道要怎么修正它。

赛格里社会和文化制度的转型并没有如麦莉门特所担心的那样走上灾难性的道路。它的发展相当缓慢，方向也不甚明确。93/1602 年，特哈达学院邀请两座邻近城堡的男性申请入学，有三名男性照做了。接下来的几十年里，大多数学院都向男人敞开了大门。但只要一毕业，这些男生就只得回到自己的城堡，除非他们离开这颗星球，因为在当地，除了以学生身份住进学院或是待在城堡以外，男人不可以住在其他地方，一直到93/1662年《开门法案》通过。

即便是在法案通过之后，城堡对女人仍不开放，而男人从城堡出走的速度比这项措施的反对者们所恐惧的要慢得多。整个社会对《开门法案》的适应也很慢。有几个地区开设的男性基础技能培训项目已然小有成效，诸如在农耕和建筑领域，男人以团队的形式展开工作，和女人有的一拼，但依然要与女人的公司相隔绝，并接受其管理。近年来，有很多赛格里人来海恩学习——来的男性比女性多，尽管两者之间仍存在着巨大的数量差距。

下面这篇自传性速写便来自其中一名男性，我们之所以特别关注到他，是因为他是一起事件的亲历者，该事件直接加速了《开门法案》的制定。

机动使阿达·德兹的自传性速写

我于伊库盟93周期，1641年出生在赛格里上的拉科达。拉科达是个平静、繁荣又保守的镇子，家人用传统方式把我养大——一座庞大母宅中备受宠爱的男孩。不算厨房帮工，我们家总共有十七个人：一个太外婆，两个外婆，四个妈妈，九个女儿，还有我。我们过得很好，所有女人都正担任或曾担任过拉科达陶器厂的经理或技工，这是镇上的支柱产业。每逢过节，我们家都倾力准备，盛况非凡：在山莱节时用条幅装饰整个家，从屋顶一直垂到地基；在丰收节的时候制作华丽的节日服饰；每隔几周就会替某位家人庆祝生日，礼物堆得到处都是。正如我所说，我备受宠爱，但我个人认为，我并未受到溺爱。我的生日不比姐妹们的生日更隆重，我可以和她们一同奔跑嬉戏，仿佛我也是个女孩。但我一直都很清楚，她们也明白，母亲们落在我身上的目光和落在她们身上的是不一样的，那是一种焦虑、担忧，随着我慢慢长大，有时甚至是悲凉的目光。

领受仪式之后，每年春季的开放日，我的生母或她的母亲都会带我去拉科达城堡。公园大门仍然关着，只在领受仪式那天打开过一次，放我一人（害怕地）进去，不过墙上放下了几架移动登高梯。我和镇上其他几个小男孩一起爬上去，在墙头舒舒服服坐好，屁股下有气垫，头顶上有雨篷，观看示范性舞蹈表演、公牛舞、摔跤，还有其他运动，都在墙内巨大的赛场进行。母亲们在下面等，公园外面，公共场地的露天看台里。城堡里的男人和少年跟我们坐在一起，解释比赛规则，指出舞者或摔跤手做得好的点，严肃认真地对待我们，让我们觉得自己很重要。我很喜欢那样，可一旦从墙上下来，开始往家走，那些感觉就都没了，就像脱下的戏服、演完的剧情，我像过去一样，在母宅里和家人一同工作玩耍，那才是我真正的生活。

十岁的时候，我去了市区里的男孩班。四五十年前就有这种班了，作为母宅和城堡之间的桥梁，但是我们城堡的统治越来越保守，最近退出了这项计划。除了坐在封闭的汽车里径直前往性屋，领主法沙禁止他治下的男人去墙外任何地方，哪怕去性屋也要在日出前回城堡，所以没有男人可以来教班上的男孩。镇上的女人试图告诉我去到城堡以后会发生什么，但她们知道的其实也并不比我多上多少。不管她们是出于怎样的好意，大多数时候她们说的都让我感到又害怕又困惑，不过害怕和困惑倒是恰当的心理准备。

我无法描述断离仪式。我真的不能。那些日子里，赛格里男性有种优势：他们知道什么是死亡。他们在肉体死亡之前就已经死过一次。他们转过身，回望整个人生，爱过的每个地方、每一张脸，然后大门阖上，彻底告别过去。

在我断离的那段时期，我们的小城堡内部分裂成两派：学院派和保守派，即伊索格大人政权遗留下来的自由派和更年轻的高度保守派。我进城堡的时候，分裂已相当严重。领主法沙的统治越来越严酷，越来越丧心病狂。他靠腐败、野蛮和残忍进行统治。住在城堡里的人都深受其害，如果没有强大、持续且道德的抵抗力量，我们早就被毁了，抵抗的核心是拉格兹和科哈德拉，他们是伊索格大人的门徒。他们是公开的一对儿，追随者全是城堡里的同性恋，还有不少别的男人和半大男孩。

刚住进保育舍的那段日子里，两种情绪不断交替，让我无所适从：一边是恐惧、憎恨和羞耻，因为比我早几个月或几年进来的男孩被煽动着羞辱和虐待新来的，还要说这是为了使其成为真正的男人；另一边是宽慰、感激和友爱，因为受到学院派影响的男孩们给予了我秘密的友谊和保护。他们在比赛和竞争中帮助我，晚上带我去他们的床上睡觉，不是为了性爱，而是为了保护我免受性侵。领主法沙厌恶成年人搞同性恋，如果镇议会同意的话，他恨不得能恢复死刑。他虽不敢惩罚拉格兹和科哈德拉，可他会因年长男孩之间情投意合的爱而对他们施以诡异可怖的肉体残害——把耳朵切成流苏状，把烧红的铁环烙在手指上。但他又鼓励大一点的男孩强奸十一二岁的小男孩，作为一种男子气概的实践。没人能够逃脱。其中四个年轻人令我们尤其害怕，我进城堡的时候他们十七八岁，自诩为领主亲卫队。每隔几晚，他们就会突袭保育舍，抓一个受害者，然后轮奸他。学院派尽其所能保护我们，点我们去他们床上，假装虐待我们，嘴里还不停地奚落和嘲笑，我们则装作大声哭泣和反抗的样子。之后，在黑暗和静默中，他们会用糖果来安慰我们，当我们长大一些后，则是用我们所渴求的爱，一种因其隐秘而更显温柔、细腻的爱。

城堡里根本没有隐私。之前有女人让我描述城堡里的生活，我也这么说过，她们自以为理解我的意思。"嗯，母宅里也是，所有东西都是所有人共享的，"她们会说，"随时都有人在房间里进进出出。除非你有一间单身公寓，否则不可能真的独处。"我没法告诉她们二者的差别有多么大：母宅里是宽松、温暖的共处；而城堡里是严苛、蓄意的曝光，是一间间放了四十张床、灯光大亮的宿舍。拉科达没有隐私：只有秘密，只有沉默。我们咽下自己的眼泪。

我长大了，对此我有些自豪，同时深深感激那些让我有机会长大的男孩和男人们。我没有杀死自己，那些年里好几个男孩自杀了，我也没有杀死自己的精神和灵魂，有些人为了让身体存活而这么做了。感谢学院派——我们自称为抵抗派——母亲般的照顾，我长大了。

为什么我要说母亲般，而非父亲般的？因为我的世界里没有父亲。只有种父。我没听说过父亲或父亲般的这种词。我将拉格兹和科哈德拉视作我的母亲，至今仍是如此。

时间流逝，法沙越来越疯狂，他牢牢把控城堡，死死握住权利。领主亲卫队统管着我们所有人。他们应该感到庆幸，我们仍有一支很强的主竞赛队伍，也是法沙心中的骄傲，让我们得以保持在第一联赛中；我们还有两个冠军种雄，镇上的性屋对他们有着稳定的需求。抵抗者试图向镇议会提出的任何抗议都被置之不理，被当作典型的男人家的抱怨，或者被归咎于外星人带来的道德败坏。从外部看来，拉科达城堡似乎一切都好。看看我们伟大的队伍！看看我们的冠军种雄！女人看不到别的了。

她们怎么能抛弃我们？——每个赛格里男孩都会在心底这样哭喊。她怎么能把我留在这里？难道她不知道这里是什么样吗？她为什么不知道？她不想知道吗？

"当然不想了，"拉格兹告诉我，那时我义愤填膺地去找他，因为镇议会拒绝聆听我们的请愿，"她们当然不想知道我们过得怎么样。不然她们为什么从不到城堡里来？噢，当然可以说是因为我们不让她们进来，但你觉得要是她们真的想进来，我们挡得住吗？亲爱的，这是我们和她们的共谋，我们共同维系着我们文明赖以存在的伟大根基——无知和谎言。"

"我们自己的母亲抛弃了我们。"我说。

"抛弃我们？是谁在供养我们，给我们做衣服，建房子，给我们钱？我们的衣食住行全都依赖于她们。除非我们能够独立，那或许还有可能在真相的基础上重建社会。"

独立在他视线所及的最远方。但我觉得他的思想触及了更远的、他看不见的地方，那便是这个族群尚未明晰却又不可改变的共存之梦。

我们向镇议会请愿的努力没有取得任何成效，却引起了城堡内的注意。领主法沙认为自己的权力受到了威胁。没过几天，拉格兹被领主亲卫队和他们的打手抓了起来，被指控多次进行同性性行为和谋反，然后是被提审，被城堡领主判刑。所有人都被召集到赛场见证行刑。拉格兹五十岁了，心脏不好——他曾在二十多岁时当过主竞赛选手，接受了过度的训练——如今被全身赤裸地绑在长凳上，遭受"领主长鞭"的毒打，那是一条很沉的皮管，里面填满了沉重的铅块。领主亲卫队的伯赫德挥舞着它，反复抽打着他的头部、两侧腰肾和下体。被送进医务室后一两个小时，拉格兹就去世了。

当天晚上，拉科达暴动就发生了。科哈德拉比拉格兹还年长，又因失去爱人而悲痛欲绝，无法约束或引导我们。曾经，他的愿景是那种真正的抵抗，持久而非暴力，领主亲卫队迟早会自行毁灭。我们也曾遵循那个愿景，但如今我们选择放弃。我们抛下真理，拿起武器。"斗争方式决定赢得的成果。"科哈德拉说，但我们已经听够了那些老旧的格言。再也不相信比拼耐心的方式。我们要赢，现在就要，并且是一次彻底的胜利。

我们做到了。我们赢了。我们获得了胜利。警察赶到城门时，领主法沙、领主亲卫队，还有他们的打手都已被屠杀殆尽。

我记得那些强壮的女人如何在我们当中大步穿行，盯着她们从未见过的城堡内的房间，盯着那些残缺不全的尸体，有的没了内脏，有的失去了生殖器，有的连头都丢了；盯着领主亲卫队的伯赫德，他被领主长鞭钉了在地上；盯着我们，这些反叛者，也是胜利者，盯着我们染血的双手和挑衅的脸；盯着科哈德拉，他被我们推到前面作为领袖和发言人。

他默默站着，咽下自己的眼泪。

女人靠近彼此，紧握枪支，环视四方。她们胆战心惊，觉得我们都发疯了。她们完全无法理解我们，最终促使我们中的一员开口说话——一个年轻男人，塔斯克，手上还戴着铁环，是烧红了强行套上去的。"他们杀了拉格兹，"他说，"他们都疯了。你们看。"他伸出自己残损的手。

过了一会儿，警察队长说："彻底调查之前，谁都不准离开这里。"然后带领她的手下们离开城堡，走出公园，锁上身后的大门，将我们留在里面，与我们的胜利一起。

所有关于拉科达叛乱的听证和审判都被公开播报出来，理当如此。自那以来，这起事件就被反复研究和讨论。我参与的部分是杀死领主亲卫队的塔提蒂。我们三个把他堵在体育馆里，用那里的训练棍棒攻击他，直到把他打死。

斗争方式决定赢得的成果。

我们没有受到惩罚。她们从其他的城堡里抽调来几个男人，组建成政府，接管拉科达城堡。他们对法沙的行为有着相当的了解，也知道我们为什么会叛乱，但哪怕是他们中最亲自由派的人，对我们的态度也是绝对的蔑视。他们没把我们当作男人，而是当作没有理性、不负责任的动物，驯不服的牛。就算我们开口，他们也从不回复。

我不知道这种羞辱性的冷酷政权我们还能忍受多久。叛乱发生仅仅两个月后，世界理事会就颁布了《开门法案》。我们告诉彼此，那是我们的胜利，是我们使其实现的。但就连我们自己都不敢相信。我们告诉彼此，我们自由了。历史上的第一次，任何想要离开城堡的男人都可以走出大门。我们自由了！

但这些自由的男人走出城门后会发生什么？没人好好想过。

法案正式生效的那天早晨，我是走出城门的男人之一。我们一行十一人一起朝镇上走去。

其中几个非拉科达本地的男人去了各个性屋，希望能获准待在那里，他们没别的地方可去。宾馆和客栈当然不会让男人入住。在镇上度过孩提时代的我们则回了各自的母宅。

从死亡中归来会怎么样？不容易。对归者来说不容易，对他的亲人来说也是这样。他在她们世界中占据的位置已经合拢，消失不见，被日积月累的变化、习惯、其他人的行事和需求所填满。他已被取代。从死亡中归来意味着成为一个鬼魂：世界上已经没有了他的位置。

起初，我和我的家人都不明白这点。我在二十一岁的年纪回到她们身边，她们坚信我还是十一岁离开他们时的那个男孩，张开双臂欢迎她们的孩子。但这个孩子并不存在。我是谁？

很长一段时间内，有几个月吧，我们这些从城堡出来的难民就藏在各自的母宅中。从其他镇上来的男人们也都想办法回了家，通常是乞求结队旅行的人捎带他们一段。留在拉科达的有七八个人，但我们几乎见不到彼此。街上没有男人的位置，数百年来，人们看到男人独自上街就会立刻逮捕他。如果我们出门，女人们就会从我们身边跑走，举报我们，包围我们，威胁我们——"回你的城堡去！回你的性屋去！那才是你该待的地方！从我们的城市里滚出去！"她们管我们叫寄生虫，事实上我们没有工作，对社区也根本没有任何功用。性屋也不会接受我们提供服务，因为没有城堡给我们的健康和品行做担保。

这就是我们的自由，我们都是鬼魂，毫无用处、恐惧同时也被恐惧的侵入者，生活角落里的阴影。我们看着生活在身边继续：工作，爱情，分娩和抚养孩子，赚钱和花钱，制作和塑造，治理和冒险——那是女人的世界，光明、完整、真实的世界，那个世界中没有我们的位置。我们过去的全部所学就只有比赛和互相摧毁。

我知道的，母亲和姐妹们绞尽脑汁，想在她们这个生机勃勃又勤奋刻苦的家中给我找个位置，找些事做。早在我尚未出生时，就有两位住家的厨子在打理我家厨房了，所以我在城堡中学会的唯一实用技艺——厨艺——也用不上。她们为我找到一些家务活，但都属于没事找事，她们知道，我也知道。我倒是愿意照看婴儿，但有一位外祖母非常嫉妒这种特权，我姐妹的妻子们也不放心让一个男人触碰她们的孩子。我的姐姐帕多提出有没有可能在黏土车间做个学徒，我立刻抓住机会，但陶器厂的管理层经过漫长讨论，还是不同意接受一个男性员工。男人只会用下半身思考，注定无法成为可靠的工人，女工们也会觉得不舒服，等等。

全息新闻里满是这类提议和讨论，当然啦，还有关于《开门法案》施行以来种种意料之外的影响、适合男人的位置、男人的能力和限制、性别决定命运等话题的演说。对开门政策的反对情绪十分强烈，我每次看全息新闻，似乎都有一个女人在冷酷地谈论男性骨子里的暴力和不负责任，他不适合参与社会和政治决策的生理因素。常常还有一个男人在说同样的话。对新法案的反对受到了城堡中所有保守派的热烈支持，他们振振有词地要求重新关上城门，让男人回到适合他们的驻地，在比赛和性屋中追求真正的、阳刚的荣誉。

在拉科达城堡度过那些年后，荣誉对我毫无吸引力；这个词本身对我来说意味着退化。我痛骂那些比赛和竞争，我的大多数家人都很困惑，她们喜欢观看主竞赛和摔跤，只会抱怨说城门开启以来大多数比赛的精彩程度都有所下降。我也痛骂性屋，我说男人在那里被当作牲畜，当作种牛来用，而非人类。我再也不会去那里了。

"可是，我亲爱的孩子啊，"终于有一天晚上，母亲单独跟我说，"你想一辈子都单身吗？"

"希望不是这样。"我说。

"那……？"

"我想结婚。"

她瞪大双眼，略有忧思，最后小心地说："和男人。"

"不，和女人。我想要一段正常、普通的婚姻。我想要一个妻子，也想成为一个妻子。"

尽管这个主意如此令人震惊，她还是试着理解。她陷入沉思，皱起眉头。

"意思就是，"我说，毕竟很长一段时间以来，我除了沉思之外没有任何别的事情可做，"我们会像其他任何伴侣那样住在一起。我们会建立自己的女儿宅，对彼此忠诚，如果她生了孩子，我愿意成为孩子的爱母。这没理由不成！"

"唔，我不知道——我没听说过这种事，"我母亲说，她温和而明智，从来都不喜欢对我说不，"但你要先找到这个女人，你知道的。"

"我知道。"我闷闷不乐地说。

"你都没机会见人，这是个大问题，"她说，"也许如果你去性屋的话……？你自己的母宅肯定能像城堡一样为你担保，没理由不可以。我们可以试试——？"

但我拒绝了，情绪激动。我不是法沙的奉承者，很少被允许去性屋，但仅有的几次经历都十分不幸。我年轻，没经验，没人推荐，只有想要玩物的老女人才会选我。她们用熟练的技巧戏耍我，我又羞又怒。她们离开时会拍拍我，给我小费。那种娴熟、机械的兴奋和居高临下的冷酷对我来说糟透了，尤其是在体验过城堡里那些情人守护者的温柔之后。但女人却在生理上吸引着我，男人从来没有。我的姐妹和她们妻子们那美丽的身体如今常常萦绕在我的脑海中，穿衣服的、不穿衣服的，纯洁的、性感的，女人身体那种令人惊叹的重量、力量和柔软，我一次又一次地想起。每天晚上我都会自渎，想象我的姐妹在我怀中。实在太难熬了。于是，我又成了一个鬼魂，一个充满怒火和欲望的性无能，处于无法触碰的现实之中。

我开始想我可能不得不回城堡了。我陷入深深的抑郁和倦怠之中，陷入心灵寒冷的黑暗之中。

尽管我的家人都很担心我，也很爱我，为我忙上忙下的，但她们不知道能为我做什么，该怎么对待我。我相信她们大多在心底也觉得我最好回到城门里去。

一天下午，我小时候最亲近的姐妹帕多来到我的房间——她们给我清出了一个带天窗的阁楼，这样我至少在字面意义上拥有了自己的空间。她找到我时，我正无精打采地躺在床上，什么都不做，如今我时常这样。她像一阵微风似的进来，对情绪和信号漠不关心，女人通常都这样。她一屁股坐到我的床尾，说："哎，你听说那个从伊库盟来的男人没？"

我耸了耸肩，闭上眼睛。最近我的性幻想场景是强奸。我害怕她。

她继续说着那个天外来客，他显然是来拉科达研究叛乱的。"他想和抵抗者谈谈，"她说，"你这样的男人。打开城门的男人。他说他们不愿意站出来，好像羞于成为英雄。"

"英雄！"我说。在我的语言中，这个词是阴性的，指的是史诗里介乎神与伟人之间的主角。

"你就是英雄。"帕多说，强势的语气打破了微风般的假象，"你在伟大的行动中担起责任。也许你做错了。萨苏梅在《建艾莫记》中也做错了，不是吗？她任由法拉达被杀害了。但她仍是个英雄。她承担了责任。你也是。你应该和这个外星人聊聊。告诉他发生了什么。没人真正知道城堡里发生了什么。你欠我们一个故事。"

这个说法在我的族群当中很有力。"未被讲述的故事是谎言的母亲。"古话如此。任何重要行动的执行者都被认为有义务向公众解释发生了什么。

"那我为什么要把它们告诉一个外星人？"我说道，还在为我的倦怠辩护。

"因为只有他会听你讲，"我的姐妹冷冰冰地说，"而我们都忙得要死。"

这话可太对了。帕多为我发现了一扇门，并打开了它，然后我走进去，用我仅剩的力量和意志。

机动使诺姆是个四十多岁的男人，几个世纪前出生于地球，在海恩受训，游历过许多地方；他个子矮小，黄棕色皮肤，眼神锐利，很好交谈。起初，在我看来他一点都不男性化，我总觉得他是个女人，因为他表现得就像是个女人。他直接地切入正题，不会为了巩固自己的权威而耍什么花招，或为获得地位而玩什么手段，我们社会中的男人在处理与其他男人的关系时都觉得必须这么做。我习惯了男人谨慎、不直接且竞争心强。而诺姆像女人一样，直接而愿意倾听。他也和我认识的任何一个男人或女人同样敏感而强大，比起拉格兹也毫不逊色。他的权威实际上巨大无边，但他从不站在他的权威上面，居高临下地俯视他人。相反，他闲适地在那上面坐了下来，并邀请你和他同坐。

我是第一个站出来向他讲述我们故事的拉科达反抗者。在我的允许之下，他把整个过程录了下来，用以撰写一份介绍我们社会状况的报告，呈交给常驻使，他管这份报告叫《赛格里纪事》。第一次，我对于叛乱的描述花了不到一个小时。我以为我讲完了。那时我还不知道伊库盟机动使骨子里对于了解、理解和聆听全部故事那不知疲倦的渴望。诺姆提出问题，我回答；他做出猜测和推断，我纠正；他想要细节，我提供细节——讲述叛乱的故事，叛乱之前那些年的故事，城堡里男人的故事，城镇上女人的故事，我族人的故事，我生活的故事——一点一滴，全是碎片，一团混乱。我每天和诺姆交谈，持续了一个月。我明白了故事没有开始，也没有结尾；明白了故事本就是一团混乱，只是中间的一个片段；明白了故事从来都不是真的，但谎言确实是沉默的孩子。

到了当月的月末，我已经非常喜爱并信任诺姆了，当然也依赖他。与他交谈成了我生存的理由。我试着面对他在拉科达待不了多久的事实。我必须学着适应没有他的生活。我要做什么呢？这世上有男人可以做的事，有男人可以过的生活，他仅凭自己的存在就证明了这点，但我能找到这些吗？

他非常了解我的处境，在我又快要陷入恐惧的无精打采中时，不让我陷落，不让我沉默。于是他问了我一些不可能的问题。"如果你可以成为任何人，你想当什么？"他问我，小孩子才会问彼此的问题。

我立刻回答，十分热切："妻子！"

如今我知道那时闪过他脸上的神情是什么了。他用锐利而关切的眼神看我，挪开，又挪回来。

"我想要自己的家庭，"我说，"不再继续住在我母亲们的家里，在那里我一直都是小孩。我想要工作，妻子，或者好几个妻子——孩子——我想当个母亲。我想要生活，而不是比赛！"

"你不能生育孩子。"他温柔地说。

"不错，但我可以成为孩子的母亲！"

"在我们的语言里，这个词是有性别的，"他说，"但我更喜欢你们的方式……告诉我，阿达，你结婚的机会——遇到一个愿意和男人结婚的女人的机会能有多大？在我们这里从来没发生过，对吗？"

我不得不说没有，至少我没听说过。

"但总会发生的，我确定，"他说（他的确定一般都没那么确定），"但对于个人来说，一开始付出的代价可能会很高。面对来自社会的负面压力，刚成形的关系会受到极大压力，它们会是防御性的、过度紧张的、不安宁的，没有空间去发展。"

"空间！"我说。我试图告诉他我的感觉，在自己的星球上没有空间，没有可以呼吸的空气。

他看着我，挠挠鼻子，笑了。"银河系中有许许多多空间，你知道的。"他说。

"你是说……我可以……伊库盟……"我甚至都不知道自己想问的究竟是什么问题。但诺姆却知道。他开始回答我的问题，考虑周到，细节殷实。迄今为止，我所受的教育都太有限了，虽然我们星球的文化程度本来就不高，我需要去学院念上至少两三年的书，以便做好申请世外学府的准备，如海恩的伊库盟学校。当然啦，他继续说，我去哪里、选择接受怎样的训练都取决于我的兴趣，我要去学院里发现自己的兴趣，因为我孩提时代上的学或在城堡中受的训都没有真正让我了解自己对什么东西感兴趣。我过去的选择十分有限，令人难以置信，既没有满足一个正常智力的人的需求，也无法满足这个社会的需求。因此，《开门法案》不但没有给我自由，还让我没有可以呼吸的空气，只有没有空气的太空，诺姆引用了其他某个星球某位诗人的诗句。我的头脑在旋转，里面满是星星。"哈卡学院离拉科达很近，"诺姆说，"你没考虑过申请吗？哪怕只是为了逃离你那个可怕的城堡？"

我摇摇头。"领主法沙总是毁掉所有送进他办公室的申请表。只要我们试着去申请……"

"你们就会被惩罚。我猜是酷刑。对。好吧，就我对你们学院的一点点了解，我觉得你在那里的生活会比在这里的好，不过也不可能完全是愉快的。你会有工作做，有地方待，但你会觉得自己被边缘化，低人一等。哪怕是受过很好教育的开明女人也很难接受男人在智力上与她们相当。相信我，我自己深有体会！而且因为你在城堡所受的训练是竞争，是想要胜过别人，你会发现和一群要么觉得你无法达成卓越，要么觉得竞争、胜利或失败的概念都毫无意义的人待在一起，日子会很难过的。但只有在那里，你才能找到可以呼吸的空气。"

诺姆把我推荐给他认识的哈卡学院女老师们，我被预录取了。我的家人很高兴地付了我的学费，我是全家第一个去学院的人，她们真心为我感到骄傲。

正如诺姆所料，学院里的生活并不总是那么容易，但那里有足够多的男人，我交到了朋友，不再像在母宅中那样陷入使人无力的孤立。我鼓起勇气，在女学生中也交到了朋友，发现她们中许多人没有偏见，也很好相处。我入学第三年时，她们中的一个和我试探性地、谨慎地相爱了。虽然并不是很顺利，时间也没有很长，但对于我们两人来说都是极大的解放，从两性之间唯一可能的交流或共性就是性的普遍信念中解放出来。艾玛德和我一样厌恶性屋的职业性，我们之间的性爱总是羞涩而简短。其真正的意义不在于满足欲望，而在于证明我们能够信任彼此。真正让我们情感放松的时刻是躺在一起交谈时，给对方讲自己过去的生活，我们对男人和女人、对对方和自己的看法，我们的噩梦，我们的梦想。我们无休无止地交谈，我终生珍视那种恳谈并以此为荣，两个年轻的灵魂找到了他们的翅膀，共同飞翔，时间虽然不长，但飞得很高。人生第一次飞翔总是最高的。

艾玛德两百年前就死了，她留在了赛格里，嫁进了一座母宅，生育了两个孩子，在哈卡教书，七十多岁的时候离世。我去了海恩，上了伊库盟的学校，后来又作为机动使的一员去了维瑞尔和耶欧维，我的记录一并附上。我写下这篇关于自己生活的速写，作为申请担任伊库盟机动使回到赛格里的一部分材料。我非常想在自己的族人中生活，了解他们是谁，既然我至少知道了自己是谁，在一种不确定的确定之中。

另一个故事，或《内海渔夫》

Another Story or a Fisherman of the Inland Sea

陈楸帆 胡晓诗 / 译

致伊库盟海恩常驻使，及维港瞬间传输技术实验室主任格沃内什：

来自蒂奥库南埃迪欧，乌丹第二婚姻组农场主，德尔丹纳德村，奥克特州，基奥。

我会用讲故事的方式来做报告，这个传统已经有些年头了。然而，你可能会想，为什么基奥星的一个农民要向你们做报告，就好像他是个伊库盟的机动使似的。我的故事会向你解释。但它无法解释它自己。故事是我们在时间之河上唯一的航船，但在汹涌的急流和蜿蜒的浅滩上，没有一艘船是安全的。

故事要从这里说起：很久以前，我二十一岁时，离开了家，乘坐近光速飞船达兰达之梯号，到海恩的伊库盟学校学习。

海恩和我母星之间的距离只有四光年多一点，基奥和海恩星系之间通航已有二十个世纪了。从前飞船的航行速度还未达到光速时，这段旅程要花费一百年，而不是如今的四年，可仍然有人愿意抛弃过往的生活，去往一个全新的星球。有时他们也会回去，但这种情况并不太多。经常能听到这种悲伤的返航故事：远航者回到母星时，已经被整个星球遗忘。我还听母亲讲过一个非常古老的故事，叫作《内海渔夫》，这个故事来自她的母星，地球。基奥的孩子们生活中充满了故事，但在我从她、我的其他母亲、父亲们、祖父母、叔叔阿姨和老师那里听到的所有故事中，这个故事是我最喜欢的。也许我之所以这么喜欢这个故事，就是因为我母亲讲述它时那种动情的方式，尽管很平铺直叙，讲法也总是一成不变（就算她想换一种讲法，我也不会答应）。

故事的主角是一个贫穷的渔夫浦岛太郎，他每天独自驾船出海，航行在他所住的岛屿和大陆之间的平静海面上。他是个英俊的青年，有着又长又黑的头发，当他靠在船舷上的时候，海王的女儿看见了他。她抬起头来，看见那浮动的影子划过广阔的天空。

她从海浪中升起，恳求浦岛太郎同她一起到她在海底的宫殿里去。起初浦岛太郎拒绝了，他说："我的孩子们在家里等我。"但他怎么能抗拒海王的女儿呢？"就这一晚。"他说。她把他拉到水里，他们在她的绿色宫殿里度过了一个爱的夜晚，由奇形怪状的海底生物服侍着。浦岛太郎深深地爱上了她，也许他待了不止一个晚上。但是最后他说："亲爱的，我得走了。我的孩子们还在家里等我。"

"如果你走了，就不会再回来了。"她说。

"我会回来的。"他保证道。

她摇了摇头，非常伤心，但没有恳求他。"带上这个吧，"她说着，给了他一个密封好的、雕工精美的小盒子，"不要打开它，浦岛太郎。"

浦岛太郎上了岸，跑回自己的村庄，自己的家中，却发现院子荒芜，窗子脱落，房顶也塌了。村中的房子他还认识，可那些进进出出的人，他却一张面孔也不认识。"我的孩子们在哪儿？"他大喊。一位老妇人停下来对他说："你怎么了，年轻的陌生人？"

"我叫浦岛太郎，就是这个村庄的人，但我在这里没看到一个我认识的人！"

"浦岛太郎！"那个女人说——我母亲讲到这段时会看向远方，她念这个名字时的声音让我触动，泪水涌上我的眼睛——"浦岛太郎！我的祖父告诉我，有一个叫浦岛太郎的渔夫在海上迷失了，那是在他祖父的祖父的时代。那个家族已经灭亡了一百年了。"

于是浦岛太郎回到岸边，他打开了盒子，海王女儿的那个礼物。一缕白烟从里面冒出来，又被海风吹散。就在那一刻，浦岛太郎的黑发变白了，他开始变老，变老，变老，然后躺在沙地上，死去了。

我记得有一次，一位云游的教师向我母亲问起这个他称之为"寓言"的故事。母亲笑了笑，说，"在我家乡地球的帝王本纪中，记载了一个名叫浦岛太郎的年轻人，住在与谢郡，在477年失踪，又在825年回到他的村庄，但很快就离开了。我听说那个盒子在神庙里放了好几个世纪。"然后他们又谈了些别的事。

我时常要求我的母亲伊萨可讲这个故事，可她不是每次都答应。"那个故事太悲惨了。"她会这么说，然后转而讲述祖母和滚走的粽子，或那只画上的猫活了过来，还杀死了妖鼠，或那个河上漂来的桃太郎。我姐姐和我的关联人们，还有年纪大一些的人，都像我一样认真地听她讲故事。也有发生在基奥的新故事，每个新故事都是一个宝藏。画上的猫的故事一般是最受欢迎的，特别是当我的母亲拿出她从地球带来的刷子和一个奇怪的黑色干墨块，描绘我们从没见过的动物：猫和老鼠。漂亮的猫有着弓起的背和一双勇敢的圆眼睛，而那长着尖牙、畏畏缩缩的老鼠，它们的眼睛则"是两头尖的"，用我妹妹的话说。纵然有这么多的故事，我最期待的还是她看着我的眼睛，然后移开，看向远处，微微一笑，长叹一声，然后开始讲述："很久很久以前，在内海的岸边住着一个渔夫……"

在那会儿，我知道那个故事对她意味着什么吗？那就是她的故事吗？如果她回到她的村庄，她的星球，是不是所有认识的人都也已经死了几个世纪了？

我当然知道她来自另一个星球，但这对当时还是个五岁、七岁还是十岁的孩子的我来说意味着什么，我现在很难想象，也不可能记得。我知道她是地球人，之前住在海恩，这是一件值得骄傲的事。我知道她是作为伊库盟的机动使（一个更值得骄傲、更模糊和浮夸的名字）来到基奥的，还有你父亲和我在苏迪兰的戏剧节上相爱了。我也知道组织婚姻是件棘手的事情。得到辞职的许可并不难——伊库盟一向允许机动使融入当地人的生活，但作为外来者，伊萨可不是基奥的一分子，这还只是她遇到的第一个问题。关于这些，我都是从另一位母亲塔布杜那里得知的，她谈论起家族历史、奇闻轶事和丑闻总是滔滔不绝。"你知道吗？"在我十一二岁的时候，塔布杜告诉我，她的眼睛闪闪发光，身体轻颤，发出抑制不住的低笑——"你知道吗，她甚至不知道女人可以跟女人结婚。她说在她的家乡，女人是不能跟女人结婚的。"

我忍不住纠正塔布杜："只是她那里不这样，她告诉过我，有很多地方都可以的。"我隐约在为母亲辩护，虽然塔布杜说这话时完全没有恶意或轻蔑的意思。她爱慕伊萨可，她爱上了她，"就在我看到她的那一刻——那乌黑的发！那迷人的唇！"——她觉得一个这样的女人只肯嫁给一个男人，实在是可爱又有趣。

"我明白，"塔布杜急忙向我申明，"我知道——地球人跟我们不一样。他们的生育能力被破坏了，为了生孩子，他们不得不考虑结婚。他们也是两两一对的。哦，可怜的伊萨可！她一定觉得这事很奇怪！我还记得她看我的眼神——"说完她又笑了起来，我们这些孩子们都管她叫大咯咯，她的笑声沙哑又欢快，随时随地、震耳欲聋。

对于那些不熟悉我们习俗的人，我有必要做一些说明。在基奥这样一个人口低而稳定，并拥有传统高潮术的星球上，有些社会安排可以说是普遍存在的。社会的基本单位是分散的村庄和农场间的协会，而非城市或国家。人口被分为两个基族。孩子跟随母亲的基族，因此所有的基奥人（除了埃尼克的山区居民），要么是晨族，他们的时间是从午夜到中午；要么是暮族，他们的时间是从中午到午夜。在人们的谈话中，在戏剧中，在每一个农场神庙的活动中，两个基族的神圣起源和功用都被一再回顾。基族最初的社会功能可能是将异族交配以婚姻的形式固定下来，从而阻止同一农场内的近亲繁殖，因为一个人只能与来自另一个基族的人发生性关系或结婚。这条规则得到了严格的落实。一旦有越轨行为（当然这是不可避免的），就会受到羞辱、蔑视和排斥。一个人作为晨族人或暮族人的身份，与他的性别一样，是他自身最深刻、最私密的一部分，这也与他的性生活有着密不可分的关系。

基奥的婚姻制度，叫作婚姻组，由一名晨族女和一名晨族男，一名暮族女和一名暮族男共同组成：其中两对异性恋伴侣，根据女性的基族，分别被称作晨婚与暮婚；另外两对同性恋伴侣，则被称作日婚（两个女人）与夜婚（两个男人）。

如此严格的婚姻结构，四个人中的每一个人都必须与另外两个人性兼容，且从未与第四个人发生过性行为，显然这需要一些安排。结成婚姻组是我们族人的主要任务。这里鼓励实验。四人婚姻组形成并解散，情侣们"尝试"其他情侣，混合搭配。介绍人，传统上是老鳏夫，在各个村庄里的农场间四处走动，安排见面会，安排田间舞蹈，充当大家的知己。许多婚姻始于一对同性或异性恋伴侣的爱情匹配，然后又吸纳了另一对伴侣或两个单独的人。还有些婚姻自始至终都是由村里的长者介绍或包办的。听着村里的老人家们在大树下组织婚姻，就像看一场国际象棋或提赫大师赛。"如果厄达普的那个暮族男孩在盖德加工面粉的时候遇见小托博……""奥托晨族农场的霍丁不是个程序员吗？厄达普那边可能需要一个……"准新娘或新郎的嫁妆可以是他们的技能，也可以是他们的家庭农场。此外，不受欢迎的人也可能会因为他们可以给婚姻带来知识或财产而被选择和尊敬。而农场则希望新家庭成员既随和又有用。在基奥，缔结婚姻的活动无休无止。总而言之，婚姻给参与者带来的满足不亚于其他任何社会安排，但真正缔结婚姻的人获得的显然还要更多。

当然，有许多人从不结婚。学者、游教士、流浪艺术家和技术专家，以及中心机构的学者，这些人不太愿意让自己永远置身于一个庞大的农场婚姻组之中。其中许多人会依附在兄弟姐妹的婚姻中，当孩子们的阿姨或叔叔，这是一种责任有限、定义明确的位置；他们也可以与自己兄弟姐妹婚姻中属于另一基族的一位或两位成员发生性行为，这样一来，婚姻的人数有时便会从四个增加到七八个。这种关系诞生出的孩子被称为表亲。同一个母亲生的孩子是彼此的兄弟或姐妹，晨族孩子和暮族孩子互为关联人。兄弟姐妹和近表兄弟姐妹不能通婚，但是关联人之间可以。在一些不那么保守的地方，人们会用怀疑的眼光看待这种关联人婚姻，但在我居住的地区，这种婚姻很常见，也很受尊重。

我的父亲是德尔丹纳德村乌丹农场的晨族男人。德尔丹纳德村位于基奥奥克特州萨杜恩河西北流域的丘陵地带，奥克特州是基奥六大州中最小的一个。这个村庄由七十七个农场组成，位于宽阔的萨杜恩河的支流——奥罗河的丘陵地带上，这里地势起伏，森林丛生，河流在田地中穿行。这是一个富饶宜人的地方，从这里可以看到西部的海岸山脉和南部的萨杜恩大平原，以及远处大海的微光。奥罗河是一条宽阔、热闹、湍急的河流，富产鱼类，孩子们常在这里玩耍。我的童年就是在奥罗河上度过的，奥罗河流经乌丹，离房子很近，整晚都能听到它的声音，河水急冲时的嘶嘶声，岩石在水流中翻滚发出深沉的鼓点。河水不深，却也充满危险。我们很小的时候就在一个被开发做游泳池的宁静海湾里学会了游泳，后来我们又学会了在满是岩石的激流中划皮划艇。抓鱼是孩子们要做的事之一。我喜欢用长矛刺胖胖的、眼睛圆圆的拟雀鲷。我会英勇地站在河中央一块光滑的大石头上，拿着长矛，摆出攻击的架势。我很擅长抓鱼。但当我拿着长矛在水里跳来跳去的时候，我的关联人伊西德里就会滑入水中，徒手抓住六七条拟雀鲷。她能捉到鳗鱼，甚至是镖鱼。我永远做不到。她说："你只需随着水流移动，就会与水融为一体。"她在水里待的时间比我们任何人都长，长到有时你甚至觉得她已经淹死了。"她太坏了，不会被淹死的，"她的母亲塔布杜说，"真正的坏人是淹不死的，他们总会再次浮现。"

晨族母亲塔布杜和她的丈夫卡普生了两个孩子：大我一岁的伊西德里和小我三岁的苏迪。晨族的孩子们都是我的关联人，他们的表弟海德也是，他是塔布杜和卡普的弟弟托博叔叔生的儿子。暮族这边有两个孩子，我和我妹妹。她的名字叫科妮科，这是奥克特一个古老的名字，在我母亲的地球语言中是小猫的意思，这种可爱的动物猫的幼崽有着圆圆的后背和圆圆的眼睛。比我小四岁的科妮科确实像小动物一样圆而柔滑，但她的眼睛和我母亲的一样，长长的，眼尾上挑，就像尚未开放的柔软花朵。她跌跌撞撞地跟在我后面，叫道："迪欧！迪欧！等等！"——一如我追在无所畏惧、一会儿就跑得没影的伊西德里后面喊道："西德！西德！等等！"

等到我们大一些的时候，伊西德里和我成了形影不离的伙伴，而苏迪、科妮科和表弟海德总在一起玩。他们身上经常沾满了泥巴，结着斑斑点点的泥痂，惹出各种各样的麻烦——闸门忘了关，阎摩兽都钻进了庄稼地里；干草被踩坏了；水果被偷走了；还跟德雷农场的孩子们打了起来。"太坏了，太坏了，"塔布杜会说，"他们一个都不会淹死！"又是那沙哑的笑声，她笑个不停。

我的父亲多赫德瑞是一个勤劳的人，英俊、沉默而冷漠。我认为，他坚持要把一个外面的人带进乡村和农场紧密编织的生活中，那里保守而又多疑，充满了长久以来盘根错节的复杂关系，以及激情与嫉妒的纠缠，这让他原本就很严肃的性情变得更焦虑了。当然，也有一些基奥人嫁给了外面的人，但几乎都是外式婚姻，两人一对儿。而且这样的夫妻通常住在其中一个中心区里，在那里，各种非传统的结合是很常见的，甚至还有（村里的人会在那棵大树下这样取笑他们）两个晨族人之间的乱伦！两个暮族人在一起！或者这样的一对儿会离开基奥，去海恩居住，或者切断与所有家庭的联系，成为近光速飞船上的机动使，只在不同的时刻接触不同的星球，然后再次进入没有过去的无限未来。

　　但这一切都与我的父亲无关，他只是一个深深扎根于乌丹农场的男人。他把他心爱的人带回家，并说服德尔丹纳德的暮族人接纳她成为自己的族人，为此，他们举行了一场极为罕见而古老的仪式，必须要麻烦一个看守人从诺勒坦先乘船再改乘火车过来主持才行。然后他说服塔布杜加入了婚姻组。在日婚方面，塔布杜一点也不觉得勉强，鉴于她对我母亲一见钟情；然而，对塔布杜来说，那个晨婚丈夫接受起来就有些困难了。卡普和我父亲是多年的情人，显然，他是完成婚姻组最积极也最适合的人选，但是塔布杜不喜欢他。卡普对我父亲长期的爱使他真诚而又友好地追求塔布杜，而塔布杜太善良了，她不可能违背三个人相互交织的愿望，再加上她自己对伊萨卡的强烈渴望。我想，她总觉得卡普是个乏味的丈夫，但卡普的弟弟托博叔叔是个意外收获。塔布杜和我母亲的关系是无限温柔的，充满了赞赏、体贴和克制。有一次，我母亲说起了这件事。"她知道这一切对我来说是多么奇怪，"她说，"她知道这一切有多么奇怪。"

"是这星球奇怪，还是我们的方式奇怪？"我问。

母亲轻轻地摇了摇头。"还没到那种程度，"她用带点外国口音的平静声音说，"但是男人和女人，女人和女人，结合成的爱情——总是很奇怪的。你知道，生活中的一切都是你意想不到的。永远都是这样。"

俗话说："婚姻是由日婚缔造的。"也就是说，是两个女人的关系决定了婚姻的成败。虽然我的父母彼此深爱着对方，但这种爱总是在痛苦的边缘游走，从来都不容易。毫无疑问，我们之所以能够在家庭中度过这样快乐的童年时光，就是因为伊萨可和塔布杜都在彼此身上找到了一种不可动摇的快乐和力量。

然后呢，伊西德里十二岁了，乘太阳列车去了赫尔霍特的学校，那里是我们区的教育中心。我站在德尔丹纳德村火车站尘土飞扬的晨曦中号啕大哭。我的朋友，我的玩伴，我的生活都结束了。我被遗弃了，失魂落魄，变得永远孤独。看到十一岁的大哥哥在哭泣，科妮科也号哭起来，泪水像雨滴一样从她满是灰尘的脸上滚落下来，落在土路上。她张开双臂抱住我，大声喊道："埃迪欧！她会回来！她会回来的！"

我从来没有忘记。我能听到她小小的沙哑的声音，感觉到她搂着我，还有早晨热烈的阳光照在我的脖子上。

到了下午，我们都去了奥罗河游泳，我、科妮科、苏迪和海德。作为他们的哥哥，我下定决心要尽我的职责，发扬我的美德，带领大家去灌溉站帮助二表姐托皮，直到她像赶苍蝇一样把我们赶走，说："去帮助别人吧，让我好好干点儿活！"到最后我们不过是过去玩耍，建了座泥宫。

然后呢，一年之后，十二岁的埃迪欧和十三岁的伊西德里乘太阳列车上学去了，把科妮科一个人留在身后飞扬的尘土中，她没有流泪，只是沉默，就像我们的母亲悲痛时的沉默一样。

我喜欢学校。我知道最初的几天我非常想家，但我已经想不起那种痛苦了。那些在赫尔霍特学校，以及后来在高级教育中心瑞恩学习时间物理学和工程学的美好岁月，已经被埋在了我的记忆深处。

伊西德里在赫尔霍特完成了初级阶段学习，又继续高级阶段的学习，获得了文学、水文学和气象学方面一年制的学位，然后回到了位于萨杜恩河西北丘陵地带山区德尔丹纳德村的乌丹农场。

三个小一点的孩子都去了学校，再接受一两年高级阶段的学习，然后把他们的学习成果带回乌丹。科妮科十五六岁的时候，说起过要跟我一样去瑞恩。但大家更希望她待在家里，因为她在我们所说的厚土计划中干得不错。厚土计划翻译成大白话就是农场管理，但这个叫法并不能完全体现厚土计划中的诸多复杂因素：政治、环境、利益、传统、美学、荣誉和精神，所有这一切都在维持与更新的平衡中运作着，相当实用而又几不可察，就像是在维持一个充满活力的有机体的内稳态。我们的小猫在这方面很有本事，还不到二十岁时，就被乌丹和德尔丹纳德的规划者吸纳进了他们的委员会。但那时，我已经离开了。

上学的时候，每年冬天的长假我都会回家。一回到家，我就像卸下书包一样把学校的事抛诸脑后，又变回了那个土生土长的农场少年——干活，游泳，钓鱼，徒步，在谷仓里参演戏剧和滑稽戏，参加村子里的每一场田间或家庭舞会，和德尔丹纳德本地和其他村子里那些可爱的晨族男孩女孩们相爱又分开。

在瑞恩的最后几年，我回家的心情发生了变化。白天，我不再到处走来走去，晚上也不再辗转于各个舞会，而是经常待在家里。我小心翼翼地不让自己再次陷入爱河，从我与德雷农场的索塔之间的长期恋爱中抽身，让这段感情慢慢消失，尽量不去伤害他。我手持一根钓鱼线，在奥罗河旁一坐就是好几个小时，回忆着我们总去游泳的海湾入口外某个地方的水流。在那里，清澈的水涨起，奔向两个布满苔藓的巨石，水流激增，呈螺旋状旋转，其中一些在微弱的消长中越来越深，成为一个小漩涡，缓慢旋转至下游，速度越来越快。漩涡在光滑的巨石间松散开来，融入河流，与此同时，在上游的某个地方，另一个漩涡逐渐形成，绕着一个深深凹陷下去的中心打转，可以清晰地看到水位在上涨，逐渐漫过巨石……那年冬天，由于大量降雨，涨满的河水有时会漫过岩石，平滑地漾出来，但水位总会下降，漩涡也会再次出现。

冬天的晚上，我常和妹妹、苏迪在火炉旁促膝长谈。我看着母亲那双美丽的手正绣着餐厅宽大窗户所用的新窗帘，那是父亲在乌丹那台有四百年历史的缝纫机上缝制而成的。根据我们"厚土计划"委员会的指示，我和父亲一起重新规划了东山农田和阎摩兽的肥料循环系统。我们不时会聊上几句，但并不多。晚上我们有音乐会，表弟海德是个鼓手，他总能召集一群人来跳舞。或者我也可以和塔布杜玩单词小偷的游戏，她很喜欢这个游戏，但总是输得一败涂地，因为她太想偷我的单词了，以至于忘了保护自己的单词。"抓住你了，抓住你了！"她会急得哭起来，然后又笑成一个"大咯咯"，用她胖胖的、指甲尖尖的棕色手指抓住我的词块，但接下来我就会把我所有的词块和她的大部分词块一起拿回去。"你是怎么看出来的？"她会惊讶地问，检视着那些散落的单词。有时我的另一位父亲卡普会和我们一起玩，他很有条理，反应有点机械，无论输赢都带着微笑。

然后我会回到顶楼自己的房间，那里有着深色的木墙和深红色的窗帘，雨水的气息从窗口传来，雨声打在屋顶的瓦片上。黑暗中，我躺在温暖的床上，沉浸在悲伤中，沉浸在莫大的、痛苦的、甜蜜的、有关青春的悲哀中，因为我将要离开这个熟悉的家，永远失去它，沿着时间的暗河远航而去。因为从十八岁生日那天起，我就知道我将离开乌丹，离开基奥星，去往其他那些星球。这是我的抱负，也是我的命运。

当我说起那些冬日长假里的日子时，并没有提到任何关于伊西德里的事情。其实她也在。她也参演戏剧，在农场干活，参加舞会，唱歌，参加远足聚会，和我们一起在温雨中游泳。我从瑞恩回家的第一个冬天，在德尔丹纳德车站刚下火车，她就高兴地喊了一声，热情地拥抱了我，然后突然发出一声不一样的、吃惊的笑，向后退了几步。她现在是一个高个子的黑瘦女孩，脸上的表情专注而认真。那天晚上她和我在一起时有点尴尬，我觉得这是因为她总觉得我还是一个小男孩，一个孩子，而现在，我已经十八岁了，是瑞恩的一名学生，我已经是个男人了。我很喜欢伊西德里现在的样子，这让她放松下来，还像从前一样带着我玩。接下来的日子里，她一直有点尴尬，笑得很不自然，不再像从前那样向我敞开心扉与我长谈，我想，她甚至还有点躲着我。那年我在家里待的最后十天里，伊西德里去萨布图村拜访她父亲那边的亲戚们了。我很生气，因为她都不肯等到我离开以后再去走亲戚。

第二年，她不再尴尬，但也不亲近我了。她对宗教产生了兴趣，每天去神社，和长老们一起学习辩经。她很善良、友好、忙碌。我不记得那个冬天我和她有过接触，直到她吻别我。在我的族人中，亲吻并非用嘴，而是把我们的脸颊贴在一起，一瞬间或者更久。她的吻就像树叶的触感一般轻盈，缠绵而又几乎感觉不到。

在我回家的第三个也是最后一个冬天，我告诉家人我要离开了：去海恩，从海恩出发，我想走得更远，直到永远。

我们对父母是如此的残忍！我本来只需要说我要去海恩。母亲悲喜交加地叫了一声："我就知道！"之后用她一贯的柔和声音，作出建议而非要求，"在那之后，你也许可以回来待一段时间。"我本可以说"好的"，这就是她想要的全部。是的，我可能会回来待一阵子。带着年轻人那种不可逾越的自我中心主义，误以为自己是诚实的，我拒绝了她的要求。我从她那里夺走了十年后见到我的微薄希望，让她相信当我离开后，她就再也见不到我了，这让她感到十分惆怅。我说："如果够资格，我想成为一名机动使。"我已经把自己训练得足够好，说话时不留余地。我为自己的诚实感到自豪。而一直以来，虽然我不知道，他们也不知道，但这根本就不是事实。事实很少如此简单，尽管没有多少事实像我的版本那么复杂。

她接受了我的暴行，没有丝毫抱怨。毕竟她也离开了自己的族人。那天晚上她说："只要你在海恩，我们时常还可以用安塞波交谈。"她说这话时，好像是在安慰我，而不是在安慰她自己。我想她是回忆起自己在地球上与族人告别并登上飞船的情形，等到几个小时后登陆海恩时，她的母亲已经离世五十年。她确实可以用安塞波与地球交谈，但她又能与谁交谈呢？我不知道那种痛苦，但她知道。她倍感安慰，因为知道我不必遭受这种痛苦，虽然只是暂时的。

现在的一切都是暂时的。啊，那些酸甜苦辣的日子！我多么享受自己站在那儿，再一次，站在光滑的圆石上，在咆哮的水中，举起长矛，像个英雄的样子！我是多么迫不及待，多么希望能把自己手中这漫长、缓慢、深刻、丰富的乌丹生活捏碎，抛在身后！

我只在一瞬间意识到自己在做什么，但那一瞬间短到可以忽略不计。

冬季最后一个月的一个下午，天气很暖，下着雨，我待在船坞的工作间里，和着汹涌的河水不断发出的咝咝声，我的思绪也不断涌流。我给我们之前用来捕鱼的小红划艇安了一个新的横板，我干得挺开心，沉浸在对未来的畅想中，想象自己在一百光年外的另一个星球上，回想起船坞里的这个时刻，木头和水的味道，还有河水不断的咆哮。有人在敲船坞的门。伊西德里探头进来。我看见了她那张瘦削、黝黑、专注的脸，长长的辫子，乌黑的头发，倒也不像我的那么黑，还有那双认真、清澈的眼睛。"埃迪欧，"她说，"我想和你谈谈。"

"进来吧！"我说，装出轻松愉快的样子，尽管我不敢和伊西德里说话，我害怕她——为什么？

她坐在虎钳工作台上，默默地盯着我的作品看了一会儿。我开始讲一些寒暄的话，但她开口了："你知道我为什么一直躲着你吗？"

骗子，我这个自我保护的骗子，说道："躲着我？"

听了这话，她叹了口气。她本希望我能说我理解，让她轻松些。但我不能。我只是在说谎，假装我没有注意到她一直在躲着我。在她告诉我之前，我真的从来没有想过这是为什么。

"前年冬天，我发现我爱上了你，"她说，"我不打算说出来，因为——嗯，你知道。如果你对我有同样的感觉，你会知道的。但事实并非如此。所以说出来没有什么好处。但是，当你告诉我们你要离开的时候……一开始我觉得，我更有理由保持沉默。但后来我想，这不公平。对我不公平，因为我有表达爱的权利。对你也一样，你有权利知道有人爱你。有人爱过你，还能爱你。我们都需要知道这一点。也许这是我们最需要的。所以我想告诉你。因为我怕你认为我远离你是因为我不爱你，或者不关心你，你知道的。它看起来像是这样，但事实并非如此。"她轻轻地从工作台上下来，站在门口。

"西德！"我以一种奇怪的、嘶哑的声音脱口叫了她的名字，但只有她的名字，没有其他——我没有什么想说的。我没有爱的情绪，没有同情，没有回忆，没有那奢侈的痛苦。我震惊了，不知所措，茫然地站在那里。我们的目光相遇了。有那么四五息的时间，我们就站在那里，凝视着彼此的灵魂。然后，伊西德里带着一种畏缩而凄凉的微笑，把目光移开，离开了。

我没有追出去，因为确实无话可说。我觉得我可能要花一个月、一年、几年的时间才能找到我想对她说的话。五分钟前，我还是那么满足，那么舒舒服服地陶醉在我自己、我的抱负和我的命运之中。而现在，我空虚、沉默、可怜地站在那里，看着我所抛弃的这个世界。

这次，看到真相的能力持续了一个小时左右。在之后的人生中，我都把它视作我的船坞时刻。我坐在伊西德里刚刚坐过的那个高高的工作台上。雨水落下，河水咆哮，夜幕降临。我终于动起来，打开一盏灯，开始试图保卫我的目标和我计划中的未来不受糟糕、普通的现实的影响。我开始用种种情绪、回避和描述方式建立一个屏障，避开伊西德里呈现给我的东西，避免与伊西德里对视。

等到回家吃晚饭的时候，我已经缓了过来。等到上床睡觉时，我又重新掌握了自己的命运，坚定了自己的决心，几乎可以让自己沉浸在对伊西德里的同情中——但也不完全是这样。我从未用那件事羞辱过她，我敢这么说。在船坞的那一个小时里，我已经把那种实际上是自怜的怜悯之情排遣掉了。几天后，在村里泥泞的小车站与家人分开时，我哭了，坦白说，不是为他们哭得痛快，而是为我自己。这使我难以承受，我对这种痛苦几乎没什么经验！我对母亲说："我会回来的。等我读完书——六年，也许七年——我会回来的，我会待上一段时间。"

"如果你能回来的话。"她低声说。她抱紧我，然后放开了。

再之后，我要讲的故事就要开始了。那时我二十一岁，离开了家，坐上近光速飞船达兰达之梯号到海恩的学校学习。

关于旅途本身，我什么都不记得了。我只记得我进了飞船，但想不起任何细节，无论是视觉上的还是动态上的，我也想不起来在飞船上做了什么，只记得离开时身体有种强烈的反应，头晕目眩。我跟跟跄跄地走着，觉得很恶心，脚下也不稳，只得被搀扶着，直到踏上海恩的土地，走了几步，才缓过来。

这种意识的缺失让我困惑不已，于是在伊库盟的学校里问了这个问题。我得到的回答是，这是近光速旅行对大脑的影响之一。对大多数人来说，似乎只是在一种无知觉状态的边缘度过了几个小时；还有些人会对空间、时间和事件产生一种奇怪的感知，这可能会对他们造成严重的干扰；还有一小部分人在到达"醒来"时，只会觉得自己睡了一觉。我连那样的感觉都没有。我一点感觉都没有，就像是被骗了。我想体验一下这次航行，以此来感受巨大的空间间隔，但我感到的却是没有间隔。先是在基奥的太空港，然后就出现在维港，头晕目眩，不知所措，最后，当我终于相信我已经成功到达时，我很兴奋。

我那些年的学习和工作现在已经没必要提起了。我只说一件事，在第四贝克塔的安塞波接收文件中可能还有记录，也可能没有：EY 时间 21-11-93/1645。（我最后一次检查的时候，它在瑞恩的安塞波传输文件中有记录，ET 时间 30-11-93/1645。在帝王本纪里，浦岛太郎的往返也有记录。）1645 年是我来到海恩的第一年。开学之初，我被叫到安塞波中心，他们向我解释说，他们收到了一条全是乱码的屏幕信息，显然是基奥发来的，希望我能帮助他们复原它。于是在收到这条信息九天之后，它被解读出来：

les oku n hide problem netru emit it hurt di it may not be salv devir.

这段话简直是断断续续，支离破碎。有些词是标准海恩语，但是在我的母语中，oku 和 netru 这两个词分别是"北方"和"对称"的意思。基奥安塞波传输中心对此并没有记录，但因为这两个词，接收员认为消息可能来自基奥。此外，几乎同一时间，还接收到一条基奥常驻使发来的消息，上面用海恩语写着这可能是无可挽回的，讲的是一座被海浪摧毁的海水淡化工厂。"我们称之为一条有折痕的信息。"我承认我完全搞不懂这条信息讲的是什么，并向接收员询问安塞波传输的信息是否会经常出现乱码，他告诉我，"幸运的是这种情况并不太多。我们无法确定它们是在何时何地发送的，也无法确定它们会不会来。这可能是双场干扰现象的结果。我一个同事管它们叫幽灵信息。"

瞬间传输一直都很吸引我，尽管那时我还只是一个安塞波原理的初学者，但我和这几位偶然相识的接收员成了朋友。我还修了所有的安塞波理论课程。

当我在时间物理学院读最后一年，正考虑去塞提双星做进一步的研究时——在我答应过的回家探亲之行后，虽然它有时似乎是一个遥远的、疏离的白日梦，有时又是一种极度的渴望和需要——关于最新飞跃理论的第一批报告从阿纳尔斯通过安塞波传了过来。不仅是信息，还有物质、身体，人们不用花费任何时间就可以从一个地方到另一个地方。瞬间传输技术突然可以变成现实，尽管它是一个非常奇怪的现实，一个违背常理的现实。

我狂热地想要研究它。我正准备献出自己的灵魂和肉体，只要学校让我研究瞬间传输理论，这时他们来问我，是否愿意考虑将机动使的远程培训推迟一年左右，用以研究瞬间传输理论。慎重而欣然地，我表示同意。那天晚上我跑遍全镇大肆庆祝。我记得向朋友们展示如何跳芬恩舞，我记得在学校广场上放烟花，我还记得黎明前在主任的窗户下放声歌唱。我也记得第二天的感觉，但并没有阻止我拖着疲惫不堪的身体，去时间－物理大楼看他们安装瞬间传输能量场实验室。

当然，安塞波传输是非常昂贵的，在海恩的那些年里，我只跟家人说过两次话，但我在安塞波中心的朋友偶尔会让我的信息"搭车"到基奥。就这样，我发了一条消息到瑞恩，然后这条消息将被转达给奥克特州萨杜恩河西北丘陵地带的希尔区德尔丹纳德村乌丹农场的第一婚姻组，其内容是："虽然这项研究将推迟我回家的时间，但它可能会节省我四年的路程时间。"这条轻率的信息暴露了我的愧疚，但我们当时真的认为我们会在几个月内攻克这项技术。

实验室很快搬到了维港，我也和他们一起去了。最初的三年里，塞提和海恩瞬间传输研究团队的联合工作是一连串的成功、推迟、希望、失败、突破、挫折，一切发生得如此之快，以至于休假一周就会完全跟不上。用格沃内什的话说就是"清晰总隐藏着神秘"。每一次，一切似乎都变得清晰，又都变得更加神秘。这个理论太美了，让人疯狂。实验令人兴奋又难以捉摸。这项技术在最不合情理的时候效果反而最好。就像他们说的那样，在那个实验室里度过的四年仿若不存在一样。

我在海恩和维港待了十年，现在三十一岁了。近光速飞船在去海恩的途中只用了几分钟，但基奥已经过了四年，而我回去时，还要再过上四年。所以，等我回到家乡时，那里应该已经过去了十八年。我的父母都还活着。我答应回家的时间到了。

但是，尽管瞬间传输研究在春雪悖论那里遇到了令人沮丧的挫折，一个塞提人认为这可能是一个无解的问题，但我还是无法忍受再次回到海恩的时候会错失八年。万一他们能打破这个悖论呢？知道我只得在去基奥的路上浪费四年的时间，这已经够糟的了。我试探性地，但也不太怀抱希望地向主任提议让我带一些实验材料去基奥，并在维港和瑞恩之间的安塞波通道上安装一个固定的双场辅助装置。这样我就可以和维港保持联系，就像我和厄拉斯和阿纳尔斯保持联系一样，而且安装好的安射波通道也可以作为瞬间传输通道的前身。我记得我当时说："如果你能打破这个悖论，我们或许能送一些老鼠过去。"

令我惊讶的是，我的想法被接受了，时间工程师想要建一个接收场，就连我们那位像瞬间传输理论一样高深莫测的主任也说这是个好主意。"老鼠，虫子，灵魂，谁知道我们会给你送去什么？"她说。

然后呢，在三十一岁时，我离开了维港，搭乘近光速飞船索拉夫人号返回基奥。这一次，我体验到了大多数人在接近光速飞行时的感觉，这是一段令人不安的经历。在这段时间里，一个人无法连续思考，无法识别钟表上的时间，也无法听进一个故事。语言和动作变得困难或不可能。一些人影半真半假地出现在你面前，不知道是不是真实存在的。我没有产生幻觉，但一切似乎都是幻觉。它就像一场高烧，令人困惑，无聊得难受，似乎没完没了，但一旦结束就很难再回忆起来，好像它是一个人生活之外的插曲，最终被封装起来。我现在想知道他们有没有认真研究过它与"瞬间传输体验"的相似之处。

另 一 个 故 事 ， 或 《 内 海 渔 夫 》　　253

我直接去了瑞恩，那里给我安排了新校舍的房间，比我之前在神庙校区里的学生房间更豪华，还在塔楼大厅里为我安排了几间不错的实验室空间，用来建立一个实验性的传输站。我立即与家人取得了联系，并与我所有的父母进行了交谈。我母亲生过病，但现在好了，她对我说。我告诉他们我在瑞恩办完事就回家。每隔十天，我就会给他们打个电话，告诉他们我很快就会回来。我真的很忙，要补上失去的四年里的进度，学习格沃内什提出的春雪悖论解决方案。幸运的是，这是理论上唯一的重大进展。技术进步了很多。我不得不重新训练自己，几乎是从零开始训练我的助手。我有一个关于双场理论方面的想法，想要在离开之前把它研究出来。五个月过去了，我打电话给他们，最后说："我明天就回。"当我这么做的时候，我意识到我一直都很害怕。

我不知道我是在害怕十八年之后再见到他们，害怕变化，害怕陌生，还是害怕我自己。

十八年过去了，宽阔的萨杜恩河旁的小山、农田、德尔丹纳德尘土飞扬的小车站、安静街道上的老旧房屋，都一如从前。村里的大树不见了，取而代之的那棵树已经长出了一片茂盛的树荫。乌丹的鸟舍扩大了。阎摩兽隔着围栏傲慢而胆怯地与我相望。我上次回家时的一道路闸已经破旧不堪，需要重装门轴，换上新的铰链，但它旁边生长的杂草还是同一种夏天杂草，满是灰尘，散发着芳香。灌溉渠上的小水坝在关闭和打开时发出多重的、轻柔的滴答声和撞击声。一切都和从前一样，都是它本来的模样。一切都是永恒的，乌丹在劳作的梦中，永恒挺立在河流之上，那做着迁徙的梦、永恒奔流的大河。

但是烈日下，那些在车站等我的人，面容和身体都有了变化。我离开的时候，我的母亲四十七岁，现在她六十五岁，是一个美丽而脆弱的老妇人了。连塔布杜都瘦了，显得憔悴而忧郁。我父亲依然英俊潇洒，神气十足，但动作迟缓，几乎不说话。我的另一位父亲卡普，现在七十岁了，是个一丝不苟、热情急躁的小老头。他们仍然是乌丹的第一婚姻组，但农场现在的活力已经转移到了第二和第三婚姻组。

当然，我知道所有的变化，但身处其中与在传输和信件中听到是两码事。那所旧房子比我住在那里时要满得多。南楼已经重新开放，孩子们在门口跑进跑出，穿过庭院。在我童年时，这院子是寂静的，爬满了藤蔓，很是神秘。

我妹妹科妮科现在比我大四岁，而不是比我小四岁。她看起来很像我记忆中母亲年轻的时候。当火车驶进德尔丹纳德车站时，我第一个就认出了她，她抱着一个三四岁的孩子说："看，看，这是你的舅舅埃迪欧！"

第二婚姻组已经结婚十一年了：科妮科和伊西德里，姐妹关联人，现在是日婚伴侣。科妮科的丈夫是我的老朋友索塔，他是德雷农场的晨族人。索塔和我在青少年时期彼此深爱着对方，我离开时他很难过，我也为他的难过而难过。当我听说他和科妮科相爱时，我很惊讶，我太以自我为中心了，但至少我不嫉妒：这让我非常高兴。伊西德里的丈夫是一个比她大将近二十岁的男人，名叫赫德兰，是个旅行的辩经学者。乌丹人待他很热情，他来这儿旅行，最后在这儿结了婚。他和伊西德里没有孩子。索塔和科妮科有两个暮族孩子，一个是十岁的男孩，叫默米，另一个是四岁的拉萨科，又叫小伊萨可。

第三婚姻组是我的兄弟关联人苏迪带到乌丹的。苏迪娶了一个来自埃斯特村的女人，他们中的那对晨婚伴侣也来自埃斯特的农场。这个婚姻组里一共有六个孩子。还有一位表姐，她在埃克的婚姻组破裂了，就带着她的两个孩子来乌丹住了。所有这些孩子在这里来来去去，穿衣，脱衣，洗衣服，摔门，奔跑，喊叫，哭泣，大笑，吃东西，非常热闹。塔布杜会坐在阳光明媚的庭院里，看着孩子们成群结队地走过。"太坏了！"她会这样叫道，"他们不会淹死的，一个也不会！"她会沙哑地笑，笑得浑身发抖，最后变成气喘吁吁的咳嗽。

我的母亲毕竟是伊库盟的机动使，从地球到海恩，从海恩到基奥，她迫不及待地想知道我的研究。"这个瞬间传输是什么？如何运行？用来做什么的？是一种用在物质上的安塞波吗？"

"是一个构想，"我说。"飞跃：从一个 s-tc 点到另一个 s-tc 点的瞬间转移。"

"中间没有间隔？"

"中间没有间隔。"

伊萨可皱起了眉头。"听起来不可能，"她说，"你解释一下。"

我已经忘了我那说话轻声细语的母亲是多么直率了，我忘了她是个知识分子。我尽我所能来解释那令人费解的事。

"所以，"她最后说，"你并不了解它究竟是如何运行的。"

"是的，谁也不知道它是如何运行的。我们只知道这样一条规则：当能量场运行时，一号楼内的老鼠瞬间就到了二号楼，都十分活泼，毫发无伤。而且是好好地待在它们的笼子里，如果我们启动时记得把它们的笼子也放在瞬间传输能量场里。我们有一次忘记了，结果老鼠跑得到处都是。"

"老鼠是什么？"第三婚姻组的一个晨族小男孩说，他觉得这像是个故事里才有的东西。

"啊。"我笑着叫了一声，有些惊讶。我忘记了，在乌丹没什么人知道老鼠，对他们来说，老鼠长着毒牙，是画里猫的恶魔敌人。"是种又小又漂亮、毛绒绒的动物，"我说，"来自祖母伊萨可的星球。它们是科学家的朋友，游历过所有已知的星球。"

"坐在小小飞船里？"孩子满怀希望地问。

"大多是大飞船。"我回答说。他很满意，就走了。

"埃迪欧，"我母亲说，女人有一种惊人的能力，能毫无间隔地从一个话题转到另一个话题，因为她们脑子里可以同时想所有的事，"你还没有找到任何心仪的人吗？"

我笑着摇摇头。

"一个都没有？"

"我和一个来自超－地球的男人同居过几年，"我说，"这是一段很好的友谊，但他现在是机动使了。哦，你知道……人有的是嘛。就在最近，在瑞恩，我和一个来自东奥克特的女人在一起，她很不错。"

"如果你打算成为机动使，我希望你可以和另一个机动使结婚。我觉得这更容易些。"她说。容易在哪儿呢？我想，不用问我就知道答案了。

"母亲，我不知道自己是否能去比海恩更远的地方。瞬间传输这件事太有趣了，我想参与其中。如果我们真的掌握了这项技术，那旅行就什么问题都不是了。你就不必做这样的牺牲。事情也会有所不同。难以想象的不同！你可以在一个钟头内回到地球再回来。"

另一个故事，或《内海渔夫》　　　257

她想了想。"如果你成功了，"她说，语速很慢，声音因理解的深入而颤抖，"你就会……会把整个银河系——整个宇宙？——缩小成……"她举起左手，将拇指和其他手指捏合在一起。

我点了点头："一英里和一光年将是一样的。不会再有距离这回事。"

"不可能的，"过了一会儿她说，"事件之间不可能没有间隔……对了，去哪里跳舞？跳什么舞？我不觉得你能跳得好，埃迪欧。"她笑了笑，"当然了，你总是要试一试。"

之后，我们聊了聊明天谁会来德雷的田野舞会。

我没有告诉我的母亲，我邀请了塔西，那个来自东奥克特的好女人。我要求她和我一起来乌丹，她拒绝了，事实上，她温柔地告诉我，她觉得现在正是我们分手的好时机。塔西长得很高，扎着一条黑色的辫子，不像我的头发那么粗糙、黑亮，而是纤细、柔软的深色，就像森林里的影子。一个典型的基奥女人，我想。她巧妙地打消了我对爱情的表白，并没有使我感到羞愧。"不过，我觉得你爱上了什么人，"她说，"也许是海恩人。也许是你跟我说过的那个超－地球人？"不，我说，不，我从没爱过谁。我不可能有那样强烈的关系，这一点现在已经很清楚了。我曾长时间地梦想着毫无牵绊地在银河系独自旅行，后来又在瞬间传输实验室工作了太长时间，和一个该死的理论结了婚，技术上却行不通。我没有爱的空间，也没有时间。

但为什么我想带着塔西和我一起回家呢？

伊西德里依然高大，但没那么瘦了，是个四十多岁的女人，不是女孩了，没有代表性，没有可比性，也不像任何地方的任何人，正静静地站在门口欢迎我。由于农场有急事，她没能到乡村车站来接我。她穿着一件旧罩衫和一条打底裤，就像任何一个干农活的人一样，深色的头发开始变灰，编成一条粗糙的辫子。当她站在那扇宽阔光亮的木门边时，她就是乌丹本身，这个有着三千年历史的农场的灵魂和肉体，它的延续，它的生命。我的整个童年都在她的手上，此刻，这双手向我张开了。

"欢迎回家，埃迪欧。"她说，脸上的笑容就像夏日河面上的阳光一样灿烂。她带我进来的时候说，"我把孩子们从你原来的房间里赶了出来。我觉得你会想住在那儿——是不是？"她又笑了，我感到了她的温暖，一个年富力强、已婚、生活稳定、工作和生活都很丰富的女人太阳般的慷慨。我不需要塔西作为防御。我对伊西德里没什么好怕的。她没有感到怨恨，也没有感到困窘。她年轻时爱过我，但现在的她已经是另外一个人了。就我而言，感到尴尬、羞耻或别的什么都是不应当的，除了过去我们一起玩耍、一起工作、一起钓鱼、一起做梦的时光里结下的那种深厚情谊，我们这些乌丹的孩子。

然后呢，我就在我之前的房间里安顿下来。新窗帘，红棕相间。我还在椅子下的壁橱里发现了一个丢失的玩具，仿佛我还是个孩子，把玩具留在了那里，现在又找到了一样。十四岁那年，在我进入神社的仪式结束后，我在这里深深的窗框上刻下了自己的名字，周围是几个世纪以来刻下的、缠杂在一起的种种名字和符号。我现在就在找。还有些新的痕迹。在我细心、清晰的埃迪欧旁边围绕着我当年的表意符号，云朵，还有一个更小的孩子刻下了一个凌乱的多赫德瑞，旁边刻了一个精致的表意符号，上面有三个盖子。自己只是乌丹河中的一个气泡，此刻只是这所房子里，这片土地上，这个安静的世界上，生命的永恒中的一刻，意识到这点时的感觉几乎是毁灭性的，它否定了我的身份；但又有种深深的安心感，因为它也确认了我的身份。在我回家的那些夜晚，我睡得很沉，仿佛已经有许多年未曾安睡过，我淹没在海水般的睡眠和黑暗里，在夏天的早晨醒来时，整个人仿佛重生了，非常饿。

孩子们还不到十二岁，都在家里上学。伊西德里教授他们文学和宗教，同时也管理学校，她邀请我给孩子们讲讲海恩、近光速飞船旅行和时间物理学，任何我想讲的东西。在基奥，农场的访客总是被他们派上用场。晚上，暮族叔叔埃迪欧成了孩子们的最爱，因为这个叔叔很会赶阎摩兽拉的车，或者带着孩子们在他们还不能驾驭的大船上钓鱼，或者给他讲自己的神奇老鼠可以同时出现在两个地方的故事。我问他们，暮族祖母伊萨可有没有给他们讲过，那只画上的猫活了过来，还杀死了妖鼠的故事。"第二天早晨他的醉上全是写！"拉萨科叫喊着，她的眼睛闪闪发光。但他们都没听过浦岛太郎的故事。

"你为什么不给他们讲内海渔夫的故事？"我问母亲。

她笑着说："哦，那是你的故事。你怎么听都听不够。"

我看见伊西德里的眼睛在注视着我们，清澈而平静，但仍然很专注。

我知道母亲一年前做过心脏的修复和治疗，后来，一起监督大一点的孩子们干活时，我问伊西德里："你觉得伊萨可康复了没有？"

"你回来以后，她看上去非常好。我也不知道。这是她童年时落下的病根，地球生物圈的有毒物质，他们说她的免疫系统很容易失灵。她对生病这件事很有耐心，可以说是太有耐心了。"

"塔布杜——她需要换肺吗？"

"有可能。他们四个都越来越老，越来越固执……你替我多看着点伊萨可，或许就明白我的意思了。"

我试着去观察目前。过了几天，我向伊西德里报告说，她看起来精力充沛，坚决果断，甚至有点专横，我没有看到让伊西德里担心的那种耐心忍受。她笑了。

"伊萨可曾经告诉我，"她说，"母亲和她的孩子之间有一根非常细的绳索，就像脐带一样，可以毫无困难地延伸数光年。我问她那样会不会疼，她说，'哦，不，它只是在那儿，你知道，它一直延伸，延伸，从来不会断。'在我看来，那一定很痛。但我不知道。我没有孩子，我从没有离开过我母亲超过两天。"她笑了，用她那温柔、深沉的声音说，"我想我对伊萨可的爱胜过其他任何人的，甚至是我的母亲，甚至是科妮科……"

然后，她得去教苏迪的一个孩子如何重置灌溉控制系统的定时器。她是村里的水文专家和农场的生态专家。她的生活安排得很满，有大量必要的工作和广泛的人际关系，一天天，一季季，一年年，日子就这样平静而稳定地运转着。她在生活中游弋，就像在河里一样，像一条鱼，相当自如。她没有生孩子，但农场里所有的孩子都是她的孩子。她和科妮科深爱着对方，就像她们的母亲一样。她和她那文弱的学者丈夫保持着相敬如宾的关系。我认为他和他的夜婚伴侣、我的老朋友索塔之间可能有着更强的性联结。但伊西德里显然钦佩赫德兰，并依赖他的智力和精神指导。虽然我觉得他很爱争辩，教学时又有点枯燥，但我对宗教又有多少了解呢？我已经多年没有做礼拜了，碰到有关宗教的事总感到很奇怪，很不自在，即使在家里的神庙里也是如此。在自己的家里，我居然会感到很奇怪，很不自在。我内心很不想承认这一点。

我觉得这个月过得很愉快，风平浪静，甚至有点无聊。我的情绪温和而沉闷。疯狂的怀旧，站在命运边缘的浪漫感觉，所有这些都随着二十一岁的埃迪欧消失了。虽然我现在是我们这一代人中最年轻的，但我已经是个成年人了，知道成年人的行事方式，对工作感到满意，不再有感情上的自我放纵。我为家乡刊物写了一首小诗，讲的是选择了一条道路后的宁静。当我不得不离开的时候，我拥抱和亲吻每一个人，几十次或轻或重的贴面。我告诉他们，如果我被安排留在基奥一年或者更久，明年冬天我会再回来一次。在回瑞恩的火车上，我开心又认真地想，明年冬天回到农场时，他们应该还是老样子。如果再过十八年，甚至更久，我才回来，其中一些人已经消失，另一些人对我来说是陌生的，但那里永远是我的家，乌丹那宽阔漆黑的屋顶，就像一艘在时间中航行的黑帆船。当我对自己撒谎时，我总会变得那么富有诗意。

我回到了瑞恩，和我在塔楼实验室的同事们碰面，大家一起吃饭，吃了好东西，喝了好酒——我从乌丹给他们带了一瓶葡萄酒，伊西德里酿的葡萄酒非常好，她还给了我一箱十五年的克敦葡萄酒。我们讨论了瞬间传输技术的最新突破，"持续场传送"，这是昨天刚用安塞波从阿纳尔斯传来的报告。整个夏夜，我都待在新校舍的房间里，脑子里塞满了物理学的知识，看一点书，就上床睡觉了。我关掉了灯，房间里一片漆黑，我仿佛也坠入黑暗中。我在什么地方？独自待在一个房间里，周围全是陌生人。十年来我一直是这样，将来也永远是这样。在这个或另一个星球上，又有什么关系呢？孤独，一部分源于虚无，一部分源于无人陪伴。乌丹不是我的家。我没有家，没有族人。我没有未来，没有命运，就像泡沫中的一个气泡或水流中的一个漩涡一样没有命运。存在或消逝，仅此而已。

我打开了灯，因为我无法忍受黑暗，但有了光线却更糟了。我蜷缩在床上哭了起来。我哭个不停。这种抽泣折磨着我，让我颤抖，直到我感到恶心，虚弱不堪，仍然无法停止哭泣，这让我变得很害怕。过了很久以后，我逐渐使自己平静下来，抱着一种期望，一个幼稚的想法：天一亮，我就要给伊西德里打电话，对她倾诉，告诉她我需要宗教方面的指导，我想再次在神庙里做礼拜，但已经这么久了，我从来没有听过辩经，但现在我需要，我会请伊西德里来帮助我。于是，紧紧抓住这一根救命稻草，我终于可以停止那可怕的哭泣，躺在那里，精疲力竭，直到清晨的到来。

我没有给伊西德里打电话。到了白天，我发觉这种把自己从黑暗中拯救出来的想法似乎是愚蠢的，而且我知道，如果我打电话给她，她会向她的丈夫，那位宗教学者征求意见。但我知道我需要帮助。我去了老学校的神庙进行礼拜。我要了一份辩经入门材料，仔仔细细看了一遍。我加入了一个辩经小组，和大家一起阅读和讨论。我的信仰是无神的，有思辨性的，很神秘。我们这个星球的名字就是第一次祈祷中的第一个词。对人类来说，宗教的载体是人类的声音和思想。当我开始重新发现它的时候，我发现它和瞬间传输的理论一样奇怪，而且在某些方面与之互补。我之前也知道，但从来没有像这样理解过，塞提的物理和宗教是同一种知识的不同方面。我怀疑是不是所有的物理和宗教都是同一种知识的不同方面。

晚上我总是睡不好，常常根本睡不着。与乌丹的美味佳肴相比，这里的粗茶淡饭让我没有任何胃口。但是我们的工作，我的工作进展得很好，可以说是非常好。

"不传老鼠了，"格沃内什的声音通过安塞波从海恩传来，"传人。"

"什么人？"我问道。

"我。"格沃内什说。

于是，我们的研究中心主任从一号实验室的一个角落被瞬间传输到另一个角落，然后是从一号楼到二号楼——在一个实验室里消失的同时出现在另一个实验室，面带微笑，一切都发生在同一瞬间，没有花费任何时间。

"那是什么感觉？"他们当然会问。格沃内什也当然会回答："什么感觉都没有。"

更多实验紧随其后：老鼠和昆虫绕着维港传输了半圈又成功返回；一组机器人从阿纳尔斯传输到厄拉斯，从海恩传输到维港，然后从阿纳尔斯传输到维港，历经二十二光年；就这样，最后索比号带着她的十名船员被传输进了距维港十七光年的一颗悲惨行星的轨道上，并最终返回（但这个意味着起程和回程及移动距离的词并不准确），多亏他们机智地利用了卷吸效应，才把自己从一种混乱的瓦解、一种非现实的死亡中拯救出来，这把我们所有人都吓坏了。针对高智能生命的实验停止了。

"节奏（她说成了解奏）不对。"格沃内什通过安塞波信息说。我突然想到母亲说过的话："事件之间不可能没有间隔。"伊萨可还说了些什么？一些关于跳舞的事。但我不愿意去想起乌丹。我没有想起乌丹。当我这样做的时候，我感到，在我内心深处深入骨髓的孤独，什么都不是，没有归属，像受惊的动物一样颤抖。

我的宗教信仰安慰我说，我只是圣途的一部分；而我的物理学则让我化绝望为劳动。小心翼翼地重新开始实验，取得了意料之外的成功。地球人达尔祖尔和他的精神物理学在维港的研究站掀起了一场风暴，很遗憾我从未见过他。正如他所预测的那样，使用连续场，他一个人毫无障碍地四处穿梭，先是局部传输，然后是从维港到海恩，然后是到塔德拉再回来的巨大跳跃。第二次到塔德拉的旅程，回来的只有他的三个同伴，没有他。他死在了那个遥远的星球。在实验室里，我们认为他的死不是由瞬间传输能量场或后来人们所说的瞬间传输经验造成的，虽然他的三个同伴并没有我们这么肯定。

"也许达尔祖尔是对的。一次只能一个人。"格沃内什说，她自己再次成为实验的对象，用海恩话来说就是祭牲。利用连续场技术，她通过四次跳跃绕维港一圈，由于需要时间来建立坐标，这一过程花费了三十二秒。我们把时间上没有间隔且空间上确实发生了位移的传输称为跳跃。这听起来很轻盈，很简单。科学家喜欢把事情简单化。

我想尝试改善双场稳定性，这是我到瑞恩以来一直在努力的方向。是时候测试一下了，我没什么耐心，生命太短暂，不能永远玩弄数字。在和格沃内什通过安塞波聊天时，我说："我直接跳到维港，然后回到瑞恩。我答应今年冬天回我家农场的。"科学家喜欢把事情简单化。

"你在你的能量场里还有褶皱吗？"格沃内什问道，"你知道的，就像是某种折叠？"

"已经解决了，主任。"我向她保证。

"不错，很好。"格沃内什说，她从来不去质疑别人说的话，"放手做吧。"

然后呢，我们在一个接通了安塞波的恒稳定瞬间传输通道上设置好能量场。一个深秋的下午，我站在瑞恩中心瞬间传输能量场实验室内一个用粉笔画的圆圈里；夏末的一天，我出现在维港瞬间传输研究站能量场实验室内一个用粉笔画的圆圈里，距离 4.2 光年，没有时间间隔。

"什么感觉都没有？"格沃内什问道，她热情地握着我的手，"好伙伴，好伙伴，欢迎你，战友，埃迪欧。我很高兴见到你。没有褶皱吧？"

我带着震惊和古怪的心情笑了起来，把手里的一瓶乌丹四十九年的克敦葡萄酒递给了格沃内什，那是我刚才从基奥的实验室桌上顺手拿的。

我本来以为我很快就会再被传输回基奥，如果我真的到了维港的话，但格沃内什和其他人想让我在维港待一段时间，对能量场进行讨论和测试。我想这是格沃内什非凡的直觉在起作用，蒂奥库南能量场上的"褶皱"和"折叠"仍然困扰着她。"这样不美。"她说。

"但能用。"我说。

"只是能用过。"格沃内什说。

除了重新测试我的能量场，以证明它的可靠性，我不再想回到基奥。我在维港的时候睡得稍微好一点了，虽然对我来说食物还是很难吃，而且当我不工作的时候，我感到颤抖和疲惫，这是一个令人不快的信号，让我回想起那个我出于种种原因努力想要忘却的夜晚，那个痛哭之夜后的精疲力尽。但工作进展得很顺利。

"你没有性生活，埃迪欧？"一天，当我们单独在实验室时，格沃内什问我，我在摆弄一套新的计算方法，她在吃午饭。

这个问题让我大吃一惊。我知道格沃内什的本意并没有她那特别的用词听起来那么粗鲁。但格沃内什从来没有问过这样的问题。她自己的性生活和她其他方面的生活同样是个谜。从来没有人听她提过这个词，更不用说对该行为的暗示了。

当我张着嘴，坐在那里呆若木鸡时，她一边嚼着冰凉的醋栗，一边说："哈，你以前有过。"

我结结巴巴地回了几句话。我知道她不是在提议我们做爱，而是在关心我的健康。但我不知道该说什么。

"哈，你的生活中出现了某种褶皱，"格沃内什说，"对不起，这不关我的事。"

为了向她证明我没有被冒犯到，我说，正如我们在基奥所说的："我接受你的好意。"

她直视着我，她很少这样做。她的眼睛清澈如水，瘦骨嶙峋的长脸被一层纤细、密实、透明的绒毛柔化。"也许你该回基奥了？"她问道。

"我不知道。这里的设施……"

她点了点头。她总是接受别人说的话。"你读过哈瑞文的报告吗？"她问，像我母亲一样迅速而明确地换了一个话题。

好吧，我想，挑战开始了。她已经准备好让我再次测试我的理论。为什么不呢？不管怎么说，只要我愿意，只要实验室能负担得起，我可以在一分钟之内瞬间传输到瑞恩再回到维港。就像安塞波传输一样，瞬间传输主要依靠惯性质量，但是建立能量场、消毒并保持稳定的大小都需要大量的本地能量。但这是格沃内什的建议，这意味着我们有充足的资金。我说："我跳过去再跳回来怎么样？"

"不错，"格沃内什说，"就明天吧。"

于是第二天，一个深秋的早晨，我站在维港的能量场实验室里，站在一个粉笔画出的圆圈里。

微光，颤抖的一切——一个错过的节拍——跳跃——

一片黑暗。我在黑暗中。一个黑暗的房间。实验室吗？一间实验室——我找到了灯光控制板。在黑暗中，我以为那是维港的实验室。但在光线下，我却看不出究竟。我不知道这间实验室在哪里。我不知道我在哪里。它看上去很熟悉，但我不知道这是什么地方。这是什么？一个生物实验室？这里有标本，一个亚粒子显微镜，破旧的黄铜外壳上刻着制造厂家的图案，七弦琴……我在基奥。瑞恩中心的某个实验室里？这里闻起来像瑞恩的老房子，闻起来像基奥的雨夜。但我怎么会不在接收方的能量场里，不在塔楼实验室木地板上用粉笔认真画出来的白圈里呢？能量场本身一定是移动了。这个可怕的、难以置信的想法让我打了个激灵，眩晕不已，好像我的身体漏了那一拍，但我还没那么害怕。我还好，还是完整的，一切器官都在正确的位置，脑子也还在转。轻微的空间位移？我这样想。

我走到走廊里。也许是我自己迷失了方向，离开了瞬间传输能量场实验室，在别的地方恢复了意识。但我的同事会在的，他们在哪里？那是几个小时以前的事了，我到的时候应该正好是基奥的中午十二点多。轻微的时间位移？我边这样想着边向前走，沿着走廊寻找我的实验室，就在那时，一切仿佛变成了一个梦，在梦里你找不到你必须找到的房间。就是那个梦。这座建筑非常熟悉，就是塔楼，这是塔楼的二楼，但这里没有瞬间传输实验室。所有的实验室都是生物学和生物物理学的，而且都是空的。现在显然是深夜，一个人都没有。最后，我看到了一扇门透出灯光，我敲了敲门，打开了它，看见一个在图书馆阅读室看书的学生。

"打扰了，"我说，"我在找瞬间传输能量场实验室——"

"什么实验室？"

她从来没有听说过这个地方，并为此道歉。"我不是学时间物理学的，只是学生物物理学的。"她谦卑地说。

我也道了歉。不知是什么令我开始浑身发抖，一阵眩晕，丧失方向。难道这就是索比号的船员们所经历的"混乱效应"，或者是加尔巴号上的船员们所遭遇的？我是可以透过墙壁看到星星了吗？或者是不是我转过身来，就能看到格沃内什？

我问她现在几点了。"我中午就该到了。"我说，虽然她对此显然毫无概念。

"大约一点钟。"她说着，瞥了一眼屋子里的时钟。我也看了看。时钟给出了时间，日子，月份，年份。

"错了吧？"我说。

她看起来忧心忡忡。

"搞错了吧？"我说，"日期不对啊。"但从时钟上的数字发出的稳定光芒，从女孩那圆圆的、疑惑的脸，从我心跳的节拍，

另一个故事，或《内海渔夫》　　269

从雨的味道那里，我知道它是对的。这是十八年前的一个凌晨一点钟，我在这里，就在我开始讲述这个故事时所说的"那时"的第二天。

我的脑子还在运转，实验出现了时空的重大偏移，我得出了结论。

"我不属于这里。"我说着，转身匆匆回到似乎是避难所的六号生物实验室，那将是十八年后的能量场实验室，仿佛我可以重新进入这片曾经存在或即将存在 0.004 秒的能量场。

这个女孩发觉事情有些不对劲，让我坐下来，从她的保温瓶里给我倒了一杯热茶。

"你是哪里人？"我问她，她是个善良、认真的学生。

"我家在萨杜恩河南部丘陵地带戴德村农场。"她说。

"我来自下游，"我说，"德尔丹纳德村乌丹农场。"我突然哭了起来。我努力控制住自己，再次道歉，喝完茶，放下杯子。她并没有因为我的哭泣而过分烦恼。学生总是热情的，他们欢笑又哭泣，他们崩溃又自己和解。她问我是否有地方过夜：一个很有洞察力的问题。我说了我有，向她道谢后离开了。

我没有回到生物实验室，而是走下楼，穿过花园，到我在新校舍的房间里去。我边走边想，得出结论：那些房间以前／现在或许有别人在。

我转身朝神庙校舍走去，在我离开这里去海恩之前，我在那里度过了我的最后两年学生时光。如果真的如时钟所示，在我离开后的那个晚上，我的房间可能仍然是空的，没有上锁。事实证明确实是这样，就像我离开时一样，床垫空空如也，自行车篮筐也还没有被清理。

那是最可怕的时刻。我盯着自行车篮筐看了很久，然后从里面拿出一张皱巴巴的纸，小心翼翼地把它放在桌子上。那是一组时间方程，用我自己潦草的笔迹誊写在我的旧笔记本上，这是我在上赛德哈罗德的课时，课间随手记下的，就在我在瑞恩的最后一个学期，就在前天，十八年前。

我现在真的很累。我被困在一片混乱的能量场中了，脑子这样告诉我，我相信了。恐惧和压力，手足无措，充斥了整个漫长的夜晚。我躺在光秃秃的床褥上，准备着一旦我合上眼睛，星星就会穿过墙壁，灼伤我的眼睛。我的意思是，如果会有早晨的话，我要试着计划一下早上该做什么。我立刻就睡着了，睡得像块石头一样，直到天大亮，我才在熟悉的房间里那张光秃秃的床上醒来，自知，饥饿，毫不怀疑我是谁，我在哪里，这是什么时间。

我下楼到村镇里去吃早饭。我不想遇到任何认识我的同事——不，是同学们——他们可能会说："埃迪欧！你怎么在这儿？你不是昨天刚乘达兰达之梯号飞走了吗！"

也有可能他们认不出我来。我现在三十一岁了，不是二十一岁，瘦多了，身体也不如以前那么好了。但我半地球人的特征是不会弄错的。我不想被人认出来，也不想尝试去解释什么。我想离开瑞恩。我想回家。

基奥是一个很适合时间旅行的星球。因为在这里，事物并不会发生改变。几个世纪以来，我们的火车都固定按照同一个时刻表开往同一个目的地。我们都是签字付款的，按月以货物或现金支付车费，因此我无需出示来自未来的神秘硬币。我在车站签了字，坐上早班火车前往萨杜恩河三角洲。

小小的太阳列车掠过南部丘陵地带的平原和山丘，进入西北部的分水岭，沿着不断变宽的河流，在每个村庄都停靠。傍晚时分，我在德尔丹纳德的车站下了车。由于是早春，车站泥泞不堪，空气中没有灰尘。

我走在通往乌丹的路上。我打开了几天前／十八年前重新挂好的路闸，闸门在新的铰链上很容易移动，这给了我一丝快乐。母阎摩兽都在牧场上的产栏里。小兽随时都可能降生。毛绒绒的身体背部高耸，像帆船一样在微风中缓缓移动，当我经过时，它们优雅而高傲的脑袋转向我，不信任地望着我。乌云笼罩着山丘。我登上一座木桥，走过奥罗河。四五条巨大的拟雀鲷悬在桥墩旁的水里，我停下来看它们，如果我手里有一支矛……乌云从头顶上飘过，带来一阵微微的细雨。我大步走着，冰凉的雨打在我的脸上，我的脸却又热又僵。我顺着河边的路往前走，那所房子映入眼帘，树丛茂密的小山上那低矮宽阔漆黑的屋顶。我经过了鸟舍和集电器，经过了灌溉中心，经过了光秃秃的大树下的林荫道，经过了深深的门廊前的台阶，来到了乌丹的门前，那扇宽大的门。我走了进去。

塔布杜正穿过大厅——不是我最后一次见到的那个六十多岁的女人，头发花白，疲惫而虚弱，而是那个咯咯笑的塔布杜，四十五岁的塔布杜，很胖，红褐色的脸，动作敏捷，步伐短促，她穿过大厅，停了下来，一开始只是认出了我，那是埃迪欧，然后是迷惑，那是埃迪欧吗？最后是震惊——那怎么会是埃迪欧呢！

"塔布杜，"我说，"塔布杜，是我，埃迪欧，别担心，没事的，我回来了。"我拥抱着她，把自己的脸颊贴在她的脸颊上。

"可是，可是——"她把我推开，抬头注视着我的脸，叫道，"你怎么了，亲爱的孩子？"然后转过身来，高声喊道："伊萨可！伊萨可！"

当我母亲看到我时，她当然认为我没有乘去往海恩的飞船离开，我辜负了自己的勇气和梦想；在她第一次拥抱的时候，她不由自主地有所保留，有所克制。难道我已经抛弃了我不顾一切所追求的命运吗？我知道她在想什么。我把脸贴在她的脸上，低声说："我去了，妈妈，我又回来了。我三十一岁了。我回来了——"

她像塔布杜那样把我拉开一点，看见了我的脸。"噢，埃迪欧！"她说着，用力把我搂在怀里，"我亲爱的，我亲爱的！"

我们默默地抱在一起，直到最后，我说道："我想见见伊西德里。"

我的母亲专注地看着我，但什么也没问："我想她应该在神庙里。"

"我马上回来。"

我离开了并肩站在一起的母亲和塔布杜，匆匆穿过礼堂，来到中厅，这栋房子最古老的部分，是七个世纪前在三千年前的地基上重建起来的。墙由石头和粘土建成，屋顶则是弧形的厚玻璃。这里总是那么凉爽，那么平静。书墙上摆满了书，《辩经》《辩经之辩》、诗歌、讲稿和剧本；还有鼓和笛，用于冥想和仪式的；那个小圆池就是神龛，水从陶制的水管中涌出，落入四周蓝绿色的水池中，倒映着天窗上方阴雨绵绵的天空。伊西德里就在那里。她为神龛旁的花瓶带来了新鲜的枝叶，正跪在那里整理。

我径直走过去对她说："伊西德里，我回来了——"

她所有的情绪都写在脸上，惊讶、恐惧、毫无防备，那是一张二十二岁女人瘦削而温柔的脸，她那一双黑眼睛盯着我。

"听着，伊西德里：我去了海恩，我在那里学习，我研究一种新的时间物理学，一种新的理论——瞬间传输——我在那里待了十年。然后我们开始做实验，我在瑞恩，使用那个技术很快就可以到达海恩的实验室，非常快，你明白我的意思，真的，就像安塞波传输，不是以光速，不是比光速还快，而是没有时间间隔。从一个地方，传输到另一个地方，你明白吗？一切都很顺利，很成功，但回程有些问题……在我的能量场里出现了折叠，一个褶皱。我到达了目的地，但时间错了。我回到了你们的十八年前，我的十年前。我回到了我离开的那天，但我没有离开，我回来了，我回到了你身边。"

我握着她的手，跪坐在她面前，她正跪坐在寂静的池边。她用那双警惕的眼睛默默地打量着我的脸。她的颧骨上有一道新的划痕和一点瘀伤，采集常青树枝时被抽到了。

"让我回到你身边来。"我低声说。

她用手摸了摸我的脸。"你看起来非常累，"她说，"埃迪欧……你没事吧？"

"没事，"我说，"哦，是的。我很好。"

就这样，我的故事中关于伊库盟和瞬间传输研究的部分就到此为止了。

现在，作为一个农民，我已经在基奥奥克特州萨杜恩河西北流域的丘陵地带德尔丹纳德村的乌丹农场生活了十八年。今年我五十岁了，是乌丹第二婚姻组的晨族丈夫，我的妻子是伊西德里，我的夜婚伴侣是德雷农场的索塔，他的暮族妻子是我的妹妹科妮科。我与伊西德里的晨族孩子是拉都杜和塔德里，暮族这边的孩子是默米和拉萨科。但这些就不是伊库盟的各位常驻使会感兴趣的事了。

我的母亲接受过一些时间工程方面的训练，她听了我的故事，仔仔细细地听，毫无疑问地接受了，伊西德里也是如此。农场里的大多数人则选择了一个更简单、更合理的说法，这个说法很好地解释了一切，甚至解释了我体重的严重下降和一夜之间十岁的增长。在飞船离开前的最后一刻，他们说，埃迪欧决定还是不去海恩的伊库盟学校。他回到了乌丹，因为他爱上了伊西德里。但这让他十分挣扎，因为这是一个非常艰难的决定，但他非常爱她。

或许这才是真正的故事。但是伊西德里和伊萨可选择相信了一个更奇怪的事实。

后来，当我们已形成了婚姻组，索塔询问我真相。他说："埃迪欧，虽然你是我一直深爱的人，但你已不是以前的你了。"我尽可能地解释给他听。他相信科妮科比他更能理解这事，的确，科妮科认真严肃地听着，问了几个尖锐的问题，但我无法回答。

我确实试图向海恩伊库盟学校的时间物理学院发送消息。我回家不久，出于强烈的责任感和对伊库盟所负有的任务，母亲坚持要我这样做。

"母亲，"我说，"我能告诉他们什么呢？他们还没有发现瞬间传输理论呢！"

"为没有去学习而道歉，因为你说过你会去的。向主任，那个阿纳尔斯女人解释。也许她会理解的。"

"就连格沃内什也还不知道瞬间传输的事呢。从现在起，要等到大约三年以后，他们才会从厄拉斯和阿纳尔斯用安塞波把这件事告诉她。不管怎样，我在那里的头几年里格沃内什还不认识我。"在这里用过去式是不可避免的，但也十分荒谬，更准确的说法应是：我将不在那里的头几年里格沃内什将不认识我。

还是说，过去的我现在正在海恩？在两个不同的时间线上同时存在着两个不同的我，这种矛盾的想法使我非常不安。这是科妮科提出的问题之一。无论我如何认为，根据任何一条时间性法则，这都是不可能的，但我还是忍不住想象，这是可能的，另一个我在海恩，将在十八年后来到乌丹，见到我自己。毕竟，我现在的生活本来也是不可能发生的。

当这些想法萦绕在我心头，困扰着我的时候，我学会了用别的画面来取代它们：那就是奥罗河上，我们之前游泳的那个水湾上游的水流湍急处，从两块巨石间顺流而下的两个小漩涡。我会想象那些漩涡形成又消散，或者去河边坐着观察它们。它们似乎为我的问题找到了解决的办法，就像它们不断地消散和形成那样，让它消散。

但我母亲的责任感和信仰却丝毫不为这些琐事所动，因为生命不可能有两次。

"你应该尝试告诉他们。"她说。

她是对的。如果我的双重飞跃能量场已经永久性地证明了自己，这对时间科学来说是一件真正重要的事情，而不仅仅是对我自己。所以我尝试了一下。我从农场储备金里借了一笔数目惊人的现金，去了瑞恩，买了一个五千字的安塞波屏幕传送，给我在伊库盟学校的研究主任发了一条信息，试图解释为什么我在被学校录取后，却没有入学——如果我真的没有去的话。

我认为这就是我在那里的第一年时，他们让我试着破解的折痕信息或幽灵信息。有些是乱码，有些词可能是另一个词的转化，几乎是同时传送的，但其中有我的部分名字，还有一些词可能是我的长信息的碎片或倒转——问题、瞬间传输、回程、到达、时间。

我认为很有趣的一点是，在安塞波传输中心，接收员用折痕这个词来表示时间上受到干扰的传输，就像格沃内什用来表示异常的词——我那个瞬间传输能量场的褶皱。事实上，安塞波能量场遇到了共振阻力，这是由十年的瞬间传输能量场异常引起的，它确实把信息折叠回本身，把信息揉皱、颠倒和擦除了。此时，在蒂奥库南双场的影响下，基奥这个发送信息的我和海恩那个接收信息的我是同时存在的。有一个发送的我，也有一个接收的我。然而，只要被挤压的能量场依旧存在异常，那么无论是在这种安塞波能量场中，还是在瞬间传输能量场中，这种同时存在就只能是一个点，一个瞬间，一个交叉，除此之外没有任何意义。

在这种情况下，瞬间传输能量场的样子就如同是一条在河漫滩上蜿蜒的河流，弯弯曲曲的、折叠的曲线，如此紧密地折回，最后水流冲破了 S 形的双岸，直冲而去，留下一个弯曲的湖泊，与河流隔绝，再无联系。在这个类比中，我发出的安塞波信息就如同一条线，连接着河流与湖泊，而不只是承载着我的记忆。

但我认为更真实的形象是水流本身的漩涡，它反复出现，是原来的那一个吗？还是另一个？

在我结婚的头几年里，我一直试图从数学领域研究出一种解释，我的物理学研究也仍然进展良好。请参阅附在本文件后的《关于安塞波与瞬间传输双能量场的共振干扰理论的研究》。我意识到，这个解释或许是无关紧要的，因为在这段河流上，没有蒂奥库南的能量场。但从一个奇怪的方向进行独立研究可能是有用的。我很喜欢，因为这是我做的最后一个时间物理学研究。我对瞬间传输的研究有着浓厚的兴趣，但我一生的工作都与葡萄园、排水系统、照顾阎摩兽、照顾和教育孩子、辩经，以及学习如何徒手抓鱼有关。

在写下这些的过程中，我满足了自己在数学和物理学方面的兴趣，因为我去了海恩，成为了一名专门研究飞跃的时间物理学家，而这种存在实际上被瞬间传输效应挤压（包围，抹去）了。但无论多少理论或证据都不能完全减轻我的焦虑和恐惧——我结婚后，随着我每个孩子的出生，我的恐惧越来越强烈——我还没有到达那个交叉点。我所有那些关于河流和漩涡的想象，都不能证明这种挤压不会在飞跃的瞬间逆转。有可能，在我从维港瞬间传输到瑞恩的那一天，我可能会被撤销、弄丢、抹去我的婚姻、我们的孩子、我在乌丹的全部生活，就像一张扔进篮子里的纸，被揉皱了。我不能忍受那种想法。

我最终还是把这件事告诉了伊西德里，我只对她保守过这一个秘密。

"不，"她想了很久，说，"我想那是不可能的。你回来是有原因的，不是吗？"

"你。"我说。

她笑得很美。"是的。"她说。过了一会儿，她又说，"还有索塔、科妮科和农场……你没有理由回那儿去了，不是吗？"

她说话时抱着我们熟睡的孩子，她把她的脸颊贴在那柔滑的小脑袋上。

"也许除了你在那里的工作。"她说。她带着一丝渴望的目光看着我，她的诚实要求我也同样诚实。

"我有时会想念那时的工作，"我说，"我知道。但那时候我不知道我也在想你。但我当时快被它折磨死了。也许我会死，而且永远不知道为什么，伊西德里。不管怎么说，一切都是错的——我的工作是错的。"

"既然它能把你带回来，那怎么可能是错的呢？"她说。我根本无法回答。

当有关瞬间传输理论的论文开始发表时，我就订购了基奥中心图书馆所能收到的一切资料，特别是伊库盟学校和维港的工作成果。研究的总体进展和我记忆中的一样，飞速发展了三年，然后遇到了困难。但是却没有提到蒂奥库南的埃迪欧在这个领域的研究。没有人研究稳定双场的理论。瑞恩没有建立任何瞬间传输能量场研究站。

终于到了我回家的那个冬天，到了那一天。我得承认，不管什么原因，那都是糟糕的一天。我感到一阵阵的内疚和恶心。想到那次拜访时的乌丹，我变得非常不安，那时伊西德里已经嫁给了赫德兰，而我只是一个访客。

赫德兰是一位受人尊敬的旅行学者，他之前多次来村里教书。伊西德里曾建议邀请他留在乌丹。我否决了这个建议，说尽管他是一个优秀的老师，但我还是不喜欢他。伊西德里清澈的黑眼睛闪了一下：他是在嫉妒吗？她狡黠地笑。当我告诉她和我母亲我的另一种生活时，我隐瞒了一件事，我保守了一个秘密，就是我那次回到乌丹的经历。我不想告诉母亲，在另一种生活中，她病得很重。我不想告诉伊西德里，在另一种生活中，赫德兰是她的丈夫，她没有自己的孩子。也许我错了，但在我看来，我没有权利把这些事说出来，因为这并不是我的事情。

所以伊西德里不可能知道我的感受，与其说是嫉妒，不如说是内疚。我一直瞒着她。我剥夺了伊西德里——我的爱人，我的快乐，我的重心，我的生活——与赫德兰的生活。

或许是我与他分享的？我不知道，我不知道。

那天过得和往常一样，只是苏迪的一个孩子从树上掉下来摔断了胳膊。"至少我们知道她不会淹死。"塔布杜笑着说。

接下来是那天晚上我在新校舍的房间里过夜的日子，那时我哭了，也不知道为什么哭。又过了一段时间，在我顺利返回的那一天，传输，去维港，我为格沃内什带了一瓶伊西德里的葡萄酒。最后，昨天，曾经的我在维港进入了瞬间传输能量场，回到基奥，基奥的时间已经过了十八年。那天我在神庙里过了一夜，我有时会这样做。时间静静地过去，我写作，礼拜，冥想，睡觉。我在安静的水潭边醒来。

所以，现在呢，我希望各位常驻使能接收一个从未听说过的农民的报告，飞跃工程师至少可以把这当作他们实验的一个注脚。当然这很难证实，唯一的证据就是我的话，以及我对瞬间传输理论几乎无法解释的了解。对于不认识我的格沃内什，我致以我的敬意、感激之情，并希望她接受我的好意。

宽恕日

Forgiveness Day

王侃瑜 / 译

索丽是个太空浪荡儿、机动使之子，住在这艘或那艘船上，这个或那个星球，到十岁的时候，她已经穿越了五百光年。二十五岁的时候，她经历了超－地球上的革命，在地球上学习了合极道，从罗康南的一位老年高智者那里学习了远距感应，轻轻松松地在海恩完成学业，作为观察使从征战不休、濒临灭亡的克夕上的一次任务中生还，在此过程中又以近光速跳过了五百年。她的年纪虽轻，但阅历不少。

　　驻伏伊迪欧大使馆的人反复叮嘱她小心这个、记住那个，她对此厌烦不已，毕竟她自己如今是名机动使。维瑞尔有维瑞尔的怪规矩，可哪个星球没有呢？她做了功课，知道何时要行屈膝礼，何时不能打嗝，反之亦然。对她来说，终于能独立任职是种解脱，在这座美丽的小城市里，在这片迷人的小陆地上，她是伊库盟驻神圣嘉泰耶王国第一位也是唯一一位使节。

　　最初几天，她对这里的海拔感到兴奋，小而灿烂的太阳泻下垂直光芒，照在繁忙的街道上；每座建筑后都有令人难以置信的高耸山峰；深蓝色的天空中，星星很大，离得很近，终日闪烁；夜空悬挂着六七个小小的、晃晃悠悠的月亮，令人目眩；

个子高高皮肤黑黑的人民，黑眼睛、窄脑袋、手脚细长，漂亮的人民，她的人民！她爱他们所有人。哪怕她每天能见到他们的时间太多了点。

她上一回享有完全独处的时间还是在浮空飞机客舱中的几个小时，嘉泰耶派来的飞机，跨越海洋将她从伏伊迪欧带回来。在飞机跑道上，她被一队由祭司和官员组成的代表团接见，由国王和议会派来，他们身着绯红、棕褐与绿松石色的华服，浩浩荡荡带她去往皇宫，无尽的屈膝礼，不能打嗝，当然了，持续数个小时——她被介绍给衰老萎缩的国王大人，被介绍给位高权重的大亨们和名字都记不清的大人们，许多演讲，一场宴会——一切都在预料之中，没有任何问题，就连宴会上出现在她盘中的令人费解的巨大油炸花朵都不是什么问题。但是，自从在跑道上的第一刻起，一直到后来的每一刻，都有两个人谨慎地跟在她身后或身边，离她很近，两个男人：她的向导和她的守卫。

向导的名字是桑·乌巴塔，由她在嘉泰耶的接待方提供，他当然会把她的情况报告给政府，但他是个最乐于助人的间谍，总是为她铺平道路，给她赤裸裸的暗示，告诉她该做什么、不该做什么，以免失态，他是位出色的多语言掌握者，当她需要翻译的时候总能为她翻译。桑挺好的，但守卫就不一样了。

他是伊库盟在这个星球的官方代表派给她的，来自维瑞尔的统治力量，大国伏伊迪欧。她即刻向伊库盟驻伏伊迪欧大使馆抗议，说她不需要也不想要保镖。在嘉泰耶，没人胆敢对她不利，就算他们敢，她也更希望靠自己来保护自己。大使馆的人叹了口气。抱歉，他们说，但你必须让他跟着。伏伊迪欧在嘉泰耶有军队，嘉泰耶是它的附属国，经济无法独立。伏伊迪欧需要保护嘉泰耶的合法政府不受当地恐怖分子派系的威胁，你也是他们的保护对象之一。这点没得商量。

她知道最好不要和大使馆争论，但她没法将自己托付给少校。她把他的军衔雷伽翻译成古老的少校，这是她从在地球上看过的一出滑稽短剧中学来的。那位少校就像一件充绒的制服，被奖牌和徽章覆盖。它嘶嘶地喷着气，趾高气扬，下达命令，最终爆炸成一小团一小团的填充物。要是这个少校也会爆炸就好了！他其实并不趾高气扬，甚至不会直接下达命令。他像石头般礼貌，像木头般安静，像僵尸一样又硬又冷。她很快就彻底放弃了跟他讲话，无论她说什么，他只会回答是的，女士或不是，女士，迅速而愚蠢，他根本没在听，也不想听她讲话，这个毫无人性的军官。他在每个公开场合都与她一起，日日夜夜，在街上，购物时，与商人和官员开会时，观光时，在宫殿，在升上山峰的气球中——处处都与她一起，除了床上。

即便是躺在床上时，她也不像平时喜欢的那样真正独处，因为虽然向导和守卫晚上都回了家，但她卧室的前厅里还睡着一个女仆——来自国王的礼物，她的私人资产。

她记得自己第一次学到那个词时有多么难以置信，很多年前，在关于奴隶制的记载中："在维瑞尔，统治阶级的成员叫作主人，奴隶阶级的成员叫作资产。只有主人才被称为男人或女人，资产则分为属男或属女。"

所以她在这里成了一个资产的主人。你不能拒绝国王的礼物。她的资产名为热薇。热薇可能也是个间谍，但这很难让人相信。她是个有尊严的俊俏女人，比索丽大上几岁，肤色与她差不多深，不过索丽的皮肤是粉棕色，而热薇的是蓝棕色。她的手掌是柔和的蔚蓝色。热薇举止高雅，机智精明，总能准确判断出什么时候需要她、什么时候不需要。索丽当然平等待她，从一开始就讲明，她不认为任何人有权统治另一个人，更无权拥有另一个人，她不会给热薇下命令，她希望她们能够成为朋友。热薇接受了，不幸的是，她是将其作为一组新命令接受的。她微笑着说是。她无限屈从。索丽无论说什么、做什么，都如石沉大海一般消失无踪，热薇还是那个热薇：一个体贴、服从、温柔的物理存在，只是无法触及。她只会微笑着说是，但完全无动于衷。

初到嘉泰耶的兴奋期过后，索丽开始想，她需要热薇，真的需要她，作为一个女人和自己聊聊天。她完全没机会见到主人阶层的女人，她们藏得深深的，住在自己的贝扎，也就是女人的住所里，他们管这个叫在家。除了热薇以外，所有的属女都是其他人的财产，不是她的，所以不能跟她讲话。她能见到的全是男人。还有阉人。

那是索丽难以相信的另一件事，一个男人会自愿用他的生殖能力交换一丁点儿社会地位，但她在国王霍塔德的宫殿中常常见到这样的男人。他们生来是资产，通过成为阉人获得部分独立，通常凭借自己的身份荣升至权力可观的高位，赢得主人的信任。阉人塔杨丹，皇宫的大总管，统治着国王，国王并不能统治国家，只是议会名义上的领袖。议会里有着各种各样的大人，但祭司只有一种，图奥信徒。只有资产才会信奉卡穆耶，自约一个世纪之前起，君主政权由图奥信徒把持以后，嘉泰耶的原始宗教就受到了镇压。如果维瑞尔有哪样东西让她真的很不喜欢，除了奴隶制和性别支配之外，就要数宗教了。关于圣母图奥的歌曲都十分优美，她在伏伊迪欧的雕像和庙宇十分宏伟，《卡穆耶记》是个好故事，尽管有点太长太绕，但祭司们极度的自认正义、偏狭和愚蠢，以信仰之名为种种残酷行为辩护的丑恶教义，真是令人厌恶！实际上，索丽问过自己，维瑞尔上有什么东西是她喜欢的吗？

但她立刻回答自己：我爱它，我爱它。我爱这奇怪的又小又亮的太阳，所有月亮的碎片，还有像冰墙一样高耸的山峰，还有人——这里人的黑眼睛没有眼白，像动物的眼睛，像黑玻璃，像黑水潭，无比神秘——我想要爱他们，我想要了解他们，我想要接触他们！

但她不得不承认大使馆那些循规蹈矩的人们说对了一件事：在维瑞尔当个女人十分艰辛。她不属于任何地方。她独来独往，她有公众地位，但这里也存在着矛盾：得体的女人应该待在家，不为外人所见。只有属女会外出上街，见陌生人，在公共场所工作。她表现得像个资产，而非一位主人。但她又地位显赫，她是来自伊库盟的使节，嘉泰耶非常想要加入伊库盟，不想冒犯使节。因此，就伊库盟事宜与她交谈的官员、朝臣和商人都尽其所能：他们将她当作男人一般对待。

这种假装从不完善，时常当场崩溃。可怜的老国王在她身上摸来摸去，似有一种模糊的印象觉得她是他的暖床人之一。当她在讨论中反驳嘉图尤大人时，他用一种男人的茫然而不可置信的眼神盯着她，好像他的鞋子在跟他回话一样。他打心眼儿里还是觉得她是个女人。但总体来说，去性别化见效了，她能够与他们共事，她自己也开始适应这个游戏，请热薇帮忙制作类似嘉泰耶男性主人穿的衣服，避免穿任何对他们来说特别女性化的服饰。热薇是个麻利又聪明的女裁缝。鲜艳、厚实且紧身的裤子既实用又得体，刺绣夹克则异常温暖。她喜欢穿成这样。但那些男人不能接受她是个女人，这也让她觉得失去了自己的性别特征。她需要和女人讲话。

她试着见一些藏起来的女性主人，通过男性主人，却撞到了一堵由礼貌构成的高墙，上面没有门，连猫眼都没有。多好的主意啊。等到天气好点，我们一定会安排您来拜访！尊贵的使节要和我的女儿们见面，这是何等的无上荣光啊，令我家蓬荜生辉，可我那愚蠢粗野的女儿们实在太害羞了，简直不可饶恕——我相信您会理解的。噢，当然，当然，参观里花园——但现在还不行，藤蔓上的花还没开！我们必须得等到藤蔓开花的季节！

她没有人可以交谈，一个人都没有，直到她遇见马吉尔的巴提康。

那是一次活动：从伏伊迪欧来的旅行剧团演出。嘉泰耶小小的山城首都里没多少娱乐活动，除了庙里的舞蹈——舞者当然都是男人——还有在维瑞尔网络上传播的多愁善感的无聊肥皂剧。索丽顽固地点开一些此类煽情又绵软的剧目，希望能瞥到在家生活的一角，但她实在无法忍受昏头的少女为爱而死，梗着脖子的蠢货英雄们英勇战死，他们看起来都像那位少校一样，仁慈的圣母图奥从云中探出身子，微笑着看他们死去，眼波微转，露出眼白，这是神圣的标志。索丽注意到维瑞尔男人从不上网看剧。如今她知道原因了。但她在皇宫和宴会中受到的礼遇、各种大人和商人给予她的招待却都十分无聊：全是男人，总是男人，因为他们不能在使节在场的地方使用奴隶女孩；她甚至不能和最好的男人调情，不能提醒他们他们是男人，因为那会提醒他们她是女人，一个举止并不端庄的女人。马吉尔剧团来的时候，她的兴奋劲儿无疑早就消失殆尽。

她问桑，这位可靠的礼节咨询师，她可不可以前去观看剧团的演出。他沉吟片刻，最终用比平时更油滑的腔调回答，让她明白只要她穿男装去就可以。"女人，您知道的，不去公众场合。但有时候，她们实在太想看表演者了，您明白吧？阿玛泰耶女士以前也和阿玛泰耶大人一同去观看过演出，穿着他的衣服，每年都去，所有人都知道，没人说什么——您懂的。对于您这样伟大的人来说，应该是可以的。没人会说闲话。非常非常可以。当然，我会与您同去，雷伽也会同去。就像朋友一样，哈？您知道的，三个男性好友一起去看表演，哈？哈？"

哈，哈，她顺从地说。太可笑了！——但值得，她觉得马吉尔值得去看。

网上看不到他们的表演。在家的年轻女孩不能接触到他们的表演，桑严肃地告诉她有些表演内容并不得体。他们只在剧院表演。小丑、舞者、男妓、演员、乐手，马吉尔形成了一种亚阶级，唯一不属于个人的资产。娱乐公司从原主人那里买来具有天赋的奴隶男孩，自那以后他便是公司的财产，公司会训练他，之后还会给他养老送终。

他们步行去剧院，有六七条街的距离。她忘记了马吉尔都着异性装束，第一次见到他们时她确实不记得了，一群高挑修长的舞者涌上舞台，以鸟儿般的精准、力量和优雅盘旋、结队、翱翔。她全心观看，不再思考，被他们的美丽彻底迷住，直到音乐突然变换，小丑上台，黑如暗夜，黑如主人，穿着绝妙的曳地长裙，佩戴突出的宝石般的奇异假胸，用细若蚊蝇、令人神魂颠倒的声音歌唱："噢，仁慈的先生，请不要强奸我，不，不，不是现在！"他们是男人，他们是男人！索丽反应过来时，已经在止不住地大笑了。等到巴提康完成这段戏剧高潮，一段非凡的戏剧性独白时，她已经成了他的粉丝。"我想见他，"她在幕间休息时对桑说，"那个演员——巴提康。"

桑摆出他那副平淡的表情，这代表着他正在盘算要怎么安排，怎么从中赚点小钱。但是少校警惕起来，如同往常。他只是转过头看了桑一眼，像木棍一样僵硬。桑的表情开始变化。

如果她的要求越线了，桑会有所暗示或者直说。充绒少校只是在控制她，试图牢牢把控她成为他的女人而已。是时候挑战他了。她转向他，直直地盯着他。"忒叶鸥雷伽，"她说，"我十分理解你奉命让我守规矩。但如果你要对桑或者我下达命令，请直接说出来，而且得是正当命令。我是不会被你的眼色或意念控制的。"

接下来是许久的沉默，甜美而有成效的沉默。很难看清少校的表情有没有变化，剧院昏暗的灯光照不出他蓝棕色面部的细节。但他的静止中有些东西被冻结了，这让她知道她已经成功地阻止了他。最后他说："我奉命保护您，使节。"

"马吉尔会给我造成危险吗？伊库盟的使节向维瑞尔的伟大艺术家表示祝贺不恰当吗？"

又一阵冰冷的沉默。"不。"他说。

"那我请求你陪同我在表演结束后去后台同巴提康讲话。"

僵硬的点头。僵硬、古板、战败的点头。很好，赢得一分！

索丽想。她高兴地坐回去看光绘、艳舞，还有演出末尾奇妙动人的迷你剧。这是一部古体诗剧，很难理解，但演员们是如此美丽，他们的声音如此温柔，不知为何，她发觉她的眼眶湿润了。

"真是太可惜了，马吉尔总是演《卡穆耶记》，"桑说，用一种自以为是的虔诚表达他的不赞同。他不是等级很高的主人，事实上他没有任何资产，但他是名主人，一个顽固的图奥信徒，并喜欢时刻提醒自己这点，"《图奥显灵》的场景对这些观众来说会更有益。"

"我想你肯定也同意吧，雷伽。"她说道，享受自己的讽刺。

"完全不。"他说，语气平淡，礼貌十足，起初她都没反应过来他说了什么，然后她很快忘记了这小小的困惑，忙着找路和获准去后台，进入表演者的化妆室。

当他们意识到她是谁时，经理们想把其他表演者都清场出去，留她单独（当然还有桑和少校在场）和巴提康见面，但她说不不不，不能打扰这些伟大的艺术家，只要让我和巴提康讲一会儿话就好。她站在喧嚣之中，脱下的戏服、半裸的人、晕了的妆、大笑声、演出之后消散的紧张，像任何世界上任何一个后台一样，她和身着精致古代女性服装的聪明热情的男人交谈。他们马上切入正题。"你能来我家吗？"她问。"十分乐意。"巴提康说，他的眼神没有瞥向桑或少校的脸，她第一回见到有属男不去看她的守卫或向导，以寻求准许来说什么或做什么，完全没有。她瞥了他们一眼，想看看他们是否震惊。桑看起来没什么意见，少校看起来严肃死板。"我过一小会儿就来，"巴提康说，"我得换衣服。"

他们相互笑了笑，然后她离开了。空气中的活力又回来了。

又大又近的星星悬在天上，好像一簇簇火焰，一块月亮滚过结冰的山峰，另一块上下急颤，像挂在宫殿花饰尖塔上倾向一边的灯笼。她沿着黑暗的街道大步走，享受她所穿的男式长袍带来的自由和温暖，桑不得不小跑着跟上她，少校腿长，所以能保持和她一致的步速。有人用颤音高声叫道："使节！"她微笑着回头，然后转过身，只见少校与门廊下方的影子扭打片刻。他脱身而出，不发一言抓住她，死死攥紧她的手臂，拖着她跑起来。"放开我！"她挣扎着说，她不想用合极道挣脱他，但她没别的方式夺回自由。

他拉着她突然闪进一条小巷，她几乎失去平衡，她和他一起跑，任由他抓着她的手臂。出乎意料地，他们到了她住的街上，她的大门口，穿过去进了屋，他用一个词就打开了大门——他是如何做到的？——"这算什么？"她逼问道，轻而易举挣脱出来，捂着自己的手臂，那里由于被他紧握而留下了瘀伤。

她见到了他脸上最后一丝振奋的笑容，十分生气。他喘着粗气问："你受伤了吗？"

"受伤？你猛拽我的地方受伤了——你以为你在干什么？"

"远离那家伙。"

"什么家伙？"

他不说话。

"那个叫我名字的人？他可能只想和我说说话！"

片刻之后，少校开口道："可能是。他站在阴影里。我认为他可能有武器。我得去找桑·乌巴塔。我回来前请把门锁好。"他下命令的时候出了门，他从没想过她会不服从，她确实服从了，带着狂怒。他觉得她不能保护好自己吗？她需要他干涉她的生活，像使唤奴隶一样保护她？或许是时候让他见识一下合极道中的摔技了。他确实强壮、敏捷，但没有受过真正的训练。这种外行的干涉令人无法忍受，真的无法忍受，她必须再次向大使馆抗议。

他拖着满脸紧张和羞愧的桑回来了，一让他们进来，她就说道："你用密码打开了我的门。我没接到任何通知说你有权不论日夜进入我家。"

他恢复到了军人的那种呆板。"没有，女士。"他说。

"你不准再这么做。不准再抓我，控制我。我必须警告你，要是你这么做，我会伤到你。如果有什么东西让你警戒，告诉我是什么，我会以我觉得合适的方式回应。现在请你离开。"

"我很乐意，女士。"他说完，转身，跨步离开。

"噢，女士——噢，使节，"桑说道，"那是个危险的人，极其危险的人，我太抱歉了，太不像话了。"他喋喋不休。到最后，她终于问出来了他觉得那是什么人，一个宗教异见分子，信仰嘉泰耶原始宗教的旧神信仰者之一，他们想要赶走或杀死所有外国人和不信者。"属男？"她好奇地问，他很震惊——"哦，不不不，一个真正的男人，一个男人——但是受到了最不正确的引领，一个盲信者，异教徒盲信者！他们自称刀客。但是个男人，女士——使节，当然是个男人！"

她竟会认为资产胆敢碰她，这使他十分沮丧，就和那人的攻击企图一样让他沮丧。如果那确实是攻击企图的话。

她考虑此事时，开始想是否因为她在剧院里让少校不要逾矩，所以少校也找了个借口通过保护她让她不要逾矩。好吧，如果他再试一次，他会发现自己被甩在了对面墙上，大头朝下。

"热薇！"她叫道，属女如同往常般立刻出现。"有个演员要来了。你能给我们泡点茶吗，或者类似的东西？"热薇微笑着说："好。"然后消失。门外传来敲门声。少校打开门——他一定正在外面站岗——巴提康进门来。

她没想到马吉尔会仍穿着女人的衣服，但他在台下确实也这么穿，没有那么华丽，但是优雅，柔和丝滑的面料、深暗微妙的色调，就像肥皂剧中那些神魂颠倒的女士们穿的一样。她觉得他的女装和她自己的男装形成了一种饶有趣味的对比。巴提康不像少校那么英俊，少校的外貌极其漂亮，只要他不开口说话，马吉尔则好像有磁性一般，你没法不盯着他看。他的肤色是深灰棕，不是主人们引以为傲的蓝黑色（尽管也有许多黑皮肤的资产，索丽注意到：当然啦，如果每个属女都是主人的性奴，自然会诞下黑皮肤的孩子。）马吉尔脸上化着星辰黑妆，强烈而鲜活的智力与同情透过妆容显现出来，他环视四周，缓缓地、迷人地朝她笑，朝桑笑，朝站在门口的少校笑。他笑起来像个女人，像一阵温暖的细浪，而非男人的哈，哈。他向索丽伸出手，她上前握住。"谢谢你来，巴提康！"她说。接着他说："谢谢你邀请我来，外星使节！"

"桑，"她说，"我想你该走了。"

只有当桑犹豫不决，不知该怎么做时，他的反应才会变慢，需要等她开口。他还是犹豫了一会儿，然后堆出油腻的假笑说："是的，抱歉，祝您晚安，使节！明天正午在矿业办公室见，我没记错吧？"撒出以后，他立刻退向少校，少校站在门口，好像一根杆子。她看着少校，打算不客气地命令他出去，他怎么敢挤回来！——然后她看见了他脸上的表情。他的空虚面具有一瞬间裂开了，显露出来的是轻蔑。怀疑的、恶心的轻蔑。好像他正被迫观看别人吃大便一样。

"出去。"她说。她转身背对他俩。"来吧，巴提康，只有在这里面我才有隐私。"她说着，领着马吉尔进了她的卧室。

他出生在他父辈和祖辈出生的地方，诺艾哈上方的丘陵地带，又老又冷的房子里。他母亲生他的时候没有大叫出声，因为她是士兵的妻子，如今还是士兵的母亲。他继承了叔伯的名字，叔伯在索萨的任务中丧生。他在纯维奥特血统的贫穷家庭中长大，家中纪律严苛。他父亲放假时，会教授他士兵必须掌握的技艺；他父亲当班时，由老资产——哈巴康中士接管课程，清晨五点起，不论夏冬，包含敬奉神明、短剑练习和环村跑步。他的母亲和祖母则教他男人必须知道的其他技艺，两岁前就要养成好的行为习惯，两岁生日以后则是历史、诗歌和静坐不言。

孩童的每一天都被课程填满，被纪律包围，但孩童的一天很长。也有自由的空间和时间，农场和山丘的自由。也有宠物的陪伴，狐狗，跑狗，斑猫，猎猫，还有牧牛和伟马，除此之外，再无其他陪伴。家里的资产，除了哈巴康和两位做家务的属女外就是佃农，他们在多石的丘陵地带耕作，他们及其主人世代生活在这里。他们的孩子肤色浅，害羞，已经屈服于他们终身的工作，对田地和山丘之外的事情一无所知。有时候他们和忒叶鸥一起游泳，夏天的时候，在河流旁的水池里。有时候他们凑齐几个人和他一起玩士兵游戏。他们站姿笨拙而粗野。他叫："冲锋！"他们就傻笑着冲向看不见的敌人。"跟着我！"他尖叫，他们踉踉跄跄跟着他，用树枝做的枪随机发射，砰，砰。大多数时候，他都独自一人，骑着他驯良的母马塔西，或者徒步行走，身旁有猎猫作伴。

每年几次，会有访客前来，亲戚或者与忒叶鸥父亲共事的军官，带来他们的孩子和家仆。忒叶鸥领宾客中的孩子们参观，安静而礼貌，向他们介绍动物，带他们骑马。安静而礼貌，他和他的堂兄葛马特开始厌恶彼此，十四岁的时候，他们在屋后的林中空地打了一小时架，粗暴地彼此伤害，越来越血腥，越来越疲倦，越来越绝望，直到无言的共识让他们停下，沉默着回到屋中，所有人聚在那里吃晚饭。每个人都看着他们，什么都不说。他们迅速梳洗，跑向餐桌。整顿饭期间，葛马特的鼻子都在流血，忒叶鸥的下巴很酸，无法开口吃饭。没人说什么。

安静而礼貌地，他们都长到了十五岁，忒叶鸥和托巴维雷伽的女儿坠入了爱河。她来做客的最后一天，他们在无言的共谋中出逃，并排骑马出去，骑了几个小时，因为过于害羞而无法交谈。他将塔西让给她骑。他们下马，饮马，让马儿在山丘间宽阔的谷地休息。他们坐在那条静静流淌的小溪边，彼此靠得很近，但又不算太近。"我爱你。"忒叶鸥说。"我爱你。"恩度说，低下她闪光的黑色脸颊。他们没有触碰或注视彼此。他们骑马越过山丘回去，喜乐而安静。

十六岁那年，忒叶鸥被送去他们省首府的军官学院。在那里他继续学习和练习战争的艺术与和平的艺术。他所在的省份是伏伊迪欧最偏远的省，那里的教学方式很保守，他的训练在某些方面有些落伍了。当然，他学习了现代战争的技术，是一流的可分离式单机飞行员和远程侦察专家，但他没有学到其他学校所教授的与技术相符的现代思维方式。他学习的是诗歌与伏伊迪欧历史，而非伊库盟的历史和政治。维瑞尔上的外星存在离他仍很遥远，仅存在于理论当中。他的现实是维奥特阶级的古旧现实，他们的男人与其他所有不是士兵的男人划清界限，并与所有士兵结成兄弟，无论他们是主人、资产还是敌人。至于女人，忒叶鸥认为自己对她们拥有绝对的权力，相应地，他显然也有责任待自己阶级的女人以骑士精神，待属女以守护与仁慈。他相信所有外来者都是有敌意的、无法信任的异教徒。他尊敬圣母图奥，但却崇拜天神卡穆耶。他不期待公正，不寻求奖赏，将能力、勇气和自尊奉为首要价值。在某种方面，他非常不适合他即将进入的星球，另一方面则又相当适合，因为他即将在耶欧维上打一场长达七年的仗，打一场没有公正、没有奖赏，甚至没有最终胜利幻象的仗。

所有维奥特军官的军衔都是世袭的。忒叶鸥开始服役时便是雷伽，这是三种维奥特军衔中最高的一级。他不会因为失职或优异表现而降职或升职，薪资也不会改变。物质野心对于维奥特来说毫无用处。然而荣誉和责任却要靠自己挣，他很快就挣到了。他热爱服役，热爱生活，知道自己长于此，聪明顺从，指挥有效。从学院毕业时，他拿到了最高级别的推荐，并被派遣至首都，作为有前途的军官和讨人喜爱的年轻人赢得关注。二十四岁的时候他十分健康，身体能够适应任何要求。严格的教养使他无意放纵，却能真心享乐，因此首都的奢侈和娱乐对他来说是新发现的乐趣。他保守且内向，但适合作伴且令人愉悦。一个年轻英俊的男人，在一群与他相似的年轻男人中间，这一年他懂得了什么是享有绝对特权的生活，什么是绝对享乐的生活。这种享乐的鲜明强度与耶欧维上背景黑暗的战争、殖民星上的奴隶起义形成了对比，贯穿他的一生，如今再次加剧。没有那背景他如今不可能如此快乐。一生的游戏和消遣于他而言无甚乐趣，当调令前来，将他派往耶欧维当飞行员和师长时，他的享乐差不多也完成了。

他回家度三十天的假。获得父母认可后，他骑马越过山丘，来到托巴维雷伽的土地，求娶他的女儿。托巴维雷伽夫妇告诉女儿，他们同意他的求婚，并问她愿不愿意嫁给忒叶鸥，因为他们不是专断的父母。"我愿意。"她说。作为一个成年的未婚女性，她住在家里属于女人的半边，与世隔绝，但她被允许和忒叶鸥见面，甚至一同散步，尽管伴护就隔着一些距离跟在他们身后。忒叶鸥告诉她接下来为期三年的任职，问她是想现在仓促结婚，还是等三年后回来好好大办一场。"现在。"她说，低下她狭细闪光的脸。忒叶鸥开怀大笑，她也对着他笑。九天后他们结婚了——本可以更快的，但婚礼必须有点气氛和仪式感，哪怕这是士兵的婚礼——之后的十七天里，忒叶鸥和恩度做爱，一起散步，做爱，一起骑马，做爱，了解彼此，深爱彼此，吵架，和好，做爱，在彼此的臂弯中睡觉。然后他离开，奔赴另一个星球的战争，她则搬到丈夫家里属于女人的那半边。

他作为军官的价值获得认可，耶欧维上的战争从零星的控防行动变成日益绝望的撤退，他三年的任期因而一再延长，年复一年。他服役的第七年，一道恩准丧假的命令被送到耶欧维总部，是给忒叶鸥雷伽的，他的夫人因贝罗特热的并发症而生命垂危。那时候，耶欧维上已经没有总部了，军队正从三个方向撤离至旧的殖民地首都，忒叶鸥带领的师在海边湿地负责后方防卫，通信崩溃了。

维瑞尔上的指挥部仍然无法相信，一大群使用粗糙武器的无知奴隶竟然能够打败伏伊迪欧的军队，一支纪律严明、训练有素的士兵队伍，他们有绝对可靠的通信网络、水上飞机、可分离式单机，以及伊库盟协定合约中允许的所有武器和设备。伏伊迪欧的一支强硬派将失败归咎于对外星规则的顺从和信奉。见鬼的伊库盟协定。用炸弹把这些该死的尘民赶回他们的烂泥地里。用生物炸弹，不然这些东西用来干吗？把我们的人从那颗肮脏的星球上撤回来，扫荡干净。重新开始。如果我们没有赢得耶欧维上的战争，下一次革命就会发生在这里，在维瑞尔，在我们自己的城市中，在我们自己家中！紧张不安的政府顶住了这股压力。维瑞尔正在考察期间，伏伊迪欧想带领整颗星球加入伊库盟。战败被压缩到最小的范围，损失没有被弥补，水上飞机、可分离式单机、武器、人员都没有替补。忒叶鸥在那里的第七年结束时，在耶欧维上的军队基本上已经被他们自己的政府给耗光了。第八年刚开始，伊库盟终于被允许向耶欧维派遣使节，伏伊迪欧和其他派出辅助军队的国家终于开始带自己的士兵回家。

　　直到回到维瑞尔之后，忒叶鸥才知道自己妻子的死讯。

　　他回到诺艾哈的家中。他与父亲用沉默的拥抱问候彼此，母亲拥抱他时却哭了。他向她下跪，为带给她超出承受能力范围的悲痛而道歉。

　　那天晚上，他在安静的房子里寒冷的房间内躺着，听着自己的心跳如慢鼓。他没有不高兴，回归和平的宽慰、回到家中的甜蜜都太强烈了，但那是一种荒凉的平静，其中某处还有愤怒。他对于愤怒还不熟悉，所以不确定自己的感觉。那种感觉就像是模糊阴沉的红色闪光给他脑海中的每个画面都染上了色，他躺着试图思考耶欧维上的七年，首先是作为飞行员，再是地面战争，然后是漫长的撤退，杀戮与被杀。他们为什么会被留在那里，被追捕，被屠杀？政府为什么不派援军？彼时这些问题不值一问，如今也不值。所有问题都只有一个答案：我们做了他们让我们做的，我们不抱怨。我按照正确的方式进行了每一步战斗，他毫无骄傲地想。新的认知像匕首一样锐利地划开其他所有认知——当我在战斗时，她正在死亡。全都是浪费，在彼处耶欧维上的一切。全都是浪费，在此处维瑞尔上的一切。他在黑暗中坐起身，山中夜晚寒冷、寂静而甜蜜的黑暗。"天神卡穆耶，"他大声呼唤，"帮帮我。我的思想背叛了我。"

在家休假的漫长时光里，他经常和母亲坐在一起。她想要聊恩度，起初他必须强迫自己去听。要忘记这个他在七年前相处了十七天的女孩很容易，只要他母亲允许他忘记。渐渐地，他学会了接受她想给予他的东西，关于他的妻子是个怎样的人的认知。他母亲想要尽其所能地与他分享她从恩度那里获得的愉悦，她真心爱着的孩子和朋友。即便是他的父亲，如今已经退役的、熄灭的、安静的男人，也会说："她是这个家的光。"他们为她向他道谢。他们试图告诉他这一切并非全都是浪费。

但留给他们的还有什么呢？渐长的年纪和空荡荡的房子。他们当然没有抱怨，看起来也满足于日常生活严峻与温和的轮转，但对于他们来说，过去和未来的延续被打破了。

"我应该再婚，"忒叶鸥跟他母亲说，"你有没有注意到什么合适的……"

外面正在下雨，灰色的光穿过被打湿的窗户，屋檐上传来轻柔的敲打声。他母亲埋头修补，面容模糊不清。

"没有，"她说，"没什么人。"她抬头看他，顿了一会儿说，"你觉得接下来你会被派到哪里任职？"

"我不知道。"

"如今没有战争了。"她说，用她柔和平淡的声音。

"没有，"忒叶鸥说，"没有战争了。"

"以后还会……有吗？你觉得？"

他站起来，走到房间另一头再回来，重新在她旁边安了垫子的平台上坐下。他们都坐得笔直，一动不动，除了她双手缝补的细微动作，他的手微微交错，如同他两岁时被教导的那样。

"我不知道，"他说，"很奇怪。好像没有过战争一样。好像我们从没去过耶欧维一样——殖民地，起义，全部。他们根本不提。战争没有发生。我们没有打仗。这是个新时代。他们在网上经常那么说。和平的年代，群星皆兄弟。那我们和耶欧维现在是兄弟？我们和嘉泰耶、班卜和四十国是兄弟？我们和资产是朋友了？我理解不了。我不知道他们是什么意思。我不知道我适合去哪里。"他的声音也安静而平淡。

"至少不是这里，我觉得，"她说，"至少现在还不是。"

过了一会儿他说："我想过……孩子……"

"当然，等时候到了，"她朝他微笑，"你根本没法静坐超过半小时……等等，等等看吧。"

当然，她是对的，但是他在网上和镇上的所见所闻都挑战着他的耐心和骄傲。如今当个士兵看起来是种耻辱。政府报告、新闻、分析，不断提及军队，尤其是维奥特阶级，都是化石，又费钱又无用，是伏伊迪欧完全加入伊库盟的主要障碍。他申请履职，却遭到假期无限延长、收入减半的回复，那时候他就明白了自己个人的无用。三十二岁的时候，他们似乎在告诉他，他已经老朽。

他再次向母亲建议，说他应该接受现状，安定下来，找个妻子。"跟你父亲谈。"她说。他谈了，他父亲说："你想帮忙当然好，但这几年我还能打理好农场。你母亲认为你应该去首都，去指挥部。如果你去了那里，他们没法不管你。毕竟，七年的战斗——你的战绩——"

忒叶鸥知道那些战绩如今有多少价值。但他当然也知道这里不需要自己，还可能会因为想要改变做这个或那个的方式而惹恼父亲。他们是对的：他应该去首都，找到自己在新的和平世界中能起的作用。

他在那里的起初半年很黑暗。他几乎不认识指挥部或营房里的任何人，他那代人都死了，或者因伤残而退役，或者在家领着半薪。年轻的军官们都没去过耶欧维，他们在他看来就是冷漠、保守的一群人，总是在谈论金钱和政治。小商贩，他私底下这么想他们。他知道他们怕他——怕他的战绩，他的声誉。无论他自己想不想，他的存在都提醒他们，曾经有过一场战争，维瑞尔参与了，并且打输了，一场内战，他们自己的种族攻打自己的种族，自己的阶级对自己的阶级。他们想把它看作一场与另外一个星球毫无意义的口角，与他们无关。

忒叶鸥在首都的街道上行走，观察数以千计的属男和属女，匆忙来去，为主人办事，他好奇他们还在等什么。

"伊库盟不干涉任何种族的社会、文化或经济安排及事件，"大使馆和政府发言人重申，"任何国家或种族，能否成为正式会员，都只取决于他们是否愿意放弃，或从未存在过某些特定的战争方式和武器。"接下来是一连串可怕的武器名单，大多数对忒叶鸥来说只是个名字，但其中也有几个是他自己国家的发明：生物炸弹，他们这么叫它，还有神经元弹。

他个人赞同伊库盟对于这些武器的判断，也尊敬他们的耐心，愿意等待伏伊迪欧和维瑞尔的其他国家证明它们不仅是遵守禁令，还能接受原则。但他对他们的傲慢态度感到十分愤恨。他们高高在上地审判着维瑞尔的一切。他们越少谈论阶级分化，就越明显表示出他们的不赞成。"奴隶制在加入了伊库盟的星球中是非常罕见的，"他们的书里写，"就算是有，也都在正式加入伊库盟政体后彻底消失了。"所以，这才是外星大使馆真正在等的吗？

"圣母啊！"一名年轻的军官说——他们中许多人都是图奥信徒，同时也是商人——"外星人将在接受我们之前接受尘民！"他愤愤不平，怒气飞溅而出，就像一个面对着无礼属男士兵的红脸老雷伽。"耶欧维——该死的星球，上面满是野人、部落成员，倒退回蛮荒——却比我们更受欢迎！"

"他们很会战斗。"忒叶鸥观察着，说出这话时就知道他不该说，但也不想听到他与之战斗过的男女被称作尘民。资产、反叛者、敌人，都可以。

年轻人盯着他，过了一会儿，他说："我猜，你很喜欢他们，嗯？那些尘民？"

"能杀的我已经都杀了。"忒叶鸥礼貌作答，随后转换话题。那个年轻人，尽管名义上是忒叶鸥在指挥部的上级，但其实只是个奥伽，维奥特军衔中最低的，继续冷落他会显得很没教养。

他们古板守旧，他则敏感易怒，过去和那些愉悦的好伙伴们在一起的日子已经成了模糊的、令人难以置信的回忆。指挥部的官僚长官们听完他想回去服役的请求，永远都只会把他送到另一个部门去。他不能住在军营中，不得不自己找公寓住，像平民一样。他的半薪不允许他沉湎于城市昂贵的娱乐活动中。等待约见这个或那个军官时，他终日泡在军官学院的图书馆网络上。他知道自己所受的教育并不完整，而且已经过时。如果他的国家将要加入伊库盟，为了成为有用的人，他必须了解更多外星人的思维模式和新技术。他不确定自己到底需要知道些什么，他在网络上举步维艰，在无尽的可获得信息前感到迷惑，愈发意识到自己不是什么知识分子或学者，自己可能永远都无法理解外星人的思维，但还是在顽强地勉力为之。

大使馆的一个男人在公共网络上开了一门伊库盟历史的入门课。忒叶鸥报了名，坐在那里上完了八到十节讲座及讨论课，背脊挺直，一动不动，只有双手微微移动，记下全面而有条理的笔记。讲师是海恩人，他把自己长长的海恩名字翻译成古乐，他看着忒叶鸥，试图把他拖进来参与讨论，最终请他在课后留下来。"我想见见你，雷伽。"等到其他人都下线后，他说。

他们在一家咖啡馆见面。然后再次见面。忒叶鸥不喜欢外星人的举止，他发现他热情洋溢，他不信任他敏捷聪慧的大脑，他感觉古乐是在利用他，把他当作维奥特、士兵，也有可能是野蛮人的样本在进行研究。外星人自信自己高人一等，毫不在乎忒叶鸥的冷漠，也无视了他的不信任，坚持要给他提供信息和指导，无耻地重复忒叶鸥回避的问题。其中一个问题是："你为什么留在这里领半薪？"

"这不是我自己的选择，古乐先生。"第三次被问到时，忒叶鸥终于回答了。他对这个男人的厚颜无耻感到非常生气，所以用特别温和的语气说出来。他避免直视古乐的眼睛，蓝色的眼睛，眼白露出来，像一匹受惊的马。他不习惯外星人的眼睛。

"他们不让你回去服役？"

忒叶鸥礼貌地表示肯定。虽说是个外星人，但这个男人到底能不能意识到这个显而易见的事实——他的问题非常无礼。

"你愿意来使馆守卫队中服役吗？"

那个问题让忒叶鸥瞬间失语，然后他十分粗鲁地用另一个问题来回答这个问题："你为什么这么问？"

"我很希望那支队伍里有个像你这样有能力的人，"古乐说，用他令人震惊的直率补充，"他们中大多数人都是间谍或傻子。如果能有个我知道既不是间谍也不是傻子的人就太好了。你知道，守卫队的责任不只是放哨。我能想象你的政府会要求你提供信息，那在意料之中。当你有经验并且愿意时，我们可以用你当联络官。在这里或别的国家。但是我们不会要求你提供信息给我们。我说得够明白吗，忒叶鸥？我不想我们之间有误解，关于我要你做什么、不要你做什么。"

"你能……"忒叶鸥谨慎地问。

古乐笑了，说："是的，我能在你的指挥部里动动手脚。他们欠我个人情。你愿意考虑一下吗？"

忒叶鸥沉默了一分钟。他在首都已经待了一年，请求调离去服役的申请永远都只会遭到官僚式回避。最近，他听说这些请求被认为是不顺从的表现。"我现在就接受，如果可以的话。"他说道，以一种冷冷的敬意。

海恩人看着他，脸上的笑容变成一种沉思的、稳定的凝视。"谢谢你，"他说，"几天后你就会听到指挥部的消息。"

于是忒叶鸥穿回制服，搬回营房，在外星领地上又服了七年役。根据外交协定，伊库盟大使馆并非维瑞尔的一部分，而是伊库盟的一部分——位于这颗星球上却不再属于这颗星球的土地。伏伊迪欧提供的守卫队员兼具保护性和装饰性，他们身着白金相间的制服，在大使馆的领地上极具辨识度。他们的全副武装也显而易见，鉴于反对外星存在的暴力抗议仍时有发生。

忒叶鸥雷伽先是被派去指挥一支守卫小队，但很快就被调去负责其他任务，陪同大使馆员工去市里或者出差。他担任保镖，穿着便服。比起动用他们自己的人和武器，大使馆更愿意请求且信任伏伊迪欧的保护。他也常常被叫去担任向导和翻译，有时则是随行陪伴。他不喜欢这些太空来的访客和他故作亲密的倾诉，问他自己的事情，邀请他和他们一起喝酒。他把自己的厌恶完美地隐藏起来，用无可挑剔的礼貌拒绝这些邀请。他完成自己的工作，保持他的距离。他知道这恰恰是大使馆看重他的地方。他们对他的信任给了他一种冷冰冰的满足。

他自己的政府从未要求他提供信息，尽管他当然了解到了一些政府会感兴趣的事情。伏伊迪欧情报机关不会在维奥特阶层中雇用特工。他知道使馆守卫队里哪些人是特工，其中一些试图从他这里获取情报，但他无意于为间谍当间谍。

古乐，他现在推测此人是大使馆情报系统的负责人，在他回家度冬假时把他叫了回来。海恩人学会了不要指望忒叶鸥有什么情绪反应，但无法在跟他打招呼时隐藏自己声音里带有情感的音调："你好呀，雷伽！家里一切都好？太好了。我有个特别棘手的工作要交给你。嘉泰耶王国。你两年前陪克梅韩一起去过，对吧？好吧，现在他们想让我们派个使节过去。他们说想加入。当然啦，老国王只是你们政府的傀儡，但那里有很多别的事情在发生。强硬的宗教分裂运动。爱国运动，赶走所有外来者，伏伊迪欧人和外星人都一样。但国王和议会要求一个使节，我们能派给他们的只有一个新来的。她可能会给你惹些麻烦，直到她学会规矩。我对她的判断是有点任性。本质很好，但年轻，太年轻了。刚来几个星期。我要你去，因为她需要你的经验。对她有点耐心，雷伽。我觉得你会喜欢她的。"

他不喜欢。七年来，他习惯了外星人的眼睛，还有他们各种各样的气味、肤色和举止。外星人受到他毫无瑕疵的礼貌和禁欲的行为准则保护，他容忍或者无视了他们那些要么奇怪，要么令人震惊，要么给人惹麻烦的行为；他们的无知和他们特别的认知。在为那些被委托给他的外星人提供服务和保护时，他与他们保持距离，不接触他们，也不让他们触碰他。他照料的人学会了依靠他但不揣测他。女人通常比男人更快看见他禁止入内的标志，并且做出回应，他与一位年迈的地球观察使有过一段轻松、近乎友好的关系，他陪同她进行了几次长途考察旅行。"跟你在一起就像跟猫在一起一样安宁，雷伽。"她有一次告诉他，他珍视这句表扬。但嘉泰耶的使节完全是另一码事。

她身材极好，有婴儿般澄净的红棕色皮肤，光滑的在空中飘荡的秀发，自由的步态——太自由了，她向那些无法触碰她的男人炫耀自己成熟苗条的身体，刺向他，刺向所有人，引人注目地，毫不羞耻地。她对每件事都要发表意见，带着粗鲁的自信。她听不懂暗示，拒绝接受命令。她是个好斗的、被宠坏的孩子，却有着成年人的性感，在一个危险、不稳定的国家，肩负着外交官的使命。忒叶鸥一见她就知道这是不可能完成的任务。他不能信任她，也不能信任他自己。她对他那放肆的性唤起也让他恶心，她是个妓女，但他却必须像对待公主一样对待她。被迫忍受她，无法忽视她，他恨她。

他比过去更熟悉愤怒，但还不习惯仇恨。这种感觉让他极度不适。在此前的生命中，他从未申请过调离，但是在她把马吉尔带进房间之后那天的早上，他给大使馆发了一封语气僵硬的简短申诉。古乐通过外交频道回了他一条加密的语音消息："神明与国家之爱就如同火，一个绝妙的朋友，一个可怕的敌人。只有孩童才会玩火。我不喜欢这种情况。我没有人选替代你俩中的任何一个。你能再坚持一下吗？"

他不知道该如何拒绝。维奥特从不拒绝使命。他甚至为曾有过这想法而感到羞耻，并因这种羞耻而再次憎恨她。

消息的第一句话如同谜题，不是古乐通常的风格，而是华丽、隐晦，像加密的警告。忒叶鸥当然不懂情报机关的密码，无论是他自己国家的还是伊库盟的。古乐必须使用暗示和迂回提醒他。神明与国家之爱很可能是指旧神信仰者和爱国主义者，嘉泰耶的两个颠覆组织，他们都狂热地反对外来势力，使节可能是玩火的孩童。她被其中一个或另一个组织接近过吗？他没有任何证据，除非那天晚上阴影中的男人不是刀客，而是信使。她成天在他眼皮底下，她家整夜受到他麾下士兵的监控。当然，马吉尔巴提康不可能为这两个组织中的任何一个工作。他可能是哈梅的一员，伏伊迪欧的地下资产解放组织，但这不会威胁到使节，因为哈梅将伊库盟视作通往耶欧维和通往自由的船票。

忒叶鸥对这些词句感到困惑，一遍又一遍地回放，了解到自己在面对这类微妙措辞，面对错综复杂的政治迷宫时的愚蠢。最后他删了消息，打了个哈欠，因为已经很晚了。他洗了澡，躺下来，关上灯，轻声说："天神卡穆耶，让我有勇气抓住这唯一高贵的事吧！"然后睡得像块石头。

剧院那晚之后，马吉尔每晚都来她家，忒叶鸥试着告诉自己这没什么错。在战前繁荣的日子里，他自己也曾与马吉尔们共度良宵。专业的、艺术的性爱是他们生意的一部分。他听闻，有钱的城市女性常常雇用他们来弥补丈夫的不足。但哪怕是这样的女人，也都是悄悄谨慎行事，而不是以如此粗俗、恬不知耻的方式，完全不在乎体面，公然藐视道德准则，仿佛她有权利做任何她想做的事情，无论何时何地，只要她想。当然了，巴提康热切地与她勾搭在一起，利用她的迷恋，嘲弄嘉泰耶人，嘲弄忒叶鸥——也嘲弄她，尽管她毫不知情。多好的机会啊，资产可以一下子愚弄所有主人！

观察过后，忒叶鸥确信巴提康是哈梅的一员。他的嘲弄很微妙，他没有试图让使节丢脸。事实上，他比她要谨慎得多。他尽力让她不要使自己丢脸。马吉尔以宽容回应忒叶鸥冷漠的礼貌，但有一两次，他们眼神交错，交换了简短、不自愿的互相理解，友好又讽刺。

嘉泰耶即将举行一场公开庆典，纪念图奥的宽恕日，国王和议会都恳切邀请使节参加并进行考察。她出席过好几次这样的活动。一开始，除了怎样在兴奋的节日人群中提供安保，忒叶鸥没有多想，直到桑告诉他，节日那天是嘉泰耶旧宗教中最崇高的神圣日，旧神信仰者极其反感把外星仪式强加于他们自己的庆典之上。这个矮小的男人看起来真的很担心。第二天，忒叶鸥也担心起来，因为桑突然被一名年老的男性取代了，他除了嘉泰耶语之外，几乎不会说其他语言，因此根本解释不了桑·乌巴特究竟怎么了。"其他责任，其他使命，"他用极糟糕的伏伊迪欧语说着，微笑点头，"很棒的享乐时间，啊哈？享乐的使命召唤。"

节庆前的那些日子，城市里的紧张气氛与日俱增。涂鸦莫名出现，墙上涂满了旧宗教的象征，一座图奥寺庙遭到亵渎，自那以后皇家守卫队在街上随处可见。忒叶鸥前往皇宫，按照他自己的想法，请求不要叫使节在可能被不当示威所扰的仪式上公开露面。他被叫进去，由一位朝廷官员接待，对方用轻蔑傲慢和听而不闻的点头与眨眼应付他，使他非常不安。那天晚上，他在使节屋外留了四个人守夜。他的住处位于被交予使馆守卫队的那条街上，一处小小的营房，回去以后，他发现自己房间的窗户开着，桌上有一小片纸，用的是他自己的语言：廿庆为谙杀而设。

第二天一早，他立刻来到使节家中，请她的资产告诉她，他必须和她说话。她走出卧室，扯了一条白色袍子裹住自己裸露的身体。巴提康跟在她身后，半裸着，看起来又困又愉快。忒叶鸥用眼神示意他离开，他回以平静而倨傲的微笑，对女人低语道："我去吃点早饭。热薇？有东西可以给我吃吗？"他跟在属女后面出了房间。忒叶鸥直面使节，伸手递出那片碎纸。

"我昨晚收到了这个，女士，"他说，"我必须请您不要去参加明天的节庆。"

她端详纸片，阅读上面的字，打着哈欠问："谁写的？"

"我不知道，女士。"

"什么意思？谙杀？他们连字都不会写，是不是？"

片刻后，他说："有若干迹象表明——多到我必须请求您——"

"不要参加宽恕日庆典。没错，我听见了。"她走到床边的椅子旁，坐下来，长袍垂下散开，露出她的双腿；她裸露的、棕色的双足又小又灵活，脚掌是粉色的，脚趾又小又整齐。忒叶鸥将视线固定在她脑袋边的空气中。她捻着那一小片纸。"如果你觉得危险，雷伽，带上一两个守卫跟你一起，"她说，语气中有一丝模糊的轻蔑，"我必须出席。国王要求的，你知道。我将点燃大火，或者类似的东西。为数不多的女人在这里被允许公开做的事情……我不能退出。"她伸出手，把纸递过去，过了一会儿，他走近一点以取走纸片。她抬头看他，面带微笑，她击败他的时候总是那样朝他笑。"不过，你觉得是谁想要把我赶走？爱国主义者？"

"或者旧神信仰者，女士。明天是他们的节日。"

"你们图奥信徒从他们手里抢走了这个节日？好吧，那他们可怪不着伊库盟，不是吗？"

"我认为政府会默许暴力事件发生，好有借口报复，女士。"

她一开始回答得漫不经心，意识到他说了什么才皱起眉。"你觉得议会设局害我？你有什么证据？"

他顿了一会儿，说："很少，女士。桑·乌巴塔——"

"桑病了。他们派来的老家伙没什么用，但他绝不危险！还有什么？"他没说话，于是她继续，"在你掌握真正的证据之前，雷伽，不要干涉我履行我的义务。别想用你的军国主义多疑症笼罩我身边所有的人。控制一下，拜托！我期待明天看到多一两个守卫，那就够了。"

"好的，女士。"他说，然后走出去。他脑中的愤怒在轰鸣。如今他才想起来，她的新向导跟他说，桑·乌巴塔是因为宗教责任而被派去别处的，而非疾病。他没有回头。有什么用呢？"再多守一小时左右，可以吗，赛也木？"他对她门口的守卫说，大步走上街，力图远离她，远离她柔软棕色的大腿和粉色的脚掌，还有她愚蠢、无礼、淫荡、向他下命令的声音。明亮、冰冷、阳光照射的空气，他正行走于其上、挂满节庆条幅的街道，高山的闪光和市集的喧嚣，他努力用这些东西填满自己，使自己晕眩和分心。但他走在路上，看到自己的影子落在前方，像一柄小刀刺穿石头，他很清楚自己生命的徒劳。

"维奥特看起来很担心。"巴提康用他丝绒般的声音说。她笑了，从盘子里叉起一颗腌制水果——水果爆开，流着汁水——喂进他嘴里。

"我准备好吃早饭了，热薇。"她叫道，坐到巴提康的对面，"我饿死啦！他的大男子主义脾气又发作啦。他最近没有把我从任何事中解救出来。毕竟那是他唯一的功能。所以他必须创造机会。我希望，我希望他离我远点。可怜的小老头桑，没有他像阴虱一样爬来爬去真是太好了。要是我现在也能摆脱少校该有多好！"

"他是个高贵的男人。"马吉尔说，他的语气听起来并没有讽刺的意味。

"一个奴隶主怎么可能是什么高贵的人？"

巴提康用他狭长的深色眼睛看她。她不会读维瑞尔人的眼睛，它们尽管美丽，却被黑暗遮蔽。

"男性统治集团成员总喜欢吹嘘他们所谓的高贵，"她说，"还有他们的女人的高贵，好像那是什么了不得的东西。"

"高贵是一项了不得的特权，"巴提康说，"我嫉妒高贵。我嫉妒他。"

"哦，让那些装模作样的高贵下地狱吧，不过是在地上撒泡尿做标记罢了。巴提康，他身上唯一值得你嫉妒的只有自由。"

他微笑。"你是我认识的唯一一个既不是资产又不是主人的人。那是自由。那才是自由。你知道吗？"

"我当然知道。"她说。他微笑，继续吃他的早餐，不过他声音里有种她从未听过的东西。她有点感动，有点困扰，过了一会儿说，"你很快就要走了。"

"你会读心术。没错。十天后，剧团要继续巡游，去四十国。"

"噢，巴提康，我会想你的！你是我唯一可以与之交流的男人，唯一的人——更别说做爱了——"

"我们有过吗？"

"不多，"她说，笑了，但声音有点颤抖。他伸出手，她便走向他，坐在他大腿上，袍子散开来。"小巧美丽的使节之胸，"他说着，用唇轻吻，用手抚弄，"小巧柔软的使节之腹……"热薇拿着托盘进来，轻轻放下。"吃早饭吧，小使节。"巴提康说，她从他身上下来，回到她的椅子上，露齿而笑。

"因为你自由，所以你能坦诚，"他说，十分讲究地给一只皮尼果削皮，"不要对我们这些没有自由或无法自由的人太严格。"他切下一片，越过桌子喂进她嘴里。"认识你也算尝到一点自由的滋味，"他说，"一点点，一丝丝……"

"最多再过几年，巴提康，你会自由的。整个愚蠢的主奴社会结构会完全崩溃，在维瑞尔加入伊库盟的时候。"

"如果维瑞尔加入的话。"

"当然会。"

他耸耸肩。"我的家是耶欧维。"他说。

她困惑地盯着他。"你从耶欧维来？"

"我从未去过那儿，"他说，"我可能永远都不会去。他们要马吉尔有什么用？但那是我的家。那些人是我的族人。那是我的自由。你什么时候才能看到……"他握紧拳头，又松开，做出一个轻轻放走什么东西的手势。他微笑，回去吃自己的早餐。"我得回剧院去，"他说，"我们正在为宽恕日排演一幕戏。"

她一整天都耗在了朝廷。她坚持不懈地试图获得许可，去参访矿井和政府运营的巨大农场，在群山遥远的那头，嘉泰耶财富的来源。她也同样被坚持不懈地阻止——被礼节和政府官僚主义阻止，起初她认为，他们不愿意让一个外交官做任何事，除了跑来跑去参加无意义的活动之外，但几位商人透露了一些矿井和农场里的情况，让她觉得他们可能在隐瞒一种比首都中可见的奴隶制更加粗暴的奴役形式。今天她哪里都没去，等待尚未被安排的预约。代替桑的老家伙误解了她用伏伊迪欧语说的大多数话，当她试图说嘉泰耶语时，他则完全听不懂，出于愚蠢或故意。谢天谢地，上午的大部分时间少校都不在，由他的一名士兵替代，但后来他也出现在朝廷里，僵硬、沉默、下巴紧绷，陪伴她一直到她放弃、回家、早早洗个澡。

那天晚上，巴提康很晚才来。在玩一场精心设计的幻想和角色互换游戏——这游戏是跟他学的，而且她玩得很来劲——的过程中，他的爱抚越来越慢，越来越轻，像羽毛一般拂过她，她因此而颤抖，带着未满的欲求，用她的身体紧紧压住他的，意识到他睡着了。"醒醒。"她说，大笑着，但很放松，轻轻摇晃他。暗色的眼睛睁开了，十分困惑，充满恐惧。

"对不起，"她立刻说，"继续睡吧，你累了。不，不，没关系的，很晚了。"但他开始继续动作，无论他的活儿有多好、有多温柔，她如今不得不将那视作他的工作。

早晨用早餐时，她说："你能把我看作一个平等的人吗，可以吗，巴提康？"

他看起来很累，比平时的他更显苍老。他没有笑。过了一会儿，他说："你想要我说什么？"

"说你可以。"

"我可以。"他静静地说。

"你不信任我。"她说，充满苦涩。

过了一会儿，他说："今天是宽恕日。圣母图奥来找阿斯多克人，他们驱使猎猫攻击她的追随者。她骑着一头有火红舌头的巨大猎猫来到他们中间，他们在恐惧中倒下，但她祝福了他们，宽恕他们。"他讲述故事时，声音和手势将故事演绎得栩栩如生。"宽恕我。"他说。

"你不需要任何宽恕！"

"噢，我们都需要。这就是为什么我们卡穆耶信徒会不时向圣母图奥借用东西，当我们需要她的时候。今天你会扮演圣母图奥，在仪式上？"

"我要做的只是点火，他们说。"她不安地说，他大笑。他离开的时候，她告诉他她会去剧院看他，今晚，节庆之后。

虽然面积不大，但赛马场是城市周边唯一的平坦区域，如今这里挤满了人，小贩叫卖，旗帜飘扬，皇家汽车径直驶入人群，人群如水般散开又合拢。一些看起来摇摇晃晃的露天看台竖立起来，都是为领主和主人而建的，还有一个带帘子的区域，是为女士们准备的。她看见一辆汽车驶到露天看台边上，一个裹着红布的人影匆忙离开汽车，在帘子中间快步穿梭，最终消失。帘子上有能让她们观看仪式的窥视孔吗？人群中也有女人，但只有属女，资产。她意识到自己也会被隐藏起来，直到她在仪式上现身的那刻到来：一顶红色的帐篷正等着她，就在露天看台边上，离被绳子围起来的围场不远，祭司们正在里面不停地唱诵。她被谄媚又坚决的朝臣匆匆带出汽车，进入帐篷。

帐篷里的属女们给她茶水、糖果、镜子、化妆品和发油，帮她裹上复杂的服饰，由红黄两色的上等面料制成，那是她短暂扮演圣母图奥的戏服。没有人明确告诉她要做什么，对于她的问题，女人们说："祭司们会教您的，女士，您只要跟他们走就行。您只需要点火。他们都准备好了。"她感觉她们知道的不比她多，她们是漂亮的女孩子，朝廷的资产，为能够参与这场演出而激动万分，对宗教本身倒不怎么感兴趣。她知道她要点的火的象征意义：错误和罪孽被抛入其中，燃烧殆尽，而后被忘却。不错的理念。

外面祭司的唱诵声越来越高，她朝外看——帐篷布上确实有窥视孔——看见人群更拥挤了。除了露天看台上和围场绳子边的人外，没人能看见任何东西，但每个人都挥舞着红黄相间的旗帜，大口咀嚼油炸食品，享受这一天，而祭司们则继续他们深奥的唱诵。在她通过窥视孔所能获得的那一小片模糊视野中，右边最远处是一条熟悉的胳膊：少校的，当然。他们没让他和她一起上车。他一定狂怒不已。他还是来了这里，驻扎下来守卫。"女士，女士，"朝廷女孩们在说，"祭司们过来了。"她们兴奋地围在她身边，确保她的头饰是正的，确保那该死的让她步履蹒跚的裙子垂下的褶子是妥当的。当她步出帐篷时，她们仍在扯弄拍打服饰，日光使她目眩，她微笑着努力站得笔挺而威严，像个女神该有的样子。她真的不想搞砸他们的典礼。

　　两个身着祭司盛装的男人就在帐篷门外等她。他们立刻上前来，挽住她的手肘，说："这边请，这边请，女士。"很显然，她确实不需要搞清楚要做什么。毫无疑问，他们认为女人没能力搞明白该做什么，但在这种情形下，这反而是种解脱。祭司们一个劲儿地催她，步伐快到身上的紧身长裙开始让她很不舒服。他们如今已走到露天看台的后面，围场不是在另一个方向吗？一辆汽车径直朝他们驶来，在汽车行进的方向上几个人散开来。有人在大喊大叫，祭司突然开始猛拉她，试图逃跑，其中一个大声叫喊着，放开了她的手臂，被飞过来的暗色物体猛地撞倒了——她处于一场混战的中心，无法挣脱手上钢铁般的抓握，双腿也被裙子禁锢，有一声响声，一声巨大的响声，击中了她的脑袋并让她低头，她看不见也听不见，蒙着眼睛，挣扎着被推进一个昏暗的空间，脸先着地，一头扎进窒闷又扎人的黑暗中，手被牢牢锁在背后。

　　一辆车在移动。过了很长时间。男人们在低声交谈。他们用的是嘉泰耶语。很难呼吸。她没有挣扎，根本没用。他们用胶带绑住她的手臂和双腿，用袋子套住她的头。过了很长时间，她被拖出来，像一具尸体般，被快速搬运进室内，下楼梯，放到一张床或沙发上，虽然还是那么急切，但没有那么粗暴了。她躺着不动。男人们还在交谈，仍是近乎耳语。她一个字都听不懂。她脑海中仍回荡着那声巨响，她真的被击中了吗？她感觉自己聋了，像是在一堵棉花墙中。袋子的布料一直糊在她嘴上，一呼吸就会被吸进鼻孔。

袋子被扯掉了，一个男人弯下腰，把她翻过来，解开她手臂上的胶带，然后是腿上的，嘴里低语着："不要做害怕，女士，我们不会做伤害你。"用的是伏伊迪欧语。他很快从她身边退开。他们总共有四五个人，很难看清，光线很暗。"做等在这里，"另一个人说，"万事都好。只要做保持愉悦。"她试着坐起来，然后感到眩晕。等到她的头不再晕时，他们都走了。就像魔法一样。只要做保持愉悦。

这是一间小小的很高的房间。暗色砖墙，泥土味的空气。光线来自于一小块生物发光板，卡在天花板上，微弱的无影的稳定的光。对于维瑞尔人的眼睛来说可能够亮了。只要做保持愉悦。我被绑架了。那样如何。她清点房间里的东西：一块厚床垫，就在她身下；一条毯子；一扇门；一个小罐子和一个茶杯；角落里那是个排泄孔吗？她将双腿挪下床垫，脚撞到了床脚边地板上的什么东西——她又盘起腿，凝视那团暗色的东西，一具躺在那里的身体。一个男人。穿着制服，肤色很深以至于五官难以分辨，但她知道他是谁。即便是在这里，哪怕是在这里，少校也和她在一起。

她摇摇晃晃地站起来，走过去研究那个排泄孔，发现那真的就只是个地漏而已，地板上用水泥封边的一个洞，闻起来有点化学试剂的味道，还有点臭。她的头很痛，她再次坐到床上，按摩自己的手臂和脚踝，放松紧张的肌肉，缓解疼痛，通过触摸和反馈来找回对身体的控制，按部就班，有条不紊。我被绑架了。那样如何。只要做保持愉悦。他怎么样了？

突然意识到他可能已经死去，她战栗起来，努力保持着镇静。

过了一会儿，她慢慢倾下身，想要看看他的脸，听他有没有动静。又一次，她感觉自己聋了。她没有听到呼吸声。她伸出手，病弱而摇晃的手，将手背贴在他脸上。他的脸很凉，很冷。但温暖的气息拂过她的指尖，一次，又一次。她蹲伏在垫子上研究他。他躺着，一动不动，但当她把手放到他胸膛上时，她觉察到了缓慢的心跳。

"忒叶鸥。"她低声唤他。她只能发出这种低语，无法抬高。

她再次把手放在他的胸膛上。她想要感知那缓慢、稳定的心跳，那微弱的温暖，令人安心。只要做保持愉悦。

他们还说了别的什么？只要做等待。没错。计划看来如此。也许她该睡一觉。也许当她一觉醒来，赎金已经到了。或者是别的什么他们想要的东西。

她醒了，想起自己的手表还在，困倦中研究了一会儿那微小的银色读数，她觉得自己应该睡了三个小时，此刻仍属于宽恕日，或许还太早，赎金还没来，她今晚也不能去剧院看马吉尔了。她的眼睛习惯了微弱的光线，如今她想看可以看清了，那人头上有一侧全是干涸的血迹。摸索着，她发现他额头上有一个热热的肿块，就像一个拳头，撒开手时她的手指已经染满了血。他被敲了脑壳。冲向祭司——那个假祭司——的东西一定是他，她只记得一个飞来的影子，一次重击，还有一声啊，就像合极道攻击，然后就是混淆一切的巨响。她抿抿嘴，敲敲墙壁，检查自己的听力。好像没问题，棉花墙消失了。也许她自己也被敲了脑壳？她摸了摸自己的头，没有发现肿块。他一定是脑震荡了，三小时后他仍没醒来。情况有多糟？他什么时候能醒来？

她起身，差点儿摔倒，被该死的女神裙摆绊了一下。要是她身上穿的是自己的衣服就好了，而不是这华服，三层脆弱的布料，必须得有仆人帮你穿！她脱下下半身的裙子，用围巾裹成一条及膝裙。这个地下室之类的地方不太暖和，潮湿而阴冷。她走来走去，四步一转，四步一转，四步一转，还做了几个热身动作。他们把他丢在地板上。地板上有多冷？休克也是脑震荡的一种症状吗？休克中的人需要保暖。她犹豫了很久，并为自己的优柔寡断而感到困惑，不知道该做什么。她应该试着把他抬到床垫上吗？还是最好不要动他？那些人都他妈去哪儿了？他会死吗？

她在他身边停下，高声叫道："雷伽！忒叶鸥！"过了一会儿，他的呼吸加重了。

"醒醒！"她现在记起来了，她觉得她记起来了，不能让脑震荡的人陷入昏迷，这很重要。但他已经昏迷了。

他又开始呼吸了，他的脸色也变了，不再那么僵硬，而是柔软下来，他的眼睛睁开又闭上，眨动几下，无法聚焦。"噢，卡穆耶。"他轻声说，很轻很轻。

她无法相信自己见到他有多开心。只要做保持愉悦。他很明显头痛欲裂，影响视物，承认自己看东西带重影。她帮他把他自己拖到垫子上，盖上毯子。他没有问什么问题，只是安静躺着，很快重新陷入睡眠。等到他安顿下来，她重新开始运动，锻炼了一个小时。她看看手表。又过了两个小时，还是同一天，节日当天。还没到晚上。那些人什么时候会来？

夜晚与下午和上午同样漫长，第二天一大清早，他们来了。金属门锁被打开了，门被推开，其中一人走进来，手里端着托盘，另外两个则站在外面，手中举枪瞄准走廊。除了地板以外，没地方放托盘，所以他把托盘随手递给索丽，说了声："对不起，女士！"然后退出去，门关上了，门闩砰的一声归位。她站在那里端着托盘。"等等！"她说。

他醒过来，无力地看向四周。发现他与自己同处此地后，她好像忘了他的绰号，她不再把他当作少校，也回避叫他名字。"这是早餐，我猜。"她说着，坐到床垫边缘。柳条托盘上面盖着一块布，下面是一堆嘉泰耶杂粮卷，裹着肉和蔬菜，几个水果，还有一个带盖的水瓶，用镶有华丽珠饰的轻薄合金制成。"也可能是早餐、午餐和晚餐，"她说，"妈的。好吧。看起来不错。你能吃吗？你坐得起来吗？"

他努力让自己坐起身，后背靠着墙，然后闭上眼睛。

"还是有重影？"

他发出表示同意的微弱声音。

"你渴吗？"

表示同意的微弱声音。

"给。"她把茶杯递给他。他双手握住杯子，送到嘴边，慢慢地喝着，一口一口地。与此同时，她狼吞虎咽地接连吃下三个杂粮卷，然后迫使自己停下，吃了一个皮尼果。"你能吃点水果吗？"她问他，有种负疚感。他没有回答。她想起巴提康在早餐时喂她吃皮尼果，那是什么时候？昨天。一百年前。

吃下的食物让她反胃。她从男人松开的手里取出杯子——他又睡着了——给自己倒了点水，慢慢喝下去，一口一口地。

感觉好点以后，她就去门边研究铰链、门锁和门面。她四处触摸并端详，砖墙，灌浇混凝土地板，寻找她也不知道是什么的东西，可以用于逃走的东西，可以……她应该做运动。她强迫自己做了几个动作，但恶心的感觉再度袭来，伴随着一种倦怠。她回到床垫那里坐下。过了一会儿她发现自己在哭。过了一会儿，她发现自己睡着了。她想要小便。她蹲在洞口上，听自己的尿液落进去。没有可以用来擦拭的东西。她回到床边坐下来，又开双腿，双手握住脚踝。太安静了。

她回头看男人，他也在看她。她惊到了。他立刻移开视线。他仍半倚在墙上躺着，不舒服，但放松。

"你渴吗？"她问。

"谢谢。"他说。在这里，一切都很陌生，时间仿佛被人从过去斩断，他温和、轻柔的声音听起来熟悉而令人安心。她倒了满满一杯水，递给他。他这次拿得更稳，坐起来喝。"谢谢。"他再次轻声说，把杯子递还给她。

"你的头怎么样？"

他抬手摸摸肿块，缩了一下，又坐了回去。

"有一个人拿着棍子，"她说，在混乱的记忆中瞥见了一道闪回，"一个祭司，你跳到了另一个人身上。"

"他们拿走了我的枪，"他说，"节庆。"他仍闭着眼睛。

"我被那些该死的衣服缠住了。根本没法帮你。听着。那时有爆炸声吗？"

"有的。用来干扰的，可能。"

"你觉得这些男孩是什么人？"

"革命者。或者……"

"你说过你觉得嘉泰耶政府也参与其中。"

"我不知道。"他喃喃道。

"你是对的，我错了，对不起。"她说道，带着一种"我还记得赔礼道歉"的自矜。

他微微动了动手，做出一个没关系的手势。

"你还能看见重影吗？"

他没有回答，他再次陷入了昏迷。

门被撞开，发出哐当一声时，她正站着，努力回忆着赛里呼吸练习，还是那三个男人，两个持枪，都很年轻，黑皮肤，短头发，非常紧张。带头的那个弯腰把托盘放到地上，毫无预谋地，索丽踩到他手上，压上所有重量。"你等等！"她说。她径直盯着另外两人的脸和枪口。"等一会儿就好，听着！他头部受伤了，我们需要医生，我们需要更多水，我都不能给他清理伤口，而且这里没有厕纸。你们到底是什么人？"

被她重重踩住那人大喊："放开！女士，快做放开我手！"但其他人听见了她说的话。她抬起脚，让开路，放他快速逃回自己持枪同伴的身旁。"好的，女士，我们很抱歉给您做烦恼。"他含着眼泪，抱着自己的手说。"我们是爱国主义者。你给这个冒牌货送来了救世主，就像我们的救世主一样。没人会做受伤。行吗？"他继续后退，一个持枪男人把着门。砰，咔哒。

她深吸一口气，回过头来。忒叶鸥在看着她。"刚才那样很危险。"他说，带着浅浅的微笑。

"我知道危险，"她说，喘着粗气，"那样做很蠢，我不能控制自己，整个人都崩溃了。但谁叫他们撂下东西就跑，该死！我们必须要有水才行！"她流泪了，在暴力或争吵过后，她总有那么一会儿会这样。"我们看看吧，他们这次带来了什么。"她端起托盘，放到床垫上，跟上一次一样，上面盖着块布，仿佛这里是什么有奴隶服务的酒店或宅子似的，可笑的假象。"都是安慰。"她喃喃道。布下面是一堆甜糕饼，一小柄塑料手镜，一把梳子，一小罐闻起来像是腐烂花朵的东西，一盒她看了老半天才认出是嘉泰耶卫生棉条的东西。

"都是女士用品，"她说，"该死，这帮蠢货！一面镜子！"她用力把镜子扔到房间那头，"当然啦，我一天不照镜子都活不下去！该死！"之后，她还把除糕饼外的其他所有东西都扔了过去，与此同时心知自己会把棉条捡回来，放到床垫下，哦，如果需要的话她会用它们的，老天保佑她别用上，如果他们要在这里待上，多久？十天或者更久——"噢，老天保佑。"她又说了一遍。她起身把所有的东西都捡回来，把镜子、小锅子、空水壶和上一顿的水果皮放到一个托盘上，摆到门边。"垃圾。"她用伏伊迪欧语说。她意识到自己刚刚爆发时用的是另一种语言，超－地球语，大概。"你知不知道，"她说，又坐回床垫上，"你们这里的人把当女人变成了多么难的一件事？你们可以让一个女人变得不想当女人！"

"我觉得他们是出于好意。"忒叶鸥说。她意识到他声音里没有一丝讽刺，也没有一丝嘲笑。就算他乐于看她丢脸，肯定也耻于在她面前表现出来。"我觉得他们是业余的。"他说。

过了一会儿,她说:"可能是出于恶意。"

"也许吧。"他坐起来,轻轻碰了碰头上的疙瘩。他粗糙厚重的头发在周围结成血块。"绑架,"他说,"要求赎金。而不是暗杀。他们没有枪。不可能带枪进去。连我都得把我的枪留下。"

"你的意思是,这些人不是那人警告你要小心的对象?"

"我不知道。"思考导致他痛苦地战栗,于是他停了下来。"我们很缺水吗?"

她又给他倒了一杯。"不够梳洗的。一柄愚蠢的镜子,而我们需要的是水!"

他向她道谢,喝了几口,坐回去,小心护着杯子里的最后几口水。"他们没打算抓我。"他说。

她想了一下,点点头。"害怕你认出他们?"

"如果他们有地方关我,是绝不会把我和一位女士关在一起的,"他语气中毫无讽刺,"这里是为你准备的。一定是市里的某个地方。"

她点点头。"车程大概半小时或更少。但我头上被套了袋子。"

"他们给皇宫送了信,没有得到回复,或者对回复不满意。他们想让你写个便条。"

"好让政府相信他们真的抓到了我?他们为什么需要证明这一点?"

他们都沉默了。

"抱歉,"他说,"我没法思考。"他躺回去。她感觉到肾上腺素上升后的疲倦、低落和不安,在他身边躺下。她把女神的裙子卷起来做了个枕头,他没有枕头。毯子搭在他们的腿上。

"枕头，"她说，"更多毯子。肥皂。还有什么？"

"钥匙。"他低声说。

他们并排躺着，在沉默和昏暗不变的光线中。

第二天早上，根据索丽手表显示大约八点，爱国主义者进入房间，四个人。两个站在门口守卫，举着枪，另外两个站在房间仅剩的空地上，不太自在，他们俯视自己的俘虏，两个人都盘腿坐在床垫上。新发言人的伏伊迪欧语说得比其他人好。他说他们很抱歉让女士感到不适，会尽其所能让她更舒适，她必须有耐心，手写一张便条给冒牌国王，向他说明只要他命令议会废除他们和伏伊迪欧的协议，她就会被毫发无损地释放。

"他不会的，"她说，"他们不会允许他这么做的。"

"请不要讨论，"那个男人用疯狂刺耳的声音说，"这是书写工具。这是信息内容。"他把纸张和一支水笔放到床垫上，很紧张，仿佛害怕靠近她一般。

她意识到忒叶鸥是怎样使自己不受注意的，坐在那里一动不动，低着头，垂着眼，那些男人无视了他。

"要我写也可以，我想要水，很多水，肥皂、毯子、厕纸、枕头还有医生，我想要我一敲门就有人来，我想要一些得体的衣服。暖和的衣服。男人的衣服。"

"没有医生！"男人说，"快写！求你了！现在！"他神经质，焦躁不安，她不敢再逼他了。她读了他们的声明，用她又大又幼稚的潦草笔迹抄了一遍——她很少手写任何东西——她把两张纸都给了发言人。他瞥了一眼，不发一言，和其他人一起匆匆退出去。门砰的一声关上了。

"我应该拒绝吗？"

"我不觉得。"忒叶鸥说。他站起来舒展身体，但很快又坐下来，看起来有点晕。"你谈判得不错。"他说。

"等着瞧我们能得到什么吧。噢，天哪，到底发生了什么？"

"或许，"他缓缓说，"嘉泰耶不愿屈服于这些要求。但要是伏伊迪欧——或者你的伊库盟——得到消息，他们就会给嘉泰耶施压。"

"我希望他们能采取行动。我猜嘉泰耶肯定觉得特别丢人，企图通过隐瞒整件事来挽回面子——可能吗？他们能藏多久？你的人呢？他们会找你吗？"

"当然了。"他说，用他那种礼貌的方式。

很奇怪，他死板的举止，他那曾经总是将她推到一旁、阻隔在外的举止，在这里完全有了另一种效果，他的克制和拘谨让她确信自己还是房间之外的那个星球的一部分，他们从那里来，会回那里去，那里的人们都长寿。

长生有什么用？她问自己，没有答案。她以前从没想过这种事。但这些年轻的爱国主义者生活在一个短命的世界。需求，暴力，紧迫，死亡，为什么？因为偏执、憎恨和对权力的渴望。

"无论他们什么时候离开，"她低声说，"我真的都很害怕。"

忒叶鸥清了清喉咙，说："我也是。"

练习。

"抓住——不，抓紧，我不是玻璃做的！——现在——"

"哈！"他说，一丝兴奋的笑容在他脸上一闪而过，她刚刚给他示范了应该怎样挣脱，现在轮到他从她手里挣脱了。

"对的，现在你要等待——这里"——锤击——"你听明白了吗？"

"哎哟！"

"对不起——对不起，忒叶鸥——我没注意到你的头——你还好吗？我真的很抱歉——"

"噢，卡穆耶。"他说着，坐起来，将他那黑色狭长的脑袋埋在双手中间。他深呼吸几口，她忏悔而焦虑地跪在他身旁。

"这，"他说，又呼吸了几次，"这不是，不是公平竞争。"

"当然不是啦，这是合极道——在爱情和战争中，一切手段都是公平的，地球人会这么说——真的，对不起，我很抱歉，我太蠢了！"

他笑了，一种破碎且绝望的笑，他摇摇头，又摇摇头。"教我吧，"他说，"我不知道你是怎么做的。"

练习。

"你的脑子要做什么呢？"

"什么都不做。"

"就让它乱转？"

"不。我和我的脑子难道是不同的存在吗？"

"那……你专注于某物之上？绕着那件东西打转？"

"不。"

"那你不让它乱转。"

"谁？"他说，非常暴躁。

暂停。

"那你会不会想——"

"不，"他说，"别动。"

很长的暂停，也许有一刻钟。

"忒叶鸥，我做不到。我好痒。我的脑子好痒。你做这个多久了？"

暂停，不情愿地回答："从我两岁开始。"

他打破了自己完全放松的静止姿态，弯下头，伸展脖子和肩膀的肌肉。她看着他。

"我总是想长生，活得长久，"她说，"我指的不仅是活很长时间，天哪，我已经活了一千一百年了，有什么意义，没有。我指的是……想象生命是长久的会有点不同。就像想象有孩子一样。就好像它改变了某种平衡。很好笑，在我获得长生的概率已大幅下降了的时候，我却一直在想着它……"

他什么都没说。他可以不发一言又能让她继续说下去。他是她认识的话最少的男人之一。大多数男人话很多。她自己话也很多。他很安静。她希望自己也能知道怎样保持安静。

"这只是练习，不是吗？"她问，"就这么坐在那里。"

他点点头。

"年复一年的练习……哦，天哪。也许……"

"不，不。"他说，立刻阻绝了她的想法。

"但他们为什么不做些什么呢？他们在等什么呢？已经整整九天了！"

从一开始起，他们就达成了未经计划、也没说出口的协议，房间被分成两半：分割线从床垫正中划过，延伸到对面墙上。门在她这边，左边；排泄孔在他那边，右边。任何侵入对方空间的行为都需要通过几乎不可见的暗示来征询，并以同样的方式获得准许。其中一人使用排泄孔时，另一人总是悄悄转开脸。当他们有足够的水来擦身时也是如此，尽管这样的机会很少。床垫中间延伸出来的那条线是绝对的。他们的话语，身体的声响和气味会越过线。有时她能感到他的温暖，维瑞尔人的体温比她的要高，在潮湿静止的空气中，她能感到他睡觉时散发的微弱热量。但他们从不越界，哪怕是手指，哪怕是在熟睡中。

有时候，索丽想到这件事时，觉得很好笑。有时候，又觉得这样愚蠢而保守。他们就不能给对方一些人类的抚慰吗？她唯一一次触碰他是在第一天，她帮他挪到垫子上的时候，后来他们有了足够的水，她帮他清洗头皮上的伤口，一点点洗掉头发上凝结发臭的血块，用的是那把梳子，有把梳子毕竟还是好的，还有女神裙的碎片，那是毛巾和绷带的宝贵来源。等到他的头愈合之后，他们开始每天练习合极道，但合极道的紧扣和抓握有种不受个人感情影响的、有仪式感的纯净，离肉体抚慰还差得很远。在剩下的时间里，他的身体存在不具侵略性，但也不可触碰，明确不变。

他只是在极度困难的情境下，维系他过往一贯的死板约束。不只是他，热薇也是，所有人，除了巴提康之外，但巴提康对她幻想和欲望的即刻屈从真是她所认为的真正接触吗？她想到最后那晚他眼中的恐惧。没有管制，但有限制。

这是奴隶社会的心态：奴隶和主人被困在同一个陷阱，即对彼此的根本不信任和自我保护之中。

"忒叶鸥，"她说，"我不懂奴隶制。让我解释一下，"尽管他并没有显露出打断或者抗议的迹象，只是礼貌的注意，"我是说，我理解一种社会制度如何形成，一个个体如何只能成为其中一部分——我不是想问你为什么不赞同我，不觉得奴隶制是邪恶且无益的，我并不想要你维护它或宣布放弃它。我是想试着理解这到底是什么感觉，相信自己星球中三分之二的人类确实是你们的正当财产。实际上是六分之五，因为还包括你们阶层的女人。"

过了一会儿，他说："我的家庭拥有大约二十五名资产。"

"不要抠字眼儿。"

他接受了这项谴责。

"在我看来，你们隔绝了人的接触。你们不接触奴隶，奴隶也不接触你们，至少不是以人类应有的方式。你们不得不互相隔绝，努力维系那条界限。因为这不是一条天然界限——完全是人为的。我无法从生理上分辨出主人和资产。你可以吗？"

"大部分时候可以。"

"通过文化和行为的迹象——对不对？"

他考虑了一会儿，点点头。

"你们属于同一个物族，人种，民族，在各个方面都完全一样，只在肤色上有些微不同。如果你把一个资产的孩子作为主人养大，他就会在每个方面都成为一个主人，反之亦然。所以你们把自己的一生都耗费在维持这种本不该存在的巨大隔阂上。我不理解的是，你们为什么看不出这是多么可怕的浪费。我不是指经济方面的！"

"战争的时候，"他说，然后停了很长一会儿，尽管索丽还有很多话要说，但她暂且按下了，想听听他要说什么。"我在耶欧维，"他说，"你知道的，那场内战。"

你身上所有的伤疤与残缺都是从那里来的，她心想。因为无论她如何小心翼翼地转移视线，此刻都不可能不对他瘦长的、黑玛瑙般的身体感到熟悉，而且，通过合极道练习，她知道他只得小心护着左臂，那里缺了相当大的一块，就在二头肌上方。

　　"殖民地的奴隶们起义了，你知道的，起先是其中一些，然后是所有人。几乎所有。所以我们的军人都是主人。我们不能派资产士兵过去，他们可能叛变。我们都是维奥特和志愿者。主人与资产作战。我在与我的同类作战。我很快就明白了。后来我明白我是在与比我更强的人作战。他们击败了我们。"

　　"但那——"索丽说，接着停下，她不知道要说什么。

　　"他们从开始到结束都击败了我们，"他说，"一部分原因是因为我的政府不明白他们可以。他们作战可以比我们更好，更用力，更聪明，更勇敢。"

　　"那是因为他们是在为自由而战！"

　　"或许吧。"他用他礼貌的方式说。

　　"所以……"

　　"我想告诉你，我尊敬与我作战的人们。"

　　"我对战争，对斗争了解得太少了，"她说，又痛悔又恼怒，"确切地说是一无所知。我那时在克夕，但那不是战争，那是种族自杀，对整个生物圈的大屠杀。我想那还是有区别的……那时候伊库盟才终于决定推行军备协定，你知道的。因为先是奥林特，再是克夕，他们都毁了自己。地球人力推这个协定好多年了。不久以前，他们曾经几乎杀了自己。我有一半地球血统。我的祖先在他们的星球上四处征战，彼此屠杀。持续了数千年。他们也是主人和奴隶，其中一些人，很多人……但我不知道军备协定是不是个好主意，是不是对。我们有什么资格告诉任何人要做什么、不要做什么？伊库盟的理念是提供一种方式，打开它，而不是禁止任何人进入。"

他专心地听，却一言不发，过了一会儿之后才说："我们学会了……取消军衔。一直都是。你是对的，我觉得，是浪费……精力，精神。你很开明。"

讲这些话费了他那么多力气，她想，不像她的话语，跳舞似的脱口而出，又消散于空气中。他的话发自心底。这让他的话成为隆重的称赞，她心怀感激地接受，因为随着时间逝去，她偶尔会意识到她失去了多少信心，并且在持续失去：自信心，对于他们会被赎回解救的信心，对于他们能走出这个房间的信心，对于他们能活着出去的信心。

"战争是不是很残忍？"

"是的，"他说，"我没法……我甚至没办法——回忆——只有一些闪回——"他举起双手，仿佛要遮住双眼。然后他瞥了她一眼，十分谨慎。他表面上钢铁般的自尊其实在很多方面都很脆弱，她知道的。

"克夕上的东西，我甚至不确定我是否看见了，它们一下子就来了，"她说，"在夜里。"过了一会儿又说，"你在那里待了多久？"

"七年多一点。"

她惊了一下。"你幸运吗？"

一个怪问题，不是她想问的意思，但他的回答很郑重。"是的，"他说，"一直都很幸运。同我一起在那里作战的男人都被杀死了。大多数人前几年就死了。我们在耶欧维上损失了三十万人。他们从来不说。伏伊迪欧三分之二的维奥特男人都死了。如果活着是幸运，那我很幸运。"他低头看着自己紧扣的双手，紧紧锁住自己。

过了一会儿，她温柔地说："我希望你依然幸运。"

他什么都没说。

"过了多久了？"他问。她清了清喉咙，机械地瞥了一眼手表，说："六十个小时。"

俘虏他们的人昨天没有来，常规时间大约是早上八点。他们今天早上也没来。

没有东西可吃，如今也没水喝，他们越来越沉默，越来越呆滞。两人都已经好几个小时没说过话了。只要他还能控制自己，他就不断把自己问时间的冲动向后推迟。

"太糟糕了，"她说，"太糟糕了。我不断在想……"

"他们不会抛弃你的，"他说，"他们有责任感。"

"因为我是个女人？"

"一部分吧。"

"该死。"

他记起在另一段生命中，她的粗野常冒犯到他。

"他们被抓了，被射杀了。没人费心去找他们把我们关在哪里。"她说。

想象过数百次同样的情形，他无话可说。

"只是死在这里太糟糕了，"她说，"这里很脏。我很臭。我臭了二十天了。我现在还拉肚子，因为害怕。但我什么东西都拉不出。我很渴，但我没水喝。"

"索丽，"他厉声说道，这是他第一次叫她的名字，"冷静。抓紧。"

她盯着他。

"抓紧什么？"

他没有立刻回答，她说："你都不让我碰你！"

"不是抓紧我——"

"那是什么？没有东西可抓！"他以为她要哭了，但她站起来，拿过空托盘，在门上一次又一次击打，直到它碎成柳条碎片和碎屑。"来人啊！该死的！快来啊，你们这些杂种！"她高喊，"放我们出去！"

过后她坐回到床垫上。"好了。"她说。

"听。"他说。

他们以前听过：城市的声音到不了这天花板下面，不管这是哪里，但这次声音更大，是爆炸，他们都觉得是。

门咯吱作响。

他们都做好了准备，门打开了：不是平时的砰或者哐当，而是缓缓打开。一个男人在外面等，两个人走进来。一人手持武器，他们从没见过；另一个是一位面貌坚韧的年轻男性，他们叫作发言人的那个，他看起来好像一直在奔跑或打斗，满身尘土、破破烂烂，还有点茫然。他关上门。他手里有些纸。他们四个面面相觑，沉默了一分钟。

"水，"索丽说，"你们这些杂种！"

"女士，"发言人说，"我很抱歉。"他没在听她讲话。他的眼睛也没在她身上。他在看忒叶鸥，第一次看他。"到处都在打斗。"他说。

"什么人在打？"忒叶鸥听到自己用上位者的那种镇静语气问道。年轻人机械地作答："伏伊迪欧。他们派了军队来。葬礼以后，他们说要派军队来，除非我们投降。他们是昨天来的。他们在城市中到处杀戮。他们知道旧神信仰者的所有中心。还有我们的一些。"他声音里带有困惑和谴责的语气。

"什么葬礼？"索丽问。

他没有回答，忒叶鸥又重复了一遍："什么葬礼？"

"女士的葬礼，你的。在这里——我带了网络新闻的打印件——一场国葬。他们说你们在爆炸中死了。"

"什么他妈的爆炸？"索丽用她嘶哑、焦渴的声音说，这一次他回答了她。"庆典上。旧神信仰者。火，图奥的火，里面有炸药。只是爆炸得太快了。我们知道他们的计划。我们救了你，女士。"他说，突然转而对她使用同样的谴责语气。

"救了我？你们这些混蛋！"她喊道，忒叶鸥干燥的嘴唇咧开一个震惊的笑容，但他立刻抑制住了。

"给我看看。"他说。年轻男人把打印件递给他。

"给我们水！"索丽说。

"请留下来。我们需要谈谈。"忒叶鸥说，本能地想维系自己的支配地位。他拿着网络打印件在床垫上坐下。几分钟里，他和索丽浏览了所有报道，关于宽恕日庆典令人震惊地被突然扰乱，伊库盟使节在由旧神信仰异教徒实行的恐怖主义行动中可悲地死去，简略提到一名伏伊迪欧大使馆派来的警卫在爆炸中死去，爆炸杀死了超过七十名祭司和观众，对于国葬的长长描述，关于动荡、恐怖主义和报复的报道，关于皇宫满怀感激接受伏伊迪欧帮助清理恐怖主义毒瘤的支援……

"所以，"他最终说，"你们没从皇宫那边得到任何回复。你们为什么还要留着我们活口？"

索丽看起来像是觉得这个问题很不明智，但发言人以同样的坦率回答："我们觉得你们的国家会赎回你们。"

"他们会的，"忒叶鸥说，"只要你们不让你们的政府知道我们还活着。如果你们——"

"等等，"索丽说，碰了碰他的手，"等一下。我得考虑一下这件事。你们在考虑问题时最好不要把伊库盟排除在外。但和伊库盟接触有点难。"

"如果这里有伏伊迪欧军队，我需要的只是给我手下任何一个人送个信，或者给使馆守卫队。"

她的手仍握着他的，施压警告。她朝发言人摇了摇另一只手，指着他说："你绑架了一名伊库盟使节，你这个混蛋！现在你得好好用脑子想想，行动前就该想了。我也得想想，因为我不想被你们的小破政府给炸飞，就因为我活着出现让他们丢了脸。说来你们藏在哪里？有没有办法让我们至少离开这个房间？"

这个男人，看起来濒临崩溃和狂乱，摇摇头。"我们现在都藏在这底下，"他说，"大多数时候。你们在这里很安全。"

"是啊，你们最好能保证你们的救命稻草是安全的！"索丽说，"给我们拿些水来，该死的！我们商量一下。你过一个小时再来。"

年轻人突然俯身凑近她，面目扭曲。"你他妈算是哪门子女士，"他说，"你这个又脏又臭的外国婊子。"

忒叶鸥站起来了，但她抓住他的手更紧了：片刻的沉默后，发言人和其他男人转向门，砰地上锁，然后离开了。

"呃。"她说，看起来有点迷茫。

"别，"他说，"别——"他不知道要怎么说。"他们不明白，"他说，"最好由我来谈。"

"当然了。女人不能下命令。女人不能说话。蠢货！我记得你说过他们觉得对我有责任！"

"他们有，"他说，"但他们是年轻男人。狂热分子。非常害怕。"而且你跟他们说话的语气就好像他们是资产，他心想，但没有说出来。

"好吧，但我也很害怕！"她说着，迸出一点眼泪。她擦擦眼睛，又一次在打印纸中间坐下来。"天哪，"她说，"我们死了二十天了。下葬十五天了。你觉得他们葬的是什么？"

她握得很紧，他的手腕和手生疼。他轻轻按摩了一下那里，看着她。

"谢谢你，"他说，"要不是你拉着我，我会打他。"

"哦，我知道。该死的骑士精神。拿枪的那个会崩了你的。听着，忒叶鸥，你确定你只需给军队或守卫队的人传个话？"

"是啊，当然了。"

"你确定你的国家没和嘉泰耶玩一样的把戏？"

他盯着她。当他理解她的话后，他一直以来压制和否认的怒气缓缓上升，和她一起被囚禁的漫无止境的日子在他体内涌起，一股愤恨、憎恶和耻辱的狂暴洪流。

他无法说话，担心自己会用那个年轻爱国主义者一样的口气跟她说话。

他转身回到他自己这边的房间，坐在他这边的床垫上，背朝着她。他盘腿坐，一只手轻轻搭在另一只上面。

她说了些别的话。他没听，也没回答。

过了一会儿，她说："我们应该谈谈，忒叶鸥。我们只有一个小时。我觉得那些绑匪应该会照我们说的做，如果我们告诉他们一些貌似合理的计划——看起来行得通的。"

他不愿回答。他紧咬嘴唇，静坐不动。

"忒叶鸥，我说了什么？我说错话了。我不知道我说错了什么话。对不起。"

"他们不——"他努力控制着自己的嘴唇和声音，"他们不会背叛我们的。"

"谁？爱国主义者？"

他没有回答。

"你是说伏伊迪欧？不会背叛我们？"

她问出轻柔而带有怀疑的问题之后，在那短暂的停顿中，他知道她是对的，这都是不同星球之间的权力勾结，他对祖国和服役的忠诚都被浪费了，就像他生命中的其他部分一样无用。她继续说话，缓和气氛，说他可能是对的。他把头埋进双手间，想要流泪，却如石头般干涸。

她越过界线。他感到她把手放在自己肩上。

"忒叶鸥，我非常抱歉，"她说，"我没想羞辱你！我尊敬你。你是我所有的希望和同伴。"

"这不重要，"他说，"如果我——如果我们有水就好了。"

她跳起来，用拳头和一只凉鞋猛击大门。

"杂种，杂种。"她高喊道。

忒叶鸥站起来走动，三步一转身，三步一转身，立定在他那边的房间里。"如果你是对的，"他说，缓慢而正式地说，"我们和俘虏我们的人，不仅处于来自嘉泰耶的危险中，也处于来自我的族人的危险中，他们可能……他们可能一直在促进这些反政府派别的发展，为了有借口派兵来这里……来平定嘉泰耶。那就是为什么他们知道要去哪里找派系分子。我们……我们很幸运，我们的人是……是真诚的。"

她温柔地看着他，他觉得这温柔与话题本身无关。

"我们不知道的是，"他说，"伊库盟会选哪边。那是……其实只有一边。"

"不，也有我们的一边。弱方。如果大使馆发现伏伊迪欧试图控制嘉泰耶，他们不会干涉，但他们也不会赞成。尤其是如果牵涉到目前看到的那么多镇压。"

"那些暴力镇压都只针对反伊库盟的派系。"

"他们还是不会赞成。如果他们发现我还活着，他们会非常生气，生那些声称我在大火中被炸飞的人的气。我们的问题是怎么给他们传话。我是在嘉泰耶唯一一个代表伊库盟的人。有什么人会是安全的渠道吗？"

"随便哪个我的人。但是……"

"他们肯定被送回去了，如果使节死了、被埋了，使馆守卫队留在这里还有什么用？我觉得我们应该试试。让男孩们试试，对。"如今她满怀希望地说，"我不觉得他们会就这么让我们走——乔装打扮？对他们来说这样最安全。"

"有一片海。"忒叶鸥说。

她打了一下自己的头。"噢，他们为什么不拿些水来……"她的声音像两张纸在互相摩擦。他为自己的愤怒、悲伤和他自己感到羞愧。他想要告诉她，她对他来说也是同伴和希望，他尊敬她，她有着难以置信的勇敢，但他一句话都说不出来。他感到空虚、力竭。他感到衰老。要是他们能拿些水来就好了！

水最终还是来了，还有一些食物，不多，不新鲜。很明显，俘虏他们的人自己也处于威胁中，正在隐藏。发言人——他把自己的作战代号告诉了他们，科加特，嘉泰耶语中的自由——告诉他们，整片街区都被扫清了，燃着火，伏伊迪欧军队控制了城市的大部分区域，包括皇宫，而网络上几乎没有相关报道。"当这一切结束时，伏伊迪欧会占有我的国家。"他带着难以置信的狂怒说。

"占不了多久的。"忒叶鸥说。

"谁能打败他们？"年轻男人说。

"耶欧维。耶欧维的理念。"

科加特和索丽都盯着他看。

"革命，"他说，"维瑞尔变成另一个耶欧维又能花多久呢？"

"资产？"科加特说，仿佛忒叶鸥是在建议牛群或苍蝇起义，"他们永远不会组织起来的。"

"看看他们做了什么。"忒叶鸥温和地说。

"你们组织里没有资产？"索丽震惊地问科加特。他没搭理她。他把她归为资产，忒叶鸥知道。他明白为什么，他自己也曾如此，在另一段生命中，当这些区别仍有意义时。

"你的属女，热薇，"他问索丽——"她是朋友吗？"

"是的，"索丽说，接着又说，"不是，但我想让她成为朋友。"

"马吉尔呢？"

她顿了一会儿，说："我觉得他是。"

"他还在这里吗？"

她摇摇头。"剧团要继续巡演，庆典之后要不了几天就会离开了。"

"庆典之后限制通行了，"科加特说，"只有政府和军队可以出入。"

"他是伏伊迪欧人。如果他还在这里，他们可能会把他和他的剧团送回家。试着联系他，科加特。"

"一个马吉尔？"年轻男人说，带着同样的厌恶和怀疑，"一个你们伏伊迪欧的同性恋小丑？"

忒叶鸥给索丽递了个眼神：耐心，耐心。

"双性恋演员。"索丽无视他说，幸好科加特也决定无视她。

"一个聪明的男人，"忒叶鸥说，"他有关系。他可以帮咱们。你们和我们。值得一试。如果他还在这里的话。必须尽快。"

"他为什么要帮我们？他是伏伊迪欧人。"

"他是资产，而不是公民，"忒叶鸥说，"也是哈梅的一员，地下资产，反抗伏伊迪欧政府。伊库盟承认哈梅的合法性。他会向大使馆报告，一个爱国主义组织解救了使节，保证她的安全，正在藏匿，处于极度危险之中。伊库盟，我觉得，会坚决果断地立即行动。对吗，使节？"

突然又被复职，索丽简短而庄严地点头。"但会谨慎行动，"她说，"他们会避免暴力，如果可以使用政治施压的话。"

年轻男人试图记住所有信息并且进行思考。对他的疲倦、怀疑和困惑感到同情，忒叶鸥安静等待。他注意到索丽也同样安静地坐着，一只手放在另一只手中。她又瘦又脏，许久没洗过的油腻头发编成细长的发辫。她很勇敢，像一匹勇敢的母马，充满了勇气。要让她放弃，除非她的心脏停止了跳动。

科加特提问，忒叶鸥回答，说服他，使他安心。索丽偶尔也说话，科加特如今又开始听她讲话了，不太自在，不想听，尤其是在他那么叫过她以后。最后他离开了，没说他打算怎么做，但他知道巴提康的名字，还拿到了一封忒叶鸥写给大使馆的密信："领半薪的维奥特很快学会了唱古乐。"

"到底是什么意思！"科加特走后，索丽说。

"你认识一个叫古乐的男人吗？在大使馆里。"

"啊！他是你的朋友吗？"

"他对我不错。"

"他从一开始就在维瑞尔上了。第一位观察使。很有权力的男人——是的，很快，没错……我的脑子真的完全不转了。我希望我可以躺平在一条小溪旁，在草地上，你懂的，然后喝水。一整天。想喝水的时候，只要伸伸脖子，就可以咕嘟，咕嘟，咕嘟……流动的水……在阳光下……噢天哪，噢天哪，阳光。忒叶鸥，这很难。比之前更难。想到可能真的有办法逃出这里。只是不知道具体是什么办法。试图不要抱希望，试图不要不抱希望。噢，我受够了坐在这里了！"

"几点了？"

"二十点半。晚上。天黑了。噢天哪，黑暗！要是能待在黑暗里……我们有没有办法把那该死的生物光盖住？一部分也好。假装我们有黑夜，所以可以假装有白天。"

"如果你站在我肩膀上，就可以碰到它。但我们怎么把布固定上去？"

他们思考了一会儿，盯着发光板。

"我不知道。你有没有注意到，有一小块快要灭了？也许我们不用费心制造黑暗。只要我们在这里待得够久。天哪！"

"好吧，"过了一会儿，他说道，神奇地自我觉察到，"我累了。"他站起来，舒展身体，用眼神请求准许进入她的领地，喝了一点水，回到自己的领地，脱下夹克和鞋子，这时候她应该已经背过身去了，他脱下他的裤子，躺下来，拉起毯子，在脑海中说："天神卡穆耶，让我紧紧抓住这唯一高贵的东西吧。"但他没有睡。

他听到她轻声的动作，她小便，倒了一点水，脱下凉鞋，躺下来。

过了很久。

"忒叶鸥。"

"在。"

"你觉得……会是个错误吗……在这种情形下……做爱？"

停顿。

"在这种情形下不是，"他说，几乎听不见，"但是——在另一段生命中——"

停顿。

"短命对长生。"她喃喃道。

"是的。"

停顿。

"不，"他说着，翻身面向她，"不，那是错的。"他们探向对方。他们抱紧彼此，贴在一起，在盲目的匆忙、贪婪和需求中，呼喊着他们各自语言中神灵的名字，随后发出动物般无意义的吼叫。之后他们蜷缩在一起，精疲力竭，黏黏糊糊，大汗淋漓，疲惫不堪，重返生机，重新聚合，重获生命，在身体的柔情中，在无尽的需索中，在古老的发现中，在通往新星球的漫长飞行过程中。

他慢慢醒来，放松又享受。他们缠绕在一起，他的脸贴着她的手臂和胸脯，她轻抚着他的头发，不时摸摸他的脖子和肩膀。他那样躺了很久，只感受到那慵懒的节奏和她肌肤的凉意，贴着他的脸，他的手，他的腿。

"现在我知道了，"她说，那是来自她胸膛深处的低语，在他耳边，"我不了解你。现在我需要了解你。"她低头用嘴唇和面颊触碰他的脸。

"你想知道什么？"

"一切。告诉我忒叶鸥是谁……"

"我不知道，"他说，"一个紧拥着你的男人。"

"噢，天哪。"她说，把她的脸埋进粗糙、有异味的毯子里待了一会儿。

"'天'是谁？"他困倦地问。他们平时说伏伊迪欧语，但她通常用地球语或超－地球语起誓，这里她用的是超－地球语，"塞耶特"，所以他问："塞耶特是谁？"

"噢——图奥——卡穆耶——相当于你们的那些。我只是说说的。脏话。你相信他们中的某一个吗？对不起！和你在一起我觉得自己简直像个白痴，忒叶鸥。误入你的灵魂，入侵你——我们是侵入者，无论我们多么和平主义，多么一本正经——"

"我必须爱整个伊库盟吗？"他问，开始轻抚她的胸脯，感受她欲望的颤动，还有他自己的。

"是的，"她说，"是的，是的。"

很奇怪，忒叶鸥想，性爱造成的改变那么小。每样事情都和之前一样，只是稍微容易了一点，没那么尴尬和压抑了。当他们有足够的水和食物，从而有了足够的精力做爱时，他们就有了确定而迷人的愉悦来源。唯一的改变是一种他找不到任何词来描述的东西。性事，抚慰，温柔，爱情，信任，没有一个词是确切的，完整的。它绝对亲密，藏在他们身体的相互关系之间，它没有改变他们处境中的任何东西，没有改变世界上的任何东西，哪怕是这个狭小可怜的囚禁他们的世界。他们仍被困。他们非常累，大多数时候也很饿。他们越来越怕那些愈发绝望的绑架者。

"我会当一个女士，"索丽说，"一个好女孩。告诉我怎么做，忒叶鸥。"

"我不想你委屈自己。"他说着，如此激动，眼中有泪，她只好走过去把他抱在怀里。

"抓紧。"他说。

"我会的。"她说。但当科加特或别的人进来时，她安静而谦虚，让男人们说话，目光保持下垂。他不能忍受她这样，但又知道她做的是对的。

门锁吱扭一声，门哐当打开，把他从可怜而饥渴的睡眠中唤醒。仍是晚上，或者清早。他和索丽近来睡觉时都抱紧彼此，为了温暖和抚慰，此刻看见科加特的脸，他很害怕。这是他所恐惧的，展现、证明她在性别上的脆弱。她仍旧半梦半醒，攀附在他身上。

另一个男人走进来。科加特什么都没说。忒叶鸥花了一些时间才认出第二个人是巴提康。

认出他以后，他的大脑仍是一片空白。他叫出了马吉尔的名字。没别的了。

"巴提康？"索丽低沉沙哑地说，"噢，天哪！"

"真是有趣的一刻。"巴提康用他温暖的演员嗓音说。他没有穿女装，忒叶鸥注意到，却穿着嘉泰耶男人的衣服，"我是来救你们的，不是来使你们尴尬，使节，雷伽。我们要继续吗？"

忒叶鸥爬起来，套上他肮脏的长裤。索丽睡觉时穿着绑架者给她的破烂裤子。他们都穿着上衣，为了保暖。

"你联系大使馆了吗，巴提康？"穿上凉鞋的时候她问道，声音发颤。

"哦，当然了。实际上，我去了那里又回来。抱歉花了那么久。我想我不太了解你们在这里的状况。"

"科加特已经尽他所能让我们舒适了。"忒叶鸥生硬地说。

"我能看出来。很大的风险。我想从现在开始风险就低了。那是……"他径直看着忒叶鸥，"雷伽，你对于把自己交到哈梅手上有何感觉？"他说，"有什么问题吗？"

"别，巴提康。"索丽说，"信任他！"

忒叶鸥系紧鞋带，站直身子，说道："我们都在天神卡穆耶的手里。"

巴提康笑了，他们记忆中的动人大笑。

"那就在天神的手里。"他说着，领他们出了房间。

《卡穆耶记》中写到："仅仅是活着就已经是最复杂的了。"

索丽要求留在维瑞尔，在海边休了一个疗养假以后，她被派往南伏伊迪欧担任观察使。忒叶鸥直接回了家，他接到消息说他父亲病得很重。父亲死后，他要求从使馆守卫队无限休假，和他母亲一起留在农场，直到两年后她死去。他和索丽，相隔一块大陆，在那些年里只是偶尔见面。

他母亲去世后，遵循不可取消的解放法令，忒叶鸥放了家里的资产们自由，立契将农场转让给他们，然后在拍卖会上卖掉他如今几乎一文不值的财产，只身去了首都。他知道索丽临时驻扎在大使馆。古乐告诉过他在哪里可以找到她。他在宏伟大楼的一小间办公室里找到了她。她看起来老了些，非常优雅。她看着他，神情苦闷而谨慎。她没有过来和他打招呼或者碰他，而是说："忒叶鸥，他们请我担任耶欧维第一位伊库盟大使。"

他站着不动。

"就在刚才——我刚刚结束和海恩的安塞波通话——"

她把脸埋进双手。"噢，天哪！"她说。

他说："恭喜你，真的，索丽。"

她突然跑向他，张开双臂抱住他，哭起来："噢，忒叶鸥，你母亲死了，我从没想到，我很遗憾，我从没，我从没有——我以为我们可以——你打算做什么？你要留在那里吗？"

"我卖掉了它。"他说。他忍耐着，而非回抱她。"我以为我可能会继续服役。"

"你卖了你的农场？但我还从没见过它！"

"我也从来没见过你出生的地方。"他说。

停顿。她松开他，站在一旁，他们看着彼此。

"你会来吗？"她说。

"我会。"他说。

耶欧维加入伊库盟之后几年，机动使索丽·阿加特·特瓦作为伊库盟联络人被派驻地球，后来她又从那里被调往海恩，在那里担任常驻使，她工作得十分出色。在她所有的旅行和任职中，她的丈夫，一名维瑞尔军官，一个非常英俊的男人一直陪伴着她，他很保守，和她的外向恰恰相反。认识他们的人都知道，他们对彼此充满热切的骄傲与信任。或许索丽是更幸福的那一个，能在工作中获得嘉奖与满足，但忒叶鸥毫不后悔。他失去了他的星球，但却紧紧抓住了唯一高贵的东西。

族民之子

A Man of the People

江波 / 译

斯特瑟

他与父亲并排坐在灌溉池旁。火色的翅膀在暮色中上下翻飞。一圈圈波纹在平静的水面上扩大，交错，消失不见。"水怎么会这样？"他轻轻地问，这景象让他感到颇为神秘。他父亲也轻声回答："那是阿拉哈在喝水。"他顿时明白了，每个波纹的中心，都是一个欲望，一种渴望。该是回家的时候了，他跑在父亲的前边，假装自己是一只飞翔的阿拉哈，穿过黄昏，回到那陡峭的、有明亮窗户的镇上。

他的名字是马丁耶赫达德尤拉加穆鲁斯－凯特·哈维奇瓦。哈维奇瓦的意思是带环卵石，那是一种小石头，上边嵌着石英，绕成了一个圈。斯特瑟人对于石头和名字都很讲究。依照传统，有着主天穹、它天穹，以及斯特卡因特（静电干扰）血统的男孩们都会被赋予和石头有关的名字，或者是拥有令人向往的男子气概的名字，比如说，勇气、耐心和优雅。耶赫达德家族是传统主义者，重视家族和血统。"如果你知道你的族人都是谁，那你就知道你自己是谁。"哈维奇瓦的父亲格拉尼特（花岗岩）

说道。他仁慈、沉默寡言，把父亲的职责看得很重，开口常常带着谚语。

当然，格拉尼特是哈维奇瓦母亲的兄弟，在斯特瑟，这就是父亲的意思。那个让哈维奇瓦的母亲怀上他的男人住在一个农场里，他到镇上来的时候总会过来打声招呼。哈维奇瓦的母亲是太阳的继承人。有时候哈维奇瓦会妒忌他的表妹阿洛（芦荟）。她的父亲只比她大六岁，就像一个兄长一样和她一起玩。有时候哈维奇瓦会妒忌那些母亲没那么庄重的孩子。他的妈妈总是在斋戒、舞蹈、旅行，没有丈夫，很少在家里睡。和母亲在一起，哈维奇瓦总感到很兴奋，但也有压力。在母亲身边，他自己也得保持庄重。家里一个人都没有的时候，哈维奇瓦就有一种解脱感。但此刻，家里坐满了访客：他的父亲，他那随和的祖母，祖母的妹妹冬舞守护，祖母的丈夫，还有从农场或其他部族来的随便什么它天穹亲戚。

斯特瑟仅有的两个它天穹家族中，其中耶赫达德人比多耶法拉人更好客，所以所有的亲戚都来和他们待在一起。如果不是因为托沃是太阳的继承人，而且客人们把各式农产品都带来了，这种情况就很难对付。托沃教人们读书，主持仪式，帮其他部族处理文书，赚了很多钱。她把赚到的钱都交给了家族，而家族又把所有的钱都花在了这些亲戚，以及仪式、典礼、欢庆和葬礼上。

"财富从不停留，"格拉尼特对哈维奇瓦说，"它总在流动，就像血液循环一样。你要是非留着它，它就会停转——就像心脏停止跳动。你就死了。"

"老赫哲会死吗？"男孩问。老赫哲从来不花钱做仪式，或者帮亲戚——哈维奇瓦是个观察力很强的孩子。

"当然,"他的父亲回答,"他的阿拉哈早就死了。"

阿拉哈的意思是享受,是荣耀,是一个人的性别特质,男人味或者女子气,是慷慨大方,是美酒佳肴的味道。

它也是一种羽毛丰满、色泽如火、飞行迅捷的哺乳动物,哈维奇瓦过去常在灌溉池里看到它们来饮水——夜晚,小小的火焰在黑暗的水面上飞舞。

斯特瑟几乎是一座岛,和巨大的南方大陆之间隔着一大片沼泽和滩涂,数以百万计的涉禽聚集在那儿交配,筑巢。在大陆的一侧,一座大桥的废墟清晰可见。还有一块半沉在水中的碎片,构成了镇上码头和防波堤的基底。不同时代的伟大工程压在海恩上,在海恩人眼里,这些东西并不比其他风景更庄严或更值得流连。一个孩子站在码头上望着母亲航向大陆,他可能会想知道,为什么人们要费劲造一座桥呢,明明可以坐船或者飞行器啊。他们一定是喜欢走路,他想。我宁愿坐船过去,或者飞过去。

然而银色的飞行器滑过斯特瑟上空,并不降落,从他处到他处,反正就是历史学家生活的地方。许多船在斯特瑟码头来来去去,但他这个血统的人从来不驾船。在斯特瑟,人们做的事是由血统决定的。他们生活在部族中,学习身边人都该学的东西,靠各自部族特别的知识谋生。

"这里的人不得不学习如何成为人类,"他的父亲说,"看看夏尔的孩子,它总是不停地说教我、教我!"

教我在斯特瑟的语言中是哎哇。

"有时那孩子说那嘎嘎嘎嘎嘎。"哈维奇瓦观察到。

格拉尼特点点头，说："她还说不好人类的字词。"

那年冬天，哈维奇瓦总在那孩子身旁溜达，教她说人类的字词。她是他的一个伊萨因亲戚，也就是他的二表妹，之前搬走了，现在又和她的母亲、她的父亲、她父亲的妻子一道回来拜访。这家人赞许地看着他耐心地教她说巴巴、果果，这孩子胖乎乎的，非常安静，瞪着一双明亮的大眼睛。尽管他自己没有姐妹，不能成为父亲。但如果他一直这么认真研究如何进行教育，那么他就有机会成为一些孩子的养父——如果孩子的母亲恰好没有兄弟。

他也在学校和寺庙里学习，学习舞蹈，还有一种本地版本的足球。他是一个认真的学生。他对足球很在行，但还是不如他最好的朋友，一个巴里库布（地下电缆）族女孩，名叫莱莱（莱莱是巴里库布女孩的常用名，是一种海鸟）。在十二岁之前，男孩和女孩都在一起学习，课程也类似。莱莱是孩子的足球队中踢得最好的那个。半场的时候，他们总是不得不让她换一个队，免得比分差距太悬殊。这样子大家都可以安心回家去吃晚饭，不会因为输赢太多而影响心情。莱莱踢得好，部分原因是她发育早，个子高，但主要还是因为她技术好。

"你将来会去庙里干活吗？"她问哈维奇瓦。两人正坐在她家门廊的屋顶上，等着看异神表演的第一天会发生什么，这种表演每十一年才发生一次。此刻还没有任何异常的事发生，扬声器似乎有些故障，广场上的音乐声很弱，静电的沙沙声倒是很刺耳。两个孩子晃荡着双腿，低声交谈。"不，我想我要跟我父亲学习编织。"男孩回答。

"你真幸运！为什么只有你们这些愚蠢的男孩才能用织布

机？"这是一句反问，哈维奇瓦并没有在意。女人不织布，男人不造砖。它天穹的人不驾船，他们修电器。巴里库布人不骗牲口，他们维护发电机。人们总有可以做的事，也有不可以做的事。一个人为人们做事，人们也为他做事。青春期到的时候，莱莱和哈维奇瓦就要为他们的第一职业做第一次选择。莱莱已经选择成为房屋建造与维修的学徒，尽管成年足球队可能会占用她许多时间。

一个长着蜘蛛腿的球形银人沿着街道大步跳着，每次落地都会发出阵阵火花。六个戴着高高的白色面具的红衣人追在它后面，边跑边叫，朝它扔一些带斑点的豆子。哈维奇瓦和莱莱也加入到叫喊之中，他们从屋顶上探出脖子，看到球形银人拐过弯，跳向广场。他们都知道这个异神是凯尔特（燧石），一个天穹血统的年轻人，成年足球队的守门员；他们也都知道这就是神的显现。一位名叫扎尔斯萨或球状闪电的神正在利用凯尔特的身体进城参加仪式，他刚刚跳到街上，就被带着恐惧和赞美的叫喊，还有象征着丰产的作物雨重重包围。他们被这景象逗乐了，大声笑着，犀利地品评着神的服饰、跳跃动作，还有烟火表演，并对其中的奇异景象和力量感到惊奇。等到这个神过去，他们很长一段时间什么也没说，只是在朦胧的阳光下梦幻般地坐在屋顶上。他们是生活在日常神灵之中的孩子，现在他们见到了一个异神。他们很满足。要不了多久，还会出现下一个神。时间对神来说什么都不是。

十五岁的时候，哈维奇瓦和莱莱一起成为了神。

斯特瑟人在十二岁到十五岁之间都会受到严格的监督，如果一个家庭、家族、血脉或族群的孩子没有经过仪式就提早成熟了，那将会是一种巨大的悲痛，一种深刻而持久的耻辱。童贞是神圣的，不能随便抛弃；性行为是神圣的，不能随便进行。有人认为，男孩会手淫，会尝试同性恋行为，但他们不是真正的同性恋配对；青春期男孩如果已有配对，或是有试图与女孩独处的嫌疑，都会被年长的男人没完没了地训斥、恐吓和说教。一个成年男子若与任何性别的处子进行性行为，都将丧失他的职业地位、宗教活动场所和家族权利。

改变需要花上一点时间。男孩和女孩得学会辨识和控制他们的生育能力，这在海恩人的生理学中是一项个人决定。怀孕并非自然发生的，而是被执行的。当然，只有在男人和女人都选择了它的情况下才会发生。十三岁的时候，男孩开始受训如何从容不迫地释放强壮的精子。教学过程充满警告、威胁和训斥，虽然男孩们并不会真的被惩罚。一两年后，他们就会面临一系列测试来证明他们身具性能力，这是一种入门程序，可怕、庄重、极度保密，而且完全只有男人参加。能通过测试是一件值得自豪的事，然而和其他大多数男孩一样，哈维奇瓦满怀忧惧地来到他的成人仪式上，板着脸强装淡定来掩饰自己的恐惧感。

女孩接受的是另一套教育。斯特瑟人相信女人的生育周期让她很容易就知道何时、如何怀孕，所以教学也一样容易。女孩的入门程序是一场庆祝仪式，更多的是表扬而非羞辱，唤起期待而不是恐惧。女人早就通过经年累月的言传身教，告诉女孩们男人想要什么，如何让他高高勃起，如何向他展示女人的需求。在这训练中，大多数女孩都会问她们就不能相互实践吗，结果遭到了训斥和责骂。不能就是不能。等到状态改变了，她们自然可以按照自己的心意来做，但在此之前，每个人都必须先通过那道双重门。

无论何时，只要管理者能从部族和农场找来相等数量的十五岁男孩和女孩，成人礼就可以举行。为了举行仪式，经常要从亲近的部族借男孩或者女孩来平衡人数，或匹配血统。戴着华丽的面具，身着盛装，沉默不言，参与者在广场上，在献屋里整日跳舞，备受尊崇；晚上他们会在沉默中吃完仪式晚餐；然后他们会被戴着面具、一言不发的司仪成对地领走。许多人一直戴着面具，在这种神圣的匿名状态下，隐藏起他们的恐惧和谦卑。

因为它天穹族只能和初民或巴里库布族发生性关系，而在这群人中，只有他们两个恰好来自对应的两个血统，莱莱和哈维奇瓦都知道他们必须互相配对。舞蹈一开始，他们就彼此认出了对方。当他们被单独留在献屋里，他们就立即拿下了面具。他们的视线相碰，又慌忙移开。

过去几年里，大多数时间他们被隔得远远的，特别是最近几个月，他们之间被彻底隔离了。哈维奇瓦开始发育，现在几乎和莱莱差不多高。彼此仿佛陌生人。他们庄严地走近对方，心里都在想"让我们快点了结这事吧"。于是他们互相碰触，神降临在他们身上，成为他们。对于神来说，他们是门户，这就是这个词本身的含义。一开始是笨拙之神，笨手笨脚的，但很快就变成了不断高涨的快乐之神。

第二天，他们离开献屋，一道去了莱莱的房子。"哈维奇瓦要住在这里。"莱莱说。现在她已经是一个成年女人了，有权利这么说。家族的每个人都欢迎哈维奇瓦的到来，没有人看上去感到惊讶。

当他回去祖母的房子拿衣物，也没有人感到惊讶，所有人都祝贺他，一个年长的伊萨因表姐讲了一些令人尴尬的笑话，他的父亲发话："你现在是这个家的男人了，回来吃晚饭。"

于是他就在莱莱的家里睡、吃早饭，到自己家里吃晚饭，把日常的衣物留在莱莱家里，而舞蹈服留在自己家里。他继续接受教育，如今大多数时间都是在宽幅织布机上编织地毯，还有学习宇宙的本质。他和莱莱都参加了成年足球队。

现在，他见到母亲的机会变多了，因为在他十七岁的时候，母亲问他是否愿意跟着她学习关于太阳事务，即贸易的仪式和规则，为斯特瑟的农民安排公平的交易，和其他部族、血统甚至外星来的人讨价还价。仪式通过死记硬背来学习，规则通过实践来学习。哈维奇瓦跟着母亲去市场，去遥远的农场，穿过港湾去大陆上的部族。学习编织已经有些令他烦躁了，各种各样的花纹图样充斥大脑，彼此之间几乎没有缝隙。跟着母亲旅行很好地缓解了这一点。各项工作都很有趣，他非常羡慕托沃的权威、智慧和老练。听她和一群年长的商人，还有太阳族的人就一项协议谨慎地你推我挡，这本身就是一种教育。母亲并不给他压力，他在这类谈判中所扮演的角色微不足道。太阳事务这类复杂商业活动的训练往往需要花上许多年，在他之前，也有其他更年长的人接受这种训练。但是母亲对他很满意。返航途中的一天下午，他们正穿行于金色的水面，透过薄雾和夕阳的光，斯特瑟的屋顶逐渐浮现。母亲突然说："你有说服人的本领，如果你愿意，可以继承太阳。"

我愿意吗？他心里想着。他的心头没有一丝波澜，只是变得昏暗，或者说更为软弱，这真是无法解释。他知道自己喜欢这项工作。它不是一成不变的。它可以让自己走出斯特瑟，去到陌生人的中间，这很不错。它让自己去面对一些从未遇到的情况，这也很不错。

"从前和你父亲住在一起的那个女人要来拜访。"托沃说。

哈维奇瓦沉思。格拉尼特从未结婚。给他生过孩子的女人们都住在斯特瑟，从来如此。他没有问，礼貌的沉默是成年人表示不理解的方式。

"那时他们还年轻，也没有生孩子，"母亲继续说，"后来她离开了，成了一个历史学家。"

"哦！"哈维奇瓦毫不掩饰自己的惊讶。

他从未听说过任何人成了一个历史学家。他从未想过一个人可以成为什么，就像他从未想过一个人可以成为斯特瑟人。你生来就是这样。你就是你生来的样子。

在礼貌的沉默之下，他的内心其实相当激荡，托沃当然不是不知道这点。作为一个老师，她知道该在什么时候提供答案。她什么都没说。

航程接近终点时，帆垂了下来，船滑向那建在古老桥基上的码头，哈维奇瓦突然问道："历史学家是巴里库布族的，还是初民？"

"巴里库布人。"母亲回答，"啊，我都快生锈了！船是多么僵硬的生物！"撑船送他们过来的女人是一位格拉斯（草本）血统的船娘，她翻了个白眼，一个字都没有替她那甜美灵巧的小船辩护。

"你们有亲戚来了吗？"当晚，哈维奇瓦问莱莱。

"是啊，她已经庙了。"莱莱的意思是一条信息已经从斯特瑟的信息中心转到了她家的留言机上。"我母亲说她曾经住在你家。你今天在伊萨因那边见到谁了？"

"就是一些太阳民。你的亲戚是一个历史学家？"

"疯狂的人。"莱莱满不在乎地说，她过来赤身裸体地坐在同样赤裸的哈维奇瓦身上，按摩他的背。

历史学家到了，一个瘦小的女人，大概五十岁的样子，名叫梅扎。哈维奇瓦见到她的时候，她正穿着斯特瑟服饰和其他人一块儿吃早饭。她的眸子明亮，神情愉悦，但话不多。一点都看不出来她曾断绝一切关系，做了一些女人从来没有做过的事，无视血统，成了另一种存在。哈维奇瓦只知道她嫁给了她孩子的父亲，用织布机织布，还骗牲口。但没有人躲着她，早餐后，家族里的长辈带她出去举行了一场旅行归来庆典，就像她一直是他们当中的一员。

哈维奇瓦一直对她很感兴趣，想知道她究竟做了些什么。他问了莱莱许多关于她的问题，最后莱莱不耐烦了："我不知道她都做些什么，我不知道她是怎么想的。历史学家都是疯子。要问你自己问去！"

哈维奇瓦意识到自己不知为何不敢去问时，他知道自己正在某个神的面前，这个神想要他做些什么。他爬上镇旁高处的岩石堆，找到一个坐洞。在他脚下，黑色的瓦屋顶和白色的斯特瑟墙依偎在山崖下，灌溉池在田野和果园中闪耀着银色的光芒。越过耕地，更远处绵延着长长的海洋滩涂。他花了一整天时间默默坐着，远望大海，内观灵魂。下山了，他回到自己的家并且在那里过夜。当他来莱莱的家里吃早饭时，莱莱看着他，然而没有说话。

"我在斋戒。"他说。

她耸耸肩。"吃吧！"她说，坐在他身旁。早餐后莱莱出门去工作，哈维奇瓦并没有出门，按理说，他应该在织布机上。

"众子之母，"他对历史学家说，用上了一个血统的男人可以用来称呼另一个血统的女人的最尊贵的头衔，"有些事我不了解，但你了解。"

"我很乐意把我所知的教给你，"历史学家的套话张口就来，仿佛她这辈子从未离开过这里。然后她微微一笑，未卜先知般堵住了他下一个拐弯抹角的问题。"别人给我的一切，我也会给别人。"她的意思是不会要求任何酬劳或者义务。"来吧，我们去广场。"

斯特瑟人喜欢去广场聊天，坐在台阶上，或是喷泉旁，或者热天里坐在树荫下，看着其他人来来往往，闲坐聊天。这比哈维奇瓦所喜欢的环境要更开放一些，但他愿意服从他的神灵和老师。

他们坐在喷泉宽大底座的凹陷处交谈，每说上一两句，就会停下来跟人点点头或说句话来打招呼。

"你为什么——"哈维奇瓦抛出第一个问题，却卡住了。

"我为什么离开？我去了哪里？"她仰起头，眼睛炯炯有神，像阿拉哈一样，跟他确认这些是不是他真正想问的问题。"好吧，嗯，我当时非常爱格拉尼特，但是我们没有孩子，而他想要一个孩子……你和那个时候的他很像，我喜欢这么看着你……于是我就很不开心。这里对我来说没有什么好事，我知道怎么做好这儿的每一件事。或者说，在当时，我以为我知道该怎么做好这里的事。"

哈维奇瓦点了点头。

"我在庙里工作。我读了那些来来去去的消息，就想知道它们说的是什么。我想，全世界有那么多事情在发生！我为什么要在这个鬼地方待上一辈子？难道我的心就只得留在这里吗？于是我就开始和其他地方的人通庙：你是谁，你是做什么的，你那儿是什么样的……很快他们就让我和一群部落出身的历史学家搭上了话，他们一直在留意我这样的人，以确保不会浪费时间或是触犯某个神。"

这种措辞方式对哈维奇瓦来说再熟悉不过了，他再次点头，满脸热切。

"我问了他们一些问题，他们也问了我。历史学家就是会问很多问题。我发现他们有学校，于是就问，我是不是也可以去学校。他们来了几个人和我当面谈了谈，也和我的家族还有一些其他人谈了谈，试探如果把我带走会不会有问题。赛特斯是一个保守的部落。这里已经有四百年没有出过历史学家了。"

她嫣然一笑，然而那年轻人脸上专注的神情一成不变。她的目光温柔地落在他的脸庞上。

"这里的人都有点不安，但没有人因此生气。所以他们谈完后，我跟着他们离开了。我们飞去了卡萨德。那儿有所学校。我那时二十二岁，开始接受新的教育。我改变了自己的归属，学着成为一个历史学家。"

"怎么做的？"沉默了很久后，哈维奇瓦问。

她深深地吸了一口气，说道："通过问一些很难的问题，就像你现在做的一样……还有就是，放弃所有既有的知识，把它全都扔掉。"

"怎么做的？"哈维奇瓦皱着眉头又问，"为什么？"

"就像这样。离开的时候，我知道我是一个巴里库布女人。在那儿，我就不得不忘掉这一点。在那儿，我不是一个巴里库布女人，我只是一个女人。我可以和任何我选中的人做爱。我可以做任何我选中的职业。在这里血统很重要，在那儿根本不重要。血统在这里有意义，有用处，在那儿既无意义，也无用处，在这个宇宙的任何其他地方也是一样。"现在，她开始像他一样专注起来，"存在两种知识，局部的和通用的；也有两种时间，有限的和历史的。"

"也有两种神？"

"没有，"她回答，"那儿没有神。神只在这里有。"

她看到他的脸色变了。

过了片刻，她说："那儿有许多灵魂。许多许多灵魂，许多许多心灵，那些心灵都装满知识和热情。有活着的，也有死的。人们在这块土地上生活了百年，千年，甚至十万年。那些一百光年外的星球上的灵魂和心灵都有自己的知识，自己的历史。哈维奇瓦，这个星球是神圣的。宇宙是神圣的。这从不属于我所要放弃的知识。所有我学到的东西，无论是从这里还是那里，都只会促进它。没有任何东西是不神圣的。"她说得很慢，也很温和，就像部落里大多数人的说话方式一样。"你可以选择局部的神圣性，也可以选择更伟大的那个，到最后它们都是一样的。但不是在人活的这辈子。知道有选择，就不得不做出选择：改变或者停留，流水还是岩石。族民是岩石，历史学家是流水。"

过了片刻，他说："岩石是流水的床。"

她大笑。她再次凝视着他，似乎在估量什么，又充满关切，说："所以我回家来休息一下。"

"但你不是——你已经不再是你血统的女人了，不是吗？"

"我还是，在这里，一直都是，永远都是。"

"但你已经改变了自己的归属。你会再次离开。"

"是的，"她果断回答，"一个人可以有不止一种归属。我在那儿还有工作要做。"

他缓缓摇头，但同样果断。"没有神的工作有什么好？我完全不懂，众子之母。我简直无法理解。"

她立即露出了意味深长的笑。"我想你会理解那些你选择去理解的东西，吾族之人。"这个正式的称呼表明他随时可以离开。

他犹豫了一下，最后还是离开了。他去工作，用宽幅地毯的那不断重复的巨大图案充满自己的心灵和星球。

那天晚上，他非常热情地补偿莱莱，令她筋疲力尽，还有点吃惊。神回到了他们身边，燃烧着，吞噬着。

在麝香味的黑暗中，他们融为一体，汗水混着汗水，胳膊、腿、胸部和呼吸都糅在一起。"我想要个孩子。"哈维奇瓦说。

"哦，"莱莱呻吟一声，不想展开交谈，不想做任何决定，也无力做出反应，"也许……之后……很快……"

"现在，"他说，"现在！"

"不，"她温柔地说，"嘘……"

他沉默下来，而她睡着了。

一年多后，他们十九岁，灭灯时莱莱说："我想要个孩子。"

"太快了。"

"为什么？我哥哥已经快三十岁了。他的妻子很想要一个孩子。等到孩子断奶后，我会和你一起去你家睡觉。你不是一直说想要那样吗？"

"太快了，"他重复了一遍，"我不想要孩子。"

她转头向着他，语气不再耐心、理性："哈维奇瓦，你想要什么呢？"

"我不知道。"

"你要走了，你要离开你的族人，你疯了。都是那个女的，那个该死的女巫！"

"没有什么女巫，"他冷冷地说，"这样说是很愚蠢的。那都是迷信。"

这对好朋友、爱人瞪着彼此。

"那你是有什么毛病？如果你想搬回去住，你就直说。如果你想要别的女人，就去找她。但你要先给我个孩子！只要我想要！你的阿拉哈是不是死了？"她盯着他，眼泪汪汪，却带着一股暴躁与倔强。

他用双手捂着脸，"没一件事是对的！没一件事是对的！我做的所有的事，我不得不做是因为它就该这么发生，但是——这没有意义——还有别的方法——"

"我只知道一种正当生活的方法，"莱莱说道，"这里是我住的地方。我只知道一种方法可以怀上孩子。如果你还知道别的方法，就和别的女人生去！"说完她大哭起来，抽搐着，几个月来的恐惧和愤怒终于爆发了。哈维奇瓦抱着她，安慰她，好让她平静下来。

终于，她又能说出话来，头靠着哈维奇瓦，微弱沙哑的声音中带着一股凄惨："你走之前要给我，哈维奇瓦！"

哈维奇瓦感到一阵羞愧和怜悯，也哭了起来，低声说："好的，好的。"但是那天晚上，他们相拥而睡，彼此安慰，最后像孩子一样昏昏沉沉地睡去。

"我感到羞耻。"格拉尼特痛苦地说。

"是你促成的？"他的姐姐干巴巴地问。

"我怎么知道？可能是我。先是梅扎，现在是我儿子。我是不是对他太严厉了？"

"不，没有。"

"那就是太松了。我没教好他。为什么他会像疯了一样？"

"他没有疯。我来说说我的想法吧。孩子的时候他总是问为什么为什么，孩子都是这样的。我会回答：这就是它的样子，这就是这么做的。他能明白。但是他的心并没有安定。我的心灵也会那样，如果我不提醒我自己。学习那些太阳事务的时候，他总是问：为什么是这样，为什么要这么做，而不是那样做。我回答：因为我们日常就这么做，通过这种方式，我们施行神的意志。他说：那么神就是我们所做的事本身。我说：在我们做的正确的事中，这是真理。但是他对真理并不满意。他不是疯了，弟弟，而是瘸了。他没法走路，没法和我们一道走路。所以说，如果一个人不能走路，他该怎么办呢？"

"静静地坐着，唱歌。"格拉尼特缓缓地说。

"如果他不能安静地坐着呢？他能飞。"

"飞？"

"他们给了他翅膀，我的弟弟！"

"我感到羞耻！"格拉尼特说完捂住了脸。

托沃去了庙里，给远在卡萨德的梅扎发了一条信息："你的徒弟想要加入你们。"这消息带着怨气。托沃怪罪那历史学家打破了她儿子内心的平衡，动摇了他的宁静，就像她和格拉尼特说的一样，哈维奇瓦的灵魂已经瘸了。她嫉妒那个女人，梅扎只用几天的时间就令她数年的教诲功亏一篑。她知道自己嫉妒但是并不在意。她感到嫉妒，她兄弟感到耻辱，然而这有什么用呢？他们能做的只有悲伤。

当驶向达哈的渡船渐行渐远，哈维奇瓦回头望着斯特瑟：它像一袭带着上千种不同绿色的被毯，滩涂，牧场，田野，树篱，果园；小镇就卧在悬崖之上，浅色的花岗岩墙，白色的灰泥墙，黑色的瓦屋顶，层层叠叠。离得远了，它看上去就像一只静卧的海鸟，黑白相间，卧在巢中。在城镇的上空，可以看到岛上的高地，灰蓝色的荒原和高高的野山在云层中渐渐消失，一队队白色的鸟在空中飞。

在达哈的港口，虽然他距离斯特瑟比以往任何时候都要更远，人们的口音也很奇怪，但他能够听懂他们的话，能够读懂这些标示。他以前从未见过这些标示，但它们的用处显而易见。循着指示，他找到了前往卡萨德航班的候机厅。人们睡在机场提供的行军床上，裹着自己带来的毯子。他找到一张空床，躺在上面，用格拉尼特几年前给他织的毯子紧紧裹住自己。短暂而奇特的夜晚过后，人们带着水果和热饮料进来了。其中一个人给了哈维奇瓦机票。乘客彼此都不认识，都是陌生人，垂着眼睛，不看别人。通告广播后，所有人都出了候机厅，走进那机器里，那个飞行器。

哈维奇瓦看着自己的星球从脚下消失。他一直在以极低的声音吟诵着留守圣歌，几乎听不到。坐在他旁边座位上的陌生人也加入进来。

当整个星球开始倾斜并向他俯冲而来时，他闭上眼睛，试图保持呼吸。

他们一个接一个地从飞行器里走出来，站到了一个黑色的平台上。天正在下雨，梅扎冒着雨来到他的跟前，报出了他的名字。"哈维奇瓦，吾族之人，欢迎你！来吧，已经在学校里给你找了地方。"

卡萨德和卫

在卡萨德的第三年，哈维奇瓦知道了许多令他苦恼的事。从前的知识很难理解，但并不令人沮丧。一切都是模棱两可的格言和神话，对那时的他来说是有效的。但新知识全是事实和推论，毫无意义可言。

例如，他现在知道历史学家不研究历史。没有一个人的头脑能够涵盖海恩的历史，三百万年的历史。前两百万年的事件，史前时代，就像变质岩层一样，极端压缩，随后的一百万年时间和其中近乎无限事件重压于其上，让它极端变形，以至于人们只能从幸存的微小细节中瞥见一个最笼统的概貌。就算有人真的有机会找到一些奇迹般保存得很好的一百万年前的文件，那又怎么样呢？一位国王统治着阿兹巴哈；帝国落入异教徒手中；一枚核聚变火箭落在了卫……但那时候曾经有过无数的国王、帝国、发明，有数以十亿计的人生活在数以百万计的国家中，君主制、民主制、寡头制、无政府主义，混乱时代与有序时代，万神的万神殿，无穷的战争与和平时代，不断的发现和遗忘，无数的恐怖和胜利，不断重复的新奇事物。试图描述河流在某个时刻、下个时刻、下下个时刻、下下下个时刻、下下下下个时刻的流向又有什么用呢？只能让人疲惫不堪，于是只能说：有一条大河，流过这片土地，我们称之为历史。

对哈维奇瓦来说，懂得自己的生命、任何生命都是历史之河上一瞬间的光芒，有时是痛苦的，有时是平静的。

历史学家们主要做的就是以一种轻松而从容的方式探索这大河的特定时刻和区域。海恩本身就已经存在了几千年，这是一个相对平淡的时代，其基本特征是稳定的、自给自足的小社会（目前称为部落）与具有高技术、低密度的城市和信息中心网络（目前称为寺庙）的并存。许多庙里的人，也就是所谓的历史学家，都花了一生的时间去旅行和收集猎户座旋臂附近有人居住的行星的知识，这些行星在几百万年前，在史前时代被他们的祖先殖民。除了好奇和同情心之外，他们的接触和探索并没有其他动机。他们正在与其失散多年的亲戚们取得联系。他们用一个外星词来称呼这个更大的行星网络，伊库盟，意思是家庭。

到现在为止，哈维奇瓦知道他在斯特瑟所学到的一切、他曾经拥有的一切，都可以被贴上标签：南部大陆西北沿海典型部落文化。他知道在不同的部落里，人们的信仰、实践、亲属关系系统、技术和智力组织模式完全不同，差别很大，极其怪诞——就像斯特瑟的体系一样怪诞——他也知道，类似的体系在许多世界中存在，那样的世界里，人们都生活在一个小而稳定的群体中，拥有适应各自环境的技术、低而恒定的出生率，以及基于同意的政治生活。

起初，这样的知识让人极度沮丧。这很痛苦，使他既羞愧又愤怒。起初他认为历史学家不让部落的人们了解他们的知识，然后他认为是部落不让自己的族民知道这些知识。他指责，他的老师们温和地否认。不，他们说，在你接受的教育中，某些事情是真实或必要的，那些事情的确是真实而必要的。它们是斯特瑟局部的知识。

那都是幼稚的、莫名的信仰！他说。他们看着他，于是他知道自己说了些幼稚且莫名的话。

他们说，局部的知识并不是不完整的知识，而是不同的认识方式。每种都有着各自的品质、惩罚、奖励。历史知识和科学知识同样是一种认识方式。就像局部的知识一样，他们必须学习。他们在伊库盟学习到的方式在部落里没有教，但这不是特意对你隐瞒，无论是部落的人，还是我们。在海恩的任何地方的每个人都可以在寺庙里接触到所有信息。

这是真的，他明白这是真的。他本可以在斯特瑟寺庙的屏幕上发现自己现在所学的这些东西的。一些其他部落的同学确实曾自学过如何通过屏幕来学习，在遇到历史学家之前就进入了历史领域。

然而，书籍，作为历史的主体及恒久的现实，在斯特瑟几乎不存在。针对这一点他表示愤怒。你们没有给我们书，海恩图书馆有那么多书！不，他们温和地说。是部落的人选择不保留书。他们更喜欢活生生的知识，通过屏幕讲解或者传授，活生生的，面对面，心对心。你会放弃你通过这种方式学到的知识吗？它会比你从书本上学到的差劲吗？存在不止一种知识。历史学家们如此解释。

到了第三年，哈维奇瓦已经明白有不止一种人。部落的人能够接受自己的存在本质上来说是某个意志的安排，他们在智力和精神上丰富了这个世界。那些不能满足于神秘感的人更有可能成为历史学家，在智力和物质上丰富这个世界。

同时，他已经习惯了那些没有血统、没有亲戚、没有宗教信仰的人。有时候，他会非常自豪地对自己说："我是所有历史的公民，是数百万年来海恩历史的公民，我的国家是整个银河系！"有时候，他又觉得自己渺小得可怜，这时他便会离开屏幕或书本，去找同学们作伴，特别是那些很友善、愿意陪伴他的年轻女子。

二十四岁时，哈维奇瓦，现在被人们称为日夫，已经在卫的伊库盟学校学习了一年。

卫是海恩轨道外的下一颗行星，在许多世纪前就被殖民了。那是史前海恩人大扩张的第一步。它作为海恩文明的卫星或伙伴经历了许多阶段，在现在这个时期，它完全由历史学家和外星人居住。

在他们目前（至少在过去的十万年里）这个阶段，海恩人一直保持着不干预的心态，任由卫重新变回它寒冷、干燥、阴晦的样子——人类虽然也能容忍这样的气候，但很可能只有来自地球高原或奇瓦高地的人们才真的会喜欢。日夫和他的同伴、朋友和爱人蒂乌一起徒步穿越这片严酷的风景。

他们两年前在卡萨德相遇。那时所有女人都可以约他，他也可以约所有女人，他沉醉于此。他逐渐领会了这种自由，而梅扎也曾就此发出过温和的警告。"你可能会认为这里没有规矩，"她说，"但总是有规矩的。"他主要意识到的是，自己在越来越无所畏惧、毫不在意地违反曾经的规矩。虽说他很快发现，并不是所有的女人都想做爱，也不是所有的女人都想和男人做爱，但还是有着无限的可能。他发现自己很有魅力。在外星女性那里，海恩人的身份无疑是个优势。

根据海恩历史学家的说法，使海恩人能够控制生育能力的基因改变并不是简单的基因拼接；它涉及对人类生理深刻而彻底的重建，可能需要长达二十五代的时间才能完成，他们认为自己大体上知道这种转变必须遵循的步骤。不管古代的海恩人是怎么做的，他们都没有帮殖民者的人们改造过。海恩人任由那些殖民星球的人们自己去解决异性恋的首要问题——怀孕。显然，他们的解决方案花样繁多，令人叹为观止，但是到目前为止，在所有的情况下，为了避免受孕，你必须做点什么事或用点什么东西——除非是和海恩人做爱。

当一个来自贝尔登的女孩问他是否确定自己不会让她怀孕时，日夫非常愤怒。"你怎么知道？她说，"也许我该戴一个杀精器，以确保安全。"这深深侮辱了日夫的男子气概，他愤然说："也许只有不跟我在一起才安全。"然后怒气冲冲地走了出去。幸运的是，并没有其他人质疑他的诚实，他继续快乐的寻欢之旅，直到遇见了蒂乌。

蒂乌不是外星人。他曾经特意搜寻来自外星的女人，与外星人同床共枕，给这种跨种族的性爱增添了一丝异国情调，或者，就像他解释的一样，这可以丰富知识，每个历史学家都应该去追寻。但蒂乌是海恩人。她在达兰达出生长大，就像她的祖先一样。她是历史学家的孩子，而他是部落的孩子。他很快就意识到，这种关联和差异比任何外星因素都更吸引人：他们的不同是真正的差异，他们的相似是真正的亲缘。她就是他离开自己的国家想要去发现的那个国家。她就是他想要成为的人。她就是他要找的人。

在他看来，她拥有的是完美的平衡。当他和她在一起时，他生平第一次感觉到自己在学习走路。像她那样走路：不费力，像动物一样不自觉，但有意识，小心，记住所有可能使她失去平衡的东西，并学会利用它，就像走钢丝的人使用他们的长杆……他想，这是一个真正心灵自由的栖居者，这是一个堪为完人的女人，完美的体态，完美的优雅。

日夫和她在一起时非常高兴。很长一段时间，除了和她在一起，他什么也不要。很长一段时间里，她都很提防他，礼貌而疏远。他认为她完全有权利和他保持距离。一个部落男孩，一个连父亲和舅舅都分不清的家伙——他知道在这儿，在那些带着偏见或是心怀不安的人眼中，自己就是这么个形象。尽管历史学家们对人类的存在方式有着广博的知识，但他们仍然保留着人类巨大的偏见能力。虽说蒂乌并没有这样的偏见，但他有什么可以提供给她的呢？她拥有一切。她就是一切。她是完整的。她为什么要看他？只要她能让他看着她，和她在一起，他就别无所求了。

她看着他，喜欢他，觉得他颇有吸引力，还有点吓人。她明白他是多么想要她，多么需要她，是如何把她变成生活的中心，而自己甚至都不知道。那不行。她试图保持冷静，把他赶走。他服从了。他没有祈求，而是离得远远的。

但是十五天后，他又来找她，对她说："蒂乌，没有你我没法活。"蒂乌知道他说的是事实，于是说："那就先和我在一起吧。"她也想念日夫，他在的时候，空气中都充满了激情。而其他人似乎都太平和，太平衡了。

他们做爱，快感不断，高潮迭起，似乎永不停息。蒂乌感到惊讶，为自己，为自己对日夫的痴迷，为这个男人竟然能把自己从轨道上拉开。她从来没想过自己会崇拜任何人，更别说被人崇拜了。她过着井然有序的生活，控制是个人和内部的，而日夫之前生活的斯特瑟，控制则来自社会和外部。她知道自己想成为什么，想做什么。她内心有一个方向，那是生活的正北，她永远都会追随。他们在一起的第一年里，他们的关系经历了一系列的转变，一种令人兴奋的爱情舞蹈，变幻莫测，令人欣喜若狂。渐渐地，她开始抗拒那种矛盾、紧张和狂喜。她想，这很迷人，但不对。她想继续下去。那不变的方向就又开始把她从他身边拉开，而他则以自己的生命与之抗争。

那正是他正在做的事情。在卫的阿苏阿西沙漠里徒步走了一整天之后，他们躲在异常温暖的戈特尼安帐篷里。一股干冷的风在头顶的深红石壁间呼啸着。石头被无尽的风打磨得像漆器一样闪闪发光，上面还雕刻着巨大的几何线条，来自某个失落的文明。

当他们坐在夏布火炉的辉光下，看上去就像是兄妹：他们都有着红铜色的皮肤，乌黑、浓密、亮泽的头发，纤细、紧凑的体型。日夫动作和声音中那种部落男孩的稳重和平静总能激起她更清晰、快速、生动的反应。

但她现在说话很慢，有些僵硬。

"别逼我做选择，日夫，"她说，"从还在学校的时候我就想去地球，甚至更早，当我还是个孩子的时候。我想了一辈子。现在他们提供了我想要的，我一直为之努力的东西。你怎么能让我拒绝呢？"

"我没有。"

"但你要我推迟它。如果这样，我可能会永远失去这个机会。也可能不会，但为什么要冒这个险？就为了一年的时间吗？明年你可以跟我一起来！"

他什么也没说。

"如果你愿意的话。"她僵硬地加了一句。她总是时刻准备着放弃对他的要求。也许她从未完全相信他对她的爱。她不认为自己可爱，值得他热情的忠诚。她被它吓坏了，觉得不配，不真实。她的自尊是一种理智。"你给我创造了一个神。"她告诉过他，他当时高兴而严肃地回答："是我们一起创造的。"蒂乌没有理解这句话。

"对不起，"他现在开口了，"这是一种不同形式的理性，你可以称之为迷信。我做不到，蒂乌。地球离我们一百四十光年。如果你去，你到那里的时候，我就已经死了。"

"你不会的！你将在这里再住一年，你也会过去，你将在我到那儿的一年后到达！"

"我知道。即使是在斯特瑟，我们也学过这点。"日夫耐心地说，"但我很迷信。如果你走了，我们在彼此那里就都死了。即使在卡萨德，你也知道这个。"

"我不知道。它不是真的。你怎么能让我放弃这个机会，就为了你自己都承认是迷信的东西？讲讲道理，日夫！"

沉默了许久之后，他点了点头。

她坐立不安，明白自己赢了。她赢得并不光明正大。

她向他伸出手，试图安慰他和她自己。她被他内心的黑暗、他的悲伤、他对背叛的默默接受吓坏了。但这不是背叛，她立刻拒绝了这个词。她不会背叛他的。他们正在恋爱。他们彼此相爱。一年，最多两年，就又在一起了。他们是成年人，绝不能像孩子似的天天绑在一起。成人关系是建立在相互自由、相互信任的基础上的。她把这些话说给他听，同时也说给自己听。他回答好，抱着她，安慰她。夜晚，在沙漠的寂静中，他能清晰地听到血液流动的声音，他醒着躺在那里，心想："它还没出生就死了。它从未存在。"

在蒂乌离开之前，他们在学校的小公寓里又待了几个星期。他们小心翼翼、温柔地做爱，谈论历史、经济和民族学，不停地忙碌。蒂乌必须准备好与她要去参加的团队合作，研究地球的等级观念；日夫有一篇关于威纶的社会能量产生的论文要写。他们都在很努力地工作。他们的朋友给蒂乌举行了一个盛大的告别晚会。第二天，日夫和她一起去了卫的航空港。她吻他，抱着他，叫他快点，快点，到地球来。他目送她登上飞行器，这架飞行器会把她带上在轨道上等待的近光速飞船。他回到学校南校区的公寓。三天后，一个朋友发现他坐在办公桌旁，很奇怪，很被动，说话很慢，甚至不能吃东西或喝东西。作为部落出生的人，这位朋友意识到大事不妙，立即叫来医务员（海恩人不叫他们医生）。在确定他来自南方的某个部落后，医务员说："哈维奇瓦！神不能死在你身上！"

长久的沉默之后，这个年轻人终于开口了，语气虚弱得不像是他自己的声音："我要回家。"

"现在没办法回去，"医务员说，"但是我们可以安排一次留守圣歌演唱，只要我找到可以跟神沟通的人。"他立即给那些曾经是南方部落民的学生打电话。有四个学生赶来了。他们整晚坐在哈维奇瓦身旁，唱着留守圣歌。他们用了两种语言，四种方言，最后哈维奇瓦用第五种方言应和，嘶哑低语，唱着唱着，哈维奇瓦昏了过去，一睡就是三十个小时。

他在自己的房间里醒来。一位老太太像是在对着他身旁的空气说话。"你不在这儿，"她说，"不，你错了。你不能死在这里。这不对，这是个大错误。你明白。这地方不对。不是这个人。你明白的！你在这里干什么？你迷路了吗？你想知道回家的路吗？这就是，仔细听着。"她开始用一种尖厉高昂的声音唱起来，几乎没有调子，也几乎没有语言。歌声让哈维奇瓦感到亲切，似曾相识。他又睡着了，而那老妇人继续向着空气说话。

当他再次醒来时，她已经离开了。他不知道她究竟是谁，也不知道她从哪里来，但也没有问。她说话和唱歌用的都是斯特瑟方言，他的语言。

他现在不会死了，但身体仍然很不舒服。医务员要求他到泰斯的医院去，泰斯是全卫最美丽的地方，这里是一片绿洲，温泉和环绕的小山使当地气候温和，花草森林繁盛。大树下小径蜿蜒不尽，温暖的湖水永远那么宜人，飘着薄雾的池塘上鸟儿歌唱，温泉蒸汽氤氲，还有数以千计的瀑布彻夜轰鸣。他被送到那里，直到康复。

在泰斯待了二十天左右，他开始对着听录机讲话。他会在林中小屋前的石阶上，坐在阳光下，坐在草和野蕨的环绕中，对着那台小记录仪安静地自言自语。"你为了讲故事而从中挑选的，就是一切。"他抬头望着天空，老树的枝干在明亮的背景下像是一片阴影。"你用以搭建自己世界的基础，那个局部的、可理解的、理性的、连贯的世界，就是一切。所以所有的选择都是任意的。所有的知识在本质上都是不完整的，只是无穷小的碎片。理性就像扔进大海的一张网，它所带回的真相是全部真理的一个片段，一个瞬间，一片火花。所有的人类知识都是局限的。每一个生命，每一个人都是局限的，都是任意的，都是一瞬间极为微弱的反光……"他的声音停下来，这片林中空地又恢复了往日的寂静。

四十五天后，他回到了学校。他租了一套新公寓。他换了专业，不再学习社会科学（这也是蒂乌的领域），开始接受伊库盟公共服务方面的训练，该专业在智识上与前者密切相关，只是导向不同类型的工作。这一改变将使他在学校的时间至少延长一年，之后，如果他表现得好，就有希望在伊库盟谋得一个职位。他做得很好，两年后，有人礼貌地通过伊库盟委员会问他是否愿意去维瑞尔。是的，他说，他会的。朋友们为他举行了一个盛大的告别派对。

"我以为你想去的是地球，"一个不太聪明的同学说，"所有这些战争、奴役、阶级、种姓和性别，不就是地球的历史吗？"

"同样也是维瑞尔正在发生的事。"哈维奇瓦说。

他不再是日夫了。从医院回来后，他就又做回了哈维奇瓦。

有人踩了这位冒失同学的脚，但她并没有注意。"我还以为你会跟蒂乌走，"她说，"我以为这就是你为什么从不跟任何人上床。天哪，我要是早知道就好了！"所有人都有些尴尬，但哈维奇瓦微笑着，有些抱歉地拥抱了她。

他自己心知肚明。他曾背弃莱莱，所以蒂乌背弃了他。无法回头，也无法前进。他必须另觅他途。他虽然还是部落的人，却再也无法与族人生活在一起；他虽已成为一个历史学家，却不愿与他们生活在一起。所以他只能和外星人生活在一起。

他不可能再快乐了。他觉得自己已经毁了那种可能。但他明白，占据他生命的那两种长时间、高强度的训练，关于神，关于历史，让他拥有了不同寻常的知识，这些知识在某处可能有用，他知道，对这些知识的正确使用才是完满。

临走前一天，医务员来看他，给他检查了一下，然后坐了一会儿，什么也没说。哈维奇瓦和他坐在一起。他早就习惯了沉默，有时还忘了这在历史学家中很不常见。

"有什么问题吗？"医务员说，从他若有所思的语气看，似乎不需要回答。但无论是与不是，哈维奇瓦都没有回答。

"请站起来。"医务员说。哈维奇瓦依言站起来后，医务员接着说，"现在走一走。"他走了几步，医务员观察着他。"你失去了平衡，"医务员说，"你知道吗？"

"我知道。"

"今晚我可以安排一场留守圣歌。"

"没关系，"哈维奇瓦说。"我一直都不平衡。"

"你不必这样，"医务员说，"换个角度看，也许这是最好的，因为你要去维瑞尔。所以：告别今生。"

他们正式地拥抱，历史学家们确定他们再也见不到对方的时候就会来个正式拥抱，此刻正是如此。那一天，哈维奇瓦不得不给出和接受很多正式的拥抱。第二天，他便登上达兰达之梯号，穿透黑暗而去。

耶欧维

在他乘坐近光速飞船穿越八十光年的旅途中，他的母亲去世了，他的父亲，还有莱莱，他在斯特瑟认识的所有人，他在卡萨德和卫认识的所有人。当船着陆时，他们都已经死了好几年了。莱莱生下的孩子成长，变老，最后也死了。

他一直清楚地知道这点。蒂乌登上那飞船，留下他面对死亡，从那时起他就知道这一点。因为那个医务员，那为他歌唱的四个人，那老妇人和泰斯的瀑布，他重新活过来，但他清楚地意识到这一点。

其他方面也发生了变化。他离开卫的时候，维瑞尔的殖民星球耶欧维曾经是一个奴隶世界，一个巨大的劳动营。当他到达维瑞尔时，解放战争已经结束，耶欧维已经宣布独立，维瑞尔的奴隶制度本身也开始瓦解。

哈夫茨瓦渴望观察这一可怕而重大的进程，但大使馆立即派他前往耶欧维。一个叫索希凯尔温尼彦穆尔克雷斯·埃斯达顿·埃亚的海恩人在他离开前给他提供了建议。"如果你想要危险，那就是危险的，"那人说，"如果你喜欢希望，那就是希望。

维瑞尔在自我解体，而耶欧维正在自我重造。我不知道它是否会成功。我告诉你吧，耶赫达德·哈维奇瓦：有许多伟大的神游荡在这些星球上。"

耶欧维已经摆脱了它的工头，它的主人，三百年来一直经营着庞大奴隶种植园的四家公司。尽管三十年的解放战争已经结束，但战火并没有完全停止。解放战争中崛起的首领和军阀开始为保持和扩大权力而斗争。到底是要永远把所有外人都踢出星球，还是接纳外人并加入伊库盟，各派一直争论不休。孤立主义者最终被投票否决，过去殖民政府的首都有了一个新的伊库盟大使馆。哈维奇瓦在那里花了一段时间学习所谓的语言和餐桌礼仪。然后，大使，一个聪明的年轻地球人，名叫索丽，派他南下到一个叫约特伯的地区，那儿正闹着想要独立。

历史就是罪恶，坐火车穿过这个星球遍地的废墟时，哈维奇瓦心想。

维瑞尔资本家殖民这个星球，肆无忌惮、毫无怜悯地剥削它和他们的奴隶。这是一场持续长久的利润狂欢。毁坏一个星球虽然并不容易，但也并不是做不到的。露天采矿和单一作物农业永久性地破坏了土壤。河流被污染，死亡。巨大的沙尘暴使东方的地平线变暗了。

工头们靠武力和恐惧管理他们的种植园。起初的一个多世纪里，他们只运送男性奴隶，让他们工作到死，再根据需要进口新的奴隶。在这些全是男性的大院里，工作团队发展成部落等级制度。后来，随着维瑞尔奴隶的价格和运输成本上升，这些公司开始为耶欧维殖民地购买女奴。因此，在接下来的两个世纪里，奴隶人口不断增长，奴隶城市也开始建立起来，许多资产村和尘民镇从种植园的旧大院中生长出来，并且不断扩张。哈维奇瓦知道，解放运动首先是在部落大院的妇女中兴起的，是一场反抗男性统治的叛乱，后来演变成一场所有奴隶对抗主人的战争。

缓慢前进的列车在一个又一个城市驻停：几英里长的棚屋和小木屋，没有树木，整片土地在战争中被炸毁或烧毁，尚未重建；工厂，其中一些已经成了废墟，一些运转正常但看起来很古老，轰轰作响，冒出浓烟。每一站都有数百人上下车，人山人海，拥挤不堪，大声向搬运工行贿，爬上车顶，又被穿制服的警卫和警察粗暴地推开。在这片狭长大陆的北部，和在维瑞尔一样，他见过许多黑皮肤的人，蓝黑色的；但是火车越往南走，这样的人就越少，直到约特伯，村庄里和火车线荒凉的两侧上的人都比他白得多，是一种浅浅的蓝色，有些灰暗。这些人是尘民，是维瑞尔奴隶的子子孙孙。

约特伯是解放运动的早期中心。工头们用炸弹和毒气进行报复，数千人丧生。为了把这些未掩埋的死人、活人和动物清理掉，许多城镇都被整个烧毁。大河的河口被腐烂的尸体堵住。但这一切都过去了。耶欧维自由了，成了伊库盟的新成员。哈维奇瓦作为副特使的使命，就是在沿途帮助约特伯地区的人民开启他们新的历史，或是，按照他一个海恩人的看法，重新联结他们古老的历史。

他在约特伯城的车站遇到了一大群人。他们在警察和士兵把守的路障后面涌动、欢呼和叫喊，在路障前面是一个官方代表团，他们穿着豪华长袍，披着绶带，穿着各种华丽的制服：都是大人物，他们中的大多数，气派尊贵，完全是面向公众的姿态。有欢迎辞，有为全息网和实景新闻工作的记者和摄影师。不过，那不是马戏团般的热闹场面。大人物们完全控制了局面。他们想让客人知道他是受欢迎的。他很受欢迎，正如首领在简短而令人印象深刻的演讲中所说的，他是来自未来的特使。

那天晚上，他住在一个豪华的套房，那是由从前一名主人的城市豪宅改建而成的一家宾馆。哈维奇瓦想：如果这些人知道，自己这个来自未来的男人在部落长大，在来到这里之前从未见过实景新闻……

他希望自己不会让这些人失望。从他第一次在维瑞尔见到他们的那一刻起，他就喜欢他们，尽管他们所处的社会很可怕。但他们充满了活力和自豪，在耶欧维这种地方，他们充满了对正义的梦想。哈维奇瓦想到了一个古地球人谈到另一个神时所说的正义：我相信它，因为它是不可能的。他睡得很好，在温暖明亮的清晨醒来，充满期待。他走出去，开始了解这个城市，他的城市。

门卫——发现这些为了自由而献身奋斗的人居然有仆人，让人有些困惑——竭力想让哈维奇瓦等一辆车，一个向导，一个大人物这么早就出门走路，而且没有随从，这显然让他不安。哈维奇瓦解释说，他想走路，完全可以一个人走。于是他便出发了，不高兴的门卫跟在他后面喊道："哦，先生，请避开城市公园，先生！"

哈维奇瓦遵从了这个建议，以为公园大概是关闭了，在准备举行庆典或重新栽种之类的。他来到一个广场，那里有一个热火朝天的市场，他发现自己很可能成了人群的中心，人们不可避免地注意到了他。他穿着帅气的耶欧维服饰，单衣，马裤，一件浅色窄袍，但他是这个有四十万人口的城市里唯一一个有红棕色皮肤的人。他们一看见他的皮肤和眼睛，就认出他来了：那个外星人。于是他从市场上溜走，走到安静的住宅街上，享受着柔和温暖的空气，欣赏着破旧迷人的殖民建筑。他停下来欣赏一座华丽的图奥神庙。它看起来相当破旧和荒凉，但是在门口圣母像的脚下，献祭着一束鲜花。虽然她的鼻子在战争中被敲掉了，但她还是平静地笑着，双眼看向眉心。有人在他身后大喊。有人凑近他说："外边来的狗屎，滚出我们的星球。"然后，他的手臂被扭住，双腿被踢跪在地。扭曲的脸，尖叫，紧紧地围着他。一阵痛苦的、不祥的痉挛袭来，让他的身体蜷曲起来，掉入一片挣扎、惨叫、疼痛的红色阴影之中，然后是一阵眩晕，光和声都随之萎缩，远去。

一位老太太坐在他旁边，低声唱着一首几乎听不出曲调的歌，这首歌似乎很熟悉。

她在织毛衣。很长一段时间她都没看他，看的时候喊了一声啊。他的眼神很难聚焦，但他还是能看出她的脸泛着蓝色，是一种带着淡蓝色的棕褐色，黑色的眼睛没有眼白。

她重新整理了一下固定在他身上的装置，说："我是女医务员，也就是护士。你现在有脑震荡，头骨轻微骨折，肾挫伤，肩膀骨折，肠子有刀伤，但你会好起来的，别担心。"这一切都是用外语说的，但他似乎听得懂。至少他明白别担心这句，并遵从了。

他想自己还在达兰达之梯号上，在近光速模式下。一百年在一个噩梦中过去了，但其实并没有过去。人和钟都没有脸。

他试着低吟留守圣歌，但唱不出歌词。词语消失了。老妇人握住他的手，慢慢地，慢慢地，把他带回到时间，回到当地时间，带到昏暗、安静的房间，她正坐在那里，织着毛衣。

早晨，温暖明亮的阳光映在窗户上。约特伯地区的首领站在他的床边。首领穿着白色和深红色相间的长袍，看上去像是一座塔。

"我很抱歉，"哈维奇瓦说，说得很慢，吐字混浊——他嘴上有伤。"我真傻，一个人出去。这完全是我的错。"

首领说："这些恶棍已经被抓获，将在法院受审。"

"他们还年轻，"哈维奇瓦说，"这件事是我的无知和愚蠢导致的——"

"他们会受到惩罚的。"首领说。

那天护士们和他坐在一块儿的时候，总是把全息屏打开，看新闻和戏剧。她们调低音量，让哈维奇瓦几乎听不见。那是一个炎热的下午，他正看着淡淡的云朵在天空中飘来飘去，这时，护士用对上位者的尊称唤他："哦，快——如果这位先生愿意，他可以看到对那个攻击他的人的惩罚！"

哈维奇瓦照做了。他看到一个瘦弱的人体倒挂着，胳膊和手在抽搐，肠子垂挂在胸前和脸上。他大声喊叫，把脸埋在胳膊里。"关掉，"他说，"快关掉！"他干呕着，喘着粗气。"你们不是人！"他用自己的语言——斯特瑟方言大喊着。房间里人来人往。大喊大叫的人群突然停止了喧闹。他控制住呼吸，闭上眼睛躺在床上，一遍又一遍地重复着留守圣歌的一节，直到他的身心开始平静下来，在某个点上达到脆弱的平衡。

他们带着食物来，他让他们把食物拿走。

房间很暗，只有靠墙上某个低处的夜灯和窗外城市的灯光照亮。那个老太太，夜班护士，就在这半黑的地方织毛衣。

"对不起。"哈维奇瓦随口说，他知道自己不知道对他们说了些什么。

"哦，特使先生，"老太太长叹了口气说，"我读到过讲你们海恩人的书。你不像我们这样做事。你们不会互相折磨和杀戮。你们过着平和的生活。我想知道，我想知道我们在你看来是什么样子。也许是，像巫师，像魔鬼？"

"不。"他说，但又咽下了一阵恶心。

"当你感觉好一点，当你更强壮一点的时候，特使先生，我有件事想和你谈谈。"她的声音很安静，充满了绝对、轻松的权威，这种权威当然也可能会变得正式而令人畏惧。他这一辈子都在和这样说话的人打交道。

"我现在就可以听。"他说。但老太太说："现在不行，先等等。你累了。想听我唱歌吗？"

"好。"他说。她坐在那里，织着毛衣，低声吟唱，不成曲调。她的神的名字出现在歌里：图奥，卡穆耶。但他们不是我的神，他心想，闭上眼睛，在摇荡的平衡中安心睡去了。

她叫耶伦，并不老，只有四十七岁。她经历了三十年的战争和几次饥荒。她装着假牙，这是哈维奇瓦从未听说过的东西，戴着金属框的眼镜。在维瑞尔，大家并不是不知道身体可以修补，但在耶欧维，大多数人都无法负担。她告诉哈维奇瓦。她很瘦，头发也很细。她有一种骄傲的神态，但走起路来很僵硬，因为左髋有个旧伤。"每个人，这个世界的每个人，不是体内有子弹，就是有鞭打的伤疤，或是有一条腿被炸，或是心里有一个死去的婴儿。"她说，"现在你是我们中的一员了，特使先生。你已经经历过这种烈火。"

他恢复得很好。有五六个医学专家关注着他的情况。这里的首领每隔几天就来拜访一次，每天都派事务官来。哈维奇瓦意识到，首领很感激。对伊库盟代表的无耻攻击给了他一个借口，也给了他强烈的民众支持，以对他的对手——另一位解放英雄——所领导的顽固的孤立主义世界党进行打击。他把洋溢着胜利喜悦的报道送到副特使的病房。全息新闻里全是穿着制服的人在奔跑、射击，飞行器嗡嗡作响越过沙漠山丘。等到恢复一些气力，走在走廊里，哈维奇瓦看到病人躺在病房的床上，通过网线接入虚拟实景网络，体验着战斗——当然，都是从持枪的人、录像的人、射击的人的视角。

晚上，屏幕都暗了，网也断了。耶伦来了，坐在从窗户透进来的昏暗灯光下，坐在他身旁。

"你说过有事要告诉我。"他说。城市的夜晚并不安宁，充满了噪音、音乐和人声。她敞开窗户，让温暖芬芳的空气进来，街上的声音也就进来了。

"是的，我说过。"她放下手中的毛衣，"我是你的护士，特使先生，也是一名信使。原谅我，听说你受伤时，我说，赞美卡穆耶大人和仁慈女神！因为我不知道该怎么把我的信息带给你，现在我终于有办法了。"她平静的声音停顿了一会儿，"我经营这家医院有十五年了。在战争期间。我在这儿还是能找找关系的。"她又停顿了一下。就像她的声音，她的沉默也让他感到很熟悉。"我是向伊库盟传达信息的信使，"她说，"是女人的信使，这儿的女人，全耶欧维的女人。我们想和你结盟……我知道，政府已经这么做了。耶欧维是伊库盟的一员。我们知道这点。但这有什么意义呢，对我们来说？什么意义都没有。你知道在这里，在这个星球上，女人是什么吗？她们什么都不是。她们不是政府的一部分。是女人发动了解放运动。她们像男人一样为之工作，为之牺牲。但她们不是将军，也不是首领。她们是无名小卒。在村子里，她们比任何人都不值，她们是劳役动物，是产崽的牲畜。这里要好一点，但也好不到哪儿去。我在贝索的医学院受过训练。我是医生，不是护士。在工头的领导下，我经营着这家医院。现在是一个男人在经营它。男人现在是主人了。而我们还和从前一样，是财产。我不认为这就是我们长期战斗的目的。你觉得呢，特使先生？我认为我们需要展开一场新的解放。我们必须完成这项工作。"

在沉默许久之后，哈维奇瓦终于轻声问道："你们这里有组织吗？"

"哦，是的。是的！就像以前一样。我们可以暗中组织！"她笑了笑，"但我不认为我们仅靠自己就能赢得自由。必须有所改变。男人认为他们必须当工头。他们必须停止这样想。好吧，我们在有生之年还是学到了一件事的，那就是你不可能用枪改变想法。你杀了工头就成了工头。我们必须改变想法。老旧的奴隶思维，工头思维。我们必须改变它，特使先生。有了你的帮助，伊库盟的帮助，我们可以改变它。"

"我来这里是为了成为你们的人和伊库盟之间的纽带。但我需要时间，"他说，"我需要学习。"

"我们有的是时间。我们知道我们不能在一天或一年内改变那种工头心态。这是一个教育的问题。"她说教育的样子，仿佛这个词带有神性，"这需要很长时间，你慢慢来，只要你愿意听我们的声音。"

"我会听的。"他说。

她深深地吸了一口气，又拿起毛衣。不久她说："要听我们的声音可不容易。"

他累了。她所说的一切过于刺激，远远超出了他能控制的范围。他不知道她是什么意思。礼貌的沉默是成年人表示不理解的方式。他什么也没说。

她看着他。"我们是怎么找到你的？这的确是个好问题。我可以告诉你，我们什么都不是。我们只能以护士的身份来到你的身边。做你的女仆。给你洗衣服的女人。我们跟首领不是一伙的。我们不在议会里。我们在桌子边听候吩咐，没有资格参加宴会。"

"告诉我——"他的话语中带着几分犹豫，"告诉我该怎么开始。如果可以的话，请你多来看看我。你尽量吧，只要……这么做安全吗？"他一直都能很快吸取教训，"我会听。我会尽我所能。"他永远学不会怀疑。

她俯身轻轻吻了吻他的嘴。她的嘴唇轻盈，干燥，柔软。

"这个，"她说，"没有首领会给你。"

她又开始织毛衣。哈维奇瓦迷迷糊糊快要睡着时，忽然听见她在问："你妈妈还在吗，哈维奇瓦先生？"

"我的亲人都死了。"

她发出一点柔和的声音。"没有亲人，"她说，"也没妻子？"

"没有。"

"那让我们来做你的母亲，你的姐妹，你的女儿，你的亲人。我吻你是为了我们之间的爱。你会明白的。"

"这是应邀参加招待会的人员名单，耶赫达德先生，"多兰登说。多兰登是首领与副特使之间的主要联络人。

哈维奇瓦仔细翻阅了手上的清单，把它翻到最后，说："剩下的在哪里？"

"很抱歉，特使先生，有遗漏吗？这就是全部的名单了。"

"但这里只有男人。"

在多兰登回答之前那丝若有若无的寂静中，哈维奇瓦体会着自己生命所保持的平衡。

"你希望客人带上他们的妻子？当然可以！如果这是伊库盟的习俗，我们将很高兴邀请女士们！"

耶欧维男人说女士们的时候啧啧有声，哈维奇瓦认为这个词只适用于维瑞尔统治阶层的女性。那种平衡被打破了。"什么女士们？"他皱着眉头问道，"我说的是女人。她们不是这个社会里的一分子吗？"

他说话时变得非常紧张，因为他现在知道他对这里构成危险的东西一无所知。如果在一条安静的街道上散步都能让他几近丧命，那让首领的联络官难堪就有可能让他彻底丧命。多兰登当然很尴尬——就像是被人迎面打了一拳。他张了张嘴，又闭上了。

"对不起，多兰登先生，"哈维奇瓦说，"请原谅我开了一个不合适的玩笑。我当然知道，在你们的社会里，女人有各种各样的责任和位置。我只是以一种愚蠢而不合适的方式说，如果这样的女人和她们的丈夫，以及名单上这些客人的妻子能一起参加招待会，我应该会非常高兴。莫非我真的在你们的习俗上犯了一个极其愚蠢的错误？我以为你们并没有进行社会性的性别隔离，就像他们在维瑞尔那样。如果我说错了，请原谅我这个无知的外星人。"

夸夸其谈就是外交的一半，哈维奇瓦早就知道。另一半则是沉默。

多兰登利用的是后者，留下几句真挚的安慰就走了。哈维奇瓦一直很紧张，直到第二天早上，多兰登带着一份修改过的名单又出现了，名单上有十一个新的名字，都是女性。有一位校长和几位老师，其余的都标着已退休。

"太棒了，太棒了！"哈维奇瓦说，"我可以再加一个名字吗？""当然，当然，大人想要加谁都可以——""耶伦医生。"哈维奇瓦说。

屋子里又陷入了那种几不可察的寂静，仿佛尘埃轻落在天平上。多兰登知道这个名字。"好的。"他确认了。

"耶伦医生照看了我，你知道的，就在你们那所非常优秀的医院。我们成了朋友。一个普通的护士可能不太适合和那么多杰出的人物一起参加招待会，但我看到我们名单上还有其他几位医生。"

"确实。"多兰登说。哈维奇瓦感到一丝困惑。首领和他的人民已经习惯于屈尊哄着这位副特使，虽然那种轻视很轻微，也很礼貌。一个病人，虽然现在已经完全康复了；一个受害者；一个和平人士，对攻击甚至自卫都一无所知；一个学者，一个外星人，在任何意义上都不属于这个星球：他知道，他们就是这样看他的。尽管他们把他视为一种象征和达到目的的一种手段，但还是不把他当回事儿。他也觉得自己确实无足轻重，但并不认可这种态度。他知道他所做的可能很重要。他刚才已经看到了这一点。

"使节，你一定明白为什么一定要有一个保镖。"将军有些不耐烦地说。

"丹坎将军，这是一个危险的城市，是的，我明白。对每个人来说都很危险。我在网上看到过一群群的年轻人在街上游荡，就像袭击我的那些人，完全不受警察的控制。每个孩子，每个女人都需要保镖。安全本应是每个公民都应享有的权利，如今却成了我的特权，这实在让我于心不安。"

将军眨了眨眼睛，但仍然十分坚持。"我们可不能让你被暗杀。"他说。

哈维奇瓦喜欢约万直率的诚实。"我也不想被暗杀，"他说，"我有个建议，警官。你们有女警察，警察队伍中有女性成员，不是吗？在她们中间帮我找一个保镖吧。毕竟，武装的女人和武装的男人一样危险，不是吗？我要向妇女们在赢得耶欧维自由方面所发挥的巨大作用表示敬意，昨天首领在讲话中就是那么说的，我觉得这话很有道理。"

将军铁青着脸离开了。

哈维奇瓦并不特别喜欢他的保镖。她们都是强势的女人，不友好，说一种他几乎听不懂的方言。有几个人在家里有孩子，但她们拒绝谈论自己的孩子。她们做事相当高效。他受到很好的保护。当他和这些眼神冰冷的护卫们一起走来走去时，他看到人们开始对他另眼相看：既有点好笑，又有点当作自己人。经过市场时，他听到一个老头说："还算那家伙有点脑子。"

只要不当着他的面，所有人都称首领为首领。"总统先生，"哈维奇瓦说，"这根本不是一个伊库盟原则或海恩习俗的问题。在耶欧维，这些都不是或者不该是无关紧要、无足轻重的。"

首领认真地点了点头。

"其中，"哈维奇瓦继续说，无法克制自己的滔滔不绝，"移民开始从维瑞尔来，许多，将来会更多，因为维瑞尔统治阶级试图通过允许越来越多的下层阶级移民来减轻革命压力。先生，你比我更清楚这种人口大流动将给约特伯带来的机遇和问题。当然，现在至少有一半的移民是女性，我认为值得考虑的是，在所谓的性别结构——角色、期望、行为、男女关系——方面，维瑞尔和耶欧维之间存在着相当大的差异。在维瑞尔移民中，大多数决策者，那些权威人士，都是女性。我相信哈梅的议会中有十分之九都是女性。他们的发言人和谈判者大多是妇女。这些人正在进入一个完全由男人统治和代表的社会。我认为存在误解和矛盾的可能性，除非事先仔细考虑。也许可以允许一些妇女作为代表——"

"在旧世界的奴隶中，"首领说，"妇女是首领。在我们的人民中，男人是首领。就是这样。旧世界的奴隶将成为新世界的自由男人。"

"还有那些女人呢，总统先生？"

"自由男人的女人也是自由的。"首领说。

"那好吧，"耶伦说，深深地叹了口气，"我想我们得扬起一些灰尘。"

"尘民很擅长这个。"多比比说。

"那我们最好闹大一点，"图亚说，"因为不管我们做什么，他们都会歇斯底里的。他们会大喊大叫，这些杀害男婴的死逼姬姥。要是我们派五个人去唱唱歌，实景新闻里就会拍成我们派了五百个人扛着机关枪，耶欧维的文明就要完了。所以我说放手去干。我们要让五千个女人出去唱歌。躺在铁轨上，逼停火车。五万名妇女躺在全约特伯的铁轨上。你觉得呢？"

会议（约特伯城及地区教育援助协会）在一所城市学校的一间教室里举行。哈维奇瓦的两个保镖，穿着便衣，悄无声息地在走廊里等着。四十名妇女和哈维奇瓦挤在连接着空白网屏的小椅子里。

"要求什么呢？"哈维奇瓦问。

"无记名投票！"

"消除工作歧视！"

"为我们的工作付酬！"

"无记名投票！"

"照顾孩子！"

"无记名投票！"

"尊重！"

哈维奇瓦的听录机疯狂地乱涂一气。女人们继续喊了一会儿，然后又坐下来谈了起来。

一名保镖开车送哈维奇瓦回家时和他聊了几句。"先生，"她问，"那些都是老师吗？"

"是的，"他说，"在某种程度上。"

"该死，"她说，"和以前不一样了。"

"耶赫达德！你到底在下面干什么？"

"女士？"

"你上新闻了。大约有一百万名妇女躺在铁轨上，趴在飞行器发射台上，包围了总统的官邸。而你在和这些女人们聊天，面带微笑。"

"我很难不这么做。"

"等到地区政府开枪时，你还笑得出来吗？"

"当然不会，你会支持我们吗？"

"怎么支持你？"

"伊库盟大使对约特伯妇女的鼓励之辞。对奴隶星球的移民来说，耶欧维是一个真正自由的典范。对约特伯政府的赞扬之词——约伯特是全耶欧维克制、开明等方面的典范。"

"明白。我希望能帮上忙。这是一场革命吗，哈维奇瓦？"

"这是教育，女士。"

巨大的门框中，大门敞开着，没有围墙。

长老说："在殖民时期，这扇门一天开两次，早晨放人们出去干活，晚上让人们结束回家。其他时候，这门都上着锁，闩着门闩。"他展示了挂在大门外面的那把断了的大锁，大螺栓的搭扣锈迹斑斑。他的姿态挺拔，颇有威严，就像他的话一样。哈维奇瓦再次钦佩这些人在逆境中的奋斗不屈，在被奴役或反抗奴役中保持的尊严。他开始欣赏他们口耳相传的神圣文本《圣卡穆耶》的巨大影响。"这就是我们所拥有的,这就是我们的财产。"城里一位老人摩挲着那本书告诉他,在六七十岁的年纪,他正在学习阅读它。

哈维奇瓦自己已经开始阅读这本书的原文了。他读得很慢,试图理解三千年来,这个关于强烈的勇气和克制的故事是如何启发和滋养处于奴役中的人们的。从那抑扬顿挫的韵律中,他常常能听到那天他听到的人们讲话的声音。

他在哈亚瓦部落村庄住了一个月,那是耶欧维农业种植公司在约伯特建立的第一个奴隶大院,至少有三百五十年的历史。在这片辽阔、偏远的东海岸地区,许多种植园奴隶制的社会和文化得以保留。耶伦和其他解放运动的妇女告诉他,要理解耶欧维人,他必须了解种植园和部落。

他知道那些建于第一个世纪的大院完全是男性的领域,那里没有女人,也没有孩子。他们建立了一个内部政府,一种严格的等级制度,以武力与徇私作为基础。权力是通过考验和磨难赢得的,并通过在独立和共谋之间灵活地保持平衡来维持。等到女奴终于被带进来时,她们是作为奴隶的奴隶进入这个僵化的体系的。无论在男性奴隶那儿还是在工头那儿,她们都被用作仆人和性欲的发泄渠道。性忠诚和伙伴关系仍然只在男人之间得到承认,这是激情、谈判、地位和部落政治的纽带。在接下来的几个世纪里,孩子们在大院里的出现改变并丰富了部落习俗,但是男性至上的制度并没有什么改变,鉴于这样对奴隶主最为有利。

"我们希望你能出席明天的启蒙仪式。"长老庄重地说。哈维奇瓦向他保证,没有什么比出席这样重要的仪式更能让他高兴，让他觉得光荣了。长老表情依然严肃，但明显能看出感激之情。他五十多岁了，这意味着他小时候应该是一个奴隶，在解放时期里长大成人。想起耶伦的话，哈维奇瓦开始寻找他身上的痕迹，果然找到了：长老身形枯瘦，跛足，没有上牙，一生饱受饥荒和战争的折磨。还有仪式留下的痕迹，四条平行的纹路从脖子一直延伸到手肘，越过肩膀垂了下来，像是长长的肩章。额头上还文着一只深蓝色的大眼睛。这是这个部落中被指派的、不可替代的首领的标志——奴隶的首领，资产中的资产管理者，一直到墙被推倒。

长老走在从大门到长屋的一条小路上，哈维奇瓦跟着他，发现没有其他人走这条路：男人、女人和孩子们沿着一条更宽的平行道路快步穿行，散入长屋的不同入口。那条窄路是首领专用的。

当晚，第二天要参加仪式的孩子们正在斋戒，在女人们那边守夜，所有的首领和长老都聚集在一起，准备一场盛宴。他们准备了海量的耶欧维人爱吃的油腻食物，加了许多调料，摆盘相当华丽，有以稻米打底、饰以各种颜色和药草的各色菜肴；当然，还有最重要的肉。女人们悄悄地进进出出，端上了越来越精致的盘子，每一个盘子上都有更多的肉——牛的肉，工头的食物，毫无疑问是自由的象征。

哈维奇瓦从小就不吃肉，一吃准会腹泻，但他仍大口咀嚼着炖肉和牛排，充满男子气概，他知道食物的重要性，知道充足的食物对于那些从未吃饱过的人来说意味着什么。

在巨大的水果篮最终取代了盘子之后，女人们消失了，音乐开始了。部落首领向他的列昂点点头，列昂的意思是心爱的性伴／盟兄弟／非继承人／非儿子。那年轻人是一个自信、温柔的美人，他微笑着，轻轻拍了拍自己顾长的手，然后开始用一种微妙的节奏轻抚灰蓝色的手掌。当整桌的人都安静下来时，他开始唱歌，声音异常轻柔，近乎耳语。

大多数种植园都禁止使用乐器，大多数工头都禁止奴隶唱歌，除非是在十日礼拜上为图奥唱圣歌。他们一旦抓到一个奴隶在唱歌，浪费公司的时间，可能就会把硫酸灌到他的喉咙里。只要他能干活就行，没必要制造那么多噪音。

在这样的种植园里，奴隶们发展出了这种几乎没有声音的音乐，掌心与掌心的接触和摩擦，一种几乎没有声音、几乎没有变化的长长的旋律。唱出来的歌词被故意打断、扭曲、支离破碎，显得毫无意义。主人们称之为嘘嘘，也就是废话，奴隶们可以拍手唱废话，只要他们唱得如此轻柔，在大院的墙外就听不到。他们就这样唱了三百年，现在依然如此。

对哈维奇瓦来说，这歌声令人不安，甚至令人害怕。因为一个个声音，都是那种低语，不断加入，增加了节奏的复杂性，直到这些交错的节拍慢慢聚合，几乎要融为同一种咝咝呵气般的韵律，却又从未完全融为一体；那节拍被长长的、四分音的旋律串联在一起，歌词是一个又一个破碎的音节，差一点就能拼成某个有意义的词，却又总是差那么一点。深陷其中，几乎是迷失其中，他一直在想象——现在他们中会有人提高音量，现在列昂会发出一声呐喊，一声胜利的呐喊，解放他的声音！——但没有。一个人都没有。以极其微妙、不断变化的节奏，那轻柔、奔放、如水一般的音乐不断流淌，永无止息。一瓶瓶的约特橙酒在桌子上来回传递。他们喝酒。至少，他们可以自由地喝酒。他们喝醉了。笑声和喊声开始打断音乐。但他们的歌声始终只是低语。

他们都摇摇晃晃地走在回长屋的首领之路上，彼此搂抱着，亲亲热热地一起小便，一两个人停下来，吐得到处都是。原本坐在哈维奇瓦身旁的一个和蔼的黑皮肤男人，现在正和他一起躺在长屋凹室里的床上。

晚上早些时候，这个男人告诉他，启蒙仪式的一整天里，异性性交都是被禁止的，因为它会改变能量。启蒙的过程将是曲折的，男孩们有可能无法成为部落的好成员。当然，只有女巫才会故意打破禁忌，但很多女人都是女巫，会出于恶意引诱男人。常规的，即同性的性交会促进能量的增长，保持启蒙在正轨上，给经受磨难的男孩们以力量。因此，每个离开宴会的男人都会有一位搭档过夜。哈维奇瓦很高兴指派给他的是这个人，而不是一个令人望而生畏的首领，那些首领也可能有更高的期待。正如他早上所能回忆起的那样，他和他的同伴喝得太醉了，做不了太多的事，在精心的爱抚中睡着了。

喝太多的约特酒会导致剧烈的头痛，他早就知道，当他醒来时，整颗头都向他证明了这一点。

中午，他的朋友把他带到广场的一个光荣位上，那里挤满了男人。在他们后面是男人的长屋，在他们前面是一条沟渠，把女人那边，也就是里面和男人这边，也就是大门这边隔开。他们还管这里叫大门，虽然大院的墙早就没有了，只有大门矗立着，像是一座纪念碑，高耸在小屋、长屋和向四面八方延伸的田地之上，在无风无影的热浪中闪闪发光。

六个男孩从女人的小屋里冲出来，向着那隔离沟冲过去，想要跳过来。它十三岁的孩子跳不了那么远，哈维奇瓦想，但是有两个男孩成功了。其他四个人跳得很勇敢，虽然没跳过去，摔在沟里，但立即爬了出来，其中一个摔得一瘸一拐的，伤了腿或是脚。就连跳得很成功的那两个人也显得精疲力尽，惊魂未定，因为斋戒和守夜，六个人泛蓝的脸上有点发灰。长老们把他们团团围住，叫他们在广场上站成一排，赤身露体，战战兢兢，面对着部族的所有男人。

在女人那边根本看不到女人。

一场问答开始了，首领和长老们快速喊出问题，男孩们必须毫不迟延地回答，有时由一个男孩回答，有时由所有人一起回答，这取决于提问者是单点其中一个人，还是扫视所有人。问题都是关于仪式、礼节和伦理的。孩子们训练有素，迅速地喊出了他们的回答。那个在跳跃中崴了脚的人突然呕吐，然后昏倒了，悄无声息地倒作一小团。众人什么也没做，一些问题仍旧指定由他回答，场上陷入痛苦的沉默中。过了一会儿，男孩动了动，坐了起来，颤抖了一会儿，然后挣扎着站起来和其他人站在一起，用他那淡蓝色的嘴唇回答了所有的问题，尽管听众听不到任何声音。

哈维奇瓦的注意力貌似都集中在仪式本身，尽管他的思绪已经飘回了很久以前，到了很远的地方。他想，我们传授我们所知道的知识，而我们所有的知识都是局限的。

问答结束后，开始打上印记：用一根坚硬锋利的木棍，从脖子根部到肩膀，再从手臂外侧一直到肘部，划破皮肤，划开肌肉，在孩子身上留下深深的伤口。等到伤口愈合，那割痕就成了男人的标志。哈维奇瓦紧紧地盯着他们的动作，像一位访客应当做的那样，心里想着，奴隶们是不被允许带任何金属工具进入大门内的。在给每一个男孩的每一只胳膊都打上印记之后，忙碌的长老们终于停了下来，在广场上一块有凹槽的大石头上重新打磨那些木棍。孩子们淡蓝色的嘴唇缩了起来，露出洁白的牙齿，他们扭动着，半晕过去，其中一个大声尖叫着，又马上用手捂着嘴，迫使自己安静。他咬着自己的拇指，咬得鲜血直流，和那刚打完印记的手臂上流出的鲜血混在一起。每个男孩的标记完成后，部落首领都会给他们清洗伤口，再涂些药膏。孩子们又站成一排，头晕目眩，摇摇摆摆，现在长老们对他们都很温柔，微笑着，叫他们部落的男人、英雄。哈维奇瓦长长地松了一口气。

但是又有六个孩子被带进了广场，由老妇人领着从桥上穿过那条沟。她们都是女孩，戴着脚镯和手镯，此外一丝不挂。一看到她们，男性观众们就欢呼起来。哈维奇瓦很惊讶。女人也可以成为部落的一员了？他想，这至少是件好事。

她们中的两个勉强刚进入青春期，其他的要更年轻，其中一个肯定不超过六岁。她们排成一排，背对着观众，面对着男孩们，每一个人身后都站着一个蒙面的女人，就是刚刚领着她们过桥的人。每一个男孩身后都站着一个赤身裸体的长老。哈维奇瓦注视着场上的情况，无法把眼睛或心神从那里挪开，小女孩们脸朝上躺在广场上光秃秃的灰地上。其中一个因为动作太慢，被身后的女人拽倒在地。长老们来到男孩们身边，一对一地趴在女孩身上，观众们开始大声欢呼、嘲弄、大笑和没完没了地哈哈哈！。戴面纱的女人蹲在姑娘们头那边。其中一个伸手抓住了一条细细的，不断挥舞的胳膊。长老们赤裸着身子动个不停，哈维奇瓦分辨不出这是真刀真枪的实干，还是仪式性的动作。"看，看，就是这么搞！"观众们对着男孩们大喊，同时说着笑话，指指点点，大声谈笑。长老们一个接一个地站起身来，每个人都掩着下体，庄严得不可思议。

等到最后一个长老站起来，男孩们都走上前去。每个人都趴在一个女孩身上，学着长老们的样子抽动着，尽管哈维奇瓦看到，其中没有一个人勃起。周围的人纷纷抓起自己的家伙，喊道："来，试试我的！"他们就这样欢呼着，笑着，直到最后一个男孩爬起来。女孩们平躺着，双腿分开，像死去的小蜥蜴。人群开始向她们涌来，幅度不大，但很可怕。但是那些年长的女人们把姑娘们拖起来，拽着她们急匆匆地过桥去，观众发出一阵哄笑。

"她们被下药了，你懂的。"和哈维奇瓦同床的那位善良的黑皮肤男人看着他的脸说，"那些女孩，这不会伤到她们的。"

"是的，我明白。"哈维奇瓦说，站在他的光荣之地一动不动。

"这些女孩很幸运，能被选中来协助启蒙仪式。女孩要尽快结束她们的童贞，这很重要。总有不止一个人会占有她们，你懂的。所以她们不能说这是你的儿子，或是这是首领的儿子。那都是巫术。儿子是由男人挑选的。成为儿子和女奴的阴道没有一毛钱的关系。女奴必须早早接受调教。但是现在的女孩们被注射了药物，和过去公司管制的时候不一样了。"

"我明白。"哈维奇瓦说道。他看着朋友的脸，心想，他黝黑的皮肤意味着他一定有很大一部分统治阶级的血统，也许他就是主人或工头的儿子。但他不是任何人的儿子，而只是女奴生出来的。儿子是由男人选定的。所有的知识都是局部的，所有的知识都是有限的。在斯特瑟，在伊库盟的学校里，在耶欧维的大院里。

"你仍旧叫她们女奴。"他说。他的语气中不带任何情感，只有愚蠢的好奇心。

"不，"那黑人说，"不，对不起，这是我小时候学的语言——我道歉——"

"不是向我道歉。"

哈维奇瓦又一次冷淡地说出了他脑子里的想法。那人畏缩着，低着头，一言不发。

"我的朋友，请带我去我的房间。"哈维奇瓦说，那个黑人充满感激地照做了。

他在黑暗中对着听录机用海恩语轻语。"你不能从外部改变任何事情。保持距离，看到全局，你可以看到完整的图样，什么地方出错了，什么缺了针。你想把它修好，但并不是靠往上面打补丁。你必须参与其中，编织它。你必须成为编织中的一分子。"最后这句话是用斯特瑟的方言说的。

四个女人蹲在女人那边的一块地上，那块地异乎寻常的光滑，让他感到好奇：这该是某种圣地。他朝她们走去。她们大喇喇地蹲着，身子前倾，驼着肩背，并不在意自己的外表，对男人的注目也毫不在意。他之前就注意到女人总是这样。她们剃了光头，皮肤苍白。尘民，尘埃，那是从前的描述，但对哈维奇瓦来说，她们的肤色更像是黏土或灰烬。掌心和脚底微微的蓝色，以及皮肤上任何完好的部位，几乎都被她们正在处理的土壤掩盖了。她们一直飞快地轻声交谈，但他一走近就沉默了。其中两个老了，全身萎缩，膝盖和脚上满是疙瘩和皱纹。另两个是年轻女人。等到他也蹲在那片光滑的土地边上时，她们不时地会瞥他一眼。

蹲在那里，他看到，她们正在这块地上撒土，一种带颜色的土，用来绘制某种图案或图画。顺着颜色的边界，他看出了一个长而苍白的剪影，有点像手或树枝，以及一条深深的土红色的曲线。

他跟她们打了招呼，也没有再说什么，只是蹲在那里。一会儿，她们重新开始做刚才的事，时不时地低声交谈。

等到她们停止工作，他问道："这是神圣的吗？"

老妇人望着他，皱着眉头，什么也没说。

"你看不见它。"年轻女子中皮肤较黑的那个说，她的脸上带着一种使哈维奇瓦感到惊讶的调侃式的微笑。

"你是说，我不应该在这儿。"

"不，你可以在这里。但你看不见它。"

他站起身来，看了看她们用灰色、棕褐色、红色和棕色的尘土在地上画的东西。线条和形式之间有着千丝万缕的联系，有节奏但令人费解。

"不就是这些吗？"他说。

"这只不过是其中的一点点而已。"调侃的女人说，她那双黑色的眼睛在黑黝黝的脸上闪烁着嘲弄的光芒。

"所以不是一次画完的？"

"不是。"她说。其他人也跟着说不是。这下，就连老妇人也笑了起来。

"你能告诉我图像到底是什么吗？"

她不知道图像是什么。她瞥了其他人一眼，微微沉思，然后抬起头来看着他，眼里带着精光。

"我们画我们所知道的，就像这样。"她说着，在柔和的色彩设计上做了一个柔和的手势。温暖的晚风模糊了颜色之间的边界。

"他们不知道它。"另一个稍白一些的年轻女子低声说。

"你是说男人？——他们没见过完整的样子？"

"没有人会，只有我们。在我们的这里。"黑皮肤的女人没有碰她的头，而是碰了碰心脏部位，用她那修长而坚硬的手遮住她的胸部。她又笑了。

老妇人们站了起来，她们一起咕哝着，其中一个对这个年轻妇女说了些尖锐的话，用了哈维奇瓦听不懂的词语。她们最后走开了。

"她们不赞成你和一个男人谈论这项工作。"他说。

"而且是一个城里的男人，"黑女人笑着说道，"她们认为我们会逃跑。"

"你想逃跑吗？"

她耸耸肩："能跑去哪儿？"

她优雅地站起身来，看着地上的画。看似随意、抽象的图案，由线条、色彩、曲线和色块构成。

"你能看见它吗？"她问哈维奇瓦，眼中充满调侃。

"也许有一天我能学会。"他说，迎着她的目光。

"那你得找一个女人来教你。"较白的那个女人说。

"我们现在是自由的民族。"年轻的首领说道。他是被选中的人，是儿子和继承人。

"我还没见过一个自由的民族。"哈维奇瓦礼貌地、模棱两可地说。

"我们赢得了自由。我们让自己自由了。靠勇气，靠牺牲，靠抓紧一件高贵的东西。我们是自由的民族。"被选中的是一个面孔坚毅、英俊、睿智的四十岁男人。他的上臂有六道伤痕，仿佛一件粗糙的斗篷。一只张开的蓝色眼睛紧紧盯着哈维奇瓦，眨也不眨。

"你们是自由人。"哈维奇瓦说。

一片寂静。

"城里的男人不了解我们的女人。"被选中的人说，"我们的女人不想要男人那样的自由。那不是女人的自由。一个女人紧紧抱着她的孩子，这对她来说是件高贵的事情。那就是卡穆耶造女人的方法，仁慈的图奥就是她的榜样。在其他地方，情况可能不同。也许还有另一种女人，她不关心自己的孩子。可能是的。但在这里，就是我说的这样。"

哈维奇瓦点了点头。按照他从耶欧维人那里学来的点头方式，深深地把头埋下去，几乎是鞠了一躬。"确实如此。"他说。

被选中的人看上去感到很欣慰。

"我看到一幅图画。"哈维奇瓦接着说。

被选中的人没什么反应，他可能知道，也可能不知道这个词。"一层层的土构成的线条和颜色中可能包含着知识。所有的知识都是局部的，所有的真理都是有限的，"哈维奇瓦以一种轻松、口语化却又自矜的态度说，他知道自己是在模仿母亲，太阳的继承者，和外国商人交谈的口吻，"没有真理能使另一个真理变得不真实。所有知识都是全部知识的一部分。真实的线条，真实的色彩。一旦你看到了更大的图景，你就不可能再回头把部分当作整体。"

被选中的人默默站着，像一块灰色的石头。过了一会儿，他说："如果我们像他们一样去城市生活，我们所知道的一切都将失去。"他说一不二的语气下隐藏着恐惧和悲伤。

"被选中的人，"哈维奇瓦说，"你说的是事实。很多知识都会失去，我知道。但较少的知识必须被放弃，才能获得更多的知识，而且还要不止一次地这样做。"

被选中的人说："这个部落的男人不会否认我们的真理。"他额头中间那只看不见也不会眨动的眼睛注视着太阳，太阳悬挂在无尽田野上空的黄色灰霾之中。他自己的黑眼睛盯着脚下的地面。

他的客人将视线从那张奇特的脸上挪开，望向远方，那个炽烈的白色小太阳仍然低垂在这片奇异的土地上，燃烧着。"我确信这一点。"他说。

五十五岁的时候，常驻使耶赫达德·哈维奇瓦回到约特伯去拜访。他很久没到过那儿了。作为耶欧维社会公正部的伊库盟顾问，他一直在北方工作，时不时去另一个半球旅行。他和他的伴侣在旧首都生活了多年，但经常应想让他物尽其用的新大使的要求访问新首都。他和他的伴侣一起生活了十八年，但耶欧维没有结婚一说。他的伴侣有一本书快要写完了，她希望在写这本书的几周内，公寓里只有自己一个人。她说："去你一直挂念的南方旅行一趟吧。我一完工就飞去找你。我不会告诉任何该死的政客你在哪里。赶紧跑吧！快！快！快！"

他去了。他一直都不喜欢飞行，尽管他不得不飞了许多次，所以这次，他选择乘火车来进行这段长途旅行。火车又好又快，但是拥挤到了可怕的程度。每个车站，人都蜂拥而至，冲着售票员大喊大叫行贿，得亏他们没有爬到车顶，在时速一百三十公里的情况下。他在一列直达约伯特的火车的车厢里，那里有一个私人隔间。旅途漫长，他长时间默不作声，只是看着周围的风景闪过，开荒工程，旧荒地，新种下的树林，崛起的城市群，几英里长的棚屋、小屋、农舍、房屋和公寓楼，杂乱的维瑞尔风格的大院，连着房屋、厨房花园和工作区，工厂，高大的新植物；突然间，又是在乡野，运河和灌溉池倒映着夜空的色彩，一个光着腿的孩子和一头大白牛走过一片朦胧的谷地。夜晚很短，哈维奇瓦在摇摇晃晃中陷入黑甜的梦乡。

第三天下午，他在约特伯火车站下车。没有欢迎的人群，没有首领，也没有保镖。他穿过熟悉的炎热街道，经过集市，穿过城市公园。在这里，这样做有点逞强了。黑帮、抢劫犯还随处可见，他一直保持着警惕的眼神，确保自己走在主道上。经过古老的图奥神庙时，他捡了公园灌木上掉下来的一枝白花，把它放在圣母像的脚边。神像微笑着，双眼看着不存在的鼻子。他继续向前，走进一座大而杂乱的新大院，耶伦就住在这里。

她七十四岁了，最近刚从一家医院退休，她在那里教书、执业，在最后十五年里，一直是一名管理者。她和他第一次看到的那个坐在他床边的女人几乎没有什么不同，只是看起来小了一圈。她的头发已经没有了，头上绑着一条闪闪发光的头巾。

他们紧紧拥抱，亲吻，她抚摸他，拍打他，止不住地笑。他们从来没有做过爱，但他们之间总是有一种渴望，一种对对方的渴望，一种巨大的抚慰。"看看，你的白头发！"她一边嚷，一边抚摸着他的头发，"多美啊！进来和我喝杯酒吧！你的阿拉哈怎么样了？她什么时候来？你就这么背着包穿过城市？你还是这么疯狂！"

他把带来的礼物送给她，是一本关于维瑞尔－耶欧维流行病的论文集，由伊库盟的一个医学研究团队撰写。她迫不及待地接过来，沉浸地读了好一会儿，只有在目录和贝罗特这章之间翻页时，才顾得上跟他说上两句。她倒出淡色的橙酒。他们又喝了一杯。"你看上去很好，哈维奇瓦。"她说，放下书，定定地看着他。她的眼睛已经褪成了一片不透明的蓝黑色，"你真称得上是一个圣人。"

"没那么糟，耶伦。"

"那就是一个英雄。你不能否认你是个英雄。"

"不，"他笑着说，"我知道英雄是什么意思，我不会否认。"

"没有你，我们都不知道会在哪里。"

"就在我们现在在的地方……"他叹了口气，"有时候，我觉得我们已经失去了我们曾经赢得的那一点点东西。德塔克省的图奥首领，别小看他，耶伦。他的演讲里全是厌女和反移民之类的偏见，但人们很吃这一套——"

她做了一个手势，阻止哈维奇瓦继续说下去。"这种事是没有尽头的，"她说，"但我知道你对我们来说意味着什么。我一听到你的名字就知道了。"

"你没有给我太多选择，你知道的。"

"呸。是你自己选择的，伙计！"

"是的。"他说，呷了一口酒。"我的确做了选择。"过了一会儿他又说，"没有多少人能做出我那样的选择。如何生活，与谁一起生活，做什么工作。有时我认为我能够做出那样的选择，是因为我是在一个没有选择的地方长大的。"

"所以你叛逆，自己走了一条路。"她点着头说。

他笑了。"我不叛逆。"

"呸！"她又说，"不叛逆？你可是深度参与了我们的运动，可以说是运动的核心了。"

"哦，是的，"他说，"但并不是以叛逆的精神。叛逆是你的精神。我的工作是接受。保持一种接受的精神。这就是我从小学到的。接受，不是为了改变世界，而是为了改变灵魂。这是它为什么能存在于世。正当地存在。"

她听了，但看起来并没有被说服。"听起来像是女人的生活方式，"她说，"男人一般都想通过改变点什么来适应。"

"在我的族人那里，男人不是这样的。"他说。

她给他们两个倒上第三杯酒。"和我说说你的族人。我一直不敢问。海恩人的历史太悠久了！知识太丰富了！他们知道那么多历史，那么多星球！而我们这里只有三百年的苦难、谋杀和无知——你不知道你让我们感到多么渺小。"

"我想我知道。"哈维奇瓦说。过了一会儿，他说，"我出生在一个叫斯特瑟的小镇。"

他给她讲了自己的部落，它天穹族的人，他的父亲其实是他的舅舅，他的母亲是太阳的继承者，讲了所有那些仪式，节日，日常神灵，异神；他告诉她自己如何改变归属，告诉她历史学家的来访，以及他如何再次改变了归属，去了卡萨德。

"这么多规矩！"耶伦说，"这么复杂，毫无必要，就像我们的部落。怪不得你跑了。"

"我所做的就是去卡萨德学我在斯特瑟学不到的东西，"他笑着说，"什么是规矩？是人们相互需要的方式。人类生态学。这些年来，我们在这里一直做的是什么，只不过是想要找到一套好的规矩——一个合理的模式？"他站起来，活动了一下肩膀，说，"我有点醉了。跟我一起散散步吧。"

他们走到大院阳光明媚的花园里，沿着菜地和花床之间的小路慢慢走着。正在除草和松土的人们抬起头来，叫耶伦的名字，跟她打招呼，耶伦点头向大家示意。她紧紧挽着哈维奇瓦的手臂，带着几分骄傲。他调整步调好跟上她的节奏。

"当你不得不坐着不动的时候，你就会想飞，"他说，低头看着她放在自己胳膊上的那只苍白、纤细的手，"如果你不得不飞，你就会想坐着别动了。我在家里学会了静坐，从历史学家那里学会了飞。但我始终无法让自己保持平衡。"

"所以你就到这里来了。"她说。

"没错，所以我就来了。"

"学到了点什么？"

"如何散步，"他说，"如何与我的族人一起散步。"

一名女性的解放

A Woman's Liberation

胡绍晏 / 译

修梅克

　　我亲爱的朋友让我写下自己的故事，因为来自其他星球、其他时代的人或许会感兴趣。我是个普通女性，但生活在剧变的年代里，有幸亲身领略奴役与自由的本质。

　　我成年之前没学过读书写字，因此记叙中难免会有瑕疵。我在维瑞尔星上一出生就是个奴隶。小时候，我被叫作修梅克的拉朵塞·拉卡穆，意思是修梅克家族资产，朵塞的外孙女，卡穆耶的孙女。修梅克家族在伏伊迪欧的东海岸拥有一座庄园。朵塞是我的外祖母。卡穆耶是我们的神祇。

　　修梅克家族有四百多名资产，大多用于在田地里耕种结德，或者放牧盐草牛，也有在磨坊里干活和充当宅内仆役的。修梅克家族在历史上曾经有过辉煌。我们的主人是个重要的政治人物，经常前往首都。

　　资产的名字都是外祖母取的，因为是她将孩子抚养长大的。母亲每天都要工作，而父亲是不存在的。女人总是会跟多名男性配种。男人即使知道孩子是自己的，也无法照看。他随时可能因贩卖或交易而被送走。年轻男人鲜少长久地留在庄园里。如果他们有价值，会被卖给其他庄园，或者卖到工厂里。如果没有价值，则会被逼着干活直到死亡。

女人很少被卖掉。年轻的留着干活与育种，年老的抚养孩子，管理大院。在有些庄园，女人每年都要生一个婴儿，直到死去，但在我们这里，大多数女人只有两三个孩子。修梅克家族看重女人的劳动能力。他们不希望男人一直缠着女人。老外祖母们也同意这种看法，把年轻女人看得很紧。

虽然我说的是男人、女人和孩子，但你得明白，我们并没有被称作男人、女人和孩子。那只适用于我们的主人。我们这些资产或奴隶被称为男奴、女奴、童奴或奴崽。接下来我会用到这些词，虽然我已经许多年不曾听到或者说出它们了，在这个幸运的星球上，更是一次都没有过。

大院中的男奴住在靠近大门一侧，由工头们管理。这些工头有的是修梅克家族的亲戚，有的则是他们雇来的。童奴和女奴住在大院内侧。那里有两名自由阉民，亦即被阉割过的男奴，他们是名义上的工头，但真正的管理者是那些外祖母。事实上，大院里发生的一切都瞒不过老外祖母们。

如果外祖母说某个资产病得太重，不能干活，工头就会让那人留在家里。有时候，外祖母们能让某个男奴避免被卖掉，有时候，她们能保护某个姑娘，让她不必跟多名男性配种，或者给身体虚弱的女孩服用避孕药。大院里的人都遵从由外祖母们组成的理事会。但如果她们中有谁做得太出格，工头便会对她施以鞭刑，或者刺瞎她的眼睛，或者剁掉她的手。小时候，我们大院里有一个女人，我们大家都叫她曾外祖母，她的眼睛只剩两个窟窿，而且嘴里没有舌头。我以为她是因为太老了才会这样。我担心自己的外祖母朵塞的舌头也会萎缩。但当我告诉她时，她说："不，我的舌头不会变短，因为我不允许它变得太长。"

我住在大院里，母亲在这里生下我之后，有三个月时间可以留下给我哺乳，然后我就得改喝牛乳，母亲则回到宅邸里。她的名字叫作修梅克家的拉悠瓦·悠瓦。跟大多数资产一样，她的皮肤是白色的，但面容精致，非常美丽，拥有纤细的手腕和脚踝。外祖母也是白皮肤，但我的皮肤是黑色的，比大院里所有人都黑。

母亲来看我时，自由阉民让她从他们的门梯进入。她发现我往身上抹了灰色的尘土。当她责骂我时，我说我想要看起来跟其他人一样。

"听着，拉卡穆，"她对我说，"他们是尘民，永远无法摆脱尘土。你比他们都强，你会变得非常美丽。你知道自己为什么这么黑吗？"我不明白她的意思。"总有一天，我会告诉你，你的父亲是谁。"她说道，就像是在承诺要送我一件礼物。修梅克家有一匹珍贵的种马，据我所知，他们经常让它跟其他庄园的母马交配。我不知道人类也可以做父亲。

那天晚上，我向外祖母炫耀："我那么美，是因为那匹大黑马是我父亲！"朵塞猛击我的脑袋，我摔倒在地，哭泣起来。她说道："永远不要提你的父亲。"

我知道母亲和外祖母有嫌隙，但很长一段时间内都不明白原因。即使是现在，我也无法完全理解她们之间的问题所在。

我们这些小童奴在大院里跑来跑去，根本不知道墙外的事。

我们的世界就只有女奴的平房和男奴的长屋，再加上厨房及其后院，还有被大家的光脚丫踩得硬邦邦的土广场。对我来说，围墙似乎在很遥远的地方。

每天一早，农田和磨坊的工人走出大门，我不知道他们要去哪里。反正就是不见了。在漫长的白天，整个大院都属于我们这群童奴。我们夏天光着身子，冬天也基本光着身子，整天跑来跑去，玩木棍、石头和泥巴。大家都躲着外祖母，除非要向她们讨吃的，而她们有时也会逼着大伙儿给院子除草。

到了傍晚或者夜里，工人们经由工头看管的大门返回，有的筋疲力竭，神情阴郁，有的则愉快地互相打招呼，聊天。最后一个人进来之后，大门便会关上。所有的灶炉里都冒出烟来，焚烧牛粪的气味闻起来很香。许多人聚集在平房和小屋的门廊上。男女奴工在分隔内外院的沟渠两侧流连交谈。晚餐后，自由民带领大家对着图奥圣母像祈祷，我们也向卡穆耶献上祷词。然后，人们各自上床睡觉，只有那些准备跳沟的人仍留在外面。夏天的夜晚，有时会有人唱歌，跳舞偶尔也是被允许的。冬天的时候，常常有一名老祖父——跟强势的外祖母不同，他们是年迈而孱弱的男性——咏经，亦即背诵《卡穆耶记》。每天晚上都有人教授与学习这部圣诗。到了冬日的夜晚，一名在外祖母们接济下苟活的老男奴便开始咏经。此时，就连童奴也会停下来听经文中的故事。

我有个好朋友叫瓦尔素。她比我高大，每当孩子之间发生吵架争斗，或者大一点的童奴管我叫黑崽子、工头崽子时，她都会保护我。我的个子虽小，却有一副火暴脾气。我和瓦尔素结成同盟，便没什么人来骚扰我们。后来，瓦尔素被派到大门外去干活了。她母亲配种之后肚子大了起来，她必须帮母亲去田里干活，以完成指定的工作量。结德只能靠手工采摘。田地里每天都有一批新的穗子成熟，必须马上摘掉。因此，采摘结德的工人往往需要再同一片地上来来回回地连续摘上二三十天，再换到另一片。瓦尔素跟着母亲一起去分配给她的田地里帮忙采摘。母亲身体不适时，瓦尔素就代替她出工，在其他工人的帮助下完成母亲的工作量。按照主人的算法，她当时是六岁。所有资产的生日都是同一天，即新年的第一天。她实际上可能是七岁。她母亲产前和产后身体都不好，在此期间，瓦尔素一直在替她去地里采摘结德。后来她再也没跟我们一起玩，只有晚上才回来吃饭睡觉，到那时我才有机会看到她，跟她聊天。她对自己的工作十分自豪。我很羡慕她，渴望能走出大门。我跟着她来到门口，望向外面的世界。如今，大院的围墙似乎变得很近。

我告诉外祖母朵塞，我想要去地里干活。

"你还太小。"

"到新年我就七岁了。"

"你母亲要我保证不让你出去。"

母亲下一次来大院时，我说道："外祖母不让我出去。我想跟瓦尔素一起干活。"

"绝对不行，"母亲说，"你该有更好的工作。"

"是什么？"

"到时候你就知道了。"

她对我露出一个微笑。我知道她指的是宅邸，她就在那里面工作。她经常跟我描述那栋奇妙的宅邸，其中的物品都有着鲜亮的光泽与色彩，精致，纤细，干净。她说宅邸里非常安静。母亲自己也披着一条美丽的红围巾，她嗓音轻柔，衣服和身体总是洁净而清爽。

"我什么时候能知道？"

我故作不知地缠着她问，她终于说："好吧！我问问夫人。"

"问她什么？"

关于夫人，我只知道她也同样精致洁净，而我母亲以某种特殊的方式从属于她，并因此而自豪。我知道是夫人给了母亲那条红围巾。

"我去问她你可以开始来宅邸里接受训练了吗。"

母亲说起宅邸时，让我想到某种神圣的场所，就像祈祷词里说的：愿我进入洁净之宅，宁静之屋。

我兴奋极了，一边舞蹈，一边唱："我要去宅邸，我要去宅邸！"母亲扇了我一巴掌，责骂我太粗野。她说："你还太小！不懂规矩！如果你被赶出宅邸，就再也回不来了。"

我保证我会表现得像个大人。

"你不能出一点差错，"悠瓦告诉我，"你必须完全按照我说的去做，绝不能提问，绝不能拖拉。要是夫人觉得你太粗野，就会把你送回这里。那你就永远没希望了。"

我保证说会听话顺服。我保证说会遵从一切命令，不讲一句话。她说得越可怕，我就越想要看一看那座神奇华丽的宅邸。

母亲离开时，我还不相信她会跟夫人提这件事。我不太习惯别人会遵守承诺。但几天后她回来了，我听到她跟外祖母的对话。朵塞一开始很愤怒，说话很大声。我悄悄躲到小屋的窗户底下偷听。我听见外祖母在哭。我既害怕又惊异。外祖母对我很耐心，一直照顾我，管我吃饱吃好。除此之外，我从没意识到别的，直到听见她的哭声。于是我也哭了起来，仿佛我是她的一部分。

"你可以让我再留她一年，"她说道，"她还只是个小宝宝。我决不让她去大门外。"她在乞求，仿佛很无助，仿佛她不是外祖母。"她是我的全部快乐所在，悠瓦！"

"那你不想她过得好一点吗？"

"一年就好。去宅邸的话，她还太粗野。"

"她已经被放任太久。如果继续留在这儿，她会被派到田里去的。在那儿干上一年，他们就不会再要她去宅邸。她会变成尘民。反正哭也没有用。我已经问过夫人，那里在等她去。我回去时必须带上她。"

"悠瓦，不要让她受伤害。"朵塞非常缓慢地说道，仿佛对自己的女儿讲出这样的话很可耻，但她的语气坚定有力。

"我带走她，就是为了让她不受伤害。"母亲说。然后她招呼我，于是我就抹掉眼泪跟她走了。

说来奇怪，但我并不记得第一次在大院外的世界行走和第一眼看到宅邸时的情景。大概是因为我很害怕，一直低着头。一切对我来说都如此陌生，我都不知道自己看到的是什么。我记得母亲过了几天才带我去见塔泽乌夫人。她必须先帮我洗刷干净，再对我进行训练，以确保我不会丢她的脸。最后，她牵着我的手，离开女奴的居住区域。我害怕极了，她一路低声斥骂，领着我穿过一重重镶有彩绘木板的走廊与门户，来到一间没有屋顶的屋子，里面是明亮的阳光和一盆盆鲜花。

我几乎从没见过花，只见过厨房院子里的杂草。我盯着它们看了很久。母亲只能使劲拽了拽我的手，要我望向花丛中的女子。她躺在椅子里，衣服柔软而鲜艳，就像周围的花朵，我几乎无法区分两者。那女人的长发充满光泽，皮肤乌黑发亮。母亲推了我一把，于是我按照被她反复训练过的那样，走过去跪在椅子边等待着。那女人伸出一只纤细柔软的手，手背是黑色的，手掌是蓝色的，我用前额触碰那只手。按理我应该说我是你的奴隶拉卡穆，夫人，但我发不出声来。

"真是个漂亮的小家伙，"她说道，"肤色那么黑。"说到最后几个字，她的嗓音略有点变化。

"那天晚上……工头们进来了。"悠瓦带着腼腆的微笑说道，视线低垂，仿佛很不好意思。

"怪不得。"那女人说。我趁机再次偷偷抬眼看她。她很美。我从没见过这么美的人。我猜她看出了我的惊异。她再次伸出纤细柔软的手，轻抚我的脸颊和颈项。"非常非常漂亮，悠瓦，"她说道。"你把她带来是对的。她洗过澡了吗？"

她要是见过我刚来时的样子，就不会这么问了，因为那时我身上很脏，还散发着用来烧火的牛粪味。她对大院里的情况一无所知。宅邸中女性的区域叫作贝扎，她对贝扎以外的地方都一无所知。她被关在这里，就像我被关在大院，对外界的事毫不知情。她从没闻过牛粪，就像我从没闻过鲜花。

母亲向她保证，我已经洗干净了。于是她说："那今晚我想要她跟我睡一张床。你想跟我一起睡吗？漂亮的小——"她望向我母亲。"拉卡穆。"母亲低声说。听到这名字，夫人噘起了嘴。"我不喜欢，"她轻声说，"太难听了。托蒂。对，你可以做我的新托蒂。今晚把她带来，悠瓦。"

母亲告诉我，她曾经有一条狐狸狗，名叫托蒂。她的宠物已经死了。我不知道动物还可以有名字，所以对于被赋予动物的名字并不感到奇怪，不过一开始，我的确不太习惯自己不再叫拉卡穆，我也无法想象自己是托蒂。

那天晚上，母亲再次给我洗澡，在我皮肤上涂抹香油，然后让我穿上一件柔软的睡袍，比她的红围巾还要软。她再次给予我斥责与警告，但她也很兴奋，为我感到高兴。我们再次前往贝扎，这一次经过的是另外几条走廊，一路上遇到另一些女奴，最后来到夫人的卧室。那是个奇妙的房间，挂满了镜子、幕帘和绘画。我不懂镜子或者画是什么，看到里面有人就十分惊恐。塔泽乌夫人看出我很害怕。"过来，小家伙，"她一边说，一边在床上腾出点地方给我。她那张柔软的床又宽又大，上面堆满了枕头。"过来让我抱一抱。"我爬到她身边，她轻抚我的头发和皮肤，把我抱在温暖柔软的手臂中，直到我放松下来。"好啦，好啦，小托蒂。"她说道，然后我们就睡了。

我成了塔泽乌·维荷玛·修梅克夫人的宠物，几乎每晚都跟她一起睡。她丈夫很少在家，就算在，也不来找她，而是更喜欢找女奴取乐。她有时会让母亲或者其他更年轻的女奴睡同一张床，这种时候，她就会把我支走，直到我再长大一点，大概十岁或十一岁，她让我一起加入，教我如何行乐。她很温柔，但她是情爱中的女主人，而我是她手中的器具。

我也有接受家政训练。她教我跟她一起唱歌，因为我嗓音不错。那些年，我从没受过惩罚，也没有被迫干粗活。大院里粗野的我，在宏伟的宅邸中变得无比顺从。我以前总是忤逆外祖母，对她的命令很不耐烦，但夫人叫我做的事，我都很乐意遵从。她用她唯一可以给我的一种爱将我紧紧拴在身边。我感觉她就是仁慈的圣母图奥降临世间。这不是比喻，这是事实。我认为她是比我更高级的生灵。

也许你会说，我不能或者不该在被使用时感到愉悦，因为女主人没有征得我的同意。即使我真感到愉悦，也不该说出来，对于如此邪恶的事，不该给予哪怕是一点点褒扬。然而我根本不懂同意和拒绝。那都是属于自由人的词汇。

她有个儿子，比我大三岁。她基本上独自一人生活在我们这些女奴中间。维荷玛家是来自群岛的贵族，传统守旧，他们的女性从不出门旅行，因此她和家族断了联系。只有当庄园主修梅克从首都带回一些朋友时，她才有人作伴，不过那些都是男性，她也只能在餐桌上跟他们见面。

我很少见到庄园主，就算看到，也都是远远地观望。我认为他也是高级生灵，不过是很危险的那种。

至于少主人埃洛德，他每天来见母亲或者跟着私教们外出骑马时，我们都能看到他。我们这群十一二岁的小姑娘偷偷看着他，互相吃吃逗笑，因为他是个英俊的男孩，像他母亲一样乌黑纤瘦。我知道他害怕自己的父亲，因为我曾听见他在母亲面前哭泣。她一边用糖果和爱抚安慰他，一边说："他很快就要出门了，亲爱的。"我也替埃洛德感到难过，他就像个影子，温和而无害。十五岁时，他被送去学校读书，但不到一年，他父亲就把他带回来了。据男奴们说，庄园主狠狠揍了他一顿，甚至禁止他骑马去庄园以外。

那些被庄园主使用过的女奴告诉我们他非常粗暴，还给我们看身上被他弄出的淤青与伤口。她们都讨厌他，但我母亲不愿说他的坏话。"你以为自己是谁？"她对一个抱怨的姑娘说，"尊贵的女士？应该像玻璃一样小心对待？"后来，那姑娘发现自己怀孕了，用我们的话来说，就是肚子大了。于是我母亲把她送回大院。我当时不理解为什么。我以为悠瓦是出于妒忌才那么无情。现在我觉得她也是为了保护那女孩免遭夫人的妒忌。

不知是从何时起，我开始意识到自己是庄园主的女儿。因为母亲一直瞒着夫人，她相信这是个无人知晓的秘密。然而女奴们全都知道。我不知是无意中听见过什么，但我看到埃洛德时会仔细观察，心中寻思，我比他更像我们的父亲，那时我已经明白什么叫"父亲"了。我怀疑塔泽乌夫人是不是真的没看出来。但总之，她选择生活在不知情中。

那些年，我很少去大院。在宅邸中待了大约半年之后，我便很渴望回去见瓦尔素和外祖母，想要给她们看看我精致的衣服、洁净的皮肤和闪亮的头发；然而当我回去时，从前一起玩的童奴们朝着我扔泥巴和石块，撕扯我的衣服。瓦尔素去了农田。我只能整天躲在外祖母的小屋里。从此我再也不想回去了。外祖母派人来叫我的时候，我也只肯和母亲一起去，而且总是紧跟在她身边。我开始感觉大院里的人粗鄙肮脏，连外祖母也不例外。他们散发出强烈的臭味，身上带着溃疡的伤口和惩罚留下的疤痕，手指、耳朵和鼻子也常有残缺。他们的手脚十分粗糙，指甲都变了形。我已经不习惯看到长成这样的人。我心想，我们这些宅邸中的仆人跟他们完全不同。服侍更高等级的生灵，让我们变得跟他们很像。

等我到了十三四岁，塔泽乌夫人仍然让我跟她一起睡，并经常跟我做爱。但她也有了新的宠物，是某个厨师的女儿，漂亮的小姑娘，只是肤色像泥灰一样白。有一天晚上，她跟我长久地缠绵，用尽她所知的各种手段激起我身体的强烈兴奋。当我精疲力竭地躺在她怀里时，她一边轻声低语着"再见了，再见了"，一边吻遍我的脸和胸脯。当时我太疲惫，没有多想。

第二天早晨，夫人把我和母亲叫来，然后告诉我们说，她要把我送给她儿子，作为他十七岁生日礼物。"我会很想念你的，亲爱的托蒂，"她含着泪说道，"你一直都让我感到快乐。但我这里没有其他女孩可以送给埃洛德。你是最干净、最可爱、最漂亮的。我知道你是处女，"她的意思是从没跟男人上过床，"我的儿子会喜欢你的。他会善待她的，悠瓦。"她又认真地对我母亲说。母亲躬了躬身，没有说话。她没什么可说的。她对我也没说什么。那个让她如此自豪的秘密现在说出来已经太晚了。

塔泽乌夫人给我避孕的药物，但母亲不相信这些药，去外祖母那里取了药草。那星期，我虔诚地把两种药全吃了下去。

宅邸里的男人想见妻子时，就会到贝扎来；但假如他想要的是女奴，就会召唤她。因此少主人生日那天晚上，我被带了过去，穿着一身红衣，这是我生平第一次来到宅邸中属于男性的区域。

我对夫人的崇敬也延伸到她的儿子身上，而且我一直以来受到的教育就是庄园主天生比我们高贵。但他是我从小就认识的男孩，我还知道，他有一半的血统跟我相同。这让我对他产生一种奇怪的感觉。

我猜他对自己进入成年这件事感到既羞耻又害怕。其他姑娘曾试图引诱他，但没有成功。女奴们告诉我该怎么做，如何献上自己，如何鼓励他，我已作好准备。我被带到他宽敞的卧室中，屋里到处是蕾丝般精细的石雕，高耸窄长的窗户上镶着紫色玻璃。我腼腆地在门口站了一会儿，而他则站在一张桌子旁，桌面上铺满纸张和屏幕。最后，他走过来，拉着我的手，把我带到一张椅子边。他让我坐下，然后站着跟我说话，这不合规矩，搞得我很困惑。

"拉卡穆，"他说，"这是你的名字，对吧？"我点点头。"拉卡穆，我母亲这么做完全是出于善意，你不要觉得我不领情，或是对你的美丽视而不见。但我无法接受一个没有自由去选择是否要献出自己的女人。主人和资产发生关系就是强暴。"他继续讲下去，言辞华丽，就像夫人大声诵读书籍时的样子。我基本上听不懂，只知道当他派人来召唤我时，我就过去睡在他床上，但他决不会碰我。另外，我不能把这件事告诉任何人。"我很抱歉让你说谎，我真的很抱歉。"他的语气那么认真，我怀疑说谎会使他感到痛苦。正因为如此，他看起来更像是神，而不是人。假如说谎会带来痛苦，你要怎么活下去？

"遵命，埃洛德大人。"我说道。

于是，大多数夜晚，他的男仆都会把我带过去，我就睡在他的大床上，而他则埋首于桌上那些纸。他睡在窗户下方的一张沙发上。他常常会跟我讲他的理念，有时一说就是很久。他在首都上学时，加入了一群意图废除奴隶制的奴隶主组织，这一团体叫作公众社。他父亲听说后，便勒令他退学，叫他回家，并禁止他离开庄园。所以他也是一名囚犯。但他继续通过网络与公众社的其他成员保持联系。他知道如何操作可以不让父亲和政府发现。

他的头脑里充斥着各种理念，他必须说出来。带我过去见他的总是那两个跟他一起长大的青年资产：戈乌与埃哈斯。他们也经常会留下，一起听他给我们讲奴役、自由等各种话题。我经常昏昏欲睡，但确实有在听，只是许多东西不知该如何理解，甚至不知该不该相信。他告诉我们，资产中也有一个组织，叫作哈梅，致力于把资产从种植园中偷偷带出来。然后公众社的成员会为这些资产伪造所有权证书，并善待他们，把他们租借到城里干体面的工作。我很喜欢听他给我们讲城里的事。他也会跟我们讲殖民星耶欧维的事，说那里发生了资产革命。

对于耶欧维，我一无所知。那是一颗巨大的蓝绿色星球，比最小的月亮更亮一点，有时在太阳之后落下，有时在太阳之前升起。我只在大院里一首古老的歌中听过这个名字：

噢，噢，耶欧维，
从来都没人返回。

我不知道革命是什么意思。埃洛德向我解释说，在那个叫作耶欧维的地方，种植园里的资产正在反抗他们的主人。我不明白这是怎么可能的。生灵天生即有高低之分，比如神与人，男与女，主人与资产。我的整个世界都以修梅克庄园为基石。谁会想要推翻它呢？所有人都会葬身于废墟之下。

我不喜欢埃洛德称我们资产为奴隶，这个词不好，剥夺了我们的价值。我在心中断定，在这里，在维瑞尔，我们是资产；在其他地方，殖民星耶欧维上的那些才是奴隶，拒绝管教、毫无价值的资产。所以他们才会被送去耶欧维。这很合情合理。

所以你可以看到我当时有多无知。有时，塔泽乌夫人会带我们一起看全息网上的节目，但她只看影视剧，不看新闻报道。关于庄园之外的世界，我都是从埃洛德口中听说的，而且总是难以理解。

埃洛德喜欢我们跟他辩论。他认为这意味着我们的思维变得越来越自由。戈乌很擅长辩论。比如他会问："假如没有资产，那谁来干活呢？"于是埃洛德便会详细解答。他的眼中闪着光，语气抑扬顿挫。我很喜欢他跟我们讲话时的样子。他很美，他的语言也很美，就像小时候在大院里听老人们咏经，背诵《卡穆耶记》。

每个月，我都会把夫人给我的避孕药分给有需要的姑娘。塔泽乌夫人唤起了我的性欲，也让我习惯于充当性爱工具。我想念她的爱抚。但我不知道要如何接近那些女奴，她们不敢接近我，因为我属于少主人。跟埃洛德在一起，当他说话时，我的身体经常都很渴望他。我躺在他床上，幻想他会走过来伏到我身上，就像夫人那样使用我。但他从不碰我。

戈乌也是一个英俊的青年，整洁而礼貌，肤色较深，我觉得他很有魅力。他总是盯着我看。但他也不愿接近我，直到我告诉他埃洛德没碰过我。

我答应过埃洛德不告诉任何人，而这相当于违背了承诺。不过我并不觉得自己必须遵守承诺，我也不认为自己必须说真话。这种荣誉感是主人的，不是我们的。

后来，戈乌经常让我到宅邸的阁楼上跟他会面。他给我的愉悦很有限。他不愿进入，认为我的第一次必须留给我们的主人。他只肯让我用嘴。高潮时他会退出来，因为不能用奴隶的精液污染主人的女人。这才是奴隶的荣誉感。

也许你会说，我的故事里都是这种令人作呕的东西，生活应该有更丰富的内容，就算是奴隶的生活，也不该只有性。这非常对。我只能说，不管是男是女，或许正是性欲使得我们更容易被奴役。或许正是因为如此，我们很难守住自由，哪怕是自由民也一样。肉欲的政治是一切权力的根源。

我当时很年轻，身体成熟，渴望愉悦。即使是此时此地，当我回望过去那些年，当我回忆起另一个星球上的资产大院和修梅克宅邸时，依然感觉像是一幕幕鲜亮的梦境。我仿佛看见外祖母有力的大手，看见母亲的微笑和她脖子上的红围巾，看见夫人如丝绸般顺滑的黑色胴体埋在枕垫之间。我闻到牛粪焚烧的烟味，闻到贝扎的香薰。我年轻的身体感受到精细柔软的衣物，也感受到夫人的双手与双唇。我听到老人们咏经，听到我和夫人互相交织的情歌声，听到埃洛德与我们谈论自由。他的脸上因对未来的憧憬而洋溢着光彩。他身后的雕花石窗与紫色玻璃将黑夜阻挡在外。我不是说想要回到那时候。我宁死也不愿再回修梅克庄园，宁死也不愿离开此处属于我的自由世界，回到那奴役之地。但这就是我年轻时所理解的美、爱和希望。

然后这些概念遭到了颠覆。到最后，建立在这上面的一切都被彻底推翻了。

世界发生巨变时，我十六岁。

最初的新闻传来时，我并不感兴趣，但我的主人很兴奋，戈乌、埃哈斯，以及其他几个年轻的男性奴工也很兴奋。甚至我去看外祖母时，她也想要知道。"听说耶欧维，那个资产星球，"她说道，"他们争得了自由？他们把主人都赶走了？他们打开了大门？老天，卡穆耶保佑，这怎么可能？感谢卡穆耶，感谢他的神迹！"她蹲在泥地里前后摇晃，双臂抱着膝盖。她已经很老了，身体佝偻着。"给我讲一讲！"她说道。

我知道的也不多。"士兵全都回来了，"我说道，"耶欧维上现在有外姓人，也许他们成了新的主人。这一切都发生在很远的地方。"我一边说，一边用手指了指天空。

"什么叫外姓人？"外祖母问道，但我不知道。

我只是听说而已。

但等到我们的主人修梅克大人生病回家时，我就明白了。他搭乘飞行器来到我们的小空港。我看到他躺在担架上，眼睛里透出白色，黑皮肤上布满灰斑。他染上了一种在城市里肆虐的疾病，已濒临死亡。母亲跟着塔泽乌夫人一起看到网络上有政客说，是外姓人给维瑞尔带来了这种病。他的语气十分恐惧，我们以为所有人都会死。当我告诉戈乌时，他嗤之以鼻。"是外星人，不是外姓人，"他说道，"而且他们跟这种病一点关系都没有。主人跟医生聊过。那只是一种新的瘟疫。"

恐怖的疾病本身已经够糟了，然而我们还了解到，资产一旦被发现感染这种病，便会像牲畜一样立即遭到屠杀，尸体当场烧掉。

他们不杀主人。宅邸里挤满了医生，塔泽乌夫人日夜陪伴在丈夫床边。这种死法十分残酷，痛苦仿佛永无止境。修梅克大人在病痛中发出可怕的嘶喊与号叫。你也许无法相信，一个人竟可以像他那样持久地喊叫。他的肌肉溃烂，剥落，他的头脑趋于疯癫，然而他还没有死。

塔泽乌夫人变得像个影子，疲惫而沉默，埃洛德却充满兴奋与能量。当我们听见他父亲的哀号时，他的眼睛里闪着光芒。

他会低声说愿圣母图奥怜悯他，但那嘶喊声令他振奋。戈乌和埃哈斯从小跟他一起长大，我从他们口中得知，他父亲一直折磨他，鄙视他，而埃洛德发誓要成为跟父亲截然相反的人，要毁掉父亲所构筑的一切。

但最终的了断是由塔泽乌夫人完成的。有一天晚上，她像往常一样遣走其他随从，独自跟那濒死的人相处。当他又开始呻吟号叫时，她掏出缝纫用的小刀，割开了他的喉咙。接着，她一下又一下地划破自己手臂上的血管，然后躺在他身边一起死去。我母亲整晚都在隔壁的屋子里。她说当时有点奇怪为什么那样安静，但她非常疲倦，睡了过去。第二天早晨走进门时，她发现他俩躺在自己冷冰冰的血泊之中。

我只想为夫人哭泣，然而一切都陷入了混乱。医生说，病人房间里的所有物品都得烧掉，尸体也必须烧掉，不得拖延。宅邸成了检疫隔离区，因此只有家中的祭司才能主持葬礼。二十天内没人可以离开庄园。但现在埃洛德成了修梅克的主人，他告诉了医生们自己的打算，他们中有几个离开了。我模模糊糊地从埃哈斯那里听到过一言半语，但在悲痛中并没有太留意。

当天晚上，宅邸中的所有资产都矗立在圣母堂外，听着里面葬礼的祈祷与歌声。工头和自由阉民们把大院里的人都叫来了，他们就站在我们后面。众人看着葬礼的队伍抬着白色棺架走出来，点燃柴堆，扬起黑烟。修梅克家的新主人等不及黑烟平息，便来到我们面前。

埃洛德高高地站在圣堂后的小土丘上演讲，我从没听过他的嗓音如此有力。过去，他总是在幽暗的宅邸中窃窃低语，如今却是光天化日下的高声演说。他挺身直立，黝黑的皮肤外披着白色吊唁服。他还不到二十岁。他说道："大家听好了，你们之前是奴隶，但你们将获得自由。你们原本是我的资产，现在你们将拥有自己的人生。今天早晨，我向政府递交了庄园里所有资产的解放申请，包括男人、女人和儿童，共计四百一十一人。你可以明早到账房来找我领取文件。这些文件能证明你们每一个都是自由人。你们决不会再受到奴役。从明天起，你们可以自由行动。每个人都将得到一笔钱，用以开始新生活。这点钱不足以体现你们的价值，也不是替我们工作而换得的报酬，只是我必须给予你们的。我将离开修梅克，前往首都，致力于解放维瑞尔所有的奴隶。我们很快也会迎来像耶欧维那样的自由日。你们当中如果有谁想要跟我一起去，那就来吧！我们要做的事还很多！"

我记得他讲的每一个字。他说这番话时，不是照本宣科，也不是被网上各种影像资料洗脑了，而是发自内心深处。

他讲完之后，我从没见过众人如此沉默。

一名医生向埃洛德抗议，说他不该打破检疫隔离。

"邪恶已经被烧毁，"埃洛德一边说，一边朝着升起的黑烟夸张地比划了一下，"这里一直是个邪恶的地方，但修梅克不会再带来伤害了。"

于是，我们身后那群来自大院的人缓缓地鼓噪起来，并逐渐演变成一片欢乐的喧嚣，混杂着哭号、喊叫与歌声。"天神卡穆耶！天神卡穆耶！"人们喊道。一名老妇走上前：那是我外祖母。她从宅邸的资产中间穿过，仿佛我们是一片田地。她在埃洛德面前站定，人们安静下来，听外祖母有什么要说。她说道："老爷，你是要把我们赶出家园吗？"

"不，"他说道，"这里都是你们的。你们可以使用这里的土地。田里产出的收成也是你们的。这里就是你们的家园，你们自由了！"

听到他这么说，呼喊声再次响起，震得我只好蹲下来捂住耳朵，但我其实也在呼喊，跟着众人一起赞颂埃洛德大人和天神卡穆耶。

我们在燃烧的柴垛旁舞蹈歌唱，直到太阳落山。最后，外祖母们和几个自由阉民一起催促众人回到大院，说是因为他们还没拿到证明。我们这群宅邸里的仆人则三三两两地走回去，一路谈论着明天获得自由、金钱和土地之后的打算。

第二天，埃洛德一整天都坐在账房里，给每个资产发放证明和钱：一百奎现金，外加五百奎支票，可在地区银行兑换，但四十天内无法提取。他向每个人解释说，这是为了避免他们在搞明白如何有效地使用钱财之前，遭到不怀好意者的欺骗。他建议他们组建一个合作社，以民主的方式运营庄园。"银行里的钱，天哪！"一个残疾的老人一边欢呼，一边走出来，用畸形的双腿踏着舞步。"银行里的钱，天哪！"

埃洛德一遍遍重复说，如果他们愿意，可以把这笔钱存下来，联系哈梅，请他们帮忙买前往耶欧维的车票。

"噢，噢，耶欧维。"有人唱起来，他们把歌词改了：

> 每个人都要去。
> 噢，噢，耶欧维。
> 每个人都要去！

他们唱了一整天，然而悲哀的感觉却无法改变。回忆起那天的歌声，我至今仍想要哭泣。

第二天，埃洛德走了，迫不及待地离开这个曾令他痛苦不堪的地方，前往首都开始新生活，从事解放资产的工作。他没有跟我道别。他带上了戈乌和埃哈斯。医生、他们的助手和资产前一天就已离开。我们看着他的飞行器升入空中。

然后我们回到宅邸。那栋楼仿佛失去了生命力，没有主人，没有老爷，没有人告诉我们该做什么。

我和母亲开始打包衣物。我俩没怎么说话，但都感觉不能留在此处。我们听见其他女人在贝扎内奔跑，她们闯进塔泽乌夫人的房间，在橱柜里翻找珠宝和贵重物品，并发出兴奋的笑声与尖叫。我们听见走廊里有男人说话：那是工头们的声音。我和母亲一言不发，拿起手上的物品，从后门走了出去，穿过花园里的灌木丛，径直来到大院。

我们看到大院的大门敞开着。

我要如何告诉你，看到这敞开的大门，对我们来说意味着什么呢？我要如何告诉你？

泽斯克拉

埃洛德完全不懂庄园的运作，因为那都是工头们干的。他也是一名囚徒。他活在那些屏幕里，活在自己的梦想与憧憬中。

外祖母们和大院里的一些人整晚都在制定计划，试图让大家团结起来保护自己。那天早晨，当我和母亲过来时，大门口有资产把守着大院，以农具充当武器。外祖母和自由阖民们选出了一名首领，那是个身强体壮、广受欢迎的农田奴工。他们希望以此来留住年轻男人。

到了下午，这一希望落空了。年轻人失去了控制。他们跑到宅邸里打劫。工头从窗口朝他们开枪，打死许多人，剩下的都逃跑了。工头们守在宅邸内，喝着修梅克家的葡萄酒。其他庄园的主人们纷纷飞来增援。我们听到飞行器一架接着一架降落。留在宅邸中的女奴现在只能听凭他们处置。

我们待在大院里，大门又关上了。人们将巨大的门闩从外面移到里面，感觉至少当晚是安全的。但半夜里，他们用重型拖拉机推倒围墙。一百多人涌了进来，包括本地所有的主人和我们的工头。他们全都带着枪。我们用农具和木头反击。他们有一两个人伤亡。但他们肆意地屠杀，并开始强暴我们。持续了一整晚。

一群男人将所有老年男女抓起来，朝着两眼之间开枪，就像杀牛一样。我外祖母也在其中。我不知道母亲的下落。早上他们把我带走时，我没见到一个活着的男奴。我还看到地上的血泊之间躺着许多白纸。那是自由证明。

我们几个仍活着的女孩和年轻女性被赶上卡车，运去了空港。他们用棍子驱赶我们登上一架飞行器，然后我们升入空中。当时，我的头脑已无法正常思考。我所知道的一切都是后来听别人说的。

我们发现自己被送到一个跟从前一模一样的大院，我还以为他们把我们送回了家。那些人推搡着我们经由自由阉民的梯子进入大院。当时仍是上午，奴工们在外面干活，大院里只有外祖母、童奴和年迈的男性。那些外祖母板着脸怒气冲冲地朝我们走来。一开始，我不明白为什么这些人我一个人也不认识。我在找自己的外祖母。

她们害怕我们，以为我们是出逃的资产。过去几年中，常有种植园里的资产试图逃往城市。她们以为我们是不听话的资产，会带来麻烦。不过她们仍帮助我们擦洗干净，让我们待在自由阉民的塔楼附近。她们说没有空余的小屋。她们还说，这里是泽斯克拉庄园。她们不想听修梅克发生的事。她们不想我们留下。她们不想我们带来麻烦。

我们睡在露天地面上。到了夜里，一些男性奴工穿过沟渠来强奸我们，因为没什么可以阻止他们。无论对谁来说，我们都毫无价值。我们太虚弱，无力抵抗。有个叫阿布耶的女孩试图反抗，那些男人将她打得不省人事。到了早上，她既不能说话，也不能走路。工头将我们带走时，她被留在原地。还有一名女孩也被留下来，那是个魁梧的农场工人，头上有白色疤痕，仿佛一道头缝。离开时，我看了她一眼，发现那是昔日的朋友瓦尔素。我们一直没有认出彼此。她垂着头坐在土里。

我们五个被带出大院，来到泽斯克拉的巨宅中女性奴工的住处。起初我还存有一丝希望，因为我知道如何当个好仆人。当时我还不明白泽斯克拉和修梅克的区别。泽斯克拉的宅邸中住满了主人和工头。此处不像修梅克那样只有一名主人。这是个大家族，包括十来名成员，各有各的随从、亲友和访客，因此男性一侧住着三四十人，贝扎里则住着同等数量的女性，宅邸中有五十多名仆人。我们被带来不是当仆人的，而是床侍。

洗完澡之后，我们就被留在床侍的住处。那是一间大屋子，没有任何隐私空间，其中已经住着十几个床侍。她们当中喜欢这份工作的人不太高兴，认为我们是竞争对手；其余人则欢迎我们的到来，期待我们取代她们的位置，让她们可以成为普通仆人。不过没有人特别不友善，有些还好心地给我们衣服穿，因为我们迄今为止一直光着身子。她们还安慰我们当中最小的女孩，她叫弥奥，来自大院，大概十岁或十一岁，白皙的皮肤上布满斑驳的淤青。

她们中有个高挑的女人，名叫塞兹－图奥。她面带挖苦的表情看着我。她的某种气质唤醒了我的灵魂。

"你不是尘民吧，"她说道，"你就跟老庄园主魔王泽斯克拉一样黑。你是工头的孩子，对吗？"

"不，夫人，"我说道，"主人的孩子。我们庄园主的孩子。我叫拉卡穆。"

"你的祖父最近待你不是很好吧，"她说道，"也许你该向圣母图奥祈祷。"

"我不指望别人对我好。"我说道。从此以后，塞兹－图奥很喜欢我，常常给予我保护，而这也是我所需要的。

大多数夜晚，我们都会被送到男人的区域。假如有晚宴，等夫人们离开餐厅，我们就会被带进去，坐在主人腿上，陪他们喝酒。然后他们就在沙发上使用我们，或者把我们带去自己的房间。泽斯克拉的男人并不粗暴。有些人喜欢强奸，但大多数都更乐意想象我们有着跟他们相同的欲望。这两种人都很容易满足，对于前者，我们只需显露出恐惧与顺从，对于后者，则假装渴望与愉悦。然而，他们的有些访客又是另一种人。

从来没有哪条法规禁止伤害或杀死床侍。主人也许会不高兴，但自尊心不允许他说出口：他有许多资产，失去一两个根本不重要。因此有些以施虐为乐的人便会来到像泽斯克拉这样好客的庄园找乐子。塞兹－图奥最受老庄主宠爱，她有机会向他抱怨，所以这样的宾客不会再受到邀请。但我在的那段时间里，跟我们一起从修梅克过来的小女孩弥奥被一名宾客杀死了。他把她绑在床上，用绳索在她咽喉处打了个结，由于系得太紧，她在使用过程中被勒死了。

这类事我不想再多讲，该说的我已经都说了。有些事实并没有什么用。我的朋友曾经说，所有知识都是有局限的。但在对的地方，那孩子就该这样死去吗？在对的地方，那孩子就不应该这样死去吗？

我经常被亚塞奥大人使用，他是个中年人，喜欢我的黑皮肤。他称我为女士，也叫我叛党，因为他们将修梅克发生的事称作资产叛乱。他不来召唤我的夜晚，我就充当普通侍女。

我在泽斯克拉待了两年之后，有一天清晨，塞兹－图奥来找我。由于前天夜里才被亚塞奥大人使用过，我回来得很晚。屋里人不多，因为前一晚有一场酒会，所有侍女都被召唤去了。塞兹·图奥把我叫醒。她的头发很古怪，卷曲而蓬松。我记得她俯视着我，一头卷发披散下来。"拉卡穆，"她轻声说，"昨晚有个访客的资产来找我。他给了我这个。他说他叫苏哈梅。"

"苏哈梅。"我重复道，睡意蒙眬地看着她递过来的东西：一张褶皱肮脏的纸。"我不识字！"说着我不耐烦地打了个哈欠。

但细看之下，我明白了。我知道纸上说的是什么。这是自由证明。我的自由证明。我曾经看着埃洛德大人在那上面写下我的名字。他每写一个名字，都会大声念出来，让我们知道他写的是什么。我记得自己姓名开头的大写花体字母：拉朵塞·拉卡穆。我把那张纸攥在手中，我的手在颤抖。"你从哪儿拿到它的？"我低声说。

"最好去问那个苏哈梅。"她说道。我听出了这名字的含义：来自哈梅。这是个密语。她也知道。她看着我，忽然俯下身，用前额顶住我的前额，她的呼吸卡在咽喉里。"如果可以的话，我愿意帮忙。"她低语道。

我在备餐室里与苏哈梅见面。我一眼就认出了他：埃哈斯，他和戈乌是埃洛德大人最喜欢的两个。他是一名纤瘦而沉默的年轻人，有着尘灰色的皮肤，我从没对他太留意过。他的眼神很警惕，我记得从前我和戈乌说话时，他似乎总是厌恶地看着我们。此刻，他依然警惕地看着我，但表情古怪而淡漠。

"你为什么跟着博埃巴大人来这里？"我说道，"你不是自由了吗？"

"我跟你一样自由。"他说道。

我不太明白。

"埃洛德大人连你都没有保护吗？"我问道。

"没错，我是自由人。"他的表情活跃起来，不像刚见到我时那样死板。"博埃巴夫人是公众社的成员。我为哈梅工作。我一直在寻找来自修梅克的人。我们听说有几个女人来了这里。还有其他人活着吗，拉卡穆？"

他的声音很轻，但他说到我的名字时，我感觉透不过气来，喉咙一阵哽咽。我叫了一声他的名字，然后走上前拥抱他。"拉图奥、拉玛约和珂奥仍在这儿。"我说道。他轻轻抱着我。"瓦尔素在大院里，"我说道，"如果她还活着的话。"我哭起来。自从弥奥死后我还没哭过。他也流下了眼泪。

后来我们又聊了一会儿，他解释说，从法律上讲，我们确实是自由人，但在庄园里，法律毫无意义。假如庄园主宣称资产属于他们，政府是不会干涉的。我们若是主张自己的权利，泽斯克拉家多半会杀死我们，因为他们把我们看作偷来的财产，不想因此而丢脸。我们必须逃跑，或者在接应之下偷偷溜出去，前往首都，否则根本无法保证安全。

我们必须确保泽斯克拉的资产不会因为嫉妒或者为了讨好主人而出卖我们。塞兹－图奥是我唯一完全信任的人。

埃哈斯在塞兹－图奥的协助下安排了逃亡行动。我恳求她跟我们一起走，但她觉得自己没有自由证明，一直得要躲躲藏藏地生活，还不如待在泽斯克拉。

"你可以去耶欧维。"我说道。

她笑了起来。"我只知道从来没人从耶欧维回来过。为什么要从一个火坑逃去另一个呢？"

拉图奥选择不跟我们走；她受到一名年轻庄园主的宠爱，并满足于这样的生活。在来自修梅克的人中，拉玛约是最年长的，而柯奥今年大概十五岁，她俩都想要跟我们走。塞兹－图奥去大院调查过，发现瓦尔素还活着，在农田里干活。安排她逃亡比安排我们困难得多。大院里没有逃跑的途径。她想要逃出去的话，只有在白天瞒过工头和监工的眼睛，从田地里离开。就连要跟她说上话也很难，因为老外祖母们充满怀疑。但塞兹－图奥还是办到了，瓦尔素告诉她，为了"找回自己的自由证明"，她什么都愿意做。

博埃巴夫人的飞行器在一片广阔的结德田边等着我们，当时正值夏末，那块田里的收割刚刚结束。我和拉玛约、柯奥分别在上午的不同时间离开宅邸。没有人一直密切地监视我们，因为我们无处可去。泽斯克拉位于其他大庄园之间，方圆数百里内，逃跑的资产得不到任何帮助。我们各自经由不同路线穿过田地与树林，一路上猫着腰躲躲藏藏，直到找到那架飞行器。埃哈斯已经在等我们。我呼吸急促，心怦怦直跳。我们仍需等待瓦尔素到达。

"来了！"爬在机翼上的柯奥说道。广阔的田野里竖立着一株株残梗，她指向更远处。

瓦尔素正从对面的一片树丛中跑出来，步伐稳健，看不出害怕的样子。但她忽然停了下来，转回身。一时间，我们搞不懂为什么。然后我们看见树林的阴影中钻出两个追赶她的人。

她没有继续奔逃，把那两人引向我们这边，而是朝着他们跑回去。她像猎狮一样跃起，扑向他们。就在她跃起时，其中一人开枪射击。她坠落下来，撞倒了一个人。另一人不停地射击，一枪接着一枪。"进去，"埃哈斯说，"快。"我们手忙脚乱地爬进机舱，飞行器随即升入空中。一切仿佛发生在同一瞬间，飞行器升空时，瓦尔素也猛然跃起。这一跃将她带向了空中，带向了死亡，也带向自由。

城市

我将自由证明整整齐齐地叠成一小块。在飞行器里，以及后来的城市公交车上，我都把它紧紧捏在手中。埃哈斯发现后告诉我，不需要担心。政府办公室里有我们的解放记录，在这座城市中，它是得到承认的。他说我们是自由的，是自由民，亦即没有资产的主人。"就跟埃洛德大人一样。"他说道。我不明白这是什么意思，要学的东西太多了。我一直握着自由证明，直到找到安全的地方存放。我至今仍保存着它。

我们在街上走了一小段，人行道旁排列着一栋栋大房子，埃哈斯带着我们进入其中一栋。他称其为大院，但我们都觉得那一定是主人的房子。迎接我们的是一名中年女子，她长着浅色皮肤，但言谈举止就像主人，所以我不清楚她是什么人。她说自己叫蕾斯，是一名租赁工，也是这里的长老。

租赁工是资产主租借给公司的奴工。如果他们被大公司雇用，便住在公司大院里，但城里也有许多人替小公司工作或者自行经营业务，他们便住在以盈利为目的的房屋里，这种建筑叫作公共大院，其中的居住者必须遵守宵禁，房门到了夜间便会锁住，但仅此而已，他们实行自治管理。此处就是一个这样的公共大院，由公众社提供资助。一部分居民是租赁工，但大多数都跟我们一样，是由资产转化而来的自由民。总共有一百多人居住在四十间公寓中。这里有几名负责管理的女性，在我看来，她们就是外祖母，但在这里，她们被称作长老。

自古以来，在遥远的乡村庄园里，人们的生活受制于连绵不尽的土地、千百年的传统和一成不变的愚昧，因此资产的命运完全处在主人的支配之下。我们从乡村来到这座拥有两百万人口的大城市。在这里，任何人、任何事都逃不过变化与意外，我们必须尽快学习生存之道，但我们的生活掌握在自己手中。

我以前从来没见过街道，也不认识一个字。我有许多东西要学。

蕾斯从一开始就让我看清了这一点。她是城里的女人，思维敏捷，口齿伶俐，而且缺乏耐心，咄咄逼人，心思十分敏感。很长一段时间内，我都无法理解她，也无法喜欢她。因为她让我感觉自己反应迟钝，像个笨蛋。我常常生她的气。

如今，我心中有了怒气。住在泽斯克拉时，我没有感到愤怒。因为我不能，否则我会被愤怒吞噬。这里可以容得下愤怒，但我发现并没有用。我只能沉默地与它共处。柯奥和拉玛约共用一间大房间，我住在隔壁的小房间。我从没拥有过自己的房间。一开始，我感觉很孤独，还有点羞愧，但很快就喜欢上了这种状态。作为一名女性自由民，我做的第一件事，就是自由关上自己的房门。

夜晚，我关上门学习。白天，我上午接受培训，下午上课：读写，算术，历史。我在一家小店里参加培训，这家店用纸张和薄木片制作用来存放化妆品、蜡烛、珠宝等物品的盒子。我接受的培训是制作与装饰盒子的步骤和技巧。这家店的主人是一名公众社成员。较年长的工人都是租赁工。等我培训结束后，也能挣到工资。

在那之前，我由埃洛德大人资助。他也在资助柯奥、拉玛约，以及若干来自修梅克大院但住在其他房子里的男性。埃洛德从不到我们的住处来。我猜他不想见到那些被他解放却遭遇悲惨的人。埃哈斯和戈乌说，他卖掉了修梅克的大部分土地，把这笔钱投入到公众社中，并由此开始参与政治活动，因为如今出现了一个支持资产解放的革新党。

戈乌来看过我几次。他成了一个整洁而博学的城里人。我感觉他看着我的时候心里一定在想：她在泽斯克拉被使用过。我不想见到他。

我以前没怎么留意过埃哈斯，现在却发现他勇敢坚定、心地善良，我很钦佩他。来寻找与解救我们的人正是他。钱是那些主人出的，但埃哈斯是执行者。他经常来看我们。他是我和童年之间唯一的纽带。

他也成了我的朋友。他跟我做伴时，不会把我逼回资产的躯壳。现在，每个男性看着我时，都是那种男人看女人的目光。而女人看着我时，也只注意到我的性征。这都让我很恼火。对塔泽乌夫人来说，我就只是一具肉体。在泽斯克拉也一样。哪怕是埃洛德，他虽然不愿碰我，但还是这样看我的。一具肉体，他们可以选择碰还是不碰，睡还是不睡。我痛恨自己的女性特征，痛恨自己的性器、乳房，以及臀部和腹部的曲线。我从小就被要求穿上柔软的衣服，以衬托出女性的性感躯体。等到我开始赚工资，就可以自己购买或制作硬挺厚实的衣服。我喜欢自己的双手，因为它们拥有灵巧的技艺，我也喜欢自己的头脑，虽然不算聪明，但一直都在不懈地学习。

我喜欢学习历史。我从小都没有接触过历史。修梅克和泽斯克拉只有一成不变的传统。没人知道其他年代和现在有何不同，其他地方和本地有何不同。我们被限制在此时此地，无法摆脱奴役。

埃洛德的确有谈到改变，但在他看来，推动改变的是主人。我们只是被改变，被解放，这跟被拥有没什么两样。我发现在历史中，自由都是争取来的，而不是被赋予的。

我独力阅读的第一本书讲的就是耶欧维的历史，写得十分简单，说到殖民时代和四大专营公司，说到最初的一百年里，飞船把男性奴隶运到耶欧维，再把珍稀矿石运回来。那时候奴隶特别便宜，他们让奴隶在矿场里拼命工作，用不了几年奴隶便会死亡，然后他们又运去新的一批。噢，噢，耶欧维，从来都没人返回。后来，专营公司开始运送女奴过去工作兼育种，随着年月的流逝，资产们从大院里走出来，建造城市——亦即我如今所在的那种大型都市。但它们不是由主人和工头管理的，而是由资产来管理，就像我们住的房子。在耶欧维，资产归专营公司所有。他们可以把赚到的一部分钱支付给公司，以换取暂时的自由，就像伏伊迪欧某些地方的佃农付钱给地主一样。在耶欧维，这些资产被称作自由资产。不是自由人，只是自由资产。然后，我读的历史书里说，他们开始思考，为什么自己不能成为自由人。于是他们发起了被称为解放运动的革命。运动开始于一个叫作纳达米的种植园，然后扩散至各地。他们为自由战斗了三十年。就在三年前，他们刚刚赢得了胜利，把专营公司、主人和工头全都赶出了那颗星球。他们在街道中跳啊，唱啊：自由，自由！我读的这本书（我读得很慢，但一直在读）就是那里印刷的——在自由星耶欧维。它是由外星人带到维瑞尔的。对我来说，这是一本圣典。

我问埃哈斯耶欧维现在怎么样了，他说他们正在组织自己的政府，打算编撰一部完美的宪法，所有人在法律面前都平等。

根据网络中的新闻，现在耶欧维上互相争斗，根本就没有政府，人们面临着饥荒，而法律与秩序被打破，到处都充斥着混乱，乡村里有野蛮的原始部落，城市中游荡着青少年黑帮。他们说，那是个堕落无知、注定要毁灭的世界。

埃哈斯说，伏伊迪欧政府在与耶欧维的战争中被打败，现在他们很害怕维瑞尔也爆发解放运动。"不要相信新闻，"他劝我说，"尤其不要相信实境新闻网络。千万不要联进去。那里也同样充满谎言，但假如身临其境，你就会相信它。他们知道这一点。要是能直接占领我们的大脑，他们就不需要枪炮了。"他说主人们在耶欧维上根本没有记者和摄影机，他们的新闻全是靠演员演出来的。只有少数来自伊库盟的外星人被允许待在耶欧维，而耶欧维的人们还在讨论，是否应该把他们赶走，以完全拥有自己赢取的世界。

"那我们怎么办呢？"我说道。因为我产生了一个梦想：等到哈梅能够租飞船把人运送过去，我也要前往那自由星球。

"有人说资产可以来，也有人说他们没法养活那么多人，会不堪重负的。他们以民主的方式辩论。这件事很快就会在耶欧维的第一次选举期间定下来。"埃哈斯也梦想着去那里。我们谈论梦想，就像恋人之间谈论爱一样。

但现在没有去耶欧维的飞船。哈梅无法公开行动，而公众社又被禁止充当他们的代理。伊库盟曾提出用他们的飞船把想去的人运过去，但伏伊迪欧政府不准他们以此为目的使用空港。他们只能运载自己人，维瑞尔人一个都不准离开。

维瑞尔允许外星人登陆并维持外交关系才不过四十年而已。随着不断阅读历史，我开始对维瑞尔统治阶层的本质有了一点了解。这个黑皮肤的种族征服了大陆上的所有民族，最后又统一了全世界。他们自称为主人，相信世界仅有一种运作方式。他们相信自己是人类的代表，自己的行为符合人类的准则，并且掌握着所有已知的真理。维瑞尔的其他民族有的抵抗他们，有的仿效他们，但最终都成了他们的资产。当另一个种族从天而降，带来不同的视角、不同的思维和行事方式，并拒绝被征服、被奴役时，那些主人不想跟他们扯上任何联系。他们花了四百年才承认还有其他人能与他们平起平坐。

有一次，我参加了革新党的集会。埃洛德在集会上的演讲如往常一样优美。当人群在聆听时，我注意到身边有个女人。她的皮肤是古怪的橙棕色，就像皮尼果的外皮，她的眼角呈现出白色。我以为她病了——我记起修梅克大人患瘟疫时的肤色变化，眼角也透出白色。我打了个冷战，往后退缩。她看了我一眼，微微一笑，然后注意力又回到演讲者身上。她的头发跟塞兹－图奥一样，卷曲蓬松，仿佛灌木丛或云团。她的衣服质地精良，款式奇特。我过了好一会儿才意识到，她来自一个遥远得难以想象的星球。令人惊异的是，尽管她的肤色、眼睛、头发和思维都很奇特，但她是跟我一样的人类，这一点我毫不怀疑，因为我能感觉得到。一时间，我感到深深的不安。然后我不再困惑，而是对她充满好奇，仿佛她有一种吸引力，让我渴望去了解。我想要了解她，以及她所知道的一切。

主人的灵魂和自由的灵魂在我体内争斗。这样的争斗将会持续一生。

柯奥和拉玛约在学会读写和使用计算器之后便不再去学校，但我仍继续上学。等到哈梅的学校再也没有我可以修的课程，老师们便帮我从网上找。尽管政府控制着课程，但全球各地有许多优秀的老师和学习小组，共同探讨文学、历史、科学和艺术。我总是想再多学点历史。

蕾斯是哈梅的成员，是她第一次带我去伏伊迪欧图书馆的。它仅对主人开放，因此没有受到政府的审查。获得解放的资产如果肤色较浅，往往也会被管理员以各种借口挡在门外。我是黑皮肤，而且在城市里学会了一种冷漠高傲的姿态，这能让我避免许多侮辱与攻击。蕾斯告诉我，要大踏步地走进去，就好像那是我自己的地盘。按照这个办法，我果然获得了所有特权，没人提出疑问。于是，我开始自由阅读图书馆里的书籍。如有可能，我想要读遍其中的每一本。阅读是我的快乐所在，也是自由带给我的最重要的东西。

制作盒子的工作报酬丰厚，而且有着愉快的环境和友善的同伴。我的生活基本就只有工作、学习和阅读。我不需要更多。我感到孤独，但跟我的追求相比，孤独并不算太高的代价。

我原先不喜欢蕾斯，现在她成了我的朋友。我跟着她去参加哈梅的会议，也跟着她去看表演，没有她的指点，我根本不懂如何欣赏。"来吧，小土包子，"她说道，"我得给种植园的小童奴上一课。"她带我去马吉尔剧院，或者去资产舞厅，那里的音乐很棒。她总是那么喜欢跳舞。我跟着她学，但舞蹈并不能给我带来快乐。有一晚跳慢步舞时，她把我揽向她的怀里，从她的脸上，我看到柔和而空洞的欲望面具。我挣脱她的手。"我不想跳舞。"我说道。

我们一起走回家。她一直跟到我的房间门口，并试图拥吻我。我很厌恶，充满愤怒。"我不想这样！"我说道。

"很抱歉，拉卡穆，"她说道，我从没听过她的语气如此轻柔，"我明白你的感受。但你得克服这种障碍，你得有自己的生活。我不是男人，不过我真的想要你。"

我打断她——"早在男人之前，我就已经被一个女人使用过了。你有问过我想要你吗？我绝不想再被使用！"

愤怒与恨意从我体内喷涌而出，就像伤口里的脓水。她再尝试触碰我的话，我可能会伤害她。我用力一摔门，把她挡在外面，然后颤抖着走到桌前坐下，开始阅读桌上摊开的书。

第二天，我俩都很羞愧，表情僵硬。但在城里人机敏而粗暴的表象下，蕾斯很有耐心。她没有再企图跟我做爱，但她让我对她慢慢产生了一种信任感，使得我愿意跟她交谈，这是其他任何人都做不到的。她认真地听我说，然后告诉我她的想法。她说："小土包子，你全理解错了。也难怪，你怎么可能明白？你以为性是强加于你的东西。其实并不然。你可以拥有主动权，跟其他人互动，但不是强加于人。你从没真正经历过性爱。你经历的只有强暴。"

"埃洛德大人很久以前就告诉过我这些。"我说道。我有种苦涩的感觉，"我不在乎它叫什么，我受够了，这辈子都受够了。我宁愿不要它。"

蕾斯扮了个鬼脸。"在二十二岁的时候？"她说道，"也许暂时可以吧，如果你乐意，那也没问题。但考虑一下我说的。没有它，人生就像缺了一大块。"

"如果一定要性，我可以自己解决。"我说道，毫不顾忌是否会对她造成伤害。"这跟爱没什么关系。"

"你就是错在这儿。"她说道，但我不想听。如果要学什么的话，我宁可自己挑选老师或书，但不愿听取强塞给我的建议。我不要别人告诉我该怎么做，怎么想。如果我是自由人，就应该是个独立自主的自由人。我就像是刚刚学会站立的婴儿。

埃哈斯也给了我一些建议。他说继续学习知识是不明智的。"读那么多书没用，"他说道，"那只是自我满足而已。我们需要的是领袖和具备实用技能的成员。"

"我们需要老师！"

"是的，"他说，"但以你一年前的学识，就足够当老师了。古代历史，外星世界的知识，这些有什么用？我们需要的是发动革命！"

我没有停止阅读，但我感到负疚。我在哈梅的学校里授课，教那些不识字的资产和自由资产读写，他们就跟三年前的我一样。那不是一件容易的事。阅读对成年人来说很难学，经过一天的劳作，到了晚上，他们都十分疲惫。任由网络控制思维就容易得多。

我内心中不断跟埃哈斯辩论。有一天，我问他："耶欧维有没有图书馆？"

"我不知道。"

"你知道那儿没有。专营公司没留下图书馆。那里一座图书馆都没有。除了追逐利润之外，这些人一无所知。知识本身就是一种商品。我不停地学习，是为了把知识带去耶欧维。如有可能，我要把整个图书馆的知识都带过去！"

他盯着我。"主人的书里讲的都是他们的思想和作为。耶欧维不需要这些。"

"不，他们需要。"我说道。我很确信他是错的，只不过仍说不出原因。

学校很快就开始让我教授历史，因为一名历史老师离开了。课程进行得很顺利。我总是努力地备课。现在，我被要求辅导一个进阶学习小组，那同样也很顺利。我从历史中提炼出一些概念，并拿我们的世界跟其他星球作比较，对此，大家都很感兴趣。我一直在研究不同的族群如何抚养儿童，比如由谁承担责任，以及此种责任是如何被解读的。因为我认为这决定了他们是拥有自由还是被奴役。

在一次讨论会上，有个伊库盟大使馆的人来旁听。看到听众中有一张外星人的脸，我非常惶恐。当我认出他之后，心里更害怕了。我曾通过网络学习伊库盟历史，而他是我修的第一门课的教授者。虽然当时并未参与讨论，但我有专心听课。从这门课中学到的知识对我有着巨大的影响。我以为他会觉得我狂妄自大，因为他对我讲的内容太了解了。讲课过程中，我结结巴巴，目光不敢接触他那双眼角透出白色的眼睛。

课后，他过来找我，赞扬我讲得好。他礼貌地自我介绍，并问我是否读过这本或那本书。他跟我谈话时显得友善而机敏，很快便赢得了我的信任和喜爱。我需要他的指引，因为关于男女之间的权力平衡关系，建立于其上的儿童的抚养教育，以及他们接受的教育有何价值，即便是一些智者也曾讲过或写过许多谬论。他知道一些实用的书，可以让我从中自行探索。

他的名字叫作埃斯达顿·埃亚。他在大使馆担任要职，但具体职位我也不太清楚。他出生于海恩，那是个古老的星球，也是人类最初的家园，我们所有的先祖都来自那里。

有时候我感觉很奇怪，六岁之前，我对大院高墙外的一切还一无所知，到十八岁才知道自己所在的国家叫什么，然而如今，我竟拥有了这么多广博而古老的知识！我刚到城里时，有人说起伏伊迪欧，我问道："那是哪里？"他们全都目瞪口呆地看着我。"就是这儿，尘民。"一个上了年纪的女人生硬地说道，她是城里的租赁工，"伏伊迪欧就是这里，是你我所属的国家！"

我把这件事告诉埃斯达顿·埃亚。他没有笑。"可国家，民族，"他说道，"这些都是奇怪的概念，很难理解。"

"我的国家实行奴隶制。"我说道。他点点头。

现在我很少见到埃哈斯。我怀念他的友谊，但如今他只会责怪我。"你太自我膨胀了，一直在发表文章和演讲，"他说，"你把自己看得比我们的理想更重要。"

我说："但我常常跟哈梅的人探讨，写下一些大家需要了解的事。我做的每一件事都是为了自由。"

"公众社对你写的小册子不太满意，"他用严肃的语气建议道，仿佛是在陈述一个我必须知道的秘密，"他们让我告诉你，下次发表前得先把文章提交给委员会。出版社里都是些头脑发热的家伙。哈梅给我们的候选人带来了许多麻烦。"

"我们的候选人！"我愤怒地说，"我的候选人里没有主人！你还在执行少主人的命令吗？"

这句话刺伤了他。他说道："如果你把自己放在第一位，拒绝配合，会给我们所有人带来危险。"

"我并没有把自己放在第一位——政客和资本家才会那样。我把自由放在第一位。为什么不是你来配合我？这是双向的，埃哈斯！"

他愤怒地离开了，而我也很生气。

我猜他很怀念当初我对他的依赖。也许他也嫉妒我的独立，因为他依然从属于埃洛德大人。他有一颗忠诚的心。这种分歧让我俩都很痛苦。我很想知道在后来的艰难时日中他怎么样了。

他的指责有一定道理。我发现自己有一种利用演讲和写作，触动他人头脑与内心的天赋。没人告诉过我，这样的天赋不仅强大，而且危险。埃哈斯说我把自己放在第一位，但我相信不是这样。我完全是为了真理和自由。没人告诉我，目的无法洗刷手段的过错，因为只有天神卡穆耶知道目的究竟是什么。也许我的外祖母本应该告诉我这些的。《卡穆耶记》或许也能给予我提醒，但我没有经常读，城里也没有夜间咏经的老人。然而即便是有，我也听不到，因为我只听见自己用美妙的声音讲述着美妙的真理。

我以为自己没有制造任何伤害，即使是有，也不比其他任何人更多——让伏伊迪欧的统治者注意到，哈梅变得越来越大胆，革新党越来越强大，他们必须对我们采取行动。

第一个迹象是分裂。在公共大院，男性和女性的区域中有几套公寓是给夫妻住的。这是一种激进的现象。资产之间的婚姻都是非法的。他们能成双成对地住在一起，只是因为主人的宽容。从法律上来讲，资产的忠诚只能奉献给主人。孩子不属于母亲，而是归主人所有。但由于自由民和资产混住在一起，这些夫妻公寓一直受到宽容的对待，没人干预。如今，在法律的名义下，那些资产夫妻忽然遭到逮捕，然后被送到公司管理的大院里，他们被迫分开，如果是挣工资的，还会遭到罚款。蕾斯和几个管理我们大楼的长老也被罚款，她们收到警告，假如再发现有伤风化的行为，她们需要承担责任，并会被送去劳动管教营。有一对夫妻的两名幼儿不在政府名册中，因此，当父母被带走时，孩子留了下来，成为弃儿。柯奥和拉玛约收养了他们。按照大院的惯例，他们跟所有孤儿一样，成了女性居住区内的受监护人。

在哈梅和公众社的会议上，人们就这一点展开激烈的辩论。有人说，资产们共同生活、抚养孩子的权利是革新党应该支持的。这对奴隶制并无直接威胁，或许也符合许多奴隶主的天性，尤其是女性。她们虽然不能投票，但是重要的盟友。也有人说，个人的情感必须服从于对解放事业的忠诚，跟解放资产的伟大理想相比，任何私人问题都必须放在次要位置。这是埃洛德大人在会议上的发言。我站起来回应他。我说道，没有性的自由，就谈不上任何自由。另外，不管是奴隶主还是奴工阶层，只有当女人被允许为孩子负责，男人愿意为孩子负责时，女性，无论是作为主人还是资产，才有可能获得自由。

"男性必须承担对外的责任，那是孩子将来要面对的世界；女性则需负责家庭内部的事务，关注孩子身体与道德方面的成长。这是天神与大自然所赋予的分工。"埃洛德回答道。

"那女性的解放是不是意味着她们可以自由地进入贝扎，接受囚禁？"

"当然不是。"他说道，但我立即打断他，因为我害怕他的巧舌如簧："那自由对女人来说意味着什么呢？跟男人的自由不一样吗？这样的自由是真正的自由吗？"

主持人愤怒地用手杖敲击地面，但另外几个女性资产顺着我的问题继续追问。"革新党什么时候才能为我们说话？"她们说道。其中一名长老高声喊道："你们这些奴隶主口口声声说要解放资产，但你们中的女性呢？为什么不在这儿？难道你们不准她们离开贝扎？"

主持人再次敲击地面，会场终于恢复了秩序。这让我既感到鼓舞，又感到沮丧。我发现埃洛德和一些哈梅成员已经把我视作公开惹是生非的人。我的话的确造成了分歧。然而我们本来就没有分歧吗？

我和一群女人一起走回家，一路在街上大声交谈。这是属于我的街道，包括来往的车辆和灯光，包括各种危险与生机。如今，我是一名城市女性，一名自由女性。那一晚，我成了主人，我拥有这座城市，我拥有未来。

争论仍在继续，我被要求在各种场合发言。有一次离开会场时，海恩人埃斯达顿·埃亚过来找我说话。他装作若无其事的样子，仿佛是讨论我的发言："拉卡穆，你有被逮捕的危险。"

我不明白。他带我离开人群，继续说："我在大使馆留意到一则传闻……伏伊迪欧政府打算修改政策，你们这些被解放的资产将不再被视为自由民，必须有一个奴隶主作为担保人。"

这是个坏消息，但稍加思考之后，我说道："我应该能找到担保人。博埃巴大人也许可以。"

"担保人必须得到政府的认可……这将削弱公众社，因为资产和奴隶主成员都会受到影响，可以说是很聪明的做法。"埃斯达顿·埃亚说道。

"如果我们找不到担保人会怎样？"

"会被当作逃跑的资产。"

那意味着死亡、劳动营，或者拍卖。

"哦，卡穆耶在上。"我一边说，一边扶住埃斯达顿·埃亚的胳膊，因为我的眼前蒙上了一层黑幕。

我们沿着街道继续行走，直到我终于恢复视力。我看着城里的街道、高楼和闪烁的灯光。就在刚刚，我还以为这一切是属于我的。

"我有一些朋友，"那海恩人一边说，一边陪在我身边行走，"他们计划去班卜王国旅行。"

过了一会儿，我说道：“我到了那儿以后该怎么办？”

“有一艘前往耶欧维的飞船将从那里出发。”

“耶欧维。”我说道。

“我听说是，”他说，仿佛是在谈论公交路线，“我估计再过些年，伏伊迪欧将开通前往耶欧维的航线，以便送走那些难缠的挑事者，还有哈梅成员。但那首先需要承认耶欧维是一个国家，他们目前还不愿意。不过他们现在允许附庸国开展灰色贸易……几年前，班卜的国王买下一艘属于专营公司的旧飞船，那是一艘真正的殖民商船。国王想要去维瑞尔的卫星看看。但他发现那些卫星很无聊，于是便将飞船租给班卜大学的学术协会和班卜首都的商人。班卜的制造商利用它跟耶欧维实行少量的交易，而大学里的一些科学家也用它进行科学考察。当然，每次飞行的费用都非常昂贵，所以他们总是带上尽可能多的科学家。”

这番话只是从我耳边一掠而过，但我能够理解。

“迄今为止，”他说道，“他们还没有遇到麻烦。”

他的语气总是很平静，带着一点愉悦，但并不傲慢。

“公众社知道这艘船吗？”我问道。

“我相信有些成员是知道的。哈梅的人也知道。但这是件非常危险的事……假如伏伊迪欧发现附庸国在偷运值钱的资产……事实上，我相信他们已经有所怀疑。所以这不是一个轻松的决定。它很危险，而且不可挽回。正因为危险，我一直犹豫要不要告诉你。由于我犹豫得太久，你必须马上作出决断。事实上，今晚就要决定，拉卡穆。”

我看着城里的灯火，又抬头望向灯光遮掩下的天空。“我要去。”我说。我想到了瓦尔素。

"很好。"他说道。到了下一个街角，他转身朝伊库盟大使馆的方向走去，远离我家的方向。

我从不疑心他为什么要帮我。他是个行事隐蔽、拥有神秘权势的人，但他总是说真话的。我猜只要条件允许，他一定会听从自己的内心。

我们进入大使馆的领地。那是个冬日的夜晚，地灯柔和的光线照亮了巨大的花园。我停下脚步。"我的书。"我说道。他露出疑问的神情。"我想把书带去耶欧维。"我说道。我的眼里涌出泪水，语气中带着一丝颤抖，仿佛我离弃的一切中，就只有这件事最重要。"我觉得耶欧维的人需要书。"我说道。

少顷，他说道："我会让我们的下一趟飞船把书运过去。要是我能让你搭乘那艘船就好了。"然后他低声补充道，"但是当然了，伊库盟不能让逃跑的奴隶免费乘坐……"

我转身握起他的手抵在额头上，有生第一次自愿这样做。

他吃了一惊。"快点，快点。"他催促我往前走。

大使馆雇用的维瑞尔警卫大多是过去的维奥特武士。其中有个恭谦内敛、沉默寡言的人跟我一起乘坐飞行器，前往位于大陆东方的岛国班卜。他身上有我需要的所有证件。他带着我从机场来到国王为自己的飞船建造的皇家太空观测站。紧接着，我就被送上了飞船，没有丝毫耽搁。那飞船矗立在巨大的发射架上，已准备好出发。

我猜他们在船首建造了舒适的套房，供国王看卫星时居住。船身原属于农植公司，依然保留着运输殖民星物产的巨大舱室。货舱一共有五个，其中四个存放着班卜制造的农业机械，回程时将带上耶欧维的谷物；最后一个是运资产的。

货舱里没有座位，地板上铺着毡垫。我们躺下来，身体绑在固定杆上，就像真正的货物一样。此处共有约五十名科学家，我是最后一个上船并系上安全带的。船员们匆忙而紧张，而且只会说班卜语。我无法理解他们的指示。我很想小解，但他们喊道："没时间，没时间！"于是，他们关上货舱大门时，我只能痛苦地躺着，这让我想起修梅克大院的那道门。人们在我周围用自己的语言互相叫嚷。一个婴儿在哭喊。我知道这是哪种语言。接着，我们身体下方发出巨大的噪音。渐渐地，我感觉身体被紧压在地面上，犹如被一只巨大而柔软的脚踩踏着。我的肩胛骨嵌入毯子里，舌头仿佛被强塞进咽喉，差点儿把自己噎死。随着一阵强烈的痛苦，我的膀胱里释出一股尿液。

然后我们开始失重——在捆绑之下漂浮起来，无法分辨上下。我听到周围的人再次叫嚷起来，呼唤彼此的名字，我猜他们说的肯定是："你还好吗？我没事。"那婴儿激烈刺耳的哭喊声一刻也没有停止过。我开始摸索束缚的绳带，因为我看见身边有个女人坐了起来，揉搓着胳膊和胸口被绳索勒过的地方。但大喇叭里传来一个低沉而含糊的噪音，先是用班卜语，然后用伏伊迪欧语命令大家："不要解开绳索！不要尝试移动！飞船正遭到攻击！形势极其危险！"

于是我躺在自己尿液所构成的一小团雾气中，听周围的陌生人说着不知所云的话。尽管我极度狼狈，却感到前所未有的无畏无惧。我已经超越一切烦扰，就像面对死亡。临死的时候还要担心就太愚蠢了。

飞船在阵阵战栗中异动，似乎是在转向。有几个人吐了。空气中弥漫着臭味和一滴滴细小的呕吐物。我稍稍挣脱出双手，把围巾蒙到脸上充当过滤网，并将其两端压在脑袋底下固定住。

蒙在围巾里，我看不见巨大而空旷的货舱，也不知道哪边是上，哪边是下，感觉随时都会飞起来或者栽下去。围巾里是自己的气味，让我感到很安心。我经常用这条围巾搭配正装出席演讲。它由精致的浅红色薄纱制成，镶嵌着一丝丝银线。那是我用自己挣来的钱在城市商场里买的。当时，我想到塔泽乌夫人送给母亲的红围巾。我猜母亲会喜欢这一条，尽管颜色不如她的那条鲜艳。此刻，我躺在地上，透过浅红色的头巾望着朦胧的舱房和舷窗里透出的点点光亮，我想到了母亲悠瓦。那晚在大院里，她很可能被杀死了，或者被带到另一个庄园充当床侍，但埃哈斯一直没找到她的下落。我记得她总是微微把头偏向一侧，姿态恭敬而不失机警与优雅。她的双眼大而明亮，就像歌里唱的：眼睛里装着七个月亮。然后我想到：以后再也见不着月亮了。

这是一种特别奇怪的感受，为了分散注意力，让自己好过一点，我开始在红色薄纱的遮盖下独自轻声哼唱。伴随着自己温暖的气息，我唱起了哈梅歌颂自由的歌曲，然后又唱塔泽乌夫人教我的情歌。最后，我唱道：噢，噢，耶欧维。一开始声音很轻，然后渐渐增强。在那片朦胧的红色世界中，我听到有个男人的声音加入进来，接着是一个女人。来自伏伊迪欧的资产全都会唱这首歌，我们齐声唱起来。一个班卜男性的嗓音也跟着一起唱，并填入自己的语言，然后其他人也加入进来。歌声渐渐平息，婴儿的哭喊也变弱了。空气中充满恶臭。

许多个小时之后，通风口终于再次吹入清新的空气，众人被告知可以松开绳索。我们这才知道，伏伊迪欧太空防御舰队的一艘飞船在大气层上方拦截了我们的货船，命令它停下。船长选择不予理会。战舰开火射击，货船虽然未被击中，但冲击波损坏了控制系统。货船继续航行，没有再看到或者听到那艘战舰。我们距离耶欧维还有大约十一天。那战舰，甚至可能是一群战舰，也许正在耶欧维附近等着我们。他们命令货船停下的理由是怀疑有违禁商品。

这支战舰部队是数百年前为保卫维瑞尔而建立的，他们当时担心会遭到外星帝国，即今天的伊库盟攻击。他们被想象中的威胁吓坏了，将所有精力都投入到开发太空战争的技术中去，殖民耶欧维就是他们的成果之一。四百年过去了，伏伊迪欧没有受到战争的威胁，他们终于同意伊库盟派遣使节与外交官入驻。解放运动期间，他们用防御舰队运送军队与武器。如今，这支舰队被用来追捕逃亡的资产，就像是庄园主的猎狗与猎猫。

我在货舱里找到另外两个伏伊迪欧人，我们把安全床带挪到一起，以方便交谈。他们两都是通过哈梅来到班卜的，船票钱也是哈梅出。我没想到船票还要付钱买。我知道是谁替我付的。

"你不能只凭着爱就让太空船飞起来。"那女人说道。她是个怪人，一名真正的科学家。租用她的公司让她参与培训，学习精深的化学知识。她说服哈梅送她去耶欧维，因为她确信那里很需要她的技能。她的薪酬比许多自由民的还要高，但她预期在耶欧维将赚得更多。"我会变得很有钱。"她说道。

那个男的还只是个孩子，在一座北方城市的磨坊里干活。他的出逃没什么特别的，但他运气不错，正好遇到能帮他的人，让他避免死刑和劳动营。他才十六岁，无知，吵闹，叛逆，天性善良。他受到大家的喜爱，就像一条小狗崽。我了解耶欧维的历史，因此颇受欢迎。通过一名懂两种语言的男子，我向班卜人介绍了目的地的情况——专营公司数百年的奴役，纳达米种植园，战争，解放运动。他们中有一部分是城里的租赁工，其余的则是种植园奴隶，哈梅用化名和伪钞从拍卖会中买下他们，然后匆匆忙忙送上飞船，他们对目的地所知甚少。正是这种搞法引起了伏伊迪欧对这艘船的注意。

年轻的磨坊工叫约克，他不停地猜测耶欧维人将如何迎接我们。他编了个故事，既像是玩笑，又像是梦想。他的故事中有乐队表演，也有演讲，还有一场为我们准备的盛大晚宴。随着时间的流逝，晚宴的细节越来越充实。在那段日子里，时间显得十分漫长，饥饿始终伴随着我们。众人漂在单调而空旷的货舱内，灯光每隔十二小时调亮或者调暗一次。白天的时候会配送两餐，水和食物都装在软管中，你得把它挤进嘴里。对于将来会发生什么，我没有想太多。我正卡在两种发生之间。假如被战舰找到，我们多半会死。如能抵达耶欧维，则意味着新的生活。此刻，我们漂浮着。

耶欧维

飞船在耶欧维空港安全着陆。他们先卸下一箱箱机器，然后轮到另一种货物。我们跟跟跄跄，互相搀扶着走出来。这个新星球的巨大引力使得我们举步维艰，仿佛要被压入地心；阳光也令人睁不开眼，因为此处距离太阳更近。

"过来！过来！"有个男人喊道。听到自己的母语，我很欣慰，但班卜人似乎都惴惴不安。

过来——进去——脱掉衣服——等着——到达自由星之后，我们首先听到的只有命令。我们得先接受消毒，这是个痛苦而累人的过程。我们必须接受医生的检查，随身携带的任何物品都要经过消毒、检查和登记。我没用多久就完成了这一流程。我带的衣服已经穿了两个星期，因此我很乐意接受消毒。最后，大家被要求在一座巨大的空仓库里排队。门口的牌子上依然写着耶欧维农植公司。我们逐一办理入境手续。给我办手续的是个矮个子中年白人，戴着一副眼镜，就像城里的普通资产职员，但我心存敬畏地看着他。他是第一个跟我说话的耶欧维人。他根据一张表格向我提问，并写下我的回答。"你识字吗？"——"是的。"——"有哪些技能？"——我一时答不上来，然后说："教书——我可以教识字和历史。"他从没有抬头看我一眼。

我很欣慰自己能保持耐心。毕竟，不是耶欧维人邀请我们来的。我们之所以被准许入境，只不过是因为他们知道，如果被送回去，我们会遭到可怕的公开处决。对班卜来说，我们是有利可图的货物，但对耶欧维，我们是个麻烦。不过我们中的许多人都拥有他们所需要的技能，我很高兴他们有问到这一点。

等到所有人手续办完，我们被分为两组：男人和女人。约克给了我一个拥抱，然后走到男性那侧，一边挥手，一边欢笑。我跟其他女人站在一起。我们看着男人走向一辆开往旧都的汽车。我的耐心消失了，我的希望变得灰暗。我在心中祈祷："天神卡穆耶，千万不要，千万不要这里也是一样！"恐惧让我充满愤怒。一名男子走过来对我们发号施令：快点，这边走。我走上前说，"你是谁？我们要去哪里？我们是自由的女性！"

他是个大个子，有着一张白色的圆脸和一双蓝黑色眼睛。

他低头看了看我，一开始带着恼怒，然后露出微笑。"没错，小妹妹，你是自由的，"他说道，"但大家都得干活，不是吗？你们这些女士得去南方。那儿的稻米种植园需要人手。你们干点活，赚点钱，然后四处逛一逛，不是很好吗？如果不喜欢南方，你还可以回来。年轻漂亮的女士在这儿总是有用的。"

我从没听过耶欧维口音：抑扬顿挫，圆润含混，元音长而清晰。我也从没听过女性资产被称作女士。更没人叫过小妹妹。他说的有用肯定不是我想的那种用法。他应该是出自善意。我很困惑，没有再说话。但化学家图奥塔柯说："听着，我不是农场工人，我是训练有素的科学家——"

"哦，你们都是科学家。"那耶欧维人咧嘴笑道，"来吧，女士们！"他在前面带路，我们跟随着他。图奥塔柯仍继续争辩，但他只是微笑，不予理会。

我们被带到侧轨上的一节车厢旁。巨大明亮的太阳逐渐落下，整个天空布满橙色与粉红色的光亮，地面上拖出长长的黑影，暖热的空气中充满尘埃和甜腻的气味。等待登车的间隙，我弯腰从地上捡起一块红色小石头。它是圆形的，中间横贯着一道细细的白条纹。这是耶欧维的一部分。我把耶欧维握在了手中。这块小石头我一直保存至今。

我们的车厢被调配至主轨，挂到一列火车上。列车启动后，有人推来送饭的小车，里面有大锅的汤，有黏糊糊的水稻甜米，还有皮尼果——这在维瑞尔属于奢饰品，在此处却很常见。我们吃了个够。列车驶过绵延起伏的群山，我看着最后一丝日光从山顶消失。星星出来了，但没有月亮。这里永远不会有月亮。但我看到维瑞尔从东方升起。那是一颗硕大的蓝绿色星星，就跟在维瑞尔上看耶欧维差不多。不过你绝不可能在日落之后看到耶欧维升起，因为耶欧维始终追随着太阳。

我在这里，我还活着，我心中暗想。我正追随着太阳。我抛开一切思绪，在列车的摇晃中入睡。

第二天，我们在一座城镇被放下车。这座城位于宽阔的约特河边。我们二十三人在这里分开，其中十人乘坐牛车前往一个叫作哈伽约特的村子。那原本是农植公司的大院，种植水稻以供殖民地的资产食用。如今它是一个合作社村，种植水稻给自由民食用。我们被登记入合作社的成员名单，跟村民们均分生活物资，直到还清欠合作社的债。

对于既没钱，又没技能，又不懂当地语言的移民，这是个合情合理的安排。但我不明白为什么我们的技能遭到忽视。他们为什么把班卜种植园的男性农场工人送去城市，而不是这里？为什么只有女人被送过来？

我不明白，在一个自由民的村子里为什么要分男性的区域和女性的区域，中间还隔着一条沟渠。

我很快发现，这里所有决定都是由男性作出的，所有命令也都由男性下达。对此，我也不太理解。但是我知道，他们害怕来自维瑞尔的女性，因为我们不习惯于服从地位平等的人。我也知道，我必须遵从命令，甚至不能显露出质疑。哈伽约特村的男人们带着强烈的怀疑监视我们，随时准备像工头一样用鞭子对付我们。"也许你们从前可以支使男人，但那是从前的事了，"第一天早晨，队长便在农田里对我们说，"这儿可不一样。在这里，所有自由民得一起干活。别以为自己是女工头，这儿没有女工头。"

女性的区域里也有外祖母，但不像我们的外祖母那样强势。在这里，头一个世纪里根本没有女奴，男人必须靠自己生存下去，必须树立自己的权威。等到终于有女奴被送进男性资产的王国，她们根本分不到一点权力。她们无法发声。只有逃到耶欧维的城市里，她们才能发出自己的声音。

我学会了沉默。

但我的八名班卜同伴更加不幸。在我们到来之前，村民们从没见过外来移民。他们只懂一种语言。他们认为班卜女人是女巫，因为她们说起话来不像是人类。当她们用自己的语言相互交谈时，便会被村民用鞭子抽打。

我承认，在自由星的第一年里，我的心情就像在泽斯克拉时一样低落。我讨厌整天站在稻田的浅水里，我们的脚总是被泡得肿起来，每天晚上还得把钻到皮肤底下的小蠕虫挑出来。不过这是一种必要的工作，对健康的女性来说也不算太难。这样的劳动压不垮我。

哈伽约特并非部落，后来我还听说过一些更古老、更保守的村子。在这里，女孩至少不会遭到仪式性的强暴，女性在女人的区域中也是安全的。她们可以只跟自己选择的男人一起跳沟。但如果一个女人独自去任何地方，甚至是跟稻田里劳作的其他女人分开了，那她就是咎由自取，所有男人都认为自己有权强迫她发生关系。

我在村里的女性和班卜人中都交到了好朋友。她们并不比数年前的我更无知，有些甚至非常睿智，我永远无法企及。此处的男性自认为是我们的主人，因此我不可能跟他们成为朋友。我不知要如何改变这里的生活。到了夜晚，我躺在小屋里，周围是沉睡的女人和孩子，我的心情非常低落。我心想，瓦尔素就是为了这样的地方而死的吗？

第二年，我决心做一点力所能及的事，以驱散压迫着我的痛苦与不幸。有个性格软弱、理解力较差的班卜女人经常因为说自己的语言而遭到本地男女的鞭击与殴打。最后，她淹死在广阔的稻田里。那温热的浅水比膝盖深不了多少，但她就这样躺倒下去，淹死了。对于这种屈服，我感到很害怕，就好像溺死在绝望之中。我决心发挥自己的技能，教村里的女人和孩子们识字。

首先，我用米布制作初级识字本，还设计了一个游戏，给幼童们玩。有几个女人和年龄较大的女孩也感到很好奇。她们或许知道城镇里的人能认字。她们觉得这事非常神秘，就像是巫术，给了城里人巨大的力量。我不否认这一点。

我仍记得《卡穆耶记》中的一些诗歌与段落，我把它们默写下来，这样她们就不必等自称为祭司的男人来诵读了。学会朗读圣诗让她们感到自豪。后来，我又让一名叫塞乌基的朋友讲了个故事，那是她小时候的记忆，她曾在沼泽地里遭遇一头野生的猎猫。我把它写下来，《沼泽里的狮子》，埃若·塞乌基著，然后在作者和一圈女性面前大声朗读。她们一边惊叹，一边发出笑声。塞乌基触摸着载有她声音的文字哭了起来。

村子的首领、其手下的头人、队长和他的义子构成了村里的政府机构，他们不喜欢我的教学活动，对此持怀疑态度，不过他们也不想禁止。约特伯地区政府发来通知，他们要建立乡村学校，村里的孩子每年有一半时间得去上学。村里的男人相信，如果他们的儿子入学之前就能读写，便会处于优势地位。

被选中的儿子是个高大、温和的白人，一只眼睛在战争中受了伤，失明了。他终于来找我了。他身穿公务制服，那是一件严严实实的长袍，就像是维瑞尔的主人们三百年前穿的那样。他告诉我，我应该只教男孩，不教女孩。

我对他说，只要孩子们愿意学，我就都会教，要不然就谁都不教。

"女孩不喜欢学这些。"他说道。

"她们喜欢。有十四个女孩要求加入我的授课班。男孩只有八个。你是说女孩不需要接受宗教教育吗，被选中的儿子？"

这让他陷入沉思。"她们应该学习慈悲女神的生平。"他说。

"我会为她们写下《圣母图奥传》。"我立即说。为了保住面子，他离开了。

尽管如此，我对自己的胜利一点也不高兴。但至少我可以继续授课。

图奥塔柯一直劝我逃跑，前往下游的城市。由于无法消化这么黏的食物，她变得很瘦。她讨厌这里的人和工作。"这对你来说没问题，你是种植园长大的，是个尘民，但我从来就不是，我母亲是租赁工，我们住在哈拔街精致的房屋里，我是他们实验室中有史以来最聪明的学员。"她一遍又一遍地讲述，仿佛仍活在过去的世界里。

有时候，我会仔细听她的逃亡计划。我那些丢失的书里有耶欧维地图，我尽力回忆。我记得那条叫作约特的大河，从遥远的内陆一直流向三千公里外的南海。但它太长了，我们离位于三角洲的约特伯城有多远？在哈伽约特和城市之间或许有上百个类似的村庄。"你有被强奸过吗？"我问图奥塔柯。

她很生气。"我是租赁工，不是床侍。"她厉声说。

我说："我曾经当过两年床侍。如果再遭到强暴，我会杀了那男的，或者自杀。我相信两个维瑞尔女人独自在外行走会遭到强奸。我做不到，图奥塔柯。"

"不可能到处都跟这地方一样！"她的哭喊如此绝望，让我也有点哽咽。

"也许等到学校开张——城里会有人过来——"我只能这样给她和自己一点希望，"假如今年收成好，我们能拿到自己的钱，就可以搭上火车……"

这确实是我们最大的希望。问题在于如何从首领及其附庸那里拿到我们的钱。他们将合作社的收入存放在一栋被称为哈伽约特银行的小石屋里，只有他们看得到钱。他们忠实地记录着每个人的账户，管理银行的头人是个老者，如果你要取钱，他便在泥地上把你的账户划掉。但女人和孩子不能从账户里提钱。我们只能拿到一种代币，那是由银行头人标记过的陶土片，可以用来从其他人那里购买物品，包括村里制造的衣服、凉鞋、工具、项链和米酒等。他们说，我们真正的钱安全地存放在银行里。我想起修梅克那个瘸腿的老男奴，一边跳舞一边唱："银行里的钱，老天！银行里的钱！"

在我们到来之前，本地女性就对这一系统非常憎恶。如今又多了九个憎恨它的女人。

我朋友塞乌基的头发跟她的皮肤一样白，有一晚，我问她："塞乌基，你知道在一个叫纳达米的地方发生了什么吗？"

"知道。"她说道，"女人们打开了大门。所有的女人都起来反抗，然后男人也开始反抗工头。但他们需要武器。一天晚上，有个女人溜出来，从主人的盒子里偷到钥匙，打开了工头们储藏枪支弹药的库房。她用尽全身力气撑住那扇门，让资产们武装起来。然后他们消灭了专营公司，纳达米成为自由之地。"

"这故事在维瑞尔也有流传，"我说道，"即使是在维瑞尔，女人也会讲述纳达米的故事，那是由女人发起的解放运动。维瑞尔的男人也会讲。这里的男人会讲吗？他们知道吗？"

塞乌基和其他女人都在点头。

"如果是一个女人让纳达米的男人们获得了自由，"我说道，"那哈伽约特的女人应该可以自由地取出自己的钱。"

塞乌基笑了起来。她朝着外祖母们大声喊道："听听拉卡穆说的！听听她的这些话！"

经过几个星期的充分讨论，最后，我们组建了三十人的女性代表团。我们穿过隔离沟，来到男性区域，郑重地请求面见首领。在谈判中，我们最重要的筹码是对方的羞耻感。塞乌基和其他女村民负责交涉，因为她们知道如何掌握尺度，既让男人们感到羞愧，又不至于激起他们的愤怒与报复。在她们的言谈中，我听到的是与男性同等的尊严与自豪。自从来到耶欧维，我头一次感觉自己是这些人中的一员，头一次感觉这种尊严与自豪也是属于我的。

村里的事从来都是慢悠悠的，然而到了下一个丰收季，哈伽约特的女人可以从自己的银行账户里提现了。

"现在要争取选举权。"我对塞乌基说，因为村里从来没有无记名投票。每当有地区选举，甚至是全球制宪投票，地方首领总是挑选一批指定的男性充当选民。他们从不挑选女性。他们在选票里填入想要的结果。

不过我没有留在哈伽约特帮助改变现状。图奥塔柯病得很重，她渴望离开沼泽，前往城市，她快要疯了。其实我也想离开。于是我们取出工资，塞乌基和其他女人赶着牛车，经由沼泽中的堤道把我们送到货运站。我们竖起信号旗，示意下一趟经过的列车停下载客。

数小时后，来了一列长长的货车，满载着水稻，开往约特伯城。我们登上乘务员车厢，除了列车职员，车厢里还有几名其他乘客，都是男性村民。我的腰带上插着一把大匕首，但那些男人并没有对我们不敬。离开了大院，他们都腼腆而羞涩。我坐在床铺上，看着广阔而枝蔓横生的沼泽从窗外掠过，宽阔的大河两岸分布着一个个村落，我希望列车能够永远不停，一直前进。

但躺在下铺的图奥塔柯发出一阵阵咳嗽，状态很不稳定。到达约特伯城之后，她变得非常虚弱，我必须给她找个医生。一名好心的列车员告诉我们如何搭乘公交车去医院。我们挤在车厢里，沿着燠热拥挤的市区街道咣当咣当地前进，但我心中非常快乐。我情不自禁地感到快乐。

到了医院，他们要看我们的居民身份证。

我从没听说过这种证件。后来，我发现我们的身份证在哈伽约特的首领手中。首领们保管着所有属于他们的女性的身份证。当时，我只能干瞪着眼说：“我不知道什么是身份证。”

我听见桌子后面的一个女人对另一个说道，“老天，这些尘民有多无可救药？”

我知道我们看上去肮脏而粗鄙。我知道自己显得既无知又愚蠢。但尘民这个词唤醒了我的骄傲与自尊。我伸手从口袋里掏出自由证明，就是从前埃洛德写的那张，如今已经皱皱巴巴，满是折痕与灰尘。

"这就是我的居民身份证，"我大声说，那几个女人吓了一跳，转过头来，"上面有我母亲和外祖母的血。现在我的朋友病了，她需要医生。快给我们找个医生！"

一名瘦小的女子从过道里走出来。"这边走。"她说道。桌边的一个女人提出异议。这个小个子女人瞪了她一眼。

我们跟着她进入一间检查室。

"我是耶伦医生，"她说道，接着又纠正说，"我在这儿的身份是护士。但我是一名医生。你们——你们来自旧星？来自维瑞尔？快坐下，孩子，脱掉衬衫。你们来这儿多久了？"

一刻钟之后，她就给图奥塔柯诊断完了，并让她住院休息与观察。她也问清了我们的来历，然后交给我一张字条，要我带给她的一个朋友，那人可以帮助我找到住宿与工作。

"教书！"耶伦医生说，"你是教师！哦，伙计，你是旱地里的及时雨！"

的确，跟我面谈的第一所学校立即就要雇用我，而且不管我愿意教什么都行。鉴于我来自一个善于盈利的种族，我又去其他学校看了看，是否能赚到更多的钱。但我还是回到第一家。我喜欢那里的人。

解放战争之前，在耶欧维的城市里，专营公司的资产们可以花钱租借自由。他们有自己的学校、医院和各种培训课程。旧都甚至有一所资产大学。当然，专营公司控制着流向这些院校的信息，并且对所有教学和写作实行监视审查，一切都以最大化他们自身的利益为目标。但在这狭窄的框架内，资产可以自由使用手头的信息，城里的耶欧维人也高度认可教育的价值。然而，在长达三十年的战争中，搜集与传授知识的系统遭到彻底破坏。整整一代人在成长过程中什么都学不到，只知道打斗与躲藏，饥荒与疾病。校长对我说："我们的孩子无知愚昧，难怪种植园的头领从专营公司的工头手里继承了一切，有谁能阻止他们呢？"

这些人怀着一种强烈的信念：只有教育才能带来自由。对他们来说，解放战争尚未结束。

约特伯城是一座贫穷而阳光充裕的大城市，宽阔的街道和低矮的建筑向四面八方延伸，到处是郁郁葱葱的古树。街上大多是行人，在缓慢移动的人群中，也有铃声清脆的自行车和吭当作响的公交车。河流的堤岸旁是古老的沉积平原，土壤肥沃，利于种植，布满了绵延不绝的农舍。市中心位于一座低矮的山岗上，其外围是磨坊和火车站。城区里跟伏伊迪欧市很像，只是更陈旧，更贫穷，更温和。这里没有为奴隶主服务的大商店，所有物品都得从露天集市的店铺中购买。南方海边的空气温暖柔和，充满水汽与阳光。多亏上天赐予我擅于遗忘不幸的头脑，在约特伯城，我过得很愉快。

图奥塔柯恢复了健康，并找到一份好工作，在工厂里担任化学家。我很少见她，因为我们的友谊是出于需求，而非选择。每次见面，她都会说起哈拔街和她在维瑞尔的实验室，抱怨这里的人和工作。

耶伦医生没有忘记我。她给我写了张便条，让我去见她。于是我去了。如今我已安顿下来，她带着我去教育协会开会。我发现那是一群民主人士，大多是教师，他们想要反抗新宪法下部落和地区首领的专制权力，反对所谓的奴隶思维，亦即我在哈伽约特遭遇的那种僵化、厌女的等级制度。我的经验对他们有用，因为城里人对奴隶思维接触不多，只有当他们发现自己被这种思维支配时才有所体会。这群人中的女性最为愤怒。她们在解放运动中损失最大，如今已经没什么可失去了。一般来说，男性主张渐进主义，女性则随时准备革命。作为一个维瑞尔人，我对耶欧维政治一无所知，因此没有说话，只是聆听。对我来说，忍住不开口很难。我擅长演讲，有时想说的还很多。但我闭上嘴听他们说。这群人值得我倾听。

我很清楚，无知总是极力为自身辩护，有时还非常狡猾。约特伯地区的区长由受操控的选举产生，他或许不了解我们学校的反操控课程，但并未花太多精力控制学校，只是派遣监察员干涉我们的课程，审查我们的书本。但跟从前的专营公司一样，他很重视网络。所有新闻，所有信息类节目，以及所有实境新闻网的联线，全都处于他的掌控之下。这样一来，一群教师又能造成多少危害呢？没上过学的父母让孩子接入网络，这些孩子听到的、看到的、感受到的都是区长意图灌输的观念：自由即服从领袖，美德即暴力，男权即统治。面对这类日常生活的教条，面对提供强烈感官体验的实境新闻网，语言有什么用？

"文字已经变得无关紧要，"我们中有个人悲哀地说。"那些首领直接从我们头顶跃过，投身后文字时代的信息技术。"

我默默地思考着这番话，我讨厌她花哨的用词：无关紧要、后文字时代。因为我恐怕她是对的。

在我们的下一次会议中，我惊奇地发现，来了个外星人：伊库盟的副特使。他是从旧都调过来的，为了支持区长与世界党的角力，其作用类似于区长帽子上长长的饰羽。在这里，世界党的势力依然很强，他们仍坚称耶欧维应拒绝外星人入境。我听说过有这么一个人，但从没想到会在教师集会中遇见他。

他个子不高，棕红色皮肤，眼角是白色的，但假如不特别留意这一点的话，还算是英俊。他一动不动地坐在我前面的座椅上，似乎习惯于静止不动。他只听不说，似乎习惯于聆听。会议结束后，他转过身，用那双古怪的眼睛直视着我。

"拉朵塞·拉卡穆？"他说道。

我木讷地点点头。

"我叫耶赫达德·哈维奇瓦，"他说道，"古乐让我把你的一些书带给你。"

我呆呆地看着他说："书？"

"古乐让我带给你的，"他重复道，"他在维瑞尔叫埃斯达顿·埃亚。"

"我的书？"我说道。

他立刻展露出一个灿烂的笑容。

"噢，在哪里？"我喊道。

"在我家里。如果你愿意，今晚就可以去拿。我有车。"他的语气中带着一点点调侃的意味，就好像他不应该有车，但又很高兴享有这种便利。

耶伦医生走过来。"所以你找到她了。"她对公使说。他看着她时，脸上充满愉悦，我感觉这两人是情侣关系。虽然她的年龄比他大不少，但这并非不可能。耶伦医生是个很有魅力的女性。然而我会产生这样的念头却有点奇怪，因为我不喜欢胡乱猜测男女关系。我对这种事没兴趣。

他们对话时，他将一只手搭到她的胳膊上。我清晰地注意到，他的触碰十分轻柔，仿佛既犹豫不决，又充满信任。我心想，这就是爱。然而我发现他们分开时，脸上并未显露出恋人之间常有的那种心照不宣的表情。

我俩坐在政府配给他的电动汽车里，前座有两名沉默的女警，那是他的保镖。我们聊起埃斯达顿·埃亚。他解释说，这个名字的意思是古老的音乐。我告诉他，埃斯达顿·埃亚如何把我送来这里，如何救了我的命。他聆听的姿态让我感觉很放松。我说，"丢下那些书，我感到很难过，我一直想着它们，就像想念家人一样。但我猜我大概是个傻子，才会有这种感受。"

"为什么是傻子呢？"他问道。他有外星人的口音，但已经学会耶欧维人抑扬顿挫的语调。他的嗓音很是动听，低沉而又温暖。

我试图一口气解释清楚："它们对我太重要了，因为我刚到那座城里时目不识丁，是这些书给了我自由，给了我整个世界——不止一个世界——但现在，我发现这里的人们更看重网络，看重全息视频和实境新闻网，仿佛这些才是当下的现实。放不下书本也许只是因为放不下过去。耶欧维人必须走向未来。单纯靠文字绝对无法改变人们的思维。"

他像在会议上一样专注地倾听，然后缓慢地回答说："但文字是思考的基础，而书本能忠实地保存文字……我也是成年之后才开始阅读的。"

"真的吗？"

"我识字，但没有读书。我住在农村。只有城市里才必须有书，"他的语气很果断，仿佛早已思考过这个问题，"不然的话，每一代人都得重头再来一遍，太浪费了。得把文字保留下来。"

他的家靠近古城区地势最高处，门厅里有四箱书。

"这些不全是我的！"我说道。

"古乐说是你的。"耶赫达德先生说道。他迅速瞥了我一眼，再次露出笑容。相对而言，外星人在看哪里是比较明显的。我们中除了少数蓝眼睛的人，你得靠近观察，才能看清黑眼睛里的黑色瞳仁是如何移动的。

"我根本没地方放那么多书。"我惊讶地说。我意识到，那个叫古乐的怪人又帮了我一次，让我继续迈向自由。

"也许可以给学校？给学校图书馆？"

这是个好主意，但我立刻想到区长的监察员会翻查这些书，甚至没收。我提出这一问题后，副特使说："如果我以大使馆的名义把它们捐赠给学校呢？那也许会让监察员感到为难。"

"哦，"我不由自主地说，"你为什么这么好心？你和他——你也是海恩人吧？"

"是的，"他说道，但没有回答我的另一个问题，"我曾经是海恩人，不过我希望成为耶欧维人。"

他请我坐下一起喝杯酒，然后让警卫开车送我回家。他随和而友善，但是个安静的人。我发现他曾经受过伤。他的脸上有若干疤痕，头发间的一条缝隙说明他的脑部也曾遭到创伤。他问我，那是些什么书，我说道，"历史。"

这一次，他缓缓地展露出笑容。他没再说什么，只是对着我举起酒杯。我也依样举起酒杯，与他共饮。

第二天，他让人把书送到学校。当大家打开箱子，把书收到架子上时，我们意识到，这是一批宝藏。"耶欧维大学没有这样的书。"一名在大学里参与了一年研究的教师说道。

这批书中有关于维瑞尔和伊库盟其他星球的历史与人类学著作，也有维瑞尔和其他星球的人写的哲学与政治作品，还有关于文学、诗歌和小说的概论，以及百科全书、科学书籍、地图集和辞典，等等。我自己为数不多的书躺在其中一个箱子的角落里，包括最初那本简单粗陋的小册子《耶欧维历史》，它是由耶欧维大学在解放元年印制的。我将大部分书留在学校图书馆，只把这本和其他几本一起带回家，既是出于喜爱，也是为了获得一点慰藉。

不久之后，我又找到另外一种爱与慰藉。学校里有个孩子送给了我一件礼物：一只刚断奶的小斑点猫。那男孩把它交给我时，表现出了强烈的爱与自豪，这让我无法拒绝。我试图将它转送给其他老师，但他们全都嘲笑我。"你才是被选中的人，拉卡穆！"他们说道。于是，我不情不愿地把那小家伙带回了家，心中既为它的柔弱而担心，同时又感到有点厌恶。在泽斯克拉的贝扎，女人们常常养宠物，比如斑点猫、狐狸狗之类的，这些小动物深受宠爱，比我们吃得都要好。我还曾经被取了个宠物的名字。

我把小猫从篮子里拿出来时吓到了它，我的拇指被咬了一口，伤口深可及骨。它虽然弱小，却长着锋利的牙齿，我开始对它心存敬意。

当天晚上，我把它放进篮子里睡觉，但它爬上我的床，坐在我脸上，直到我让它钻进被子。然后它一动不动地睡了一整夜。早晨，它在我身上跳来跳去，追逐阳光中的尘埃，把我给弄醒了。我笑了起来，逐渐清醒，心情很愉快。我大概从来不曾笑得如此欢快，我喜欢这种感觉。

小猫浑身黑色，它的斑点也是黑色的，只有在一定光照条件下才看得出。我给它起了个名字，叫作主人。每晚回到家，我的小主人就会迎上来，我发现这是件很愉快的事。

接下来的半年里，我们在策划一场女性大游行。我参加了许多会议，有时会遇见副特使，所以我开始在会场寻找他。我喜欢看他聆听辩论的样子。有的人提出，游行的目标不应局限于针对女性的不公，因为人人都有平等的权利。另一些人则说，不能依赖于外来者的支持，这是纯粹由耶欧维人发起的运动。耶赫达德先生只是听他们发言，但我很生气。"我就是外来者，"我说道，"所以我对你们没有用吗？这种论调跟奴隶主没有区别——就好像你们高人一等似的！"耶伦医生说："我相信耶欧维宪法里的平等是指所有人都平等。"我们的宪法是由全球投票决定的，当时我还在哈伽约特。宪法中所指的公民只限于男性，这一点最终导致了游行。我们要求修改宪法，把女性纳入公民范畴，允许无记名投票，保证言论自由，保证新闻与集会自由，并为儿童提供免费教育。

那一天，我和七万名女性一起躺卧在铁轨上，并跟着她们齐声歌唱。那众多女性的嗓音在我耳边回荡，响亮而深沉。

大游行前，我又开始在女性集会上发表演说。这是我的天赋，因此我们善加利用。有时候，黑帮里的毛头小子或者一些无知的男性会对我施以指责与威胁："女工头，女奴隶主，黑婊子，从哪儿来就滚回哪儿去！"有一次，当他们高喊着滚回去，滚回去时，我俯身贴近话筒说："我回不去了。我曾经是种植园的资产，那时候，我们有一首歌。"

然后我开始唱起来：

噢，噢，耶欧维，

从来都没人返回。

歌声让他们暂时平静下来。他们听出了其中强烈的悲哀与渴望。

大游行过后，局势一直不太安稳，但有时候，抗争的能量趋于疲软，按照耶伦医生的说法，就是运动不再向前运动。在这种情况下，有一次，我向她建议开一家印刷厂，出版书籍。自从那天在哈伽约特，塞乌基摸着她的故事哭泣，出书就成了我的梦想。

"言谈会消失，"我说道，"网络上的文字和图像也会消失，而且谁都可以改动。但书是持久不变的。耶赫达德先生说，它们是历史的化身。"

"监察员。"耶伦医生说，"除非我们修改宪法，加入出版自由的条款，否则各地的首领都不会允许任何人出版不符合他们意愿的东西。"

我不愿放弃。我知道在约特伯地区无法出版政治刊物，但我争辩说，我们可以出版本地女性写的故事和诗歌。其他人觉得这是浪费时间。为此，我们反复讨论了很久。耶赫达德先生去了一趟位于北方旧都的大使馆。他回来后，也来听了我们的讨论，但什么都没说。我很失望。我以为他会支持我的计划。

有一天，我从学校走回自己的公寓。那是一栋吵闹而陈旧的大房子，距离堤坝不远。我很喜欢那地方，因为我的窗外是一片树林，透过枝杈，可以看到河流。此处的河面有四英里宽，旱季的时候，水流在沙洲、芦苇和柳树丛生的岛屿之间缓缓淌过。到了雨季，暴风雨在河面上肆虐，河水会涨溢到堤坝的边缘。那天，当我快走到家时，耶赫达德先生出现了，身后如往常一样跟着两名神情肃穆的女警。他跟我打招呼，问我是否能聊几句。我很困惑，不知该怎么办，只能邀请他上楼，到我的房间里。

他的警卫在门厅等候。我的住所只是三楼的一间大屋子。我坐在床上，公使坐在椅子上。主人一边围着他的腿打转，一边叫："噜？噜？"

据我观察，副特使总是喜欢让区长及其附庸的期待落空。这群人作风浮夸，热衷于长长的车队，以及华丽的勋章与制服。他经常带着女警在约特伯城中四处巡视，有时用政府的车，有时步行。因此，人们很喜欢他。大家都知道，他到达本地的第一天便独自徒步外出，然后遭到一伙世界党暴徒的袭击，差点被殴打致死。城里的人喜欢他的勇气，也喜欢他的随和，因为他无论何时何地都乐意跟人交谈。大家接纳了他。参与解放运动的人把他看作我们的特使，但他其实是他们的，也是区长的。区长也许痛恨他的威望，但也能从中获益。

"你想要开出版社。"他一边说，一边抚摸主人。它翻过身，将爪子举在空中。

"耶伦医生说，除非我们修改宪法，不然没有用。"

"耶欧维有一家出版社不直接受政府控制。"耶赫达德先生摸着主人的肚子说道。

"小心，他会咬人，"我说，"在哪儿？"

"在耶欧维大学。果然。"耶赫达德先生看了看自己的拇指。

我向他道歉。他问我，主人是否真的是公猫。我说别人告诉我是公猫，但我从没想过要去查看一下。"我感觉你的主人是位女士。"耶赫达德先生说道，他的语气让我忍不住笑出声来。

他一边吮吸手指上的血，一边跟着我一起大笑，然后继续说："耶欧维大学从来就不太重要。这是专营公司的诡计——让资产们假装能上大学。在战争的最后几年里，它被关闭了，解放日之后，又再次开张，缓慢而悄无声息地运营着，没人给予它太多关注。教员们大多年纪偏大，都是战争之后回来的。国民政府给它发放补助，因为耶欧维大学的名头听起来不错，但他们对学校并不重视，因为它毫无声望，而且他们中许多人心智尚未开化。"他的语气中没有轻蔑，只是陈述事实，"但学校里的确有一家出版社。"

"我知道。"我说。我伸手取过那本旧书给他看。

他翻看了一阵，脸上带着一种奇怪的温情。我忍不住观察他。因为他的模样就像是女人面对婴儿，既保持着持续的注意力，又不停地变换反应。

"充满宣传话语，错误与希望并存，"他最后说道，语调极其轻柔，"唔，我觉得这些都可以改进，你说呢？只需要一名编辑，再加上几个作者。"

"监察员。"我模仿耶伦医生的警告。

"在学术自由方面，伊库盟很容易发挥影响，"他说道，"因为我们经常邀请其他人到海恩和卫的伊库盟学院来。我们当然也想要邀请耶欧维大学的毕业生。但假如他们的教育因为缺乏书籍和信息而有严重缺陷……"

"耶赫达德先生，你是要彻底推翻政府吗？"我脱口问道。

他没有笑，只是过了很久才回答。"我不知道，"他说，"迄今为止，大使一直很支持。我俩可能会遭到责难，或者被解雇。我的目标……"他那双奇怪的眼睛再次直视我。他低头看了看手里的那本书。"我的目标是成为一名耶欧维公民，"他说，"然而我对耶欧维和解放运动的价值在于伊库盟中的职位。所以我会继续利用这一点，或者说继续滥用职权，直到他们要我停下。"

他离开之后，我不得不仔细考虑他的提议。他的意思是我应该去耶欧维大学教历史，一旦入职之后，就主动申请当出版社的编辑。以我的背景和那一点点学识，这听起来很荒谬，我以为一定是误解了他的意思。但他说服我相信，这其中并没有误解。于是我心想，他一定是大大错估了我的为人和能力。聊过一阵之后，他便离开了，显然是因为怕我感到不自在，他或许也有点不自在，不过我们其实笑得很愉快，我也没有不自在，只是略微觉得自己有点太疯狂。

我试图思考他让我做的事，却发现很难想象这种对自身的巨大超越。这一艰难的选择仿佛悬在我的头顶，我必须作出决断，去接受那无法想象的未来。然而，我真正想到的是他，耶赫达德·哈维奇瓦，我仿佛看到他坐在我的旧椅子上，俯身抚摸主人，看到他一边吮吸手指一边笑，并用眼角发白的眼睛望着我。我仿佛看到他红棕色的脸和双手，那是一种类似陶器的颜色。他平静的嗓音在我脑中回响。

我抱起已经长得半大的小猫，查看其下身。没有雄性器官。它那小小的身体在我手中扭动，毛皮如同丝绒一般光滑。我想起他的话："你的主人是一位女士。"我既想再次放声大笑，又想哭。我揉了揉小猫，把她放下来，她静静地坐在我身边，舔着自己肩膀的毛。"哦，可怜的小女士。"我说道。我不知道自己说的是谁，是小猫，是塔泽乌夫人，还是我自己。

他说我可以慢慢思考他的建议，无论多久都可以。然而我完全没想到的是，才隔了一天，当我从学校里出来时，发现他正站着等我。"想跟我沿着堤岸走一走吗？"他说道。

我环顾四周。

"她们在那儿，"他指了指两名眼神淡漠的保镖说，"不管我去哪里，她们都会跟在三五米远处。和我一起散步很无聊，但也很安全。我的品行是有保证的。"

我们穿过街道，爬上堤岸，四周是温暖绵长的粉金色暮光，还有河流、淤泥和芦苇的气味。两个持枪的女人跟在我们身后约四米处。

"如果你真去耶欧维大学，"一阵冗长的沉默过后，他继续说道，"我会一直陪着你。"

"我还没——"我结结巴巴地说。

"如果你留在这儿，我也会一直陪着你。"他说道。"我是说，假如你愿意的话。"

我没说什么。他一动不动地看着我。我脱口而出："我喜欢看得出你在看着哪里。"

"我喜欢看不出你在看着哪里。"他直视着我说道。

我们继续往前走。江心小岛的芦苇丛中冒出一只鹭，在水面上拍打着巨大的翅膀，飞向远处。我们顺着水流往南走。太阳在城市的烟尘里落下，西方的天空中布满光亮。

"拉卡穆，我希望了解你的身世，了解你在维瑞尔的生活。"他非常轻柔地说。

我深吸了一口气。"全都过去了，"我说道。"过去了。"

"我们都来源于过去的自己，但又不止于此。我希望能了解你。请原谅，我非常想了解你。"

过了片刻，我说道："我愿意告诉你。但那太糟糕，太丑陋。这里的一切很美，我不想失去。"

"无论你告诉我什么，我都会珍视。"他说道，平静的语气直透入我的心扉。于是我尽可能完整地告诉他修梅克大院里的事，然后又匆匆讲述我的其他故事。他偶尔会提问，但大多数时候都在倾听。讲到一半时，他挽住我的胳膊，而我几乎没有注意。他以为我的某个动作意味着想要让他放开，于是松开了手，但我很喜欢他轻柔的触碰。他的手凉凉的，即使放开之后，我的小臂上依然能感觉到。

"耶赫达德先生，"我们身后有个声音说道，是其中一名保镖。太阳已经落下，天空中满是金红色的光芒，"最好往回走吧？"

"好，"他说道，"谢谢。"转回身时，我挽住他的胳膊。我感觉他屏住了呼吸。

离开修梅克之后，我从没对任何男人或女人产生过欲望——这是个事实。我可以怀有爱心，也曾带着爱意触摸别人，但从来都不会产生欲望。我的大门锁闭起来。

然而现在，这道门又打开了。我变得如此虚弱，在他的触碰之下，几乎无法继续迈步。

我说："跟你一起散步很安全，太好了。"

我自己也不知道这是什么意思。我已经三十岁，却表现得像个小姑娘。我从来都不是那样的女孩。

他没说话。辉煌的暮光下，我们默默在河流与城市间行走。

"你愿意跟我回家吗，拉卡穆？"他说道。

这次我没有说话。

"她们不会跟着一起进门。"他贴近我耳边轻声说，我能感觉到他的呼吸。

"别逗我笑！"我说道，然后哭了起来。沿着堤坝往回走时，我哭了一路。我不停地抽泣，有时候，我以为可以停止，却又哭了起来。我为自己所有的悲哀与羞耻而哭，因为无论现在还是未来，它们都将伴随着我。我的大门打开了，我终于可以走出去，跨越到另一边的世界，但是我不敢。我也因此而哭泣。

在靠近我学校的地方，我俩上了车，他用双臂将我搂住，默默无言地抱着我。前座的两个女人一次也没有回头看。

我们走进他的家，那是专营公司时代留下的奴隶主寓所，我见过一次。谢过警卫后，他关上门。"晚餐，"他说道，"厨师不在，我本打算带你去餐馆。我忘记了。"他把我带到厨房，我们找到一些冷饭、沙拉和红酒。吃完后，他隔着厨房餐桌望着我，然后又垂下双眼。面对他的犹豫不决，我只能一动不动地保持沉默。过了好一阵他才说，"哦，拉卡穆！你愿意和我做爱吗？"

"我想要跟你做爱，"我说道，"我从没做过爱，我从来没跟任何人做过爱。"

他微笑着站起身，握住我的手。我们一起走上楼，沿途经过了原先男性区域的入口。"我住在贝扎，"他说道，"女眷的闺房。我住在女性的区域。我喜欢这里的风景。"

我们来到他的房间。他站在那里看着我，然后移开视线。我非常惶恐，非常困惑，我感觉无法走近他，也无法触碰他。我迫使自己向他走去。我抬起手，抚摸他的脸，抚摸他眼角和嘴巴上的伤疤，然后用双手将他搂住，抱得越来越紧。

那天晚上，我们迷迷糊糊地相拥而卧，我说："你有跟耶伦医生睡过吗？"

我感觉哈维奇瓦笑了起来，他的肚子贴着我的肚子轻轻颤动。"没有，"他说道，"在耶欧维就只有你。你在耶欧维也就只有我。我们都是处子，耶欧维的处子……拉卡穆，阿拉哈……"他将脑袋枕在我的肩窝上，用外语说了几句什么，睡着了。他的睡眠深沉而安静。

那一年晚些时候，我去了北方的耶欧维大学。我被他们录用了，成为历史老师。以当时的标准，我是一名称职的员工。从此以后，我一直在那里工作，既授课，也担任出版社的编辑。

哈维奇瓦说到做到，他一直陪伴着我，至少大多数时候都在。

耶欧维解放纪元第十八年，人们就《宪法修正案》发起投票，大多以无记名的方式实行。关于投票前的一系列事件，以及后来发生的事，你可以从耶欧维大学出版社的新版三卷本《耶欧维历史》中读到。我讲完了该讲的故事，我的任务完成了。跟许多故事一样，我的故事以两个人的结合而告终。然而，一对男女的爱与欲，相较于两个星球的历史，相较于我们亲历的伟大变革，相较于希望，相较于我们族类无尽的残忍，又算得了什么呢？根本微不足道。然而相对于一道门，钥匙也是很小的东西。但假如你丢了钥匙，便永远无法打开门。无论是失去或是开启自由，无论是接受或是终结奴役，都正是在我们的体内发生的。因此，我写下这本书给我的朋友。我们将一起自由地生活，自由地死去。

古乐与女奴

Old Music and the Slave Women

胡绍晏 / 译

伊库盟驻维瑞尔大使馆的首席情报官名叫索希克尔文尼彦穆尔克雷斯·埃斯丹。但在伏伊迪欧，他有个昵称，叫作埃斯达顿·埃亚，意为古老的音乐。他感到很无聊。虽然是在内战打了三年之后他才开始感觉无聊，但他已经在发送给海恩常驻使的安塞波报告里自称为首席草包官了。

不过当合法政府封锁大使馆，不允许任何人、任何消息进出之后，他仍能与解放区里的一些朋友保持着秘密联络。战争进行到第三年夏天时，他向大使提出了一项请求。因为解放运动司令部跟大使馆之间可靠的通讯手段被切断了，于是他们问他（怎么做到的？大使问他。通过一个运送杂物的人。他解释说。），能不能请大使馆派一两名职员偷偷穿越边界来跟他们面谈，并向他们证明：尽管合法政府进行了大量的歪曲宣传、提供了许多虚假信息，尽管大使馆仍被困在政府区内，但大使馆的人员并没有被政府拉拢，而是继续保持中立，随时能与双方的合法代表展开交涉。

"穿越政府区？"大使说，"好吧，没关系。但你要怎么过去呢？"

"这就是乌托邦的麻烦之处，"埃斯丹说道，"假如没人仔细检查，我倒是可以靠隐形眼镜蒙混过去。但穿越隔离带才是最困难的。"

这座巨型城市的躯壳依然在，包括政府大楼，工厂和仓库，大学，还有各种旅游景点：图奥神庙；剧院街；旧市场和那里有趣的展销室；高耸的拍卖大厅，在资产的售卖与租赁转到电子市场后便废弃了；无数的大街小巷；布满灰尘的公园，被贝雅树的紫红色花朵覆盖；还有连绵不断的店铺、棚屋、磨坊、轨道、车站、公寓楼、宅邸、大院、住宅区和远远近近的郊区。这些大多仍矗立着，而城中的一千五百万人口大多也都在，但深层次的复杂结构也已经消失了。所有的联系都被打破了。交流也再难发生。就像一颗中风后的大脑。

而那一道最深的伤痕，仿佛是有人用斧子残酷地斩断了脑桥。在宽达一公里的无人地带中，到处是炸毁的建筑和堵塞的街道，到处是废墟与碎石。隔离带东面是合法政府的领地：中心城区，政府办公室，大使馆，银行，通讯塔，大学，大型公园，富人区，以及通往军械库、军营、机场和航空港的公路。隔离带的西面是解放区，又叫尘民村，那是解放运动的领地：工厂、公会大院、租赁工宿舍、从前的自由民住宅区，而无穷无尽的小街巷最终都没入外围的平原。一条空荡荡的东西向高速公路同时横贯这两片区域。

解放运动的人成功地将他偷偷带出大使馆，即将穿越隔离带。从前，他曾经跟他们合作，将逃跑的资产偷运至耶欧维，以便让他们获得自由。现在，他不是偷运者，而是成了被偷运的人，这让他感到很有趣。他发现，虽然恐惧感要比原先强烈，但压力要小得多，因为他不是要负责的人，他不再是邮差，而是包裹。然而联络网中的某个环节出了问题。

他们步行进入隔离带，中途在一栋毁损的公寓楼停下，那里有一辆破旧的小卡车正等着他们。方向盘后面坐着一名司机，隔着布满裂痕的挡风玻璃朝他咧嘴一笑。向导比了个手势，示意他钻进车后面。卡车开动起来，在废墟中来回穿梭，沿着疯狂曲折的路线行驶，犹如一头猎猫。他们在一片满是碎石的区域颠簸前进，此处也许曾经是街道或者集市。卡车眼看即将穿过隔离带，却突然一拐弯，停了下来。随着一阵呼喊和枪击，车后的货厢门被猛地拉开，几个人冲进来将他按住。"轻一点，"他说道，"轻一点。"因为他们动作很粗暴，一边将他的胳膊扭到背后，一边使劲往外拽。他们把他拖出卡车，扒下外衣，在他全身上下拍打，搜查武器，然后逼迫他将双手置于脑后，向等在卡车旁的一辆轿车走去。他本想看看卡车司机有没有死，却被直接塞进了轿车，无法转回头。

那是一辆老旧的暗红色政府座驾，又宽又长，主要用于游行典礼，或者送大庄园主去议会，或者到航空港接外交使节。主车厢里有幕帘，以分开男女乘客，而驾驶室则是完全封闭的，这样乘客便不会呼吸到奴隶吐出的气息。

有个人一直将他的胳膊扭在背后，直到把他面朝里推进车内。他发现自己坐在两个人之间，而对面还有三个人。车启动时，他只是想："我这把老骨头哪还受得了这个。"

他一动不动，让恐惧与疼痛逐渐消退。他甚至没有揉搓剧痛的肩膀，没有去看其他人的脸，望向窗外的街道时也避免太过明显。偷瞄的两眼告诉他，他们正经由雷伊街向东行驶，开往城外。这时他才意识到，自己刚刚还指望这些人将他带回大使馆。真傻。

街道上没有其他车辆，只有一些行人诧异地看着他们飞速掠过。此刻，他们在一条宽阔的大道上疾驰，方向依然是往东。虽然处境非常糟糕，但他还是感觉到一种极度的愉悦，因为他走出了大使馆，来到外面的世界，而且还处在高速运动之中。

他谨慎地抬起手，揉了一下肩膀，然后同样谨慎地瞥了一眼身边和对面的人。他们的皮肤全都是深色的，其中两人是蓝黑色。他对面的人里有两个很年轻，他们的脸稚嫩而冷漠；另一个是一名维奥特武士，属于其中的第三等级，即奥伽。维奥特武士的训练使得他的脸平静从容，毫无表情。埃斯丹的目光跟他的刚一对上，两人都立即移开了视线。

埃斯丹喜欢维奥特武士。他们既是战士，又是奴隶主，在他看来，作为昔日伏伊迪欧社会中的一员，他们是一个行将灭绝的物种。商人和官僚都能在解放运动之后存活，也无疑能找到替他们作战的士兵，但武士阶层却不行。他们那些关于忠诚、荣誉和节制的信条跟他们的奴隶太相像，而且和奴隶一样，他们也崇拜卡穆耶，剑士与奴工之神。这种宣扬苦难的教义在解放运动中能存活多久？维奥特武士是一种令人难以容忍的旧秩序的顽固遗迹。他信任他们，而他们往往也不会辜负他的信任。

那名奥伽肤色黝黑，非常英俊，就像忒叶鸥。忒叶鸥是埃斯丹特别喜欢的一名维奥特武士，早在战争之前就离开了维瑞尔，跟妻子一起前往地球和海恩。然后，他妻子应该会成为伊库盟的机动使。那将是数百年之后，战争早已结束，埃斯丹也早已死去。除非他选择跟他们一起回去，回到家乡。

毫无意义的念头。在一场革命中，你没有选择。你只能被裹挟，如同瀑布中的一个水泡，篝火中的一颗火星，手无寸铁地跟七名武装人员待在一辆车里，沿着宽阔而空旷的东向干道飞驰……他们正在离开城市，前往东部省份。伏伊迪欧合法政府的地盘如今只剩下半个首都和两个省份。在那些省份，八个人中有七个是资产，剩下的那个则是他们的主人。

驾驶室内的两人在交谈，但后面的主人车厢里听不见。这时，埃斯丹右侧那个长着小圆脑袋的人小声问了对面的奥伽一个问题，后者点了点头。

"奥伽。"埃斯丹说。

维奥特武士用毫无表情的双眼与他对视。

"我要撒尿。"

那人没说话，移开了视线。一时间，没人开口。这一段路况很糟，也许是在起义爆发的第一个夏天里就被战火破坏了，也许只是因为从那时起便缺乏维护。剧烈的颠簸让埃斯丹的膀胱很痛苦。

"就让那白眼混蛋尿裤子好了。"对面的一个年轻人对另一个说道，后者拘谨地笑了笑。

埃斯丹琢磨着要如何轻松幽默地予以回应，而不显得冒犯或挑衅，但他紧紧地闭着嘴。他们俩需要的只是一个借口。他闭上眼，试图放松，并注意感受肩膀的疼痛和膀胱的痛苦，但仅此而已。

左边那个他一直无法看清的人开口了："司机，前面停一下。"他通过车内扬声电话说道。司机点点头。汽车放慢速度，剧烈摇晃着离开大路。所有人都下了车。埃斯丹发现左边那人也是一名维奥特武士，属于第二等级，札迪欧。埃斯丹下车时，一名年轻人抓着他的胳膊，另一人用枪顶住他的肝脏。其他人纷纷站在布满尘埃的路边朝着灰尘、碎石和参差不齐的树根小解。埃斯丹好不容易解开裤子搭扣，但他的双腿麻木颤抖，几乎站立不稳。持枪的年轻人绕过来，站到他正对面，用枪指着他的阴茎。他的膀胱和阳具之间有着一团痛苦的疙瘩。"退后一点，"他略带悲愤地说，"我不想弄湿你的鞋。"那年轻人反而往前跨了一步，用枪抵住埃斯丹的裆部。

札迪欧轻轻地比了个手势。年轻人退后一步。埃斯丹一阵战栗，然后突然就尿出了一大股。尽管释放的过程很痛苦，但看到那年轻人被逼退了两步，他心中还是颇为痛快。

"看上去跟人类的也差不多嘛。"那年轻人说。

埃斯丹利索地将他那外星人所特有的棕褐色阳具收起来，并扣好裤子。他仍然戴着遮掩眼白的隐形眼镜，身上是租赁工穿的那种宽松而简陋的服装，呈暗黄色。这是城市里奴隶唯一被允许使用的染料颜色。解放运动的旗帜也是同样的黄色。但在此处，这种颜色就不是很合适，裹在衣服里的肤色也不太对。

虽然在维瑞尔生活了三十三年，早已习惯遭人惧怕与忌恨，但埃斯丹从来不曾落到过惧怕与忌恨他的人手上。伊库盟的支持是他的保护伞。离开大使馆是多么愚蠢的事。在那里，他至少是安全的。然而现在，他被这群孤注一掷的旧秩序守护者逮住了，他们不仅会对他造成伤害，还会利用他造成更大范围的危害。他又能有多少抵抗力，多少忍耐力呢？幸运的是，他们不能从他那里拷问到解放运动的任何计划，因为他对朋友们的行动完全一无所知。但他还是太蠢了。

回到车里后，他又被夹在座位中间，视野中就只有对面那两个板着脸的年轻人和表情警惕而淡漠的奥伽，于是他再次闭上眼。这段路很平整。在沉默的高速行驶中，他的肾上腺素水平落了回去，进入一种迷迷糊糊的昏睡状态。

等到他完全清醒，已是日落时分，天空呈金黄色，没有云彩，只有两颗闪光的月亮。他们在一条小路上颠簸前行，经过许多耕地，果园，种着树和各种建筑用茎类植物的种植园，还有一座巨硕的农奴大院，然后是更多耕地，更多大院。他们在一处关卡被拦下，那里唯一一名武装人员稍稍查看了一下，便挥手示意放行。这条路穿入一片宽广起伏的公园。此处似乎有点眼熟，让他感到不太安心。纵横交错的树枝遮挡着天空，道路在树林和空地之间穿梭。他知道在那长长的山脊后面有一条河。

"这里是雅拉美拉。"他大声说道。

所有人都不说话。

多年前，几十年前，他刚来维瑞尔才一年左右时，大使馆的人员曾被邀请到雅拉美拉。那是伏伊迪欧最大的庄园，被称为东方明珠，也是高效奴隶统治的典范。数以千计的资产为庄园的耕地、磨坊和工厂工作，他们的住所在一个个巨大的院子里，仿佛带围墙的城镇。一切都整洁、有序、勤劳、宁静。河流上方的山坡上有一栋宫殿般的宅邸，里面有三百个房间，以及许多珍贵的家具、绘画、雕塑和乐器——他记得有个私人音乐厅，墙上的玻璃马赛克背后镀着黄金，还有一间图奥神殿，由香木雕成，形似一朵硕大的花朵。

此刻他们正在上坡，朝着那栋房子行驶。汽车拐了个弯，一瞥之下，他看到天空映衬出若干参差不齐的黑色尖顶。

两名年轻人再次获准押送他。他们拧住他的胳膊，将他从车里拖出来，推搡着他走上台阶。他尽量不抵抗，不去在意他们的行为，并留意观察周围环境。这栋巨大宅邸的中央和南翼已经变成没有屋顶的废墟。透过黑色的窗框，可以看到明亮而空旷的黄色天空。此处是律法控制的中心腹地，却依然有奴隶发动起义。三年前那个可怕的夏天，数以千计的宅邸、大院和城镇被焚毁，四百万人死亡。他没想到雅拉美拉竟然也受到起义的影响。当时，没有消息沿着河流传出来。在那个烈火焚烧的夜晚，东方明珠的奴隶有多少伤亡？奴隶主是被杀了，还是存活下来，继而对反叛者施行惩罚？没有消息沿着河流传出来。

这些念头以超乎寻常的速度与清晰度在他脑中闪过。与此同时，他们将他赶上低矮的阶梯，朝着宅邸北翼走去。他们拔出枪指着他，仿佛在这里，在他们的领地内，距离边界数百公里的地方，这个六十二岁的人在久坐数小时后还能拖着抽筋的双腿逃跑似的。他一边思绪如飞，一边注意着周围的一切。

宅邸的这一区域没有被烧毁，通过一条长长的走廊连接着大楼的中央。此处墙壁上方依然覆有屋顶，但随着他们进入前厅，他注意到，周围是裸露的石墙，雕花的装饰板都被烧掉了。肮脏的贴面地板取代了拼花或彩绘地砖。而且这里一件家具都没有。高耸的大厅中充斥着清澈的暮光，在废墟与尘埃之间显现出一种赤裸的美丽。两名维奥特武士离开，走到原本的会客室门口向那里的一个人汇报。他感觉维奥特武士就像是保护伞，希望他们能回来，然而他们没有回来。一个年轻人始终把他的胳膊高高地拧在背后。一名身材魁梧的人走过来，盯着他看。

"你就是那个叫作古乐的外星人？"

"我来自海恩星，这名字是我在这里用的。"

"古乐先生，你得明白，离开大使馆意味着违反了你们的大使和伏伊迪欧政府之间签署的保护协议，你已经失去外交豁免权。你可能会遭到监禁和审问，如有违反民事法律或勾结叛乱分子与国家公敌的罪行，你也将受到相应的惩罚。"

"我明白这是你对我处境的表述，"埃斯丹说道，"但是先生，你应该知道，伊库盟的大使和常驻使认为我同时受到外交豁免权和伊库盟法律的保护。"

试一试没坏处，但没人听他唠唠叨叨的谎话。那人说完之后便转身走开了，两个年轻人再次抓住埃斯丹。他被推搡着穿过一道道门户和走廊，此刻他已经疼得看不清周围了。他们走下楼梯，经过铺着鹅卵石的宽阔内庭，最后来到一个房间。他的胳膊被使劲一拽，疼痛之下，他失去平衡，狼狈地跌倒在地。那两人砰的一声关上门。黑暗中，他只能趴在石头地板上。

他将前额枕在胳膊上，浑身战栗。他听见自己发出一阵阵带着呜咽的呼吸声。

他记得那晚的事，还有接下来的几个白天和夜晚。但他一直不清楚，这种折磨是为了摧垮他的精神，还是那两个年轻人的残忍与怨恨正好有机会发泄在他身上。他记得遭到踢打，记得剧烈的疼痛，然而除了那吊笼，所有记忆都模糊不清。

他曾经听说过、读到过这种东西，但从没见过。他从不曾进入大院。外来者和访客不会被带到伏伊迪欧庄园的奴隶住宿区。他们只是在庄园主的宅邸里接受驻宅奴仆的服侍。

这是个小院子，女奴区只不超过二十栋小屋，大门旁也只有三间长屋。此处曾经住着数百名奴隶，负责照看雅拉美拉的宅邸和巨型花园。跟田地里的农奴相比，他们享有特权，但也无法避免惩罚。鞭刑柱依然矗立在大门边。大门敞开着，周围是高耸的围墙。

"在这儿？"尼梅欧说道。他就是一直拧住埃斯丹胳膊的年轻人。然而另一名年轻人阿拉图奥说："不，在那儿。"然后兴奋地跑过去，转动绞盘，将高悬在主哨亭下方的吊笼放下来。

它位于围墙内侧，呈圆柱状，吊在一根铁链和一个挂钩上，由粗糙的锈铁丝编织而成，一端是封闭的，另一端可以打开。放在地面上看，它就像是捕捉动物的笼子，而且无法捕捉太大的动物。两个年轻人剥光他的衣服，用电击棒赶着他头朝里爬进去。这种电击棒是农田监工用来鞭策偷懒的农奴的，他俩已经把玩了好几天。他们尖声大笑，一边推搡，一边用电棒捅他的肛门和阴囊。他挣扎着往笼内钻，直到蹲伏在里面，手臂和腿蜷缩起来，紧贴着身体。他们用力关上门，他裸露的脚被夹在铁丝之间，疼得他眼前一黑。他们将笼子再次拉上去，笼子剧烈地摇晃着，他用双手紧紧抓住铁丝。等他睁开眼，看到地面在下方七八米处晃动。稍后，旋转和摇晃停止下来。他完全无法移动脑袋。他看得见吊笼下方，如果努力转动眼睛，还能看见院内的大部分区域。

过去，人们常常聚集于此，观看吊笼里的奴隶，以接受教训。儿童们由此得知，女仆躲避工作、园丁剪坏植物、奴工顶撞工头将是何种下场。如今这里空无一人，布满尘埃的地面空空荡荡。干涸的园圃，一条条小路，女奴宿舍旁的小墓园，内外院之间的沟渠，以及正下方那一圈隐约色泽较绿的草地，全都显得荒芜而凄凉。那两个对他施行折磨的人站在一旁说笑了一阵，便厌倦地离开了。

他试图调整到比较舒服的姿势，但只能稍稍移动。只要他动一下，笼子就开始摇摆，让他觉得恶心，也让他越来越害怕掉下去。他不知道笼子挂在那吊钩上有多稳固。关门时被夹到的脚非常疼，他甚至希望晕过去，然而他的脑袋虽然晕乎乎的，却一直没有失去意识。他试图施展从前在另一个星球上学会的呼吸方式，以保持呼吸的平稳和顺畅。然而在这个星球上，在这个笼子里，他办不到。他的肺被肋骨压迫着，每一次呼吸都特别困难。他尽量不让自己窒息，不让自己恐慌。他试图保持意识，仅仅是保持意识，但意识令他难以忍受。

阳光再次射入大院的这一区域，笼罩他的全身时，他的晕眩感转变成恶心。有时候，他会昏过去一段时间。

他记得黑夜，记得寒冷，他试图想象水，却得不到水。

事后，他认为自己在吊笼里被关了两天。他能记起被拖出来时，裸露晒伤的皮肤在铁丝上刮擦，接着是水管喷出的冷水忽然浇到身上。然后，他完全清醒过来。那一刻，他意识到自己正像人偶一样躺在泥地里，渺小而赢弱，头顶上方有几个人在交谈，大声说着什么。接下来，他一定是被抬回了牢房或者马厩，因为那里面黑暗而沉寂。但他依然感觉像是悬在吊笼中，冰凉而火辣的阳光，烧灼而寒冷的身躯，铁丝缠得越来越紧，令他越来越痛苦。

后来，他被带到一间有窗户的屋子，放在床上，然而他仍感觉自己在高悬的吊笼中摇晃，下方是尘民居住的布满泥尘的土地，以及那一圈绿草。

札迪欧和身材魁梧的人出现又消失。一名脸色苍白的女奴颤巍巍地蹲伏在他身边，用药膏涂抹他晒伤的胳膊、腿和后背，给他带来疼痛。她有时在，有时不在。太阳在窗外闪耀，他感觉一次又一次被铁丝夹住脚。

黑暗让他感到舒适，他大部分时间都在昏睡。几天后，当那战战兢兢的女奴带来食物时，他可以坐起来吃了。他的晒伤逐渐恢复，大多数疼痛也已缓解。他的脚肿得厉害，里面的骨头断了，不过这在他需要站起来前还不是问题。他不停地昏睡。当拉亚叶走进房间时，他立刻就认出来了。

他们在起义爆发前见过几面。在奥约总统的任内，拉亚叶曾官至外交部长。但埃斯丹不知道他在如今的合法政府中也身居何位。拉亚叶在维瑞尔人中个头不算高，但身形健壮，蓝黑色的脸打理得很精致，再加上灰白的头发，俨然一名仪表堂堂的政客。

"拉亚叶部长。"埃斯丹说道。

"古乐先生，你还记得我，真是太体贴了！很遗憾，你的身体状况不佳。这里的人应该有好好照顾你？"

"谢谢。"

"听说你的健康状况之后，我本想找个医生，可是找不到，这儿只有一名兽医。这地方根本没人手。跟从前不一样！变化太大了！真希望你能看看雅拉美拉昔日的辉煌。"

"我见过，"他的声音很虚弱，但还算自然，"三十二三年前，阿尼欧大人和夫人组织过一次宴会，款待我们大使馆的人。"

"是吗？那你都见识过了，"拉亚叶一边说，一边坐到屋里唯一的椅子上，那是一件精致而古老的家具，只是缺了一边的扶手，"看到它变成现在这样，让人很痛心，不是吗！破坏最严重的就是这栋房子。整个女士一侧的翼楼和许多宏伟的大厅都被焚毁了。但女神在上，花园得以幸免。要知道，这是四百年前梅尼亚亲手设计的。田地里也依然有人耕种。我听说这座庄园仍有将近三千名奴隶。等到乱局过去之后，雅拉美拉的复兴会比其他大庄园容易得多。"他凝视着窗外，"真是美丽，真是美丽。要知道，阿尼欧家族的仆人以美丽而闻名。而且训练有素。要重新达到这样的标准还需要很长时间。"

"毫无疑问。"

那维瑞尔人平和地注视着他。"我以为你想知道，自己为什么会被带到这儿。"

"那倒没有。"埃斯丹愉快地说。

"哦？"

"我未经允许离开大使馆，政府大概是想要监视我。"

"听说你离开大使馆，我们中有些人很高兴。待在那里面浪费了你的天赋。"

"喔，我的天赋。"埃斯丹一边说，一边自嘲地耸耸肩。这让他的肩膀感到疼痛，不过他暂时可以不理会。此刻他很享受。他喜欢唇枪舌剑。

"你是个极有天赋的人，古乐先生。墨哈欧大人曾经称你是维瑞尔最睿智、最聪明的外星人。你曾跟我们合作——也曾跟我们作对，没错——然而你比其他外星人都更有效率。我们能互相理解。我们能够交流。我相信，你是真心希望我们的人民过得好。假如我能提供一种途径，让你为他们效力——有望终止这场可怕的战争——你一定会接受的。"

"我希望能终止战争。"

"你是愿意被人视作支持冲突中的某一方，还是更愿意保持中立？"

"任何行为都会让人怀疑你的中立。"

"被叛军从大使馆里绑走无法证明你对他们的同情。"

"似乎是这样。"

"而且恰恰相反。"

"可以这样理解。"

"可以这样理解。假如你愿意。"

"我愿不愿意并不重要，部长。"

"那很重要，古乐先生，但不是在这里。你身体不舒服，我累着你了。我们明天再聊吧，嗯？如果你愿意。"

"当然，部长。"埃斯丹礼貌而略带顺从地说。他知道，眼前的这个人喜欢服从的语气，他们这类人更偏好奴隶的注目，而不是平等的交流。埃斯丹跟他的大多数族人一样，从不将粗暴的以牙还牙视作骄傲，而是倾向于在情势允许时尽可能保持礼节。假如情势不允许，他会感觉很别扭。虚情假意不至于让他感到困惑。他本身就很擅长这一套。假如拉亚叶的手下折磨他，而拉亚叶假装不知情，埃斯丹没必要坚持这么说，因为那没有任何好处。

事实上，他很高兴不必谈论此事，也不希望再多想它。他的身体已经替他想了太多，每个关节、每块肌肉的记忆都太过清晰。他有生之年大概都无法忘记这一切。他还有了一些新的领悟。他本以为自己知道什么叫作无助的。现在他明白，原来自己并不理解。

当那个战战兢兢的女人进来时，他让她去找兽医来。"我需要把脚固定一下。"他说道。

"他只给奴工治病，老爷。"那女人缩着身子轻声说。这里的奴隶都带有类似古语的口音，有时很难听明白。

"他能进到宅邸里来吗？"

她摇了摇头。

"这里有人能治我的脚吗？"

"我去问问看，老爷。"她低声说道。

当天晚上，来了个年迈的女奴。她枯瘦的脸布满皱纹，表情严肃，全不像先前的女奴那样畏缩。她一看到他，便轻声说："老天！"然后姿态僵硬地行了个礼，开始检查他肿胀的脚，就像医生一样冷静。她说："我来帮您绑一下就会好的，老爷。"

"哪里的骨头断了？"

"这几个脚趾。这里。这儿可能也有一根小骨头断了。脚上有许多骨头。"

"请帮我绑一下吧。"

她用布一圈圈捆扎，动作沉稳，直到他的脚被固定在一个特定的角度，动弹不得。她说道："大人，如果你一定要走路，得用拐杖，而且只能用脚后跟着地。"

他问她叫什么名字。

"伽娜。"她一边说，一边抬起头从正面看了他一眼，这对奴隶来说是一个很大胆的举动。她大概是想看一看他那双特殊的眼睛。因为她已经看到了他身体的其他部分，除了肤色有点怪，别的都相当普通，包括脚上的骨头。

"谢谢，伽娜。我对你的手艺和善意十分感激。"

她点点头，但没有行礼就离开了房间。她走起路来虽然也有点跛，却保持着挺直的身姿。早在起义爆发前，他就听说过："所有的外祖母都是叛乱者。"

第二天，他能站起来了，甚至可以一瘸一拐地走到那张坏掉一边扶手的椅子边。他坐到椅子上，向窗外眺望了片刻。

这间屋子位于二楼，俯瞰雅拉美拉的花园，山坡上有层层叠叠的露天梯台与花坛，还有草坪、步道，以及装饰性的湖泊与池塘，其中的水最终都注入河里：曲线与平面，植被与小径，土壤与静水，一切都被那条宽阔蜿蜒的河流环抱着。梯台、道路和花坛构成松散柔和的几何图形，其中心隐约指向河边的一株巨树。四百年前花园建成时，它一定已经是一棵大树。它高高地矗立着，距离河岸仍有一段距离，枝杈却一直伸到水面上方。在它投下的阴影中，足以建一座小村庄。露天梯台上的草已经干枯，呈现出柔和的金黄色。河流、湖泊和池塘则尽是朦胧的蓝色，仿佛夏日的天空。花坛和灌木由于无人照看，变得枝杈蔓生，但还不算完全荒芜。雅拉美拉荒凉的花园美到了极致。荒凉，废弃，孤寂，这类浪漫的词汇确实很适合它，但它也同样理性，庄严，平和。它是由奴隶劳工建造的，它的高贵与宁静建立在残酷、悲戚与痛苦之上。埃斯丹是海恩人，这一古老的民族曾经建造并毁灭过成百上千个雅拉美拉。他在此处看到的既有美丽，也有极度的悲哀。他很清楚，对于这两者，其中一项的存在并不能证明另一项存在的正当性，其中一项的毁灭也不能造成另一项的灭绝。他明白这个道理，但只是明白而已。

他的身体终于稍微舒服一点了。他还发现，这既可爱又可悲的雅拉美拉梯台或许就是海恩达兰达之梯的雏形，那里有着层层叠叠的红色屋顶，一座又一座的绿色花园，陡峭的梯级下面是波光闪烁的港口，那里有步道、堤桥和帆船。港口之外是高耸的海洋，就跟他的房子一样高，也跟他的视线一样高。小埃读过的书里说，海洋是平的。今夜，海洋平静地躺卧着。这是诗中的句子，但他不以为然。海洋仿佛一堵墙，一堵蓝灰色的墙，矗立在世界尽头。在海面上航行时，它看起来像是平的，然而假如你看穿其本质，它就像是达兰达的群山一样高，当你真正出海航行，便能穿过这堵墙，抵达世界尽头的另一边。

天空是这堵墙撑起的屋顶。夜晚，星辰的闪光穿透玻璃的屋顶。你也可以航向星辰，前往世界之外的许多个星球。

"小埃。"屋内有人在喊。他转回身，视线离开海洋和天空。他从阳台回到屋里，也许是去见宾客，也许是去上音乐课，也许是跟家人一起午餐。小埃是个乖巧的男孩：顺从，活泼，话不算太多，但性情随和，喜欢与人交往。当然，礼节也很周全；毕竟他是凯尔温家的人，长辈们不容孩子有任何失礼。不过礼节对他来说并不难学，也许是因为他从没见过无礼的行为。他不是个爱做白日梦的孩子。他机警灵敏，富有观察力，但也善于思考，往往能自行理解一些事，比如海洋是高墙，天空是屋顶。对于埃斯丹来说，小埃的形象已不像从前那样清晰，多年前的那个小男孩仍留在遥远的家中。只有最近，埃斯丹才再次通过那男孩的眼睛观察世界，再次闻到达兰达家中繁复而美好的气息——甜草席、鲜花、木头、给木头抛光的树脂油、厨房的香料，还有海风。有时，他能听见母亲的声音："小埃？快进来，亲爱的。铎拉斯德的亲戚来了！"

古乐与女奴

小埃跑进屋跟他们见面。伊利阿瓦德年纪较大，长着乱糟糟的眉毛，鼻孔里还有鼻毛，他会用胶带纸变魔术。图伊图伊的年纪比小埃还小，但她更擅长接住抛来的物体。埃斯丹坐在那把破椅子里睡着了，窗外是无比可怕又无比美丽的花园。

跟拉亚叶的进一步谈话被推迟了。札迪欧代他致歉。部长被召回去跟总统会谈，要三四天之后回来。埃斯丹想起来，早晨曾经听到不远处有飞行器升空的声音。这让他缓了一口气。他喜欢辩论，但也很疲惫，很虚弱，休息一下对他来说是好事。除了那个战战兢兢的女人，没人进入他的房间。她叫赫欧。札迪欧每天来一次，询问他是否还需要什么。

等他好一点之后，他们允许他离开房间。如果他愿意，也可以到户外去。伽娜给了他一个硬邦邦的凉鞋底，让他把脚绑在上面，再借助一根棍子，他就能走到外面花园里，坐在太阳底下了。随着夏日渐尽，阳光也越来越温和。两名维奥特武士是他的看守，或者更确切地说，是他的护卫。他看到折磨他的那两个年轻人远远地保持着一段距离，显然是被命令不准靠近他。总是有一名维奥特武士在视线范围之内，但从不贴近他。

他不能走太远。有时候，他感觉自己就像是沙滩上的虫子。这栋宅邸仍可使用的部分十分巨大，花园的面积也极为广阔，然而人却很少，只有那六个把他抓来的人，再加上五六个原本就在的。身材壮硕的图瓦勒南是他们的首领。庄园的资产只剩下十到十二名，与原本的数量相比微不足道。在往昔，有许多仆人侍奉主人和宾客，包括厨师、帮厨、洗衣妇、女仆、近侍、马夫、役童、园丁、车夫、男女床侍、擦鞋的、洗窗的、修整路面的等等。到了夜晚，这些剩下的资产不再被锁进吊笼所在的资产大院，而是睡在庭院内的诸多厩棚中，或厨房周围的屋子里。他一开始就是被关进了一间给马和人过夜的厩棚。残余的资产大多是女性，其中两人比较年轻，还有两三个看上去很虚弱的老年男性。

起初，他跟他们说话很小心，以免给他们带来麻烦，但俘房他的那群人除了发号施令之外，对奴隶们不予理会，显然认为他们值得信任。这是有道理的。那些制造麻烦的人，那些逃出大院、焚烧宅邸、杀死工头与主人的资产早就不在了：有的死了，有的逃了，有的重新遭到奴役，脸颊两侧被烫上深深的十字烙印。留下的这些是听话的尘民。他们很可能一向都非常忠诚。许多契约奴工，尤其是近侍，跟主人一样被起义吓坏了，并试图保护主人，或者跟着主人一起出逃。有的奴隶主解放自己的奴隶，并支持解放运动，从某种意义上来说，他们和留下的奴隶一样，都是叛徒。

这里的男人会从农场带年轻的女性奴工进来作为床侍。每隔一两天，折磨他的那两个年轻人就会在清晨开车离开，车里载着一名充当床侍的女孩，回来时则换了一个。

至于宅邸内的两名女奴，其中一个叫卡穆莎，总是怀抱着婴儿，男人们都对她不予理会。另一个是赫欧，也就是那战战兢兢服侍他的女人。图瓦勒南每晚都在使用她，而其他男人则不会去碰她。

埃斯丹在宅邸内或者户外碰到那些奴隶时，他们都将双手垂到身侧，下巴紧贴胸口，低头俯视，一动不动地站着：这是私产遇到主人时的正式礼节。

"早上好，卡穆莎。"

她行了个礼作为回应。

他已经有许多年不曾与那种经过数代育种而来的奴工相处了，在售卖市场上，他们被形容为"经过完美训练、顺从、无私、忠诚，是最理想的仆人"。他所认识的资产大多是朋友和同僚。他们是城里的契约工，由主人租借给公司，在工厂、商店，或者需要特殊技能的岗位工作。他也认识不少农场奴工。农奴鲜少与主人接触，他们在自由民工头手下工作，而他们的大院由被称作自由阉民的宦奴管理。他认识的奴工多半是逃奴，哈梅组织——又名地下铁道——会保护他们，把他们送到耶欧维以获得自由。他们都没有像这里的奴隶这样，完全被剥夺了教育和选择的权利，以及对自由的想象。他已经忘记了一个好尘民是什么样的。他已经忘记世上还有这种绝对没有个人生活，完全不受保护的人。

卡穆莎的脸沉静平和，从不流露任何感情，但他有时会听到她对着怀里的婴儿轻柔地说话或唱歌，嗓音欢快而愉悦。这让他很感兴趣。有一天下午，他看到她坐在宽阔的露天梯台上干活，婴儿悬在背后的吊兜里。他一瘸一拐地走过去，坐到她身旁。当他走近时，她放下刀和砧板，站起身行礼，低着头，垂下双手和双眼。他无法阻止她这么做。

"请坐，请继续做你的事情。"他说道。她顺从地依言而行。"你在切什么东西？"

"杜埃里豆，老爷。"她低声说。

这是一种他之前经常吃，而且很喜欢吃的蔬菜。他看着她干活。每个木质的大果荚都必须顺着一道闭合的缝隙切开。那不是件容易的事：你得仔细寻找适合下刀的地方，然后不断拧旋刀身，才能剖开果荚。然后还要把里面可以吃的肥硕种籽一颗颗挖出来，并刮掉附着在上面的网状纤维。

"这部分吃起来味道不好？"他问道。

"是的，老爷。"

这是一道非常费劲的工序，需要力量、技巧和耐心。他感到很羞愧。"我从没见过生的杜埃里豆。"他说道。

"是的，老爷。"

"这孩子真乖。"他略有些随意地挑选话题。那小家伙悬在吊兜里，脑袋枕着她的肩，蓝黑色的眼睛睁得大大的，懵懂地看着这个世界。他从没听见过那孩子哭。这似乎有点怪，但他没怎么接触过婴儿。

她露出微笑。

"男孩？"

"是的，老爷。"

他说道："卡穆莎，我叫埃斯丹，请称呼我的名字。我不是你的主人，我是个俘虏。你的主人也是我的主人。你能不能直接称呼我的名字？"

她没有回答。

"我们的主人不会同意。"

她点点头。维瑞尔人的点头不是上下动，而是把脑袋略微往后一仰。这些年来，他已经完全习惯了，他自己也是这样点头的。现在，他发现自己又重新注意到这件事。被捕之后的遭遇让他感到困惑，也让他不知所措。最近几天里，他想起海恩的次数比过去的几十年都要多。他在维瑞尔原本感觉很自在，然而现在却不同了。不恰当的比拟，不相干的记忆，在这里，他是个异类。

"他们把我关进了笼子。"他说道。他的话音跟她一样轻，说到最后几个字时有些犹豫不决，他无法完整地说出吊笼。

她又点了点头。这回，她终于抬起头，迅速地瞥了他一眼，用轻得几乎听不见的声音说了句我知道，继续干手上的活。

他不知还可以说什么。

"我小时候就住在那儿，"她一边说，一边瞥了一眼大院的方向，也就是吊笼所在之处。她那喃喃的嗓音，以及她的姿态与手势，全都控制得很有分寸。"房子被烧毁之前，主人们仍然住在这儿，他们经常把笼子吊起来。有一次，有个人一直被关到死，就在那里面，我看到了。"

他俩保持着沉默。

"童奴们从不去笼子底下，从不跑到那儿去玩。"

"我看到……那底下的地面有点异样，"埃斯丹的语声也很低，他感到呼吸急促，口干舌燥，"我低头看时，那里的草地也许……他们……"他的声音彻底枯竭了。

"有个外祖母把浸湿的布绑在一根长竿子的顶端，送了上去。自由阉民都假装没看见。但他仍旧死了，还在里面腐烂了一段时间。"

"他做了什么？"

"嗯啦。"她说道。他经常听到奴隶们用这个简单的词表达否定的意思——我不知道，不是我干的，我不在场，不是我的错，谁知道呢……

他曾看到一个主人的孩子说嗯啦，结果被扇了一耳光。不是因为她打破了杯子，而是因为使用奴隶的词汇。

"有用的教训。"他说道。他相信她明白这句话的意思。受压迫者对于反讽，就像对空气和水一样熟悉。

"他们把你关进去时，我很害怕。"她说道。

"这次教训是给我的，不是给你。"他说道。

她小心翼翼、毫无停歇地继续干着手上的活。他在一旁观察。她低着头，脸上的表情镇静平和，泥灰色的皮肤中带有少许深暗的靛青。婴儿的肤色比她更深。她没有跟奴工结合育种，而是被主人用作床侍。他们把强奸称为使用。婴儿的眼睛缓缓地闭上，蓝黑色的眼睑呈半透明状，仿佛小小的贝壳。那婴儿看上去很小，很脆弱，大概才一两个月大，脑袋无比耐心地靠在她弯着的肩膀上。

梯台上没有其他人。一阵微风吹过，使得他们身后花朵盛开的树丛轻轻摇晃，也让远处河面上泛起一道道银光。

"你的孩子，他将会得到自由，卡穆莎。"埃斯丹说道。

她抬起头，但没有看他，而是望向河流和对岸。"是的。他将会得到自由。"她说道，然后继续干活。

她的话让他感到鼓舞。埃斯丹知道她信任他，这种感觉很不错。他需要别人的信任，因为自从被关进笼子，他已无法相信自己。面对拉亚叶时不时的问题，他依然可以跟他唇枪舌剑。但当他单独思考，单独睡觉时就不行了。而他大多数时候都是独自一人。他内心深处受到了严重的伤害，而且尚未愈合，这令他无法承受自己的思绪。

早晨，他听见飞行器降落。当天晚上，拉亚叶邀请他共进晚餐。他们在楼下损坏最轻的房间里支起一张临时餐桌。图瓦勒南和两名维奥特武士吃完之后便告辞离开,只留下他和拉亚叶,还有桌上的半瓶葡萄酒。此处原本是狩猎小屋或者猎物陈列室,位于宅邸中的男性居住区域,女人从不会来到宅邸的这一侧。女性奴工,包括女仆和床侍,都不算是女人。壁炉台上方的墙上挂着一只巨大的野狗脑袋,作露齿咆哮状,它的皮毛被烤得焦黑,落满尘埃,玻璃眼珠也变得灰蒙蒙的。对面的墙上曾经挂着几把十字弩,黑乎乎的木头上有它们留下的浅灰色轮廓。使用电力的吊灯不停地闪烁,时暗时明。发电机不是很稳定,一名老奴工总是在修理维护它。

"去找他的床侍了。"拉亚叶朝门口摆了摆头。图瓦勒南刚刚关上那扇门,在此之前还殷勤地祝部长晚安。"干白种女人,太恶心了,让我直起鸡皮疙瘩,竟然把自己放进奴隶的身体里。等到战争结束就不会再有这种事了。混血人是滋生革命的根源。得把不同的种族隔离开来,保持统治者血统纯净。这是唯一的答案。"听他的语气,似乎认为对方会完全赞同,但不打算等待反馈。他给埃斯丹斟满一杯酒,然后用他那洪亮的政客嗓音聊了起来,仿佛他是这座庄园的东道主。"古乐先生,我希望你在雅拉美拉住得愉快,也希望你的健康状况有所好转。"

埃斯丹作出低声而礼貌的回应。

"奥约总统听说你的身体状况后,感到很难过,并让我带来祝愿,希望你能痊愈。他很高兴你不会再受到暴徒的虐待。只要你愿意,可以一直安全地住在这里。不过等到时机成熟,总统和他的内阁希望你能前往贝伦。"

埃斯丹再次喃喃地低声回应。

长年的习惯使得埃斯丹避免贸然发问,以免暴露他对情势有多无知。拉亚叶跟许多政客一样，喜欢自己的声音，随着他的侃侃而谈，埃斯丹试图拼凑出当前的大致局势。合法政府似乎从城里转移到一个叫作贝伦的小镇，位于雅拉美拉东北方，靠近东海岸。城里仍然留有某种形式的指挥系统。从拉亚叶的措辞中，埃斯丹猜测，城里可能由某个半独立的派系控制着，也许是个军事组织，不完全听命于奥约政府。

起义爆发时，奥约被赋予超乎寻常的权力；但随着伏伊迪欧的政府军在西部遭遇溃败，他们开始拒绝服从指挥，要求在战场上拥有更多自主权。文官政府要求复仇、进攻和胜利，军队则想要遏制叛乱。雷伽将军阿伊丹在城里建起隔离带，试图划出一条界线，以隔离合法政府的省份和新成立的自由国家。带着资产部队投奔起义方的维奥特武士也建议解放运动司令部与政府军签署边界协定。军队想要休战，武士想要和平。然而自由国家的领袖内卡姆·安纳喊道："只要还有一个奴隶，我就无法获得自由。"奥约总统则愤怒地说："国家不容分裂！为了守卫合法的国土，我们要耗尽血管里最后一滴血！"雷伽将军阿伊丹忽然被一名新的司令官所取代。不久，大使馆遭到封锁，获取信息的渠道也被截断了。

接下来半年中发生的事，埃斯丹只能靠猜。拉亚叶提到"我们在南方的胜利"，听起来政府军似乎处于攻势，将战线推过了城市南部的德宛河，进入了自由国家的领地。如果真是这样，他们收复了失地，政府为何要撤出城区迁往贝伦呢？拉亚叶口中的胜利或许可以理解为，解放军试图从南岸渡河，但被政府军成功阻拦。如果他们愿意称之为胜利，是否意味着他们终于放弃了逆转革命、夺回整座城市的梦想，并决定及时止损呢？

"我们不能接受一个分裂的国家，"拉亚叶的话碾碎了这一希望，"我猜你能理解。"

埃斯丹礼貌地表示肯定。

拉亚叶倒出最后一点酒。"但和平是我们的目标，一个强烈而紧迫的目标。我们不幸的国家已经饱受折磨。"

埃斯丹明确地表示赞同。

"古乐先生，我知道你是爱好和平的人。我们也知道，伊库盟致力于促进各成员国之间的和谐。我们全都真心期盼和平。"

埃斯丹再次赞同，并稍稍表达出询问的意味。

"要知道，伏伊迪欧政府随时都有终止叛乱的能力，迅速而彻底地终止叛乱。"

埃斯丹没有回答，但露出警惕而关注的表情。

"我猜你也知道，我们遵从伊库盟的政策。我们是伊库盟的一员，所以才避免使用某些手段。"

埃斯丹完全不予回应或认同。

"你一定知道的，古乐先生。"

"我相信你们有天然的生存意愿。"

拉亚叶摇摇头，就好像受到了一只虫子的骚扰。"自从加入伊库盟——甚至在那之前很久，古乐先生——我们就一直忠诚地遵守着它的政策与原则。结果呢？我们失去了耶欧维！然后我们失去了西部！有四百万人死亡，古乐先生。在第一次起义中就有四百万。在那以后，又有数百万，上千万。假如我们当时及时采取遏制措施，无论是资产还是主人，死亡的人数都将大大减少。"

"那是自我毁灭。"埃斯丹用类似资产的温和嗓音轻声说道。

"和平主义者将所有武器都视为邪恶的、灾难性的、自毁性的。虽然你的族人拥有历史悠久的智慧，古乐先生，却不像我们这些较为年轻、野蛮的种族，对战争有着切身体验。相信我，我们并不想自我毁灭，而是想让我们的人民和国家存活下去。对此我们十分坚决。早在加入伊库盟之前，我们就已对碧波进行过全面测试。它的目标与范围是可控的，是一种精准的武器和战争工具。流言和恐惧极度夸大了它的能力与本质。我们知道如何使用，如何限制它的效果。在叛乱第一年的夏天，我们之所以没能进行选择性部署，只不过是因为顾忌你们的常驻使通过大使传递的态度。"

"我印象中，伏伊迪欧军队的最高司令部也是反对部署这种武器的。"

"有几个将军反对。你知道的，许多维奥特武士的思维都很呆板固执。"

"现在这个决定被推翻了？"

"敌军正在西部集结，准备入侵本省，奥约总统已经授权对他们使用碧波。"

碧波，这名字还真好听。一时间，埃斯丹闭上眼睛。

"它所造成的破坏将十分惊人。"拉亚叶说道。

埃斯丹表示赞同。

拉亚叶身体前倾，黑色的眼睛，黑色的脸，神情专注，仿佛一头猎猫。"假如叛军听到警告，可能会撤退，会愿意谈判。他们要是撤退，我们就不再攻击。假如他们愿意谈判，我们也愿意。这样就能避免一场大屠杀。他们尊重伊库盟。他们尤其尊重你，古乐先生。他们信任你。如果你通过网络跟他们谈谈，或者他们的首领同意与你会面，他们会听你的话的。你不是他们的敌人，不是压迫者，而是天性温和、热爱和平的中立势力，是代表智慧的声音，你能敦促他们自救，趁着现在还来得及。这是我给你和伊库盟的一个机会。来拯救你的叛军朋友，让世界免遭无可计量的痛苦，并打开一条通往持久和平的道路。"

"我无权代表伊库盟发言。大使——"

"不愿意，不能够。无权。不，不，你可以的。你是一个自由的主体，古乐先生。你在维瑞尔的地位是独一无二的。两边的人都尊敬你，信任你。跟他相比，你的声音在白人中的影响力要大得多。他叛乱爆发前一年才来。而你呢，可以说，你是我们中的一员。"

"我不是你们中的一员。我既不是主人，也不是奴隶。你们必须重新定义自己，才能把我也包括进去。"

一时间，拉亚叶无话可说。他吃了一惊，很快就会转变成愤怒。愚蠢，埃斯丹对自己说，愚蠢的老家伙，偏偏要站在道德制高点！但他不知道应该站在何种立场。

他的话比大使的更有力，这没错。然而拉亚叶口中的其他情况都说不太通。假如奥约总统想要伊库盟支持他使用那种武器，并且真的认为埃斯丹会同意，为什么要把埃斯丹藏在雅拉美拉，又通过拉亚叶来交涉？拉亚叶是在跟奥约合作，还是在奥约并不同意的情况下，跟某个倾向于用碧波的派系合作？

整件事很可能是虚张声势的恐吓。他们根本没有那武器。埃斯丹的劝说只是为了增加可信度，万一威吓不成，也不会把奥约牵扯进来。

碧波，也就是生物炸弹，在伏伊迪欧是一个存在了数百年的诅咒。将近四百年前，伊库盟第一次联络到维瑞尔人。出于对外星入侵的恐惧，他们将所有资源都投入到太空飞行与武器的研发上。发明这一设备的科学家们拒绝将它投入实用。他们告知政府，它的威力无法控制，它会消灭极大一片区域内的所有人和动物，并经由水和大气扩散，给全世界造成严重而永久的基因破坏。政府从没使用过这种武器，却也始终不愿将它销毁。由于它的存在，在《禁限令》施行期间，维瑞尔一直无法成为伊库盟的成员。伏伊迪欧坚称这是他们抵御外星入侵的保证。也许他们还相信，它能阻止革命的发生。不过，当奴隶星耶欧维反叛时，他们并没有使用它。然后，等到伊库盟不再实行《禁限令》，他们宣布说已经销毁库存。于是维瑞尔加入了伊库盟。伏伊迪欧邀请伊库盟检查武器据点。大使依循伊库盟的信任政策，礼貌地拒绝了。现在，碧波又出现了。这是真的吗？还是只存在于拉亚叶的头脑里？他有那么绝望吗？也许这只是个骗局，利用伊库盟为虚假的威胁背书，以吓退入侵，这种可能性是最大的，但其阻吓效果并不太令人信服。

"这场战争必须结束。"拉亚叶说道。

"我同意。"

"我们决不会投降，你必须明白这一点。"拉亚叶放弃了通情达理的劝诱式语气。"我们要让这世界恢复神赋的秩序。"他说道。此刻，他完全是在说实话。维瑞尔人没有眼白，在幽暗的光线中，他的黑眼睛令人难以琢磨。他喝下自己那杯酒。"你以为我们是为了财产而战，为了守住所拥有的一切。但我告诉你吧，我们是为了保卫我们的圣母图奥而战。这样的战争不容屈服，也不容妥协。"

"你们的圣母是仁慈的。"

"法律就是圣母的仁慈。"

埃斯丹沉默不语。

稍后，拉亚叶再次用权威而从容的语调说道："明天我还得去贝伦。将战线向南推进的行动必须有充分的协调。等我回来之后，需要知道你是否愿意帮这个忙。我们的反应很大程度上取决于你的决定和你的发言。大家都知道你在东部省份——我的意思是，叛军和我们的人都知道——不过，为了你的安全，具体位置当然是保密的。大家都知道，你正准备发表声明，伊库盟对待内战的态度将有所改变。这一改变也许能拯救数以百万计的生命，为我们的国家带来和平与正义。我希望你能利用这段时间好好准备一下。"

他是个派系分子，埃斯丹想。他不会去贝伦，即使真要去，那里也不是奥约政府的所在地。这是他自己策划的，愚蠢而又疯狂，这不可能奏效。他没有碧波。但他有枪，可以打死我。

"谢谢这顿愉快的晚餐，部长。"他说道。

第二天黎明时分，他听到飞行器离开了。早餐后，他跛着脚走进清晨的阳光。两名维奥特守卫之一从窗户里看着他，然后转过身去。南面的梯台栏杆下有个凹进去的角落，旁边是一片繁茂的灌木丛，盛开着一朵朵气味香甜的大白花。他看到卡穆莎和她的婴儿，还有赫欧在那角落里。他一瘸一拐地朝她们走去。在雅拉美拉，对于一个跛脚的人来说，即使是宅邸范围内，也大得令人气馁。等到终于走到之后，他说道："我很孤单，能跟你们一起坐一会儿吗？"

当然，那两个女人都有站起来行礼，但卡穆莎的礼节显得相当简略。他在弯曲而洒满落花的长凳上坐下。她们抱着孩子坐回到石板地上。在和煦的阳光下，她们已将小婴儿的襁褓解开。这孩子非常瘦，埃斯丹心想。在那蓝黑色的手臂和腿上，关节就像是半透明的枝节，类似于花茎上的结节。他从没见过这孩子如此活跃：伸展双臂，转动脑袋，仿佛很享受空气的触感。相对于脖子来说，那颗脑袋有点大。这也可以拿花来作类比，就像细细的茎上开出一朵太大的花。卡穆莎将一朵真花在婴儿面前摇晃。他的黑眼睛凝视着上方的花朵，眼睑和眉毛显得格外纤细。阳光穿透他的手指。他露出微笑。埃斯丹屏住呼吸。婴儿朝着花朵微笑，多么美丽的花朵，多么美丽的世界。

"他叫什么名字？"

"雷卡穆。"

卡穆耶之孙。卡穆耶是奴隶、猎人、农夫、战士和调解者的神祇。

"很美的名字。他多大了？"

用她们的语言来说，这句话应该是："他已经活了多久？"卡穆莎的回答很奇怪。"和他的生命一样久。"她说道。透过她的口音和轻细的语声，至少他是这样理解的。也许询问孩子的年龄是不礼貌的，或者会带来厄运。

他坐回凳子上。"我感觉自己太老了，"他说道，"已经有一百年没见过婴儿了。"

赫欧背对着他，猫着腰坐在地上，他感觉她似乎想要捂住耳朵。面对他这个外星人，她一定是被吓到了。赫欧的生活里大概只有恐惧，他猜想。她几岁了？二十？二十五？她看上去像是有四十。也许她只有十七岁。床侍总是受到粗暴对待，衰老得很快。他猜卡穆莎应该只有二十出头。她纤瘦而朴素，但跟赫欧不同，她身体里有一种蓬勃的能量。

"老爷有没有孩子？"卡穆莎问道。她将孩子稍稍托起到胸前，姿态中有一点骄傲而羞涩的炫耀。

"没有。"

"啊，耶啦，耶啦。"她喃喃地说。这又是一个他经常在城市的大院里听到的奴隶用语：哦，可惜，可惜。

"你总能问到点子上，卡穆莎。"她看了他一眼，露出一个微笑。她的牙齿不好，但笑容很灿烂。他觉得那孩子没在吸奶，只是平静地躺在她的臂弯里。赫欧一直很紧张，每次他开口说话，她都会吓一跳，所以他不再说什么。他将视线从她们身上移开，越过灌木丛望向那里。那是一片美丽而自然的景色，无论你走到哪里或者坐在何处，都能看到完美平衡的画面：石板、褐色的草地、蓝色的水面，再加上蜿蜒的林荫道、连绵不绝的灌木丛，还有那株巨大的古树、雾气缭绕的河流和对岸绿色的斜坡，一切都显得错落有致。两个女人又开始轻声交谈。他没有听她们在说什么，他只是感受着她们的声音，感受着阳光，感受着平静的气氛。

老伽娜踏着噔噔的脚步从上层梯台走了下来，朝他低头行了个礼，然后对卡穆莎和赫欧说："卓约在找你们。把孩子给我吧。"卡穆莎再次将婴儿放到温热的石头上。她和赫欧迅速站起身离开了，纤瘦的身影灵敏而轻盈。那老妇人哼哼唧唧、表情痛苦、一停一顿地在雷卡穆身边的小径上坐了下来。她立即折起襁褓的一角，把婴儿裹起来，同时皱起眉头，嘟哝着埋怨孩子的母亲太愚蠢。埃斯丹看着她轻柔地把孩子抱起来，小心翼翼地托住那沉重的脑袋和纤细的胳膊。她抱着他,轻轻摇晃他的身体。

她抬头望向埃斯丹,微微一笑,脸上现出千百条皱纹。"他是上天赐给我的一份大礼。"她说道。

他轻声说:"你的孙子?"

后仰的点头。她继续轻轻摇晃。婴儿闭着眼睛,脑袋无力地靠在她枯瘪削瘦的胸口。"我猜他快要死了。"

过了一会儿,埃斯丹说道:"死?"

点头。她仍在微笑。仍在轻柔地摇晃。"他两岁了,老爷。"

"我以为他是今年夏天出生的。"埃斯丹低声说。

那老妇说道:"他已经陪了我们一段时间。"

"是什么问题?"

"蚀病。"

"亚沃症?"他知道这个名字,一种全身性病毒感染,在维瑞尔的儿童中很常见,尤其流行于城市里的资产大院中。

她点点头。

"但这是可以治愈的!"

老妇人没有说话。

亚沃症完全可以治愈。只要有医生,只要有药。亚沃症在城市可以治愈,但在乡村不行。在庄园主宅邸可以治愈,在资产宿舍不行。在和平时期可以治愈,在战争中不行。蠢货!

也许她知道可以治愈,也许她不知道,也许她不明白治愈是什么意思。她摇晃着婴儿,嘴里轻声哼唱,对蠢货不予理会。但她听到了他的话,最终还是做出了回应,不过她一直望着婴儿熟睡的脸,没有看他。

"我一出生就是奴隶，"她说道，"我的女儿们也一样。但他不是。对我们来说，他是一份赐礼。没人能够奴役他。这是天神卡穆耶给自己的礼物。有谁能留住这份礼物呢？"

埃斯丹低下头。

他曾对孩子的母亲说他将会得到自由，而她答道是的。

最后，他说道："我能抱抱他吗？"

外祖母停止了摇晃。过了一会儿，她说："好。"她站起身，小心翼翼地将睡眠中的婴儿交到埃斯丹双臂中，让他抱在怀里。

"你抱着的是我的快乐。"她说道。

那孩子几乎没什么重量——大概六七磅。就像抱着一朵温热的花，一头小动物，或者一只鸟儿。襁褓布拖到了石头地面，伽娜将它挽起，轻轻裹在婴儿身上，遮住他的脸。她跪在地上，既紧张不安，又充满自豪。没过一会儿，她接过婴儿，再次抱在胸口。"好了。"她说道，脸上的表情放松下来，显得很愉快。

当晚，他睡在房间里，窗外是雅拉美拉层层叠叠的梯台。他梦到自己把一直藏在口袋里的那块扁平的小圆石头弄丢了。这块石头来自部落。只要在掌心捂热，它就会跟他说话。但他已经很久没跟它交谈过了。如今他意识到它已不在身边。他把它弄丢了，也许落在了什么地方。他觉得可能是大使馆的地下室。他试图进入地下室，但门上了锁，他也找不到另一道门。

他醒了。还是清晨。没必要起床。他应该想一想，等拉亚叶回来时，要怎么做，怎么说。他办不到。他想着梦境，想着那块会说话的石头。他希望自己有听到它说的话。他想起部落。他父亲的兄长一家都住在极南高地的阿卡南部落。小时候，每到北方的仲冬季节，小埃就会飞到南方，度过四十天夏日，一开始跟父母一起，后来则独自前往。他的伯父和伯母从小在达兰达长大，并不是部落的人，但他们的孩子是。他们从小在阿卡南长大，完全属于当地的部落。长子苏翰比埃斯丹大十四岁，出生时便有无法修复的脑部和神经缺陷。他的父母在部落定居就是因为他。在那里，他可以找到自己的位置。他成了一名牧人，赶着阎摩兽上山。那是大约一千年前南海恩人从基奥带来的一种动物。他照看着这些动物，只有在冬天才回部落住。小埃鲜少见到苏翰，对此他感觉很庆幸，因为他害怕苏翰——身材高大，脚步蹒跚，身上散发出臭味，嘴里大声嚷嚷着听不懂的话。小埃不理解为什么苏翰的父母和妹妹们都那么爱他。他觉得他们是装出来的。没人会爱他的。

到了少年时期，埃斯丹依然心存疑惑。他的堂妹诺伊，亦即苏翰的妹妹，成了阿卡南部落的水务官。她告诉埃斯丹，这没什么可疑惑的，这是一个神话。"你没发现吗？苏翰是我们的向导。"她说道，"你瞧，他让我父母来到这儿生活。然后我和妹妹都在这儿出生。然后你来这里跟我们一起住。然后你学会了部落的生活方式。你不再只是一个城里人。因为苏翰引领你来到这里。他引领我们所有人来到群山之间。"

"他并不真是我们的向导。"十四岁的少年争辩道。

"他就是。我们因为他的弱点，因为他的不完整而来到这里。缺陷就是豁口。小埃，你看看水，它能找到岩石间的弱点和缺口，渗入其中的空隙。我们顺着流水找到了自己的归属。"然后她到镇外去调解灌溉系统的使用权争端了，因为山脉东侧的土地非常干旱，而阿卡南的人们虽然热情好客，却也喜欢争执，因此水务官一直很忙碌。

苏翰的缺陷是无法修复的，即便是海恩人超乎寻常的医疗技术也难以奏效。这婴儿的病只需要注射几针就能治愈，而他却面临着死亡。这是不对的，不应当接受他的病，他的死亡。他的生命不应当被环境、厄运、不公的社会、宿命论的宗教信仰夺去。这种提倡与鼓励消极无为的宗教告诉这些女人，不要采取任何行动，任由那孩子逐渐衰弱，逐渐死亡。

他应该进行干预，他应该有所作为，但他能做什么呢？

"他已经活了多久？"

"和他的生命一样久。"

没办法，他们哪里都去不了，也没人可以求助。有些地方的孩子享有治疗亚沃症的手段，但这里没有。无论是愤怒、希望，还是悲哀，都毫无用处。现在还不到悲哀的时候。只要雷卡穆仍跟他们在一起，就应该为他感到高兴。和他的生命一样久。他是上天赐给我的一份大礼。你抱着的是我的快乐。

到这里来学习什么是快乐是一件奇怪的事情。水是我的向导，他心想。他的手上似乎仍能感觉到那孩子微弱的重量和短暂的温热。

第二天上午稍晚些时候，他又来到梯台上等着，卡穆莎和婴儿通常都会出来，但这次却只等到那名较为年长的维奥特武士。"古乐先生，我必须请你暂时回到房间里去。"他说道。

"札迪欧，我不会逃跑的。"埃斯丹一边说，一边伸出缠着一大团绷带的脚。

"我很抱歉，先生。"

他恼怒地跟着维奥特武士一瘸一拐地走进室内。他被锁进楼下厨房后面一间没有窗户的储藏室。他们在屋里放了一张折叠床、一张桌子、一把椅子、一个尿壶，还有一盏使用电池的灯，以防发电机故障。最近以来，发电机几乎每天都会停工。看到这些准备措施，他问道："所以你们预期会遭到攻击？"但维奥特武士的回答只是将门锁上。埃斯丹坐在床上冥想，就像在阿卡南部落里学到的那样。以驱除不安与愤怒，他在脑中不断重复着：愿自己身体健康，工作顺利，拥有勇气、耐心与平静；愿札迪欧身体健康，工作顺利，拥有勇气，耐心与平静；愿卡穆莎、小雷卡穆、拉亚叶、赫欧、图瓦勒南、奥伽、将他关进吊笼的尼梅欧，将他关进吊笼的阿拉图奥、替他包扎脚并祈福的伽娜、大使馆和城里的熟人身体健康，工作顺利，拥有勇气，耐心与平静……这些进行得很顺利，但冥想本身却不成功。他无法停下思绪。于是他索性不断思考。他思考可以做些什么。但他没什么可做的。他跟水一样柔弱，跟婴儿一样无助。他想象自己在全息网上照着稿子宣读，声称伊库盟已同意有限度地使用生物武器，以终止内战，虽然不是那么情愿。他想象自己在全息网上撂下稿子，说伊库盟绝不同意以任何理由使用生物武器。两种场面都是幻想，拉亚叶的计划也是幻想。一旦发现人质失去效用，拉亚叶就会下令枪毙他。他已经活了多久？六十二年。比雷卡穆要长得多。他的思维逐渐停顿下来。

札迪欧打开门，告诉他可以出来了。

"解放军离这里还有多远，札迪欧？"他问道。他没指望得到回答。他走到外面的梯台上。此刻已接近傍晚。卡穆莎坐在那里，怀里抱着婴儿。她的乳头含在婴儿嘴里，但他没有吮吸。她盖住前胸，脸上头一次现出悲伤的表情。

"他睡着了？我能抱一抱吗？"埃斯丹说着在她边上坐下。

她将那小小的襁褓递到他怀里。她的脸上依然很迷茫。埃斯丹心想，对这孩子来说，呼吸是一件难事。但是他醒了，用那双大眼睛仰望着埃斯丹的脸。埃斯丹撅起嘴唇，眨眨眼，扮了个鬼脸。他赢得一个浅浅的微笑。

"奴工们都说，军队真的要来了。"卡穆莎用她那柔和的声音说道。

"解放军？"

"嗯啦。某种军队。"

"从河对岸来？"

"我想是的。"

"他们是资产——被解放的奴隶，是你们自己人。他们不会伤害你。"也许吧。

她很害怕。她的自我控制非常完美，但她很害怕。她在这里见过起义，见过复仇。

"如果有轰炸或者战斗，尽量躲藏起来，"他说道，"躲到地下，这儿一定有可以躲藏的地方。"

她想了想说："是的。"

雅拉美拉的花园里十分宁静。除了风吹树叶的沙沙声和发电机的嗡嗡声，没有其他动静。就连庄园宅邸参差起伏的黑色废墟也显得沉静而悠远。废墟仿佛在说，最糟的已经过去了。这是对废墟而言。对卡穆莎、赫欧、伽娜和埃斯丹而言，或许还没有。但夏日的空气中毫无暴力的迹象。躺在埃斯丹怀里的婴儿再次露出一丝微笑。他想起梦境中那块遗失的石头。

到了晚上，他又被锁进那间没有窗户的屋子。一连串枪声和爆破声将他彻底惊醒，他不知道那是炮击还是手雷，也无法获知时间。一阵寂静过后，又是一串砰砰的响声，这次相对较弱一点。接着，寂静不断延展。然后他听见宅邸上方有飞行器，似乎是在盘旋绕圈。宅邸内也有动静：一声呼喊，奔跑的脚步。他打开灯，努力穿上裤子，因为扎着绷带的脚很难套进去。他听到飞行器又回来了，还有一声爆炸。他惊恐地扑向房门，心中只知道必须逃出这间危险的屋子。他一直就怕火，怕被火烧死。那扇门是实木做的，牢牢地固定在坚实的门框里。即使是在惊恐之中他也很清楚，根本没有希望将它推倒。他大声喊叫："放我出去！"然后他控制住自己，回到小床上，稍后又在小床和墙壁之间的地板上坐下。这是屋里唯一可以提供一点遮蔽的地方。他试图想象外面的情况。他猜想那是解放军发起的突袭，拉亚叶的手下则予以反击，试图击落飞行器。

死一般的寂静，似乎永无止境。

他的灯闪烁起来。

他站起身走到门口。

"放我出去！"

没有声音。

一声枪响。人声和脚步声再次响起，有人在呼喊。又是一阵长久的寂静。远处响起话语声，屋外有人正沿着过道往这边走。一个男人的声音说："暂时让他们待在外面。"那嗓音听起来淡漠而冷峻。他犹豫了一下，心中十分紧张，然后喊道："我是俘虏！在这里！"

短暂的静默。

"谁在里面？"

他不认识这个声音。他善于辨识声音、面孔、名字和意图。

"伊库盟大使馆的埃斯达顿·埃亚。"

"我的老天！"那声音说道。

"放我出来，好吗？"

没人回答，但那扇门巨大的门轴徒劳地振动了几下，发出沉闷的撞击声，然后外面有了更多人声，更多撞击和敲打。"斧子。"有人说道。"去找钥匙。"另一个人说。他们离开了。埃斯丹等待着。他一次次努力遏制住大笑的冲动，担心自己会变得歇斯底里，但这太滑稽了，既愚蠢又滑稽。在战斗的间歇隔着门大声吆喝，寻找钥匙和斧子，简直是一场闹剧。什么战斗？

他试图推理事情的经过。解放运动的人进入宅邸，靠突袭杀死了大部分拉亚叶的手下。他们准备等待拉亚叶的飞行器抵达。农场奴工当中一定有他们的线人、密探和向导。被关在屋子里，他只能听见事发时的嘈杂喧哗。他出来之后，人们正在拖运死尸。他看到一具残破不堪的尸体，是那两个年轻人之一，阿拉图奥或者尼梅欧。拖拽过程中，尸体碎裂开来，血和肠子散了一地，留下蜿蜒的痕迹，两条腿也被留在原地。拖拽者抓着死尸的肩膀，不知所措地站在那里。"哦，该死。"他说道。埃斯丹惊愕地看着，再次试图抑制大笑，也试图抑制呕吐。

"快点。"他的同伴们说道，于是他继续拖拽。

清晨的阳光斜斜地穿过破碎的窗户。埃斯丹不停地四处张望，但宅邸中的仆人一个都看不到。他们将他带到那间壁炉台上方挂着狗头的屋子。六七个男人聚在一张桌子边。他们没穿制服，不过有几个人的帽子或袖子上系有代表解放运动的黄色布条。他们衣衫不整，但强悍而冷峻。有些人肤色黝黑，有些人的皮肤则是米色、土灰色，或者蓝黑色。他们看上去全都神情紧张，焦躁不安。一名瘦高个用冷冷的嗓音说道："就是他。"这就是刚才在门外说我的老天的那个人。

"我是伊库盟大使馆的埃斯达顿·埃亚，也叫古乐，"他再次说道，尽量让语气显得轻松，"我先前被关在这里。谢谢你们解救我。"

那些人盯着他看，就像从没见过外星人一样，打量着他红棕色的皮肤，深陷的眼窝和露出白色的眼角。他头颅的结构与形状也和本地人有着细微差别。他们中有个别人的眼神更具挑衅意味，仿佛是在试探他，要他自证身份，然后才能相信他。一名肩宽体阔的人盯着埃斯丹看了很久。他肤色白皙，头发呈棕褐色。这是血统纯正的尘民，亦即古代被征服的民族。"我们就是来解救你的。"他说道。

他的语声很轻，是奴隶的说话方式。至少要经过一代人，他们才能学会毫无顾忌地大声说话。

"你们怎么知道我在这儿？通过田网？"

那是指口耳相传的秘密情报系统，早在全息网出现之前就已存在，从田地到大院到城市，来去无阻。田网曾为哈梅组织所用，也是起义时的重要工具。

一名皮肤黝黑的矮个子露出笑容，微微点头，但当他发现别人都没有泄露任何信息，便也停了下来。

"那你们应该知道是谁把我带到这儿来的——是拉亚叶。我不知道他替谁办事。凡是我知道的事，都会尽量告诉你们。"压力的解除让他变得有点糊涂，他说得太多了。对方表现强硬，他却奉上花束。"这里有我的朋友，"他用较为中性的语调继续说道，并依次望向他们的脸，直接但不失礼，"契约女奴，仆人。我希望她们没事。"

"那要看是谁了。"一名纤瘦的灰发男子说道，他看上去很疲惫。

"一个带着婴儿的女人，卡穆莎。一个老妇人，伽娜。"

有人摇摇头，表示不知道或者不关心。大多数人完全没有反应。他压住心中的恼怒与焦躁，再次依次望向他们。这些人太夸张了，个个守口如瓶。

"我们需要知道你在这儿干什么。"棕发的人说道。

"大约十五天前，解放军在城内的一名线人把我从大使馆接出来，准备前往解放运动司令部。我们在隔离带遭到拉亚叶手下的拦截。他们把我带到这儿。我在吊笼里被关了一段时间，"埃斯丹继续用中性的声音说道，"我的脚受了伤，不太能走路。我跟拉亚叶交谈过两次。我想你们应该可以理解，我需要知道你们的身份，然后才能接着说下去。"

将他从房间里放出来的瘦高个绕过桌子，跟灰发的人简短地讨论了几句。棕发的人也在听，并表示赞同。瘦高个用他独有的冷峻嗓音对埃斯丹说道："我们是星球解放组织先锋军的特遣队。我是梅托伊元帅。"其余人也陆续报上各自的名号。棕发的大个子是巴拿卡穆耶将军，疲惫的长者是图埃约将军。他们虽然报出了名字与军衔，却不用这些头衔互相称呼，也并没有称他为先生。解放运动诞生之前，契约奴工之间鲜少使用头衔，最多只有表示家庭关系的称谓：父亲、姐妹、姑姨。头衔只跟奴隶主的名字相关联：大人、老爷、先生、工头。很明显，解放运动决定抛弃头衔。这支军队不会猛磕脚后跟，高呼长官！，这一发现让他感到很高兴。但他还是不太确定眼前的究竟是哪路军队。

"他们把你关在那间屋子里？"梅托伊问道。他是个怪人，冷冰冰的语气，苍白淡漠的脸，但不像其他人那么神经质。他看起来很自信，习惯处于领导地位。

"昨晚他们把我锁进那里面。似乎是事先获得警告会有麻烦。平时我的房间在楼上。"

"你现在可以回那儿去了，"梅托伊说道，"待在屋子里。"

"好的。再次谢谢你们，"他对所有人说道，"假如你们听说卡穆莎和伽娜的消息，请告诉我——？"他没有站在原地等着被奚落，而是转身走了出去。

有个较年轻的人跟随着他。那人自称为泰玛札迪欧。所以解放军沿袭了旧维奥特武士的衔级。埃斯丹知道他们中间有维奥特武士，但泰玛并不是。他肤色较浅，并且带有城区尘民那种轻而短促的口音。埃斯丹没有试图与他交谈。泰玛特别紧张，也许是因为晚间的近距离杀戮，也许是因为别的原因，他被吓坏了，他的肩膀，胳膊和手几乎一直在颤抖，苍白的脸定格在一个痛苦扭曲的表情。他此刻显然没心情跟一个年迈的外星平民囚犯闲聊。

历史学家赫南内莫雷斯曾说：在战争中，每个人都是囚犯。

埃斯丹已经谢过这些人。他们解救了他，然后又俘虏了他。此刻，他知道自己身处何地。他依然在雅拉美拉。

但再次回到屋子里，让他稍稍感到放松。他坐在窗边那张只有一侧扶手的椅子上，望向屋外清晨的阳光。树木在草坪和梯台上投下斜斜的影子。

宅邸里的仆人没有一个像往常一样来回走动与劳作，也没人出来歇一口气。上午的时间一点点过去，没人来到他的屋子。他尽量在脚伤允许的范围内做一些谭海术练习。他先是清醒地坐着，然后睡了过去，然后又醒来，他试图保持清醒，但坐在那里只能感到不安与焦躁，他翻来覆去琢磨着那几个字：世界解放组织先锋军的特遣队。

在全息网的新闻里，合法政府称敌军为叛军或者暴民。一开始，他们自称为解放军，完全没有星球解放组织的说法。但自从起义爆发，他与那些自由战士之间便失去了稳定的联络渠道，而大使馆的封锁也让他无法获得任何信息——除了来自许多光年之外其他星球上的消息。当然，安塞波设备中有无穷无尽的这类信息，然而两条街之外是什么情况，他却完全不得而知。在大使馆里，他信息闭塞，消极无助，一点忙也帮不上。在这里也是一样。正如赫南内莫雷斯所说，自从战争开始，他就是一名囚犯。维瑞尔的所有人都是囚犯。他是一名为了自由而战的囚犯。

他担心自己会接受这种无助，担心他的灵魂会被说服。他必须记住这场战争的初衷。他心想，让解放运动快点到来吧，让我获得自由！

下午稍晚些时候，那名年轻的札迪欧给他带来一盘冷冰冰的食物，显然是他们在厨房里找到的残羹剩饭。他还拿来一瓶啤酒。他心存感激地边吃边喝。但很明显，他们没有释放宅邸里的仆人，甚至可能杀了他们。他不敢多想。

日落之后，那个札迪欧又来了，把他带到楼下的狗头房间。当然，发电机停了，只有老萨卡反复不断的摆弄才能让它保持运转。人们都随身携带着手电筒。在挂着狗头的屋子里，桌上点着几盏大油灯，使得周围的人脸上泛出浪漫的金色光泽，也在他们身后投下深深的黑影。

"坐下，"棕发的巴拿卡穆耶将军说道，他的名字是读经的意思，"我们有几个问题要问你。"

他没有出声，但礼貌地表示同意。

他们询问他离开大使馆的经过，谁是他在解放运动中的联络人，他原本要去哪里，为什么要去，绑架的过程中发生了什么，谁把他带来这里，他们问过他什么，想要他干什么。下午的时候他就已经断定，坦白对他最为有利，因此他对所有问题都给出直接而简洁的回答，只有最后一个除外。

"就个人而言，在这场战争中，我是支持你们这边的，"他说道，"但伊库盟必须保持中立。现在我是维瑞尔唯一可以自由发言的外星人，我所说的一切都会被当作，或者说被误认为大使馆或常驻使的意思。这就是我对拉亚叶的价值所在，或许也是对你们的价值所在。但这是虚假的价值。我不能代表伊库盟发言，我没有这个权力。"

"他们要你说，伊库盟支持合法政府。"疲惫的图埃约说道。

埃斯丹点点头。

"他们有没有说起使用特别的战术或者武器？"这句是巴拿卡穆耶问的，他语气冷淡，尽量装得轻描淡写。

"将军，我更希望在你们的战线后方回答这个问题，我得跟解放运动司令部里认识的人说才行。"

"现在跟你交谈的正是星球解放军司令部。拒绝回答可能会被视作通敌的证据。"梅托伊不仅能言善辩，而且语气强硬。

"我知道，元帅。"

他们交换了一下眼色。尽管梅托伊公然施以威胁，但埃斯丹仍最信任他。因为他很稳重，而其他人都紧张不安。他现在已经可以肯定，他们是派系分子。至于这一派有多大，与解放运动司令部存在多少分歧，只有靠他们不小心说漏嘴才能了解。

"听着，古乐先生，"图埃约说道，旧习惯很难改掉，"我们知道你曾为哈梅组织出过力，帮忙把人送到耶欧维。你曾经支持过我们。"埃斯丹点点头。"你现在也必须支持我们。坦白告诉你吧，我们获悉合法政府正在计划反攻。这是什么意思呢？这意味着他们准备使用碧波。不可能有其他解释。这种事绝不可以发生。不能让他们这么干，必须阻止他们。"

"你说伊库盟是中立的，"巴拿卡穆耶说道，"这是谎言。在长达一百年的时间里，伊库盟都不准我们的星球加入，因为我们有碧波。只是拥有而已，并没有使用，但那已经足以成为拒绝的理由。现在他们说自己是中立的，就在这种关键时刻！这个星球已经是他们的成员！他们一定要采取行动，反对使用那种武器。他们一定要阻止合法政府。"

"假如政府军真的有碧波，假如他们真的计划使用，假如我能把消息传给伊库盟——他们能怎么办？"

"你可以发表申明，告诉合法政府的总统：伊库盟说不允许。伊库盟会派遣飞船和军队。你可以帮助我们！你要是不支持我们，就是支持他们！"

"将军，最近的飞船也在许多光年之外。政府军知道这一点。"

"但你可以召唤他们，你有通讯设备。"

"大使馆的安塞波传送机？"

"合法政府也有一台。"

"起义爆发时，外交部的安塞波传送机就被摧毁了。在政府大楼遭到的第一波攻击中，他们炸飞了整个街区。"

"我们怎么知道这是真的？"

"那是你们自己的部队干的。将军，你们跟伊库盟之间没有安塞波通讯设备，但你以为政府军就有吗？他们也没有。他们也许可以占领大使馆，夺走安塞波传送机，但这么做会让他们在伊库盟面前失去仅剩的一点信用，而且那对他们又有什么好处呢？你应该知道，伊库盟没有军队可以派遣，也不会参与任何战争。"

"即使有军队，也要许多年之后才能抵达。正因为如此，以及其他多种原因，伊库盟没有军队，也不参与战争。"他补充道，因为他忽然不太确定巴拿卡穆耶是否明白这一点。

他们实在是太不专业了，既无知，又恐惧，这让他感到深深的不安。他语气平静，完全没有流露出焦虑和急躁，同时也镇定地看着他们，仿佛期待理解与赞同。有时候，只需展示出这种自信就够了。不幸的是，从他们脸上的表情来看，他的话似乎只是在告诉那两个将军，他们错了，梅托伊是对的。他正在争执的双方中选边站。

巴拿卡穆耶先是说先不讲这个，然后又回到最初提过的那些问题，继续询问更多细节，并且面无表情地听着。这是为了表示他并不信任俘虏。为了保住面子，他不停地追问拉亚叶所说的话，关于南方的进攻和反击。埃斯丹重复了好几遍：拉亚叶说，奥约总统预计解放运动将从河流的下游攻入本省。每次他都会补充一句，我不知道拉亚叶跟我说的是不是实话。到了第四还是第五遍时，他说道："对不起，将军，我得再问一下，宅邸里的人——"

"你来之前就认识这儿的人吗？"一个年纪较轻的人尖锐地问道。

"不，我要问的宅邸里的仆人。他们对我很好。卡穆莎的婴儿病了，需要治疗。我希望他们受到良好的待遇。"

两名将军在互相讨论，对这一节外生枝的话题不予理睬。

"起义后仍留在这种地方的人都是通敌分子。"泰玛札迪欧说道。

"他们能去哪里呢？"埃斯丹尽量保持从容的语调，"这地方没有被解放。工头仍然在田地里指挥着奴隶们干活。他们仍然在用吊笼。"说到最后几个字时，他的嗓音有点颤抖。他暗暗咒骂自己。

巴拿卡穆耶和图埃约仍在讨论，没理会他的问题。梅托伊站起身说："今晚就到这里。跟我来。"

埃斯丹一瘸一拐地跟着他穿过走廊，爬上楼梯。那年轻的札迪欧连忙跟上来，显然是巴拿卡穆耶指使的。他们不允许私下谈话。然而梅托伊在埃斯丹房间门口停下，低头看着他说："宅邸里的仆人会得到善待。"

"谢谢，"埃斯丹感激地说，随即又补充道，"伽娜在给我治伤。我需要见她。"假如这些人想让他完好无损地活下去，用他的伤病做筹码也没什么害处。假如他们不这样想，那无论怎么做都没用。

他只睡了一小会儿，而且睡眠质量很差。他要靠情报与行动才能活得好好的，而像现在这样，精神和肉体同时遭到摧残，既一无所知，又羸弱无助，就会令他感到十分疲惫。此外，他的肚子也很饿。

日出之后没多久，他试图打开门，但发现被锁住了。他又是敲门，又是喊叫，过了好一阵子才有人来。先是一个年轻人，看上去很慌张，大概是岗哨。然后是泰玛，皱着眉头，仍然带着睡意。他拿来了门钥匙。

"我要见伽娜，"埃斯丹说道，语气相当急切，"她在帮我治疗这里。"他指了指自己缠着绷带的脚。泰玛一言不发地关上门。大约一小时后，门锁里又发出一阵钥匙的咔嗒声，然后伽娜走了进来。梅托伊跟在她身后，再后面是泰玛。

伽娜站立着朝埃斯丹行了个礼。他迅速走上前，双手扶住她的胳膊，用面颊轻触她的脸。"赞美卡穆耶，你没事！"他说，那是她这样的人经常对他说的话，"卡穆莎和孩子怎么样了？"

她惊恐不安，头发蓬乱，眼睑发红。面对他亲切的问候，她显然毫无预料，但很快就恢复过来。"他们在厨房里，大人，"她说道，"那些军人说，你的脚很疼。"

"是我告诉他们的。也许你可以帮我重新包扎一下。"

他在床上坐下，她开始解开包扎的布。

"其他人还好吗？赫欧？卓约？"

她摇了一下头。

"我很抱歉。"他说道。他无法再继续问下去。

她的包扎不如先前那么好。她的双手没有力气把绷带扎紧，陌生人在一旁监视也让她紧张不安，动作变得匆匆忙忙的。

"我希望卓约能回到厨房里，"他一半是对她说，一半也是对其他人说，"得有人做饭。"

"是的，大人。"她低声说道。

不是大人，也不是老爷！他很担心，想要警告她。他抬头望向梅托伊，试图判断他的态度，但看不出来。

伽娜完成了手上的工作。梅托伊简短地命令她离开，并让札迪欧跟着她。伽娜欣然接受，泰玛却很抵触。"巴拿卡穆耶将军——"他开口说道。梅托伊看着他。那年轻人犹豫不决地皱起眉头，但还是服从了指令。

"我会照看这些人，"梅托伊说，"我一直都在照看着他们。我曾经是看管大院的工头。"他用冷峻的黑眼睛注视着埃斯丹。"我是一名自由阉民。如今像我这类人不多了。"

稍后，埃斯丹说道："谢谢，梅托伊。他们需要帮助。他们不明白。"

梅托伊点点头。

"我也不明白，"埃斯丹说，"解放运动真有计划发动攻击吗？还是拉亚叶编造的借口，让他可以提出使用碧波？奥约相信吗？你们相信吗？解放军会渡河吗？你们是从那里来的吗？你们是谁？我不指望你会回答。"

"我不会回答。"那宦奴说道。

他离开后，埃斯丹心想，假如他是双料间谍，应该是为解放运动司令部效力的。至少他希望如此。像梅托伊这样的人，最好是跟自己站在同一边。

再次走向窗边的椅子时，他心中暗想：然而我不知道自己是哪一边的。他支持解放运动，当然没错，但解放运动是什么？如今，它已不再是一个解放奴隶的理想。自从起义爆发以来，解放运动就是一支军队，一个政治实体，里面包括许多人，许多领袖，以及未来的领袖。野心和贪婪，希望和实力，全都掺杂在一起，构成一个笨拙而业余的半官方政府，态度由暴力转向妥协，而且变得越来越复杂，再也不仅仅是寻求纯粹的自由和美丽简单的理想。然而那才是我多年来努力追求的东西。在结构简单的阶级制度中掺入公平正义，把水搅浑。然后再扰乱结构简单的平等理想，试图把它变成现实。让单一笼统的谎言碎裂成千百个互不相容的真相，这就是我的追求。但眼下的情势既疯狂又愚蠢，充满毫无意义的残酷，而他被困在其中。

他们全都想利用我，但我已经没用了，他心想。这个念头就像一道光亮，贯穿他的全身。他一直以为可以做点什么。但他没什么可做的。

这可以说是一种自由。

怪不得他和梅托伊不开口就能立刻理解对方。

札迪欧泰玛来到门口，将他带下楼，回到那间有狗头的屋子。所有首领级别的人物都会被这房间里冷硬的气氛吸引。这一次屋里只有五个人：梅托伊，两名将军，以及两名雷伽。巴拿卡穆耶处于主导地位。他已经无意提问，更多的是发号施令。"我们明天就离开这儿，"他对埃斯丹说，"你跟我们一起走。我们会联入解放运动的全息网。你要为我们发言，告诉合法政府，伊库盟知道他们准备使用违禁武器，并且警告说，如果他们真用了，会立刻遭到可怕的惩罚。"

由于饥饿和失眠，埃斯丹感觉头很晕。他一动不动地站着——没人请他坐下——低头看着地板，双手垂于身侧。他用几乎听不见的声音喃喃说道："是，老爷。"

巴拿卡穆耶猛然抬起头，眼神犀利："你说什么？"

"嗯啦。"

"你以为自己是谁？"

"战俘。"

"你可以走了。"

埃斯丹离开了。泰玛跟着他，但没有阻止，也没有指示他去哪里。他径直来到厨房，听见锅盘碰撞的咔嚓声。他说道："卓约，请给我一点吃的！"那老人显得很惊恐，喏喏地道歉，神情焦虑，但还是端出一些水果和变味的面包。埃斯丹坐在案板前狼吞虎咽地吃起来。他分给泰玛一点食物，但泰玛拘谨地拒绝了。等到埃斯丹全部吃完，他跛着脚穿过厨房的出口，来到一扇边门，外面是巨大的梯台。他希望见到卡穆莎，但宅邸里的仆人都没有出来。他坐到栏杆底下的长凳上，下方是镜子般的狭长池塘。泰玛尽职地站在一旁。

"你们说这种地方的奴工如果不参加起义就是通敌。"埃斯丹说道。

泰玛一动不动，但他在听。

"你不觉得他们也许并不明白发生了什么事吗？而且至今都不明白？这是个愚昧闭塞的地方，札迪欧，在这里，就连对自由的想象都很困难。"

那年轻人一直克制着没有回答，但埃斯丹继续说下去，试图穿透表面，触动他的内心。突然间，他讲的不知哪一句话揭开了瓶盖子。

"床侍，"泰玛说道，"每晚都让黑种人上。她们生来就是给人上的。合法政府的婊子。替他们生下一群黑崽子。是，老爷。是，老爷。你也说了，她们不知道什么是自由。永远不会知道。

你没法解放那些愿意被黑种人上的家伙。她们太恶心了。肮脏，洗不干净。她们的身体里塞满了合法政府中那些黑佬的精液！"他往梯台地面上唾了一口，然后抹抹嘴。

埃斯丹静静地坐着，视线向下延伸，从平静的池塘水面，到低处的层层梯台，再到那棵大树，到布满雾气的河流，到对面的绿色河岸。他愿自己身体安康，工作顺利，拥有耐心、同情与平静。我究竟有什么用？我所做的一切从来都没有任何用处。耐心，同情，平静。他们跟你是同一个阵营的。他低头望向梯台黄色砂岩地面上那一摊黏稠的唾液。愚蠢，离开自己的族人，一辈子都在另一个星球上瞎掺和。愚蠢，自以为能给别人带来自由。这就是死亡的意义。为了从吊笼里出来。

他站起身，一瘸一拐，默默地朝着宅邸走去。那年轻人跟在他身后。

天快黑的时候，灯光再次亮起。他们一定是又让老萨卡回去修理了。埃斯丹更喜欢幽暗的黄昏，把屋里的灯关了。他正躺在床上，卡穆莎敲敲门走了进来，手里端着一个托盘。"卡穆莎！"他一边说，一边挣扎着站起来。他想要拥抱她，但被那托盘挡住了。"雷卡穆——？"

"跟我母亲在一起。"她轻声说。

"他没事吧？"

后仰的点头。她将托盘放在床上，因为屋里没桌子。

"你还好吧？小心点，卡穆莎。我希望我——他们说明天离开。尽量避开他们。"

"我有避开他们。大人，安全吧。"她低声说道。他不知道这是提问还是祝愿。他微笑着比了个遗憾的手势。她转身离开。

"卡穆莎,赫欧——?"

"事发时,她跟那个人在一起,在他的床上。"

稍后,他说道:"你们有躲藏的地方吗?"他担心巴拿卡穆耶的手下离开时会把这些人当作通敌者,或是为了掩盖行踪而处死他们。

"我们的确有个地方可以躲。"她说道。

"很好,尽量去那儿躲起来。消失!不要让人看到。"

她说道:"我会好好躲起来的,大人。"

她正要关上门时,外面传来飞行器逐渐接近的声音,震得窗户嗡嗡作响。他俩静静地站着,她仍在门口,而他在窗户边。楼下和户外响起呼喊与奔跑声。东南方飞来了不止一架飞行器。"关灯!"有人喊道。人们奔向草地和梯台上的飞行器。窗口一阵闪光,空气中响起爆破声。

"跟我来。"卡穆莎说完拉起他的手,搂着他走出屋子,穿过走廊,进入一道仆人用的门。他根本没注意过这里有一扇门。他尽量加快速度,蹒跚地跟着她走下一条犹如梯子般陡峭的石头台阶。外面是一圈马厩。他们穿过一道道门户,一连串爆炸摇晃着四周的一切。他们在震耳的响声和蹿跃的火焰中穿过内庭,卡穆莎继续充满自信地搂着他往前走,显然很确定要往哪里去。到了马厩的尽头,他们钻进一间储藏室,里面是伽娜和一名年迈的男奴,正在掀开地上的一道活板门。卡穆莎跳了下去,其他人缓慢而笨拙地顺着木梯子爬下去,埃斯丹最为狼狈,一个没控制好,让受伤的脚先落了地。那老人最后进来,并盖上活板门。伽娜有一盏电池灯,但只短暂地亮了片刻,照出一间低矮的地窖,里面有泥地板、储物架、一道通往隔壁的拱门、一堆木箱和五张脸：那婴儿醒了，睁着眼睛，挂在伽娜肩上的吊兜里，比平时更加安静。然后是一片黑暗。一时间，屋里一片沉寂。

黑暗中，众人摸索着木箱，把它们胡乱地放下来充当座位。

又是一串爆炸声，似乎距离很远，但地面在黑暗中震颤。他们也跟着一起颤抖。"哦，卡穆耶。"有人低声说。

埃斯丹坐在摇摇晃晃的木箱上，脚上剧烈的刺痛逐渐转变为持续的阵阵隐痛。

爆炸仍在继续：三次，四次。

黑暗仿佛拥有实体，就像黏滞的水。

"卡穆莎。"他低声说道。

她发出一点声响，其实就在他旁边。

"谢谢。"

"你说躲起来，然后我们就商量说可以来这个地方。"她轻声说。

那老人发出沉重的喘息声，还时不时地清一清嗓子。他也能听见婴儿微弱的呼吸声，起伏不定，几乎像是在喘气。

"把他给我。"说话的是伽娜。她显然已经把孩子交给了他的母亲。

卡穆莎低语道："现在不行。"

那老人忽然大声讲话，把大家吓了一跳："这里没有水！"

卡穆莎让他小点声，伽娜用嘶嘶的气声说："别喊，笨蛋！"

"他耳朵不好。"卡穆莎带着一丝笑意轻声对埃斯丹说。

要是没有水，他们能躲的时间就很有限，只是今晚，或者到第二天。对一个正在哺育婴儿的女人来说，即使一晚上也已经太长了。卡穆莎跟埃斯丹想到了一块。她说道："怎么办，我们应该出去吗？"

"必要的时候再冒险。"

又是一阵冗长的沉默。在这里，无论等多长时间，眼睛也无法适应黑暗，无法看到任何东西。这让人很难受。此处像山洞一样阴冷，埃斯丹希望他的衬衫能更加保暖。

"你得让他暖和一点。"伽娜说道。

"我有。"卡穆莎低声说。

"那些人是些契约奴工？"卡穆莎在他左边很近的地方轻声问道。

"对。获得解放的契约奴工。来自北方。"

她说道："自从原来的庄园主死后，有各种各样的人来到这儿。有些是军人。但从来没有契约奴工。他们开枪打死了赫欧。他们也朝维伊和老塞内欧开了枪。他没死，但被打中了。"

"一定是农田大院里有人给他们带路，告诉了他们岗哨的位置。但他们分不清契约奴工和士兵。他们来的时候你在哪儿？"

"在厨房后面睡觉。所有宅邸里的仆人都在，一共六个。有个人像还魂的僵尸一样站在那儿。他说，趴下！不准动！于是我们都乖乖地趴下。我们听到他们在整座宅邸里一边开枪，一边叫嚷。哦，天哪！我很害怕！然后枪声停止了，那人回来用枪指着我们，把我们带到这座宅邸以前的大院。他们关上那道门，就跟从前一样。"

"如果他们是契约奴工，为什么要这么做？"伽娜的声音在黑暗中说道。

"想要获得自由。"埃斯丹尽责地说道。

"怎么个自由法？可以开枪，可以杀人？可以把一个姑娘打死在床上？"

"他们也有跟其他人打，妈妈。"卡穆莎说。

"我以为这一切三年前就结束了。"那老妇说道。她的声音听起来很奇怪。她在流泪。"那时候，我以为这就是自由。"

"他们把老爷也打死在床上！"那老者大声嚷嚷，嗓音激动而尖锐，"这有什么用！"

黑暗中传来一阵窸窸窣窣的响动。伽娜一边推摇那老人，一边发出嘘声，让他闭上嘴。"放开我！"他喊道。但他安静下来，一边喘气，一边喃喃低语。

"老天。"卡穆莎轻声说，语气中仍带着那种绝望的笑意。

箱子越来越不舒服，埃斯丹想要把疼痛的脚提起来，或者至少是放平。他挪到地上去坐。地面上冰冷粗糙，摸起来很不舒服。他没有可以倚靠的地方。"伽娜，你能开下灯吗？"他说道，"也许咱们能找到些布袋之类的，可以睡在上面。"

整个地窖在人们周围亮了起来，其清晰致密的细节令人惊叹。除了几块零散的搁板，他们没找到有用的东西。众人将搁板铺到地上，搭成类似平台状，然后爬到上面。伽娜关掉灯，让大家再次回到无影无形的黑暗中。他们都感觉很冷，于是互相挤在一起，背靠着背，肩挨着肩。

大约一个多小时过去了，在这段漫长的时间内，地窖里静寂无声，连一丝杂音都没有。伽娜不耐烦地低语道："我猜上面的人都死了。"

"那对我们来说就简单了。"埃斯丹轻声说。

"但我们是被埋在底下的人。"卡穆莎说。

他们的话音吵醒了婴儿，他发出呜咽声，这是埃斯丹第一次听到他表达不满。他没有大声哭喊，而是发出一种轻微而不耐烦的啜泣。这干扰了他的呼吸，令他在哭闹的间隙阵阵喘息。"哦，宝贝，宝贝，嘘，嘘。"他母亲喃喃地说。埃斯丹能感觉到她在摇晃，紧紧抱着婴儿，让他保持温暖。她用轻得几乎听不见的声音唱道：苏那梅雅，苏那那……苏拉雷那，苏那那……单调的节奏，浅浅的吟唱，让人感觉温暖舒适。

他一定是睡了过去。他蜷着身子躺在木板上。他们在地窖里已经待了不知多久。

我在这里生活了四十年，希望能找到自由，他头脑中有个声音。正是这一愿望让我来到此处，它也会带我走出去。我要坚持住。

他问其他人，轰炸过后还有没有听到声响。他们都轻声说没有听到。

他揉了揉脑袋。"你觉得呢，伽娜？"他说道。

"我觉得冷冰冰的空气对孩子不好。"她用近乎正常的声音说道。不过她的正常嗓音一向都很轻。

"你说呢？你怎么说？"那老者喊道。卡穆莎在一旁拍了拍他，让他保持安静。

"我去看看。"伽娜说道。

"我去。"

"你只有一只脚能走。"那老妇用厌恶的语气说道，她用力扶住埃斯丹的肩膀，闷哼着站起身。"待着别动。"她没有开灯，而是摸索着走到梯子边，然后一步一喘地爬上去。她用力推开活板门。一条窄窄的光透了进来。他们依稀可以看到地窖，也可以看到彼此，还能看到上方的光亮中伽娜黑乎乎的脑袋。她在那里站了很久，然后放下活板门。"没人，"她在梯子上面低语道，"没声音。看起来像是天刚亮。"

"最好等一等。"埃斯丹说。

她走回来，重新在众人中间坐下。稍后，她说道："出去之后，如果房子里有陌生人，有其他士兵，那要往哪里躲？"

"你们能去农场的大院吗？"埃斯丹建议道。

"要走很长的路。"

过了一会儿，他说道："好吧，假如搞不清楚上面有什么人，就没法决定该怎么办。但让我出去吧，伽娜。"

"为什么？"

"因为我能分辨他们是谁。"他说道。他希望自己是对的。

"他们也知道你是谁。"卡穆莎说道，语气中依然带着一丝奇怪的笑意，"我猜没人会认错你。"

"对。"他说道。他奋力站起身，摸索着走向梯子，然后费劲地爬了上去。"我都这把年纪了，哪还受得了这个。"他心中再次暗想。他推开活板门，一边向外张望，一边留神听了许久。最后，他对下方黑暗中的人们说道："我会尽快回来。"他爬出去，笨手笨脚地站起来。他屏住呼吸：空气中充满烧焦的气味。光线古怪而暗淡。他顺着墙往前走，直到能看见储藏室门外。

曾经留存的宅邸残迹如今也跟其余部分一样被炸得粉碎，呛人的烟雾中，余烬仍在缓缓闷烧。庭院的鹅卵石地面上铺满黑色的焦炭和碎玻璃渣。除了烟，没有任何会动的物体。黄色的烟，灰色的烟，在这一切之上，是黎明清新晴朗的蓝色天空。

他跟跟跄跄，步履蹒跚地来到梯台上。脚上的刺痛正顺着腿往上扎，令他感到头晕目眩。到了栏杆附近，他看到两架飞行器焦黑的残骸。一个新出现的弹坑占据了上层梯台的一半面积。而在其下方，雅拉美拉的花园跟往常一样美丽而宁静，层层叠叠地向下延伸，一直到老树和河流所在的地方。有个男人横躺在通往下层梯台的阶梯上，手臂张开，姿态舒适而平静。烟雾缓缓飘移，开着白花的灌木丛在微风中轻轻摇晃，此外没有任何动静。

他有种感觉，仿佛背后有人在观察自己，断壁残垣上那些黑乎乎的窗口里似乎有人在看着他。这让他难以忍受。"有人吗？"埃斯丹忽然喊道。

一片寂静。

他提高嗓音，再次呼喊。

远处传来一声应答，来自房子的正面。他瘸着腿走到下面的小路上。那是一片开阔空间，他不想躲藏——有什么用呢？有人从房子正面绕过来，三个男的，还有一个是女人。他们是资产，衣着简陋，一定是田地里的奴工，刚从那边的大院过来。"我这儿有几个宅邸里的仆人。"他说。他们在十米外站定。"我们躲在一间地窖里。附近还有人吗？"

"你是谁？"他们中的一个一边说，一边走过来。那人仔细打量着他，因为发现他的肤色不对，眼睛也不对。

"我会告诉你我是谁。但我们出来安全吗？有老人，还有个婴儿。军人都离开了吗？"

"他们死了。"那女人说道，她个子高挑，皮肤苍白，脸上瘦骨嶙峋。

"我们发现一个受伤的，"一名男子说道，"宅邸里的仆人都死光了。是谁扔的炸弹？哪路军队？"

"我不知道是哪路军队。"埃斯丹说，"请告诉我的人，他们可以上来了。就在后面马厩里，大声叫他们出来，向他们说明你是谁。我没法走路了。"他脚上的绷带已经走松了，断裂的骨头发生移位，疼痛开始令他难以呼吸。他喘着气在路面上坐下，感觉一阵晕眩。雅拉美拉的花园变得越来越亮，越来越小，逐渐离他远去，仿佛比家乡还要遥远。

他其实并没有失去意识，但在好一段时间内，他的头脑都很混乱。周围有许多人，他们在室外，到处都有烤肉的气味，那味道黏附在喉咙口，让他感到很恶心。婴儿黝黑的小脸靠在卡穆莎肩膀上睡觉。伽娜在和其他人交谈："他把我们当朋友。"有个年轻人跟他说话，并用一双大手摆弄他的脚，帮他把脚再次包扎起来，绑得比先前更紧，导致剧烈的疼痛，然后他感觉疼痛开始舒缓。

他仰面躺在草地上。身边有个人也仰面躺在草地上。是宦奴梅托伊。他的头皮鲜血淋漓，黑色的头发被烧得短短的，呈棕褐色。他脸上灰色的皮肤显得很苍白，而且跟那婴儿一样，带着一点蓝。他静静地躺着，偶尔眨一下眼。

阳光直射下来，周围有许多人在交谈，但他和梅托伊躺在草地上，没人过来打扰。

"那些飞行器是来自贝伦吗，梅托伊？"埃斯丹说。

"从东边来的。"梅托伊冷峻的嗓音变得虚弱而沙哑，"我猜是这样。"过了一会儿他又说，"他们想要过河。"

埃斯丹思索片刻。他的思维仍然不太顺畅。"谁想过河？"他最后说道。

"那些人，田地里的奴工。雅拉美拉的奴隶。他们想要跟军队会合。"

"入侵的军队？"

"解放运动的。"

埃斯丹用两个手肘支起身子。这样似乎能让头脑清醒一点，于是他坐了起来。他望向梅托伊。"能找得到吗？"他问道。

"假如天神允许的话。"宦奴说道。

梅托伊也试图像埃斯丹一样支起身子，但没有成功。"我遇到了轰炸，"他气喘吁吁地说，"脑袋被什么东西砸了一下，现在看东西有重影。"

"可能是脑震荡，躺着别动，保持清醒。你是跟巴拿卡穆耶一起的吗，还是监视他的？"

"我的工作性质跟你差不多。"

埃斯丹点点头，后仰的那种。

"派系斗争会让我们走向灭亡。"梅托伊无力地说。

卡穆莎走过来，在埃斯丹身边蹲下。"他们说，我们必须过河，"她用微弱的嗓音说道，"那儿的人民军队能保护我们安全。我不知道。"

"没人知道，卡穆莎。"

"我不能带着雷卡穆过河。"她低语道。她的表情很紧张，嘴唇抿起，眉头紧锁。她无声地抽泣起来，不过没有眼泪。"水很冷。"

"他们有船，卡穆莎。他们会照顾你和雷卡穆。别担心，没问题的。"他知道自己的话毫无意义。

"我不能去。"她低语道。

"那就留下。"梅托伊说。

"他们说另外一支军队就要来了。"

"有可能。但更有可能是我们的军队。"

她望向梅托伊。"你是那个自由阉民,"她说道,"跟那群人一起的。"她再次望向埃斯丹,"卓约死了。整个厨房都被炸成燃烧的碎片。"她将脸埋到双臂之间。

埃斯丹坐起来,伸手轻抚她的肩膀和手臂。他轻轻触碰婴儿脆弱的脑袋,那孩子的头发稀疏而干燥。

伽娜走过来,站到他们跟前。"田地里的奴工都打算过河,"她说道,"为了安全。"

"你们在这儿很安全,有食物,也有遮蔽。"梅托伊闭着眼睛,说话时断时续,"比去找入侵的军队要安全。"

"我没法带上他,妈妈。"卡穆莎低语道,"我得让他保暖。我不能,我不能带上他。"

伽娜弯下腰,看着婴儿的脸,并伸出一根指头轻柔地触摸。她那张布满皱纹的脸绷得紧紧的。她直起身,但不像往常那样身姿挺拔,而是带着一点伛偻。"好吧,"她说道,"我们留下。"

她在卡穆莎身边的草地上坐下。人群在他们四周走动。埃斯丹在梯台上遇见的那个女人走到伽娜身边停下来说:"快点,外祖母,时间到了。船正等着呢。"

"我要留下。"伽娜说道。

"为什么?离不开曾经工作过的老宅邸?"那女人玩笑似的嘲弄道,"全都烧没了,外祖母!快点吧。带上那姑娘和她的孩子。"她稍稍瞥了一眼埃斯丹和梅托伊。她并不关心他们。"快点,"她重复道,"快起来。"

"我要留下。"伽娜说。

"你们这些宅邸里的人真是疯了。"那女人无奈地耸耸肩，转身走开了。

其他人路过时也有停下的，但最多只是短暂地问一句话而已。人流往下层梯台走去，顺着日光下的小径，经过宁静的池塘，来到大树旁的船坞。不久，他们全都消失了。

太阳变得灼热起来，显然是快中午了。梅托伊看起来比先前更加苍白，但他坐起来说，现在我不大看得到重影了。

"我们应该到阴影底下去，伽娜，"埃斯丹说，"梅托伊，你能站起来吗？"

他跟跟跄跄，步履蹒跚，但不需要帮助。于是他们来到花园围墙的阴影下。伽娜去找水了。卡穆莎将雷卡穆紧紧地搂在胸口，以避开日光。她已经很久没有说过话了。等到大家都安定下来，她呆滞地环顾四周，用略带疑问的语气说："这里只剩我们了啊。"

"应该还有其他人留下，在大院里。"梅托伊说，"他们会冒出来的。"

伽娜回来了，她没有盛水的容器，而是让头巾吸满水。她将湿冷的头巾敷在梅托伊脑袋上。他一阵战栗。"等你能好好走路了，自由阉民，咱们可以去宅屋的大院，"她说道，"那儿有住的地方。"

"我就是在宅屋大院里长大的，外祖母。"他说道。

等到他自称可以走路了，众人开始缓慢蹒跚地徒步前行。埃斯丹依稀记得，这是通往吊笼的路。这段路感觉很漫长。他们来到大院的高墙边，发现大门敞开着。

埃斯丹转身望着大楼的废墟，伽娜也在他身边停下。

"雷卡穆死了。"她压低嗓音说。

他的呼吸停顿下来。"什么时候？"

她摇摇头。"不知道。她想要抱着他。等她抱够之后就会放手的。"她透过敞开的大门，望向一排排平房与长屋，望向干枯的花园植被和布满尘埃的地面。"就在那里面，"她说道，"在那块墓地里，埋着许多年幼的婴儿，包括我自己的两个孩子，她的姐妹。"她跟着卡穆莎走进去。埃斯丹在门口又站了一会儿，然后走进去，干他该干的事：为那孩子挖一座坟，并跟其他人一起等待解放运动的到来。

寻查师

The Finder

李特 / 译

黑暗时代

《黑暗之书》成书于约六百年前，恩拉德岛的贝里拉城，群岛王国当时的王都。第一页是这样写的：

自从埃法兰与诺雷德身殒、索利亚岛沉海，智者聚于王庭，暂代幼主瑟利尔执政。瑟利尔即位后，开启短暂的光明之治。后来群岛历经七王，邦安民富，土地日广。群龙开始侵扰西方诸岛，巫师力御不敌。于是阿肯巴王迁都哈吾讷，同时派遣舰队，将卡格人赶回东陲。卡格人不甘示弱，也派遣舰队突袭，深入内极海。哈吾讷共有十四任君王，最后一位名叫马哈里安，他付出极大代价，得以与龙族、卡格人议和。在符文之环损毁、埃兹阿贝与巨龙同归于尽、勇者马哈里安死于叛乱后，群岛王国每况愈下。

马哈里安逝世，王储纷纷自命为新王，但无人能服众。王位之争使得人心离叛，各为其主，世间再无联结与正义，唯余任性妄为的财富。无论贵族、商人还是海盗，任何有钱雇用士兵与巫师的人都占据土地与城市，以领主自居，城中百姓沦为奴隶，麾下巫师也与奴仆无异。外有敌对领主来犯、海盗突袭港口，内有失去生计、食不果腹的流民啸聚，四处劫掠，奴隶只得仰赖于领主的庇护，聊以偷生。

《黑暗之书》成书于该时代晚期，融合了矛盾的历史叙事、遗残的人物生平和歪曲的民间传说，但已是黑暗时代幸存下来的史书中最好的一本了，其他许多都被领主焚毁——他们要的是赞颂而非历史，唯恐不具力量的可怜之人从中了解何为力量。

不过，落入领主手中的若是巫典，他大概就会小心对待了，要么束之高阁，以免造成危害，要么交予麾下巫师，善加利用。在咒语与真名列表的页边，以及文末的白页上，巫师及其学徒常会记录下时疫、饥荒、劫掠或易主风波，以及在这些事件中施用的咒语及其效果。这些信笔记录照亮了零星几处历史片段，尽管片段间依然是无尽的晦暗。但它们就如同遥远海面上的渔火，摇曳在漆黑的雨夜中。

在哈吾讷宁静的山地及周边小岛上，还有歌谣，即古老的叙事短诗和民谣流传下来，讲述着那个时代的故事。

哈吾讷大港坐落于世界中心，港湾上矗立着座座白塔，最高那座的塔顶之上，埃兹阿贝之剑映照着最初与最后的天光。这座城市是地海所有生意、贸易、知识与技艺穿梭流转的必经之地，俨然一份无需秘藏的财富。银环已然修复，哈吾讷也迎来新王，此刻便高踞于王庭之上。一切都意味着时代的复苏。而在近日，此间男女开始与龙族交流，则预示着变迁的到来。

然而，作为地海最大的岛屿，哈吾讷的土地如此辽阔，物产无比丰饶，因此，在远离港口的内陆村镇，在奥恩山坡地的农场，万事万物一如既往：值得诵唱的歌谣一再传唱；乡村酒馆中的老者提起诺雷德就像一位旧友，仿佛自己当年也是个英雄；赶牛返家的村女会讲述柔羹的故事，在世界的其他角落，哪怕是在柔刻，他们的故事都早已被遗忘，然而，在这洒满阳光的乡间小路上，在这寂静的田野间，在妇人们边做饭边聊天的灶台边，依然被人铭记。

王治时代，无论是之前在恩拉德，还是后来在哈吾讷，法师都聚于王庭，群策群力，为实现共同的善各显其能。但到了黑暗时代，法师的技艺完全是价高者得，力量沦为互相争斗的工具。他们对自己作下的恶毫无愧意，有时甚至颇为得意。瘟疫肆虐；饿殍遍野；泉水不再涌流；全年没有雨季，或整个雨季均无降水；岛上新生的牛羊先天畸残，婴儿体弱多病……所有这些都被归罪于巫师与女巫，通常而言，这也不算冤枉他们。

因此，施术成了一件险事，除非有强大领主庇护。即便如此，遇见比自己强的巫师，你还是有可能被消灭；就算是在普通百姓中，若是掉以轻心，让他们有机可乘，也有可能被消灭，因为在他们看来，巫师是他们遭受的一切苦难的根源，一种邪恶的存在。那个年代，在大多数人心里，所有魔法都是恶的。

也是从那时起，乡村巫术，特别是女巫术的名声一落千丈，至今未能恢复。原本得心应手的技艺，如今施行起来却令她们代价惨重。怀孕牲畜与妇女的护理，助产，歌谣与仪式的传授，花园与田地的施肥和整治，房舍与家具的建造与养护，矿石与金属的发现与采掘……这些重大事务一向由女人掌管。以口传心授的方式，女巫们掌握了大量咒语与符文，以确保上述事务进展顺利。但若是分娩或农事出了问题，那就都成了女巫的过错。然而，出错的情况却越来越多，比顺利时还多。这是因为巫师争斗日益激烈，为尽快占据上风，他们不管不顾地肆意滥用毒药与诅咒，因而招致了干旱与暴雨，虫灾、火灾与病害席卷了大地，代其受过的却是村里的女巫。女巫不懂，她的愈合咒怎么会让伤口长出坏疽，她接生的孩子为什么是低能儿，她的祈福为何会烧死犁沟里的种子，让树上的苹果染病。但总要有人为此负责：女巫和术士都是现成的，就在触手可及的村镇，而非远在领主的城堡要塞，在武装兵士或防护咒的保护下。于是，女巫和术士被大量淹死在毒井里，烧死或活埋在干枯的农田上——据说这样能让贫瘠的土地重新变得肥沃。

也因此，古老巫术的施行和传授变得极为艰险。从事这一行当的往往是那些本就无家可归、身有残疾、精神失常、孑然一身、行将就木的人——那些一无所有，失无可失的人。于是，巫师的形象从广受信任与尊崇的智者，逐渐变成步履蹒跚的乡下术士，没什么真本事，只会招摇撞骗，或是熬魔药的老巫婆，用以满足人们的欲望、嫉妒与恶意；孩子的魔法天赋也成了一种可怕的东西，绝不可暴露于人前。

接下来我要讲的故事便发生在那个时代，部分摘自《黑暗之书》，部分源于哈吾讷，确切地说，是奥恩山的农场和法林恩林地。尽管这故事东拼西凑、连蒙带猜，注定是一床充满破绽、四处透风的被子，但或许也足够真实了。故事讲的是柔刻学院的创立。若是柔刻的大师们说事情并非如此，那就请他们来指教一番吧。毕竟，柔刻在刚成为智者之岛的那些年里一直云遮雾罩，而这云雾极有可能是由智者亲手布下的。

水獭

> 吾川之獭，表象万化
>
> 龙语真言，咒理明达
>
> 吾川之水，逝者如斯
>
> 吾川之水，此去无涯

水獭是哈吾讷大港造船工的儿子。这名字是他母亲起的。她是奥恩山西北巷尾村的一名农妇，和许多人一样，她来到这座城市，也是为了找个活干。在这个混乱的世道里，作为难得有正经工作的体面人家，造船工一家一向谨言慎行，唯恐引人注目，惹祸上身。难怪发现水獭的魔法天赋已是不争的事实时，他父亲会想用皮带把它从男孩体内抽打出来。

"云也会招来雨，你怎么不去抽它呢？"水獭的母亲说。

"可别把那邪门东西抽得更靠里了。"他姑姑说。

"小心他念咒让它掉过来抽你！"他叔叔说。

但男孩并没有戏弄他的父亲，而是默默领受了抽打，学着把他的天赋藏起来。

他本来没怎么把它当回事。在黑暗的房间里点亮一簇银色的清光，心念一转就能知道丢失的大头针在哪儿，用手拂过变形的榫头、对它说话就能把这木件矫正……对他来说，这些都太稀松平常了，他不懂这有什么好大惊小怪的。但父亲就是会为他的投机取巧而大发雷霆，有一回，看到他对着手头的活计念念有词，父亲甚至扇了他的嘴，严命他把它闭严实，用他该用的工具做活。

母亲也苦口婆心地给他讲道理。"就好比你捡到了一块大钻石，"她说，"咱们不把它藏起来还能怎么办呢？买得起它的有钱人，要想杀人夺宝也容易得很。把它藏好。离那些大人物和他们手下的技人越远越好！"

技人是当时的人们对巫师的称呼。

能够认出力量，也是巫师的天赋之一。除非极擅隐藏，否则巫师都能认出彼此。男孩对技艺一窍不通，只懂得造船——在这个行当里，就其十二岁的年纪而言，可谓颇有前途。这时，当年帮他母亲接生的产婆来了一趟，告诉他父母："让水獭晚上下工找我。命名日快到了，他该学习歌谣，做些准备了。"

这倒没什么，水獭的姐姐也走过这么一遭，当天晚上，水獭就被父母送了过去。只是她教给水獭的可不止《创世谣》。她认得出他的天赋，那些跟她一样的男男女女也能。他们都没什么名气，或者说没什么好名声，多少都有些这类天赋，会在私下分享各自的巫术与技艺。他们说，未经教导的天赋就如同无舵之舟，将一身所学全教给了他，那知识固然浅薄，但也隐约可见伟大技艺的本源；尽管要瞒着父母让他有些不安，但他无法抗拒这类知识，也无法抗拒这些落魄老师的慈爱和表扬，他们说，不借此为恶，便于己无害，他也就顺水推舟地答应了。

赛伦纳河自北向南穿城而过，在流入城墙的第一股河水中，接生婆赠予水獭真名，后来，在哈吾讷之外的遥远海岛上，广为传唱的便是这个名字。

这群人中有位老人，他们私下里都叫他变换师。他先是教了水獭几个幻咒，等男孩长到十五岁，便带他来到赛伦纳河畔的空地，准备让他见识一下真正的变换咒。"先试着把灌木变成大树。"话音刚落，水獭就变好了。男孩学起幻术来太容易，老人不免有些惊疑。为了求他继续教自己，水獭说尽好话，最后还是靠着以自己不为人知的真名起誓，说学成后绝不会将这个伟大咒语用于自救救人之外的用途，老变换师才肯答应的。

老人教是教了。但那又怎么样？水獭心想，又不能用。

但起码，跟着父亲和叔叔在造船坊干活时学到的东西不用藏着掖着，假以时日他准是一把好手，这点连父亲也没法否认。

当时，海盗洛森把持了大港及哈吾讷岛的整个东部与南部，自封为内极王。靠着从这片沃土榨取的民脂民膏，他不断增兵造船，四处劫掠，带回新的奴隶与财宝。用水獭叔叔的话说，洛森要的船太多，木匠造都造不过来。不过这年头，找不到活计的人们只得沿街乞讨，马哈里安的王庭爬满老鼠，他们还能有份活干，已经要谢天谢地了。他们只管老老实实干活，水獭父亲说，至于造好的船拿去干了什么，那就不归他们管了。

然而，水獭接受的另一套教育让他良心难安，没法对这种事无动于衷。他们手头正在造的桨帆船，将由洛森的奴隶划向战场，再载回更多的奴隶。一想到这么好的船要被用来做这么坏的事，他就愤愤不已。"我们不能继续造渔船吗，就跟之前一样？"他父亲则回答道："不能，因为渔民买不起。"

"确实没有洛森给的多，但也够我们吃饭了。"水獭反驳道。

"你以为我能违抗王的命令？还是说，你希望我也被发配到这艘船上，跟奴隶们一起划桨？动动你的脑子吧，小子！"

于是，带着清醒的脑子和愤怒的心，水獭留在他们身边继续工作。他们被困住了。如果力量的天赋不能用来脱困，要它又有什么用呢？

匠人的操守让他干不出偷工减料的事，但巫师的良知却叫他在船上施个恶咒，就编在横梁与船体间。用不为人知的技艺做这种事，想必是在为善吧？当然也有害，但只对恶事有害。他一个字都没跟老师们提。只要他们不知情，就算他做错了，也没人能怪到他们头上。他日思夜想，总算有了思路，又极为小心地把咒文编好。一个反向寻查咒，他私心唤作迷失咒。这艘船浮力强，易操纵，也好转向，只是永远对不准正确的方向。

为了不让好好的船被糟蹋，他已尽了全力，也颇为自得，船一下水（她看上去好得很，那毛病要等驶入深海才会暴露），便忍不住告诉了老师。说是老师，其实只是几个老头和接生婆，能和死人说话的年轻罗锅和知道事物名字的盲女罢了。听他讲完自己捣的鬼，盲女大笑，老人却嘱咐道："小心点。藏好。"

洛森手下有个自称猎狗的，说是因为他有个能闻出巫术的好鼻子。猎狗要做的便是替洛森闻他的食物、饮料、衣物、女人……所有可能会被敌方巫师用来对付他的东西，当然也包括他的战船。船的结构本就脆弱，处境又复杂危险，极易被咒文或诅咒乘虚而入。一登上这艘崭新的桨帆船，猎狗就闻出来不对劲。"瞧瞧，瞧瞧，"他说，"这是谁？"他走到船舵边，把手放上去。"很聪明。"他说，"但是谁干的呢？应该是个新手，我觉得。"他一脸陶醉地扇动着鼻翼，说道，"非常聪明。"

入夜后，一行人来到船坊街，一脚踹开房子大门。只见披坚执锐的兵士间，发号施令的正是猎狗："是他。其他人别管。"接着他转过头，对水獭说："别动。"声音低沉、友好。他能认出年轻人体内巨大的力量，让他都有些忌惮。然而，水獭实在太害怕了，又没受过什么训练，根本没想到可以用魔法脱身，或制止兵士施暴，而是像野兽一样猛扑上去厮打，很快便被敲了头。作为家里出了个技人的教训，他们还打断了水獭父亲的下颚，打晕了他的姑姑与母亲，而后带上他，扬长而去。

狭窄的街道上没有一扇门打开，也没有一个人探头出来看看刚才是什么动静。那群人离开不久，几个邻居悄悄过来，努力安抚水獭一家。"真是祸害啊，巫术这鬼东西！"

猎狗上报说施咒者已关押妥当。洛森问："他替谁干活？"

"您的造船坊，陛下。"洛森喜欢听人用对君王的敬称叫他。

"蠢货，我是问你雇他给船施恶咒的是谁？"

"没有谁，应该是他自己的想法，吾王。"

"他这是图什么？"

猎狗耸耸肩，没告诉洛森，人们恨他并不是要图什么。

"你说他是技人，能收为己用吗？"

"我尽量。吾王。"

"收服不了就杀了。"洛森的耐心已告罄，还有更重要的事等着他去处理。

那群一文不名的老师教会了水獭自尊。在这番教导下，他相当鄙夷为洛森效命的巫师，因为他们任由魔法被恐惧与贪婪滥用，以达成种种邪恶的目的。在他看来，没有什么比对技艺的背叛更可鄙。因此，发觉自己无法鄙视猎狗，让他很是困惑。

前朝的许多宫殿都被洛森强占，水獭就被收押在其中一座的储藏室内。那里没有窗户，斜纹橡木大门上插着铁闩，施有咒文，就算是经验比水獭丰富得多的巫师也休想逃脱。洛森手下可有的是法力深厚、技艺高强的巫师。

猎狗自认不在此列。"我只是有个好鼻子罢了。"他每天都会过来，看看水獭的脑震荡和肩膀脱臼恢复得怎么样，跟他说两句话。在水獭看来，猎狗态度和善，为人也实诚。"你要是不愿为我们所用，就会被杀掉。"他说，"洛森不会让你这种人脱离他的掌控。你最好还是答应吧，趁他还愿用你。"

"我没法答应。"

水獭说，仿佛只是在陈述令人遗憾的事实，而非一项道德声明。猎狗的眼神中流露出欣赏。待在海盗王手下，猎狗受够了夸夸其谈与虚张声势，以及只会夸夸其谈与虚张声势的人。

"你最擅长什么？"

水獭不太愿意回答。虽说他没法不喜欢猎狗，但倒也不必信任他。"变形。"最后，他还是咕哝了一句。

"化形？"

"不。只是障眼法。把树叶变成金币之类的。看着像而已。"

那时候，各种魔法分支与技艺还没有约定俗成的名字，不同技艺间的关系也没搞太明白。用后来柔刻智者的话说便是：当时，世间的知识尚未发展成体系。然而猎狗心里很清楚，他的小囚犯这是在藏拙。

"不能改变自己的形态？连表象都不能？"

水獭耸了耸肩。

谎言很难说出口。他以为自己的笨拙只是因为不熟练。但猎狗可没那么天真。他很清楚，那是魔法本身对谎言的抵制。

魔术、戏法，或是装模作样与亡者往来，都是对魔法的模仿，就如同用玻璃假冒钻石，把黄铜充作纯金。它们都是赝品，是滋生谎言的土壤。而真正的魔法技艺，尽管也可用于欺诈，但它所关涉的是真实的事物，使用的词句也是真正的语言。因此，真正的巫师在谈及其技艺时很难说谎。因为他们心知，谎言一旦被说出，整个世界都可能会为之一变。

猎狗替他觉得可惜。"知道吗？要是这会儿审你的人是格鲁克，他都不用张嘴，就能把你脑子里的东西全掏出来，连带着你的脑子。我知道被老白脸审过的人是什么样儿。现在，给我听好了，你会控制风吗？"

水獭稍作犹豫，答道："会。"

"那你有袋子吗？"

天候师总爱随身带个皮袋，据他们说是用来装风的，只要打开袋子，便可吹出顺风，或是吸走逆风。那袋子大如麻袋，小至荷包，也许只是个摆设，但每个天候师都有那么一个。

"在家。"水獭回答。这不算说谎。家里确实有个小包，不过里面放的是他做细木工的用具和气泡水平仪。至于风的事，他说的也不全然是谎话，有那么几次，他确实为船帆召来了一丝法术风，虽然他还不会像真正的船只天候师那样削弱或控制风暴。但他宁可淹死在暴风雨里，也不愿死在这个鬼地方。

"但你不愿用这本事替王干活？"

"现在地海可没有王。"年轻人正色说道。

"好吧，替我主人干活。"猎狗随即改口，相当有耐心。

"不愿。"水獭说，然后顿了顿，觉得有必要解释一下。"其实也不是不愿，而是不能。我也想过，在那艘桨帆船的底部，靠近龙骨的地方，做几个活塞——你懂我意思吧？驶向深海的过程中，船板颠簸受力，塞子便会松脱。"猎狗点点头。"但我不能。我是个造船工，我把船造出来不是为了让她沉没的。更何况船上还有那么多人。我的手做不来这种事。我只能做我能做的。让她沿着她自己的方向前进，而不是他的。"

猎狗笑了。"说起来，你编的那个咒文，他们到现在都没解开。昨天，老白脸在船上那叫一个上蹿下跳，高吟低唱，折腾了一整天，连船舵都换了新的。"他指的是洛森的首席法师格鲁克，来自北方岛屿，皮肤是白色的，在哈吾讷，人人望之生畏。

"不管用的。"

"那你自己能解开吗？"

一抹得意的笑在水獭备受摧残的年轻面庞一闪而逝。"我也不能，"他说，"我觉得没人能解开。"

"可惜。不然还能讲讲价。"

水獭没出声。

"这年头，鼻子这东西有用又值钱。"猎狗继续说，"我也不想有人跟我抢这碗饭。但俗话说得好，寻查员，吃遍天……你在矿场干过？"

巫师所料总是与事实相去不远，虽然可能连他自己都不知道猜中了什么。水獭最早表现出的天赋便是寻回，虽然只有两三岁，但只要听得懂丢了什么，就能立马找到，无论是脱落的铁钉，还是用完忘记放回去的工具。他儿时最大的乐趣之一，便是独自走到郊外，沿着小径或山丘漫步，用他光裸的脚掌，用他全部的身躯，感受庞大的地下水系、呈脉状或点状分布的矿物、交叠错落的各类岩石与土壤。那感觉就像是走进了一栋巨型建筑，看到了它的通道与屋室、通往开放洞穴的坡道，还有墙上枝状银器闪烁的微光。他继续前行，身躯仿佛与大地融为一体，对它的动脉、脏器与肌肉了如指掌。对他来说，这力量只是童年的乐趣，从没想过要利用。这本是他不示人的秘密。

他没有回答猎狗的问题。

"底下都有什么？"猎狗朝下指了指，他们脚下凹凸不平的地面由方形厚石板铺就。

水獭沉默了一会儿，低声答道："黏土，碎石，再往下有种石头，里面是石榴石。这一片全是，我不知道叫什么。"

"不知道可以学。"

"我知道该怎么造船和驾船。"

"只要跟船沾边，就躲不开战乱与纷争，你最好还是离她们远点。王要续采萨莫里老矿，就在山后，在那儿还能躲开他。反正要想活命，就得替他干活，你要愿意，我可以安排你过去。"

水獭又沉默了一会儿，说道："谢谢。"然后抬起头，飞快瞥了猎狗一眼，目光中带着评估与不解。

猎狗抓了他，还冷眼看着他的家人被打得不省人事，现在却像个老朋友似的跟他说话。为什么？水獭的神色仿佛在问。猎狗作出了回答。

"我们技人要团结起来，"他说，"他们——那些没有技艺，只有几个臭钱的人——让我们为了他们的利益，而不是我们自己的利益互相争斗。我们干吗要把力量卖给他们？要是我们也能沿着自己的方向前进，应该会比现在好上不少。"

猎狗安排这年轻人去萨莫里是为了他好，但他不知道水獭有着怎样的意志，就连水獭自己都不知道。他太习惯于听从别人的安排，没意识到他遵循的其实一直都是他自己的意愿；他也还太年轻，不相信自己的所作所为真的会招来杀身之祸。

他盘算着，一出牢门就用老变换师教他的变身咒逃走。如今他面临着生命危险，总可以用它来自救了吧？只是他还没想好要变成什么：一只鸟？还是一缕烟？哪个最安全？没等他想好，洛森的手下就在他的饭食里下了毒，让他再也没办法集中精神思考——巫师那些伎俩，他们见得多了。他们把他扔到骡车上，就像扔一袋燕麦，途中一见他有醒转的迹象，就在他头上猛敲一记，还美其名曰是为了让他睡个好觉。

再次醒来时，毒素与头上的伤令他虚弱无力。这里四面都是砖墙，窗户也用砖砌上了，门上没有铁闩，也不见锁。但他刚想站起来，就发觉身体与精神都被魔咒束缚住了，稍有动作，那黏腻的线便越缠越紧。站也能站，但一步都没法朝门口迈，连手都伸不过去。那是感觉极其恐怖，仿佛身上的肌肉已不再属于他自己。他又坐了回去，尽量待着不动。绑在胸口的魔咒让他没法深呼吸，精神也很窒闷，仿佛他的思想被硬塞进了一个过于逼仄的空间。

许久，那扇门打开了，几个人走进来。他们塞住水獭的嘴，将他的胳膊扭到身后绑起来，而他一点反抗的力气都没有。"小子，虽说你现在编不了咒文也念不了咒，"其中一名满脸皱纹的健壮男子说，"点头总还会吧？他们安排你到这儿来探矿，要是探得好，你自然能吃饱睡好。那什么时候点头呢？发现丹砂的时候。王的巫师说，老矿区这边还有一些，他想要，所以咱们最好给他找到。现在，我先领你出去，就好比我是探水师，而你是我的魔杖，你懂我意思吧？你来带路。想往哪边走就这样点下头，脚下有矿就这样跺下脚。就这么说定了？要是你肯守规矩，那我也不会难为你。"

他等着水獭点头。但水獭站在那里，一动不动。"别置气，"那人说，"你要是不想干，丹塔那边可不会嫌人多。"

炎热的上午，阳光晃得人睁不开眼，人称力骐的男子牵着水獭出了门。一离开那间牢房，水獭身上的魔咒就松脱了，但在别的建筑上，特别是一座高大石塔周围，还编有其他魔咒，空气中全是黏黏的拒止线。每当闯入其中，脸颊和腹部就会感到刀刺般的剧痛，他惊惧地查看身上的伤口，却一无所得。念咒的嘴巴被堵着，施法的手被绑着，水獭对这些魔咒完全无计可施。一根编制皮绳拴在他的脖子上，另一头在力骐手里，他走在后面，冷眼看着水獭误入魔咒间，没两回就学会了躲开。要发现倒也容易：尘土小径曲折避让的地方，便是魔咒所在。

水獭被人拴着，像狗一样，因病痛和愤怒而浑身颤抖，闷着头朝前走。他四下看了看，望见那座石塔，宽阔的门洞旁高高地码着原木，一个坑边丢着生锈的轮子和不知名的器械，还有成堆的砂石和黏土。原本就疼痛不已的头，转动间更是晕眩。

"你要真是个探矿师，最好这就开探。"力骐紧走两步赶上来，在他身侧说道，"就算你不是，也得赶紧探起来，这样才能在地面上多待一阵儿。"

一人从石塔走出，呆滞地盯着前方，步态蹒跚诡异，匆匆从他们身边走过，下巴泛着水光，胸口也被淌出的涎水洇湿了。

"那里就是丹塔，"力骐道，"他们炮制丹砂，提炼水银的地方。丹奴要不了两年就会死。探矿师，咱们该往哪边走？"

片刻之后，水獭朝左边点点头，远离那座灰色石塔，朝狭长空旷的山谷走去，一路上尽是尾矿残渣，已然生了杂草。

　　"下边早就挖空了。"力骐说。而水獭已经在感受脚下这片陌生的郊野了。幽暗的地下，竖井与矿室内空无一物，除了同样幽暗的空气。这是一座垂直的迷宫，最深处的坑洞积满死水。"银子本来就不多，水银也早就没有了。我问你，小子，你知道丹砂长什么样吗？"

　　水獭摇摇头。

　　"我带你去认认。格鲁克要的就是这个。水银矿。知道吗？水银能吞吃其他所有的金属，黄金也不例外，所以他管它叫王。你要能帮他找到王，他不会亏待你的，他时不常就会来这边。跟我来，先看一眼。再好的追踪犬也得先闻闻味儿。"

　　力骐带水獭下到矿井里，去看尾渣，也就那些曾蕴有丹砂的土石。巷道深处还有几名矿工在劳作。

　　或许是因为个子比男人小，在逼仄的空间里更好活动，也可能是因为和大地更为亲近，更可能是出于传统，总之，地海的矿工几乎全是女性。和丹塔里的奴隶不同，这些女矿工都是自由人。力骐说，虽说他被格鲁克派来当工头，但从没亲自下过矿，那些矿工不准他沾手，她们笃信，让男人提锹或竖梁都是再晦气不过的事。"那正好。"力骐说。

　　一个头发浓密、眼神明亮的女人，额前绑着一根蜡烛，撂下手中的镐头，给水獭看她桶里的那点丹砂——一些红褐色的团块与碎渣。矿工的影子随着挖凿的动作在洞壁上跃动，老旧木梁呻吟着，阵阵尘土扑簌而下。在这不见天日的地下，虽然空气相对凉爽，条条巷道却极为狭窄，矿工只能蜷着身子通过，有几处已经冒顶，梯子也不大牢靠。井下本是阴森可怖的地方，但水獭待在这里，却有种蒙受庇护的感觉，以至于回到炎炎烈日下后，竟有些怅然。

力骐没有带他去丹塔，而是回了工棚。他进了一间上锁的屋子，回来时手心捧了一只小小的皮袋，柔软、厚实，看上去沉甸甸的。他解开袋子，给水獭看里面一小摊亮泽的银灰色。收起时，金属还在袋子里晃荡，一会儿这里鼓起来，一会儿那边撑一下，像只小动物，踢腾着想要逃出来。

"这就是王。"力骐以一种既似尊崇又似嫌恶的语气说道。

尽管并非术士，力骐却比猎狗还凶。但和猎狗一样，他虽粗暴，但并不残忍。他要的只是服从，仅此而已。水獭是在哈吾讷的造船坊长大的，从小见多了奴隶与奴隶主，因此，他知道自己有多么幸运，至少白天给力骐做奴隶时确实如此。

进食只能等到回牢房后，因为到了那时，被堵住的嘴才能重获自由。吃的就只有面包和洋葱，以及面包上薄薄一层变了味儿的油。尽管每天夜里都会饿，但坐在那间牢房里，浑身被魔咒束缚着，他根本就吃不下什么东西。那些食物吃在嘴里就像是金属，像灰。夜晚长而可怖，那魔咒越勒越紧，让他一次又一次惊醒，喘不上气，也无法连贯思考。周围是全然的黑暗，因为他也无法在牢房里造出法术光。因此，每当白昼来临，他都有种说不出的解脱，哪怕那意味着双手又要被绑在身后，嘴巴又要被堵住，脖子还要拴上一根皮绳。

力骐每天清晨过来牵他出门，在外面一直晃到傍晚。力骐不爱说话，也沉得住气，从不问水獭有没有发现丹砂的迹象，也不问他是真的在探矿还是假装的。水獭自己心里也没有答案。

在漫无目的的游荡中，对地下世界的认知一如既往涌入他的身体。他想把自己封闭起来，不放它们进来。"我决不愿为恶人效力！"他在心里对自己说。但夏日的空气与阳光让他软和下来。结实光裸的脚掌踩在干草上，让他知道草根下幽暗的土中有条小溪缓缓流过，渗入由层层云母片岩堆叠成的宽阔岩架，再往下是一个巨大的岩洞，岩壁上覆着薄薄一层红褐色的丹砂，有些地方已经碎裂、剥落……他没作声，心想脑子里这幅即将绘就的地图没准儿能派上用场，如果他能想出该怎么用的话。

但过了十来天，力骐告诉他："格鲁克大人要来了。如果拿不到丹砂，他可能就要换一个探矿师了。"

水獭心事重重地往前走了一里地，又折回来，领着力骐来到老矿场另一头不远处的小山丘，朝下点点头，踩了下脚。

回到牢房后，力骐为他解开皮绳，取下口塞，水獭便说道："那里有矿。沿着之前的矿道往前挖二十来尺就能找到。"

"很多？"

水獭耸耸肩。

"那就是刚够用？"

水獭没作声。

"正好。"力骐说。

于是矿工打开竖井，朝丹砂挖去，两天后，巫师到了。水獭正坐在阳光下，而不是被关在工棚区的牢房，为此，他很感激力骐。虽说双手被绑着，嘴巴被堵着，算不上多舒服，但能吹到风晒到太阳已经是难得的享受了。更何况，在这里他想深呼吸就深呼吸，想打盹儿就打盹儿，绝不会梦到嘴巴与鼻孔被泥土堵住，喘不上气来——那是夜里他在牢房中仅有的梦境。

他坐在工棚旁的树荫下，睡得迷迷糊糊。丹塔边原木的气味让他想起家乡的工坊，刨刀推过柔滑的橡木板时激起的刨花香。听到动静，他一下子惊醒，抬起头，发现面前有个居高临下的身影，赫然便是那巫师。

与当时的许多巫师一样，格鲁克的衣着相当华丽。他身披洛伯那瑞丝长袍，绯红袍身上绣着金黑两色的符文，还戴了一顶宽檐尖顶帽，衬得他高大不似常人。但水獭不用看衣服就能认出他。他认得出他的手，他身上的魔咒与难熬的夜晚就拜它所赐；他也认得那股力量，认得它带来的酸楚与收紧时的窒息。

"看来这就是我的小寻查师了，"格鲁克的声音低沉柔和，如同古老的六弦提琴，"晒着太阳打着盹儿，好像该干的都干完了。这么说，你已经安排人去挖红母了？来这儿之前听说过红母吗？你是王的侍者吗？哦，瞧我这记性，在这里可用不着它们。"他站在原地没动，手指一挥，水獭的手腕便重获自由，嘴里的手帕也随之脱落。

"我可以教你自己解开。"巫师看着水獭揉搓、旋转肿痛的手腕，活动在牙齿上绷了许久的嘴唇，面带微笑，"猎狗说，你是个有出息的小伙，如有合适引导，会有大造化的。如果你想，我可以带你拜访王庭。不过，你大概还不知道王是哪位吧？"

水獭确实拿不准巫师指的是海盗还是水银，但他壮着胆子，飞快地朝石塔比划了一下。

巫师脸上的笑容扩大了，眼睛都眯了起来。

"你知道他的名字吗？"

"水银。"水獭说道。

"那是凡人的叫法，也有叫汞或沉水的。侍奉他的人则称之

寻查师　　　　579

为王、至尊或月华。"格鲁克慈爱而又满含探究的目光越过水獭望向丹塔，又转回他身上。他有一张阔大的长脸，是水獭平生所见最白的，眼珠是蓝色的，下巴与两腮长满了卷曲的白胡须，笑容温和灿烂，露出一口稀疏的牙齿，有几颗已经脱落了，"那些懂得看透真相的人才能认出他，万物之王。世间的力量便由此而来。你可知我们如何称呼独居深宫的王？"

头戴高帽的高大男子突然往地上一坐，紧挨着水獭，呼吸间有股泥土味儿，淡色双眸紧盯着水獭的眼睛。"你想知道吗？你想知道什么都可以。我什么都不瞒你。你也不瞒我。"格鲁克朗笑出声，那笑声并非出于威胁，而是真实的愉悦。他又望向水獭，大大的白脸上写满和善与关切，"你确实有些力量，不错，也有几分机灵。是个聪明的小伙子。也不是太聪明，这样很好，太聪明的无心向学，像那些……如果你愿意，我可以教你。你喜欢学习吗？喜欢知识吗？想知道我们如何称呼石殿深处兀自闪耀的王吗？他名叫图瑞丝。你认得这个名字吗？这是至尊语言中的一个词。他自己语言中他的名字。在我们卑下的语言里就是精子。"他又露出微笑，拍拍水獭的手，"因为他既是种子，也是母株，是伟力与正义的种子和根源。我带你去，你一看就知道。来！跟我来！我带你去看王如何从他的臣民身上飞腾，凝聚成形！"他突然轻快地站起身，以惊人的力道抓着水獭的手，把他拎起来，整个人因兴奋而大笑不止。

感觉就像是从一场漫长而窒闷的昏迷中苏醒过来，重获生机，巫师的碰触并未激起水獭对魔咒束缚的恐惧，反而为他带来了活力与希望。他警告自己此人不可信，但又渴望信任他，师从他。不错，格鲁克法力高强，说一不二，为人也古怪，但他给水獭松了绑。这还是他几周来第一次自由地行走在阳光下，双手没被绑在背后，身上也没有咒语的束缚。

"跟我来，这边来，"格鲁克口中喃喃，"没什么会伤害你。"两人来到丹塔门道前，那是一道狭窄的通道，夹在三尺厚的石壁间。见年轻人有些犹豫，格鲁克拽着他的胳膊说道。

力骐告诉过他，让塔内奴工病死的不是别的，正是矿石加热时腾起的烟雾。水獭没进去过，也没见力骐进去过。他也曾接近那里，深知塔外环绕着禁锢咒，会让逃跑的奴隶感到刀刺般的疼痛，脑海一片混沌，或是被缠绕起来动弹不得。但此刻，他能感觉到，那蛛丝雾索般的魔咒正在为他们的编织者让路。

"嘿，吸气，呼气。"进塔时，格鲁克大笑着说。水獭竭力抑制屏息的冲动。

他们来到雄伟的腔室，穹顶正下方赫然是一个火坑。巨大的风箱齐齐呼啸，烈焰熊熊燃烧，枯瘦如柴的人影来去匆匆，被火光映成黑色，正一趟趟地铲起矿石，倾在燃烧的原木上，其他人则忙着往里搬木头，或是奋力鼓动风箱。透过重重烟雾，可以看到穹顶上有一列小小的腔室盘旋而上，直抵尖顶。力骐给他讲过，水银的蒸汽会在腔室滞留，冷凝，再加热，升腾，冷凝，直到反复提纯的金属抵达最高的尖顶，汇入下方的石槽或石碗——仅凭现有的这些低品位矿石，每天最多出产一两滴。

"别怕。"格鲁克说，他的声音响亮而悦耳，盖过了气喘吁吁的风箱与呼呼作响的烈火，"快看，看哪，看他在空中飞腾，提纯他自己，净化他的子民！"他拉着水獭来到火坑边上，眼睛被闪耀的火光映得亮晶晶的，"为王效力的恶灵会得到净化，"他凑到水獭耳边说，"他们流口水时，体内的渣滓与污秽也会随之流出，疾病与杂质也会化脓，从疮口涌出。等到他们被烧得干干净净，就可以飞升，飞升至王庭。来吧，来吧，飞入他的高塔，暗夜诞出月亮的所在！"

水獭跟着格鲁克爬上旋梯，踏面一开始很宽，越往上越窄。他们穿过一间间蒸汽室，里面的火炉烧得通红，炉上有孔道通往提纯室，在那里，矿石灼烧腾起的烟灰将由赤裸的奴隶刮下，铲入炉中再次灼烧。两人来到最高的房间，那里只有一名奴隶，正蹲在孔道边。格鲁克命令道："去请王来！"

奴隶又矮又瘦，通身没有一根毛发，用溃烂流脓的胳膊与双手揭开冷凝管道口上石杯的盖子，格鲁克像个心急的孩子，不住地朝里瞧。"这么小，"他喃喃道，"这么嫩。小王子、婴儿王、图瑞丝王。世界之种！灵魂之珠！"

格鲁克从怀里掏出一个绣着银线的精致皮囊，上面还系着一把纤巧的牛角匙，他用匙子从石杯盛出几滴水银，注入皮囊，又重新扎好皮绳。

奴隶在旁边站着，一动不动。在烟熏火燎的丹塔中劳作的众人几乎都没穿衣服，最多只有围腰布和鹿皮鞋。水獭又瞥了奴隶一眼，心想，看身量还是个孩子，然后他看到了那对小小的乳房。是个女人。她没有头发，枯瘦的四肢由肿胀的关节连在一起。她抬眼看看水獭，真的只是微微转了转眼球，朝火中啐了口吐沫，用手背擦擦溃烂的嘴，又站了回去，一动不动。

"就是这样，小仆人，干得很好，"格鲁克温柔地对她说，"把你的渣滓献给火，它就会化为活银，化为月光。你说这事神奇不神奇？"他拽着水獭转身走向旋梯，嘴里还继续说着，"最卑下的事物何以生出最高贵的事物？这便是我们技艺的伟大法

则！秽恶的红母中孕育着至尊，垂死奴隶的唾液炼就了银色的
力量之种。"

格鲁克一路说着，步下一级级散发着恶臭、转得人头晕的
石梯。水獭勉力想听进去，因为这是一个拥有力量之人在教他
何为力量。

然而，一直到他们回到阳光下，水獭的头似乎都还在黑暗
中打转，没走几步，他就弯下腰，吐了一地。

格鲁克看着这一切，依然是那种探究而慈爱的眼神，等到
水獭皱着眉头、喘着粗气直起身来，便柔声问道："你怕王？"

水獭点点头。

"若是你肯接纳他的力量，他是不会伤害你的。若是你害怕
他的力量，抵制这种力量，那就非常危险了。热爱与接纳才是
王道。你看。看我怎么做。"格鲁克拿起那只盛有水银的皮囊，
解开皮绳，举至唇边，将里面的液体倒入嘴中，目光始终没有
离开水獭的眼睛。在咽下之前，他还张开似乎永远都在微笑的
双唇，给水獭看含在舌面上的银珠。

"现在，王就在我的身体里，是造访我家的贵客。他不会让
我流涎、呕吐或生疮的，绝不会，因为我并不害怕他，而是欢
迎他进入我的血脉，流遍我的周身。我不会受到任何伤害。水
银在我的血液涌流，我能看见别人察觉不到的东西，我知晓王
的所有秘密。离开我以后，他藏身于粪土与污浊，又回到秽恶
之地，等待我的前来，再次将他拾起，净化，一如他净化我，
就这样，在一次次的净化中，我们都变得更纯净了。"巫师与水
獭把臂而行，笑容神秘，"我是月光的排泄者。你再也找不出第

二个。不仅如此，不仅如此，王还进入了我的精子。他就是我的精子。我就是图瑞丝，他就是我……"

水獭脑中一片混沌，只模糊意识到两人正往矿井入口走。井下的道路与巫师的话都复杂难解，俨然一座黑暗迷宫，水獭在其中跟跄前行，努力理解着。恍惚间，他仿佛又看到了塔中的奴隶，那个抬眼看他的女人，那双眼睛。

那里不见天日，他们脚下只有格鲁克点亮的微弱法术光。穿行在废弃多年的巷道中，巫师像是对脚下每一步都了然于心，又像是并不认路，只是在信步而行。他边走边说，不时转头看看水獭，叫他跟上，或是提醒他一声，然后继续边走边说。

他们终于走到隧道尽头，矿工们正沿着之前的方向继续挖掘。那里烛火摇曳，人影参差，巫师一边与力骐说话，一边摩挲挖出来的新土，拾起几团泥块，放在掌心揉搓，按压，掂量，品尝。有那么一会儿，他不再出声，水獭聚精会神地看着他，还在努力理解眼前的一切。

力骐同他们一道返回工棚。格鲁克柔声向水獭道了晚安。力骐和往常一样，把他关进那间砖砌的牢房，给了他一条面包、一颗洋葱和一壶水。

水獭也跟往常一样蹲坐在那里，忍受着束缚咒的镇压。他大口吞咽着壶里的水；洋葱味儿很足，他吃了个精光。

牢房的窗户早已用砖砌死，仅有的几缕微光透过灰浆缝隙照进来，此刻也逐渐暗淡，但这天晚上，水獭并未像往常一样被折磨得脑海一片空白，反而越发清醒。与格鲁克待在一起时，脑海中难抑的兴奋与躁动渐渐平息下来，取而代之的是另一样东西，它慢慢浮现，越来越近，越来越清晰……原来是他在井下看到的那个形象，朦胧而又真切：高塔穹顶上的奴隶，那个乳房干瘪、双眼溃烂的女人，用她化脓的嘴啐出一口唾沫，然后擦擦嘴，站在那里等死。她看着他。

此刻，水獭看到的她比在塔中还要清晰。他从未这样清晰地看过人。他看到她瘦弱的胳膊，手肘与手腕肿胀的关节，孩童般的后颈，仿佛就在牢房里，在他的身体里，仿佛她就是他。她看着他。他看到她看着他。透过她的双眼，他看到了自己。

他看到绑缚他的咒文线，沉重的暗索错综复杂，如迷宫一般。不过，也不是没办法解开，只要先这样转过来，然后这样，再用手拨一下，像这样，他就能自由了。

他看不到那女人了。牢房中只有他自己，一个自由的人。

日积月累的涣散思绪瞬间闪过脑海，无数的想法与感受如风暴般袭来，愤怒、仇恨、怜悯与尊严在他心中翻涌不休。

一开始，他满脑子都是对力量与复仇的疯狂想象：他要解放那些奴隶，用魔咒把格鲁克绑起来，扔到提纯炉里，让他动弹不得，双目失明，在最高那间蒸馏室吸银雾吸到死……然而，等到平静下来，能够清晰地思考时，他便意识到，自己绝无可能战胜那个技艺高强、巫力深厚的巫师，哪怕他已经疯了。除非是利用他的疯狂，诱使他自取灭亡，或许还有一线希望。

水獭细细思量。在格鲁克身边时，他一直在努力学习，想听懂巫师的教导。现在他可以确定的是，格鲁克的理念、他急于教授的知识跟他的力量没有半点关系，跟任何真正的力量都没关系。探矿与提纯确实是伟大的技艺，自有其技巧与奥秘，只是格鲁克对此一无所知。他说的至尊啦，红母啦，都只是词语而已。甚至不是正确的词语。但水獭是怎么知道的？

在格鲁克滔滔不绝的教导中，唯一以太初之语——巫师编织咒文所用的语言——说出的词汇便是图瑞丝。他说那是精子的意思。水獭自身的魔法天赋告诉他的确如此。但格鲁克又说这个词还代表着水银，水獭知道并非如此。

水獭那些卑下的老师早已将他们掌握的全部造物真言都教给了他，其中并没有精子或水银的真名，但他张开双唇，动了动舌头，吐出一个词——阿耶苏尔。

他发出的是石塔中那个奴隶的声音。知道水银真名的人是她，只是通过他来说出。

他静静地站了一会儿，身体与心灵都纹丝不动，生平第一次意识到自己的力量在哪里。

黑暗中，他站在闭锁的牢房中，知道自己随时能离开，因为他已经自由了。一股感激之情席卷全身。

又过了一会儿，水獭不慌不忙地钻回魔咒中，回到他的圈套里，坐在床板上继续思量。束缚咒还在那里，但再也无法控制他，他随时可以钻进来，走出去，只当它是画在地板上的几根线。在他体内，对自由的感激之前正随着心跳一下下地搏动。

他在思考自己必须做什么，怎么做。他不确定是自己召唤了她，还是她自愿过来的；他也不知道那个太初语词是她对他讲的，还是借他之口说出。他不清楚自己是怎么做到的，也不清楚她做了什么，但他很清楚魔咒的运转必将惊动格鲁克。饶是如此，他还是横下心，召唤石塔中的女人，他心里有些忐忑，因为在老师们口中，这类咒语只是传说中的存在。

他在脑子里想着她，果然又看到了她，和上次一样，就站在这儿，在这间牢房里。然后他大声呼唤，她便应声而来。

她的幻影再次出现，就站在咒文织就的蛛网外凝视着他，确乎看到了他，因为整个房间都充溢着不知从何而来的蓝盈盈的柔光。她红肿溃烂的双唇颤抖着，却并未出声。

于是他先开口，交付真名。"我叫梅卓。"

"我叫安涅珀。"她低声说。

"我们要怎么做才能自由？"

"用他的真名。"

"就算我知道……在他身边也念不出来。"

"如果我在你身边，可以由我来念。"

"我也没法出声召唤你。"

"但我可以自己过来。"她说。

说完她四下张望了一下，他也抬起头。他们都知道，格鲁克已经有所觉察，有所警惕。水獭身上的束缚不断收紧，熟悉的昏暗再次降临。

"我会来的，梅卓。"说着，她把枯瘦的拳头递到他面前，掌心朝上摊开，像是在给予他什么，然后便离开了。

和她一同离开的还有光。留他一人在黑暗中。魔咒无情地扼住他的咽喉，攫走他的呼吸，缚住他的双手，压迫他的胸肺。他蹲下身子，大口喘息着，完全无法思考，也无法回忆。"别离开我。"他喃喃说，但不知自己是在对谁说话。他很害怕，却又不知道自己在害怕什么。巫师、法力、咒文……一片黑暗。但在他体内，而非脑海中，有一种他无可名状的知识，一种信念在燃烧，如同行走在迷宫般的地穴中时手中的一盏小灯。他目不转睛地盯着那颗光的种子。

窒息的噩梦再度来袭，令他身心俱疲，却再也无法掌控他。

他重重喘息着，总算睡了过去。他梦见烟雨朦胧中连绵的山坡，在阳光下晶莹闪烁的雨滴；梦见云朵飞掠过一座座岛屿；梦见在大海的尽头，在阳光与云雾中，耸立着一座碧绿的圆丘。

自称格鲁克的巫师与自命为王的海盗洛森共事多年，互为臂助，都将对方视作自己的仆从。

格鲁克心知，要是没了他，洛森的破烂王国很快就会完蛋，敌方随便派个魔法师，用不了半个魔咒就能把他抹杀。但他乐得让洛森来充当主人。海盗给巫师提供了许多便利，他已经习惯了想要什么就有什么，时间完全由自己支配，还有源源不断的奴隶供他驱使和实验。用于洛森人身及征掠活动的保护咒维护起来很容易，蓄奴与藏宝之地的禁锢咒也不难，但它们的编织可就另当别论了，那是一项漫长而艰苦的工作。好在如今这些魔咒都已各安其位，整个哈吾讷无人能解。

格鲁克没碰到过让他害怕的人。他也曾与几个值得认真对待的巫师交手，但还没有什么人的力量与技艺能与己匹敌。

洛森的手下曾从维岛掠回一本术典，交予格鲁克。近来，随着对其中奥秘的钻研日渐深入，他对自己早已掌握或领会的绝大多数技艺都越发不以为然。这本术典使他相信，那些技艺不过是更高深的奥秘的投射或流露罢了。正如真正的元素能掌控所有的物质，真正的知识包含所有的知识。越接近奥秘，他就越清楚，巫师的手艺就像洛森的头衔与统治一般粗劣虚假，不堪一击。等到他与真正的元素融为一体，就会成为世间仅有的真王。芸芸众生中，只有他才懂得造物与灭世的词语。他还要豢养群龙，充作家犬。

在年轻的探矿师身上，他认出了一种力量，它未经训练、笨拙生疏，恰可为他所用。他现有的水银还远远不够，因此，他需要一名寻查师。寻查是最低级的技艺，格鲁克从未刻意练习过，但他能看出小伙子在这方面颇有天赋。他最好还是知道下男孩的真名，这样才能确保他一直在自己的控制下。想到要把多少时间浪费在教男孩发挥自己的天赋上，他叹了口气。这还不算完，接下来还得教他把矿石从地下挖出来，把金属里的杂质去掉。像往常一样，格鲁克的思绪完全越过了可能会有的坎坷与挫折，直抵尽头那玄妙的奥秘。

那本维岛得来的术典被他收在施过密封咒的盒子里，从不离身，其中有几段讲到了炼金真火，经过长期的研读，格鲁克得知，提纯的金属到了一定的量，还需进一步提炼为月华。他把书中含混不明的表达理解为，要想提炼出纯净的水银，只靠烧木头远远不够，而要烧人尸才行。这天夜里在工棚，他再次细细咀嚼那些文字，又品出了另一重意涵。术典的字里行间总有些言外之意。或许它想说的是，献祭的不仅是卑下的肉体，还应该包含低贱的灵魂；塔中大火要烧的不该是尸体，而应是活人，有生命、有知觉的活人。纯净源于污秽：痛苦生出极乐。这些都是伟大法则的一部分，一朝参破，其义自明。他确信自己是对的，他终于找到了正确的路径。但绝不可操之过急，他必须反复推敲，保证万无一失。他翻到另一段，比照前文，冥思苦想直至夜深。有那么一瞬，他心神微动，若有所觉，定是那男孩在作怪。格鲁克不耐地吐出一个单音，又沉浸在至尊的玄妙之境，并未察觉囚徒的梦境已脱离控制。

次日清晨，格鲁克叫力骐把男孩带来。他盼望着再见到他，善待他，教导他，亲近一番，一如昨日。他与水獭坐在阳光下。格鲁克喜欢孩子和动物，喜爱所有美丽的东西。身边有个小家伙让他很是愉悦。水獭的懵懂模样相当讨喜，无论是面对他的胆怯，还是对力量的不解。奴隶生性懦弱狡诈，身体丑陋变形，令人生厌。自然，水獭也是他的奴隶，但这点无需让他知道。他们可以是师徒。只是徒弟并不忠心，格鲁克心想，想到他的徒弟早出，未免有些聪明过头，须得严加管教。他们也可以是父子。他要让那男孩叫他父亲。他想起来，自己还没拿到男孩的真名。办法自然很多，但男孩既已在他手中，还是直接问来得方便。"你叫什么名字？"他专注地望着水獭，问道。

水獭内心并非全无挣扎，唇舌却根本不听使唤："梅卓。"

"很好，很好，梅卓。"巫师说，"你可以叫我父亲。"

"你必须找到红母。"之后那天，他命令道。再一次，两人并肩坐在工棚外，坐在秋日的暖阳下。巫师摘下尖顶帽，茂密的白发披散在脸上。"我知道你已经找了一小撮让他们挖，但那里顶多只有几滴，根本不值一烧。要想帮上我，想要我教你，还得加把劲儿。你知道该怎么做的，"他微笑着问，"对不对？"

水獭点点头，仍惊魂未定，格鲁克那样轻易就让他说出了真名，随时都可以彻底掌控他。如今，他已经再无半点反抗格鲁克的可能。那天夜里，他无比绝望。随后，安涅珀进入了他的脑海：出于她自己的意志，以她独有的方式。他无法召唤她，甚至无法想到她，就算能做到，他也不敢，因为格鲁克已经握有他的真名。此刻，巫师就在他身侧，但她还是来了，虽然只是出现在他的脑海中，并未投射出幻影。

巫师喋喋不休，吐出一个接一个的控制咒，织就一张黑暗之网，笼罩着水獭，令他意识模糊，难以察觉她的存在。就算能察觉，那感觉也不大像她在他身边，而更像她就是他，更确切地说，他就是她。透过她的眼睛，他看着眼前的一切；她在他脑海中说话，声音响亮而清晰，盖过了格鲁克的声音和咒语。透过她的眼睛观看，用她的头脑思考，他发现，巫师自认已经完全控制他的身心，没再留意那些迫使水獭屈从于其意志的魔咒。束缚也是联结。他——或者说他体内的安涅珀——能够沿着这些咒文线，潜入格鲁克的脑海中。

格鲁克对此浑然不觉，嘴巴仍在一开一合，用他那蛊惑人心的嗓音编织着无穷无尽的魔咒。

"你必须找到真正的子宫，大地之孕囊，内有纯净的月种。你可知，月亮是大地之父？是的，没错，他与她睡在一处，这是他做父亲的权力。他用真正的种子为她卑下的黏土注入生命，但她不愿诞下王。恐惧使其强壮，卑贱使其固执，她害怕生出自己的主人，便将其藏在体内最深处，不肯娩出。正因如此，若想让他降生，就必须把她活活烧死。"

格鲁克停下话头，陷入沉思，脸上逐渐写满兴奋。水獭窥见了他脑中的画面：熊熊燃烧的大火，生有手脚的枯瘦躯干与面目模糊的肉块在火中尖叫，如同一截潮湿的青木。

"没错。"格鲁克说，嗓音低沉、柔和而迷幻，"必须把她活活烧死。到那时，也只有在那时，他才能从中跃出，光芒四射！噢，是时候了，早就是时候了。我们必须把王从母腹中救出来。我们必须找到大矿脉。就在这里。母亲的子宫就在萨莫里之下。毋庸置疑，指的就是这里。"

他又停了下来。突然，他直直看向水獭，水獭吓得怔住了，以为巫师发现自己在窥探他的所思所想。格鲁克用一种看似热切又仿佛心不在焉的奇特眼神，定定地看了他一会儿，脸上仍带着微笑。"小梅卓！"他说，好似刚发现他在这里。他拍拍水獭的肩膀。"我知道你有发现隐藏之物的天赋，若是开发得当，那可了不得。不用怕，我的儿子。我知道你为何只肯带我的仆人去那处小矿脉，装模作样，得过且过。但现在我来了不是吗？你效力的人是我，那就没什么好怕的了。就算你想瞒我，也瞒不住，对不对？聪明的孩子爱他的父亲，服从他的父亲，而父亲也会给予他应得的奖赏。"格鲁克总爱凑到近旁，温声细语，像是在讲悄悄话，"我相信你一定能找到大矿脉。"

"我知道它在哪儿。"安涅珀透过水獭的身体，用他的声音说道，那声音沙哑而微弱，而他本人发不出任何声音。

很少有人会跟格鲁克讲话，除非是在他的强迫下。用咒语让所有接近他的人噤声、虚弱、受控，对他来说太习以为常，完全不会多想。他习惯了别人听他讲话，而不是听别人讲话。力量让他从容，理念使他沉迷，无心他顾。水獭只是他计划的一部分，是他意志的延伸，除此之外，他眼里根本没有水獭的存在。"是的，是的，你会知道的。"他说着，又露出微笑。

但对水獭来说，他的存在感却相当强烈，无论是他的肉身，还是控制自己的浩瀚力量。他还感觉，安涅珀的话卸去了巫师加诸他的大半力量，给了他一个立足点，一个营地。因此，哪怕格鲁克凑得再近，气息再迫人，他都还是能开口说话。

"我会带你过去。"他吃力地挤出几个字。

就算有人能跟格鲁克讲话，也不过是他控制下的鹦鹉学舌罢了。但水獭这句，是他想听却没想到能听到的。他抓着这年轻人的胳膊，把自己的脸凑近他的，感受着他的瑟缩。

"多聪明的孩子，"他说，"你找到比上次那撮更好的了？值得派人去挖和烧？"

"你要的矿脉。"年轻人说。

缓慢而僵硬的几个字，却好似重逾千钧。

"大矿脉？"格鲁克直直地盯着他，两张脸相距不足一掌，巫师淡蓝的瞳仁如水银般，流转着柔和而疯狂的光芒，"子宫？"

"只有主人能去。"

"主人？什么主人？"

"宅子的主人。王。"

这场对话又让水獭想到了那种感觉：提着一盏小灯，行走在无边的黑暗中。安涅珀的明悟就是那盏灯。他所走的每一步都预示着下一步须如何踏出，但他始终看不到自己身处何处。他不知道接下来会发生什么，也不懂自己看到的字句是什么意思。但他就是能看见，就这样一步一步，逐字而行。

"你怎么知道那是座宅子？"

"我看到了。"

"在哪儿？这附近？"

水獭点点头。

"在地下？"

把他心底的画面讲给他听。安涅珀在水獭的脑海里低声说。于是他开口说道："黑暗中有一条小溪，流过闪光的屋顶，屋顶之下是王的宅子，天花板很高，下面是耸立的廊柱。地板是红色的。廊柱也是红色的。柱上还有闪烁的符文。"

格鲁克屏住呼吸。过了一会儿，他无比轻柔地问道："你认得那些符文吗？"

"不认得。"水獭的语调毫无波澜，"我进不去。没有人的身体能进去，除了王，也只有他认得上面写的是什么。"

格鲁克的白脸更白了，下巴也开始发抖。和往常一样，他站起身来，毫无预兆。"带我去。"他说着，极力想控制自己，但渴望实在太过剧烈，顷刻间就迫使水獭站起身来，踉跄前行几步，几欲摔倒。而后，水獭继续前行，步伐僵硬笨拙，努力控制自己别去抵制那道催他疾行的强烈意志。

格鲁克紧挨着水獭，总要拉他的胳膊。"这边。""对，对！就这么走。"这样的话他说了许多次，但事实上，带路的却是水獭，巫师大可用他的手和魔咒推搡他，催赶他，但也必须沿着水獭选定的方向前进。

他们路过丹塔，路过陈年的竖井与新开挖的矿道，走进水獭刚来时带力骐去的狭长山谷。时值深秋，曾经苍翠的草木均已枯槁，最后的黄叶在风中簌簌作响。在他们左侧，一条小溪在柳树丛中低低流过。和煦的阳光在山坡上投下道道纤长的影子，如条纹一般。

水獭知道，摆脱格鲁克控制的时刻即将到来，对此，他前一天夜里就已确信无疑。他也知道，到那时，他甚至有可能击败格鲁克，剥夺他的力量，若是巫师在幻象的驱使下忘记了自我防护；当然，除此之外，还需知道他的真名。

巫师的魔咒仍联结着两人的脑海。水獭莽撞地闯入格鲁克的脑海，寻找他的真名。但他不知道要去哪里找，也不知该怎么找。作为一名学艺不精的寻查师，在格鲁克的心绪中，他能看清的就只有术典的书页，上面写满了无意义的文字；还有他描述的幻象：一座巨大的红墙宫殿，赤红的廊柱上缭绕着银色符文。然而，水獭既看不懂术典，也不认识符文。他不识字。

此时，他和格鲁克还在继续前行，离石塔越来越远，离安涅珀越来越远，她的存在开始减弱，甚至消失。他不敢召唤她。

再往前走几步，就到了那处所在：在两三尺深的地下，黑暗的水流悄悄渗过云母岩架上的软土。再往下，等着他们的便是中空的岩洞和丹砂矿脉。

格鲁克几乎完全沉浸在自己的幻觉中，但由于两人的脑海相联，所以他又能看到一些水獭见到的画面。他停在那里，紧抓着水獭的胳膊，手因渴盼而颤抖不已。

水獭指着面前隆起的缓坡说："那就是王宫。"格鲁克全副心神立即从他身上移开，转向山坡及山腹的幻象。水獭终于能召唤安涅珀。她立刻进入他的脑海，他的全身，与他合二为一。

格鲁克默然伫立，但紧攥成拳的双手却在不住发抖，高大身躯也痉挛不已，如同丢了猎物气息的猎狗般茫然无措。眼前的山坡上，只见映照在最后一缕天光下的草木，却丝毫不见入口的踪影。碎石嶙峋的泥土中野草丛生，大地无隙可寻。

尽管水獭自己脑中一片空白，但安涅珀可以代他分说，以他的声音，虚弱而含混："只有主人能开门。只有王有钥匙。"

"钥匙。"格鲁克重复道。

水獭静立不动，降低自己的存在感，一如塔中的安涅珀。

"钥匙。"格鲁克又焦虑地重复了一次。

"钥匙是王的真名。"

话音跃入黑暗。是他们中的谁在说话？

格鲁克仍站在那里，紧绷，颤抖，茫然。"图瑞丝。"良久，他说道，近乎耳语。

风拂过枯草。巫师立即上前，双目炯炯，大嚷："以王之名开启！吾乃蒂纳尔！"双手也快速舞动，摆出一个有力的手势，像是在拉开两片厚重的帷幕。

他面前的山坡震颤，扭曲，而后分开了。裂口越发深阔，水流从中涌出，没过他的脚面。

他后退一步，凝视前方，猛一摆手，将溪水卷入空中，扬起一片水花，宛如一口风中的喷泉。大地的伤口越来越深，暴露出云母岩架。随后，闪闪发光的岩层上绽出一道尖锐的裂缝，露出下面无尽的黑暗。

巫师上前，说道："我来了。"他的声音欢快而温柔，整个人无畏地踏着大步，走向大地裸露的伤口，双手与头部缭绕着一道白光。然而，等他来到岩洞顶端的裂口边，却并没有发现通往底部的坡道或台阶，便停下了脚步。就在这时，安涅珀借水獭之口喊道："蒂纳尔，坠落！"

巫师在原地打了两晃，挣扎着想要转过身，却在不断滑塌的裂口边一脚踏空，猛然跌落。猩红的长袍翻涌起来，在法术光的簇拥下，如流星般坠入黑暗。

"封闭！"水獭跪下大喊，以手触地，抚过岩顶新鲜的伤口，"封闭，母亲！愈合！完整！"他恳请，乞求，大声念着这些造物真言，脱口而出后才明了其义。"母亲，完整！"破碎的大地应声而动，轰鸣着缓缓合拢，愈合如初。

只除了一条红色的裂痕，一道伤疤，留在泥土、砾石与连根拔起的杂草间。

风吹起来，摇动低矮灌木上的枯叶。太阳逐渐没入山后，云朵聚作一团，低沉而昏暗。

水獭蹲在山脚下，身边没有其他人。

云团更暗了。雨水侵入小小的山谷，落在泥土上，落在草叶间。云团之上，太阳正沿着煌煌天宫西阶，缓缓拾级而下。

许久，水獭坐直身子。他浑身湿冷，又大惑不解。他为什么会在这儿？

他弄丢了一样东西，得去找回来。他不知道那是什么，只知丢在了一座炙热的高塔中，那里有一架石梯，在烟雾中盘旋而上。他必须去那儿。他站起身来，拖着步子，一瘸一拐地沿着山谷往回走。

他没想过要做任何掩饰或防护。幸而那周围也并无防守可言——只有零星几个守卫，也不怎么警觉，因为那囚牢自有巫师的魔咒封锁。塔中人不知魔咒已破，仍在继续劳作。绝望比魔咒更强大。

水獭穿过火坑所在的穹室与室内匆忙奔走的奴隶，慢慢登上那座高旋、昏暗、恶臭的石梯，来到最顶端的房间。

她就在那里，那个能治好他的病女人，那个身怀宝藏的穷女人，那个同时也是他自己的陌生女人。

他站在门口，没有出声。她坐在熔炉前的石板上，瘦弱的身躯灰败暗沉，有如石雕；沿唇角淌下的涎水，在下巴与前胸闪着水光，让他想起开裂的大地涌出的泉水。

"梅卓。"她的嘴角溃烂，已无法清晰发声。他跪下来，把她的双手捧在手里，注视她的面庞。

"安涅珀，"他低声说，"跟我走。"

"我想回家。"她说。

他搀着她，站起身来，没有施保护咒或隐藏咒。他的力量已耗尽。而她体内的魔力虽然强大，能够支撑她在那场奇异的山谷之旅中一直陪在他身边，寸步不离，还能骗巫师说出真名，但她对技艺与魔咒一无所知，力气也已经耗尽了。

出来时还是没人注意到他们，仿佛他们身上施着保护咒。两人走下旋梯，迈出塔门，走过工棚，离开矿区，然后穿过稀疏的林地，朝山麓丘陵走去，从萨莫里低地望去，整座奥恩山都被丘陵掩在身后。

虽然安涅珀的身体已然破败，饥肠辘辘走在冷雨中，几乎什么都没穿，但脚程并不慢。她一心只想朝前走，别无他念。她脑海中没有他，什么都没有；但她的身体就在身旁，他能感觉到她的存在，就像之前应召而来时那样强烈、奇异。雨水顺着她光裸的头与身体流下。他叫她停一下，穿上他的衬衫。这么做的时候，他感到很羞愧，因为那件衬衫一连穿了几周，已经脏得不成样子。她任由他把衬衫套在身上，继续直直向前走。她走不了太快，步子却很稳，目光追随着脚下模糊的车辙，直到夜幕在乌云笼罩下早早降临，再也看不清该往哪儿走。

"造光。"她说，声音凄切，如泣如诉，"你不会造光吗？"

"我也不知道。"他这么说着，手上却在努力点起法术光，拢到他们身旁，不一会儿，前方的地面便已微光闪烁。

"我们应该找地方避避雨，休息一下。"他说。

"我不能停下。"她说着，又走了起来。

"你总不能走一整夜吧。"

"我要是躺下，就再也站不起来了。我想看看山。"

夜雨拂过山岗，穿过林木，她细若游丝的回答消弭在喧嚣的雨声中。

他们继续在黑暗中穿行，银线般的雨丝穿透暗淡的法术光，只能看到眼前的一小段车辙。她不小心绊了一下，他抓住她的胳膊。之后，两人便保持着这样的姿势，紧挨在一起向前走，好从彼此身上汲取安慰，以及微末的温暖。两人脚下的步子越来越慢，却始终没有停下。周围一片寂静，只能听到雨从漆黑的天空落下；他们湿漉漉的双脚踩在小路的泥巴与湿草上，亲吻般啧啧有声。

"看，"她说着，停了下来，"梅卓，你看。"

这时，他已经走得快要睡着。法术光的苍白几不可见，融入了一片更加微弱，也更为广阔的明澈。天地一片灰白，但在他们的前上方，极为高远的地方，一片浮云之上，有一道长长的山脊闪耀着红光。

"看那儿。"安涅珀指着那座山，露出微笑。她凝望着同伴，而后缓缓看向地面，跪倒下去。他也跟着跪倒，想要搀住她，她却滑倒在他怀里。他努力揽着她，至少不让她的头沾到路上的泥。她四肢痉挛，脸庞抽搐，牙齿也不住打战，见状，他紧紧抱住她，想让她暖和过来。

"女人，"她悄声说，"手。问她们。村里。我看到山了。"

她挣扎着想坐起来，再看看前方那座山，但战栗仍不肯放过她。她喘着粗气。山顶的红光已弥漫整片东方的天空，他能看到猩红的血沫从她的嘴角溢出。她抓着他，没有再说什么，只是手上不时攥紧。她在与死亡作战，想要夺回她的呼吸。乌云又掠过山顶，遮蔽初升的太阳，红光渐褪成灰色。天光大亮，雨水如注，她艰难地咽下最后一口气，再无气息。

名叫梅卓的男人抱着死去的女人坐在泥地上，怆然泪下。

一个车夫赶着一辆运橡木的骡车路过此地，带了二人一程。他无法让年轻人松开死去的女人。虽然他已经虚弱不堪，整个人都颤颤巍巍，却仍不肯将他的负累放到橡木上，而是坚持把她抱在怀里，艰难爬上骡车。一路上，他就这样怀抱着她，直到一行人抵达数里外的畔林村。从始至终，他只说了一句"她救了我"，车夫也没再问。

"她救了我，但我救不了她。"他声嘶力竭地对村里人说道，紧揽着那具被雨淋湿的僵硬尸体，不肯松开，好似在保卫她。

村里人花了很长时间才让他理解，这里有位农妇是安涅珀的母亲，他应该把安涅珀交到她的怀里。后来，他照做了，只是眼睛仍牢牢盯着她，检视她的动作是否足够温柔，继续守护着他的朋友。再之后，他亦步亦趋地跟在另一个农妇身后，换上她叫他穿的干衣服，吃了一点她给他吃的食物，躺在她领他去的草垫上，疲惫地抽泣着，睡着了。

过了一两天，力骐派人来打听有没有人见过首席法师格鲁克和一名年轻的寻查师，或是听说过他们的任何消息——据说两人都凭空消失了，没有留下一丝痕迹，就像被大地吞了下去。畔林村人只字未提蜜酒家的苹果阁楼藏着一个外来者，保护了他的安全。或许这就是为什么，如今那里的人们把村名由畔林改为了藏獭。

他经受了艰辛漫长的考验，冒着天大的风险，打败了不可战胜的强敌。多亏年轻，体力很快就恢复了，精神却很难复原。他失去了一样东西，在寻获之时便永远失去了，再也找不回来。

他检点昔日的记忆与幻影，在画面间反复踅摸：在哈吾讷家中遇袭；石牢和猎狗；工棚区的砖牢和束缚咒；与力骐漫步；和格鲁克闲坐；奴隶，火光，石梯穿过烟雾蜿蜒而上，直通塔顶石室。他找啊找，回到所有地点，重新经历那一切。他一次次回到高塔，站在石室望着那女人，而她也回望着他。一次次和她一起穿行在狭小的山谷，越过枯草，以及巫师脑中赤红的幻象。一次次看到巫师坠落，大地合拢。看到黎明的红色山脊。看到安涅珀死在他的怀中，饱受摧残的面庞靠在他的臂膀上。他问她，她是谁，他们做了什么，怎么做到的，但她无力作答。

她的母亲青藤，以及青藤的妹妹蜜酒，两人都是智妇。她们以暖热的精油、按摩、草药与吟诵，竭尽全力为他治疗。她们跟他说话，也会听他说话。两人都毫不怀疑，他体内有着强大的力量。但他自己并不觉得。"如果没有你女儿，我什么都做不到。"他说道。

"她都做了什么？"青藤轻声问道。

他尽可能都讲给她听。"我们互不相识。但她把真名告诉了我，"他说，"我也把我的给了她。"他讲话还不连贯，总要停顿许久。"和巫师走在一起的是我，在他的强制下，但她也和我在一起，而且不受任何约束。我们加在一起，就能用他的力量对付他，让他自己摧毁自己。"他又想了很久，说道，"她把她的力量给了我。"

"我们知道她的天赋很高。"青藤说道。然后沉默了一会儿。

"我们不知道该如何教导她。山里没有老师了。洛森的巫师杀了所有的术士与女巫。没人能帮我们。"

"有一回，我在高坡上，"蜜酒说，"遭遇了一场春季雪暴，迷了路。她来到我身边，但并不是以她的身体，带我走上回家的路。那时她才十二岁。"

"有时她还会和死者一起走一段。"青藤把她的声音压得很低，"在森林里，靠近法林恩那边。她懂得太初之力，那是大地的力量，我祖母告诉我的。在那里，这种力很强，她说。"

"但她也只是个小姑娘，和其他姑娘一样。"蜜酒低声说着，以手掩面，"一个好姑娘。"

过了一会儿，青藤说："她跟几个年轻人一起去了弗恩，跟那里的牧羊人买羊毛。去年春天的时候。已经过去一年了。那些人要找的巫师也去了那儿。他是去施咒的，用来抓奴隶。"

之后，所有人都没再讲话。

青藤与蜜酒生得很像，水獭在她们脸上看到了安涅珀本来的模样：一个纤巧的女人，有着圆圆的脸庞，清清的眸子，以及浓浓的黑发，而且不是常见的直发，而是一头小卷儿。在哈吾讷西部，很多人的头发都是这样的。

然而，和丹塔中所有奴隶一样，安涅珀头上已没有了头发。

她的通名叫作菖蒲，开在泉水中的蓝花。她的母亲与姨妈讲到她时，都是这样叫的。

"不管我是谁，不管我能做什么，都远远不够。"水獭说。

"确实不够，"蜜酒说，"管你是谁，一个人又能做成什么？"

她先是举起食指，然后是其他手指，紧握成拳，再慢慢翻转手腕，掌心朝上摊开，像是在给予什么。同样的动作他也见安涅珀做过。他看得出神，心想：这不是一个魔咒，而是一个手势。青藤看着他。

"这是个秘密。"她说。

"可以告诉我吗？"过了一会儿，他问道。

"你早就知道了。你给了菖蒲，她也给了你。是信任。"

"信任，"年轻人重复道，"信任当然好。但用它来对付——对付他们？格鲁克死了。或许洛森也会完蛋。但又有什么真的会改变？奴隶能重获自由吗？乞丐能吃饱饭吗？正义会得到伸张吗？我想，我们人类身上有一种恶。信任能抵制它。超越它。越过这道鸿沟。但它还在那里。我们所做的一切最终都是在为恶服务，因为我们本性如此。贪婪，残忍。我看着这个世界，看着森林和山脉，看着天空，一切都好，都是应有的样子。但我们不是。人类不是。我们出了错。也犯了错。动物不犯错。怎么犯？但我们能，也确实犯了。而且一直都是错的。"

两人听着他讲，没有赞同，也没有反对，只沉默地接应着他的绝望，任由那些话发酵数日，再回到他口中时已改头换面。

"没错，没有其他人，我们什么都做不了，"他说，"但能够团结起来、不断壮大的，往往是贪婪的人，残忍的人。不愿与之同流合污的人却总是各自为战。"他的脑海中始终萦绕着第一次见到安涅珀时的场景：一个垂死的女人，独自站在塔顶的石室里。"真正的力量都被浪费了。所有巫师都在为贪婪的野心家效力，用各自的技艺互相攻击。被这样滥用，技艺还能有什么好结果？自然都是白搭。要么出了差错，要么被白白耗费。就像奴隶的生命。没人能独获自由。法师也不能。最后就只能帮牢房施施咒，也得不到什么好处。没有办法用力量为善。"

青藤握拳，掌心朝上摊开，潦草地比了一个手势。

一天，畔林村来了个男人，他是个烧炭人，从山下的弗恩来的。"我妻子阿巢叫我给智妇带个口信。"村民便指给他去青藤家的路。他站在门口，匆匆比划了一下，变拳为掌，说道："阿巢让我告诉你，乌鸦早早起飞，猎狗在找水獭。"

水獭正在炉火旁剥核桃，不由得停下了手上的动作。蜜酒谢过传信人，请他进来喝杯水，吃把核桃仁，还和青藤一起，跟他聊了几句他的妻子。待那人离去，蜜酒看向水獭。

"猎狗是洛森的人，"他说，"我这就走。"

蜜酒看向姐姐。"那么，是时候跟你谈谈了。"说着在壁炉对面坐下。青藤站在桌边，没有出声。壁炉里的火烧得旺旺的。这是一个阴冷潮湿的季节，但山里人家最不缺的就是柴火。

"在这一带，以及更远的地方，也有人和你一样，认为单独的个体无法拥有智慧。于是他们便努力携起手来。这就是我们为什么会被称为手或柔荑，虽然我们中也并不是只有女人。但自称女人也有些好处，因为大人物们决计想不到，女人们也能团结起来；女人们也知道什么是统治，什么是暴政；女人们也有同样的力量。"

"据说，"暗处的青藤接过话头，"有座岛上仍有正义之治，就像王治时代那样。据说，它叫诺雷德之岛。但并不是众王所在的恩拉德，也不是伊亚。据说，它在哈吾讷的南边，而不是北边。传说那里的柔荑仍懂得古老的技艺，并且乐于传授，而不是像巫师那样秘而不宣。"

"希望你从那里学成后，给那群巫师好好上一课。"蜜酒说。

"希望你能找到那座岛。"青藤说。

水獭看看青藤，又看看蜜酒。显然，她们已将自己最大的秘密与希望和盘托出。

"诺雷德之岛。"他重复道。

"只有柔荑才会这样叫，免得被巫师或海盗知道。他们肯定有别的叫法。"

"这路可真够远的。"蜜酒说。

对于姐妹俩，以及这里的所有村民来说，奥恩山就是他们的全世界，哈吾讷海岸就是宇宙的尽头。至于更远的地方，则只存在于传说与幻梦中。

"据说，你得去海边，然后往南走。"青藤说。

"这个他懂，我的姐姐。"蜜酒对她说，"你忘啦？他可是个造船工。但说实在的，这儿离海边太远了。还有个巫师在到处找你，你要怎么过去呢？"

"那就要感谢涤荡一切的水了。"说着他站起身，一大把核桃壳从膝上撒落，他拿起炉边扫帚将其扫入炉膛，"我得走了。"

"带上面包。"青藤说道。蜜酒连忙把硬面包、硬奶酪与核桃装进绵羊胃做的行囊。她们是穷苦人家，已经把所有的都给了他。和安涅珀一样。

"我母亲是巷尾村人，就在法林恩林地另一边，"水獭说，"你们听说过那个村子吗？她叫玫瑰，是花楸的女儿。"

"车夫们下山的时候会去巷尾，得等到夏天。"

"要是碰见巷尾村的人，麻烦托他们跟她说一声。她的弟弟小桦之前每一两年就会进趟城。"

她们点点头。

"但愿她能知道我还活着。"他说。

寻查师　　605

安涅珀的母亲点点头。"她会知道的。"

"好了，走吧。"蜜酒说。

"沿着水。"青藤说。

他抱了抱她们，她们也回抱他。之后他便离开了那间小屋。

他跑过稀疏的几间茅草屋，来到一条湍急喧闹的小溪旁，在畔林村的每个夜里，他都能在睡梦中听到它的歌声。他对着小溪祷告。"带我走，救我。"他请求道。他施了许久之前老变换师教他的魔咒，用造物真言念道"变身"。霎时间，跪在那里的男人消失了，喧嚷的溪流边只有一只水獭，潜游而去。

燕鸥

> 吾山智士，修道行义
> 更名化形，矢志不移
> 吾川之水，逝者如彼
> 吾川之水，此去无期

一个冬日的午后，欧内瓦河自北向南探入哈吾讷大湾的地方，有人正从河岸的泥沙上站起身来，那是一个皮肤黝黑的瘦削男子，身上的衣服很破，鞋子也磨穿了。他生着一双黑色的眼睛，头发又细又密，几乎不沾雨水。河口浅滩正在下雨，灰暗冬日里的连绵阴雨浸透了他的衣服。他缩着脖子，转过身，朝着远处烟囱冒出的一缕青烟走去。身后留下一串足迹，先是出水时的水獭四足，随后是人的双脚，渐行渐远。

之后他去了哪儿，歌谣里没有讲。只说他到处漂泊，浪迹四方。若是沿着哈吾讷大岛海岸走，或许在许多村子，他都能找到认得那个手势，也愿意帮他的接生婆、智妇或术士。然而，考虑到身后还有猎狗在追踪，他很有可能一刻都没有耽搁，径直扮作船员，跟着伊巴诺海峡的渔船，或是内极海的商船，离开了哈吾讷。

在阿克岛、郝斯克岛上的欧瑞米，以及九十岛间，都流传着这样的传说：一名男子前来寻找一座岛，那座岛叫作诺雷德之岛，据说，岛上的人们尚未忘却正义的王治与巫师的荣光。我们无从得知这些传说中的男子是不是梅卓，因为他行走世间用的都是各种化名，几乎弃用了水獭这个名字。格鲁克死后，洛森并没有完蛋。海盗王还有其他巫师供其差遣，其中一位名叫早出，很想找到击败他老师格鲁克的那位新秀。很有可能，他的行迹已经被早出发现，鉴于洛森的势力遍布哈吾讷与内极海北部，一年胜似一年，猎狗的鼻子也还是那么灵敏。

可能是为了避开猎狗，也可能是听了郝斯克岛的柔荑们讲的传说，梅卓来到远在内极海以西的潘朵岛。那时，潘朵尚未遭到巨龙耶瓦德劫掠，还是一座富饶的岛屿。在此之前，梅卓所到之处都与哈吾讷无异，甚至更加残败，深陷战争与海陆劫掠的泥潭，农田生满杂草，城镇遍布盗贼。而在潘朵，城市和平美丽，人民生活富足，所以一见之下，水獭还以为自己找到了诺雷德之岛。

在那里，他遇到了一名法师，一位名叫高龙的老人，真名已不可寻。听到诺雷德之岛的传说时，他笑了一下，看起来很悲伤，摇了摇头。"这里不是，"他说，"并不是。潘朵的领主都顶好的人。他们还记得众王，也不会主动发动战争或四处劫掠。

但他们派儿子去西方猎龙，以此为乐。仿佛西陲的龙都是后厨里待宰的鸡鸭！肯定会遭报应的。"

高龙欣然收梅卓为徒。"一位法师曾对我倾囊相授，我的技艺都是这么来的，可我一直没找到人来把他们传下去。你总算来了。"他告诉梅卓，"来找我的年轻人只会问，学这个有什么好处？你能找到金子吗？你能教我怎么把石头变成钻石吗？你能给我一把可以屠龙的剑吗？空谈事物的平衡究竟有什么用？又没有油水。瞧瞧这话：没有油水！"老人没完没了地痛骂着如今的年轻人有多么愚蠢，世道又是多么罪恶。

但传授起一身所学来，老人可谓是知无不言，言无不尽，孜孜不倦，一丝不苟。平生第一次，梅卓认识到，魔法并非不明来历的天赋或不合常理的举动，而是一项技艺，须得长年勤学苦练，方能融会贯通、得心应手，但饶是如此，魔法依然神秘莫测。对于魔咒与法术，高龙的掌握并不比他的学徒高明；但他对某种宏大得多的概念了然于胸，那便是知识的整全。所以他才是法师。

聆听他的教诲，让梅卓想起了与安涅珀行走在暗夜冷雨中，微弱的法术光只能照亮眼前的一小步；想起晨曦初露时，他们抬起头，在山脊之上看到的那抹红光。

"每个魔咒都有赖于其他所有魔咒，"高龙说，"每张叶片的轻颤都能引动地海诸岛的全部枝叶！这便是真形，你要用一生的时间去探寻、仰赖的存在。失其真形，万物违道；适其真形，方得自由。"

如此三年后，老法师去世，潘朵岛的领主力邀水獭继任法师之位。虽然高龙总是在怒斥猎龙行径，但他在岛上一向颇受敬重，作为他的继任者，自然也可一并继承其权力与尊荣。许是觉得这里已是所到之处中最接近诺雷德之岛的地方，梅卓不无留恋地又在潘朵待了一段时间。他搭乘少主的船出海寻龙，穿过托林峡深入西陲。他心中无比渴望能见到一头龙。但突如其来的暴风雨与长年的恶劣天气，一连三次将他们的船遣回印伽特，梅卓便不肯再让她冒着飓风向西航行。自从登上哈吾讷大湾的一艘单桅小帆船那天起，他已经掌握了不少天候知识。

不久后他离开潘朵，继续南行，也许去了安斯墨岛。然后他一路乔装打扮，最终来到九十岛中的吉斯岛。

当地人捕鲸为生，至今亦然。这是他完全不想涉足的行当，船只腥臭无比，城镇也散发着恶臭。虽不愿搭乘奴隶船，但他别无选择，从吉斯岛往东就只有一艘往欧港运鲸油的桨帆船。他曾听闻，欧岛东南的封闭海上有许多富庶的小岛，只是少有人知，与内极海诸岛也并无通商。他要找的地方或许就在那里。于是他扮作天候师，登上了那艘配有四十名奴隶桨手的大船。

那是一个难得的好天气：暮春时节，阳光和煦，晴空偶尔飘过几朵白云，和风作美，催动船帆。他们顺利驶离吉斯。傍晚时分，船长对舵手说："今晚一路向南，切莫惊动柔刻。"

他没听说过这座岛，不禁问道："那里有什么？"

"死亡，荒芜。"船长答道，他个头不高，一双小小的眼睛酷似鲸鱼，哀伤而通透。

"因为战争？"

"很多年了。瘟疫，黑巫术。周围的海域全都被诅咒了。"

"寄生虫。"舵手说，他是船长的兄弟，"只要在柔刻附近，捕上来的鱼身上都附着厚厚一层虫子，就像粪堆上的死狗。"

"那里还有人住吗？"梅卓问。船长的回答是女巫，而他兄弟的回答则是食虫者。

这样的岛屿，群岛王国还有很多，被敌方巫师挥洒的疫病与诅咒变得贫瘠、荒芜，成了无法涉足甚至无法路过的不祥之地。梅卓并不觉得柔刻有什么特别，直到那天夜里——

那天夜里，他睡在甲板上，脸上洒满星光，做了一个简单而鲜活的梦：一个晴朗的白天，流云划过明亮的天际，在大海的尽头，耸立着一座碧绿的山丘，在阳光下呈现出清晰的轮廓。醒来时，那景象仿佛仍历历在目，他知道，这正是十年前，在萨莫里矿场工棚区那间被魔咒封锁的牢房里，他梦到过的地方。

他坐起来。夜里的大海宁静非常，海浪舒缓，海面平滑，倒映着漫天星辰。靠桨划行的船几乎不会驶入深海，也很少不在夜里靠岸。然而这段航程无处可停泊，天气又一直这么温和，他们便竖起了桅杆，张开了大方帆。船轻柔地向前驶去，划桨的奴隶睡倒在长凳上，自由之身的船员们也都睡了，只除了舵手与瞭望手——就连瞭望手也在打瞌睡。船两侧的水波潺潺细语，船板吱呀轻吟，奴隶的锁链也不时一响。

"这样的夜里用不着天候师，再说他们也还没付我报酬。"梅卓安抚着自己的良心。他从梦中醒来，心里还在想着柔刻这个名字。为何他从未听过这座岛，也没在海图上见过？就算它真像传言里说的那样，因为诅咒而荒芜了，但不把它画在海图上又是为了什么呢？

"我可以变成燕鸥飞去看看，反正天亮之前回来就行。"他有一搭没一搭地想着。他要去的是欧港。荒土到处都是，用不着特意飞一趟。他悠闲地躺在盘起的缆绳上，望着天上的星辰。

他向西望去，天炉座四颗明亮的星星低垂在海面上。在他的注视下，它们先是变得模糊，而后一颗接一颗地，闪烁着熄灭了。

一阵轻微的战栗掠过舒缓平滑的波浪，恍如一声极其轻微的叹息。

"船长，"梅卓说着站起身来，"快醒醒。"

"出什么事了？"

"有法术风来了。顺风。快降帆。"

一丝风都没有。气流轻柔，大帆松垂。只有西方的星辰在缓缓升起的黑暗中默默淡去，消失了。船长注视着这一切。"你刚说，法术风？"他有些迟疑地问道。

技人会用天候作武器，如降下冰雹，毁坏敌方的庄稼，或是召唤飓风，掀翻对方的船只。这种人为的风暴往往十分剧烈，有时甚至会越过目的地很远，影响到百里外的收成或航行。

"降下帆。"梅卓不容分辩地说。船长打着哈欠，骂骂咧咧地发号施令。船员慢吞吞地爬起来，慢吞吞地降下笨重的帆。桨手长问了船长和梅卓几句，便一边叫着，一边大步流星地走到奴隶中间，左右挥舞着一条打结的绳子，把他们抽醒。然而，还没等帆降下来，奴隶们还没来得及回到船桨旁，梅卓的安定咒也刚念到一半，法术风已然杀至。

四周突然陷入彻底的黑暗，暴雨轰然落下，伴随着巨大的雷声，法术风也开始施展它的伟力。船身开始剧烈颠簸，像一匹马高高扬起前蹄，又被狠狠地甩出一大截，桅杆登时从基脚脱出，虽然支索尚未断裂。船帆直直落入海中，浸透了海水，直拉得船身倾向一侧。整排的船桨在桨架上滑动；被拴在长凳上的奴隶挣扎叫喊；一桶桶鲸油松散滚落，轰隆隆地撞在一起。

船身的倾角越来越大，甲板几乎直立起来，一阵巨浪袭来，吞没了她。船沉了。所有的尖叫与呼号瞬间消音，海上只剩狂风暴雨的呼啸。反常的飓风一路东移，雨势也逐渐减弱。黑沉沉的海面上，一只虚弱的白色海鸟振动双翼，奋力向北飞去。

天光初露，花岗岩峭壁下的狭长沙地上，印着两枚鸟儿飞落时的足迹，接下来是一长串人的脚印，沿着悬崖与大海间狭窄的沙滩绵延很远，断掉了。

梅卓很清楚，已身外的任一形体，用上第二次都太过危险，只是船难和整夜的飞行让他心力交瘁，而灰白的海滩又只通到一座陡不可攀的悬崖脚下。于是他再度施咒，念诵，化作燕鸥，凭着迅捷而疲惫的翅膀飞至崖顶。而后，在飞翔本能的驱使下，继续朝日出的方向飞去，越过一片曚昽的大地，他看到前方远远地有一座碧绿的山丘，灿然耸立在第一道曙光中。

他飞向那座山丘，落在上面。双足触到大地的那一刻，他再次变回人形。

他在原地呆立片刻，感觉这次化为原形，似乎并非出于自己的意愿或行动，而只是因为触到了这片土地，这座山丘。此处运转的魔力远胜于他。

他好奇而警惕地环顾四周。漫山遍野都是盛开的火星花，细长的花瓣在草叶间金黄闪耀。哈吾讷岛上的孩子们都认得这种花。火星之名源自火焰领主袭击内环诸岛时在伊利安燃起的大火。后来，他在埃兹阿贝的挑战下落败。梅卓站在这里，往昔英雄的传说与歌谣一一浮现。埃兹阿贝，以及更早的英雄们：鹰之女王赫鲁、将卡格人逐回东陲的阿肯巴王、和平缔造者瑟利尔王、索利亚的埃法兰，还有广受爱戴的白法师诺雷德王。这些勇士和智者如受召般纷纷来到他面前，虽然他并没有召唤他们。他看着他们。他们就站在高高的草叶间，站在晨风中摇曳如火星的花朵中。

没过多久，人影都消散了，山间又只剩下他一个人，心神震荡，讶异不解。刚刚那是地海诸王，他心想，而他们只是这座山上的青草。

他慢慢绕到山顶东侧，只见太阳跃出地平线不过几指高，却已将那处映照得温暖明亮。山脚下，一片屋顶沐浴在阳光下，那是一个小村镇，坐落在海岬上，海湾敞向东侧海面，抬眼望去便是跨越半个地海的海岸线。他转身向西，映入眼帘的是大片的农田、牧场与道路。北方则是绵延的绿色山地。南方的谷地中，一片高大树林吸引了他的目光。他久久凝望着那片林地，只觉得那里通往一片广阔的森林，像哈吾讷的法林恩林地那样大，随即又感到一丝疑惑，不明白自己为什么会这样想，因为他明明可以看到树林背后的荒野与牧场，上面一棵树都没有。

他在那里伫立许久，才穿过高高的草丛与火星花，往山下走去。到了山脚下，他踏上一条小路，一路穿过农田，庄稼都打理得很好，看上去却分外冷清。他想找条路去那座村镇，却根本没有一条路往东。有几块田地刚刚犁过，却不见一个人影。一路上也听不到犬吠。直到一个路口，一头正在崎岖的牧场上吃草的老驴走到木栏边，探出头来，眼巴巴地看着他。梅卓停下脚步，轻轻抚摸它那张灰棕两色的瘦脸。他是在城里、在海边长大的孩子，对农场和牲畜很陌生，但他觉得驴子的眼神很友善。"我在哪儿，驴子？"他问，"我该怎么去那个镇子？"

驴子用力拱拱他的手，示意他继续，帮它抓抓耳际。他照做了，过了一会儿，它长长的右耳扑扇了一下。于是与驴子分别后，他便拐向了右手边，虽然那条路看似是回山顶的。很快，他就看见了几户人家，来到了一条街道，沿着这条街道，终于抵达了海岬上的那个小镇。

　　和农田一样，这里也安静得异乎寻常。没有人声，也不见人影。美好的春日清晨，宁静的田园小镇，很难说有什么不好，但在这样的寂静中，他难免怀疑起来：莫非自己真的来到了一个瘟疫肆虐之地，或是被诅咒的海岛？他继续往前走。在一栋房舍和一棵老李子树之间，牵了一根晾衣绳，挂在上面的衣物在和煦的微风中轻轻扑打。一只猫从菜园一角走了出来，不是饿到脱相的流浪猫，而是一只脚爪雪白、胡须整洁、养尊处优的猫。沿着陡峭的鹅卵石小街往下走时，他终于听见了人声。

　　他停下脚步，凝神细听，却又听不到了。

　　他一直走到街道的尽头。那里有一个小小的市场。有几个人聚在那里，不是很多。他们没有买，也没有卖，也不见搭的棚子或摆的地摊。这是在等他。

　　自从踏足小镇上方的碧绿山丘，见过长草间的鲜活幻影，他的心里一直很轻松。他心怀期待，充满惊异，却并不害怕。他在原地站定，望着前来迎接他的人。

　　上前的共有三人：一个高大魁梧的银发老翁和两个女人。巫师能认出巫师。梅卓知道他们都有力量。

　　他抬手握拳，翻转摊开，掌心向上递给他们。

　　"哈。"个子高一点的女人叫道，笑出声来。但她并没有回应他的手势。

"告诉我们你是谁。"银发老人说，他的举止谦和有礼，却也没跟他打招呼或表示欢迎，"告诉我们，你是怎么来的。"

"我是哈吾讷人，接受过造船与法术方面的训练。正从吉斯乘船去欧港。但昨天夜里，船被法术风掀翻，除了我，其他人全淹死了。"说完他沉默了。一想到那艘船和船上的奴隶，他的整副心神就被吞没了，一如船只被黑色海水吞没。他喘着粗气，仿佛刚从水里冒出头来。

"你是怎么来这儿的？"

"变成……变成一只鸟，一只燕鸥。这里是柔刻岛吗？"

"你变形了？"

他点点头。

"是谁派你来的？"个子矮一点、也更为年轻的女人也开口了。她生着一双颀长浓黑的眉毛，眼神敏锐而坚毅。

"没人派我来。"

"你去欧港做什么？"

"几年前，在哈吾讷的时候，我被抓去做了奴隶。救我出来的人们告诉我，有一个地方，那里没有奴隶主，人们依然铭记瑟利尔之治，技艺也尚未被亵渎。已经七年了，我一直在找那个地方，那座岛。"

"是谁告诉你的？"

"柔荑。"

"人人都会握拳和伸手，"高女人和善地说，"但不是每个人都能飞到柔刻，或者是游来，坐船来，不管怎么来。所以我们必须要问，是什么把你带到这里的。"

梅卓没有立即作答。"带我来到这里的，"他最后说，"是一直以来的渴望。而不是技艺。也不是知识。我想，我已经找到了自己在找的地方；我想，你们就是她们所说的人；我想，我在山顶看到的树林中隐藏着伟大的奥秘。但这些我都不确定。我只知道，自从踏上那座山，我仿佛又变成了第一次听到《恩拉德伟绩》时的那个孩子，完全迷失在神秘之中。"

银发老人看向两个女人。其他人也上前来，低声交谈片刻。

"如果留在这里，你会做什么？"黑眉毛女人问他。

"我会造船，也会修补和驾驭它们。我会寻查，无论是地上还是地下。如有需要，我也会操纵天候。我还会向任何愿意教导我的人学习。"

"你想学什么？"高女人温声问道。

在那一刻，梅卓觉得，好也好歹也罢，自己的一生就系于这一问。他沉默地站了一会儿，嘴巴张了又合，终于开口。"我谁都救不了，一个都救不了，就连救过我的人，我也救不了。"他说，"我所知的一切都不能让她自由。我什么都不知道。如果你们知道如何才能自由，求你们教教我吧！"

"自由！"高女人的声调突然抬高，如长鞭破空。她看向自己的同伴，过了一会儿，露出一个浅淡的微笑，又转过头，对梅卓说："我们自己就是囚犯，也要学习怎样才能自由。而你穿过墙壁，闯进我们的囚牢，说是要来寻找自由。可你要知道，离开柔刻或许比进来还难。因为囚牢之中更有囚牢，其中有些还是我们自己建的。"她看看其他人，问道："你们觉得呢？"

他们没怎么出声，几乎是沉默着完成讨论，达成一致。最后，矮女人用她那双犀利的眼睛注视着梅卓，说道："你愿意的话，可以留下。"

"我愿意留下。"

"你希望我们怎么称呼你?"

"燕鸥。"他说道。从此人们便称他为燕鸥。

他在柔刻所寻获的,比起他找寻了那么久的希望与传说,既更多,也更少。他们告诉他,柔刻是地海之心。在创世之初,塞古以从海中升起的第一块陆地是北方的光明之岛伊亚,第二块便是柔刻。那座碧绿的山丘,柔刻圆丘,其根基比所有的岛屿都要深。而他之前看到的那些树,时而出现在这里,时而出现在那里,是地海最古老的树,也是魔法的根源与中心。

"如果原林遭到砍伐,所有的法术都将失效。那些树木的根系就是知识的根系。叶影在阳光下形成的真形,书写着塞古以创世时所说的词语。"他的老师,余烬,那个眼神锐利、眉毛浓黑的女人说道。

柔刻岛上所有的老师都是女人。岛上没有身具力量的男人,连普通男人都很少。

三十年前,瓦梭岛的海盗领主派遣一支舰队攻打柔刻,不是为了岛上微乎其微的财富,而是为了摧毁相传非常强大的魔法力量。岛上的一名男巫,将柔刻出卖给了瓦梭的技人,降下了岛上的警戒咒和防御咒。魔咒被攻破后,海盗立即占领了整座岛屿——凭借武力与火,而非法术。大船挤满了泰维勒湾,海盗的队伍烧杀抢掠,奴隶贩子掳走男人、男孩和年轻女人。屠杀幼童与老人。焚烧所到之处的每一处房舍和田地。等到他们几天后登船离去时,岛上已经一座村庄都不剩,农场也成了废墟,一片荒芜。

与圆丘与原林类似，海岬上的泰维勒镇也有其不凡之处，因而，纵使劫掠者穿梭其间，追捕奴隶、掠夺财物、四处纵火，但点燃的火会自己熄灭，狭窄的街巷也会将他们引向歧途。大多数幸存的岛民都是智妇和她们的孩子，这几天里，他们一直藏在镇上或原林里。柔刻岛上现有的男性，多是当年幸免于难的孩子长成的，为数不多的几个男人，如今已垂垂老矣。当地除柔荑外，并无其他管理者，因为多年来，守护柔刻的一直都是她们的魔咒，现如今，更是把柔刻保护得密不透风。

她们对男人毫无信任。背叛她们的是男人。攻击她们的也是男人。她们说，是男人的野心，败坏了所有的技艺，让它们沦为谋利的工具。"我们不跟男人的组织打交道。"高大的纱幕用温和的嗓音说道。

然而余烬却说："我们这是在自取灭亡。"

一百多年前，手中男女齐聚柔刻，组成巫师联盟。拥有的力量让他们感到骄傲而安全，于是他们想要把它传授给其他人，秘密地联合起来，对抗战争贩子与奴隶贩子，直到他们拥有足够的力量公开与之对抗。联盟一向由女人主导，余烬说，她们扮作卖膏药的和织网工，离开柔刻，前往内极海周边各地，编织了一张广阔而细密的抵抗之网。直到今天，那些地方仍残留着一些网线或绳结。梅卓第一次发现它的踪迹，是在安涅珀的村子里，此后便一路追踪而来。但她们并非有意引他来此。那场劫掠之后，柔刻就完全与世隔绝了，用智妇们织了又织的强大保护咒把自己封闭起来，与其余所有人都再无交集。"我们救不了他们，"余烬说，"我们连自己都救不了。"

纱幕的声音温柔，笑容也和善，性子却很固执。她告诉梅卓,虽说她同意把他留在柔刻,但这只是为了监视他。"你突破我们的防御而来,"她说,"但谁知道你讲的那些故事是真是假。你能讲点什么让我相信吗?"

她和其余人商量,给他在海港边安排了一间小屋,以及一份活计,协助泰维勒的造船工,那妇人的造船术是自学的,她很高兴能有个技艺精湛的助手。后来再碰面时,纱幕没有难为过他,也会亲切地和他打招呼。但她问过,你能讲点什么让我相信吗,而他说不出什么。

他跟余烬打招呼时,得到的却往往只是她的一记瞪视。她总是冷不丁地提个问题,静静地听他答完,却一言不发。

他也曾小心翼翼地向她请教原林究竟是什么,因为他问其他人时,他们都只会叫他去问余烬。但她拒绝回答这个问题,并非出于傲慢,态度却很坚决:"只有在林中,从林中,才能懂得原林究竟是什么。"几天后,余烬来到泰维勒湾的沙滩时,梅卓正在修补渔船。她尽力帮他打下手,问了些造船方面的问题,而他也竭尽所能地给她讲解、展示。那是个其乐融融的午后,但她离开时还是那么突然。面对余烬,他总是有些畏怯,因为她实在是难以捉摸。令他惊讶的是,没过多久,余烬又突然对他说:"长舞节后我会去原林。想来的话可以一起。"

从柔刻圆丘望去,仿佛整片原林都尽收眼底,然而,等到你真正踏足其间,却不见得能再回到林外的田野,而是会在树下一直走下去。原林中心只有一种树,而且只在这里才有。在赫语中,单名一个树字,再无其他修饰。而在太初之言中,余烬说,每棵树都有其真名。再往前走,要不了多久,你就会回到熟悉的树种之间:有春荣秋落的橡树、榉树、梣树、栗树、核桃树和柳树，也有深绿的冷杉和雪松，还有一种不知名的高大常青树，有着红软的树皮和苍郁的枝叶。你继续向前，却永远都无法两次踏上同一条小路。镇上的人告诉他，最好别走得过深，因为除非按原路返回，否则谁都无法保证你能走出林子。

"森林有多深？"梅卓问。余烬答道："人心有多深，森林就有多深。"

树上的叶子会说话，她说，落下的影子也有含义。"我正在学习如何阅读。"

在欧瑞米时，梅卓学会了群岛王国的通用文字。后来，潘朵岛的高龙也教过他一些力量符文。那都是些公开的学问。但余烬在原林里习得的知识，若非她主动传授，没有人能知晓。她在树荫下住了一整个夏天，身边只有一口小箱子，免得为数不多的食物被田鼠或林鼠糟蹋；一个树枝搭成的小棚子；还有溪边的一处营火。小溪穿林而出，汇入小河，一路奔流入海。

梅卓的棚屋也在附近。他不知道余烬想要他做什么。但愿她是想要教导他，回答他关于原林的问题。但她什么也没说，而他因为太过害羞和拘谨，不敢打扰她的独处，这种独处如原林本身一般奇异，令他望而却步。待在林中的第二天，她叫他同行，带他进入树林极深处。他们沉默地走了很久。夏天正午，林中一片寂静。鸟儿不叫。树叶不动。林间通道变化无穷，却又始终如一。他不知道该在什么时候掉头，只知他们走过的路已经远过了柔刻海岸。

夏日晴暖的晚上，他们再度行走在农田与牧场间。回营地的路上，他看到天炉座的四颗星星从西边的山丘上升起。

余烬与他道了声晚安，便离开了。

第二天她说："我要坐在树下。"他不确定她想要他做什么，只得远远缀在她身后，一直走到原林最深处，那里所有的树都属于同一无名树种，但每棵树都有它自己的真名。她在一棵参天古树凸露的根脉间柔软的枯枝败叶上坐下，他也在附近找了个地方坐下。她观看，聆听，一动不动；他也观看，聆听，一动不动。一连几天都是如此。于是一天清晨，余烬走入原林时，他有些赌气地留在河边，没有跟上去。她也没有回头看。

那天上午，纱幕从泰维勒镇来，给他们带了一篮子的面包、奶酪、凝乳和当季水果。"你学到了什么？"她问道，声音一如既往的温和平静。"我是个笨蛋。"梅卓说。

"为什么这么说？"

"菩提树下十年坐，笨蛋也难变智者。"

高女人微微一笑。"我妹妹从未教导过男人。"说着瞥了他一眼，然后移开目光，望向夏日原野，"从未正眼看过男人。"

梅卓呆呆地站着，没有出声，脸上有些发烧。他低下头，盯着地面。"我以为——"

纱幕的话点醒了他，让他忽然看到了余烬在不耐、犀利和沉默之外的另一面。

他一直都想要将余烬视作某种不容触碰的存在，同时却又无比渴望抚摸她那柔软的蜜色肌肤与乌黑亮泽的长发。每当她用那种令人费解的挑衅目光盯着他看，他总以为她是在生他的气。他害怕会冒犯她，开罪她。但她害怕什么？他的欲望？还是她自己的？但她不是懵懂的小女孩，她是智妇，是法师，是穿行在原林，通晓树影真形的人！

他与纱幕站在树林边缘，所有这些思绪如决堤的洪水般涌入他的脑海。"我以为法师都要保持独身。"他最终开口，"高龙说，做爱会让力量消失。"

"确实有男巫这么说。"纱幕温和地说，笑了笑，跟他道别。

整个下午，他在困惑与愤怒中度过。等到余烬走出原林，朝小溪上游浓密的树荫下走去，他也跟了上去，还不忘提上纱幕送来的篮子做幌子。"我能和你谈谈吗？"他问。

她蹙起那双黑色的眉毛，略微点了点头。

但他说不出话来。于是她蹲下来，看篮子里都有什么。"桃子！"她叫着，笑了起来。

"我的老师高龙说，做爱会让法师失去力量。"他脱口而出。

她没说话，只是把篮中的食物——取出，放在地上，再分成两份。

"你觉得，是这样吗？"他问。

她耸耸肩，说道："不是。"

他站在那里，说不出话来。过了一会儿，她抬起头看向他。"不是。"她说道，声音轻柔，"我不这样认为。我认为所有真正的力量，所有的太初之力，根本上都是同一种力量。"

他仍站在那里。她说："看这桃子！都熟透了，得赶紧吃。"

"如果我告诉你，我的名字，"他说，"我的真名——"

"我也会告诉你我的，"她说，"如果……如果要这样开始。"

然而，两人却是从吃桃子开始的。

他们都很害羞。梅卓用颤抖的手拉住余烬的手，她的真名唤作伊蕾哈，但她皱着眉头转过了身。然后，她碰了碰他的手，非常轻。他轻轻抚过她顺滑的黑发时，她露出一副强忍的模样，他便停了下来。他想抱抱她，但她很抗拒，浑身都僵住了。之后她转过身，激动、急切而笨拙地环抱他。在共度的第一夜，或者说前几夜里，他们并没能享受到多少欢愉。但他们从彼此身上不断练习，终于越过了害羞与恐惧的关口，迎来了激情的涌流。从那以后，寂静森林中的悠长白日与满天星光下的漫漫长夜，都成了二人的欢愉时光。

纱幕从镇上给他们带来最后一篮晚熟的桃子时，两人大笑起来。桃子是他们幸福的象征。他们想留纱幕吃晚饭，但她拒绝了。"珍惜还能待在这里的时光吧。"她说。

那年夏天结束得好不突然。雨水来得很早，到了秋天，哪怕是在这么靠南的柔刻，也已飘起了雪花。风暴一场接着一场，仿佛技人对天候的横加干涉惹怒了狂风，招来了无情的报复。妇人围坐在孤寂农庄的炉火边，人们聚在泰维勒镇的壁炉边，聆听风吹雨打或雪花静静落下的声音。泰维勒湾外，大海轰然拍击岸边的礁石峭壁，这样的天气里，没有船敢冒险出海。

人们分享自己所拥有的一切。这么看来，这里确实是诺雷德之岛。在柔刻，没人会吃不上饭，或者没房子住，虽然也不会有多少富余。除了大海和风暴的天然屏障，这里还有法术织就的防御，用以掩饰岛屿，误导船只，将柔刻与世界其他地方隔绝开来。人们工作，聊天，吟唱《冬之颂》和《少王伟绩》。还有书，《恩拉德编年史》与《地海英雄传》。码头下边，渔妇用来织补渔网的大堂中，如今聚集着一群老人，高声诵读着这些珍贵的书籍。那里有座壁炉，已经生起炉火。人们齐聚一堂，就连岛屿另一头的农夫也纷纷赶来，聆听着这些历史故事，安静而专注。"我们的心灵中有种饥渴。"余烬说。

她与梅卓住在他的小屋中，离大堂不远，虽然她白天的时候总是和姐姐待在一起。瓦梭劫掠者来的时候，余烬和纱幕还只是泰维勒镇附近一户农家的孩子。母亲把她们藏在地窖里，然后冲出去，想要用魔咒保护她的丈夫与兄弟，那些男人更愿与侵略者战斗，而不是躲起来。大人们，连同他们的牛都被杀死了。房子与谷仓也被焚毁。两个小女孩在地窖里躲了一夜，以及之后的数夜。后来，还是前来为逝者收尸的邻居发现了这两个饥肠辘辘、一言不发的孩子，手里握着锄头和断裂的犁头，守卫着她们为死去的亲人垒起的土石堆。

梅卓之前只听余烬讲过一星半点。有天晚上，纱幕把整个过程原原本本讲给了他，她比余烬大三岁，对整件事的记忆要清楚得多。余烬就坐在他们旁边，默默听着。

于是，他也给她们讲了萨莫里的矿区、首席巫师格鲁克，以及奴隶安涅珀的故事。

他讲完以后，纱幕沉默了很久，然后说："所以，你刚来的时候说的，就连救过我的人，我也救不了，指的就是这个。"

"你问过我，你能讲点什么让我相信吗？"

"你已经讲了。"纱幕说。

梅卓握住她的手，将自己的前额抵在上面，讲述时强忍的泪水都在这一刻涌了出来。

"她给了我自由，"他说，"而且我至今依然觉得，我所做的一切都是靠着她，为了她。不，不是为了她。我们无法为死去的人做任何事。是为了……"

"为了我们自己。"余烬说，"为了还活着的人，为了我们这些躲了起来，没被杀死也不会杀人的人。逝者已矣。豪强横行。世间所有的希望都在微末之人身上。"

"我们要永远躲下去吗？"

"真是男人才会说的话。"纱幕说道，脸上是温柔而又心碎的微笑。

"是的。"余烬说，"我们必须躲起来，如有必要，还要永远躲下去。因为出了这道海岸，就只有杀与被杀。你是这么说的，我相信这是真的。"

"但你无法隐藏真正的力量，"梅卓说，"没法一直藏着。力量被藏起来，无法分享，就会消亡。"

"柔刻的魔法不会消亡，"纱幕说，"在柔刻，所有的魔咒都强大。这话是阿斯亲口说的。而且你也已经在树下走过……我们必须要做的是保存这种力量。把它藏起来，不错。藏在没人能找到的地方，就像幼龙囤藏它的火焰。还要分享。但只能在岛上。把它传下去，从一只手传给另一只，但也只能在岛上。只有在这里才是安全的，那些强盗和屠夫绝对想不到要来这里找它，因为这里的所有人都微不足道。总有一天，幼龙会积攒起足够的力量。哪怕要花上一千年……"

"但在柔刻之外，"梅卓说，"还有那么多普通人在受苦，被抓去做奴隶，忍饥挨饿，痛苦地死去。难道他们也要这样毫无希望地过上一千年吗？"

他注视着姐妹俩的面庞：一个如此温和，如此坚定；而另一个，掩藏在严肃之下的是那样的灵动与温柔，如同火焰中的第一簇火苗。

"在哈吾讷，"他说，"一个离柔刻很远的地方，在奥恩山上的村子里，在对世界毫无了解的人群里，仍有着柔黄的存在。那张网过了这么多年都没破，究竟是怎样织成的？"

"用巧技。"余烬说。

"而且撒得很广！"他再次注视两人的面庞，"在哈吾讷，我没接受太好的训练。我的老师们告诉我，不要用魔法来作恶，但他们却活在恐惧中，面对强权毫无自保之力。他们把仅有的一点知识都教给了我。我没走上错路，真是多亏了运气。以及安涅珀赠予我的力量。要是没有她，我到现在都还在被格鲁克奴役。但她自己也没有接受过教导，也在被奴役。如果最好的人不好好教巫术，而豪强却在用它四处作恶，我们这里的力量怎么可能会增长呢？幼龙要吃什么呢？"

"这里是中心，"纱幕说，"我们必须把中心守住，然后耐心等待。"

"我们必须给予自己应该给予的，"梅卓说，"如果除我们之外的所有人都沦为奴隶，那我们的自由又有什么意义？"

"真实的技艺会战胜虚假的。真形会保存下来。"余烬皱着眉说。她拿起火钳，拢了拢壁炉中与她同名之物，啪地一下，把那个小炭堆拨进火焰。"这些我也知道。但我们人类的生命这么短，真形却那样久远。要是现在的柔刻还像当年那样就好了——如果有更多掌握真实技艺的人聚集在这里，在保存的同时，也能互相教导与学习——"

"如果柔刻现在还像当年那样，因为强大而闻名于世，那些害怕我们的人就会再来摧毁它一次。"纱幕说。

"所以说，解决的办法在于保密。"梅卓说，"但问题也在于保密。"

"我们的问题在于这里有男人，"纱幕说，"请不要介意，我亲爱的兄弟。但在男人看来，别的男人可要比女人和小孩重要得多。就算这里有五十名女巫，他们也不会放在心上。但若是知道这里还有五名身具力量的男人，你看他们会不会马上再来摧毁我们一次。”

“所以说，尽管当年这里也有男人，但我们仍是柔荑。”余烬说。

“你们现在也是。”梅卓说，“安涅珀也是。她，你们，我们所有身处同一囚牢中的人都是。”

“那我们能做什么呢？”纱幕问。

“研究我们的力量！”梅卓说。

“一个学校。”余烬说，“智者可以来这里互相学习、研习真形……原林会庇护我们的。”

“霸主们瞧不起教师与学者。”梅卓说。

“我想，他们也害怕教师与学者。”纱幕说。

在这个漫长的冬季，他们就这样讨论着，慢慢地，其他人也加入进来；慢慢地，他们的讨论从幻想变成了目标，从渴望变成了计划。纱幕一直很谨慎，提醒大家各种可能会有的危险。一头银发的沙丘急不可耐，余烬说他甚至想这就开始教泰维勒镇的所有孩子法术。一旦接受了柔刻的自由在于给予他人自由这一信念，余烬便将全部心神都放在了如何让柔荑重新变得强大上。但她的思维是在树下漫长的独处中形成的，总是追求真形与明晰，于是她问道：“我们连自己的技艺是什么都不知道，又怎么能教导别人呢？”

于是，岛上的智妇都开始讨论：什么是真实的魔法技艺，它又是从哪里开始变得虚假的；万物的平衡是如何维持，又是如何丧失的；哪些技艺是必需的，哪些是有用的，哪些又是危险的；人为什么会有某项天赋而没有另一项，以及在自己不具天赋的领域，人能否通过学习来掌握技艺……在这样那样的讨论中，她们定下了此后各项技艺的名字：寻查、天候、变换、治疗、召唤、真形、真名、幻术、歌咏。时至今日，柔刻诸师的技艺也不外如是，只是后来寻查被诵唱所取代，因为人们发觉寻查只是一项有用的技术，仅凭它还不足以成为一名法师。

也正是在这些讨论中，柔刻学院被建立起来。

关于学院的创立，也有人持不同的说法。他们说，曾经，统治柔刻的是一个人称暗妇的女人，她与大地的太初之力结了盟，住在柔刻圆丘下的一个洞穴中，平生从未见过阳光，却能编织出覆盖整片大地和海洋的魔咒，迫使男人们屈从她的淫威，直到第一位大法师来到柔刻，打开并进入那座洞穴，击败暗妇，取而代之。

这故事里只有一点是真的，那就是在第一批柔刻大师中，的确有一位曾打开并进入过一处巨大的洞穴。但那座洞穴并不在柔刻，虽然柔刻的根基也是所有岛屿的根基。

此外，的确，在梅卓及伊蕾哈的时代，柔刻人无论男女，都不怕大地的太初之力，反而尊崇它，向它寻求力量与启示。只是如今早已时过境迁。

那年的春天来得也晚，寒雨连绵。梅卓开始造船。等到桃花盛开时，他已建好了一艘纤细坚固的远洋船，这是哈吾讷最常见的船型。他给她起名叫希望。不久，他便驾着她驶出了泰维勒湾，船上只有他一个人。"等我夏末回来。"他对余烬说。

"我会在原林等你，"她说，"我的心与你同在，我黝黑的水獭，我雪白的燕鸥，我的爱人，梅卓。"

"我的心也与你同在，我火中的余烬，我盛开的花树，我的爱人，伊蕾哈。"

在第一场寻找之旅中，梅卓——或者让我们按照大家更习惯的叫法，称他为燕鸥——一路向北深入内极海，向他几年前曾到访过的欧瑞米驶去。那里有他信任的柔荑。其中一个名为乌鸦，是位富有的隐士，虽然没有魔法天赋，却对书籍怀有极大热情，特别是术典与史书。用乌鸦的话说，当初可是他摁着燕鸥的头，逼他学会了阅读。"不识字的巫师是地海的祸患！"他嚷着，"不自知的力量是万恶的根源！"乌鸦的确是个怪人，任性、傲慢、固执，但在捍卫自己所爱时又英勇非凡。几年前，他便罔顾洛森的强权，乔装潜入哈吾讷大港，从古老的王室藏书馆中盗走了四本书。他新近的得意收获是一本维岛术典，里面全是关于水银的晦涩论述。"也是从洛森眼皮底下搞来的，"他跟燕鸥说，"快来看看！它的上一任主人可是个大名人。"

"蒂纳尔，"燕鸥说，"我知道他。"

"该不会是本烂书吧？"乌鸦立即问道，只有在说到书时，他的反应才会这么快。

"不知道。我要找的是更大的猎物。"

乌鸦侧过耳朵。

"《真名之书》。"

"被阿斯带到西方后，就跟他一起消失了。"乌鸦说。

"一位名叫高龙的法师告诉我，阿斯在潘朵时曾告诉当地一名巫师，他把《真名之书》留给了九十岛的一个女人保管。"

"九十岛！一个女人！保管！他疯了吗？"

乌鸦哇哇大叫。但一想到《真名之书》或许仍存于世，他便置办好了一切，只等燕鸥招呼，便可立即去往九十岛。

于是，他们乘着希望号向南航行，先是在臭烘烘的吉斯岛登陆，然后乔装成货郎，沿着迷宫般的水道，从一座小岛来到另一座小岛。乌鸦装了满满一船岛上人家平时不大容易见到的好货，燕鸥则负责以公道的价钱售出，多数都是物物交易，因为岛民都没什么钱。两人一船大受欢迎，往往人还没到，便已风靡诸岛。人人皆知，他们乐意收书，只要那书够老，够稀罕。而在这些岛上，只要是书，就没有不古老稀罕的。

乌鸦心满意足地用五粒银扣、一把贝母柄小刀和一块洛伯那瑞丝绸换来了一本泡过水的动物寓言集，是阿肯巴王年间的产物。他坐在希望号上，低声哼唱着有关龙蜥、浣犬与冰熊的古老诗行。燕鸥则登上每座岛，走进主妇的厨房，或只有老人的冷清酒馆，向他们展示那些货物。不时地，他会装作不经意的样子，握紧拳头，翻转手腕，摊开掌心，但没有一个人回应。

"书？"北苏迪迪的一个草编匠问道，"那个吗？"他指了指塞在屋顶缝隙间的一条条羊皮纸，"它们还能干别的？"乌鸦盯着头顶灯芯草间依稀可辨的几处文字，浑身都开始发抖。趁着他还没爆发，燕鸥连忙催他回到船上。

"那只是一本兽医手册。"乌鸦不情不愿地说，再度起航时，他已经冷静下来，"马腿关节肿大，我看到，还有母羊乳房之类的。但多么无知！赤裸裸的无知！用书补屋顶！"

"而且都是有用的知识。"燕鸥说，"所有知识都无法保存，无法传授，人们又怎么可能不无知呢？要是能把书都收在同在一个地方……"

"就像王室的藏书馆。"乌鸦说，遥想着逝去的荣光。

"或是你的藏书馆。"燕鸥说，这些年过去，他多少也懂了些人情世故。

"都是些零碎，"乌鸦把自己的毕生心血贬得一文不值，"破烂儿罢了！"

"不，是开始。"燕鸥说。

乌鸦只是沉默地叹了口气。

"我想，我们应该继续往南走，"燕鸥说着，转向更开阔的航道，"去帕迪岛。"

"你很适合干这行，"乌鸦说，"你知道该去哪儿找好东西。直接就朝谷仓阁楼的那本寓言书走去……但这儿没什么好找的。没什么像样的东西。阿斯不会把最伟大的术典留给这些会用它来补屋顶的乡巴佬！你要是实在想去，那咱们就去帕迪。然后就回欧瑞米。我已经受够了。"

"而且我们的纽扣也没了。"燕鸥说。他的心情很好，一想到帕迪，他就知道那方向准没错。"说不定我还能顺道搞点儿纽扣。"他说，"你知道的，我有这种天赋。"

两人都没去过帕迪。那里本是一座宁静的南方鸟屿，玫瑰色砂岩建成的港城泰里欧古老美丽，农田与果园肥沃繁茂。但在瓦梭的领主们长达一个世纪的统治中，土地与人民都被税负与奴役榨干了。明媚的街道肮脏破败，街上的居民栖身于废品搭成的帐篷或窝棚，或是干脆睡倒在街头，与露宿无异。"啊，真受不了。"乌鸦避开一摊秽物，嫌恶地说道，"这帮流浪汉怎么可能会有书呢，燕鸥！"

"别急，别急，"他的同伴说道，"给我一天工夫。"

"这里很危险，"乌鸦说，"而且又有什么用呢。"嘴上这么说着，但他没再坚持。现在两人中都是年轻人说了算。当年那个跟着他虚心学习认字的天真少年，如今他已经看不透了。

他跟随燕鸥来到一条主街，走进一片小房子，那是过去的纺织街区。帕迪岛盛产亚麻，随处可见沤麻用的石室，大多已经废弃了，透过几个窗户还看得到纺轮。烈日下的小广场，水井边的荫凉下，有四五名妇人正在那里纺线。旁边玩耍的几个孩子，骨瘦如柴，热得无精打采，懒洋洋地看向来人。燕鸥毫不迟疑地走了过去，仿佛知道自己要去哪里。他停下脚步，跟妇人们问好。

"呦，好俊的后生，"其中一名妇人笑道，"不用忙着往外掏你的背包，我已经有一个月没见过铜钱和象牙币啦。"

"不过，夫人，麻布您总是有的吧？麻席，或者麻线？我在哈吾讷时听说，帕迪的亚麻是最好的。瞧瞧您手上在纺的，多漂亮的线啊。"乌鸦看着同伴的表演，有些好笑，还有点鄙夷，他自然也会为了一本书挖空心思地讨价还价，但和普通妇人东拉西扯些什么扣子啦线啦，也未免太掉价了。"让我把包打开给您看看吧。"燕鸥说着，在卵石地面上摊开包袱，妇人与脏兮兮怯生生的孩子们都凑过来，看他都有什么好玩意儿。"我们收织好的布，没染过的线，别的也收……比如说扣子。各位有兽角或骨头的扣子吗？我愿用这些天鹅绒小帽来换上那么三四颗。或是一卷这样的缎带，夫人，瞧瞧这颜色，多适合您的头发啊！纸张或者书也行。我们主人在欧瑞米，正好在找这类东西，要是大家手头正好有富余的话。"

"噢，多漂亮的小伙子，"他拿起红色的缎带在她黑色的发辫上比划时，最先开口的那名妇人笑着说，"我真希望能给你点什么！"

"我不会无礼到向您索要一个吻，"梅卓说道，"但若是一只摊开的手呢，不知您意下如何？"

他比出那个手势，她定定地看着他。"这个容易，"过了一会儿，她轻声说道，比了个同样的手势，"但在人多眼杂的场合，并不总是那么安全。"

他继续兜售那些货品，与妇人和孩子们说笑。没有人买任何东西。人们盯着那些小玩意儿，仿佛那是什么了不得的宝贝。他由着他们随便看，随便摸，甚至任由一个小孩顺走了一面光光的小铜镜，看着它消失在他破烂的衬衫下，什么都没说。最后，他说他得继续上路了，把包袱收了起来，孩子们一哄而散。

"我有一个邻居，"黑色发辫的妇人说道，"你们要找纸片的话，她那里或许会有一些。"

"不是白纸？"一直百无聊赖地坐在井盖上的乌鸦来了精神，"带符文的？"

她上上下下地打量着他。"带符文的，先生。"她最后说道。然后，她用完全不同的语气对燕鸥说："请跟我来吧，她住在这边。虽然她只是个小女孩，也没什么钱，但我可以告诉你，年轻的货郎，她也有摊开的手。虽说并不是在座的所有人都有。"

"我也有，"乌鸦说着，草草比划了一下，"所以，收起你的阴阳怪气吧，女人。"

"噢，该收起来的人是你吧，先生。我们这儿的老百姓可是又穷。又没见识。"她翻了个白眼，走到前面带路。

她领着两人来到小巷尽头的一座房子前。那曾是座气派的双层石楼，如今却只剩一半了，立面几近全毁，窗框与石雕饰面都被扒了下来。他们穿过一个有井的院子。她在侧门敲了敲，有一个女孩应门。

"啊，巫婆的老巢。"一闻到草药和香料的味道，乌鸦就连忙退了回去。

"是治疗师。"他们的向导说，"海鲂，她又生病了？"

女孩点点头，看看燕鸥，又看看乌鸦。她看上去十三四岁的样子，瘦削精干，目光沉郁。

"海鲂，有两个人，一个矮小英俊，另一个高大傲慢，都有摊开的手。他们想找些纸页。我记得你们之前有，不知道现在还有没有。他们背包里的东西你们应该用不上，但或许，他们会愿意为想要的东西付上几个象牙币，你说是不是？"她将明亮的眼睛转向燕鸥，他点点头。

"她病得很重，灯髓。"女孩说。她又看向燕鸥："你不是治疗师？"这是一句控诉。

"不是。"

"但她是，"灯髓说，"她的母亲，她母亲的母亲也是。放我们进去吧，海鲂，至少放我进去跟她说说话。"女孩进屋去了。灯髓告诉梅卓："她母亲得了肺痨，没救了。没有治疗师能治得好。但她却能给人治鼠疮，用碰触止痛。她是个能人。海鲂很可能就是下一个她。"

女孩放他们进来。乌鸦选择留在外面等。那是一间长厅，屋顶很高，依稀可辨昔日典雅的痕迹，但已非常陈旧破败。治疗师的各种器具和晾干的草药摆得到处都是，虽然乱中又好似有序。精致的石砌壁炉里燃烧着一小束草药，散发着淡淡的甜香。炉边放着一架床，床上的女人极其消瘦，在昏暗的灯光下，似乎只剩一把骨头和影子。燕鸥走近时，她挣扎着想要坐起身来说话，女儿在她头下垫了个枕头，燕鸥凑到近前，听她说道："巫师。并非偶然。"

她是有力量的女人，能认出他是谁。他来到这里，是因为她的呼唤吗？

"我是一名寻查师，"他说，"也是探险家。"

"你能教她吗？"

"我能带她到能教的人那里去。"

"好。"

"好。"

她又躺了回去，闭上眼睛。

那股强烈的意志深深地震撼了燕鸥。他直起身子，深吸一口气。他转头去看那个名叫海鲂的女孩，她没有回应他的目光，只是哀痛地望着母亲，眼神麻木而阴郁。等到妇人沉入梦乡，海鲂才想到要去给灯髓搭把手。作为朋友和邻居，灯髓正在收拾丢了满地的染血布巾，为这母女俩尽上一份心力。

"她刚刚又咳血了，但我没办法止住。"海鲂说。她的泪水涌了出来，顺着脸颊流下。脸上却还是那副表情。

"哎，孩子，哦，宝贝。"灯髓说着，把她揽进怀里。虽然海鲂也回抱了灯髓，但她的身体却并没有放松。

"她要去那儿了，那道墙里，但我不能跟她一起去。"她说，"她只能一个人去，我不能跟她一起——你不能去吗？"她从灯髓怀里挣出来，再次看向燕鸥，"你可以去！"

"我去不了，"他说，"我不认得路。"

寻查师　　　　　　　　　　　　　635

但海鲂话音刚落，他就看到了她眼中那幅场景：暮色昏沉，一道长长的山坡没入黑暗，尽头是一道低矮的石墙。他觉得自己似乎看到了一个女人，枯瘦而缥缈，只剩一把骨头和影子，正沿着石墙走。但并不是床上垂死的妇人，而是安涅珀。

然后，那一幕消失了，站在他面前的仍是年少的女巫。她脸上的控诉逐渐瓦解，而后将脸埋入手里。

"我们只能放她们走。"他说。

"我知道。"她说。

灯髓用她那双敏锐而明亮的眼睛扫过两人。"看来，不只是个手艺人，"她说，"还是个技人。好吧，反正也不是头一个了。"

他一头雾水地看着她。

"这里是阿斯之屋。"她说道。

"他之前就住在这里，"海鲂说，绝望痛苦下透出一抹骄傲，"法师阿斯。很久很久以前，他去西方之前。我们家族的女人，祖祖辈辈都是智妇。那时他就住在这里，跟她们一起。"

"给我拿个盆，"灯髓说，"我得打点水把它们泡上。"

"我去打。"燕鸥说着，抄起脸盆，来到院子里。和刚才那会儿一样，乌鸦正无聊地坐在井盖上，看上去很不耐烦。

"我们干吗要在这儿耽搁工夫？"看着燕鸥把水桶沉入井里，乌鸦质问道，"你都开始替女巫打杂了？"

"不错，"燕鸥说，"她去世前，我都会在这里照顾。之后我会带她女儿去柔刻。你要是想读《真名之书》，也可以一起来。"

于是，柔刻学院招到了第一位岛外来的学生，以及第一位藏书馆员。命名是柔刻魔法的基础，而命名知识与方法的基础则是《真名之书》，如今便藏在柔刻孤塔里。据说那位名叫海鲂的女孩，后来成了岛上老师们的老师，以及治疗术与草药学方面的一代宗师，奠定了这门技艺在柔刻的超然地位。

至于乌鸦，由于一个月都离不了《真名之书》，于是他便带着自己全部的藏书从欧瑞米搬来了泰维勒镇。他允许学院里的人借阅和研读，只要他们对书和他本人都表示出应有的尊重。

这也成了燕鸥多年来的习惯。暮春时分乘希望号出海，四处搜寻适合柔刻学院的学生——多数情况下，都是有魔法天赋的孩子和青年，但有时也会有成年男女。大多是穷人家的孩子。尽管他们本人都是自愿跟燕鸥走的，但他们的父母或主人却很少能获悉真相。他们只会知道，燕鸥是个渔夫，想要雇个男孩当学徒，或是想要招个女孩去学纺织，或是在替他远在另一座岛上的领主采买奴隶。如果这些父母让他把孩子领走，只是为了给孩子谋条出路，或是因为家里太穷才让孩子去给他打工，燕鸥就会付真正的象牙币；但他们若是把孩子卖给他做奴隶，燕鸥就会付给他们金币，等到第二天他一走，就会变回牛粪。

他浪迹群岛王国，一度远至东陲，要等到许多年后，人们早已淡忘了他的事迹，才会故地重游。饶是如此，坊间还是有流言传出。说有一个可怕的术士，也就是所谓的掠童人，会把孩子们带到冰冷的北方岛屿，吸干他们的血。时至今日，在维岛及菲克维岛上的村子里，依然有着掠童人的传说，用以教育孩子不要轻信陌生人。

那时候，知晓柔刻计划的柔莫已不知凡几。少年人被他们源源不断地送去柔刻。成年人也闻风前去施教与受教。一路上来得并不容易，因为笼罩柔刻的隐匿咒已是前所未有的强大，让整座岛看起来就好似一片云，或是浪花间的一处暗礁；加之推拒一切的柔刻之风，除非船上载有懂得扭转风向的术士，否则任何船只都别想泊入泰维勒湾。但饶是如此，人们还是纷至沓来，经年累月，学院终于不得不建造一座更大的校舍，比泰维勒镇所有的房子都要大。

群岛王国讲究男造船女建屋，但在构造大型建筑时，女人也会让男人加入进来，不像矿工那样迷信，决不肯让男人进入矿场，或是像造船工那样，坚持搭建龙骨时不能有女人在场。就这样，身具强大力量的男男女女在柔刻建起大宅，其基石坐落在泰维勒镇上方的一座山顶，邻近原林，面朝圆丘；其墙壁除木石构造外，还深深根植于魔法，并用魔咒加以强化。

梅卓站在山顶说："就在我脚下，有一道永不干涸的水流。"于是人们小心向下挖开水源，水流随即喷向空中，得见天日。大宅最先建成的部分，便是最核心的喷泉院。

梅卓与伊蕾哈走在白色道路上，那时这里还没筑起石墙。

她在喷泉边种了一棵小花楸苗，是从原林移植过来的。两人过来看看它长势如何。春日的疾风从圆丘吹向海面，带歪了喷泉的水柱。从那里，可以看到山坡上的一小撮人：几个年纪小的学生围成一个圈，欧岛来的术士海嘉，这里的手大师，正在教他们编织幻象。风拂过开败的火星花，将灰烬扬向空中。余烬头上也生出几缕白发。

"你该走了，"她说，"律条的问题我们来解决。"她的眉眼犀利依旧，但已经很久没有这么严厉地跟他讲话了。

"你想要我留下，我就留下，伊蕾哈。"

"我确实想要你留下。但是不要留下！你是一名寻查师，你不能停止寻找。只不过，要想让大家就道——或者律条，按照瓦利斯的想法——达成共识，比建起这座大宅还要难上一倍。引发的争执简直要多上十倍。我真希望自己也能摆脱这一切！真希望就这样和你散散步……也希望你不要去北方。"

"我们为什么会争执？"梅卓闷闷地问。

"因为这里的人变多了！想想看，二三十个身具力量的人待在同一个房间里，每个人都想寻求自己的道。更何况，男人和女人一向各行其道，放在一起只会互相冲撞。此外，我们之间存在一些真确的分歧，梅卓。这些分歧必须解决，但又谈何容易呢。但凡有一点点善意，都足以搁置争议，共赴大道。"

"是瓦利斯？"

"瓦利斯，还有其他几个男人。他们是男人，他们把这点看得比什么都重。在他们看来，太初之力极其可恶，而女人的力量与太初之力密不可分，所以也相当可疑。说得好像随便什么人都能操控或使用力量似的！但他们的世界里只有男人，因此，他们坚称只有男人才是真正的巫师。而且要禁欲。"

"啊，这样。"梅卓露出懊丧的神情。

"就是这样。姐姐跟我说，昨天晚上，她和安尼欧，还有木匠们提出，可以在大宅里单独辟出一块给男巫住，甚至是专门为他们建一所宅子，以保护他们的纯洁。"

"纯洁？"

"这话可不是我说的，这是瓦利斯的原话。但他们拒绝了。他们希望柔刻律条能将男女隔离，而且所有事都要让男人做主。话说到这个份儿上，还有什么可商量的？既然不愿和我们共处，他们干吗要来我们这儿？"

"我们应该把不愿意配合的男人都赶走。"

"赶走？好让他们怀恨在心，跑去告诉瓦梭领主或哈吾讷领主，柔刻的女巫正在酝酿一场风暴？"

"我忘了——我总是忘记，"他沮丧地说，"我们是在一座囚牢中。我在外面时没这么傻的……身处其中时，我总是很难把这里当作囚牢，但是在外面时，那里没有你在，我就会记得这一点……我不想走，但我不得不走。我不想承认，这里有什么事情正在或将要步入歧途，但我也只能……这次我先离开，去北方，伊蕾哈。但回来以后，我就再也不走了。我要找的都能在这里找到。我不是早就已经找到了吗？"

"不，"她说，"你只找到了我……好在原林中，还有许许多多的秘密等着人来寻求，足以让你们寻查师都受用不尽。去北方做什么？"

"把我们的手伸向恩拉德和伊亚。我还没去过那边。对他们的巫术一无所知。众王之所在恩拉德，明亮之所在钟伊亚，地海最初之岛！我们在那儿准能找到盟友。"

"但中间还隔着一个哈吾讷。"她说。

"亲爱的，我没打算驾船横穿哈吾讷。我会绕过去的。从海上。"他总能逗得她大笑。只有他能做到。他不在的时候，她的声音变得轻柔，脾气也温和下来，因为她已懂得，面对非做不可之事，不耐烦是没有用的。有时她的脸上仍有愠色，有时也有微笑，但再也没有过那样的大笑。一有机会，她就会一个人去往原林。过去她经常这样做，只是在建造大宅和创立学院的那些年里，她很少有工夫去那里，即使去，也是带着一群学生，教他们识别林中道路与叶之真形，毕竟，她是这里的真形大师。

这一年，燕鸥出发得比往年要晚。船上带了一个十五岁的男孩，尘埃，是个很有前途的天候师，需要在海上多加历练；还有一名六十岁的老妇人，萨瓦，七八年前跟他来柔刻的。萨瓦曾是扁舟岛的柔荑，虽然并没有巫术天赋，却很清楚该如何让一群人彼此信任，团结协作，因而在扁舟岛上受到智妇一般的尊崇，如今在柔刻也是如此。她想让燕鸥带她回去见见家人，她的母亲、妹妹，还有两个儿子。到时候，他会把尘埃留下来照应她，返航时再接上他们两个。于是，在一个夏日，他们穿越内极海，朝东北方向驶去。燕鸥叫尘埃在帆里放点法术风，以确保能在长舞节前赶到扁舟岛。

船刚一靠岸，燕鸥便亲自在希望号周身布下一重幻象，让她看起来就像是一根漂浮的木头，而不是一艘船，因为这片水域里，密密麻麻的全是海盗和洛森的奴隶贩子。

在扁舟东岸的赛瑟斯城，一行三人欢度长舞节，之后，燕鸥将两名乘客留在那儿，自己则沿着伊巴诺海峡继续向北，准备沿着欧穆尔岛南岸朝西航行。他维持着船上的幻咒。在明澈的夏日中，在北风的吹拂下，他看到，耸立在蓝色的海峡和模糊的棕蓝色陆地之上的，是奥恩山连绵的山脊和浮空般的山顶。

看，梅卓。你看。

那里是他的家乡哈吾讷，他的亲人就在那里，生死不知；安涅珀也躺在那座山上，躺在她的墓里。有多久了？十六年，还是十七年？他从未回来过，甚至从未如此接近。不会有人认得他，也不会有人记得男孩水獭，除了他的父母和姐姐，如果他们还活着的话。当然，大港中一定也有手。虽然他小时候认不出，但现在总能认出来了。

沿着宽阔的海峡一路向北，奥恩山被遮挡在哈吾讷湾的岬角后，要穿过一条狭窄的水道，那座连绵起伏的山脉才会重新出现在平静的水面上，正是在这片水域，十二岁的他想要掀起法术风。继续向前，还会看到高塔从水面升起，起初很模糊，只有点和线，然后是鲜艳的旗帜，是那座洁白的城市，坐落于世界的中心。

他一直没回哈吾讷，纯粹是出于懦弱——怕自己被发现，怕亲人早已去世，也怕过于生动地回想起安涅珀。

因为他常常想，既然他能召唤活着的她，那死去的她或许也能召唤他。两人间的联结尚在，当初她便是循此前去救了他。她曾多次出现在他的梦里，默默伫立，就像他在萨莫里那座恶臭的高塔上第一次见到她时那样。多年前，在泰里欧那名垂死治疗师的幻觉中，他又见到了她，站在石墙边的暮光中。

如今，从伊蕾哈，以及柔刻其他人那里，他已经明了那道墙是什么。那是生者与死者之间的墙。而在那个场景中，安涅珀走在此世这侧的墙边，而非没入黑暗的那一侧。

他害怕她吗，那个曾给他自由的人？

他逆着强风，绕过南岬角，驶入哈吾讷大湾。

哈吾讷的塔顶依然飘扬着旗帜，此地仍有王在统治；旗帜上是王占据的城镇与岛屿，那王便是领主洛森。他终日独坐于大理石宫殿之上，看着埃兹阿贝之剑的影子如巨大的晷针，——划过城中的屋顶，他寸步都不曾移动，一切自有奴隶奉上。他发号施令，奴隶便答："遵命，吾王。"他召见群臣，老人们便云集于此："臣在，陛下。"他召唤巫师，早出便应召而至，深鞠一躬。"我要走路！"他喊道，无力的双手不住地捶打瘫软的双腿。

法师则答曰："还请陛下稍安勿躁，恕在下技艺浅薄，于事无补。臣已派人远去纳维敦岛，延请地海第一名医。经他诊治，陛下定能健步如昨，肆意长舞。"

洛森照例咒骂一番。之后奴隶奉上美酒，法师躬身而退，顺手加固了一下瘫痪咒。

比起直接篡位，让洛森继续担任哈吾讷之王便利良多。兵众不信任技人，也不愿为之效力。若是士兵与水手不愿听令，军队和舰队便无从集结，法师的法力再高强也无济于事，除非是诺雷德的敌人那种级别的强者。惧怕与服从洛森的习惯由来已久，深入人心。人们折服于洛森曾有的力量，大胆的战略、坚强的领导与极端的残忍，以及他未曾有过的力量，譬如对麾下巫师的全然掌控。

除了早出，以及几名法力低微的术士，如今洛森麾下已不再有巫师。一个接一个地，早出驱逐或杀害了他的对手，得以独占洛森的宠信，独享统治哈吾讷的权力。胆敢与之争夺洛森宠信的同行都被他一个接一个地驱逐或杀害了，因而这些年来，早出得以独揽哈吾讷大权。

还是格鲁克的徒弟和跟班时，他就在不遗余力地引诱师父研习那本维岛术典，因为每当格鲁克沉迷于水银，便会不自觉地放松对他的控制。但格鲁克的突然陨落还是震撼到了他。这件事有些蹊跷，一定有某个元素，或是某个人被忽略了。他唤来能干的猎狗，对发生的事情做了彻底的调查。格鲁克的殒身之处自然不是秘密。猎狗径直追踪到山坡上的一道裂隙，说那法师就埋在底下。早出并没有把他挖出来的意思。但猎狗并没能追踪到格鲁克身边的那个男孩，不知是跟他一起葬身于山腹，还是早已逃之夭夭。

而且，不像那位法师，猎狗说，男孩没有留下任何施咒的痕迹，当夜的雨又下得那么大，猎狗好不容易嗅到一丝线索，找过去却只发现一个女人，确切地说，是一个女人的尸体。

早出并没有因猎狗的失败而惩罚他，只将整件事暗暗记在了心里。他不习惯，也不喜欢失败；也不喜欢猎狗口中的男孩水獭，于是也记下了他的名字。

对权力的渴求自食其身，愈发膨胀。早出深受折磨，已是饥渴难耐。哈吾讷这片饿殍遍野的土地满足不了他的胃口。既然马哈里安的王座上坐的只是一个醉醺醺的瘸子，宫殿间穿行的只有卑躬屈膝的奴隶，那占据这一切于他又有何益？他想要什么女人就能得到什么女人，只是女人会耗尽他的法力，吸干他的体力。他的身边不需要女人。他渴望的是敌人：一个真正值得摧毁的对手。

近一年来，探子频频发来密报，一场秘密叛乱正在他的疆域内蔓延，发起者是一群自称为手的术士。对敌人的渴望促使早出把他们查了个遍，却发现那群人尽是些老妇人和接生婆，还有几个木匠、一个挖沟工、一个锡匠学徒和几个小男孩。羞愤交加的早出以洛森的名义下令，将叛徒与上报者一同处死，而且是公开处刑，罪名是密谋造反。最近，此类杀一儆百的举措恐怕还是太少，但这种做法并不符合他的理念。不错，这些蠢货的确唬过了他，让他虚惊一场，但他不喜欢公开羞辱，宁愿按照自己的方式和节奏来对付他们。然而，要想获取食物，恐惧便是第一要务，他须得看到、听到、嗅到，以及尝到人们的恐惧。但鉴于洛森才是明面上的王，军队与人民怕的也只能是他，早出只得躲在幕后，靠奴隶与学徒的恐惧，聊以果腹。

不久前，猎狗被他派去办差，回来问：“你听过柔刻吗？”

“在柯梅瑞岛西南边。四五十年前就被瓦梭领主占了。”

虽然很少离开哈吾讷，但早出对整个群岛王国了如指掌，对此他颇为自得。这些知识都来自于水手的报告，以及宫廷收藏的那些精妙的古代海图。他彻夜研究这些地图，思索着接下来该朝哪个方向扩张他的帝国。

猎狗点点头，仿佛只是随口问一句柔刻在哪儿。

“怎么？”

“前阵子烧死的那群人里有个老太婆，你拷问过的，还记得吗？行刑那人告诉我的。有个儿子在柔刻。她大声唤他回来，那样子，就好像他真有这本事似的。”

“然后呢？”

“不太对劲。一个深居内陆的村妇，连大海都没见过，怎么叫得出那么远一座岛的名字。”

“那儿子是个渔夫，跟她说起过自己去过的地方。”

早出摆摆手。猎狗抽了抽鼻子，点点头，离开了。

早出从未小觑猎狗提及的任何细枝末节，因为事实证明，许多枝节都自有其根源。这让他心生忌惮，部分也是因为这老头实在是软硬不吃。他从不夸赞猎狗，也尽量不用他，但他太有用了，总有用得到的时候。

巫师将柔刻这个名字存入脑海，等到再一次听到它，情形也相差无几时，他便意识到，猎狗又嗅到了真正的踪迹。

这次是三个孩子，两个十五六岁的男孩和一个十二岁的女孩，在驾驶一艘盗来的渔船、乘着法术风航行时，被洛森在欧穆尔岛南边的一支巡逻队抓了个正着。多亏巡逻船上有一名天候师，他掀起巨浪，淹没了那艘船，三人才能落网。回欧穆尔岛的途中，一个男孩崩溃大哭，说了些不该加入手之类的话。一听这个，巡逻队员便告诉他们，手都会被拷问然后烧死，男孩哭着说，只要放过他，他愿意把手、柔刻，以及岛上那些强大法师的事情全都告诉他们。

　　"把他们带上来。"早出对来人说。

　　"女孩飞走了，大人。"那人嗫嚅着开口。

　　"飞走了？"

　　"她变成了鸟。呃，好像是鱼鹰。没想到这么小的女孩也会变形。一不留神，她就不见了。"

　　"那就把两个男孩带上来吧。"早出极力按捺着情绪。

　　但他们只带来一个男孩。另一个在驶入哈吾讷大湾时跳了船，被弩箭射死了。男孩吓得浑身发抖，连早出都被恶心到了。他要如何威吓一只已经吓得屁滚尿流，大脑一片空白的东西呢？于是他在男孩身上施了个束缚咒，把他像尊石像一样立在那里，放了一天一夜。不时，他还会跟石像说话，说它是个聪明的小伙子，说不定也会是个好徒弟，在皇宫里。说不定还能去柔刻，因为他自己也准备去一趟，跟那里的法师较量较量。

　　束缚被解除后，男孩还想继续装作一尊直挺挺的石像，一声也不吭。早出只得强行侵入他的脑海，这还是很久之前，早出从他的师父那里学来的技艺，那时的格鲁克在这方面可谓是不折不扣的宗师。等到记忆被搜干挖净，那男孩就一点用处都不剩了，只等着被处理掉。再一次被这些蠢货愚弄，这让早出倍感羞辱。而他对柔刻的全部了解就只有：那里是手的大本营，有一所教导巫术的学院。此外，还有一个男人的名字。

一想到巫师学院这个名词，他就忍不住发笑。野猪学校，龙的学院！但他又想到，似乎有一些身具力量的男人正聚在柔刻，进行着某种谋划。巫师正在联合，这点令他越想越震惊。这种事不可能发生，除非是在某种强大力量或绝对意志的驱使之下——一个强大的法师，强到可以迫使其他强大的巫师也为他效力。这正是他梦寐以求的敌人！

猎狗正候在大门口。早出派人把他叫上来。"燕鸥是谁？"一见老人，他便急急问道。

随着年龄的增长，猎狗越发向他的名字看齐，满是皱纹的脸上，生着长长的鼻子和一双悲伤的眼睛。他抽抽鼻子，像是想说不知道，但又知道最好别对早出撒谎。他叹了口气。"就是水獭，"他说，"杀了老白脸的那人。"

"他藏在哪儿？"

"根本就没藏。在城里走来走去，四处攀谈。去山那边的巷尾村看他的母亲。现在还在那儿呢。"

"你该马上告诉我的。"早出说。

"我不知道你也在找他。我已经找了他许多年了。他骗过了我。"猎狗说着，却并无怨恨。

"他诱杀了一位伟大的法师，我的师父！他很危险。我要复仇。他都跟什么人说话？把他们给我抓来。之后我再收拾他。"

"码头上的几个老妇人。一个老术士。他姐姐。"

"把他们抓过来。带上我的人。"

寻查师 647

猎狗又吸吸鼻子，叹了口气，点点头。

人是抓了来，有用的信息却几乎没有。还是跟之前一样：他们属于一个名叫手的组织，一个强大术士的联盟，在诺雷德之岛，也就是柔刻上；那个名为水獭或者燕鸥的人就是从那座岛来的，他原本是哈吾讷人；人们对他非常尊敬，虽然他只是个寻查师。早出的手下没找到水獭的姐姐，许是跟他一起去了巷尾村，他们的母亲就住在那里。早出在他们一团浆糊的脑子里翻来拣去，刑讯其中最年轻的那个，然后把他们统统烧死，还要让洛森坐在窗边观刑。王也需要一些消遣。

所有这些只花了两天工夫。与此同时，早出也在搜查和打探巷尾村，他先是将猎狗派去，随后还派了自己的一具显身前去监察。一找到那人在哪儿，他便化身为鹰，振翅而去。早出是一位非凡的变形师，没什么是他不敢变的，连龙也不在话下。

早出很清楚，对付那人须得提起一万分的小心。水獭击败了蒂纳尔，还搅起了柔刻的事，而且他的体内或身边，还有着某种力量。然而，区区一个混迹于接生婆间的寻查师，实在难以让早出心生畏惧。他决不肯偷偷摸摸潜入。于是在光天化日之下，他公然降落在巷尾村那个不规则的小广场上，收起利爪与双翼，变回人类的四肢。

一个小孩大哭着跑向妈妈。此外空无一人，但早出僵硬地转过头，定定地凝视着，目光还残存着鹰的锐利。巫师能认出巫师，他知道猎物躲在哪座小屋。径直走过去，猛地推开大门。

桌前坐着一名黝黑瘦弱的男子，正抬头看向他。

早出抬手就是一个束缚咒。只是手还没能完全抬起来，就被定在身侧，动弹不得。

看来，这的确是一场势均力敌的比赛！早出微笑着后退一步，举起双臂，向前上方推出，动作虽慢，却很稳。那人再也无法定住他。

屋子消失了。墙壁，屋顶，那人，全都不见了。早出正高举着双臂，站在晨光下尘土飞扬的小广场上。

当然，这只是幻象，却也让他施咒的动作缓了一缓，他只得先解除幻象，好让头顶的门框，墙壁，屋梁，陶具的反光，壁炉前的石板，桌子一一再现。但桌前没人。他的敌人不见了。

意识到这一点，早出非常生气，就像一个饥肠辘辘的人被夺走了手中的食物。他试着把对手召唤回来，却又不知燕鸥的真名，无从掌控其心灵或思想。召唤自然无人回应。

他大步从那间小屋走出，回身对它施了一个火咒。小屋突然起火，火苗从屋顶、墙壁和窗户涌出，妇人们尖声叫着跑出来。她们刚才一定就躲在里间，只是他完全没有注意。"猎狗。"早出想着，念出他的真名，将老人强召过来。猎狗很是不满："我就在那边的酒馆，只要叫一声通名，我就会过来了。"

早出瞥了他一眼。猎狗的嘴啪地闭上，无法张开。

"叫你说话的时候你再说。"巫师说，"那人去哪儿了？"

猎狗朝着东北方向点点头。

"那边的什么地方？"

早出放松一点对猎狗嘴巴的控制，让他能够勉强出声，他用了无生气的呆板语调说道："萨莫里。"

"以什么形体？"

"水獭。"还是那个呆板的声音。

早出朗声大笑。"我去那里等他。"说着再次化身为鹰，双腿变成黄色的脚爪，双臂展为宽广的羽翼，腾空而起，在风中上下翻飞，远去了。

猎狗抽抽鼻子，叹了口气，不情不愿地拖着步子跟上，身后的村子里，大火渐渐熄灭，孩子们还在哭，妇人们正冲着鹰的背影大声咒骂。

想要行善的危险在于，人很容易混淆意愿与行动。

水獭在叶奈瓦河顺流急下时，心里想的并不是这些。而是速度、方向、河水清甜的味道和游泳甜蜜的力量。但不久前，坐在巷尾村外祖母家的桌前，与母亲和姐姐聊天时，就在屋门被猛地推开，一个可怕的身影逆光站在门口之前，梅卓心里在转的就是类似的念头。

来哈吾讷时，他以为没有恶意就不会作恶。但他已经造成了不可弥补的伤害。许多男女与孩童都因他的到来而丧命。被活活烧死，死得那么痛苦。他还将姐姐、母亲和他自己，甚至柔刻，都置于可怕的危险之中。若是他被早出（他只听说过这人的通名与声名）抓住，像掏口袋一样掏空了脑子，就像其他人所遭受的那样，那柔刻所有人都将暴露在巫师本人及其手中舰队与军队的力量之下。他就成了将柔刻出卖给哈吾讷的叛徒，和那个将柔刻出卖给瓦梭的不知名巫师一样。搞不好，那人也没想到自己会造成伤害。

巫师来的时候，梅卓还在苦苦思索，该如何神不知鬼不觉地立即离开哈吾讷，却始终一筹莫展。

现在，作为水獭，他就只想像只水獭，做只水獭，永远待在清甜的棕色河水中，待在奔流不息的河流中。水獭的眼里没有死亡，只有生命的终结。然而，这只油光水滑的动物体内有着人类的灵魂。小溪流经萨莫里西边的山丘时，水獭爬上泥泞的河岸，而后，一个男人出现在那里，蹲着身子，瑟瑟发抖。

现在要去哪儿？他为什么要来这儿？

他当时并没有想。只是选取了自己最熟悉的形体，像只水獭一样跑到河边，像只水獭一样游。但只有变回原形，他才能像人一样思考、躲藏和判断，像人一样行动，或是像巫师一样对抗追捕他的巫师。

他知道自己无法与早出匹敌。定住头一个束缚咒便让他的法力所剩无几，幻象和变形的把戏更是令他黔驴技穷，若是再与那个巫师狭路相逢，他一定会被摧毁的。和他一起被摧毁的还有柔刻。柔刻和它的孩子们，他的爱人伊蕾哈，还有纱幕、乌鸦、海鲂……所有人。还有白色庭院里的喷泉，喷泉边的花楸树。只有原林永远存在。只有那座碧绿的圆丘，默然不语，不可动摇。他听见伊蕾哈说，但中间还隔着一个哈吾讷。他听见她说，我认为所有真正的力量，所有的太初之力，根本上都是同一种力量。

他向上看去。溪流上方的山坡就是当年他、蒂纳尔和他体内的安涅珀一起去过的山坡。再往后走几步，就是那道伤口，那道裂缝，在夏日青草的掩映之下，依然清晰可见。

"母亲，"他跪在那里说道，"母亲，开启。"

他将双手覆在那道土缝之上，其中却并没有任何力量。

"让我进去，母亲。"他用和那座山一样古老的语言低语道。地面轻颤了一下，打开了。

鹰的尖啸刺入耳膜。他站起身，跃入那一线黑暗。

鹰飞抵这里，在山谷、山坡，以及溪边柳树上盘旋，尖啸，飞了一圈又一圈，找了又找，却一无所获，只得沿着来时的方向飞了回去。

又过了好一会儿，已是傍晚时分，老猎狗一瘸一拐地来到山谷。他一路上走走停停，这里嗅嗅，那里闻闻，然后在地缝旁的山坡上坐了下来，歇歇疲惫的双腿。他摸索着那片地面，那里有些新翻出来的土屑，草也东倒西歪。他扶起倒伏的草，使之重新挺立。而后，他站起身来，去柳树下清澈的棕色小溪边喝了口水，复又回到山谷，朝矿区走去。

梅卓在疼痛和黑暗中醒来。很长一段时间里，除了这两样，这里什么都没有。疼痛时有时无，黑暗倒一直挥之不去。有那么一会儿，天光微亮，近乎暮色，隐约可以视物。他看到一道斜坡，从他躺着的这里一路向下延伸，尽头处是一面石墙。墙外又是一片黑暗。但他无力起身走到墙边。很快，他的胳膊、大腿和头又开始剧痛。黑暗再次笼罩，什么都看不见了。

渴，疼痛。渴，流水声。

他努力回想着该如何点亮法术光。安涅珀如泣如诉地问：你不会造光吗？但他想不起来，只得在黑暗中爬行。水声逐渐响亮，身下的石头也变湿了，他到处摸索，终于摸到了水。他喝过水，想要从潮湿的石头上爬开，因为他感到非常冷。一只手臂受了伤，使不上力气。头也开始痛了。他呜咽，颤抖，想要缩成一团，好留住一丝温暖。但这里没有温暖，也没有光。

他就坐在不远处，看着自己躺在那里，尽管周围仍是一片黑暗。他蜷成一团，倒在地上，旁边的云母岩架被水流渗透，不断滴落，汇成一条小溪。不远处躺着另一团：腐烂的红绸、长长的头发、骨头。再往后，是一直向深处延伸的岩洞。他能看到洞穴与巷道比他所知的要深远得多。以一种无物无我的漠然，他看着岩洞、蒂纳尔的尸体与他自己的身体。感到一丝轻微的遗憾。死在这里，死在被他杀死的人旁边，再公平不过。没什么问题。没什么不对。但在他体内，有一种痛在滋生，不是肉体上的剧痛，而是一种漫长的痛楚，像一生那样长。

"安涅珀。"他叫道。

话音刚落，他又回到自己体内，一片漆黑中，伴随着眩晕恶心，胳膊、大腿和头剧痛不已。身子一动就痛得流泪，但他还是坐起来。我一定要活下去。我一定要想起来如何活下去。如何点亮法术光。我一定要想起来。一定要想起树叶的影子。

森林有多深？

人心有多深，森林就有多深。

他抬起头，望入黑暗中。过了一会儿，他动了动那只完好的手，微弱的光芒涌了出来。

岩顶在他上方很高的地方。细细的水流从云母岩架上滴淌下来，被法术光映得明灭闪烁。

先前那双漠然、游离的眼睛所见的石室与巷道已不见踪影。暗淡的法术光只能照亮眼前的一小块。那天夜里，他和安涅珀就是这样，在黑暗中一步步地朝前走，走向她的死亡。

他跪坐起来，这才想起轻声道一句："谢谢你，母亲。"他站起身来，却又跌倒在地，失灵的左髋令他痛呼出声。过了一会儿，他又试了一次，这次终于站了起来，开始试着往前走。

他花了很长时间才穿过这座岩洞。为了走起来轻松一些，他把那只受伤的胳膊放进衬衫里，用那只完好的手按住髋部。两侧石壁逐渐收窄，宛如通道。岩顶也低了许多，就垂在他的头顶上。水从一侧的石壁渗流而下，在岩石间聚成一个小水潭。这里不是蒂纳尔幻觉中那座宏伟的红色宫殿，没有高高耸立的廊柱，也没有神秘的银色符文。这里只有大地，只有泥土、岩石和水。空气凉爽而沉静。周围是全然的寂静，只有水流的滴答声；无尽的黑暗，除了微弱的法术光。

梅卓垂下头，站在那儿。"安涅珀，"他说，"隔着这么远，你过得来吗？我不认路。"他等了一会儿。

现在，他能看到黑暗，也能听到寂静了。他跛着一条腿，动作迟缓，踏入那条通道。

那人是如何摆脱他的追踪的，早出不得而知，但有两件事可以肯定：他是一个比早出遇见的所有人都强大得多的法师；他会尽快回到柔刻，因为那里是他力量的来源与核心。想比他早到注定是徒劳的，他已先走一步。但早出可以紧跟其后，如果他自己的力量不够用，还可以带上一支军队，没有法师能够抵挡军队。就连诺雷德不也差点儿一败涂地？打倒他的不是巫术，而是在敌人的控制下反过来对付他的军队。

"吾王。"早出向坐在王座之上，盯着自己看的老人说道，"强敌环聚内极海之南，不日便会来犯。您将派遣舰队前去剿灭。百艘战舰自大港、欧穆尔岛、南港与您的郝斯克岛齐发，举世无双的强大海军！领军在我，而荣耀归于您。"早出说罢，放声大笑。洛森仍在盯着他，眼神充满恐惧，仿佛终于开始懂得谁是主人，谁才是奴隶。

早出对洛森部下的掌控可谓是如臂使指，不到两天，一支庞大的舰队便已集结起来，驶出哈吾讷，沿途不断有新的战舰汇入。在法术风准确而稳定的吹动下，八十艘战舰途经扁舟岛与伊利安岛，径直驶向柔刻。有时，早出会身着白色丝绸长袍，手持由极北之地海兽的整只角雕成的高大白色巫杖，站在领航舰的船头，在他身后，一百支桨上下翻飞，像是一只海鸥，在用双翼拍打着水面。有时，他自己便化身海鸥或鹰，甚至是龙，高高地飞在舰队的正前方。人们一见他飞翔的身姿，便大喊道："龙王！龙王！"

　　他们在伊利安岛靠岸，以补充水与食物。可想而知，要迅速派出这样一支多达几百人的队伍，根本不会有什么时间留给他们准备口粮。他们占领了伊利安岛西部沿岸的城镇，将它们洗劫一空。在维斯提岛与柯梅瑞岛上，他们也如法炮制，掠走了所有能带走的，带不走的便付之一炬。之后，庞大的舰队转头向西，朝着柔刻唯一的港口泰维勒湾驶去。从哈吾讷的那些地图上，早出知道了这个港口的名字，也知道岛上有座高大的山丘。一行人离柔刻越来越近，他化身为龙，高高地飞在前方，为战舰领航，同时紧紧盯着西方，不住搜寻着那座山丘。

　　等到他终于看到，云雾缭绕的海面上浮现的那抹淡淡的绿意时，不禁发出一声长吟——船上所有人都听到了龙啸——同时加快速度，带着众人同去征服。

　　传言都说，柔刻岛上施有防御咒与隐匿术，普通人的眼睛无法看到。但此刻，无论是那座山丘，还是他面前这片开阔的海湾都一览无余，纵使缠着魔咒，在他看来也如蛛丝般薄弱。直到他越过海湾，掠过小镇与山坡上未完工的建筑，来到高耸碧绿的山顶，都没有什么来模糊他的双眼，挑战他的意志。他拍打着锈红色的双翼，吐出一团火苗，龙爪重重地落在山顶上。

落在地面上的是他自己的原形。不是他主动变回来的。他警觉地站在那里，不知发生了什么。

起风了。高高的草茎在风中点头。夏日将尽，草叶枯黄，除了雪顶翁那小小的、洁白的球冠，再不见一朵花。一个女子走上山来，越过草地，向他走来，她的脚下并没有路，步子却很轻松，不慌也不忙。

他以为自己已抬手施过咒，阻止了她的脚步。但他并没有抬手，她继续走着，一直走到他面前略低的地方，才停下脚步。

"告诉我你的真名。"她说。他则回答道："泰列尔。"

"泰列尔，你来这里做什么？"

"来摧毁你们。"

他注视着她，那是一个短小精悍的中年女子，头上有几许白发，生着一张圆脸，黑色眉毛下的黑色眸子正紧紧地攫着他的双眼，攫着他整个人，从他嘴里掏出真相。

"摧毁我们？摧毁这座山？这些树？"她望向山下不远处的原林，"或许创造一切的塞古以可以摧毁它们。或许到最后，大地会摧毁她自己，借由我们的手。但它绝不会毁在你的手中。假的王，假的龙，假的人，连自己是什么都不知道，也敢来柔刻圆丘放肆？"她朝脚下的地面比了一个手势，便转过身，沿着来时的方向，越过草丛，下山去了。

这时他发现，山顶上还有别的人，许许多多：有男有女，也有孩子；有生者，也有逝者的灵魂……无穷无尽的人。他害怕地蜷缩起身子，试图施咒把自己藏起来，不让这些人看到。

但他没能施咒。在他的体内，已经没有了力量。它就那么消失了，从他的体内流入这座可怖的山丘，流入脚下这片可怖的土地，不见了。他不再是巫师，而是一个不具力量的普通人，和其他所有人一样。

他不是不知道这一点，相反，他知道得很清楚，却仍徒劳地念着咒，举起双臂施咒，愤怒地在空中扑打。而后，他转头面向东方，极目远眺，搜寻着翻飞的船桨与鼓胀的船帆，盼望着他的无敌舰队前来惩罚这些人，拯救他。

但他看到的只有海面上的雾气，笼罩了海湾前开阔的海域。眼看着，雾气越发浓重，沿着平缓的波浪，渐渐蔓延开去。

大地围着太阳转动，便有了昼夜之分；但在大地内部，却从未有过白昼。梅卓就行走在无边的暗夜里。他的腿瘸得厉害，也无法一直点着法术光。光灭了，他就只得停下脚步，原地坐下，睡上一会儿。每一次，他都以为自己就要死了，却又总能从睡梦中醒来，冰冷，疼痛，口渴。等到终于能够再次点亮一丝微弱的法术光，他就站起身来，继续往前走。从始至终，他都看不见安涅珀，但他知道她就在这里。他跟在她身后。时而穿过几间宽敞的石室，时而路过几潭静水。水面不见一丝波澜，但他还是喝了里面的水。他觉得自己走了很久，越走越深，终于来到一处最长的水潭。过后，前行的路变陡。不时地，安涅珀也开始落在他后面。他呼唤她的真名，她并没有应声。他叫不出别的真名，但是他可以想着那些树，以及它们的树根。这里是树根的国度。森林有多深？世上有多少树，森林就有多深。生命有多久远，森林就有多深。树根能扎多深，森林就有多深。

叶影能覆盖到哪儿，森林就有多深。但这里没有影子，只有黑暗。他仍继续向前，走个不停，直到安涅珀出现在他的前方。看到她明亮的双眼，如云的鬒发。她回头望了望，拐进一道又长又陡的斜坡，轻快地没入黑暗。

他所站的地方不再是全然的黑暗。他能感到有风吹在脸上。前面很远的地方有一道细微的光芒，不是法术光。他继续前行。那条右腿再难以承受他身体的重量，他已经拖着它，爬行了许久。他闻到了晚风的气息，看到了枝叶掩映下的夜空。老橡树的根拱成一座天然的洞口，仅容一人或一獾爬过。他爬了出来。就那么躺倒在树根旁，看着天光渐褪，一两颗星星从叶底钻出。

此处是法林恩大森林的外围，位于萨莫里以西，距离那座山谷有数里之远。猎狗就是在这里找到他的。

"可算找到你了。"老人说着，低头看着那具瘫软如泥、一片狼藉的身体，不无遗憾地补上一句，"可惜已经太晚了。"他弯下身子，想看看能不能把他抱起来，或者能不能拖动，却触到了一丝生命的温热。"命可真硬。"他说。"嘿，快醒醒。别睡了。水獭，快醒醒。"

水獭认出了猎狗，虽然他连坐都坐不起来，说话的力气都没有。老人把自己的外套搭在他肩上，用自己的水瓶喂他喝了点水，便一屁股坐在他旁边，倚在橡树巨大的树干上，凝望着森林深处，好半天没有说话。那是一个炎热的上午，树叶在夏日阳光的照射下，现出深深浅浅的绿色。高高的树顶上，松鼠破口大骂，松鸦不甘示弱地回嘴。猎狗挠挠脖子，叹了口气。

"和上回一样，巫师追错了方向，"他开口了，"他以为你回了柔刻，准备去那儿抓你。我什么都没告诉他。"

他看着眼前这个男人，只知道他叫水獭。

"你去了那边的洞，关老巫师的地方，对吧？找见他了？"

梅卓点点头。

猎狗发出一声短促的闷笑，继续说道，"你找到你在找的东西了，对不对？跟我一样。"他发觉身边同伴的心情骤然低落，于是说道，"我会带你出去的。去下面村里找个车夫。等我再歇两口气。你先别急。听我说。我这些年一直在找你，不是为了把你交给早出。就像把你交给格鲁克。我很抱歉。我总想到，当初跟你说，我们技人要团结起来。还有替谁干活什么的。但我也没有太多选择。总归是我对不住你。我想，要是再碰上你，准得尽可能帮你一把。谁让咱们都是寻查师呢，你说是不是？"

水獭的呼吸越发困难。猎狗拍拍他的手，说："放宽心。"然后站起身来，"你就放心好了。"

猎狗找来一个车夫，愿意送他们到巷尾村。水獭的母亲与姐姐正忙着重建那座被烧毁的房子，暂时借住在表亲家。水獭归家时，两人喜出望外。她们不知道猎狗与领主或巫师的关系，只当他是一个本地人，一个好人，在森林里发现了奄奄一息的水獭，还把这可怜的家伙送回家。一个智者，水獭母亲断言，绝对是个智者。对于这样一个人，再怎么热情款待都不为过。

水獭恢复得极慢。医师尽其所能地治疗着他骨折的胳膊和断裂的髋部，智妇在他被岩石割破的手、头和膝盖上厚厚地涂了一层药膏，母亲为他带来菜园与果树所能找到的种种美食，但他依然像猎狗刚把他带回来时那样虚弱、消瘦，根本下不了床。他的心不在这里，巷尾村的智妇说，在别的地方，被忧虑、恐惧或羞愧吞噬了。

"所以它在哪儿？"猎狗问。

水獭沉默许久，答道："柔刻。"

"老早出带着那支庞大舰队去的地方。我明白了。有朋友在那儿，对不对？说起来，我知道有艘船回来了，因为我见着了那艘船上的一个水手，就在山下的小酒馆里。我去打听打听，看看他们到柔刻没，情况到底怎么样。但我可以告诉你，老早出这回可晚归了。咳咳。"许是对自己的笑话很得意，他又重复了一遍，"晚归了。"他站起身来，看看床上病得脱了相的水獭，"你就放宽心好了。"说完就走了。

猎狗一走就是好几天，回来时乘着马车，脸上那副神情，用水獭姐姐的话说便是："猎狗不是打了胜仗，就是发了大财！坐在城里那种马车里，拉车的也是城里的马，跟王子似的！"

猎狗跟她前后脚进屋。"说来话长，"他说，"一到城里，我就先去了趟王宫，看看有什么消息。你猜怎么着？我看见老海盗王好端端地站着，跟之前一样，大声发号施令。站着！他都多少年没站起来过了？发号施令！反正有人听也有人不听。我赶紧溜了，这种时候，王宫可不是什么好待的地方。我又去见了几个朋友，跟他们打听了一下老早出去哪儿了，去柔刻的舰队回来没有。先说早出，他们说，没人知道他去了哪儿。一点信儿都没有。他们还跟我开玩笑说，估计只有你能找到他了。嗯哼，他们都很清楚我有多爱戴他。再说那些船，倒是有几艘回来了，可船上的人说压根儿就没到柔刻，连根毛都没见着，直接就从海图上标的地方穿过去了，那儿根本就没有岛。还有一艘大战舰，上面的几个人说，快到那座岛的时候，他们却闯进了一团雾里，那雾气又厚又重，跟湿布似的。海水也变得很浓，桨手们连桨都要划不动了。据说他们在那团雾里困了一天一夜。好不容易出来以后，整个舰队都消失得无影无踪，海面上连一艘船都没有。眼看着奴隶们都快要造反了，舰长只得下令赶紧返航。还有洛森自己那艘老乌云，说话的时候正好也进港了。我也跟船上下来的人聊了两句。他们说，本该是柔刻的地方除了浓雾和暗礁啥也没有，于是他们就和其余七艘船继续往南航行，却撞上了瓦梭的一支舰队。许是那里的领主也听说了有一支庞大的舰队正在这一带四处劫掠，因为他们连个招呼都没打，直接就朝这几艘船舰发射了法术火，还尽可能地靠过来，想要登船作战。那几个人都说，光是摆脱这些人就已经是一番苦战，很多人都没逃出来。这阵子，没人收到早出的消息，也没有人能操纵天候，除非船上有自己的风候师。所以，老乌云上下来的人都说，等到他们好不容易穿过整个内极海，回到哈吾讷时，整个队伍已经是七零八落的，像是一群战败了的斗犬。怎么样，喜欢我带来的消息吗？"

水獭强忍着泪水，别过脸去。"喜欢。"他说，"谢谢。"

"就知道你会喜欢。至于洛森嘛，"猎狗说，"管他呢。"他吸吸鼻子，叹了口气。"我要是他就赶紧退休，"他说，"反正我自己是不干了。"

水獭终于找回了对表情与声音的控制。他擦擦眼睛，擤擤鼻涕，清了清嗓子，说道："这主意倒不错。不如来柔刻，还安全一点。"

"这地方看起来可不大好找。"猎狗说。

"没关系。我能找到。"水獭说。

梅卓

吾宅之门，长者守之
贫富贤愚，云集纷至
得其入者，万中无一
吾川之水，逝者如斯

猎狗留在了巷尾村。在那里，靠寻查就足以养活他自己，而且他喜欢山下的小酒馆，何况还有水獭母亲的盛情款待。

那年初秋，洛森被人绑着一只脚，倒吊在新宫的窗边慢慢腐烂，与此同时，有六个领主为他留下的王国展开生死争夺。巫术肆虐的海面与海峡之上，庞大舰队互相追击，无一宁日。

然而，希望号还是载着梅卓，无惊无险地穿过内极海，回到了柔刻，掌舵的是两位年轻的术士，他们都是哈吾讷的柔黄。

余烬正在码头等他。梅卓身形枯瘦，跛着一条腿，走到她面前，握住她的双手，却无法抬起脸来与她对视。他说："太多的死亡压在我的心头，伊蕾哈。"

"跟我来原林吧。"她说。

两人在林中一直待到冬日来临。下一年里，他们在穿林而出的泰维勒溪边建起一座小屋，之后的每年夏天都住在那里。

他们在大宅中劳作，执教，看着浸润了保护、稳固与和平魔咒的石头，一块接一块地垒起；他们也见证了柔刻律条的颁布，只是并非他们以为的那种铁律，因为时常就会有人提出质疑。毕竟，聚集在这里的男男女女，无论是跨海而来，还是自学生中脱颖而出，都是身怀力量、满腹学识且心高气傲的法师，他们对着律条起誓，愿为所有人的幸福而共同奋斗，但每个人都有属于自己的道。

伊蕾哈的年纪大了，厌倦了学院中的激情与纷争，更是只爱待在原林里。她常常独自一人漫步林中，一直走到心之所至的最深处。当然，梅卓也会在树下行走，只是走不了她那么远，因为他的腿脚实在不良于行。

她去世后，他独自在原林边的小屋里住了一段时间。

一个秋日，他又回到学院。走的是菜园门。那里有条小径穿过田野，一直通往柔刻圆丘。柔刻大宅有着许多奇特之处，其中一处便在于，它根本没有所谓的正门或大门。你可以从所谓的后门进来，虽然它的门扇由兽角雕成，门框取材自龙牙，门上还刻着一棵树，树上有千百片叶子，但从外面却什么都看不出来，只不过是暗巷尽头一扇平平无奇的门罢了。你也可以从菜园门进来，那是一扇普通的橡木门，门上有个铁闩。但就是没有所谓的正门。

他穿过一间间厅室，绕过一道道石廊，来到大宅中央大理石铺就的喷泉院。伊蕾哈种下的小树出落得高大挺拔，浆果也在渐渐染红。

听闻他回来了，柔刻大师们纷纷前来，他们都是各自领域内不折不扣的宗师。在搬去原林前，梅卓曾担任寻查大师。一如当年受教于他，如今教授这门技艺的是一位年轻女人。

"我在想，"梅卓说，"你们现在只有八个人。但九这个数字更好。如果你们不嫌弃，可以再把我算进来。"

"那您准备做什么呢，燕鸥大师？"召唤大师，一名来自伊利安岛的白发法师问道。

"我可以守门。"梅卓答道，"我的腿瘸了，不会离开它多远。我的年纪大了，知道该对来人说什么。我是个寻查师，能分辨出他们是否属于这里。"

"那将为我们省去许多麻烦和危险。"年轻的寻查大师说。

"那您要如何筛选呢？"召唤大师又问。

"我会询问他们的真名。"梅卓说着，露出一个微笑，"如果他们愿意告诉我，就可以进来。等到他们自己觉得已经学成，就可以再出去，只要他们说得出我的真名。"

就这样，之后许多年，梅卓一直守着柔刻大宅的两道门。随着时间推移，大宅里的许多事都变了模样，但菜园那扇通往圆丘的橡木门，至今仍被称作梅卓之门。第九位柔刻大师也依然是守门大师。

在巷尾村和奥恩山脚下的村庄，纺织妇女间传唱着一首谶谣，其中最后一节，或许便与那个名叫梅卓，也叫燕鸥与水獭的人有关。

> 索利亚岛，重现于世
> 龙潜深海，鸟翔墓室
> 荒谬如是，只此三事
> 此景难再，只此三事

高沼上

On the High Marsh

姚人杰 / 译

塞梅尔岛位于恩拉德群岛的西南，哈吾讷岛的西北，中间隔着佩恩海。尽管在地海诸岛中当属大岛之列，但流传下的故事却不多。恩拉德有着辉煌的过往，哈吾讷富甲天下，佩恩恶名远扬，但塞梅尔只有牛羊、森林和小镇，以及一座傲睨全岛的休眠火山，名唤安当丹。

　　安当丹山南面有片土地，上次喷发时的火山灰在那儿堆积了上百尺深。流向大海的大河小溪划过这片被堆高的平原，一路蜿蜒，聚水成泊，迂回绵延，化平原为沼泽。那是一大片荒凉的湿地，远眺无际，只见寥寥的树木和些许人迹。火山灰土长出茂盛油亮的野草，当地人在此放牧，把肥壮的牛供应给人口稠密的南海岸地区。他们任由牛群在平原上游荡，走出几里也不怕，因为河流就是天然的围栏。

　　一如众山岳，安当丹山造就了当地的天气，它周围总是萦绕着云团。高沼之上，夏日短，冬日长。

　　冬季某日，天刚擦黑，一名旅人伫立在狂风呼啸的岔路口，努力分辨着，想知道该选哪边，面前的两条小径都只是牛群在芦苇丛中踏出的路，看起来都不太靠谱。

方才他下山走到最后一程时，看见高沼上零星的房屋，不远处就是个村落。他本以为自己走在去村子的路上，但不知在哪个地方拐错了弯。小径两侧的芦苇长得又高又密，因此就算哪儿亮着灯，他也看不见。他脚边有水声作响，仿佛是在咯咯窃笑。之前绕过安当丹山时，他在难走的黑色火山岩路上走坏了鞋子。鞋底磨穿了，他的双脚也因走在冰凉潮湿的高沼小径上而作痛。

转眼间天色越发黑了。从南边升起一片雾霾，遮蔽了天空。唯有在幽暗孔硕的山体之上，还能清晰地看到群星闪烁。风吹过芦苇丛，窸窸窣窣的声音柔和又凄凉。

旅人伫立岔路口，也朝着芦苇吹口哨。

一条小径上有身影在移动，在漆黑一片中显得既大又黑。

"亲爱的，是你吗？"旅人说道。他讲的是太初之语，即造物真言，"那就过来吧，乌拉。"他说道，小母牛朝他走了一两步，走向她的真名，他也上前与它会合。更多地借助触感而非视觉，他辨认出硕大的牛头，抚摸她双眼之间柔滑的凹陷，挠搔她前额紧挨着小牛角根部的区域。"好看，你真好看。"旅人对着小母牛说道，吸入它带着青草味的鼻息，倚靠它硕大温暖的身体。"亲爱的乌拉，你愿为我带路吗？你会领我去往我要去的地方吗？"

他很走运，遇见的是一头农场小母牛，而不是那些四处漫游的牛，后者只会将他领到沼泽地的更深处。他的乌拉喜欢跃过栅栏，但在逛荡一阵后，便开始想念牛棚和母亲，她有时仍会去偷喝一口母亲的牛乳。此刻，她心甘情愿地带领旅人回家。她缓慢却坚定地走上其中一条小径，旅人紧跟着她，路够宽时就将一只手搭在她臀上。小母牛涉水穿过及膝深的溪流时，他便握住她的尾巴。等到她费劲爬上低矮泥泞的河岸，便甩一甩尾巴，令他松手。但她还是等在原地，直到他也爬上岸，比她还狼狈。接下来，她轻柔地缓步前行。旅人紧挨着小母牛的侧腹，贴得紧紧的，因为溪水冷得刺骨，令他打起寒战。

"哞哞。"他的向导轻轻叫道，他看到，就在左前方没多远的地方，有一小块方方的、昏黄的光。

"谢谢你。"旅人说着为小母牛打开圈栏门，让她回到母亲身边，与此同时，他跌跌绊绊地穿过黑漆漆的院子，走向屋门。

门外该是莓吧，不过她不清楚他为何要敲门。"进来吧，你这个笨蛋！"她说道，来人再次敲门，于是她放下手中正在缝补的衣物，走过去开门。"这就喝醉了？"她说完才瞅见他。

她最先联想到的是一位国王、一位领主、歌谣里唱的马哈里安，高挑笔挺，相貌俊美；她的第二个念头是一个乞丐或迷路的人，穿着肮脏衣服，一对哆嗦的手臂搂着自己。

旅人说道："我迷了路。请问我到村子了吗？"他的嗓音嘶哑刺耳，声音与乞丐无异，腔调却大相径庭。

"还要走半里。"赠说。

"这里有客栈吗？"

"得赶到奥雷比才有，还要再往南走十到十二里。"她仅仅思量了一下，"假如你需要房间过夜，我有间房。如果你到村里去，住桑家也可以。"

"假若可以，我想在此留宿。"他以高贵的腔调说道，同时牙齿不停打战，单手紧抓门框才勉强站得住。

"脱掉鞋子吧，"她说，"都湿透了。快进来。"她让到一旁，"快到火边来。"她领他到壁炉旁属于布的高背长椅上坐下。"把火稍微拨旺点，"她说，"你要喝点汤吗？还热乎着。"

"谢谢你，女士。"他蹲在炉火边，含糊地答道。她给他端来一碗肉汤。他急切又谨慎地喝着，仿佛很久没喝过热汤一般。

"你是从山那边翻过来的？"

他点点头。

"来干啥？"

"来这儿。"旅人说，颤抖得没那么厉害了。他的一对赤脚让人见着就难过，遍布瘀青，肿胀，被水泡得发白。她想叫他把脚放到炉火边烘烘，却又觉得有些冒昧。不管他是什么人，总归不是自愿要当乞丐的。

"来高沼上的人不多。"她说，"都是货郎之类的人。但冬天他们不会来。"

旅人喝完热汤，她取走碗，复又在原位坐下，继续做缝补的活计。她的凳子在壁炉右边，紧挨着油灯。"先把身子暖透，我再领你去床边。"她说，"那个房间没生火。你是不是在山上遇到坏天气了？听说那儿下雪了。"

"是有些风雪。"旅人说。借着油灯和炉火的光亮，她清清楚楚地打量了他一番。他不算年轻了，瘦削，但没有她本以为的那么高。他的脸蛋还不错，但有些不对劲的地方，有些缺陷。这男人看起来像是被毁掉了，她心想，一个损毁的人。

"你为什么要来高沼？"她问道。她让他进屋，自然有权提问，然而这样追问让她自觉不适。

"我听说，这儿的牛群中出现了牛瘟。"现在，他有点缓过劲儿来了，不再像是完全被冰封了似的，也恢复了他那美妙的嗓音。他谈话的方式酷似一个讲到英雄与龙王的故事时的说书人。也许他就是个说书人或诵唱者？但应该不是，他说他是为了牛瘟才来的。

"确实。"

"我也许能治那些牲畜。"

"你是治疗师？"

他点点头。

"那就再欢迎不过了。牛群中的疫病很严重，还愈来愈糟糕。"

他一声不吭。她能瞧得出，暖意正进入他的身体，解除他身体的束缚。

"把你的脚放到炉火旁，"她忽然说道，"我这儿有我丈夫留下的旧鞋。"她好不容易才说出这番话，然而话说出之后，她也感觉一阵轻松，像是解除了某种束缚。她留着布的鞋子到底是为了什么？那些鞋子给莓穿太小，给她穿又太大。她早就把他的衣服送人了，却留下了鞋子，她也不知道是为了什么。看来，就是为了给这个男人。她心想，只要你能耐心等待，事情总有变化。"一会儿拿给你。"她说，"你那双已经没法穿了。"

他瞥了眼女人。他的黑眼睛大而深邃，像马的眼睛一样看不透，不可解。

"他死了，"她说，"两年前。沼泽热。在这儿，你要当心。要小心水。我跟弟弟一起住，他现在村子里的酒馆。我们经营着一家奶酪坊，由我制作乳酪。我们的牛群一切安好。"她做了个禳灾手势，"我把牛群都关起来了。外面的放牧区里疫病十分严重。兴许寒冷天气能让它平息下来。"

"更有可能夺去那些患病牲畜的生命。"他说道，听上去有点犯困。

"我叫赠。"她说，"我弟弟叫莓。"

"我叫罂。"稍作停顿后，他报出自己的名字，她觉得这是他临时编的，并不适合他。他身上的事情都合不到一块儿去，组成不了整体。然而，她并不怀疑他。与他待在一起很放松，他对她没恶意。她觉得，他说到牲畜时流露出一种温情。他一定很会和动物打交道，她想。他本人就像一只动物，一个沉默不语、受过伤害的生灵，需要保护，却无法开口央求。

"跟我来，"她说道，"免得你在那儿睡着了。"旅人顺从地跟着她去了莓的房间，那里跟造在房子角落的壁橱差不了多少。她的房间在壁炉后面。过一会儿，莓就会醉醺醺地进屋，她会在壁炉旁边安一床铺盖，让弟弟睡那儿。让旅人在像样的床上睡一晚。兴许他继续上路时，会留一两个铜板给她。这些天，家里的铜板缺得厉害。

他睡醒时，一如既往在他位于大宅的房间里。他不明白房顶为何这样低矮，空气闻起来明明很新鲜，为何却有股酸腐味，屋外为何又有牛群在叫。他必须静躺着，回到这个别处，回到这个别人身体里，他记不起这个人的通名，尽管他昨晚对一头小母牛或是一名妇人报过。他知道他的真名叫什么，但不管这儿是什么地方，真名在这儿没有用，在哪儿都没用。他面前是黑色的道路、陡峭的坡地和广袤的绿地，河流纵横，水光粼粼。一阵寒风吹来，芦苇丛发出窸窸窣窣的响声，小母牛领着他蹚过溪流，艾莫尔打开房门。他一见到她，就晓得她的真名。但他必须用其他名字，他不能叫她的真名。他必须想起来，他昨晚让妇人用什么名字叫他。肯定不是伊里奥斯，虽然他曾经是伊里奥斯。也许，他不久后会成为另一个人。不，错了，他必须是这个人。这人的双腿作痛，双脚受伤。不过这是一张温暖舒适的床，有羽绒褥垫，他尚不需要离开被窝。他小睡一会儿，脱离了伊里奥斯。

等他终于起床时，不清楚自己究竟有多大，于是他低头看看双手和手臂，想知道有没有七十岁。他的模样仍然像四十岁，然而他感觉像七十岁，一动弹就痛的样子也像有七十岁。他穿上衣服，尽管由于连日的跋涉，那衣服已经发臭了。椅子下面摆着一对鞋，虽然旧，但牢固耐穿，还有一双与之相配的针织羊毛长袜。他给伤痕累累的脚套上袜子，一瘸一拐地走进厨房。艾莫尔立在大水槽前，正在扭挤一些包在布里的重物。

"谢谢你给的袜子和鞋子。"他感谢她给的礼物，他记得她的通名，但还是简单地称她为女士。

"不用客气。"她边说边拎起布中的重物，放进一只大陶盆，再在围裙上擦了擦手。他丝毫不了解女性。从十岁起，他就没在有女人的地方住过。好久以前，他曾经害怕女人，也是在一间厨房里，但要比这里宽敞得多，女人们朝他咆哮，让他别挡道。但是，自从他在地海四处游历，他早已碰见一些女人，发觉她们像动物一样好相处，她们忙于自己的事，若非被他吓到，都不怎么关注他。他努力不去吓到那些女人。他没有意愿，也没有理由去吓她们。她们又不是男人。

"你想要来点新鲜的凝乳吗？当早餐不错。"她在打量他，但持续不久，而且不去望他的眼睛。她浑似一个动物，犹如一只猫咪在打量人，但没有挑衅的意思。确实有只大灰猫四足着地趴在壁炉前，凝视着煤块。伊里奥斯接过妇人递过来的碗与调羹，在高背长椅上坐下。猫咪跃到他身旁，呜呜叫着。

"瞧瞧，"妇人说，"它对大多数人可都不太友善。"

"是因为凝乳。"

"也许，它认得出治疗师。"

这儿有妇人和猫咪，宁静平和。他叨扰的是一户好人家。

"外面很冷，"妇人说，"今天早上牛水槽还结了冰。你今天要上路吗？"

一阵沉默。他忘记自己要以言辞作答。"假若可以的话，我想逗留一阵，"他说，"我想待在这儿。"

他看见妇人微笑起来，但又面露踌躇，过了半晌才说："那么欢迎您，先生，但我不得不问一句，你能付点钱吗？"

"哦，当然。"他有点慌惘，边说边站起身，跛着脚走回卧室取钱囊。他带回一枚钱币，一枚印有王冠的恩拉德金币。

"只用付食物和取暖的钱就行，你也知道，这个季节的泥煤可不便宜。"妇人一边说，一边看向他递过来的金币。

"哦，先生。"妇人叫道。他立马知道自己做错了。

"村子里没人换得开，"妇人边说边抬起头，盯着他的脸庞看了半晌，"整个村子的钱加在一起，也换不开！"她说完笑了起来。看来是没事了，然而换这个字不断在他脑海里回响。

"这枚钱不是变换来的。"他说道，尽管他知道妇人不是这个意思。"很抱歉，"他说道，"假如我在这里待上一个月，待上整个冬季，用不用得完这枚钱呢？我在治疗牲畜时总得有个住的地方。"

"收好吧。"妇人说完又笑起来，双手慌乱地示意，"如果你能治好牛，牧场主会付你钱的，那时你就能付我钱了。如果你愿意，可以称之为保证。但请收好这钱，先生！这枚金币看得我眼睛都要花了。""莓，"她招呼道，同时有一名神志不清、形容枯槁的男子走进门，带进一股寒风，"这位先生是来治疗牛群的，会在我们这儿住一阵——愿他工作顺利！他也保证会付我们钱。所以你就睡在壁炉旁边，他睡你的房间。先生，这是我的弟弟，莓。"

莓低下头，小声嘟囔着神秘。他的眼睛黯淡无光。在伊里奥斯看来，这个男子中毒不浅。莓又走了出去，妇人凑过来，以坚定的口吻低声说道："他除了酗酒，也没什么坏毛病，但除了喝酒，他也不剩什么了。酒精已经蚕食掉他的大部分头脑，也消耗掉我们的大多数家产。所以，你明白了吧，先生？如果你不介意，就请把钱藏好，不能让他见着。莓不会主动去找，但只要见着了，就会拿走。他经常不晓得自己在做什么，你明白了吗？"

"好的。"伊里奥斯说道，"我明白。你是个好心的妇人。"她讲的全是莓，讲他不晓得自己在做什么。她一直在原谅弟弟。"一个善良的姐姐。"他说道。这些话对他来说如此新鲜，他以前从未说过也未想过，以至于他以为自己是在以真言讲出这些话，而他决不能以真言讲话。然而，妇人只是耸耸肩，露出一个苦笑。

"有好几次，我都差点儿要把他那颗愚蠢的脑袋拧下来了。"她说完继续工作。

到了这个安全的场所，他才知道自己有多疲惫。那天，他整天都在壁炉前和灰猫一起打瞌睡，而赠则进进出出地忙活着，数次给他端来食物——都是些粗劣的食物，但他很珍视，慢慢吃了个精光。到了晚上，她的弟弟又出了门，她叹气道："凭着我们有位房客，他又会在酒馆欠下一串新账了。我不是说这是你的过错。"

"哦，不，"伊里奥斯说，"这就是我的过错。"然而她原谅了他。灰猫紧贴着他的大腿，做着梦，梦境进入他的脑海，进入他与动物们说话的低矮田野，那昏暗的地方。猫在那儿蹦来蹦去，接着出现了牛奶，还有深处轻柔的震颤。那儿没有过错，唯有深深的纯真。无需言语。他们不会发现他在这儿。他到这儿也不是要发现什么。无需说任何名字。除了她、做梦的猫和闪烁的炉火，没有任何人。他也曾走在黑暗的道路上，翻越死寂的大山，然而在这儿，只有小溪缓缓流过牧场。

他是个疯子，而她不晓得是什么迷住她的心窍，竟然让他留下来，然而她就是不害怕他，也不怀疑他。就算他是疯子，又有什么关系？他很文雅，在突遭变故之前，也许还一度睿智过人。况且，他也没那么疯癫。只是部分的疯癫，不时的疯癫。他身上没什么东西是完整的，连疯癫也是如此。他记不起他曾经告诉过她的名字，让村民叫他奥塔克。他大概也记不起她的名字，他总是称她为女士。但也许那是他的礼貌之辞。她也称他为先生，既是出于礼貌，也因为无论是壑还是奥塔克都不太适合他。她曾听闻，奥塔克是一种拥有利齿、发不出声音的小动物，但高沼上没有这样的生物。

她曾想过，他说自己到这儿来是为了治疗患病的牛，也许也是疯癫的一个表现。他举手投足间不像治疗师，没有给动物们带来药物、咒语和药膏。不过，他休息两日后，就问她村子里有哪些牧场主，接着便穿着布的旧鞋子离开了，走路时依然双脚作痛。见到那一幕，她心头一酸。

他到晚上才回来，脚跛得比之前更加厉害，这当然是因为桑带着他一路步行去了长野，桑的大多数牛都放养在那一片。除了桤，村里没有人养马，但他的马是养来给自家牧牛人骑的。她给客人端来一盆热水，拿来一条干净毛巾，让他洗洗脚，然后想起问他想不想洗澡，他确实想。于是两人烧好水，倒入旧浴盆，然后她进入卧室，留他在壁炉边洗澡。等到她出来时，外面都已经收干抹净了，毛巾挂在炉火前。她从没见过这么会料理家务的男人，谁又料得到有钱人会干这种活呢？在他的家乡，难道会没有用人？但他比猫还省事。他自己洗衣服，甚至还洗床单，天晴的时候，还没等她发觉，他就已经都洗好，晾到室外了。"先生，你不需要亲力亲为，我洗衣服的时候可以把你的一起洗掉。"她说道。

"不需要。"还是那种心不在焉的语气，仿佛根本不懂她在说些什么，但紧接着他又说，"你干活已经很辛苦了。"

"谁干活不辛苦？我喜欢制作乳酪，对此很感兴趣。而且我身强力壮。我只担心等我老了，就抬不起奶桶和模具了。"她向他展示圆鼓鼓的强壮手臂，捏成拳头，微笑起来。"五十岁了，很不错吧！"她说道。如此自夸有点愚蠢，但她对自己强健的手臂、饱满的精力和精湛的技巧深感自豪。

"祝你工作顺利。"他严肃地说。

他对付她养的奶牛很有一套。他在场时，她若需要帮手，他便顶替莓的位置，正如她边笑边告诉好友褐的，对付奶牛时，他比布养的老狗更在行。"他与奶牛们说话，我敢发誓奶牛们在想他说的话。那只小母牛还像小狗一样始终跟着他。"不管他在放牧区里对牛群做了什么，牧场主们都念着他的好。他们当然会抓住任何可能的帮助。桑的牛有半数都死了。桤不说他损失了多少头牛。到处都能见到死牛的尸体。若不是天气寒冷，高沼早就弥漫着腐肉的臭味了。水要煮上一小时才能饮用，除非是从水井里打来的。而除了她家的水井，只有村子里有口水井，而村庄也得名于此。

一天早上，桤手下的一名牧牛人骑着马，出现在前院，牵了一头上好鞍具的骡子。"桤师傅说，这头骡子是给奥塔克师傅骑的，到东野要赶十到十二里路。"年轻人说。

她的房客走出房子。早晨的天色明亮，雾气朦胧，高沼隐藏在闪闪的水汽背后。安当丹山仿佛漂浮在雾气之上，在北方天空的映衬下，呈现庞大嶙峋的轮廓。

治疗师一言未发，径直走向骡子，或者更准确地说是头驴骡，是桑家的大母驴和桤家的白马交配所生。这头母骡的毛色是沙色夹杂着白色，年纪很小，长相俊俏。他上前和母骡交谈片刻，对着它精巧的大耳朵说了些话，抚摸它头顶的毛发。

"他总爱这样，"牧牛人对赠说，"对动物说话。"牧牛人一副乐不可支却又不屑的表情。他是莓在小酒馆的酒友之一，对于牧牛人这行来说，他是个挺正直的年轻后生。

"他有治愈牛只吗？"她问道。

"这个嘛，他无法立竿见影地消除牛瘟。但要是能在牛开始打战之前着手治疗，好像就能治好。而且他说他能让那些尚未染病的牛只不被染上。于是，师傅让他去放牧区到处看看，能救多少算多少。但有许多已经来不及了。"

治疗师检查了肚带，松开一条皮带，跨上鞍具，姿势虽然不专业，但驴骡没有抗拒。它转过头，长长的口鼻部分呈现米白色，一对漂亮的眼睛看着骑手。他微笑起来。赠从未见他笑过。

"咱们出发吧！"他对牧牛人说道，牧牛人立刻策马而去，朝赠挥挥手，胯下的小母马喷着鼻息。治疗师跟在后面。驴骡的腿长长的，步伐平稳，白色皮毛在晨光下闪现光泽。赠觉得像在目送一位王子骑马远行，像是故事里的场景，骑行的身影穿过明亮的雾气，穿过隐约呈现暗褐色的冬季旷野，逐渐淡入光亮中，最终消失不见。

牧场上的劳作很辛苦。"谁干活不辛苦？"艾莫尔曾这样问过，边问边展示她圆鼓鼓的强壮手臂和坚韧泛红的双手。牧场主桤希望治疗师能一直待在那些牧场里，直至他把牛群中尚活着的牛都一一摸过。桤派了两名牧牛人跟他。他们用一块铺地的防潮布和一顶半幅帐篷，勉强建立起营地。高沼上除了小灌木和枯掉的芦苇，没有其他可烧的东西，生的火煮沸水都勉强，更别说取暖了。牧牛人骑马出去，尝试将牛聚拢到一起，好让他到牛群中去治病，不用在干枯结霜的牧场中逐个去找四散觅食的牛只。牧牛人没法让牛群久久地聚在一起，便对牛群发火，也因为他手脚不能再快些而生他的气。这让他觉得奇怪，牧牛人竟然对牛没有耐性，将牛当成死物来对待，就像放排工对付河中原木一样只靠蛮力。

牧牛人对他也没有耐性，总是催促他抓紧时间，快点干完活，他们对于自身和自己的人生也没有耐性。他们两个聊天的内容永远都是拿到薪水后要去奥雷比镇上做什么。他听说了许多奥雷比娼妓的事，有叫雏菊的，有叫金翅雀的，还有一个叫燃烧的荆棘。他不得不和这两个年轻人坐一起，因为他们仨都需要营火提供的温暖，但牧牛人不希望他待在那儿，他也不想和牧牛人们待在一起。他知道，牧牛人对于他的术士身份有隐约的恐惧，也对他心怀嫉妒，但最严重的是轻视。他年纪老迈，是个异类，不是他们中的一员。他了解恐惧和嫉妒，对它们退避三舍，那种轻视他也记得。他很庆幸自己不是他们中的一员，也庆幸他们不想与他谈话。他担心对他们犯下错事。

冰冷的清晨，牧牛人们依然裹着毯子睡觉时，他就起身了。他知道附近的牛群在哪里，找了过去。如今他已经十分熟悉这种牛瘟。他的双手感觉到牛瘟时有股灼烧感，假若病情更重，他会感到作呕。他接近一头倒下的阉牛，发觉自己头晕目眩，想要呕吐。他不再靠近，而是说了些也许能减轻死亡痛楚的话，继续前行。

尽管牛只不喜约束，尽管它们从人类手上得到的只有阉割和屠宰，但它们却允许他行走在它们之中。牛群信任他，他对此感到满足，觉得自豪。他本不该如此，但他确实觉得自豪。他想要触碰一头壮牛，只需站在原地，用这些无法开口说话的生命的语言跟它讲会儿话即可。"乌拉，"他一边说一边给牛只命名，"埃吕。埃吕阿。"这些硕大的牲畜伫立原地，无动于衷，有时一头牛会注视他许久，有时一头牛会踏着从容散漫、威严十足的步伐走向他，朝他摊开的手掌呵气。所有朝他走来的牛，他都能治愈。他将双手放在牛身上，贴着长有硬毛、炙热的侧腹和颈部，一遍遍念诵具备法力的咒文，将治疗之力灌输到双手中。过上片刻，那大家伙就会抖动身躯，或者稍稍抬头，抑或踏步前行。他会垂下双手，伫立原地，有一阵精疲力竭，脑海茫然一片。接着又走来一头，好奇、勇敢又有点怕生，浑身沾满泥巴，它体内的疫病会让他的双手感觉刺痛而滚烫，令他眩晕。"埃吕。"他会这么说道，走向它，将双手放到它身上，直到感觉凉凉的，就像山泉从手上流淌过一样。

两个牧牛人在讨论，食用死于牛瘟的阉牛肉是否安全。他们当初带来的食物本来就不多，如今即将耗尽。与其骑马奔波二三十里去补充食物，他们想要切下当日早上死于附近的一头阉牛的牛舌。

他曾经强逼他们将水煮沸后再用。现在他发话道："假如你们切下那块肉食用，不到一年，你们就会开始头晕眼花。你们最终会像牛一样失去视力、浑身颤抖，进而死去。"

牧牛人们口吐脏话，嗤笑不已，却相信他。他不晓得自己所讲的是否属实。他讲出来的那一刻感觉像真的，但也可能只是在故意恐吓那两个牧牛人，或许他想要摆脱两人。

"回去吧。"他说，"我留在这儿。这儿的食物足够一个人再撑上三四天。驴骡会载我回去的。"

根本不需要说服这两个牧牛人。他们当即骑马离开，留下全部物资，包括他们的毛毯、帐篷和铁锅。"我们该如何将所有东西带回村子？"他问驴骡。驴骡目送两匹小马离开，用驴骡的语言说话。"啊呜！"它说道。它会想念两匹小马的。

"我们得要完成这儿的工作。"他告诉驴骡，驴骡温柔地看着他。所有动物都很耐心，但马这类动物的耐性是最棒的，而且不求回报。狗很忠诚，但更多是出于服从。狗是等级主义者，将世界分成贵族和平民。而马全都是贵族，它们愿意合作。他记得自己行走在几头挽马的大马蹄之间，毫无畏惧。它们喷到他脑袋上的鼻息是种慰藉。那是好久之前的事了。他走向俊俏的驴骡，与她说话，用爱称唤她，安慰她，好让她不会感到孤单。

他又花了六天才治完高沼东部的庞大牛群。最后两天里，他骑上驴骡，造访四散的小股牛群，它们早已漫步走向山脚。大多数牛尚未被感染，他保护得了它们。驴骡载他回来时没有上鞍，使得这一趟很容易走。然而，可供他食用的东西一点不剩了。骑驴骡回到村落时，他感觉眩晕，膝盖发软。他将驴骡留在桤的马厩里，又花了好久才从那儿走回住处。艾莫尔问候他，斥责他，想让他吃点东西，但他解释说自己目前无法进食。"我在疫病之中，在生病的原野中待了太久，感觉有些恶心。要过一会儿才能进食。"他解释道。

"你疯了。"她盛怒道。这是好心的怒气。怒气为何不能出于好心？

"至少去洗个澡！"她说。

他知道自己闻上去是什么味儿，于是谢谢她。

"你去这一趟，桤付你多少钱？"烧水时她质问道。她仍然愤愤不平，说话甚至比平时更加直率。

"我不知道。"他说道。

她停下来，盯着他。

"你没有定个价码？"

"定个价码？"他脱口而出。他接着记起自己要保密的身份，恭顺地说，"不，我没有。"

"这么天真，"赠气呼呼地说，"他会克扣死你的。"她往浴盆里倒入一壶热气腾腾的开水。"他有象牙币，"她说，"告诉他，必须付象牙币。你出去了十天，挨饿受冻，都是为了治疗他养的牛！桑只有铜板，但桤能付你象牙币。先生，如果是我多管闲事了，那我很抱歉。"她拎着两只水桶出了门，走向水泵。这些天里，她绝对不会用溪水。她聪明又好心肠。他为何在那些坏心肠的家伙之中待了那么久？

"咱们得观望一下，"第二天，桤如此说道，"瞧瞧我的牲畜是不是真的治好了。如果它们能安然度过冬天，我们就知道你的治疗奏效了，知道它们是健康的。不是我不相信你，但公平还是要讲的，对不对？假如治疗没有奏效，牛群还是死掉了，你也不会要我照原价付给你吧，不是吗？消灾解厄！不过呢，我也不会让你等那么长时间，一分钱也拿不到。所以，这儿是一笔预付金，剩下的到时候再说，咱们暂时就扯平了，对吧？"

铜板甚至没有被体面地装进囊中。伊里奥斯不得不伸出手，牧场主在他手上逐个放了六枚铜板。"好了！这样就扯平了。"他爽朗地说，"这两天，你有空到长塘牧场看下我的小牛犊。"

"不行。"伊里奥斯说，"我离开时，桑的牛群病亡得很快。那儿需要我。"

"哦，奥塔克师傅，那儿不需要你。你到东部放牧区的时候，有一名术士治疗师到访，此人来自南海岸，以前来过这儿，于是桑雇用了他。你为我工作，会得到丰厚酬劳。如果牲畜的状况良好，也许获得的不止铜板！"

伊里奥斯没有应允或拒绝，也没有感谢，而是一言不发地径直离开。牧场主看着他的背影，啐了一口。"消灾。"他说。

伊里奥斯意识到，有一个麻烦出现了，自从他来到高沼，还从未碰到过麻烦。他努力抵抗这个念头。一个拥有法力的人来治疗牛群，另一个拥有法力的人。但榾说那人是个术士。不是巫师，不是魔法师，只是个治疗师，一名能治愈牛只的人。我无需惧怕他。我无需惧怕他的法力，我不需要他的法力。我必须见他一面，好确认一下。假如他在这里做的事跟我所做的一样，那便无碍。我们能一起干活。假如我在这里做的事跟所他做的一样。假如他只用法术，不打算作恶，和我一样。

他沿着纯井村杂乱的街道往桑家走去，他家大约在街道半当，小酒馆对面。桑是个三十多岁、饱经风霜的男子，正在门阶上与一名陌生男子交谈。两人看见伊里奥斯，都露出不安的神色。桑走进家门，陌生男子也跟着进了屋。

伊里奥斯登上门阶，没有进屋，站在门口说："桑师傅，我找你是为了你放养在河流间的牛群。我今天就能去为它治疗。"他不知自己为何会说出这番话，他本来没打算这么说的。

"啊，"桑说着走向门口，有些吞吞吐吐的，"不麻烦了，奥塔克师傅。这位是日光师傅，这趟专门过来治牛瘟的。他以前为我治过牲畜，腐蹄病之类的。你瞧，你一个人要治疗榾的牛群就够忙的了……"

术士从桑背后走出来。他的真名叫阿耶斯，体内蕴含的法力很小，受到污染，因愚昧、滥用和诳语而堕落，但妒意却像灼人的火焰。"我到这儿来治疗牲畜已有十年。"他边说边上下打量伊里奥斯，"一个人从北方远道而来，占了我的生意，有人会为此争吵。术士间的争执不是好事。前提是你也是名术士，是个身具法力的男子。我是个术士，此处的良民全都清楚。"

伊里奥斯试图说明他不愿争执。他试图表明治牛瘟的活足够两个人干。他试图讲明，他不会抢走该男子的工作。然而对方满腹妒意，根本不愿听，所有这些话在犹如酸液的妒忌中被烧蚀殆尽，甚至话未讲完便已蚀尽。

阿耶斯看着伊里奥斯结结巴巴，目光变得越来越傲慢。他张口要对桑说些话，不过伊里奥斯说话了。

"你得——"他说，"你得走。回去。"他说回去时，左手像刀子一样在空气中划下，阿耶斯向后跌坐在椅子上，瞪着他。

他只是个小术士，一名冒牌的治疗师，掌握几条差得可怜的咒语。或者说他看上去也是这样。但万一他在使诈，在掩饰法力，其实是个隐瞒法力的对手，那又该如何？他是个心怀嫉妒的对手。必须阻止他，必须要束缚他，为他命名，唤他名字。伊里奥斯开始念出束缚咒，那发抖的男子瑟缩着，缩成一小团，仿佛枯萎了一般，发出一声尖细高亢的哀号。错了，都错了，我做错了，我才是邪恶的，伊里奥斯心想。他停止念咒，抵制咒语，最终还是又喊出一个词。叫阿耶斯的男子蹲伏下来，一边呕吐一边打战。桑注视这一幕，试图喊出消灾！消灾！。无人受到伤害。但伊里奥斯的双手上有火焰在燃烧，当他试图用双手掩目时，火焰又灼烧到他的眼睛，当他试图说话时，火焰烧尽他的舌头。

很长一段时间都没人愿意触碰他。他失去意识，倒在桑家门口。他现在像个死人一般躺在地上。但南边来的治疗师说他没有死，还像蝰蛇一样危险。桑讲述了奥塔克如何对日光施以诅咒，念出一些可怕的咒语，令他的身体变得越来越小，像火中的木棍一样哀号，接着顷刻间他又变回原样，但一副病恹恹的样子，吐得到处都是，但谁能责怪他？在这段时间里，另一个男子，奥塔克，周身被光笼罩，宛如摇动的火焰，阴影跳跃，并且他的嗓音不像任何一种人类嗓音。真是可怕的一幕。

日光吩咐他们搞定这个家伙，但没有留下来旁观。他在酒馆豪饮了一品脱啤酒，告诉村民一个村子里容不下两名术士，等那名男子或不管什么东西离去后，也许他会回来。之后，他立刻上路返回南边。

没人愿意碰他。村民们隔老远望着那具躺在桑家门口的身躯。桑的老婆大声哭泣，在街上来回走动。"倒霉！真倒霉！"她叫道，"哦，我腹中的宝宝一定会降生即死，我就知道！"

莓在酒馆听到日光在酒馆讲的故事，听了桑的版本和其他几种早已流传开的版本，回家叫来姐姐。其中最绘声绘色的版本里，奥塔克身高猛涨十尺，用闪电将桑布赖特击成一团焦炭，随后嘴角出现泡沫，面色变青，瘫倒成一团。

赠匆匆赶到村落，径直奔向桑家门口，弯下腰，手放到那具身躯上。所有人都倒抽一口气，嘟囔着："消灾！消灾！"只有褐的小女儿例外，她误解了手势，大声叫道："工作顺利！"

那身躯动了动，慢慢苏醒过来。众人认出是那治疗师，看上去和原先一样，尽管模样像是生了重病，但没有着火，也没有阴影。"走吧。"赠一边说，一边搀扶他起身，和他一起缓缓走向街道一头。

村民纷纷摇头。赠是个勇敢的女人，但勇敢过了头也是个问题。或者按他们在酒桌旁的说法，是勇敢用错了途径，或者用错了地方。生来与法术无缘的人不该瞎碰法术，也不该与术士搅和在一起。你忘了这一点。虽然术士看上去与其他人一样，但其实并不一样。治疗师看上去人畜无害，不过是治疗一下腐蹄病，或疏通肿胀的乳房。这都没什么。但要是惹怒了术士，瞧瞧会发生什么，又是火又是阴影，又是咒语又是昏倒。太古怪了。那人一向古怪。他究竟是从哪儿来的？谁来跟我说说？

她将他搀扶到床上，帮他脱掉鞋，让他好好睡觉。莓直到夜深才归家，比平日醉得还厉害。他摔了一跤，额头被壁炉薪架划伤了。他流了血，怒气冲冲，言语含糊地命令赠立刻把术师赶粗去，让他滚蛋。他又朝着灰烬呕吐，倒在壁炉边睡着了。她将弟弟拖到床垫上，为他脱去鞋子，留他在那儿睡觉。她接着去查看另一个人。他像是发热了，她用手摸了摸他的额头。他睁开眼，面无表情地直视她的双眼。"艾莫尔。"他说完便又合上了眼。

她惊恐地退了几步，远离他。

她躺在自己的床上，躺在黑暗中，心想着：他认识为我命名的巫师。或是我说出了真名，也许我在睡梦中大声说了出来。或是有人告诉了他。但没人知道啊，除了巫师和我的母亲，没人知道我的真名。而且他们都已死了，他们都死了……我在睡梦中说出……

然而，她知道真相没那么简单。

她伫立着，手里拿着小油灯，灯光从她的指间映现红光，照在她面庞上呈现金色。他念出她的真名。她赐予他睡眠。

他一直睡到第二天上午，醒来时仿佛刚刚大病一场，虚弱又平和。她无法去惧怕他。她发觉他对村子里之前发生的事，对另一名术士毫无记忆，甚至记不起她在床单上发现的那六枚散落的铜板，之前一定是始终被他攥在手心里。

"那肯定是桓给你的酬劳，"她说，"那个吝啬鬼！"

"我说过我会照料他家位于……位于河流之间牧场上的牲口，对吧？"他边说边焦虑起来，重新出现惊慌的神色，从高背长椅上起身。

"坐下吧。"她说道。他坐下来，仍是一副坐立不安的模样。

"你生着病怎么能去治疗牲畜？"她说。

"不然呢？"他说。

但他抚摸着灰猫，没过多久就再次平静下来。

她的弟弟走进来。"出来。"他一看见治疗师坐在高背长椅上打盹儿，立刻对姐姐说道。她和弟弟一起走到屋外。

"现在我不会再留他住在这儿。"莓说道，对她摆出一家之主的样子，额头有一条黑色的划伤，眼睛像牡蛎，双手一直在剧烈抖动。

"你要去哪儿？"她说。

"该走的人是他。"

"这是我的房子，布的房子。他会留在这儿。是走是留你自己决定。"

"他是走是留也由我来决定，他必须走。不能所有事都由你来决定。所有人都说他应该离开。他太古怪。"

"哦，大半牛群已经治好，六枚铜板也已经拿到，他可不是就该走了吗！我愿让他留多久就留多久，我就把话撂这儿。"

"他们以后不会买咱家的牛奶和乳酪了。"莓抱怨道。

"谁说的？"

"桑的老婆。所有女人都那么讲。"

"那我就把乳酪运到奥雷比镇上，"她说，"在那儿卖。弟弟，看在荣誉分儿上，去清洗伤口，换件衬衫。你身上臭得就像小酒馆。"然后，她回到了房内。"哦，天哪。"她边说边落下眼泪。

"出了什么事，艾莫尔？"治疗师说道，转过消瘦的面庞，以奇怪的眼神望着她。

"哦，不是好事。我就知道不是好事。酒鬼从来就没好事。"她说道，用围裙擦擦眼睛。"毁了你的东西，"她说，"是酒吗？"

"不是。"他并没有受到冒犯，或许是因为没有听懂。

"当然不是了。我恳求你的宽恕。"她说。

"他饮酒也许是试图成为另一个人。"他说，"为了变换，为了改变……"

"他只是为喝而喝，"她说，"有些人就是这样。现在，我会待在奶酪坊里。我会锁上家门。外面……外面有些陌生人。你自己好好休息。外头很糟糕。"她想要确保他始终待在屋内，免受伤害，没人能来骚扰他。稍后，她会去村子里和几位通情达理的村民聊一下，如果可以的话，制止这些流言蜚语。

她做这些事的时候，桤的妻子褐和另外多位村民都赞同她的看法，术士之间为了工作起争执一点也不新奇，不值当为此大动干戈。但桑和他老婆，以及酒馆众人不愿意让事件平息，因为在冬季余下的日子里，除了牛只死亡，只有这一件事让大家有胡侃的兴趣。"此外，"褐说，"我丈夫本以为他可能得要付象牙币，现在付铜板就行，他才不会反对呢。"

"那么，他触碰过的牛都一直好好的？"

"眼下都好好的。也没有出现新发病的牛。"

"褐，他是个货真价实的术士。"赠诚恳地说，"我知道的。"

"亲爱的，那正是麻烦所在，"褐说，"你也明白！这儿容不下他那样的人。不管他是什么人，都不关我们的事，但他为何到这儿来，那才是你必须要问的。"

"为了治疗牲畜。"赠说。

日光离开尚未超过三天，一名新的陌生人就出现在村子里：一名男子骑着骏马从南边过来，在酒馆央求借宿。村民让他去桑家，但桑的老婆听见门外有个陌生人就惊声尖叫，哭喊着说如果桑再让巫师进门，她的宝宝降生后会连死两次。她的尖叫传到街上左右好几座房子里，引来了约莫十或十一个人，聚在桑家和小酒馆之间。

"好吧，不会的，"陌生人和颜悦色地说，"我不能害得妇人早产。酒馆楼上是否有客房？"

"让他去奶酪坊，"桤手下的一名牧牛人说，"赠可是来者不拒。"这话引起些许窃笑和嘘声。

"往来的方向走。"酒馆老板指路道。

"谢谢。"旅人说，牵马行往旁人指出的方向。

"所有的外乡人凑一起。"酒馆老板说道。那晚他在酒馆内将这句话重复了几十遍，引来无数赞叹，称赞它是自从牛瘟出现以来大家讲过的话之中最妙的。

赠在奶酪坊里，已经做完晚上挤奶的工作。她眼下在过滤牛奶，摆放平底锅。"女士。"门口有人叫道。她以为是治疗师，随即说："稍等一下，等我做完这个。"接着她转身看见一名陌生男子，手中的平底锅差点儿掉下。"哦，你吓了我一跳！"她说道，"我能为你做什么呢？"

"我在找地方过夜。"

"不行，对不起。我已经有个房客，还有我弟弟和我。也许村子里的桑——"

"村里人让我来这儿。他们说所有的外乡人凑一起。"陌生男子三十几岁，面庞方方正正，神情和善，衣着朴素，然而站在他后面的矮马是匹良驹。"女士，让我睡在牛棚就行。我的马需要个休息的地方，它筋疲力尽了。我会睡在牛棚里，明早就离开。在寒夜里和奶牛睡一起是件乐事。我会很乐意付你钱，女士，不知两个铜板是否合适？另外，我叫鹰。"

"我叫赠，"她说话时略显慌乱，但她喜欢这个人，"那么好吧，鹰师傅。将你的马安置好，照料一下。这儿有水泵，那儿有充足的干草。稍后到房子里来，我能给你煮点牛乳汤，而且一枚铜板就够了，谢谢你。"她不想叫他先生，像她称呼治疗师那样。这个男人身上没有与高贵沾边的地方。她第一眼看见他时没有见到王者风范，但在另一个男人身上，她却看到了。

她做完奶酪坊的活，走向屋子，新房客正蹲在壁炉旁，娴熟地拨火。治疗师在他的房间睡觉。她看了一眼便关上了门。

"他不太好。"她低声说，"这么冷的天，他连续几天在高沼的东边治疗牛群，实在是累坏了。"

她在厨房里忙碌不停时，鹰时不时以最自然的方式帮她一把，于是她开始寻思，是否外地来的人都比高沼上的男人更加擅长做家务。与他交谈不费力，她给他讲了治疗师的故事，因为对于她自己，她没多少话可说。

"他们利用完术士，又因为他的法力有效而诋毁他，"她说，"这不应当。"

"但他终归是惊吓到他们了，不是吗？"

"我想是的。又有一名治疗师出现在这儿，是个以前就来过的家伙。在我看来，他没多大本事。两年前，他没治好我那头患乳腺炎的奶牛。我敢对天发誓，他的药膏只是猪油而已。于是呢，他就对奥塔克说，你在抢我生意。也许奥塔克回以同样的话。两人大发脾气，也许施了些黑咒语。我猜奥塔克那么做了。但他根本没有伤害到对方，自己反而被咒语弄得晕倒地。现在，他记不起任何相关的细节，而另一个人毫发无伤地离开了。大家说，他触摸过的每头牲畜都还好好的，身体健壮。他在外面风吹雨淋地待了十天，触摸牲畜，治疗它们。你知道牧场主给了他多少吗？六枚铜板！就算他有点愤怒，又有什么好惊讶的？但我并不是说……"她突然打住，又继续说，"我并不是说他一点也不古怪。我想，就是巫师和术士会有的样子吧。也许他们要和法力，以及邪恶力量打交道，必须是这种怪样子。但他是个忠实、友善的男子。"

"女士，"霍克说，"我可以给你讲个故事吗？"

"哦，你是说书人？为什么不早说呢！那么你是干这一行的？我还寻思着，现在是冬季，你怎么还在路上奔波。但看那匹马的模样，我以为你肯定是商人。你可以给我讲个故事吗？那会是我一辈子的乐事，而且越长越好！但请先喝掉牛乳汤，让我坐下来好好听……"

"女士，我其实不是说书人，"他露出讨人喜欢的微笑，"但我确实有个故事要讲给你听。"等他喝完牛乳汤，她拿出缝补活计坐定，男子便讲起故事。

"在内极海，在智者之岛柔刻，在所有法术教习的地方，有九位大师。"他如此开头。

她闭上眼聆听，享受着喜悦。

男子一一报出大师的称号：手大师、草药大师、召唤大师、真形大师、天候大师、诵唱大师、真名大师和变换大师。"其中，变换大师和召唤大师的技艺十分危险。"他说，"女士，你也许知道变身或变形。即便是普通的术士都可能晓得如何进行变幻，将一件物品暂时地变成另一种物品，或者呈现出并非他自身模样的外貌。你见识过吗？"

"听说过。"她小声说道。

"有时女巫和术士会说他们召唤了亡灵，亡灵通过他们来发声。兴许是父母们悲痛送走的早逝小孩。在女巫的小屋里，在黑暗中，他们听见小孩的哭声或嬉笑声……"

她点点头。

"那些仅仅是关于幻象、关于表象的咒语。但世上有真正的变形和真正的召唤。对于巫师来说，它们也许是真正的诱惑！女士，凭借猎鹰双翼来翱翔，以鹰眼鸟瞰身底下的大地，这是绝妙的体验。而召唤术其实是命名术，是种宏大的法力。正如你所知的，女士，知晓了真名，就拥有了法力。召唤者的技艺就来源于此。把逝去已久之人的外貌与灵魂召唤出来是件了不起的事。在索利亚岛的果园里见识埃法兰的美貌，正如世界尚年轻时诺雷德所见到的……"

男子的嗓音已变得十分轻柔，十分神秘。

"现在来讲我的故事。四十多年前，有个孩子出生在扁舟岛上，那是内极海中一个富饶的岛屿，位于塞梅尔岛的东南方。这个孩子是扁舟岛领主家中一名副管家之子，不是穷人家的儿子，但也不是富家子弟。他的双亲早早过世，因此他没有受到很多照料，后来因为他的所作所为和他可能犯下的过错，大家才不得不注意他。照他们的说法，他是个古怪的小鬼，他拥有法力，用一句话就能点着火或是让火熄灭。他能让锅碗瓢盆在空中飞来飞去。他能把老鼠变成鸽子，令它在扁舟岛领主的大厨房里盘旋飞翔。他发脾气或被吓到时，就会造成破坏。他曾将一壶沸水倒到一名虐待他的厨子身上。"

"天哪。"赠低语道。从他开始讲故事，她半针都没缝过。

"他只是个小孩，而那家的巫师们也不是智者，因为他们对待他既没有用智慧也不温柔。也许他们惧怕他。巫师们绑住他的双手，塞住他的嘴巴，让他无法念咒语。巫师们把他锁在一间石砌的地下室里，直到他们以为他被驯服了为止。接着，他们将他送到农场的马厩里居住，因为他照料牲畜有一手，和马待一起时也较为安静。然而，他和一名马倌争吵起来，将可怜的小伙儿变成了一坨粪便。巫师们将马倌变回原样后，再次捆绑住小孩，塞住他的嘴巴，将他送上一艘前往柔刻岛的船。他们想着，兴许那儿的大师能驯服他。"

"可怜的孩子。"她喃喃自语。

"确实可怜，因为水手也惧怕他，整趟航行中一直绑着他。柔刻岛大宅的守门大师看见他时，便解开他双手的束缚，让他的舌头重获自由。据说，少年到大宅以后，做的头一件事就是将食堂的长桌翻了个底朝天，让啤酒变酸，还把一名试图阻止他的学生暂时性地变成了猪猡……然而少年刚和众大师交手就碰了钉子。

"大师们没有惩罚他，只是用咒语束缚住了他不受节制的法力，直到他们能让少年倾听，开始学习为止。这花了他们好久时间。那少年身上有股争强好胜的狠劲，他将任何自己没有的法力、任何自己不晓得的事情都视为威胁和挑战，会与之对抗，直到能击败它为止。岛上有许多那样的少年。我也是其中之一，但我很幸运，年幼时就得到了教训。

"总之，这个少年最终学会了驯服怒气和控制法力。他拥有十分强大的法力，不管什么技艺，都能轻而易举地学会，因为太过容易，以至于他瞧不起幻象术和天候术，甚至治疗术，因为这些法术无法引起他的惧怕，对他构不成挑战。他精通这些法术，却瞧不见这对他有何益处。于是，在大法师尼梅勒赐予少年真名后，他便一门心思去钻研厉害却危险的召唤法术。他跟着召唤大师学习了好久。

"他一直居住在柔刻岛上，因为所有魔法知识都源于那里，存于那里。他丝毫不想去周游各地，见识各色人等，也不想见识世界，声称他能把整个世界召唤到他的面前——的确如此。也许，召唤术的危险正潜藏于此。

"现在要说，对于召唤师，或任何巫师而言，召唤生灵都是严令禁止的。我们能呼唤生灵，没错。我们可以给生者传送我们自身的声音、形象或某种表象。但我们不能把生者的灵魂或肉体召唤到我们跟前。我们只能召唤亡者，只能召唤暗影。你应该能明白为何必须如此。因为召唤生者，意味着彻底控制他，从肉体到心智。但拥有和利用另外一个人是不正当的，谁都不能这样做，无论他有多么强大，多么睿智，多么伟大。

"然而，随着少年长大成人，争强好胜的脾性深深影响了他。在柔刻，这是种强劲的精神：总是要做得比别人更出色，永远要当第一……技艺成了比拼，成为竞赛。目的成了实现一种比它本身要低级的目的的手段……柔刻岛上没有人比这名男子更加天赋异禀，然而只要有人在任何方面比他更出色，他就感到难以忍受。这种感觉让他惊恐，令他烦恼。

"他无法跻身大师之列，因为召唤大师的接班人已经选定，是个正值壮年的强健男子，不太可能隐退或早逝。他在学者和其他教师中有着崇高地位，但他不是九大师的一员。他在遴选中被略过了。也许，待在岛上，一直待在巫师与法师之中，待在学习法术的少年之间，对他来说不是件好事，这些人全都渴望强大的法力，越强大越好，力求成为最强者。无论如何，随着一年年过去，他变得越来越遁世离群，远离其他人，躲在塔楼小室里钻研法术，教授的学生少得可怜，也极少说话。召唤大师会指派有天赋的学生给他，但岛上的许多少年几乎没听说过他。在这种自我封闭的状态下，他开始练习一些不该碰的、会造成恶果的法术。

"召唤师会逐渐惯于对亡灵和暗影召之即来，挥之即去。也许他开始觉得，谁能禁止我对生者做同样的事？如果不能使用，我为何有这法力？于是，他开始召唤生者到他面前，召唤岛上那些让他惧怕的、被他当作对手、法力令他嫉妒的人，夺走他们的法力，占为己有，还迫使他们沉默，无法说出自身的遭遇，无法说出自身法力的去向。他们什么都不知道。

"于是出其不意地，他召唤了他的师父，柔刻的召唤大师。

"但召唤大师以肉体和灵魂与他对抗，他呼唤了我，我也前来。我俩合力对抗那旨在毁灭我俩的意志力。"

入夜了。赠的油灯火光已经摇曳熄灭。只有壁炉火的红光照在鹰的脸上。这张脸孔不是她本以为的样子。它饱经风霜、无比坚毅，一侧遍布疤痕。一张鹰隼的面庞，她心想。她纹丝不动地聆听着。

"女士，这不是说书人的故事。这是一个你再也不会听到别人讲起的故事。

"那时我刚担任大法师，比我们的对手年轻，也许对他的惧怕尚且不够。在静谧的塔楼小室里，我们俩唯一能做的就是抵挡住他。其他人都不知道这儿发生了什么。我们恶斗了好久。接着，这场斗法结束了。他瓦解了，像树枝一般折断了。然而他虽然垮掉了，却逃之夭夭。为了压制那盲目的意志，召唤大师已经永久性地折损掉一部分力量。男子逃离时，我也没有足够的力量去阻止他，也没有机智地想到派人去追他。我体内也没有剩下一丁点儿可以追踪他的力量。于是，他逃离了柔刻岛，逃得无影无踪。

"我们无法隐瞒我们与他的这场恶斗，尽管我们已经尽量闭口不谈了。岛上许多人都说，谢天谢地，幸亏他走了，因为他一直半疯半癫的，现在是彻底疯了。

"等到召唤大师和我的，呃，你可以说是灵魂创伤愈合了，也克服了这场恶斗之后心智中产生的巨大愚蠢，我们开始考虑，让这样一名拥有强大法力、神智错乱的术士在地海世界里浪荡不是件好事，更何况他也许还满怀屈辱、愤怒和复仇心。

"我们寻不到他的踪迹。他定是变为鸟或鱼离开柔刻的，到达另一个岛屿后再变回原样。而且巫师能够让自己躲过所有的寻查咒。我们按照巫师的做法四处打听，但杳无音信，也无人回应。于是，我们出发去寻找他，召唤大师去往东部的岛屿，而我去往西部。因为想及这名男子时，我的心目便会见到一座大山，断裂的火山锥，山下向南延伸着广袤的绿草地。我记起自己儿时在柔刻岛上过的地理课和塞梅尔岛的地貌特征，以及名叫安当丹的大山。于是我来到高沼上。我想我来对了。"

周遭俱寂。炉火呼呼响着。

"我该跟他说吗？"赠镇定地问道。

"不用，"鹰一般的男子说，"我会说。"然后他叫道："伊里奥斯。"

她注视着卧室门。门打开了，他伫立在门口，身形瘦削，形容疲惫，黑色的眼眸里充满倦意、困惑和痛苦。

"格德。"他说着低下了头。过了片刻，他抬起头问道，"你会夺走我的真名吗？"

"我为何要那么做？"

"它只代表伤害、憎恨、骄傲、贪婪。"

"伊里奥斯，我会取走那些名字，但不会夺走你自己的。"

"我那时不理解什么叫别人，"伊里奥斯说，"他们是别人。我们都是别人。我们只能是别人。我错了。"

名叫格德的男子走向他，握住他半伸出、恳求状的双手。

"你行差踏错。你已幡然悔悟。但你已经筋疲力尽，伊里奥斯，在你独自前行时，路途坎坷。跟我回家吧。"

伊里奥斯垂下头，仿佛疲累极了。所有的紧张和激情均已离开他的身体。但他抬起头，不是看向格德，而是望向沉默站在壁炉边的赠。

"我在这儿有活要干。"他说。

格德也看着赠。

"他确实在干活，"她说，"他治愈了牛群。"

"它们让我懂得了自己应该做什么，"伊里奥斯说，"以及我是谁。它们知道我的真名，但它们永远不会说出来。"

过了片刻，格德轻轻拉过年长男子，用手臂环抱住他。格德轻轻对他说了句话后，放开了他。伊里奥斯深吸了一口气。

"格德，你瞧，我在那儿没干过什么好事。"他说，"但如果他们允许我干活，我在这儿就挺有用。"他再次看向赠，格德也看向赠。赠注视着他们二人。

"艾莫尔，你有什么看法？"酷似猎鹰的男子问道。

"按我说，"她对治疗师说，嗓音纤细，"桤的牛群若能安然过冬，牧场主就会恳求你留下来。尽管他们也许不喜欢你。"

"没人喜欢术士，"大法师说，"好了，伊里奥斯！难道我在这严冬里为了你大老远地赶来，却必须独自返回？"

"转告他们——转告他们我错了，"伊里奥斯说，"转告他们我做错了。转告托里戎——"他突然踌躇起来，脑海中犹如一团乱麻。

"我会告诉他，人一生的变换也许超过我们所知的全部技艺，也超出我们的所有智慧。"大法师。再次注视艾莫尔，问："女士，他可否留在这儿？这是他的心愿，但你是否愿意呢？"

"他对我的用处，给予我的陪伴，是我弟弟的十倍。"她说，"而且是个友善忠实的男人，正如我告诉过你的那样，先生。"

"那么，非常好。伊里奥斯，我亲爱的同伴、老师、对手、朋友，再见了。艾莫尔，勇敢的女士，谨向你献上我的敬意与感激。愿你内心平和，炉灶平安。"他做了个手势，留下一行微微闪光的痕迹，在壁炉石上方的空气中闪烁了片刻。"现在我得要去牛棚了。"他如此说道，也如此做了。

屋门关上。除了炉火的呼呼声，屋内静悄悄的。

"到火边来。"她说道。伊里奥斯过来，在高背长椅上坐下。

"方才那位是大法师？真的吗？"

他点点头。

"地海世界的大法师，"她说，"睡在我的牛棚里。他应该睡我的床——"

"他不会的。"伊里奥斯说道。

她知道他说的对。

"伊里奥斯，你的真名很美。"她过了半晌才说道，"我从不知道我丈夫的真名。他也不晓得我的真名。我再也不会说出你的真名。但我很高兴能知道它，因为你也知道我的真名。"

"艾莫尔，你的真名很美。"他说，"等到你让我说出它时，我便会说出。"

蜻蜓

Dragonfly

慕明 / 译

伊瑞亚

　　她父亲的祖先拥有一片广阔富饶的土地，在广阔富饶的维岛上。在王治时代，他们未曾获颁任何头衔或宫廷特权，但在马哈里安陨落后漫长的黑暗时代里，他们用强硬的手段控制着他们的土地和人民，把所得的收益回馈给这片土地，维持了某种程度的正义，并击退了各路恶霸的来犯。等到秩序与和平在柔刻智者的领导下重回群岛王国，这个家族，连同他们的农场和村庄，也曾兴盛一时。这种兴盛，和美丽的草地、高原牧场，以及被橡树覆盖的丘陵一道，使得该地的名字进入了俗语，人们会说肥得像伊瑞亚的牛，或者像伊瑞亚人一样幸运。领地的主人和许多佃农都将其冠于自己的名字之上，自称是伊瑞亚的某某人。不过，尽管朝朝季季，代代年年，这里的农民和牧人像橡树一样枝繁叶茂，生生不息，但拥有这块土地的家族却没有那么稳固，随着时间推移，机运流转，已然凋零衰败。

　　一场遗产之争，让兄弟两个分了家。他们一个贪婪，一个愚蠢，把偌大的家业败了个七七八八。一家有个女儿，嫁给了个商人，她一直待在城里，勉力经营着乡下的家业；另一家生的是儿子，儿子的儿子们又争了起来，于是他家分到的土地又被分了一次。因此，等到那个名叫蜻蜓的女孩出生时，伊瑞亚虽然仍拥有整个地海数一数二可爱的山丘、田野和草场，却已成了世仇和诉讼的战场。农田生了杂草，农庄没了屋顶，挤奶棚也废弃了，牧羊人赶着羊群翻过山头，寻找更丰美的草地。在橡树掩映的山丘上，那座曾经是领地中心的老宅，已有一半成了废墟。

以伊瑞亚主人自居的一共有四个人，老宅的主人便是其中之一，其他三人则称他为旧伊瑞亚主人。他把整个青春和仅存的遗产都耗在了法庭和维岛岛主珊列斯的候见厅中，想要伸张他对整个伊瑞亚的所有权，一如一百年前。但他没能成功，只得带着满腹怨气回到伊瑞亚，终日泡在他硕果仅存的一个葡萄酒庄出产的酸红酒中，或是带着一群伤痕累累、营养不良的狗在领地边界来回巡逻，以防有人闯入。

他在珊列斯结过婚，但伊瑞亚没人知道他的妻子是谁，据说她是从别的岛来的，西边的某个岛。她从未来过伊瑞亚，因为她在珊列斯城里时就因难产去世了。

他回家时带了一个三岁的女儿，丢给管家后，将她抛诸脑后了。喝醉以后，他偶尔也会想起她。要是能找到她在哪儿，他就会逼她站在自己椅边，或是把她箍在膝上，给她讲他和伊瑞亚家族遭受的所有那些不公。他咒骂，哭泣，喝酒，还叫她也喝，逼她发誓会忠于伊瑞亚，把家族传承发扬光大。她吞下那口酒，但她恨透了那些咒骂、誓言和眼泪，以及随之而来的口水涟涟的亲吻。一有机会，她就会尽快逃开，到狗、马和牛群中去。她对着它们发誓，她会忠于自己的母亲，忠于这个除她之外没人知晓、没人效忠，也没人为之争光的女子。

她十三岁时，葡萄酒庄里的老园丁和管家，也就是老宅里仅剩的仆人，告诉主人该为他女儿的命名日做准备了。他们问，是该去请西潭村的术士，还是就找他们自己村的女巫。伊瑞亚主人大发雷霆："一个村里的女巫？让一个老妖婆给伊瑞安家的女儿真名？要么就是从我祖父那里窃走了西潭村，还靠着强取豪夺来的土地发了财的那家人的狗腿子，一个歪门邪道的术士？要是那只臭鼬敢踏上我的地盘，我就放狗把他的肝挖出来，你就这么告诉他！"诸如此类。老雏菊回到她的厨房，老兔子回到他的葡萄树下，十三岁的蜻蜓则逃出家门，一路下山，奔向村庄，狗群被父亲的怒喝激得狂躁不已，紧追在她身后狂吠，她只好边跑边像父亲那样咒骂它们。

"滚回去，你这个黑心的母狗！"她大吼，"滚回去，你这个软骨头的叛徒！"狗群于是安静下来，夹着尾巴，又溜回了宅子里。

蜻蜓到的时候，村巫正在从羊屁股上一处感染的伤口中往外挑蛆虫。跟维岛及赫族群岛其他岛屿上的许多妇女一样，她的通名叫作玫瑰。真名蕴含力量，正如钻石蕴含光芒，人若是有了这样一个隐秘的名字，往往会非常希望自己的通名普通、平常，和其他人的一样。

玫瑰喃喃念着一段固定的咒语，但大部分的工作都是由她的双手和一柄锋利的小短刀完成的。母羊忍耐着刀锋的钻挖，那双狭长、难以捉摸的琥珀色眼睛一动不动，十分安静，只时不时顿着小小的左前蹄，叹上一口气。

蜻蜓凑近去看玫瑰干活。她挑出一只蛆虫，扔在地上，啐一口，再继续挑。女孩依偎着母羊，母羊也倚靠着女孩，她们互相抚慰。玫瑰挑出最后一只蛆虫，扔在地上，啐一口唾沫，然后说："把那个桶递给我。"她用盐水洗了洗那伤口。母羊深深地叹了口气，突然径自走出院子，朝家走去。她已经受够了治疗。"小兔！"玫瑰喊道。一个邋里邋遢的孩子从灌木丛里冒了出来，他方才一直在那里睡觉，此时跟上母羊去了。名义上，是他在照顾母羊，但其实，她才是活的年头更长、个头更大、体型更壮的那个，而且很可能也更有智慧。

"他们说你该给我真名，"蜻蜓说，"但父亲发了通火。结果就没戏了。"

女巫没说什么。她知道女孩是对的。伊瑞亚主人允不允许某件事，一旦说出口就绝不会再改主意。他为自己的不妥协感到自豪，因为在他看来，只有软弱的人才会收回说出的话。

"为什么我不能自己给自己真名？"蜻蜓问，玫瑰正在盐水中清洗小刀和她的双手。

"做不到的。"

"为什么做不到？为什么非得是女巫或术士才行？你们是怎么做到的？"

"这个嘛……"玫瑰说着，把桶里的盐水泼在她家小前院的空地上。像大多数女巫一样，她的房子离村子有一段距离，"这个嘛……"她说着，直起身来，漫不经心地四下打量，似乎在寻找一个答案，又像是在寻找一只母羊，或是一条毛巾。"你得先了解一下力量才行。"终于，她说道，一只眼睛看着蜻蜓，另一只略微斜向一旁。有时，蜻蜓觉得玫瑰是在用左眼看她，有时又像是右眼，但总有一只眼睛直视着她，另一只看着视线之外的什么东西，就在附近，别的什么地方。

"哪种力量？"

"就是那种。"玫瑰说。和那只说走就走的母羊一样，她也突然掉头进了屋。蜻蜓跟在她后面，但没有进门。没有人会不经邀请就进入女巫的房子。

"你之前说我有。"女孩冲屋里说道，那里十分昏暗，散发着恶臭，小屋就只有这一个房间。

"我说的是，你体内有种力量，一种巨大的力量，"女巫在黑暗中说，"你自己也知道。但你要用它做什么，我不知道，你也不知道。那正是你要去找的。但无论人拥有什么力量，都不能给自己命名。"

"为什么不能？有什么比你自己的真名更*你自己*的？"

长久的沉默。

女巫拿着一个皂石纺锤和一团油腻腻的羊毛走出来，在门边的长椅坐下，转动纺锤。纺完一码灰棕色毛线后，她才回答。

"我的名字确实很*我自己*。没错。但名字是什么呢？它是给别人叫我用的。如果没有别的人，只有我自己，那我还要名字做什么呢？"

"但是——"蜻蜓刚一开口又停下，明白过来玫瑰话里的意思。过了一会儿，她再次开口，"所以，名字只能是别人给的？"

玫瑰点了点头。

"把我的名字给我，玫瑰。"女孩说。

"你爸爸说不行。"

"我说行。"

蜻蜓

"他才是这里的主人。"

"他可以让我一直这么又穷又蠢，一无是处，但他不能让我没有名字！"

女巫像那只母羊一样不安而拘谨地叹了口气。

"今晚，"蜻蜓说，"在我们的小溪边，伊瑞亚山下。他不知道的事情是不会伤害他的。"她连逼带哄地说。

"你应该有个像样的命名日，有属于你自己的盛宴和舞会，像其他的年轻人一样。"女巫说，"名字应该在拂晓时分获赠，然后应该有音乐和宴会。而不是在夜里，偷偷摸摸的，谁都不知道……"

"我知道就行了。你是怎么知道该说什么名字的，玫瑰？是水告诉你的吗？"

女巫铁灰色的头摇了一摇。"我不能告诉你。"她的不能并不意味着不会。蜻蜓静候她的下文。"是力量，就像我之前说的。它就这样来了。"玫瑰停下纺锤，抬头看了看，一只眼睛看着西边的一朵云，另一只看着偏北一点的天空。"你们在那边的水中，你和那孩子两个人。你拿走那孩子的名字。人们可能会继续用这个名字当作她的通名，但这不是她的名字，从来都不是。所以现在，她不再是一个孩子，也没有名字。然后，你就等着。在那边的水中。打开你的心神。就像迎着风，敞开房门。然后，它就来了。你的舌头说出了它，那个名字。你的呼吸创造了它。你把呼吸和名字给了那个孩子。不是你想出它来的。只能是它来找你。名字必须通过你和水才能来到它的主人身上。这就是力量，这就是它的运作方式。都是这样的。不是你要做什么事。而是你得知道如何让它自己去完成。这就是关键。"

"法师能做的不止这些。"过了一会儿，女孩说。

"没人能做的比这更多了。"玫瑰说。

蜻蜓来回转着脖子，把颈椎拉得咔咔直响，她不安地伸展着纤长的胳膊和腿脚。"你会来吗？"她说。

过了一会儿，玫瑰点了一下头。

他们在伊瑞亚山下的小道上会合。此时，夜色深沉，黄昏已逝，黎明尚远。玫瑰造出了微弱的魔法光，好让两人能在溪畔的沼泽地下脚，而不致踩进芦苇间下陷的坑洞。在零落的星星和山丘黑色的轮廓之下，在寒冷的黑暗中，她们脱掉衣服，涉入浅水，脚深深地陷在天鹅绒般的泥浆中。女巫触摸着女孩的手："我拿走你的名字，孩子。你不是孩子。你没有名字。"

一切都静止了。

女巫低声说："女人，为你命名。你是伊瑞安。"

有那么一会儿，她们就那么静静地站着。夜风吹过她们光裸的肩膀，她们颤抖着从水里出来，尽可能地擦干身子。她们光着脚，在尖利的芦苇茬和缠结的根部间狼狈地挣扎着，奋力往回走。一回到小道那里，蜻蜓便疲惫而又愤怒地低声说："你怎么能给我起这么个名字！"

女巫什么也没说。

"这不对。这不是我的真名！我本以为我的名字会让我成为我自己。但现在更糟了。你弄错了。你只是个女巫。你搞错了。这是他的名字。应该给他的。那么以这个名字，以他那愚蠢的领地、愚蠢的祖父为傲的人是他。我不要它。我不接受。它不是我。我还是不知道我是谁。我不是伊瑞安！"说出那个名字后，她忽然沉默了。

女巫仍然什么也没说。她们在黑暗中并肩走着。最后，玫瑰胆怯地安抚道："它就这么来了……"

"要是你把它告诉别人，我就杀了你。"蜻蜓说。

听到这句，女巫停下脚步。她的喉咙里发出嘶嘶声，像一只猫。"告诉别人？"

蜻蜓也停了下来。过了一会儿，她说道："对不起。但我觉得——我觉得你背叛了我。"

"我说出了你的真名。它跟我想象中不太一样。而且我觉得心里有点不安，就好像有什么事情没有做完。但这的确是你的名字。要说它背叛了你，那也是因为它本来如此。"玫瑰犹豫了一下，语气里的愤怒化为冷酷："伊瑞安，如果你也想要能够背叛我的力量，我给你。我的真名是埃忒底斯。"

又起风了。两人都在发抖，牙齿打战。她们面对面站在黑暗的小道上，几乎看不到对方在哪儿。蜻蜓伸出手摸索，碰到了女巫的手。她们张开双臂，紧紧抱住对方，相拥许久。然后，她们匆匆赶路，女巫回到她在村子附近的小屋里。伊瑞亚的女继承人回到山上，回到她那座破败的老宅里，那群没怎么闹腾就放她走了的狗，此起彼伏地狂吠着，迎接她的归来，把方圆半里的人都吵醒了，只除了他们的主人，依然倒在冰冷的壁炉边，醉得不省人事。

象牙

西潭村的伊瑞亚主人，桦树，虽然没分到老宅，却占据了旧伊瑞亚中心最富饶的土地。他的父亲对亲戚间的纷争不感兴趣，一心只想着他的葡萄藤和果园，由此给桦树留下了一份蒸蒸日上的家产。桦树雇人来替他打理农场、酒庄、制桶坊和车马行等产业，自己则尽享富贵。他娶了维岛湾领主弟弟家那个怯生生的女儿，一想到自己的女儿们都有贵族血统便欣慰不已。

当时，贵族阶层里流行雇用巫师，还得是智者之岛训练出来的，手执巫杖、身披灰袍的真正巫师。于是西潭村的伊瑞亚主人也给自己找了一名柔刻出来的巫师。让他惊讶的是，只要出得起钱，巫师居然这么好找。

这个名叫象牙的年轻人，其实还没拿到他的巫杖和法袍。他解释说，要等他回到柔刻，才能正式成为巫师，大师们命他到外面的世界里长长见识，因为学院里的所有课程都无法教给他成为巫师所需的经验。听了这话，桦树有点怀疑，但象牙向他保证，他在柔刻学到的各种魔法，足以满足维岛伊瑞亚西潭村的全部需要。为了证明自己，他变出一群鹿，从餐厅穿过；接下来是一群天鹅，从南墙齐齐飞入，又从北墙飞出，场面十分壮观；最后，桌子中央冒出一个装在银盆里的喷泉，伊瑞亚主人和家眷们学着巫师的样子，小心翼翼地从里面舀出一杯品尝，发现那竟是甜美的金色葡萄酒。"安卓群岛的葡萄酒。"年轻人故作谦恭地笑着，难掩得意之色。到了这时，主人的妻女已经完全被征服了。桦树认为年轻人值这个价，虽然他打心眼儿里还是更喜欢自家葡萄园出产的法尼安干红，只要开怀畅饮，总能喝到大醉，而这黄汤不过是些蜂蜜水罢了。

如果这位年轻的术士真是来积累经验的，那么他在西潭村可没多少收获。每当桦树有来自肯伯口港或邻近地区的客人时，鹿群、天鹅和金色酒泉就会出现，他还为温暖的春夜准备了一些非常漂亮的烟花。但若是果园和葡萄园的管理人来问主人，能否请他的巫师给今年的梨树施个增产咒，或是为南山的法尼葡萄藤驱走黑斑病时，桦树就会说："柔刻的巫师可不会自降身价去做这种事！去叫村里的术士起来挣他的饭吃！"而当小女儿因咳嗽不止日渐虚弱时，桦树的妻子也不敢去麻烦这位聪明的年轻人，而是派人恭恭敬敬地请来了旧伊瑞亚的玫瑰，让她从后门进来，做份药膏念个咒之类的，好让那女孩恢复健康。

象牙的眼里从来就没有过那生病的女孩，或是梨树和葡萄藤。像所有身具法艺、满腹学问的人那样，他不跟任何人来往，整天骑着一匹漂亮的黑色母马在乡下游逛，那是他的雇主给他的，当时他明确表示，他从柔刻来到这里，可不是为了在泥泞的乡间小路上穿行的。

在骑行中，他有时会路过山丘上一座掩映在高大橡树间的老宅。有一次，他离开村间小路往山上骑，有一群瘦骨嶙峋的狗龇牙咧嘴地飞扑下来，对着他狂吠。那匹母马害怕狗，吓得狂踢乱窜起来，从那之后，他没再靠近过那里。但他喜欢看美景，喜欢眺望那座在初夏午后的斑驳光影里酣眠的老宅。

他向桦树问起那地方。"那是伊瑞亚。"桦树说，"呃，我指的是旧伊瑞亚。那宅子本来该归我的。为了它，伊瑞亚家的人们你争我夺了上百年，我爷爷想要平息这场纷争，把它让给了别人。要不是那里的主人已经醉得说不出话来，估计还在跟我吵架呢。好多年没见那老头了。我记得他有个女儿。"

"她叫蜻蜓，家里所有活都是她在干。我去年见过她一次，个子很高，美得像一株盛开的花树。"小女儿玫瑰说，急于在短短十四年间将一生的敏锐观察挥霍一空，那是她所拥有的全部岁月。一阵咳嗽打断了她的话。她母亲哀切而期待地看向巫师。这回他总该听到她的咳嗽了吧？他对玫瑰笑了笑，母亲的心里也跟着松快了。要是玫瑰的咳嗽很严重，他定不会这么笑吧？

"关我们什么事，旧伊瑞亚的那些人。"桦树不高兴地说。精明的象牙没再问下去。但他想见见那个美如花树的女孩。他经常骑马经过旧伊瑞亚。他想在山脚下的村子停下来打听打听，但那里没地方可停，也没人肯回答他的问题。一个斜眼的女巫看了他一眼，就匆匆躲进了小屋。如果他继续往上骑到老宅，就不得不面对那群疯狗，可能还有一个醉老头。但这值得一试，他心想，他已经厌倦了西潭村枯燥的生活，而且他从来就不怕冒险。他骑着马上山，直到狗群围着他狂吠，撕咬着母马的腿。她直尥蹶子，而他使尽双臂的力气，嘴上还念着安定咒，才勉强制住她，没有马上奔逃。狗群开始跳起来咬他自己的腿，但就当他准备松开缰绳时，有人来到狗群中间，大声咒骂，挥舞着皮鞭把它们赶回去。等到他终于让那匹焦躁不安、气喘吁吁的母马在原地站定，他看到了那个美如花树的女孩。她的个子很高，满头大汗，生着大手、大脚、大嘴、大鼻子和大眼睛，还有一头沾满灰尘的蓬头。她正在训斥那群瑟缩哀号的狗："回去！回屋去，你们这团烂肉，你们这些狗娘养的臭狗崽子！"

象牙猛地用手捂住右腿。狗牙撕破了他小腿处的马裤，有一缕血淌了出来。

"她受伤了吗？"那女人说，"啊，这些恶心的叛徒！"她抚摸着母马的右前腿，手上沾满了渗着血丝的汗水。"来，这边来，"她说，"勇敢的女孩儿，勇敢的心肝儿。"母马低下头，全身因为放松而颤抖着。"你干吗让她一直站在狗群里？"女人愤怒地质问道。她跪在马腿边，仰头望着象牙。他从马背上俯视着她，但他觉得自己才是低矮、渺小的那个。

她没等他回答，便站起身来，伸手拉住缰绳，说道："我带她上山。"象牙明白这是叫他下马的意思。他照做了，问道："很严重吗？"他看了看马腿，只看到鲜红的血沫。

"跟我来，亲爱的。"那年轻女子没搭理他。母马信任地跟着她。他们沿着崎岖的小路上山，绕过山坡，来到一座古老的砖石马厩，里面没有马，只有燕子在这里筑了巢，正在屋顶上飞来飞去，吱喳不停。

"帮我看着她点儿。"年轻女子说，留他一个人在这个荒凉破败的地方，牵着母马的缰绳。过了一会儿，她吃力地拎着一个沉重的木桶回来了，开始揩拭母马腿上的伤口。"把她的马鞍取下来。"她说，语气很不耐烦，就差直接说你这个蠢货了。象牙照做了，这个粗鲁的女巨人给他的感觉半是恼火，半是好奇。他一点也不觉得她像一棵盛开的花树，但她确实很美。那是一种强健、激烈的美。母马也完全服从于她。叫她抬一下脚，母马就会抬起她的马蹄。女人把她从头到脚擦过一遍，把鞍垫放回她的背上，检查了下她是不是全身都能晒到太阳。"她会没事的。"她说，"有道伤口，但只要每天用温盐水洗个四五次，就能完全恢复。很抱歉。"最后这句她说得很真诚，虽然还是有些勉强，似乎仍然想不通他怎么会让母马站在那里挨咬。这是她头一回拿正眼看他。她的眼睛是透明的橘棕色，像深色的黄玉或琥珀。很少见的瞳色，与他的眼睛处于同一水平线上。

"我也很抱歉。"他说，想要显得轻松随意，满不在乎。

"她是西潭村伊瑞亚的母马。那么，你就是那个巫师了？"

他鞠了一躬。"象牙，来自哈吾讷大港，乐意为您效劳。我可以——"

她打断了他的话。"我以为你是从柔刻来的。"

"确实如此。"他说着，恢复了镇定。

她凝视着他，那双奇异的眼睛像绵羊的眼睛一样难懂，他心想。她脱口问道："你在那里住过，学习过？你认识大法师？"

"当然。"他微笑着说，然后皱起眉头，弯腰按住小腿，捂了好一会儿。

"你也受伤了吗？"

"不碍事。"他说。事实上，那个伤口已经不再流血了，这令他相当恼火。

女人的目光又回到他的脸上。

"那里……那里……柔刻，是什么样的？"

象牙朝旁边一块老上马石走去，行动间有些跛，虽然只有一点点。他坐下来，伸了伸腿，查看着被撕裂的地方，又抬头看了看女子。"柔刻是什么样的，一两句话可说不完。但我非常乐意讲给你听。"

"那人是个巫师，或者说就快是了。"女巫玫瑰说，"一个柔刻巫师！你怎么能问他问题！"她震惊极了，甚至有些害怕。

"他不介意的。"蜻蜓想让她放心，"只是他很少直接回答。"

"当然不会！"

"为什么当然不会？"

"因为他是个巫师！因为你是个女人，没技艺、没知识、没学问的女人！"

"你本来可以教我的！但你就是不肯！"

玫瑰摆了摆手，表示她教过或能教的一切都不值一提。

"好吧，那我只能跟他学了。"蜻蜓说。

"巫师不教女人。我看你是昏了头了。"

"可你和布鲁姆也会交换咒语。"

"布鲁姆只是个村里的术士。这人可是个智者。他学的是高等技艺，在柔刻岛的大宅里！"

"他给我讲过那里是什么样的，"蜻蜓说，"首先，你得穿过镇子，泰维勒镇。街上有一扇门，但是是关着的。看起来就像是一扇普通的门。"

女巫听着，无法抗拒这个向她敞开的秘密的诱惑，也很难不被话中的热切渴望所感染。

"你敲敲门，就会有个人过来，看起来很普通。他会考验你。你必须说出一个特定的词，一个口令，他才会让你进去。如果你不知道那个词是什么，就永远进不去。但他要是肯放你进去，你会发现里面完全不一样——这道门是用角雕成的，上面刻着一棵树，门框是用一颗牙做的。一颗龙牙。那条龙活了很久很久，在世界上还没有埃兹阿贝，没有诺雷德的时候就存在了，在地海还没有人类的时候便存在了。起初，天地间只有龙。这颗牙齿是他们在世界中心哈吾讷岛上的奥恩山发现的。那棵树的叶子被雕刻得非常薄，光线都能穿透，但那扇门却非常坚固，只要守门人把它关上，任何咒语都无法打开。然后，守门人会带你穿过一条又一条走廊，走得你晕头转向，根本不知道自己在哪儿，突然就来到了户外。那是喷泉院，大宅里最深的地方，大法师在柔刻时，就会待在那里……"

"继续说啊。"女巫喃喃地说。

"目前，有用的就只有这些。"蜻蜓回到身体里，回到了眼下这个温和多云的春日，无比熟悉的乡间小路，玫瑰的前院，伊瑞亚山上她那七只正在吃草的小母羊，橡树那青铜般的树冠。"他在谈到那些大师时非常谨慎。"

玫瑰点了点头。

"但他给我讲了一些学生的事。"

"这个倒不要紧吧，我想。"

"我也不知道，"蜻蜓说，"能听到大宅的事情当然好，但我以为那里的人会是——我不知道。当然，他们到那里时大多还只是男孩。但我以为他们会是……"她凝视着山上的羊群，满脸困惑。"他们中有些人真的是又坏又蠢。"她低声说，"他们能进学院，完全是因为他们有钱。他们去那里学习，只是为了变得更有钱。或者是更有力量。"

"哦，当然，当然。"玫瑰说，"他们去那儿不就是为了得到这些嘛！"

"但是力量——就像你告诉我的那样——并不等同于让人们听你的话，或是付钱给你——"

"不是吗？"

"不是！"

"如果一个词可以治愈，那它就也可以伤害。"女巫说，"如果一只手能杀人，那它就也能治病。好推车想怎么拐弯就怎么拐弯，坏推车才一条道走到黑呢。"

"但在柔刻，他们会学习如何正确使用力量，不为伤害，也不为利益。"

"我觉得，所有事都可以说是为了利益。人们都得生存。但我懂得一点什么呢？我谋生靠的是那些我知道该怎么做的事。但我不会染指那些伟大的技艺，那些危险的技能，比如说，召唤死人。"玫瑰做了个消灾的手势。

"一切都很危险。"蜻蜓说道。她的目光越过羊群、山丘和树木，望向静止的深处，那是一片没有颜色、广袤无边的空无，像是日出前明澈的天空。

玫瑰看着她。她知道自己不知道伊瑞安是谁，也不知道她可能会成为什么人。一个高大、强壮、笨拙、无知、纯真、愤怒的女人，没错。但伊瑞安还是个孩子时，玫瑰就从她身上看到了更多的东西，某种超越她本身的东西。而每当伊瑞安像现在这样将目光从这个世界移开，她似乎就进入了那个超越她本身的时间、地点或存在。玫瑰因而畏惧她，也为她忧心。

"你要小心。"女巫严肃地说，"一切都很危险，这话倒也没错，但最危险的就是和巫师搅到一起。"

出于爱、尊重和信任，蜻蜓绝不会无视玫瑰的警告，但她没法把象牙看作什么危险人物。虽然她并不理解他，但她总是想不起来该害怕他，害怕他这个人。她也想表现得毕恭毕敬，但也不太办得到。他的确聪明，而且相当英俊，但除了他能告诉她的东西之外，她很少想到他。他知道她想知道什么，一点一点地告诉她，尽管那都并不是她真正想知道的，但她还想知道更多。他对她很有耐心，为此她很感激，毕竟他要比她聪敏得多。有时，他会因为她的无知而露出微笑，但他从未嗤之以鼻或加以责备。像女巫一样，他喜欢用问题来回答问题，只是玫瑰的那些问题的答案总是她已知的东西，而他那些问题的答案，则是她从未想象过的，令她惊愕、不喜，甚至痛苦的东西，会改变她信念的东西。

日复一日，他们已经习惯了在伊瑞亚的老马厩见面、交谈。她问，他就多说一点，虽然有些不情愿，总是说一半留一半的，她觉得他是在替大师们遮掩，以维护柔刻的光辉形象。直到有一天，在她的一再坚持下，他终于肯直言不讳。

"那里当然也有好人，"他说，"大法师自然是伟大而智慧的。但他已经离开了。至于大师们嘛……他们中的一些一直不问世事，只关心玄奥的知识，不断探寻更多的真形、更多的真名，但从不用这些知识做任何事。另一些人则将他们的野心隐藏在象征着智慧的灰袍之下。柔刻岛不再是地海世界的力量所在。如今，力量掌握在哈吾讷的王庭里。柔刻活在它昔日的辉煌里，用无数法术隔绝着今天的一切。而在那些符咒墙里，又有什么呢？争权夺利的野心家，对新事物的恐惧，对挑战旧掌权者的年轻人的恐惧。再往中心，那里什么都没有。中庭空荡荡的。大法师永远不会回来了。"

"你怎么知道？"她低声问。

他看起来很严肃。"那条龙把他带走了。"

"你看到了？你亲眼看到的？"她紧握双手，想象着飞行的场景，甚至没有听到他的回答。

过了很久，她才回到阳光下，回到马厩里，回到她的思考和困惑中。"但就算是他已经走了，"她说，"肯定还有些大师是真正的智者吧？"

他抬起头来，带着一丝忧郁的微笑，勉强开口："当大师们所有的神秘和智慧都被摊在阳光下，就没那么了不起了，你懂吧？这门手艺的关键就在于神秘的幻觉。但人们并不想知道这些。他们想要的就是幻觉，是神秘。谁又能怪他们呢？生活中美丽或有价值的东西太少了。"

像是为了说明他所说的话，他从破碎的路面上捡起一块碎砖，抛向空中，他说话时，它就在他们头顶扇动着精致的蓝色翅膀——一只蝴蝶。他伸出手指，蝴蝶便轻轻停在上面。他晃晃手指，蝴蝶便掉落在地，变回了碎砖。

"我的生活中没什么有价值的东西。"她说，凝视着脚下的路面，"我只会管理农场，并且努力站出来，说真话。但是，如果连柔刻岛上都尽是诡计和谎言，我会恨那些愚弄我、愚弄我们所有人的人。这不可能是谎言。不可能全都是谎言。大法师的确进了白发番的迷宫，带回了和平之环。他的确和年轻的国王一起进入了死亡之地，打败了蜘蛛法师，又回来了。这都是国王本人讲的，他的原话。就算是在我们这里，也有游吟者来唱过这首歌谣，有说书人来讲过这个故事。"

象牙点了点头。"但大法师在死亡之地失去了所有的力量。也许从那时起，所有的魔法都被削弱了。"

"玫瑰的咒语和以前一样好用。"她坚持道。

象牙笑了笑，什么都没说。但她知道，村巫的那点活计在他看来有多么微不足道。他见识过真正的伟绩和力量。她叹了口气，发自内心地感叹："唉，我要不是女人就好了！"

他又笑了。"你是个美丽的女人。"他的语气朴实，不再是起初的那种奉承，因为她讨厌那样。"你为什么想做男人？"

"那我就可以去柔刻岛了！去见识，去学习！为什么？为什么只有男人能去那里？"

"这是几个世纪前，柔刻第一位大法师定下的规矩。"象牙告诉她，"但是……我也很迷惑。"

"你也迷惑？"

"经常会啊。日复一日，在大宅和学院的所有区域里，都只能看到男孩和男人；镇上的女人们都被施了咒，甚至连踏上柔刻圆丘周围的原野都不可能。要等上许多年，才可能有某位尊贵的女士获准短暂地进入外庭……为什么会这样？难道所有的女人都没有天分？又或者，是大师们害怕她们，害怕被腐蚀？不，他们只是担心，接纳女人可能会改变他们所坚守的律条——那个律条的纯洁性——"

"女人也可以活得和男人一样贞洁。"蜻蜓直截了当地说。她知道自己直白粗野，而他优雅细腻，但她也只能如此。

"当然，"他说，笑容愈发灿烂，"但女巫并不总是贞洁的，不是吗？……也许这就是大师们所害怕的。也许禁欲并没有柔刻律条教导得那样必要。也许，这样规定并不是为了保持力量的纯净，而是为了让他们独占力量。把女人排除在外，把所有不想自我阉割以获得那种力量的人排除在外……谁知道呢？一个女法师！这必将改变一切，打破所有的律条！"

她可以看到，他的心神在她眼前飞舞，拾起、摆弄各种想法，改变它们的形态，就像把砖头变成蝴蝶。她不能和他共舞，不能和他游戏，但她好奇地望着他。

"你可以去柔刻。"他说，眼睛因兴奋、恶作剧和冒险而闪闪发光。面对她近乎乞求又不敢相信的沉默，他坚持道，"你可以去。你是个女人，但要想改变模样，有的是办法。你有着男人的内心、勇气和意志。你可以进入大宅。我很清楚这一点。"

"可我去那儿做什么呢？"

"做所有的学生都会做的事。独自住在石室里，学习变得智慧！可能跟你想的不太一样，但这样，你也能学到东西的。"

"我不行。他们会知道的。我根本进不去。你不是说有守门人吗，我不知道该对他说什么。"

"有口令，是的。但我可以教给你。"

"你可以？这是允许的吗？"

"我不关心他们是不是允许，"他说着，皱起眉，她从未在他脸上见过这样的神情，"大法师自己也说过，律条就是用来让人打破的。不公缔造了律条，而勇气则能打破它。如果你有这种勇气，那我也有！"

她看着他，说不出话来。她站了起来，过了一会儿，她走出马厩，沿着半山腰的小路绕到了山后。她最喜欢的一条狗，一条又大又丑的大头猎犬，跟在她后面。她在山坡上停了下来，下方是沼泽地中的溪水。十年前，玫瑰就是在那条小溪里给她命名的。她站在那儿，那条狗蹲坐在她身边，抬头看着她的脸。她的脑海中一片混沌，只有话语在不断回响：我可以去柔刻，搞清楚我是谁。

她向西看去，目光越过芦苇丛、柳树，以及更远处的山丘。西边的整片天空明澈而空无。她静立了一会儿，灵魂似乎升入了那片天空，然后就离开了，离开了她的身体。

一阵轻微的声响沿着小径传来，是那匹黑色母马柔和的蹄音。蜻蜓回到她自己的身体里，嘴里呼唤着象牙，追着他跑下山去。"我要去。"

这场冒险并非出于他有意的设计。尽管这主意很疯狂，但他越想越喜欢。一想到将要在西潭村度过漫长而灰暗的冬天，他的心就像石头一样沉了下去。这里没有什么值得在意的东西，只有那个名叫蜻蜓的女孩，逐渐占据了他的思绪。如今，他已经完全被她那巨大、纯洁的力量征服了，但他之所以事事都顺着她，其实是为了让她最终顺应他的意愿。这是场游戏，他觉得值得一试。如果她愿意跟他走，那他就相当于赢了。整件事的乐趣在于，虽说这个让她扮作男人进入柔刻学院的主意不太可能真的成功，但一想到那帮装腔作势、自命不凡的大师和他们的马屁精将会受到怎样的冒犯，他就无比愉悦。如果他果真成功了，真让一个女人穿过了那扇门，哪怕只是一瞬间，那将是多么甜美的报复啊！

钱是个问题。女孩自然会以为，作为一个伟大的巫师，他只需打个响指就能登上法术船，乘着法术风漂洋过海。但当他告诉她他们必须订船位时，她只说了一句："我有跑路钱。"

他喜欢她这种乡下俚语。有时，她会吓到他，而他对此很反感。在他的梦里，她从未屈服于他，反而是他自己屈服于某种激烈的、毁灭一切的甜美，陷入湮灭的怀抱。在他的梦中，她是某种无法理解的存在，而他自己什么也不是。他从这些梦中惊醒，无比羞愧。直到白天，直到看到她那双脏兮兮的大手，听到她像个乡巴佬，像个傻瓜一样说话时，他才能找回他的优越感。他真希望能把她的话学给什么人听，比如他以前在大港时的朋友，他们准会被他逗笑的。"我有跑路钱。"骑马回西潭村时，他学给自己听，忍不住笑起来。"我确实有。"他大声说。那匹黑色的母马摇了摇她的耳朵。

他告诉桦树，他收到了他在柔刻岛的大师——手大师——的消息，必须马上赶回去，当然，他不能说是什么事，但到那儿以后应该花不了多长时间，半个月去，半个月回。休耕前怎么也能赶回来。他只得请求桦树老爷预支薪水给他，用以支付船费和住宿费，因为柔刻巫师不应该利用人们的善意获得自己所需的东西，而是应该像普通人一样付账。桦树同意了，给了象牙一个钱包，作为他的旅费，这是这么多年来，他口袋里的第一笔真钱：十枚象牙币，一面刻着珊列斯的水獭，另一面是象征和平的符文，以向莱布宁王致敬。"你们好，跟我同名的小老弟们。"与它们独处时他说，"你们会和跑路钱相处愉快的。"

他没怎么跟蜻蜓讲起他的计划，主要是因为他没怎么计划，指望靠他自己的聪明才智见机行事。只要有机会施展，他的才智一向不会让他失望。女孩几乎什么也没问，只除了："我一路都要扮成男人吗？"

"对，"他说，"但只是伪装。到了柔刻我再帮你施易容咒。"

"我还以为是变换咒。"她说。

"那可不太明智。"变换大师那简洁庄重的语气被他学得惟妙惟肖，"如有必要，我当然会这么做。但你会发现，巫师们在使用精深咒语时非常谨慎。这并非毫无缘由。"

"一体至衡。"她说，一如往常，只能听懂他话里最浅白的意思。

"也可能是因为这类技艺的力量已经大不如前了。"他说。他自己也不知道他为什么总是想要削弱她对咒语的信心。也许是因为，对她的力量与完整性的任何削弱，都是对他的增强。一开始，他只是想勾搭她上床，这是他喜欢玩的游戏。但这场游戏变成了一场他始料未及也无法终止的比赛。现在，他已下定决心，不是要赢得她，而是要打败她。他绝不能让她打败他。他必须向她和他自己证明，他曾经的梦想毫无意义。

一开始，他不耐烦对着她的冷脸献殷勤，于是制作了一种符咒，那是一种术士用的诱惑咒，制作时他的内心充满了不屑，虽然他知道这玩意儿很管用。他把符咒用在她身上时，她正在修补牛笼头，这正是她会做的事，然而，这符咒并没能激起她的柔情蜜意，不像之前在哈吾讷和泰维勒镇那些女孩身上那么百试百灵。蜻蜓逐渐变得沉默寡言，闷闷不乐。她不再没完没了地问起柔刻，他说话时，她也不回答。他试探性地走近她，握住她的手，她挥出一记重拳，打在他头上。他头晕目眩地看她站起来，一言不发地大步走出马厩，她喜欢的那条丑陋的猎狗小跑着跟在后面，还回头看了一眼，龇牙咧嘴地冲着他笑。

她走的是去老宅的路。等到耳朵不再嗡嗡响，他偷偷跟上她，希望那符咒其实生效了，她还是会把他带到自己的床上，只是方式比较粗鲁罢了。接近老宅时，他听到了杯盘破碎的声音。那个父亲，那个酒鬼，摇摇晃晃地走出来，看起来又害怕，又困惑，紧接着传来了蜻蜓刺耳的高声叫骂："滚出去，你这个没种的叛徒！你这个臭不要脸的色鬼！"

"她夺走了我的酒杯。"伊瑞亚主人对陌生人说，小狗一般哀鸣着，那群狗也围在他身边，哀号不已，"还把它摔碎了。"

象牙离开了。一连两天都没过来。第三天，他试着骑马经过旧伊瑞亚，她大步走过来迎接他。"对不起，象牙。"她说着抬起头，氤氲的橙色双眼注视着他，"我也不知道那天是怎么了。我当时很生气。但不是对你。请你原谅我。"

他宽宏大度地原谅了她，不再尝试对她施展爱情符咒。

用不着符咒，此刻他心想，很快他就将真正拥有掌控她的力量。他终于知道该怎么得到它。因为她已把它交到了他手中。她有着极强的力量和意志，但幸运的是，她很蠢，而他不蠢。

肯伯口港的酒商订购了六桶十年陈酿的法尼安干红，桦树要派一个车夫去送货，他也很乐意让他的巫师当保镖，因为这些酒很贵重。而且，虽然年轻的国王已经在尽力纠正世风，但道路上仍有盗匪出没。于是，象牙坐着驷马高车，垂晃着双腿，一路颠簸缓行。在毛驴山下，一个粗野的身影出现在路边，问车夫能不能搭个车。"我不认识你。"车夫说，举起鞭子，想把陌生人吓退，但象牙绕过来说："让这小伙子搭一程吧，我的好伙计。有我在这儿，他坏不了什么事。"

"那就麻烦您盯着他点了，大人。"车夫说。

"我会的。"象牙说，向蜻蜓眨了眨眼。她满身尘土，穿着农夫的旧罩衫，打着绑腿，戴着脏兮兮的毡帽，伪装得很好。她没有眨眼回应。他们并排坐在一起，双腿垂在马车尾端摇晃，夏季的山丘和田野缓缓地、缓缓地从身边滑过，催人欲睡，困倦的车夫坐在前头，与他们隔着六大桶颠簸不休的葡萄酒——哪怕是在这时，她依然在扮演她的角色。象牙想逗逗她，但她只是摇摇头。也许，在上了贼船之后，她被这个疯狂的计划吓到了。他说不准。她神情严肃，安静得出奇。象牙想，等到这女人屈服于我，我可能会非常厌倦她。这个念头撩拨着他，让他几乎难以自持，但当他回头看她时，他的渴望就在她巨大而真实的存在面前消失了。

这条路贯穿了鼎盛时期伊瑞亚的广大领地，路边没有旅店。

夕阳西沉，接近地平线时，他们在一座农舍前停了下来，那里有马厩可以让马匹休息，有棚子可以停放马车，厩楼里还有稻草，供马夫取用。厩楼又黑又闷，稻草发霉。尽管蜻蜓就躺在离他不到三尺的地方，象牙却没有感觉到半分欲望。她一整天都在扮演男人，连他都快信了。也许她真能骗过那些老家伙！想到这里，他咧开嘴笑了，然后就睡着了。

　　第二天，他们一路颠簸，还经历了一两场夏日雷雨。黄昏时分，他们到达了肯伯口港，一个有围墙的、繁荣的港口城市。他们让车夫去做主人吩咐的事，自己则往低处走去，找了一间靠近码头的旅馆。蜻蜓看着这座城市的风光，什么都没说，可能是出于敬畏，可能是不喜，也可能只是单纯的不关心。"这小城不错，"象牙说，"但整个地海只有哈吾讷才称得上城市。"

　　她依然不为所动，只是说："去柔刻做生意的船不多吧？你说，会不会要等上很久，才能找到一艘船载我们过去？"

　　"如果我带着巫杖就不会。"他说。

　　她不再东张西望，若有所思地迈着大步走了一会儿。她动起来时很美，大胆而优雅，头高高昂起。

　　"你是说，他们会优待巫师？但你还不是巫师。"

　　"那只是形式。我们这些高级术士在执行柔刻的任务时也可以带巫杖。我这也算执行任务吧。"

　　"带我去柔刻？"

　　"带一个学生去——是的。一个具有出色天赋的学生！"

　　她没有再问什么。她从不争论，这是她的美德之一。

　　那天晚上，在海滨旅馆吃晚饭时，她难得有些羞怯地问道："我真有出色天赋吗？"

"据我判断，你有。"他说。

她想了想——与她的交谈总是节奏很慢——然后说："玫瑰总是说我有力量。但她不知道是哪种。而我……我知道我有，但我不知道它是什么。"

"所以你要去柔刻搞清楚。"他说着向她举杯。过了一会儿，她也举起酒杯，对他笑了笑，这个笑容是如此温柔灿烂，让他忍不住说："愿你所得皆所求！"

"如果我能找到，那也都要归功于你。"她说。在那一刻，他爱上了她的真心，放弃了对她的任何想法，只想把她视为一场大胆冒险、勇敢玩笑中的旅伴。

旅店很拥挤，他们只得与另外两个旅客挤在一间房里，但这一夜，象牙的心思很纯洁，他还为此稍微自嘲了一下。

第二天早上，他从旅馆的菜园里摘了一枝草药，把它变成一根上好的巫杖，杖头是铜的，与他同高。"这是什么木头？"看到它，蜻蜓着迷地问，他笑着回答说迷迭香，她也笑了起来。

他们沿着码头，打听有没有开往南方的船，可以带一个巫师和他的学徒去智者之岛，很快就找到了一艘开往瓦梭的重型商船，船主愿意免费让巫师乘船，以示好意，学徒则是半价。即便是半价，也要花上他们一半的跑路钱，但他们可以独享一间船舱，因为海獭号是一艘有甲板的双桅大船。

他们与船主交谈时，一辆马车停在了码头上，开始卸下六个熟悉的酒桶。"那是我们的酒。"象牙说。船主说："是送去霍特镇的。"蜻蜓则轻声说："产自伊瑞亚。"

说着她回过头，瞥了一眼那片土地。这是他唯一一次看到她回头。

船上的天候师在启航前不久才登船，他不是柔刻巫师，而是一个饱经风吹雨打的家伙，穿着一件破旧的航海斗篷。象牙微微挥动巫杖，跟他打招呼。天候师上下打量着他，说："这船上只能有一个人操纵天候。如果不是我，我就下船。"

"我只是个乘客，风袋师傅。我很乐意由您来负责操风。"

那术士看看蜻蜓，她像树一样笔直地站着，什么也没说。

"好。"他说，之后便再也没跟象牙说过话。

然而，在航行过程中，他与蜻蜓聊过几次。这让象牙有点不安。她的无知和轻信可能会给她自己惹来麻烦，从而给他惹来麻烦。她和那风袋师都谈了些什么？他问她，她回答说："谈我们的未来。"

他瞪大眼睛。

"我们所有人的。维岛、菲克维岛，还有哈吾讷、瓦梭，以及柔刻。岛上所有的人。他说，去年秋天，莱布宁王要加冕的时候，曾派人到弓特去找卸任的大法师来为他加冕，但他不愿意来，而且也没有新的大法师。于是国王自己给自己加冕。有人说这样不对，说他得位不正。但也有人说，国王自己就是新的大法师。但他不是巫师，只是一个国王。所以又有人说，黑暗时代将再次到来，那时将没有正义之治，巫术会被用于邪恶。"

过了一会儿，象牙说："都是那个老天候师说的？"

"我想，可能是民间流言。"蜻蜓回答道，她的头脑一向这么简单。

别的不说，天候师确实是个行家。海獭号向南急航，他们遇到过夏天的暴风雨和波涛汹涌的海面，但从未遇到过风暴或者邪风。他们在欧岛北岸、伊利安、冷岛、柯梅瑞与欧港停靠，装卸货物，然后向西驶去，把乘客送到柔刻。面向西方时，象牙总是感到不安，他太清楚柔刻的防护有多完备了。他知道，如果柔刻风不准他们靠岸，无论是他还是天候师，都无能为力。如果是这样，蜻蜓一定会问为什么：风为什么要推开他们？

他很高兴看到那术士也很紧张，他站在舵手身边，时刻关注着桅杆，准备一有西风的迹象就立刻收帆。但风稳稳地从北面吹来。一阵雷声响起，象牙下到了船舱里。但蜻蜓留在了甲板上。她告诉过他，她怕水。她不会游泳。她说："溺死一定是件可怕的事——不能呼吸——"一想到这个，她就不寒而栗。这是她唯一表露过的恐惧，但她不喜欢低矮狭窄的船舱，因此每天都待在甲板上，夜里如果暖和，就直接睡在那里。象牙没想把她哄进船舱。他现在知道，哄骗是没用的。要想拥有她，他必须掌握她。只要他们能抵达柔刻，他就能成功。

他又回到甲板上。天放晴了，太阳渐渐沉落，西方的云层也随之消散，天空染成金色，映衬出一座高耸幽暗山丘的轮廓。

象牙带着一种热切的恨意，望着那座山丘。

"那是柔刻圆丘，小伙子。"天候师对他身边的蜻蜓说。她正站在栏杆边上。"我们正在驶入泰维勒湾。那里只会刮他们想要的风。"

等到他们顺利进入海湾，降下锚，天已经黑了。象牙对船主说："我明早上岸。"

蜻蜓坐在他们的小船舱里等他，一如既往的严肃，但她的眼睛里闪烁着兴奋的光。"我们明早上岸。"他又重复一遍，她点了点头，毫无异议。

她说："我看起来还好吗？"

他坐在他狭窄的床铺上，看着坐在她狭窄床铺上的她。他们没法面对面坐，因为膝盖没地方放。在欧港时，她听从他的建议，给自己买了体面的衬衫和长裤，让自己看上去更有希望被录取。她的脸被风吹得发皴，但洗得很干净。她的头发梳成了棍辫，和象牙的一样。她的手也很干净，平放在她的大腿上，修长有力的手，像男人的手。

"你看起来不像个男人。"他说。她的脸沉了下来。"在我看来不像。在我看来，你永远不会像个男人。但是别担心。在他们看来，你会像的。"

她点了点头，满脸焦虑。

"第一个考验是很重要的考验，蜻蜓。"他说。每天晚上，独自躺在小舱室里时，他都在为这次谈话做准备。"要想进入大宅，得先穿过那扇门。"

"我一直在想这件事。"她说，语气急迫而恳切，"我就不能告诉他们我是谁吗？有你在那里为我担保——说我虽是女人，但也有一些天赋——我保证会发誓，并且守禁欲咒。如果他们想让我独自生活，我也愿意——"

她说话时，他在不停地摇头。"不，不，不，不。不可能。没用的。死路一条！"

"就算你——"

"就算我替你说话，他们也不会听的。柔刻律条禁止向女人传授任何高等技艺、造物真言里的任何字词。从来如此。他们不会听的。所以要让他们亲眼看到！我们会让他看到这一点的，你和我。我们会教给他们。你必须保持勇气，蜻蜓。你绝不可软弱，也不能想，哦，我求求他们让我进去，他们不会拒绝我的。他们会的。而且一定会的。如果你暴露了，他们还会惩罚你。还有我。"说到最后一个词时，他加重了语气，并在心里默念消灾。

她用那双难懂的眼睛凝视着他，最后问："我该怎么做？"

"你相信我吗，蜻蜓？"

"是的。"

"你是否愿意完全信任我——在清楚地知道我为你冒的风险比你自己要冒的还要大的情况下？"

"是的。"

"那么，你必须告诉我你要对守门人说的话。"

她瞪大了眼睛。"但我以为是由你来告诉我——口令。"

"他要的口令就是你的真名。"

他沉默了一会儿，等着她慢慢理解了，然后继续轻声说道："而且，给你施易容咒时，要想让咒语完整、深刻，好让柔刻的大师们把你当成一个男子，我也必须知道你的真名。"他又停顿了一下。说的时候，他觉得自己所说的一切都像是真的，因此声音温和动人，他说："我本来早就可以知道了。但我选择不用这些技艺。我希望你能足够信任我，亲口告诉我你的真名。"

她低头看着紧抱膝头的双手。在船舱灯笼的暗淡红光下，睫毛在她的面颊上映出纤长的影子。她抬起头，直视着他。"我的真名是伊瑞安。"她说。

他笑了笑。她没笑。

他什么也没说。事实上，他根本无话可说。早知这么容易，早在几天前、几周前，他就可以得到她的真名，以及让她按照他的想法做任何事的力量，只需假装实行这个疯狂计策，而不用真的放弃他的薪水和本就摇摇欲坠的声誉，不用进行这次航行，也不必为此大老远地跑到柔刻来！现在，他意识到整个计划是多么愚蠢。他帮她做的伪装，一秒钟都骗不过守门人。想要羞辱大师们，就像他们羞辱他那样，不过是他的妄想。因为执迷于欺骗这个女孩，他已陷入自己为她设下的陷阱。他痛苦地意识到，他太相信自己的谎言，因而坠入了他自己精心编织的网中。他在柔刻出过一次丑，现在又回来重蹈覆辙了。他心中涌起一股巨大而悲凉的愤怒。没用。什么都没有用。

"怎么了？"她问。她那低沉、沙哑的嗓音中的温柔使他丢盔弃甲，他把脸藏在手中，努力屏住羞愧的泪水。

她把手放在他的膝盖上。这是她第一次触摸他。他忍受着那触摸的温暖和力度，他浪费了那么多时间去追求它。

他想伤害她，想把她从她那可怕、无知的善良中惊醒。但他最终开口说的却是："我只是想和你做爱。"

"真的吗？"

"你以为我是像他们那样的阉人吗？为了成为圣人，就用咒语自我阉割了？你以为我为什么没有巫杖？你以为我为什么不在学院里？你相信我所说的一切吗？"

"是的，"她说，"我很抱歉。"她的手仍然放在他的膝盖上。她说，"如果你想要的话，我们可以做爱。"

他坐直身子，一动不动。

"你到底是什么？"他最后对她说。

"我不知道。这就是我想来柔刻的原因。为了找到答案。"

他挣开她，站起来，弯着腰，他们无法在低矮的船舱站直。他双手紧握又松开，站在离她尽可能远的地方，背对着她。

"你找不到的。那里都是谎言，骗局。老头子的文字游戏。我不愿意玩他们的游戏，所以我离开了。你想知道我做了什么吗？"他转过身来，露出明晃晃的牙齿，得意地笑了，"我找了一个女孩，一个镇上的女孩，到我的房间来。我的牢房。我的小禁欲石室。它有一扇窗户，正对着后面的街道。我没有用咒语——你不能在他们布下的法术中施咒。但她想来。然后她来了，我在窗外放了一个绳梯，她爬了上来。那些老头子进来时，我们正在做！我给他们看了！而且，如果我能把你弄进去，我还会再让他们看看，我会好好给他们上一课！"

"好吧，我试试。"她说。

他愣住了。

"和你的理由不一样，"她说，"但我还是想试试。而且我们来都来了。况且，你也知道我的真名。"

这是真的。他知道她的真名：伊瑞安。像一块炭，像脑海中燃烧的余烬。他的思想无法容纳它。他的知识无法使用它。他的舌头无法说出它。

她抬头看着他，那张锐利而坚毅的脸在朦胧的灯笼光下变柔和了。"如果你带我来这里只是为了做爱，象牙，"她说，"我们可以做。如果你还想要的话。"

起初他说不出话，只是摇了摇头。过了一会儿，他终于笑出声来："我想我们已经错过了……这种可能性……"

她看着他，目光中没有遗憾，也没有责备，更没有羞愧。

"伊瑞安，"他说，现在，她的名字很容易就能说出，在他干燥的口中，像泉水一样沁凉甜美。"伊瑞安，要想进入大宅，你必须……"

阿泽韦

他陪她走到街角，那是一条狭窄幽暗的街道，仿佛隐藏着不为人知的秘密，夹在两堵平平无奇的墙壁间，越往里地势越高，于是尽头那堵墙也要稍高些，上面嵌着一扇木门。他已经为她施过咒，让她看起来像个男人，虽然她自我感觉还是女人。她和象牙抱了抱，毕竟，他们也曾是朋友，是同伴，更别说他还为她做了这么多。"要有勇气！"说完他便松开了她。她走过整条街，在那扇门前站定，回头看了看，但他已经不在那里了。

她敲了敲门。

过了一会儿，她听到了门闩的响动。门打开了，一名中年男子站在那里。"有什么能帮你的吗？"他说，脸上没有笑容，但声音很和蔼。

"您能让我进入大宅，先生。"

"你知道该从哪儿进来吗？"他那双杏仁形的眼睛看人很专注，却好像是隔着数里或数年。

"就从这儿，先生。"

"那你知道，你要告诉我谁的名字，我才能放你进去吗？"

"我自己的，先生。我的真名是伊瑞安。"

"真的？"他说。

她迟疑了一下，站在原地没出声。"这是我们村的女巫玫瑰在维岛伊瑞亚山下的溪水里赠予我的名字。"最后，她还是挺直身子，道出了实情。

守门大师看着她，似乎过了很久。"那好吧，这就是你的真名。"他说，"但也许不是全部的。我想你应该还有一个。"

"我不知道，先生。"

又过了许久，她说："也许我能在这里得知，先生。"

守门大师微微低下头。一抹极浅的笑容在他的脸颊勾勒出两弯新月。他侧过身。"进来吧，女儿。"他说。

她跨过大宅的门槛。

象牙的易容咒如蛛网般滑落。她又做回了自己，表里如一。

守门大师引领她踏上一道石廊，走到尽头时，她才想起回头看看那副高耸的骨白色门框，看看门上刻的那棵树，看看千百片叶子被阳光穿透。

走廊那头匆匆走来一个身披灰袍的年轻男子，跟他们照面时突然顿住脚步。他凝视着伊瑞安，而后略一点头，继续前行。她回头看他。他也在回望着她。

齐眉高的空中，一团缥缈的绿火沿着走廊飞驰而来，显然是在追那个年轻人。守门大师朝它挥挥手，它避开了他。伊瑞安慌忙背过头，矮下身，但那冷火掠过时，她还是感到发间一阵刺痛。守门大师扫视一番，脸上的微笑绽放开来。虽然他什么也没说，但她能感觉到他在注意她，关心她。她站起身来，跟上他。

他走到一扇橡木门前停下，没有敲门，而是用巫杖尖在门上画了一个小小的符号或符文，那是一根轻巧的巫杖，由某种灰木制成。门开了，里面传来一个洪亮的声音："进来！"

"请在这里稍等片刻，伊瑞安。"守门大师说着走进房间，任由身后的门敞开着。她能看到几个书架、书，还有一张桌子，上面也堆着些书，桌上还有几个墨水瓶、一些带字的纸，桌边坐着两三个男孩，还有一人头发花白、体格敦实，正是刚刚应声的男人。她眼见那人变了脸色，转头惊愕地瞥了她一眼，然后压低嗓门，激动地质问守门大师。

两人一齐朝她走来。"这位是柔刻的变换大师，这位是维岛的伊瑞安。"守门大师说。

变换大师公然盯着她看。他要比她矮一些。他的目光移向守门大师，又回到她身上。

"很抱歉要当着你的面谈论你，这位女士，"他说，"但我只能如此。守门大师，你知道我从未质疑过你的判断，但律条规定得很清楚。我不得不问一句，是什么让你违律放她进来的？"

"她的要求。"守门大师说。

"但——"变换大师一时语塞。

"上次有女人要求进入学院是什么时候？"

"她们知道律条是不会允许的。"

"那你知道吗，伊瑞安？"守门大师问她。伊瑞安答道："我知道，先生。"

"那你为何还要来？"变换大师问道，他的态度严厉，但难掩好奇。

"象牙师傅说，我可以扮成男人混进来。但我觉得我应该说出自己是谁。我会跟大家一样禁欲的，先生。"

守门大师的笑容逐渐上扬，脸颊上又浮现出两弯长长的括弧。变换大师的面色依然严厉，但他眨眨眼，略一思量，说道："我相信——的确——说实话绝对是更好的选择。你刚才说是哪位师傅？"

"象牙。"守门大师说，"一个哈吾讷大港来的小伙子，我三年前让他进来，去年放他出去的，你或许还有印象。"

"象牙！跟着手大师修行的那小子？——他也在这里？"变换大师愤怒地问道，等着她的回答。而她站得笔直，一言不发。

"不在学院里。"守门大师微笑着说。

"他这是在愚弄你，女士。他想要借此愚弄我们，但这也是在愚弄你。"

"是我在利用他，利用他带我来到这里，告诉我该对守门大师说什么，"伊瑞安说，"我来这里不是为了愚弄任何人，而是来学习我需要知道的东西。"

"我经常想，我为什么会让那个男孩进来，"守门大师说，"现在，我开始明白了。"

听到这话，变换大师看了看他，忖量片刻，沉声问道："守门大师，你是怎么想的？"

"我认为，维岛的伊瑞安来到我们这里，要寻找的或许不只是她需要知道的东西，也是我们需要知道的东西。"守门大师的语气同样郑重，笑容也消失了，"我想，这件事应该需要我们九人共同讨论。"

变换大师消化着这番话，不觉满脸愕然，但他并没有追问守门大师，只是说："但学生不应该参与其中。"

守门大师点点头，表示同意。

"我们可以安排她先住在镇上。"变换大师说着松了一口气。

"在我们背后议论她时？"

"你该不会想把她带进议事厅吧？"变换大师不敢相信地问。

"大法师就把艾伦那男孩带进去了。"

"但——但艾伦是莱布宁王——"

"那伊瑞安是谁？"

变换大师沉默地站着，过了一会儿，他轻声问道，语气相当谨慎："我的朋友，你想要做什么，要学什么？她是什么，值得你这样为她争取？"

"我们又是谁，"守门大师说，"连她是什么都不知道就把她拒之门外？"

"一个女人。"召唤大师说。

伊瑞安在守门大师的小屋里等了几个小时，那是一间低矮、明亮的房子，里面没什么家具，只在一扇小窗下有个座位，从那里可以看到大宅的菜园——平整漂亮的菜畦里，种着一垄垄蔬菜和草药，更远处还有浆果藤和果树。她看到一个身材魁梧、皮肤黝黑的男人带着两个男孩，走到其中一块菜地里除草。看着他们小心伺弄菜地，她渐渐放松下来，希望自己也能搭把手。陌生的环境，未知的等待，让她备感煎熬。守门大师来过一次，给她端来一杯水和一盘食物，有冷肉、面包和大葱。他叫她吃，她便吃了，虽然咀嚼和吞咽都是那么艰难。园丁们离开了，窗外再没有什么可看，只有生长的卷心菜和跳跃其间的麻雀，偶尔一只老鹰从高空飞过，以及菜园外，在微风中摇曳的大树。

守门大师终于回来了，说道："跟我来，伊瑞安，见见柔刻的大师们。"她的心开始狂跳，如同一匹拉着车飞奔的马。她跟着他穿过迷宫般的走廊，来到一个房间，墙壁是深色的，上面镶着一排高高的尖顶窗。房间里站着一群男子。她进来时，每一个都转过头来看她。

"诸位，这位是维岛的伊瑞安。"守门大师说。没人回应。他示意她往里走。"这位是变换大师，你已经见过了。"他对她说，然后一一介绍众人。但她记不住他们的头衔与专精的奥义，只记得她以为是园丁的那个人是草药大师，还有召唤大师，他们中最年轻的那位，身材高大，面容庄严美丽，像是用黑色的石头雕刻而成。守门大师介绍完毕，率先开口的便是他。"一个女人。"他说。

守门大师点点头，一如既往地温和。

"你召集九人就是为了这个？没别的了？"

"没别的了。"守门大师说。

"内极海上空有群龙现身。柔刻岛上没有大法师，群岛也没有加冕的真王。正事繁多，"召唤大师说，他的声音也像是石头做的，冰冷而沉重，"我们何时着手去做？"

守门大师没有回答，一时间，室内陷入了令人不安的沉默。终于，有人开口问道："守门大师，你放这女人进来，是想让她成为柔刻的学生吗？"此人身材瘦小，眼神明亮，身着一件红色束腰短袍，外面披着巫师斗篷。

"就算我想，也要看诸位答不答应。"他说。

"真的吗？"红袍男子微微一笑。

"手大师，"守门大师说，"她要求以学生的身份进来，我看不到有什么理由要拒绝。"

"理由有的是。"召唤大师说。

一个低沉而清亮的男声说道："最终起决定作用的不是个人的判断，而是我们发誓会信守的律条。"

"我不相信守门大师会轻易违背它。"另一个人说道。尽管他的个子很高，但在此之前，伊瑞安根本没有注意到这位须发皆白、骨瘦如柴、面容嶙峋的老人。与其他人不同的是，他说话时会看着她。"我叫柯瑞卡墨瑞柯，"他对她说道，"是这里的命名大师，我可以随意使用人们的名字，我自己的也包括在内。你的名字是谁给你的，伊瑞安？"

"我们村的女巫玫瑰，大人。"她答道，站得笔直，尽管她的声音听起来高亢而粗犷。

"她获赠的名字是错的？"守门大师问命名大师。

柯瑞卡墨瑞柯摇了摇头。"不，但是……"

召唤大师一直背对他们站着，盯着未点燃的壁炉出神，此刻也转过身来。"女巫赠予女巫的名字不是我们要关心的问题，"他说，"守门大师，如果你对这个女人感兴趣，那你应该跨出你发誓守护的那扇门，到墙外去探究。这里没有她的位置，以后也不会有。她只会给我们带来混乱、纷争与进一步的削弱。在她面前，我不会再多说一个字。对于有心的错误，沉默是唯一的回答。"

"沉默是不够的，大人。"一个先前一直没出声的人说。在伊瑞安看来，他的模样相当怪异——微微泛红的白皮肤，长长的白发，狭长的眼睛里是一双冰色的瞳仁。他的讲话方式也很怪异——生硬迟滞，还有些扭曲。"沉默是每个问题的回答，同时也不是任何一个的回答。"他说。

召唤大师抬起他那高贵的黑色面庞，看向房间那头的苍白男子，却又一言未发。他径自转身离开，没跟任何人打招呼。当他缓步经过伊瑞安时，她忍不住后退一步。那感觉就像是一座坟墓被打开了，一座冬天的坟墓，寒冷、潮湿、阴暗。一口气梗在喉咙里，让她几乎无法呼吸。等到终于缓过来，她发现变换大师和苍白男子都在目不转睛地盯着她看。

那个声如沉钟的人也在看着她，见她醒来，便以一种坦率、和蔼而又不失严肃的态度说道："依我之见，带你来这里的人是有意为害，但你并不是。只是伊瑞安，你只要待在这里，就会对我们和你自己造成伤害。一切不在其位的东西都是有害的。单独的一个音唱得再好，放在错误的曲子里也只能是破坏。女人教导女人。女巫从其他女巫和术士那里学习技艺，而非从巫师那里。我们这里教学所用的语言，女人的舌头天生就说不来。那个年轻人不认同这样的规定，说它们不公、专制。但它们是真正的律条，其建立的基础并非我们想要什么，而是现实究竟如何。无论是公正还是不公，愚人还是智者，都必须遵从它，否则就只能是浪费生命，招致不幸。"

变换大师和他旁边那位枯瘦的鹄面老人都点点头，表示同意。手大师说："伊瑞安，我很抱歉。象牙之前是我的学徒。没把他教好是我的错，把他赶走更是错上加错。我本以为他没什么本事，也翻不起什么风浪。但我没料到他会欺骗你，诱哄你。请你千万不要为此感到羞耻。这完全是他和我的错。"

"我并不为此感到羞耻。"伊瑞安说。她看着他们所有人。她觉得应该感谢他们的礼遇，却又说不出口。她僵硬地对他们点点头，转过身，大步走出了房间。

她停在两条走廊的交叉点，不知道该往哪边走，这时守门大师赶了上来。"这边走。"他说，跟她并肩走着。过了一会儿，又说，"这边走。"他们很快就来到一扇门前。建造这扇门的不是角和牙，而是一块质朴的橡木，乌黑、结实，上有一道铁闩，经年累月，磨得细细的。"这是通往菜园的门。"这位法师说着，拉开门闩，"也是人们所说的梅卓之门。我守的便是这两道门。"

他推开门。明亮的日光让伊瑞安一时目眩，过了好一会儿才能视物，只见门口有一条小路，穿过菜园，一直延伸向更远处的原野，原野之外是高大的树木，在右边还可以看到隆起的柔刻圆丘。门口有个人正站小路边，似乎是在等他们。是那个白发细眼的男人。

"真形大师。"守门大师跟他打招呼，一点也不惊讶。

"你送这位女士去什么地方？"真形大师说，语气怪异。

"不去什么地方，"守门大师说，"我带她出来，全凭她的意愿，就像我放她进来一样。"

"你愿跟我来吗？"真形大师问伊瑞安。

她看了看他，又看了看守门大师，没有出声。

"我不住在大宅里。不住在任何屋宅里。"真形大师说，"我住在那里。原林中。——啊。"说着他突然转身。那位高大的白发老人，命名大师柯瑞卡墨瑞柯，也出现在小路上，但在真形大师啊之前，他还不在那儿。伊瑞安困惑地看看他，再看看真形大师。

"这只是我的一个呈像，也可以说是显身或传使。"老人对她说，"我也不住在这里。在几里外。"他朝北边比划了一下。"等你和真形大师忙完了，可以去我那儿。我想多了解一下你的名字。"他向其他两位法师点点头，便消失了。原地只剩一只大黄蜂在嗡嗡作响。

伊瑞安低头看着地面。过了许久，她清清嗓子，没有抬头，说道："我待在这里就会造成伤害，是真的吗？"

"我不知道。"守门大师说。

"待在原林里不会伤害任何人。"真形大师说，"跟我来吧。

那儿有一座老房子，一个小屋。又旧又脏。但你应该是不会介意的，嗯？住上两天。你会知道的。"说罢便踏上那条小路，小路两侧分别是香芹和矮秆菜豆。她看了看守门大师，他回以微微一笑。她跟上那个白发男子。

他们走了半里左右。在右手边，可以看到沐浴在夕阳下的整座圆丘；身后是学院，在山冈低处，依势排布着许多屋顶，乍看一片灰色；跃然眼前的则是高耸的林木，她能认出的便有橡树、柳树、栗树与梣树，还有高大的常青树。林中枝叶繁茂，一束束阳光穿透浓荫，一道小溪穿林而过，两岸绿油油的，还有许多褐色的蹄痕，那是牛羊前来饮水或者涉水去对岸时留下的。牧场明亮的草坪上，有五六十只羊在细嚼慢咽，两人踏着梯蹬，翻过围栏，在小溪边站定。"就是那屋子。"法师说着，指指一个低矮的屋顶，上面长满青苔，有一半被午后的树影遮住了，"今晚就住那里。你愿意吗？"

他请她住下，而不是叫她住下。她所能做的就只有点点头。

"我去拿吃的。"他说着，大步离开，越走越快，很快就消失在树底的光影中，尽管不像命名大师那么突然。伊瑞安目送着他，确定他已离开，才穿过高高的草丛，朝那间小屋走去。

小屋非常老旧，历经多次翻修，但距离上次翻修也已经很久了。应该也很久没住过人，鉴于其间的气息是那样的凝滞、孤寂。然而，这又是一种宜人的气息，仿佛住在这里的人都睡得很安稳。至于那破旧的墙壁、老鼠、灰尘、蜘蛛网和为数不多的粗陋家具，对伊瑞安来说，跟自己家里没什么两样。她找来一把光秃秃的扫帚，把老鼠屎清出去，把自己的毯子铺在木板床上，又从一个柜门歪歪斜斜的储物柜里找到一个带裂纹的陶壶，走到屋外十步远那条清亮而宁静的小溪旁，装了满满一壶水。她恍恍惚惚做完这些，就坐在草地上，靠着晒得暖烘烘的屋墙睡着了。

她醒来时，真形大师也坐在草地上，跟她隔着一个篮子。

"饿吗？吃。"他说。

"我一会儿再吃，先生。谢谢你。"伊瑞安说。

"我现在饿了。"法师说着，从篮子里拿出一个煮鸡蛋，敲碎蛋壳，剥开，吃了起来。

"他们叫它水獭之屋。"他说。"非常老。和大宅一样老。这里，一切都老。我们也老——大师们。"

"你还不算老。"伊瑞安说。她觉得他应该只有三十多岁，但也难说；她一直以为他的头发是白的，因为它不是黑的。

"但我来的远。里也可以是年。我是卡格人，从科勒戈来。你听过吗？"

"白毛番！"伊瑞安直直地盯着他。老雏菊唱的那些歌谣里全是白毛番，说他们自东方航行而来，将土地变为废墟，用长枪刺穿无辜的婴孩；埃兹阿贝失去和平之环的故事里也有；还有那些新的歌谣；还有王的故事，讲的是雀鹰大法师深入白毛番之地，带回和平之环——

"白？"真形大师说。

"霜寒。白色。"说完，她尴尬地移开了视线。

"啊。"过了一小会儿，他说，"召唤大师不老。"她感到那双狭长的冰色眼睛瞥了她一眼。

她什么也没说。

"我觉得，你怕他。"

她点了点头。

她还是没说话，过了一会儿，他说："这些树的阴影里，没有伤害，只有真实。"

"他从我身边经过时，"她低声说，"我看到了一座坟墓。"

"啊。"真形大师说。

刚刚剥鸡蛋时，细碎的蛋壳在他膝盖边的地面上落成一个小堆。他把白色的碎片排成一条弧线，最后合拢成一个圆。"是的。"他应了一声，继续研究他的蛋壳。然后，他挖开一点泥土，小心而利落地把它们埋好。他掸去手上的土，目光再次扫向伊瑞安，很快又移开了。

"你是女巫吗，伊瑞安？"

"不是。"

"但你懂一些知识。"

"不，我不懂。玫瑰不肯教我。她说她不敢。因为我有力量，但她不知道那是什么。"

"你的玫瑰是一朵明智的花。"法师一本正经地说。

"但我知道我要做一些事情。要成为某种存在。这就是我为什么想来这里。为了找出答案。在智者之岛。"

到现在，她已逐渐习惯他那张怪异的脸，也能读懂他的表情了。她认为他看起来很悲伤。他讲话严肃，干脆，不带感情，回避争端。"岛上的人并不总是明智的，嗯？"他说，"也许守门大师是的。"他现在不再瞥视，而是直视着她，目光攫住她的眼眸，没有放开，"但是在那里，在树林里，在树下，有古老的智慧。永远不会老。我不能教你。但我可以带你去原林。"过了一会儿，他站起身来。"好吗？"

"好。"她不太确定地说。

"小屋还好吗？"

"好——"

"明天。"说完他便大步离开。

于是，在炎热的夏日里，伊瑞安有半个多月都住在水獭之屋，那的确是一处宁静的所在；吃着真形大师用篮子带来的食物，也就是鸡蛋、奶酪、蔬菜、水果和烟熏羊肉；每天下午和他一起走进高高的树林，在那里，林间小路似乎从来不在她记忆中的确切位置上，而且常常会远远超出森林的范围。他们默默行走其间，休息时也很少说话。法师是个安静的人。他身上虽有一丝凶悍，但从未在她面前表露。他的存在就像原林里的树木和珍禽走兽一样自然。正如他之前所说，他没想过要教她。她问起原林，他便告诉她，与柔刻圆丘一样，原林从塞古以创造地海诸岛时便已存在，所有的魔法都在这些树的根里，并与所有曾经存在或将会存在的森林里的根交缠在一起。"原林有时在这里，有时在别处。但它永远在。"

她从未见过他住在哪儿。她心想，在这温暖的夏夜，他在哪儿都可以入睡。她问他，他们吃的东西是哪里来的。他说，学院不能自给的东西，就由周围的农户提供，他们认为柔刻大师们对牲畜、田地和果园的保护足以付清这一切。她觉得很合理。维岛有句俗语，叫作巫师没有糊口的粥，指的是前所未有、闻所未闻的奇事。但她不是巫师，又不想吃白饭，于是，她从一个农夫那里借来工具，还去了泰维勒镇，用剩下的那一半跑路钱买了钉子和灰泥，尽心竭力地修补着那间水獭之屋，好挣来自己的那碗粥。

真形大师早上不会来，所以她整个上午都有时间。她已经习惯了一个人，但仍然会想念玫瑰、雏菊和兔子，成群的鸡、牛和母羊，还有那些吵闹不休的蠢狗，以及她在家里时，为了保住旧伊瑞亚的家业，为了让餐桌上有食物所做的那些工作。于是，上午的时候，她便悠悠哉哉地干着活，直到看见法师从林间走出来，日光色的头发在日光下闪闪发亮。

一旦进入原林，她就不会再想什么挣得、应得的事，甚至不会想到学习。只要待在那里就足够了，那里就是一切。

有一次，她问他有没有学生从大宅来这里，他说："有时。"还有一次，他说："我的话什么都不是。听树叶的声音。"这就是他说过的所有能算得上教导的话。于是她一边走，一边倾听微风吹过树叶的瑟瑟声、狂风扫过树顶的呼啸，看着树影闪烁，想着深埋在黑暗大地中的树根。在林中，她感到全然的满足。然而，她总觉得自己在等待着什么，虽然并无不满，也不急切。这种无声的期盼，在她从树林的荫蔽中走出来，再次看到开阔的天空时，最为深刻、清晰。

有一次，他们走到了原林深处，周围全是她叫不出名字的常青树，高大、苍翠，这时她听到了一声呼唤——或者是一声号角？或一声叫喊？——非常遥远，几不可闻。她停下脚步，仔细聆听西方传来的声音。法师继续往前走，直到发现她没有跟上来，这才转过身。

"我听到——"她说，但说不出她听到了什么。

他也驻足聆听。而后，在那片被遥远的呼唤衬得越发辽阔、幽深的寂静中，两人继续前行。

他从未让她独自进入原林。也是过了许多天，他才会留她独自待在林中。但在一个炎热的午后，他们来到橡树丛中一片空地时，他突然说："我会回到这里的，嗯？"便踏着他那轻快无声的步子离开了，几乎是立刻便消失在斑驳摇曳的树林深处。

她并不想独自探索。若想体会此地的平和，需要宁静、观察和倾听，但她知道这些小路有多么变化多端，这片原林又是如何里面比外面大——正如真形大师所言。她在一片阳光斑驳的树荫下坐下来，看着树叶的影子在地面上闪烁游走。地上有一层厚厚的橡实，尽管她从未在林里见过野猪，但她见过它们的足迹。有那么一瞬间，她还闻到了狐狸的气味。她的思绪如暖阳下的微风，宁静自在地穿行着。

在这里，她的心中常常只有森林本身，没有一丝杂念，但这一天，回忆却涌上心头，分外清晰。她想到了象牙，想到自己再也见不到他了，想知道他有没有找到愿意带他回哈吾讷的船。他告诉过她，他绝对不会再回西潭村了，他唯一想去的地方便是哈吾讷大港，也就是王城。至于维岛，除非它像索利亚一样沉入海中，否则将永远被他抛诸脑后。但她却满怀爱意地想着维岛的道路和田野；想到了旧伊瑞亚，伊瑞亚山下泥泞的小溪，还有山上的老宅；想到了冬天的晚上，雏菊在厨房里唱着民谣，用木屐敲打着节拍；还有老兔子在葡萄园里拿着锋利的小刀，向她展示如何将葡萄树修剪出生机；还有玫瑰，她的埃忒底斯，低声念着咒，缓解孩子断臂的疼痛。我早就认识了一些智者，她心想。她的回忆不由自主地避开父亲，但树叶和阴影的摇晃还是将她的思绪牵了回来。她看到他喝醉了酒，大喊大叫；感觉到他那双颤抖的手在自己身上摸索；她看到他在哭泣，呕吐，羞愧。悲痛在她的身体里升腾，然后消散，就像伸了个长长的懒腰，纾解了筋骨的酸痛。对她来说，他还没有从未见过面的母亲重要。

她在周遭的温暖中伸个懒腰，放松身子，思绪又飘回到象牙身上。她这一生中还没有渴望过什么人。第一次见到那年轻的巫师时，他骑在马上，身形纤细，神情高傲，她多希望自己能想要他，但她不想，也没办法想，她以为那是咒语的保护作用。玫瑰给她讲过巫师的咒语是怎么发挥作用的——"这种想法根本就不会进入你或者他们的脑子，你懂吧？因为据他们说，这会夺走他们的力量。"但是象牙，可怜的象牙啊，从来都不在这咒语的保护之下。就算他们两个里有人身负禁欲咒，那也一定是她，因为纵使他如此英俊，如此迷人，她也没有任何感觉，最多是有点喜欢，她对他唯一的欲望就是向他学习。

坐在沉寂的原林中，她静静观照自身。鸟儿停止歌唱，微风止息下来，树叶低垂，一动不动。我中了禁欲咒？没有性能力？不完整？不是个女人？她这样问自己，看看裸露在外的强健手臂，又低头看看衬衫领口之下，乳房在暗影中柔软地隆起。

她抬起头，看到白毛番从两侧高大橡树搭成的幽暗拱廊中走出，穿过那片空地，朝她走来。

他走到她面前，停下脚步。她感到自己的脸涨红了，面颊和脖颈烧了起来，头晕目眩，双耳嗡鸣不已。她搜肠刮肚想说点什么，什么都好，好让他的注意力从她身上移开，却一个字都想不起来。他在她身边坐了下来。她低下头，摆弄一片陈年的落叶，仿佛对它的筋络很感兴趣。

我想要的是什么？她问自己，答案并未形诸文字，而是直接贯穿她的整副身心：火，更大的火；飞，御火而飞——

她回到这里，回到树下静止的空气中。白毛番坐在她身边，低垂着头。她觉得他看起来那样纤细、轻盈，那样安静、忧伤。没什么可怕。不会有伤害。

他转过头来看着她。

"伊瑞安，"他说，"能听到树叶的声音吗？"

微风又吹起，她能听到橡树间几不可闻的低语。"一点点。"

"听懂它们在说什么了吗？"

"没有。"

她没问，他也没再说。没过一会儿，他站起身来，她也跟了上去，踏上那条通往林外的小路——它总能带他们回到泰维勒溪与水獭之屋旁的草地，只是时间早晚罢了。这天，他们走到时已是下午。他来到小溪边，那里，溪水刚刚穿林而出，尚未来得及分汊，他屈膝饮水，她也学着他的样子喝了几口。岸边高高的杂草丛凉爽宜人，他坐在那里，开始了他的讲述。

"我的族人，卡格人，他们崇拜神灵。双生神，他们是兄弟。国王也是神。但是在诸神出现之前和消失之后，亘古长存的是河流。还有洞穴，石头，山丘。树木。大地。大地的黑暗。"

"原初之力。"伊瑞安说。

他点点头。"那里的女人懂得原初之力。这里也是，女巫。而是坏的学问——嗯？"

每当他在陈述句的结尾加上小小的疑问语气词嗯？或呐？时，她总是有点惊讶。她什么也没说。

"黑暗是坏的，"真形大师说，"嗯？"

伊瑞安深吸一口气，扭过头，直视着近在咫尺的那双眼睛："无暗不生光。"

"啊。"他说着，别开头，不让她看到自己的表情。

"我该走了。"她说，"我在原林走走可以，但不能住在那儿。那里不是——我的位置。召唤大师说，我在这里会造成伤害。"

"存在就会造成伤害，每个人都是。"真形大师说。

像往常一样，他随便拿起手头的东西，摆布起来：在河岸边这一小片沙地上，他放了一根叶梗、一片草叶，还有几块鹅卵石。研究一番，又重新排布。"接下来，我不得不谈一谈所谓的伤害。"

停顿很久之后，他继续说道："你知道，有一条龙把我们的雀鹰大人，以及年轻的国王，从死亡之岸带了回来。然后，那条龙把雀鹰送回了他的家，因为他的力量已经消失了，不再是法师。所以，在那之后，柔刻大师们聚在一起，推选新的大法师，就在这里，在原林里，像往常一样。但事情和往常不一样了。

"在龙来之前，召唤大师也从死者之地回来了。是他的技艺带他去那里的。他在那里，石墙之外的国度，看到了我们的大法师和年轻的国王。他说，他们不会再回来了。他说，雀鹰大人要他回到我们身边，回到生者的世界，把这个消息带给我们。我们都为此悲痛万分。

"但后来那条龙，凯拉辛，把活生生的他带了回来。

"我们站在柔刻圆丘，看着大法师拜别莱布宁王，那时召唤大师也在。然后，龙载着我们的朋友离开，召唤大师便倒下了。

"他躺在地上，浑身冰冷，心脏静止，如死尸一般，但他还在呼吸。草药大师用尽浑身解数也没能唤醒他。他已经死了，他说，还有呼吸，但已经死了。于是我们也为他哀悼。然后，我们都忧心忡忡，我所有的真形都显示着变化和危险，于是我们聚在一起，想选出一位新的大法师，来指引我们，守护柔刻。在九人会议中，我们让年轻的国王暂代召唤大师的席位。我们觉得他理当是我们中的一员。只有变换大师一开始反对，但后来也同意了。

"人也齐了，会也开了，却选不出人来。我们说这说那，但一个名字都提不出。然后我……"他停顿了一会儿。"我身上出现了我的族人称之为艾度瓦奴的东西，也就是他人之息。词语就那样出现在脑海中，我不由自主地说出——哈玛弓登！柯瑞卡墨瑞柯告诉大家，这是一句赫语，意为弓特女人。然而，等到身体重新回到我的掌控之下，我却说不出那究竟是什么意思。于是，我们还是没能选出大法师，就这样散会了。

"国王很快就走了，天候大师也一起离开。在国王加冕前，他们去了弓特，想找雀鹰大人问弓特女人是什么意思。嗯？但他们没能见到他，只见到了我的同胞，环·蒂娜。她说她不是他们要找的女人。于是他们一个人也没找到，一无所获。所以莱布宁断定那是一个尚未实现的预言。之后，他便在哈吾讷为自己加冕。

"草药大师，还有我，都认为召唤大师已经死了。我们认为，他之所以还有一息尚存，应当是某种咒语的效果，某种他独有的技艺，不为我们所了解，就像蛇懂得让心脏在自己死后很久还能继续跳动的咒语。虽说埋葬一具仍有呼吸的尸体听起来有些可怕，但更可怕的是，他的身体冰冷，血流停止，灵魂也已不存。所以我们准备埋葬他。然而，就在那时，躺在坟墓旁边的他睁开了眼睛。开始活动，说话。他说，我已将自己再次召回生者的世界，来完成必须完成的事情。"

真形大师的声音变得沙哑，他突然伸出手，拂乱了小石子组成的图案。

"所以，等到天候大师从国王的加冕仪式上回来时，我们又集齐了九人。但是有了分歧。因为召唤大师说，我们必须再次集会，推选出一位大法师。他说，我们中没有席位留给国王。而是弓特女子，不管她是什么人，都不可能在只有男人的柔刻获得一席之地。嗯？天候大师、诵唱大师、变换大师和手大师都认为他说的对。他们还说，莱布宁王是从死者之地返回的人，应验了那个预言，所以大法师也应当是从死者之地返回的人。"

"可——"伊瑞安欲言又止。

过了一会儿，真形大师说："这门技艺，召唤，你知道的，很可怕。从来都很危险。这里，"他抬头看向上空金碧交错的树影，"这里没有召唤。没有穿墙回来死而复生。没有墙。"

他有一张战士的脸，但在凝望树木时，那张脸却变得柔和，充满渴望。

"所以，"他说，"现在他以你为由召开集会。但我不会去大宅。我不受他的召唤。"

"那他就不会来这里吗？"

"我想他不会踏入原林。也不会去柔刻圆丘。圆丘之上，一切都如其所是。"

她不知道他是什么意思，但也没有问，满心只想着一件事："你说，他以我为由召集你们会面。"

"不错。送走一个女人，要用上九个法师。"他很少笑，笑起来却短促而强烈，"这次会面是为了维护柔刻律条，也为了推选大法师。"

"如果我离开——"她看到他摇了摇头，"我可以去找命名大师——"

"你在这里更安全。"

想到自己可能会造成伤害让她很是苦恼，但她对自己可能正身处危险之中这件事毫无概念。"我不会有事的，"她说，"所以，命名大师，还有你——还有守门大师——"

"——不希望托里戎成为大法师。草药大师也是，虽然他总是在挖草药，很少说话。"

他看到伊瑞安惊讶地盯着他。"召唤大师托里戎说出了他的真名，"他说，"他死了，嗯？"

她知道莱布宁王的真名是公开的，他也是从死者之地回来的。但想到召唤大师也是这样，还是让她感到震惊和不安。

"那……学生们呢？"

"也有分歧。"

她想着那座学院，她在那里的停留是那样短暂。而在这里，在原林的荫蔽下，她看到它像石墙一样，把一类生物圈在里面，把其他的拦在外面，就像畜栏，像囚笼。人待在那样的地方，还怎么可能维持自己的平衡？

真形大师把沙地上的四块鹅卵石拨成一道小弧，说："我希望雀鹰没有离开。我希望我能读懂影子写了什么。但我只能听到树叶在说着改变，改变……一切都会改变，除了它们自己。"他再次用那种渴望的眼神看向头顶的树影。太阳要落山了，他站起身来，轻轻地向她道了晚安，转身步入林中，离开了。

她在泰维勒溪畔坐了一会儿。他讲的那些事、她在原林里的想法和感受都让她苦恼，而在那里居然还会有想法或感觉能让她苦恼，这件事本身也令她苦恼。她回到屋里，把晚饭一件件摆出来，有熏肉、面包，还有夏季生菜，却尝不出一点滋味。她坐立不安，于是又沿着河岸漫步回到水边。迟暮时分，天气暖和，四周一片寂静，乳白色的云翳中，只隐约透出几颗最大的星星。她脱下凉鞋，把脚伸进水里。水流很凉爽，但仍有日光的余温脉脉流过。她脱下自己仅有的那身男式衬衫和马裤，赤身滑入水中，感受着水流在周身的推涌与拨弄。她从未在伊瑞亚的溪流中游过泳，也讨厌波涛汹涌的大海，灰暗而又阴冷，但这天晚上，湍急的水流让她觉得很舒服。她在水中肆意漂游，指尖拂过光滑的岩石和自己柔滑的身体，双腿灵活地在水草间穿行。水流洗去了所有的苦恼与不安，她在溪流的轻抚中愉快地浮动，抬头望着星星那洁白柔和的光焰。

一股寒意流遍全身。水变冷了。纵使四肢仍然发软，肌肉依旧松弛，她还是勉力打起精神，抬起头，看到正对着她的岸边有个男人的黑色身影。

她直立起身子，一丝不挂地站在水中。

"滚开！"她喊道，"滚开，你这个恶心的叛徒，你这个臭不要脸的色鬼，我非得把你的肝挖出来不可！"她攀着坚韧的草丛跃上河岸，站稳脚跟，但岸上没有人。她站在原地，怒火中烧，浑身发抖。她又跳回水边，找到自己的衣服穿上，嘴上仍在大声咒骂："你这个没种的巫师！你这个狗娘养的叛徒！"

"伊瑞安？"

"他来了！"她喊道，"那个脏心烂肺的东西，托里戎！"她大步迎向真形大师，他刚走到屋前的星光下。"我在小溪里洗澡，他就站在那里看我！"

"是他的传使……只是一个呈像，不会伤到你的，伊瑞安。"

"长眼睛的传使，能看到的呈像！我希望他——"她骤然收声，不知该说些什么。她感到一阵恶心，浑身颤抖，咽下嘴里涌起的冰冷口水。

真形大师上前，握住她的双手。他的手很暖和，而她冷得要命，于是她整个人都凑了上去，汲取着他的体温。他们就这样站了一会儿，她别过脸不看他，但两人的手还握在一起，身体还贴在一起。最后，她后退一步，挺直身子，往后捋了捋湿漉漉的粗硬长发。"谢谢你，"她说，"我太冷了。"

"我知道。"

"我从不会冷的，"她说，"一定是他。"

"我告诉过你，伊瑞安，他来不了这里的，在这里，他伤不到你的。"

"他在哪儿都伤不到我的。"她说，火又开始在她的血管中奔涌，"如果他胆敢这么做，我会毁了他。"

"啊。"真形大师说。

她在星光下看着他，说："告诉我你的名字——不是你的真名——只是一个我想到你时，可以叫你的名字。"

他站在原地，沉默了一会儿，然后说："在科勒戈岛，我还是野蛮人时，叫阿泽韦。在赫语中是战旗的意思。"

"阿泽韦，"她说，"谢谢你。"

她躺在小屋里，觉得那里的空气窒闷，天花板也压抑，然后突然沉沉睡去。东方刚一泛白，她又突然醒了。她走到门口，想看看她最爱的日出前的天空，却看到真形大师阿泽韦正裹着灰色的斗篷，在门前的地面上酣睡。她悄悄退回到屋里。不一会儿，她看到他往树林里走去，步子有点僵硬，边走边挠着头，像是还没完全睡醒。

她开始干活，把屋子的内壁刮干净，准备上一层灰泥。第一缕阳光照进窗户的时候，有人敲响了敞开的门。门外站着她原以为是位园丁的那个男人——草药大师。他看起来坚实、可靠而不露声色，就像一头黄牛，旁边是身形消瘦、面容严肃的老命名大师。

她走到门口，含混地打了声招呼。看到这些柔刻大师让她有些胆怯，他们的出现意味着平静的日子结束了。与真形大师在寂静的夏日森林中漫步的日子，其实昨夜就结束了。她都懂，却根本不想懂。

"真形大师叫我们来的。"草药大师说。他看起来不太自在，注意到窗下有一丛杂草，便连忙说，"那是绒绒草。应该是个哈吾讷人种的。我都不知道岛上有这个。"他专注地翻检着，还摘了几个荚果放进自己的腰包。

伊瑞安以同样的专注偷偷研究着命名大师，试着分辨他是所谓的传使还是有血有肉的存在。他看起来一点都不像是虚影，但她觉得他并不真的在场，当他走到斜照的朝阳下，却没有投下影子时，她的想法便得到了证实。

"先生，这里离你住的地方很远吗？"她问。

他点点头，说："我把自己留在半路上了。"他抬起头，真形大师正朝他们走来，现在已经完全清醒了。

他跟他们打完招呼，问道："守门大师会来吗？"

"说是他觉得自己最好还是守着点门。"草药大师说，小心翼翼地扣好他那个有许多口袋的腰包，看了看其他人，"但我也不知道他镇不镇得住这个蚁巢。"

"出什么事了？"柯瑞卡墨瑞柯问，"我最近一直在研读龙，没有注意蚂蚁。但所有在我塔里学习的男孩都离开了。"

"被召唤了。"药草大师木着一张脸说道。

"然后呢？"命名大师说，语气比他还要淡然。

"我只能跟你们说说我的看法。"草药大师不太情愿地说，显得更不自在了。

"说吧。"老法师说。

草药大师仍然有些犹豫。"这位女士不是九人中的一员。"最后他说。

"但她是我们讨论中的一部分。"阿泽韦说。

"她在此时来到此地，"命名大师说，"此事绝非偶然。我们都只知道自己能看到的东西。但名字背后还有名字，我的治疗师大人。"

那位黑眼睛的法师听罢低了低头，从善如流地说了句"很好"，明显松了一口气。"托里戎常常和其他大师，还有年轻人们待在一起。秘密会议，小圈子，流言蜚语。年纪小的学生都吓坏了，有几个跑来问我或守门大师他们能不能走——离开柔刻。我们愿意放他们离开。但港口没有船，也没有新的船过来，最后一艘便是载着女士你来的那艘，它第二天就驶向瓦梭了。天候大师让柔刻风推拒一切。就算是国王亲临，也休想再踏入柔刻一步。"

"直到风向改变，嗯？"真形大师说。

"托里戎说莱布宁不是真王，因为没有大法师给他加冕。"

"胡说八道！一点历史都不懂！"老命名大师说，"前任国王陨落几世纪后，第一位大法师才出现。柔刻只是代王执政。"

"啊。"真形大师说，"真正的主人回家时，管家很难交出钥匙，嗯？"

"和平之环已经修复，"草药大师用他那耐心、忧虑的声音说道，"预言实现了，诺雷德的儿子也已加冕，但和平却没能实现。究竟是哪里出了错？为什么我们找不到平衡？"

"托里戎想要做什么？"命名大师问。

"把莱布宁王带到这里来，"草药大师说，"那些年轻人一直在说着什么真正的王冠。在这里重新为他加冕。由大法师托里戎主持。"

"消灾！"伊瑞安脱口而出，同时比划了个手势，以免那恶语成真。没有人笑，草药大师也跟着比了个同样的手势。

"他是怎么控制他们所有人的？"命名大师说，"草药大师，伊里奥斯挑战雀鹰和托里戎的时候，你也在场。我想，伊里奥斯的天赋和托里戎的一样强大。他运用天赋控制众人，彻底控制他们。托里戎也是这么做的吗？"

"我不知道，"草药大师说，"我只能告诉你，我和他待在一起，待在大宅里时，会觉得人什么都做不了，除了已经发生的事。什么都不会改变。什么都不会生长。无论我用什么方法治疗，疾病都会以死亡告终。"他环视所有人，像一头受伤的牛，"而我认为这是真的。除了静止不动，没有别的办法可以恢复至衡。我们已经越界了。大法师和莱布宁整个人都进入了死亡之地，又全身而退——这是不对的。他们打破了绝对不可打破的律条。而托里戎回来，则是为了拨乱反正。"

"什么？要把他们送回死亡之地吗？"命名大师说。而真形大师说："律条是谁定的？"

"那里有一堵墙。"草药大师说。

"那堵墙并不像我的树这样根深蒂固。"真形大师说。

"但你说的对，草药大师，我们失去了平衡。"柯瑞卡墨瑞柯说道，声音冷厉，"从何时何地起，我们过了界？有什么被我们忘记、背弃和忽略了？"

伊瑞安的目光始终追随着正在说话的人。

"平衡出了错，静止也无用。只会错上加错，"真形大师说，"直到——"他打开的双手抬起，又下压，迅速地做了一个逆转的手势。

"还有什么能比把自己从死亡中召唤回来更有错的？"命名大师说。

"托里戎是我们中最优秀的——那样勇敢的心灵，那样高贵的思想，"草药大师几乎是强忍着怒火说道，"雀鹰爱他。我们大家都爱他。"

"他被自己的良心压垮了，"命名大师说，"那种责任感让他一意孤行，觉得只有自己才能纠正一切。为此，他拒绝了死亡，因而也拒绝了生命。"

"有谁能站出来反对他呢？"真形大师说，"我只能躲在我的树林里。"

"我躲在塔里。"命名大师说，"还有你，草药大师，你和守门大师躲在名为大宅的囚笼里。我们修建围墙，本是为了把所有邪恶挡在外面。但或许有些时候，它也将邪恶关在了里面。"

"反对他的，我们这边有四个人。"真形大师说。

"他们那边有五个人。"草药大师说。

"已经到了这步田地？"命名大师说，"站在塞古以种下的森林边，谈论如何摧毁彼此？"

"是的。"真形大师说，"太久不变就会自我毁灭。森林之所以永恒，就是因为它死而复死，才能一直活着。我不会让那只死去的手碰我，也不会让它碰国王，我们的希望所在。预言已经做出，借我之口。弓特女子。我不会坐视它被遗忘。"

"那我们要去弓特吗？"草药大师被阿泽韦的热情感染了，"雀鹰在那里。"

"环·蒂娜在那里。"阿泽韦说。

"也许我们的希望也在那里。"命名大师说。

他们默不作声地站着，难以抉择，想要维护这一点点希望。

伊瑞安也默不作声地站着，但她的希望已然破灭，取而代之的是一种羞惭，一种一无是处的感觉。这些勇敢睿智的人，正在努力拯救他们的所爱，却不得其门而入。而她没有他们那样的智慧，也无从参与他们的决定。于是她从他们身边走开，而他们没有发现。她继续向前，朝泰维勒溪走去，在那里，溪水漫过巨石，倾泻而下，形成一处小瀑布，欢快地流出森林。清晨的阳光下，水光清亮，叮咚作响。她想哭，但她从来不怎么会哭。她站在原地，看着那水流，羞惭慢慢转为愤怒。

她走回三人那里，叫道："阿泽韦。"

他转向她，吃了一惊，略微上前几步。

"你当时为什么要为我打破律条？那是我应得的吗？要知道，我可永远成不了你们这样的人。"

阿泽韦皱起眉头。"守门大师准你进来，是因为你的要求。"

他说，"我把你带到原林，是因为在你来之前，树叶就对我说出了你的名字。伊瑞安，它们说，伊瑞安。我不知道你为何而来，但绝非偶然。召唤大师也知道这一点。"

"也许我是来摧毁他的。"

他看着她，什么也没说。

"也许我是来摧毁柔刻的。"

他那双黯淡的眼睛忽然绽出光彩："试试看！"

她面对他站着，一阵漫长的战栗穿透了全身。她感到自己要比他大，比她自己大，大上许多许多，动动手指就能摧毁他。这个渺小、勇敢、朝生暮死的人类，这个随时会结束的生命，就站在那里，毫无防备。她深深地吸了一口气，从他身边退开。

力大无穷的感觉从她身上缓缓消退。她微微转动颈项，向下看去，看到自己褐色的手臂和卷起的袖子，凉爽碧绿的草叶匍匐在穿着凉鞋的脚边，似乎有些吃惊。她回头望着真形大师，他似乎仍然是那个脆弱的生命。她同情他，又尊敬他。她想提醒他，他正处于危险之中，但她根本说不出话。她转过身，走回小瀑布边的河岸，蹲下身子，将脸埋入双臂，不再去想他，也把这个世界抛诸脑后。

法师们说话的声音，一如溪水奔流的声音。溪水说的是溪水的语言，他们用的是他们的语言，但二者皆不是正确的语言。

伊瑞安

阿泽韦回到三人身边，草药大师看到他的神情，不禁问道："这是怎么了？"

"我不清楚。"他回答，"也许我们不应该离开柔刻。"

"也许我们根本离不开，"草药大师说，"如果天候师傅把所有的风都锁定为逆风……"

"我要回我所在的那里，"柯瑞卡墨瑞柯突然说，"我不喜欢把自己像只旧鞋似的随处乱丢。晚上再来这里找你们。"然后他就消失了。

"我想去你的树下走一走，阿泽韦。"草药大师长叹一声，说道。

"去吧，德亚拉。我在这里再待一会儿。"草药大师走了。阿泽韦在屋墙边的简陋长凳上坐下，那是伊瑞安做好放在这里的。他望向上游，她蹲在岸边，一动不动。在他们和大宅之间的田野上，羊群轻轻叫着。临近中午，阳光越来越热。

父亲给他取名叫战旗。他抛下所知的一切，来到西方。从原林的树木间知道了自己的真名，成为柔刻的真形大师。整整一年来，树荫、树枝与树根间的真形，林中所有无声的语言，都在诉说着毁灭、越界和万物的改变。他知道，现在，改变降临在他们身上，与她一同到来。

看到她时他就知道，自己得照管她。虽然正如她所说，她是来摧毁柔刻的，但他必须帮她。他心甘情愿这样做。她和他一起走在林间，高大、笨拙、无所畏惧，用她那双大手小心翼翼地拨开长满刺的藤蔓。那双褐色的眼睛，琥珀似的，就像树荫下的泰维勒溪水，注视着一切，聆听着一切，沉默不语。他想保护她，但他知道自己做不到。他在她冷的时候给了她一点温暖。他没别的什么能给她了。她必须去的地方，她就会去。她不懂得什么是危险。她没有智慧，只有天真；没有盔甲，只有愤怒。你是谁，伊瑞安？他问道，看着她蹲在那里，像一只被锁在沉默中的动物。

草药大师从树林里回来了，跟他一起坐了一会儿，没有说话。中午时分，他回了趟大宅，说好第二天早上会和守门大师一起过来。他们想请其他所有大师都来原林，与他们一同会面。"但他是不会来的。"德亚拉说，阿泽韦点了点头。

他一整天都待在水獭之屋这边，守着伊瑞安，叫她一起吃点东西。她回到屋子，但吃完后，她就又回到岸边的老位置，一动不动地坐在那里。他自己也感到身心中生出一股倦怠，一种迟钝，他极力抵抗，却无法摆脱。他想到了召唤大师的眼睛，这次轮到他来体会那种冷了，彻骨的冷，尽管他正身处于炎热的夏日里。是死人在掌控我们，他心想。这个念头挥之不去。

看到柯瑞卡墨瑞柯从北边沿着泰维勒溪慢慢走来，他心里一阵感激。老人一手拎着鞋子，一手提着高高的巫杖，赤脚蹚过水流，脚在石头上打滑时闷哼一声。他在这侧的岸边坐下，擦干脚，把鞋子穿了回去。"回塔里时，"他说，"我还是坐车吧。雇个车夫，买头骡子。我老了，阿泽韦。"

"快进来。"真形大师说着，为命名大师准备好水和食物。

"那女孩在哪儿？"

"睡着了。"阿泽韦朝岸边点点头，她正躺在小瀑布上游的草地上，蜷缩着身子。

日光的灼热开始减弱，原林的阴影横穿过草地上，而水獭之屋仍在阳光下。柯瑞卡墨瑞柯坐在长凳上，背倚着屋墙，阿泽韦坐在门前的台阶上。

"我们已经走到了尽头。"老人打破了沉默。

蜻蜓 765

阿泽韦默默地点了点头。

"你为何而来，阿泽韦？"命名大师问，"我常想问你。从卡格大陆到这里，可是一段非常非常遥远的路。而且，你们那里并没有巫师。"

"是没有，但我们有构成巫术所需的一切。水、石头、树、语言……"

"但不是造物真言。"

"不是。也没有龙。"

"从来没有过？"

"只有在极东之地，在胡珥胡沙漠中，才有过这样的古老传说。那时还没有众神。也没有人。人在成为人之前是龙。"

"那就有意思了。"这位年老的学者说着，挺了挺身子，"我告诉过你，我最近一直在读有关龙的东西。你肯定也听过那些传言，说有龙群穿越内极海，一直向东飞到弓特。显然，这个故事指的显然是凯拉辛载着格德回家那次，只不过被水手们渲染得更加精彩了。但有个男孩向我保证，今年春天，他们全村人都看到了龙在飞，就在奥恩山的西边。所以我才去研读古籍，想知道它们是从什么时候开始不再出现在潘多岛以东的。我在一份古老的佩恩长卷中读到了你那个故事，或者说类似的故事。说人与龙原本是同一种族，但他们争吵不休。于是有的向西，有的向东，最终成了两个种族，并且忘记了曾是一族的事。"

"我们去了极东之地，"阿泽韦说，"但你知道在我们的语言里，军队的领袖叫什么吗？"

"艾德兰，"命名大师立即答道，大笑起来，"鳞兽。龙……"

过了一会儿，他说："浩劫将至，我自然可以坐在这里追溯词源……但我想，阿泽韦，这改变不了我们的处境。我们无法战胜他。"

"他是更强的那个。"阿泽韦说道，不带一丝感情。

"的确如此。但是，虽说我也承认这不太可能，丝毫没有机会——但如果我们真的打败了他；如果他回了死亡之地，而我们留在生者这边——那我们要怎么做？接下来会怎么样？"

过了很久，阿泽韦说："我不知道。"

"你的叶子和影子什么都没有告诉你吗？"

"改变，改变。"真形大师说，"转变。"

他猛然抬起头。原本聚在栅栏门附近的羊群四下逃窜，有人正沿着小路从大宅走来。

"一群年轻人，"草药大师气喘吁吁地来到他们面前，"托里戎的军队。往这边来了。来抓那个女孩的。要把她赶走。"他停下来，喘了口气，"我走的时候，守门大师正在和他们交涉。但我觉得——"

"他来了。"阿泽韦说。守门大师出现在那里，那张光滑的、黄褐色的脸上平静无波，一如既往。

"我告诉他们说，"他说，"如果他们今天跨出梅卓之门，就再也别想进去，回到他们熟悉的学院中去。有人当场就要求掉头回去，但天候大师和诵唱大师驱赶着他们继续前进。他们马上就到了。"

他们能听到原林东边的田野上传来人群的声音。

阿泽韦快步走到溪边伊瑞安躺着的地方，其他人也跟了上去。她被吵醒了，站起身来，呆滞而又茫然。他们如护卫一般把她围护了起来，等着那三十来个年轻人经过小屋，来到他们面前。人群中，多数是年纪稍大一点的学生，还有五六支巫杖，打头的是天候大师。他那张瘦削而敏锐的老脸看起来紧张而疲惫，但他还是礼貌地向四位法师打了招呼。

他们也向他问好。阿泽韦率先开口："请进入原林，天候大师，我们将在那里等待九人到齐。"

"先要解决我们之间存在的分歧。"天候大师说。

"那是个棘手的问题。"命名大师说。

"你们身边的女子违背了柔刻律条，"天候大师说，"她必须离开。有条船正在码头上等着接她，我也敢保证，她会一路顺风抵达维岛。"

"我对此毫不怀疑，大人。"阿泽韦说，"但我不知道她是否愿意去。"

"我的真形大人，一直以来，柔刻学院及其律条都在维护秩序免遭毁灭之力的破坏，你这是要公然藐视它们吗？难道到头来，打破真形的不是别人，竟是你自己？"

"真形并非玻璃，也无从打破。"阿泽韦说，"它是呼吸，是火焰。"

说话费了他很大的力气。

"它不知何为死。"他说道，但用的是他自己的母语，没有人能听得懂。他靠近伊瑞安，感受着她身体的温暖。她就站在那里，默默凝视着，就像一头动物，仿佛根本不懂得他们在说些什么。

"托里戎大人从死亡中返回，拯救我们所有人。"天候大师狂热而清晰地说道，"他将成为大法师。在他的治下，柔刻将重现昔日的荣光。国王将从他手中接过真正的王冠，在他的指导下治理国家，就像诺雷德时代那样。神圣的土地上没有女巫来玷污。内极海中也不再有龙的威胁。地海将恢复它的秩序、安全与和平。"

伊瑞安身边的四位法师都没有应声。一片沉默间，他带来的人开始窃窃私语，有一个声音说道："把女巫交出来。"

"不。"阿泽韦说，但他无法说出更多的话了。他握着他的柳木杖，但它在他手中只是一根木头。

四人中只有守门大师还能动弹和出声，他向前一步，逐一看向那些年轻的面庞。他说："你们信任我，将真名交给我。现在，你们还肯信任我吗？"

"大人，"其中一个年轻人说道，他的面容精致黝黑，手握橡木巫杖，"我们的确信任你，才要请你送走这个女巫，让和平回归。"

没等守门大师回答，伊瑞安走上前来。

"我不是女巫。"她说。在男人们低沉的声音之后，她的声音显得高亢、尖厉，"我没有技艺。没有知识。我前来学习。"

"我们这里不教女人，"天候大师说，"你知道的。"

"我什么都不知道，"伊瑞安说着，又向前走了一步，站到法师面前，"告诉我，我是谁。"

"认清你的位置，女人。"法师压抑着盛怒，冷冷说道。

"我的位置，"她说道，语速很慢，每个字都拖着长音——"我的位置在山丘之上。在那里，万物皆如其所是。告诉那个死人，我会在那里等他。"

天候大师站在原地，一声不吭。人群愤怒地低语，有一些人走上前来。阿泽韦挡在她和他们之间，她的话将他从束缚身心的麻痹咒中解放出来。"告诉托里戎，我们在柔刻圆丘等他。"他说，"到时候，我们都会出现在那里。""现在，跟我来。"他对伊瑞安说。

命名大师、守门大师和草药大师跟着他们进入原林。这里本来有一条小路可走的，但有几个年轻人也跟了上去，那小路便消失了。

"都回来。"天候大师对年轻人们说道。

他们犹犹豫豫地回过头。西沉的太阳仍照耀在原野和大宅的屋顶之上，但在树林中，到处都是阴影。

"女巫的术法，"他们说着，"亵渎，玷污。"

"我们先离开。"天候大师说，他的面色凝重，锐利的眼睛里满是忧虑。他率先朝学院走去，其余人则稀稀拉拉地跟在他身后，生气而又沮丧，你一言我一语地打着嘴仗。

他们在原林里没走多远，还没离开小溪，伊瑞安就停下了脚步，她转过身，在一个隆起的巨大树根旁蹲下，那是一棵斜探向水面的柳树。四个法师站在小路上。

"她说话时用的是*他人之息*。"阿泽韦说。

命名大师点了点头。

"看来，我们只得跟着她了？"草药大师问。

这次，守门大师点点头，淡淡地笑了，说："看样子是了。"

"很好。"草药大师说，面上还是一贯的耐心和忧虑，他走到一边，跪在地上察看林地上一些矮小的植物或真菌。

像往常一样，时间在原林中流逝，却好似根本没有流逝，只是消失了。在几道悠长的呼吸间，在树叶的一阵颤动中，在远处的一声鸟鸣与更远处与之应和的鸟鸣中，白昼悄悄消失了。伊瑞安慢慢站起身来。她没有说话，只是低头看着小路，沿着它走去。四人跟在她后面。

他们来到平静而开阔的暮光之下。一直等到他们越过泰维勒溪，穿过田野，来到柔刻圆丘前的时候，西方的天际仍有些微的亮光。长空之下，柔刻圆丘高大而幽暗的弧形轮廓巍然耸立在他们的面前。

"来了。"守门大师说。人们正穿过菜园，从大宅的小路上走来。五个法师。还有许多学生。走在最前的是高大的召唤大师托里戎，身披灰色斗篷，手持一根同样高大的巫杖，由某种骨白色的木头制成，顶端盘旋着微弱的法术光。

两条小路行将汇合，蜿蜒向圆丘爬升，托里戎在这里停下脚步，等着他们。伊瑞安大步上前，站到他面前。

"维岛的伊瑞安，"召唤大师用他那低沉而清晰的声音说道，"为了和平与秩序，也为了万物的平衡，我请你立即离岛。我们无法满足你的要求，为此我们很是抱歉。但你若还想留在这里，便不配得到歉意，我会让你懂得越界的后果。"

她挺直身子，几乎和他一样高，一样挺拔。有一会儿，她什么也没说，接着用一种高亢尖厉的声音说："上山，托里戎。"

她沿着上山的路迈了几大步，而他仍站在路口的平地上。她转过身，低头看着落在后面的他。"你为什么不敢上山？"

周围慢慢暗下去，西边只剩下一条暗淡的红线，东侧海面之上，天际已是一片昏暗。

召唤大师抬头望着伊瑞安，慢慢举起手中的白色巫杖，开始念咒语，用的是全柔刻巫师与法师都会的语言，也是他们施展技艺的语言——造物真言："伊瑞安，我以你的名字召唤你，命令你服从我！"

她犹豫了一下，有那么一瞬间，她似乎要屈服了，要顺从他，但随即便喊道："我不仅是伊瑞安！"

听到这话，召唤大师向她奔去，伸手扑向她，仿佛就要抓住她了。现在，他们都在山上了。她昂然挺立，以一种不可思议的高度俯视着他，火光在两人间迸出，昏暗的暮色中，只见一束红色的火焰，还有金红色的鳞片与巨大的羽翼在一瞬间闪过——然后消失了，山路上只剩下那个女人，还有那个正向她俯首的高大男人，他缓缓俯向地面，终于倒了下去。

草药大师，这里的治疗师，第一个动了。他走上小路，在托里戎身边跪下。"大人，"他说，"我的朋友。"

在那团灰袍之下，他只摸到了一堆衣服，干枯的骨头和一根断裂的巫杖。

"这样也好，托里戎。"他说，却忍不住哭泣。

老命名大师走上前来，问山上的女人："你是谁？"

"我不知道我的另一个名字。"她回答道，用的是和他一样的语言，也是她对召唤大师说的语言，造物真言，龙的语言。

她转过身，继续向山上走去。

"伊瑞安，"真形大师阿泽韦说，"你还会回来找我们吗？"

她停下脚步，等他走到她身边。"如果你呼唤我，我会的。"

她伸出手来触碰他的。他猛地倒吸一口气。

"你要去哪儿？"他问。

"去将会赠予我名字的人那里。在火中，而不是水中。我的族人们。"

"在西方。"他说。

"比西方更西。"她说。

她转过身，背对着他和其他人，在越来越浓的夜色中继续上山。等到她走得更远，他们看到了她，每个人都看到了。遍布金鳞的庞大身躯，生满尖刺的盘绕长尾，锋利的爪子，明亮火焰般的呼吸。她在山顶停留片刻，转过顾长的头，慢慢环视柔刻岛，视线在原林停留得最久，天色已暗，那里只剩一片模糊的暗影。然后，在一阵铜片相击的脆响声，覆满金甲的宽广双翼张开，整条龙[1]腾空而起，环绕柔刻圆丘一周，飞走了。

只留下一束火光，一缕烟雾，从黑暗的天空中徐徐飘落。

真形大师阿泽韦站在原地，左手握着被她的触碰灼伤的右手。他低头看了看其他人，他们沉默地站在山脚下，目光追随着那条龙。"那么，我的朋友们，"他说道，"现在要怎么办？"

无人应答，除了守门大师。他说："我想，我们应该回到学院，打开门。"

---

[1] 蜻蜓，dragonfly；龙，dragon。

失落的诸乐园

Paradises Lost

三丰 / 译

这震动让我平静。我应当洞明。

流逝的永远流逝。但未曾远离。

我醒来仍是睡梦，故慢慢苏醒。

我奔向必去之地，以明了真谛。

——西奥多·罗特克《苏醒》

土球

蓝色的部分是很多很多的水，就像一个水箱，只是要更深一些；其他颜色的部分是泥土，就像一座泥土花园，只是要更大一些。天空是她无法理解的存在。天空是包裹着土球的另一个球，父亲说，但是他们没办法在模型球上展示它，因为你看不见它。它是透明的，就像空气一样。它就是空气。但却是蓝色的。一颗空气的球，从地面上看去是蓝色的，但它在土球的外面。外面的空气。那真是奇怪。土球里面也有空气吗？没有，父亲说，只有泥土。你住在土球的外面，就像太空人做太空行

走 [1]，只是你不用穿太空服。你可以呼吸蓝色的空气，就跟你在这里面一样。夜晚，你能看见黑色和星星，就跟你做太空行走时看到的一样，父亲说。但在白天，你只会看见蓝色。她问为什么。因为光比星星们还要亮，他说。蓝色的光？不，发出光的恒星是黄色的，但空气是那么多，让光看上去是蓝色的。她放弃了。这真是太难理解了，是太久以前的事了。并且无关紧要。

他们当然会降落在另一颗土球上，但那将是她很老很老以后才会发生的事，六十五岁那么老，可能都快死了。到那时候，如果有必要，她会理解的。

否定式定义

这个行星活着的是人类、植物和细菌。

细菌生活在人类、植物、土壤和其他物体的内部或表面，但并不可见。即使是巨量的细菌，其活动通常也很难窥见，或者看上去就只是它们宿主的一部分。它们的生活遵循另一种秩序。秩序，或者说规则，很难凭空想象，除非存在帮助你进入另一尺度的工具。有了那样的工具，你窥视着眼前的这个世界，充满惊讶。但对小尺度世界而言，这工具无法帮助它们窥见大尺度的世界，那个小世界没有受到任何干扰，依然秩序井然、无知无觉，直到载玻片上的水滴瞬然干涸。对等世间罕有。

你所窥见的这个小尺度的世界是那样简约。没有软糯的阿米巴虫，没有带有优雅螺旋图纹的草履虫，也没有真空吸尘器

---

[1] 原文为 eva，即 extra-vehicular activity。

般的轮虫。没有任何大过细胞的生物，在分子的冲击下无尽地战栗着。

只有某些特定的细菌。没有霉菌，没有野生酵母菌。没有病毒（那属于更小的尺度）。没有能引起人类或植物疾病的东西。什么都没有，除了必需的细菌：房屋清洁的细菌、消化的细菌、制造泥土的细菌——清洁的泥土。没有坏疽，没有血液中毒。没有感冒，没有流感，没有麻疹，没有瘟疫，没有斑疹伤寒、伤寒、肺结核、艾滋病、登革热、霍乱、黄热病、埃博拉、梅毒、脊髓灰质炎、麻风病、血吸虫病或疱疹，没有水痘，没有唇疱疹，没有带状疱疹。没有莱姆病。没有虱子。没有疟疾。没有蚊子。没有跳蚤或苍蝇，没有蟑螂或蜘蛛，没有象鼻虫或蠕虫。没有什么东西有多于或少于两条腿。没有什么东西长翅膀。没有什么东西会吸血。没有什么东西会隐藏在微小的缝隙中，会卷须，会躲进阴影中，会产卵，会清洗皮毛，会触碰下颚，或是会在把鼻子靠在尾巴上躺下前转三圈。没有什么东西有尾巴。没有什么东西有触须、鳍、爪或螯。没有什么东西会飞。没有什么东西会游泳。没有什么东西会在一年中的三个月里发出咕噜声、吠叫声、咆哮声、怒吼声、叽叽声、颤声，或是以降调四重复双音符的叫声。没有月份。没有月亮。没有太阳年。没有太阳。时间分为光周期、暗周期和旬。每365.25周期有一场庆祝，一个叫作年的数字会改变。今年是第141年。教室时钟这样说。

老虎

当然，这里有月亮、太阳和动物的图像，都标有名字。在图书馆的书屏上，你可以看到一些四肢着地、在某种毛茸茸的地毯上奔跑的大家伙，有个声音会说这是怀俄明马或秘鲁羊驼。有些图像很有趣。其中一些你会想摸一摸。有些则很可怕。有个家伙，有着一头亮泽的金黑相间的毛发，一双可怕的、清澈的眼睛盯着你，它不喜欢你，根本不知道你是谁。"动物园里的老虎。"那声音说。然后孩子们和爬到他们身上的小猫玩耍，他们咯咯地笑着，小猫很可爱，像娃娃或婴儿，直到其中一只直愣愣地看着你，它有一双同样的眼睛，圆圆的、清澈的眼睛，不知道你名字的眼睛。

"我是星。"星对着书屏上的小猫图像大声说。那小猫转过头去，星突然哭了起来。

老师过来了，满怀安慰和疑问。"我讨厌它，我讨厌它！"五岁的孩子哭道。

"这只是一部电影。它不会伤害你。这不是真的。"二十五岁的年轻人说道。

只有人是真实的。只有人是活的。父亲的植物也是活的，他这么说，但只有人是真正活着的。人们认识你。他们知道你的名字。他们喜欢你。如果他们不认识你，比如说在四号学校上学的艾丽达表弟的小儿子，那你告诉他们你是谁，他们就会认识你了。

"我是星。"

"欣。"小男孩说。她试着教他区分星和欣的发音，但是这种区别并不重要，除非你是在说中文。其实怎样都没关系，因为他们要和罗西、莉娜以及其他人一起玩跟随领袖游戏。当然，还有路易斯。

如果没有什么大不同，那么小不同就是大不同

路易斯和星非常不同。首先，她有外阴，他有阴茎。那天，当他们比较这两个的时候，路易斯说他喜欢外阴这个词，因为它听起来温暖、柔软、圆润。而阴道听起来很宏大。"可阴茎，尿——茎，"他尖刻地说道，"尿——唧！这听起来像是一个丁点儿大的臭烘烘、娘唧唧的小玩意儿。它应该有一个更好的名字。"他们为它起了名字。星说，博波渥。路易斯说，戈邦多。当它躺着的时候，博波渥；当它站起来的时候，戈邦多。他们就这么决定了，笑得浑身疼。"起来，起来，戈邦多！"路易斯喊道，它从他纤细柔软的大腿上抬起一点来。"看，它知道它的名字！你来叫它。"于是她叫了，它回应了，虽然路易斯不得不帮点忙。他们笑个不停，直到他们俩都跟博波渥－戈邦多一样绵软无力，在地板上打着滚。这是在路易斯的房间里，他们放学后总是来这儿，除非哪天他们去的是星的房间。

穿上衣服

她一直在期盼着这一天的到来，前一天晚上整夜都睡不着觉，几乎是睁眼到天明。然后父亲突然就站在那里，穿着他的正装，黑色长裤和白色丝绸长衫。"醒醒，醒醒，小瞌睡虫，你是要睡过你的成人礼吗？"她信以为真，惊恐地从床上跳起来，于是，他立刻严肃地说："不，不，我只是开玩笑的。你还有充足的时间。还没到你该穿衣服的时候呢！"她反应过来他是在开玩笑，但她又是困惑，又是激动，根本笑不出来。"快帮我梳

头发！"她疼得大叫，梳子卡在浓密黑发打成的结里。他跪下来帮她梳。

他们到达神庙区时，她的兴奋感使得一切都比平时更加清晰、明亮而确凿。连这个大房间看起来都比平时更大。音乐在演奏，欢快而摇曳。很多人来了，裸体的孩子们，每个人都有一位盛装的家长，其中一些人的父母都来了，还有许多是跟祖父母一起来的，还有几个带着裸体的弟弟妹妹，或是盛装的哥哥姐姐。路易斯的父亲也在，但他只穿着工装短裤和旧汗衫，她为路易斯感到难过。她的母亲，雅亿，穿过人群来到她面前。雅亿的儿子乔尔和她一起从四区来到这里，两个人的着装都非常非常正式。雅亿的衬衫上绘着红色的之字形和火花图案，乔尔的衬衫是紫色的，上面配有金色拉链。他们拥抱，亲吻，雅亿给了父亲一只包裹，叫他"回头用"，星知道里面是什么，但她什么也没说。父亲把他的包裹藏在背后的手里，她也知道里面是什么。

音乐变成了他们一直在学习的歌曲，整个世界全部四所学校的所有七岁孩子都在唱："我在长大！我在长大！"父母推着孩子向前走，或者牵着害羞的孩子的手，低声说："唱！唱！"所有裸体的孩子都在唱歌，聚集在高高的圆形房间的中央。"我在长大！多么快乐的一天！"他们唱歌，大人们也开始和他们一起唱，声音变得宏大、响亮、深邃，令她热泪盈眶。"多么快乐的一天！"

一位老教师讲了一会儿话，然后一位年轻教师用优美清晰的声音说："现在大家都坐下。"大家都坐在甲板上。"我会念每个孩子的名字。我念到你的名字时，站起身来。你的父母和亲人也会站起来，然后你可以去到他们那里，看看你的衣服。但是先不要穿，要等每个人都拿到新衣服！我会告诉你什么时候穿上。那么，大家准备好了吗？那么！阿达诺·西塔－5！站起身来，去拿你的衣服！"

一个小女孩在坐成一圈的孩子们中跳了起来。她红着脸，惊恐地环顾四周，寻找她的母亲。她的妈妈笑着站起来，挥舞着一件漂亮的红衬衫。小西塔一头扎向妈妈怀里，每个人都笑着鼓掌。"奥尔兹－马图·弗兰斯－5！站起身来，去拿你的衣服！"就这样下去，直到这个清晰的声音说道："刘星－5！站起身来，去拿你的衣服！"她站起身来，眼睛盯向父亲。因为雅亿和乔尔在他身边闪闪发光，所以她很容易就能看见父亲。她跑向他，接过他怀里那丝滑而美妙的东西，牡丹苑和莲花苑的人特别用力地鼓掌。她转过身，靠在父亲的腿上，看接下来被叫到的人。

"诺瓦·路易斯－5！站起身来，去拿你的衣服。"话还没说完，他就迫不及待地站起来，走向他的父亲。人们又哄笑起来，几乎没有时间鼓掌。星想跟路易斯对视一下，但他没有看见。他认真观看了成人礼的剩余部分，她也一样。

"第五代七岁的孩子一共是五十四名，"等到圆圈里的孩子们都叫完了，老师说道，"让我们欢迎他们来到成年的世界，享受成年所有的乐趣和责任。"每个人都欢呼鼓掌，而赤裸的孩子们，匆忙而笨拙，在不熟悉的衣服的各个洞之间挣扎，搞得上下颠倒，摸索着系上纽扣，穿上他们的新衣服，他们的第一件衣服，然后再次站起身来，光彩照人。

然后，所有的老师和成年人又开始唱多么快乐的一天，拥抱和亲吻更多了。星很快就受够了，但她注意到路易斯真的很喜欢。当几乎不认识的成年人拥抱他时，他会紧紧地回抱对方。

艾德给了路易斯一条黑色短裤和一件蓝色丝质衬衫。穿上这身衣服，他看起来跟平时完全不同了，很路易斯。罗莎穿着一身白色的衣服，因为她妈妈是个天使。父亲给了星一条深蓝短裤和一件白衬衫，雅亿的包裹里是一条浅蓝色裤子和一件上面有白星的蓝衬衫，留着明天穿。她走动的时候，短裤的布料摩擦着她的大腿，她感觉到衬衫的柔软，它软软地搭在她的肩膀和腹部。她高兴地跳起舞来，父亲握住她的手，严肃地和她跳舞。"看看，我的女儿成年了！"他说。他的微笑为这一天画上了圆满的句号。

路易斯的不同

阴茎和阴户的区别是表面的。她不久前从父亲那里学会了这个词，发现它很有用。路易斯不仅是和她不同，也不仅仅是表面上的不同。他与所有人都不同。没有人会像路易斯那样说应该。他想要真相。不要撒谎。他想要荣誉。就是那个词。这就是区别。他比其他人更有荣誉感。荣誉是坚硬而清晰的，路易斯也是坚硬而清晰的。与此同时，以完全相同的方式，他又是温柔的。他得了哮喘，不能呼吸，他头痛得厉害，已经昏睡了好几天，他在考试、表演和典礼前都会生病。他就像一把伤人的刀，也像那伤口。每个人对待路易斯的态度都跟对别人的不一样，尊重他，喜欢他，但不想接近他。只有她知道，他也是能治愈伤口的触摸。

V

他们十岁的时候，终于被允许进入老师们所说的虚拟地球，也就是柴安人所说的 VR 地球时，星感到不知所措和失望。虚拟地球令人兴奋，极其复杂，却依然单薄。它只是表面的。它只是程序。

它里面有无限的东西。但任何一个愚蠢的真实物件，比如她的旧牙刷，其中的存在都要远超城市场景、丛林场景或乡村场景里蜂拥而来的物体和感知。在乡村场景中，虽然头顶上除了蓝色的空气什么也没有，虽然她行走在凹凸不平的草地上，走了不可能的距离，爬升到不可能的形状（山），虽然她知道耳朵里的噪音是流动得很快的空气（风）和高亢的叽喳（鸟），知道那些四足行走在风中，不，行走在山上的东西，都是动物（牛），但她总能意识到，它们都是一样的，从头到尾都一样，她知道自己正坐在二号学校的虚拟实验室的椅子上，身上贴着一些破玩意儿，她的身体拒绝被愚弄，坚持认为不管虚拟地球有多奇怪，多神奇，多有教育意义，多重要，多有历史意义，它都是假的。梦也可能是令人信服的、美丽的、可怕的、重要的，但是她不想活在梦里。她希望自己清醒着，用身体触摸真正的布料、真正的金属、真正的皮肤。

诗人

十四岁时，星为一项英文作业写了一首诗。她用她所知道的两种语言写作。内容是这样的：

在第五代

我祖父的祖父行走在
天空之下，
那是另一个世界。

当我成了祖母，他们说，我可以
行走在天空之下，
在另一个世界。

但是我现在快乐地生活在我的世界里，
就在天空的中央。

　　她从九岁起就开始跟父亲学中文，他们一起读过一些典籍。
他读中国诗时常面带微笑，天下——天空之下。看到他的微笑，
她也感到开心，既为自己的学识而骄傲，也为曜认可这一点而
无比自豪，自豪于他们共享着这种几乎是隐秘、私密的理解。
　　在第一学期的开学日，老师叫她在全体高二学生面前以两
种语言大声朗读自己的诗。第二天，全世界最著名的文学杂志
《Q－4》的编辑打电话给她，问能否发表这首诗。她的老师已
经寄给他了。他希望能请她录一份读诗的音频。"它需要你的声
音。"他叫巴斯艾比－4，留着胡子，是个专横而固执的大个子，
像一个神祇。他对别人都很粗鲁，但对她很和善。录音时，她
搞砸了，他只是说："再来一遍，别紧张，诗人。"她做到了。
　　然后有段时间，她似乎无论走到哪里都听到扬声器中自己

的声音。当我成了祖母，他们说……她在学校几乎不认识的人都会说："嘿，我听到了你的诗，那真是棒。"所有的天使都特别喜欢这首诗，他们告诉了她。

她当然会成为诗人。当然会很成功，就像伊莱·阿里-2。不过，她不会写像伊莱那样的短小古怪晦涩的诗，而是去写一首伟大的叙事诗，是有关于——事实上问题就在于这首诗是关于什么的。这可能是一部关于零代人的伟大的历史史诗。它将被称为《创世纪》。整整一周，她都很兴奋，一直在想这件事。但是要做到这一点，她必须真的学习所有历史，那些她在课上多少有些忽略的历史。她必须阅读几百本书。她必须真的去虚拟地球里感受那里的生活。她甚至要过上好几年才能开始写。

也许她可以写写爱情。《世界文学》选集里有许多爱情诗。她有种感觉，写爱情诗，不必真的爱上一个人。事实上，如果你真的坠入爱河，反而可能会干扰诗歌。或许渴望和无苛求的仰慕，就像她对巴斯·艾比的感情，或是在学校里对罗莎的感情，是一个好的开始。所以她写了不少爱情诗，但出于这样或那样的原因，她不好意思交给老师。她只给路易斯一个人看了。路易斯总是一副并不认为她是诗人的样子。她必须给他看看。

"我喜欢这首。"他说。她凑过去看是哪一首。

你有什么悲伤，
我只在你的微笑中看到？
我希望我能拥住你的悲伤，
像拥住一个熟睡的孩子。

这首诗她没花太多心思，因为它太短了。但现在看来写得比想象中要好。

"是写给曜的，不是吗？"路易斯说。

"关于我父亲？"星说，她太过震惊，觉得脸颊发烫，"不！这是一首爱情诗！"

"那么，除了你父亲，你还真切地深爱着谁？"路易斯以他可怕的实事求是的方式问道。

"很多人！爱是——有很多种——"

"有吗？"他抬头看了她一眼。然后他思索了一阵。"我没说这是一首性爱诗。我不认为这是一首性爱诗。"

"哦，你太奇怪了。"星说道。她突然出手，灵巧地将写作板抢回来，并关掉名为刘星—5原创诗歌的文件夹。"你凭什么认为你懂诗歌？"

"我懂的和你一样多，"路易斯带着他学究式的客观语气说道，"但我根本写不了。你能写。有时候。"

"没有人能一直写伟大的诗歌！"

"嗯。"他说嗯的时候，她的心总是沉下去。"也许不是一直如此，但优秀诗人的平均水准高得惊人。莎士比亚、李白、叶芝和伊莱－2——"

"干吗非得像他们一样？"她哭了。

"我不是说你非得像他们一样。"他停顿了一下，换了一种语气。他意识到自己可能伤害了她。这让他不开心。当他不开心时，他变得温柔。她明白他的感受，知道他为什么这么做，也知道他会怎么做。她也明白自己内心充盈着对他的那种强烈而遗憾的柔情，这是一种酸楚的温柔，就像是一块瘀伤。她说：

"哦，反正我也不在乎这些。词语太轻率了，我更喜欢数学。我们去体育馆找莉娜吧。"

当他们慢跑穿过走廊时，她突然意识到，他喜欢的那首诗，其实既不是如她想的那样是关于罗莎的，也不是如他想的那样是关于她父亲的。这首诗是关于他的，关于路易斯的。但无论如何，这些都是愚蠢的，无关紧要的。好吧，她不是莎士比亚。但是她喜欢二次方程。

刘曜—4

他们被如此庇佑、如此保护！他们比守卫森严的王子或是富人家穿尿裤的孩子还要安全，比地球上任何孩子还要安全。

没有令人浑身打战的冷风，没有令人汗流浃背的高温。没有瘟疫、咳嗽、发烧或牙痛。没有饥饿。没有战争。没有武器。没有危险。没有来自这世界上任何事物的危险，只有包围着这世界本身的危险。但那是一个恒量、一个存在条件，因而很难去考量，除了偶尔在梦中见到，见到那些可怕的景象。世界之墙变形、膨胀、破碎。无声的爆炸。一抹血色的薄雾，星光中的一小片水汽污渍。他们每时每刻都处在危险之中，被危险包围。那便是安全的实质、安全的核心：危险在外部。

他们生活在内部。在他们的世界之内，有坚固的墙和牢靠的法则，被塑造和构建成堡垒，充满力量地包围和庇护着他们。在他们生活的地方，没有威胁，除非他们制造威胁。

"人是有风险的，"刘曜笑着说，"植物基本上不会发疯。"

刘曜的职业是园艺。他负责水培工程与维护，同时也负责植物基因的品质与控制。他每个工作日和很多个夜晚都待在花园里。刘4/5空间满是作为宠物的植物——装在水壶里的葫芦，装在花盆里的开花灌木，挂在通风口和灯具上的附生植物。他们中很多都是试验品，通常会死掉。星相信她爸爸会为这些基因错误感到遗憾，感到愧疚，他会把它们带回家，让它们在平静中死去。偶尔，某个试验品会在他的耐心陪伴下茁壮成长，并成功回到植物实验室。对此，曜报以淡淡的自嘲一笑。

刘曜－4是个矮小、纤弱、英俊的男人，一头黑发令人惊讶地早早变白了。他没有一个英俊男人该有的样子。拘谨、谦恭，而且害羞。他是一位很好的倾听者，但却很少说话，说起话来声音低沉。和一两个人在一起时，他几乎完全沉默。与他的母亲刘美玲－3、他的朋友王源－4或女儿星在一起时，他可以谦和、满足地与他们交谈。他仅有的克制而强烈的激情在于：中文典籍、他的植物和他的女儿。他想得很多，感受很多。他通常心平气和地遵从他的想法和感受，一个人，静静地，像一名乘小舟于大河中顺流而下的人，有时使舵，但大多数时候只是任其漂流。关于船、河流、悬崖和激流，曜所知道的只有照片里的图像、诗歌中的字词。有时，他梦见他乘船在河上，但梦总是模糊的。但他认识泥土，确切、实在地认识它。泥土是他赖以工作之物。他认识水和空气，这些谦卑的透明物质，生命就寄托于它们的清澈与无形——真是奇迹。一个充盈着空气和水的泡泡，悬浮在干燥、漆黑的真空中，反射着星光。他就住在里面。

刘美玲－3生活在一个叫牡丹苑的家庭空间里，和她儿子的家庭空间隔着一条走廊的距离。她引领着一个特别活跃的社交生活圈，成员几乎完全限于二区的中华血统人群。她的专业是化学，她在结构试验室工作，她几乎从未喜欢过这工作。一旦她可以体面地这么做，她就只去半天，接着就退了休。她说，她不喜欢任何工作，她喜欢在婴儿室照顾宝宝、玩游戏、为花朵饼干赌博、交谈、大笑、嚼舌根，以及探听隔壁的八卦。她从她的儿子和孙女身上获得极大的乐趣，不断地在他们的家庭空间进进出出，带去饺子、米糕和闲话。"你应该搬去牡丹！"她经常说，但知道他们不会，因为曜不爱交际，那也还好，只是她特别希望星在决定要孩子的时候，可以跟自己族人一起生，这一点她也经常说出来。"星的母亲是个好女人，我喜欢雅亿，"她告诉她儿子，"但我永远不理解你为什么不跟王家的姑娘生孩子，她妈妈就在二区，那对我们所有人都好。但我知道你要按你的方式做事。我必须说，没有人看得出星只有一半中华血统，而且她将会长成多么标致的美人啊，所以我猜你确实知道你在做什么。在谈恋爱和生小孩方面，或许有人能看得准吧，但我其实很怀疑这一点。这基本上是靠运气，全都是。年轻的李－5对她有点意思，你昨天注意到了吗？他二十三岁，一个很结实的男孩。她来了！星！你留长发真是太美了！你应该把它再留长一些！"母亲这种亲切的、务实的、不苛责的唠叨是另一条河流，曜漂浮在上面，迷迷糊糊的，但很平静。直到突然，有一个时刻，它戛然而止。悄无声息。一个泡泡爆了。是大脑里一条动脉上的泡泡，医生说。有几个小时，在无声的迷惘中，刘美玲－3凝视着别人看不见的东西，然后死去。她才七十岁。所有的生命都处于危险之中，无论是内部的，还是外部的。人是有风险的。

漂浮的世界

简朴的葬礼在牡丹苑举行，然后刘美玲－3的身体便被她的儿子、孙女，以及技术人员交给生命中心去做回收——一个分解和循环再利用的化学程序。作为一名化学家，这是她完全熟知的过程。她仍然是他们世界的一部分，不是作为一个人，而是作为一个永恒的存在。她可能会成为星将来怀上的孩子的一部分。他们全都是彼此的一部分。所有的被使用者和使用者，所有的食者，所有的被食者。

在泡泡里面，只有这么多的空气，只有这么多的水，只有这么多的食物，只有这么多的能量——就像在一个水族箱里，以微小的平衡行为，完全实现了自给自足，那里有一条鲶鱼、两条刺鱼、三条水草、大量藻类、三只蜗牛，也许四只，但没有蜻蜓幼虫——在一个泡泡里，人口必须严格控制。

美玲死后，她被替代了。但她只是被替代了。每个人都可以有一个孩子。也有些人不能、不愿或没有孩子，有些孩子夭折了，所以大多数想要两个孩子的人可以生两个孩子。四千不是一个很大的数字。这是一个精心维护的数字。四千不是一个很大的基因库，但它是一个经过精心挑选和管理的基因库。人类基因学家与在植物实验室的曜一样警惕和冷静。但是他们不做实验。有时他们能从源头上抓住错误，但他们没有资源去进行干预和重组。所有这些大规模和精细的技术都依赖于持续的行星资源开发，而这些均已被零代人所抛弃。人类基因学家拥有很好的工具，也很擅长做他们的工作，他们的工作就是维护。他们维护生命的（字面意义上的）质量。

每个想要孩子的人都可以生。一个孩子，最多两个。一个女人有母方孩子。一个男人有父方孩子。

这种安排对男性不公平，因为他们必须说服女人为他们生孩子。这种安排对女性也不公平，因为她们要花上一年的四分之三时间给别人生孩子。对于那些想要孩子却不能怀孕，或者只与女人过性生活的女性来说，这种安排是双重的不公平，因为她们必须说服一男一女去帮她生一个孩子。实事求是地说，这种安排是不公平的。性爱与正义几乎没有任何共同点。爱、友谊、良心、善良和固执总会找到办法，让这种不公平的安排发挥作用，尽管不是没有焦虑、没有痛苦，也不总是奏效。

婚姻和联结是非正式的选择，通常是大人在孩子年幼时选择的，因为许多女性发现很难与父方孩子分开，而且四人家庭空间非常宽敞。

许多女人根本不想生育或抚养孩子，也有许多人觉得生育是一种特权和义务，有的人以此为荣。时不时就有女人吹嘘她父方孩子的数量，就像这是篮球得分。

斯坦菲尔德·雅亿－4生了星，她是星的妈妈，但星不是她的孩子。星是刘曜－4的孩子，是他的父方女儿。雅亿的孩子是乔尔，乔尔是她的母方儿子，比他同母异父的妹妹星要大六岁，比他同父异母的哥哥阿达米·塞思－4要小两岁。

每个人都有自己的家庭空间。单人间是一个半房间，一个房间是960立方英尺的空间。最常见的房型是10英尺×12英尺×8英尺，但是由于隔板是可移动的，所以主人可以在结构空间的范围内自由改变区隔。一个双人间，像刘4－5的家庭空间，通常被安排成两个小的睡眠间和一个大的共享间：两个私人空间和一个公共空间。当人们建立联结时，如果他们每个人都有一两个孩子，他们的家庭空间可能会变得相当大。比如斯坦曼－阿达米3/4/5的空间，住着雅亿、乔尔、与雅亿结伴多年的阿达米·曼哈顿－3，以及他的父方儿子塞斯，他们拥有3840立方英尺的家庭空间。他们住在四区，那里住着许多诺安人，也就是北美和欧洲血统的人。凭借她一贯的戏剧天赋，雅亿在外弧找到了一块可以容纳10英尺高天花板的地方。"像天空一样！"她叫道。她把天花板漆成了亮蓝色。"感觉到区别了吗？"她说，"解放的感觉，自由的感觉？"事实上，去拜访雅亿并借住时，星总觉得房间里很不舒服；它们看起来又深邃又寒冷，头顶上有那么多空间浪费了。但是，雅亿用她的温暖、她永不枯竭的金子般的声音、她明亮的衣裳和她丰富的存在感充满了这些空间。

当星开始来月经，学习使用预防措施，琢磨性爱的时候，雅亿和美玲都告诉她，生孩子是一种幸运。她们是非常不同的女人，但他们用的是同一个词。"最美好的幸运，"美玲说，"多有趣啊！只有这样才能动用你的全部身心。"雅亿说，你和子宫里的婴儿的关系，以及照顾新生儿都是性别的一部分，是性别的延伸和完满，你需要很幸运才能明白这一点。星带着处子所特有的谦虚和不以为然的矜持倾听着。到时候她自会拿主意。

虽然没明着说，许多柴安人还是或多或少地不赞成曜让另一个区、另一种血统的女人给他生孩子。而雅亿血统的许多人也问她是想要一次异国体验还是怎么了。事实是雅亿和曜已经深深地坠入爱河。他们年龄足够大了，意识到爱是他们唯一的共同点。雅亿问曜，她能否生下他的孩子。他深受感动，于是同意了。星诞生于一段永恒的激情。每当曜带星来看望她时，雅亿就搂着他大叫："哦，曜，是你！"雅亿的快乐和喜悦是如此彻底而真挚，只有像阿达米·曼哈顿这样完全满足和自我满足的人才能免受嫉妒之苦。曼哈顿是个高大的男人，毛发茂盛。他比曜大上十五岁，高八英寸，毛发也多得多，这些大概都能让他不吃曜的醋。

祖父母提供了另一种增大家庭空间的方法。有时候，一些亲眷、半血缘手足、他们的父母和孩子聚居在更大的空间里。沿着走廊从刘 4/5 家往下走，是王 3/4/5 家——莲花苑——它包含十一个相连的家庭空间，然后通过布置隔墙提供了一间中庭，这是一个充斥着无休止噪音和活动的场所。美玲一生居住的牡丹苑则一直有八到十八间家庭空间。其他血统的人都不会生活在这样大的群体中。

事实上，到了第五代，许多人已经对血统失去了感觉，认为它无关紧要，并且不赞成以此为基础建立自己的身份或社区。在理事会中，中国血统的氏族制度经常遭到反对，批评者称之为二区分离主义，更有甚者称之为种族主义，而实践者则自称为坚守传统。柴安人抗议新的学校管理政策，即安排教师在四个区轮调，这样孩子们就可以接受来自其他血统和社区的人的教学，但是他们的动议在理事会中被否决了。

泡泡

危险，风险。在玻璃泡沫中，脆弱的世界，分裂的危险，阴谋的危险，异常行为的危险，疯狂的危险，疯狂暴力的危险。

无论有什么后果，任何决定都不能由单个人在没有咨询的情况下做出。从一开始，就没有人被允许单独负责任何系统控制。总是会安排一位后备，一名监管者。不过，还是会有意外事件发生。只是目前还没有造成永久性损害。

但是，我们又该拿人类最普通最平常的那些行为怎么办呢？什么是异常？谁又是理性的？

老师们说，去读历史吧。历史告诉我们，我们是谁，我们曾经如何行动，以及有基于此的，我们将如何行动。

是吗？看看书屏上的历史吧，《地球历史》，那些令人震惊的不公、残酷、奴役、仇恨、谋杀的记录——那些经由每个政府和机构正当化和美化的，对人类生命、动物生命、植物生命、空气、水和行星的浪费和滥用的记录？如果我们就是这样的，那我们还有什么希望可言？历史一定是我们已然逃脱的东西。那是我们过去的样子，不是我们现在的样子。历史是我们无需再行之事。

盐海的泡沫激起了一个泡泡。它自由自在地漂浮。

要了解我们是谁，不要看历史，而要看艺术，有关我们最好一面的记录，我们天才的记录。苍老而悲伤的荷兰面孔凝视着失落世纪的黑暗。母亲美丽而沉重的头颅低垂着，看向躺在她腿上的死去的儿子。疯癫的老国王为他被谋杀的女儿哭泣："永不，永不，永不，永不，永不！"那位慈悲的主以无限的温柔低语道："它不会持久，它不能满足，它并不存在。"摇篮曲唱着"睡吧，睡吧"，饥渴的奴隶喊道"放我自由"。交响乐奏起，黑暗中崛起的荣耀。诗人，疯狂的诗人高喊："一种可怕的美诞生了。"但他们都发疯了。他们都老了，疯了。他们所有的美丽都是可怕的。不要读诗人。他们不会持久，他们不能满足，他们并不存在。他们描绘的是另一个世界，一个肮脏的世界。那也是一个太过于坚固的世界，零代人对此不屑一顾。

蓝星，土球，地球。垃圾世界。垃圾行星。

这些是古老的历史词汇，只能从历史影像上窥见：容器里装满了肮脏的垃圾，这些垃圾被倒进车里，车把它们运到垃圾堆去丢。那是什么意思？丢到哪里？

罗克珊娜和罗莎

十六岁的时候，星读了费耶兹·罗克珊娜－0的日记。其中那种自我探究的头脑，永远质疑自己的诚实，对青少年很有吸引力。罗克珊娜很像路易斯，星想，但她是个女人。有时候她需要与女人的头脑在一起，而不是男人的，但是莉娜痴迷于她的篮球得分，罗莎完全变成了天使，祖母去世了。星读了罗克珊娜的日记。

她第一次意识到，零代人，这个世界的创造者们，深信他们正将巨大的牺牲强加于他们的后代。零代人所放弃的，他们在离开地球时所失去的——罗克珊娜提及地球时总喜欢用英语单词 Earth——收获了这样的补偿：他们的使命、他们的希望，以及（罗克珊娜很清楚这一点）他们在为未来几代成千上万的人们创造其生活结构时所拥有的巨大权力。"我们是发现号的上帝，"罗克珊娜写道，"愿真正的上帝原谅我们的傲慢！"

但是当她推测未来时，却并没有把她的后代写成上帝的孩子，而是描述为受害者。她带着恐惧、内疚和怜悯看到后代沦为祖先意志和愿望的无助囚徒。"他们怎么会原谅我们呢？"她哀痛地写道，"在他们出生前，我们就剥夺了他们的整个世界，我们夺走了海洋、山峦、草原、城市、阳光……他们与生俱来的一切！我们把他们困在笼子里，一个罐头盒里，一个标本盒里，像实验室里的老鼠一样生活和死去，永远无法看见月亮，永远无法奔跑在田野上，永远不知道自由是什么！"

我不知道笼子、罐头盒或标本盒是什么，星不耐烦地想，但不管实验室里的老鼠是怎样的，我都不是它。我在乡村场景的一个虚拟田野上奔跑过。人的自由根本不需要田野、山丘和所有这些东西！自由是你的思想所为，你的灵魂所在。这和所有那些地球事物没有任何关系。别担心，这位老奶奶！她对死去已久的作者说。一切都很顺利。您创造了一个美好的世界。您是位非常聪明，非常善良的上帝。

当罗克珊娜为她可怜的后代感到沮丧时，她也在不停地谈论新地球，她称之为目的地行星，或直接称之为目的地。有时，光是想象一下新地球的样子都会让她高兴起来，但更多的是担心。它适合居住吗？上面会有生命吗？什么样的生命？定居者会发现什么，他们会如何处理他们所发现的，他们会把信息送回地球吗？这对她极其重要。这真滑稽，可怜的罗克珊娜担心她的曾曾曾曾孙们会在两百年后把什么样的信号送回一个他们从未去过的地方！但是这个奇怪的想法给了她莫大的安慰。这是她为他们所作所为找的理由。这就是原因。发现号将在太空中搭建一座巨大而精致的彩虹桥，真正的神明们将会跨过这座桥：信息、知识。理性诸神。那就是罗克珊娜头脑中反复出现的景象，是她的心安之所。

星讨厌那些神化的意象。一神论血统的人似乎无法克服这一点。与历史和文学中大写的上帝和天父相比，罗克珊娜小写的隐喻性的神祇还没那么难以忍受，但她对二者都没什么耐心。

收到讯息

星在对罗克珊娜失望的同时，还和朋友吵架了。

"罗西，我希望你能谈谈其他事情。"她说。

"我只是想和你分享我的快乐。"罗莎用她极乐神般的声音说，温柔，温和，像钢梁一样柔韧。

"以前没有极乐神，我们在一起也很快乐。"

罗莎以一种慈悲的爱意看着她，这隐晦而又深深地侮辱了星。我们是朋友，罗西！她想哭。

"星，你认为我们为什么在这里？"

由于不太信任这个问题，她在回答之前考虑了一会儿。"如果你真的是这个意思，那么我们在这里是因为零代人安排我们在这里。如果你是某种抽象的意思，那我拒绝回答这个别有用心的问题。为什么的问题假设了目的，一个最终的原因。零代人有一个目的：将一艘船派往另一颗行星。我们正在执行它。"

"但是我们要去哪里？"罗莎问的时候非常亲切。那种亲切的强度令星感到紧张、酸涩和抗拒。

"去目的地。新地球。等我们到那里的时候，你和我都已经是老太太了！"

"我们为什么要去那里？"

"去获取信息并发回。"星说，她还没准备好答案，脑子里只有罗克珊娜的话，然后她犹豫了。她意识到这是一个合情合理的问题，她从未真正问过或回答过这个问题。"去住在那里，"她说，"去发现——宇宙。我们是——我们是一次航行。有关发现的航行。是发现号的航行。"

就在说话那一刻，她发现了这个世界名称的含义。

"去发现——？"

"罗西，这种引导性问题属于幼稚园。我们把这个漂亮的弯曲字母叫作什么？别这样。跟我交谈，别操纵我！"

"别怕，天使，"罗莎对星的愤怒报以微笑，"别害怕快乐。"

"别叫我天使。我喜欢的是你本来的样子，罗莎。"

"在认识极乐神之前，我从来不知道自己是谁。"罗莎说，她不再微笑，表情如此朴素，令星既敬畏又惭愧。

但离开罗莎时，她无比落寞。她失去了多年的朋友，爱过的人。她们长大后不会像她想象的那样结成伴侣。她疯了才要去做天使！但是，哦，罗西。她试着写了一首诗。只有两行：

> 我们将永远相见，却永不相见。
> 我们各自的道引领我们永别。

在封闭世界里，分别意味着什么？

这是星第一次真正的失去。美玲奶奶是那样快乐亲切的存在，她的死是如此出乎意料，如此平地惊雷，以至于星一直没有完全意识到，她已经走了。她似乎还住在走廊那头。想到她不是悲伤，而是安慰。但她失去了罗莎。

星将所有的青春和激情倾注于她的第一次悲痛中。她在阴影中行走。她大脑的某些部分可能已经永久变暗了。她强烈憎恨天使，因为她们把罗莎从她身边带走，这让她认为她族裔的老人们是对的：试图理解其他族裔毫无用处。他们就是不一样。最好的做法就是避开他们。忠于她的同类。持中守正。

就连曜都厌倦了植物实验室的同事们对极乐神的宣扬，他引用老聃的话："知者不言，言者不知。"

傻瓜

"你是知者吗？"当她向他重复这句话时，路易斯问，"你们柴安人是吗？"

"不，没人是知者。我只是不喜欢说教！"

"但是，很多人都喜欢，"路易斯说，"他们喜欢说教，他们喜欢被说教。各式各样的人。"

我们不喜欢，她想，没说出口。毕竟路易斯没有中华血统。

"你不过是有一张扁平的脸，"他说，"不必为它建一堵墙。"

"我没有扁平的脸。这是种族主义。"

"不，你有。中国的长城。从墙后面出来吧，星。这里没外人。只有我，杂种路易斯。"

"你不比我更杂。"

"杂得多。"

"你不会以为雅亿是中国人吧？"她嘲笑道。

"不，她是纯血诺安。但是我的生母有一半欧州血统、一半印度血统，我的父亲有四分之一南美血统、四分之一非洲血统，还有一半的日本血统，如果我没弄错的话。这意味着什么？这意味着我没有母族，只有祖先。但是你！你看起来就像曜和你的祖母，你说话也像他们，你跟着他们学习汉语，你在一个族裔的中心长大，而且你正在研究古老的《排华法案》。你的族裔来自历史上最种族主义的种群。"

"不是这样的！日本人——欧洲人——北美人——"

他们就粗略的数据友好地争论了一会儿，最后一致认为，地球上的每个人都可能是种族主义者，以及性别歧视者、阶级主义者和拜金主义者，金钱是所有历史中不可理解却无处不在的元素。他们的话题转移到经济学，他们在历史课上一直试图搞懂这门学科。他们谈了一会儿金钱，非常愚蠢。

如果每个人都能获得同样的食物、衣服、家具、工具、教育、信息、工作和权力，那么囤积是无用的，因为你随时可以开口索取，而赌博是一项消闲运动，因为没有什么可失去的，所以财富和贫穷沦为隐喻——富有的爱、精神贫乏——人们还能怎样理解金钱的重要性？

"真的，他们就是傻瓜。"星说。她发表着所有聪明的年轻人迟早会说出的异端邪说。

"那我们也是。"路易斯说，也许相信，也许不相信。

"哦，路易斯，"星长叹一声，抬头看着高中小吃店墙上的壁画，现在只有一幅抽象画，上面是粉红色和金色的曲线，"没有你，我都不知道我会做什么。"

"做个傻瓜。"

她点点头。

诺瓦·艾德－4

路易斯没有遵照他父亲希望的那样成长。父子俩都明白这一点。诺瓦·艾德－4是一个善良的人，他的存在以他的生殖器为中心。刺激和释放是当务之急，但繁衍对他也很重要。他想要一个儿子，将他的名字和基因带到未来。他很乐意帮助任何一名提出请求的女人生孩子，他这样做了三次；但是他耐心审慎地寻觅合适的女人来为他生育父方儿子。尽管阅读不是他最喜欢的工作，他还是研究了兼容性图表和基因混合匹配表中的每个单词，当他最终认定那个女人时，他还跟她确认过她愿意做性别控制。"如果我有两个孩子，那有一个女儿无妨；但如果只有一个孩子，那就得是儿子，不是吗？"

"你想要儿子，我就给你儿子。"桑斯特罗姆·拉克什米－4说，并给他生了一个。作为一个活跃的运动型女性，她发现怀孕的经历是如此的不舒服和耗费时间，以至于她再也没有重蹈覆辙。"瞧那双该死的棕色大眼睛，跟你的一模一样，艾德，"她说，"再也不干了。给你。他是你的了。"拉克什米不时出现在诺瓦4/5的家庭空间，给路易斯带来的玩具要么适合一年前的他，要么适合五年后的他。通常她和艾德会有她所谓的纪念性性爱。完事之后她会说："我之前到底在做什么啊。再也不干了！但我想他还挺好的，不是吗？"

"孩子挺好的！"他的父亲说得很真挚，却不够坚定，"你的大脑，我的水管。"

她在中央通信部门工作。艾德是一名物理治疗师，一名优秀的物理治疗师，但正如他所说，他的想法都掌握在他手中。

"这就是为什么我是这么好的爱人。"他告诉他的伙伴，他是对的。他也是孩子的好父亲。他知道如何抱着婴儿，如何打理他，并且乐此不疲。他没有对婴儿的恐惧，这种神经质的分裂症令缺乏男子气概的男人瘫软如泥。婴儿小小身体的精致和活力让他感到愉快。在最初的几年里，他全心全意快乐地爱着路易斯，他的肉中之肉。后来的日子里，这种快乐减少了。随着岁月的流逝，纯粹的快乐被许多其他的东西遮盖了、掩埋了，许多不好的感觉。

这孩子有着深沉而静默的意志与脾性。他从不屈服，也从不放松。他的肠绞痛永远无法治愈。每颗牙齿都是一场战斗。他生着气喘。他在学会走路前就学会了说话。当他三岁时，他说的话让艾德目瞪口呆。"别胡说八道！"他告诉孩子。他对儿子感到失望，并为自己的失望感到羞愧。他想要一个同伴，一个分身，一个可以跟他学打壁球的孩子。艾德连续六年都是二区的壁球冠军。

路易斯尽责地学会了打壁球，但打得不太好，他试图教他的父亲一种叫语法的单词游戏，这让艾德抓狂。他在学校表现出色，艾德努力让自己以他为荣。路易斯不喜欢和孩子们一起跑来跑去，他总是带一个柴安小孩过来，一个叫刘星的女孩，他们关上门，默默地玩几个小时。艾德当然检查过了。他们并没有做超越同龄孩子的事情。当他们来到成人礼并开始穿衣服时，他非常高兴。他们穿着短裤和衬衫，看起来像小大人。当他们赤裸着身体时，不知何故曾是那样难以捉摸、神秘莫测。

随着所有成人规则的生效，路易斯遵守了它们。他仍然喜欢星这个女孩，胜过所有男孩子，他们仍然经常见面，但从来没有关起门单独在一起。这意味着当艾德在家时，就必须听他们做作业或是说话。聊啊，聊啊，该死的，他们怎么那么能聊。女孩长到了十二岁，根据她的族群规定，她只能在公共场所，在有人陪同的情况下与一个男孩会面。艾德觉得这真是个超棒的主意。他希望路易斯能和其他女孩约会，也许能参加一些男孩的活动。路易斯和星确实也会和二区的一群十几岁的孩子一起外出活动，但最后他们俩总是待在某个地方聊天。

"我十六岁的时候，已经和三个女孩睡过了，"艾德说，"还有两三个男孩。"事情的进展没能如他所愿。他本打算借此和路易斯推心置腹，鼓励鼓励他，但听起来像是夸耀或是责备。

"我还不想做爱。"男孩说，声音闷闷的。艾德无法责怪他。

"没什么大不了的。"艾德说。

"对你来说是件大事，"路易斯说，"所以我猜，对我来说也是件大事。"

"不，我的意思是——"但是艾德说不出他的意思，"这事不仅仅是好玩。"他说得糟糕透了。

停顿。

"比手淫强。"艾德说。

路易斯点点头，显然完全同意。

停顿。

"我只是想弄清楚如何，也许，你知道，如何找到我自己的路，在这一切中。"男孩说着，措辞不像往常那样敏捷。

"没关系。"父亲说。分开时两人都松了一口气。艾德想，这个男孩也许成熟得慢，但至少他是在一个充满健康、开放的家庭空间中长大的。

论自然

知道艾德和男人睡过，这很有趣，一定是年轻时的尝试，因为据路易斯所知，他从未带过男人回家。但是他带女人回家。也许是他那一代的每个女人，路易斯想，现在他带回家的都是一些年龄稍大的第五代女人。路易斯对他高潮的声音了如指掌——一种刺耳的、不断上扬的"哈！哈！哈！"他也听过了每一种可以想象的极度兴奋的女性尖叫、哀号、号叫、咕哝、喘息和啸叫。最引人注意的啸叫者是耶普·苏西－4，一位来自三区的物理治疗师。自路易斯记事起，她就时不时地过来。她总是给路易斯带星星饼干，一直带到现在。像她们中的许多人一样，苏西一开始发出"啊"的声音，但她的声音越来越高亢，越来越连续，最后上升为一种无意识的不间断的啸叫声，如此刺耳，以至于有一次走廊那头的王－2奶奶以为是警笛响了，把王家苑的每个人都从睡梦中叫醒了。这并没有令艾德感到丢脸。没有什么事情能让他感到丢脸。"这完全是自然的。"他说。

这是他最喜欢的一句话。任何与身体有关的都完全是自然的，与思想有关的则不是。

那么，自然是什么？

路易斯在高中最后一年想了很多，就他所能想到的而言，艾德是非常正确的。在这个世界中——在这艘船上，他纠正了自己，因为他试图训练自己的头脑形成某种习惯——在这艘船上，自然就是人体。某种程度上说，也是水培箱中的植物、土壤和水，以及细菌种群。这些之所以只在某种程度上算是，是因为它们被技术人员如此严密地控制着，甚于人类身体。

原生行星上的自然意味着不受人类控制的事物。自然是先于控制产生的事物，是控制的原材料，或者是脱离控制的东西。因此，地球上人迹罕见的地区，以及干燥、寒冷或陡峭的区域，被称为自然、荒野或自然保护区。在这些地区生活的动物，也被称为自然的或野生的。因此，人体的所有动物性功能都是自然的——吃、喝、撒尿、拉屎、做爱、反射、睡觉、喊叫，还有当有人舔你时发出像警笛一样的声音。

然而，对这些功能的控制并不被称为非自然的——当然，艾德可能不同意——而是文明。自出生起人体就开始接受控制。正如路易斯发现，控制真正生效的时间是七岁时，穿上衣服，承诺成为一名公民，而不再是孩子、未开化者、裸身小野人。

多么棒的词语！野性——野蛮——文明——公民——

不管你如何教化它，身体始终留存着些许野性、野蛮或者说自然。它必须保持它的动物性功能，否则就会死亡。它永远不可能被完全驯服，完全控制。即使是植物也是如此，路易斯从星的父亲那里了解到，无论人类如何操纵植物来履行其共生功能，它们都不是完全可预测或顺从的；细菌群落不断出现野生品种，很可能是危险的突变。人类唯一能完美控制的事物是无生命体，组成世界的物质，元素和化合物，固体、液体或气体，以及由它们制成的人工制品。

控制者呢？教化者呢？思想呢？被教化了吗？控制自己了吗？

似乎没有理由不这样做；然而，它的失败构成了历史课的大部分内容。但这是不可避免的，路易斯想，因为在地球，自然是如此巨大，如此强大。除了那些虚拟的玩意儿，那里应该没有什么是真正被绝对控制的。

奇怪的是，他是从虚拟场景中得知这个有趣的事实的。他在一片热带丛林中艰难前行，丛林里嗡嗡作响，到处都是飞来飞去、叮咬、爬行、螫刺、撕咬和折磨肉体的东西。他在恶臭黏着的热浪中气喘吁吁地走着，浑身的力量都被夺走了，直到他来到一块开阔的空地。一小群因疾病、营养不良和自残而变形的可怕人类冲出小屋，一看到他就尖叫，并用喷枪向他射出毒飞镖。这是伦理困境课程的一部分，使用了虚拟地球项目的丛林场景。热带、丛林、树木、昆虫、螫刺、小屋、文身、飞镖这些词语昨天已经在《初级词汇》上学过了。但是现在，伦理困境迫在眉睫。他应该逃跑吗？还是尝试谈判？请求宽恕？反击？他的虚拟角色携带着致命武器，穿着厚重的衣物，衣服可能会弹开飞镖，也可能不会。

这是一堂有趣的课，之后他们在课堂上进行了一场精彩的辩论。但路易斯头脑中挥之不去的是丛林绝对压倒性的宏大，在这种荒野自然中，野蛮人显得如此微不足道，甚至是偶然的存在，而文明人则完全是外来的。他不属于那里。任何理智的人都不属于那里。难怪零代人以前的几代人都难以保持文明和自我控制，毕竟他们要对抗的困难是那样巨大。

控制试验 [1]

尽管他认为天使们的观点既愚蠢又令人不安，但他觉得，

---

[1]　A Controlled Experiment，控制实验是依据研究目的人为地设置一个特定的非自然状态环境，按一定程序改变某些因素或控制条件，并通过观察和分析两个以上变量的变化过程，以测试其相互关系和变化规律的研究方法。

他们在一个基本问题上可能是对的：这艘船目的地的重要性不如航行本身。读过历史，也体验过丛林场景和内城场景，路易斯想知道，零代人会不会也有这样的意图，给至少几千人一个可以从这种恐怖中逃离的地方。一个人类的生存条件可以被控制的地方，如同实验室中的一场试验。一个控制下的控制试验。

抑或是自由中的控制试验？

这是路易斯所知道的最宏大的词。

他感知到词语有不同的大小、密度和深度，就像是黑暗的星星，一些渺小、暗淡、坚固，一些巨大、复杂、微妙，有着强大的引力场，吸引着无限的意义。自由是最宏大的黑暗之星。

对他个人来说，自由有着一个清晰、准确的形象。他的哮喘发作并不频繁，但在他的脑海中留有生动的印记，十三岁的时候，有一次在体操课上，他在错乱中刚好被大林压在身下。大林的体重大约是路易斯的两倍，几乎将路易斯肺部的空气完全挤了出来。漫长咳喘后的第一次呼吸，生冷、费力、火辣辣的疼：那就是自由。呼吸。以及你所呼吸的。

没有它，你会窒息，休克，然后死去。

那些不得不活得像动物一样的人也许能够四处走动，但他们的头脑从来没有获得足够的空气用来呼吸，他们没有自由。通过阅读历史，以及在虚拟现实世界中体验历史，他很清楚这一点。内城 2000 年场景太令人震惊了，因为令那里的人们变得疯狂、病态、危险和难以置信的丑陋的不是荒野自然，而是对自己本应被文明化的自然缺乏控制。

人类自然。一个奇怪的词语组合。

路易斯想起了去年在三区的一名男子，他性侵了一名妇女，将她殴打至失去知觉，然后饮液氧自杀了。他是一个第五代，这个事件让世界上每个人都感到不安，对他那一代人来说尤其可怕，难以忘怀。他们问自己：我会这么做吗？这种事会发生在我身上吗？他们似乎都没有答案。那个人，沃尔夫森·阿德－5，已然失去了对自己动物性或自然性需求的控制，因而最终失去了所有自由，没有选择，甚至无法活下去。也许有些人就是不能掌握自由。

天使们从不谈论自由。服从命令，早登极乐。

到了 201 年，天使们会做什么？

其实，这是一个有趣的问题。等到实验船到达目的地时，他们那些人又会做什么，控制试验会发生什么？新地球是一颗行星——另一个巨大的野性事物的集合，无法控制的自然，他们甚至不知道规则是什么。在地球，至少他们的祖先熟悉自然，知道该如何使用它，如何在其中行动，哪些动物是危险的，如何种植野生植物，诸如此类。而在新地球，他们什么都不知道。

书中谈到了一点，但不多。毕竟，还有半个世纪才会到达那里。但搞清楚他们对新地球有多少了解会是很有趣的一件事。

当他询问历史老师川河·伊提－3 时，她说，教育计划将会为第六代人提供很多有关目的地和陆地生存的教育。她说，到达那里时，第五代人大多都很老了，这些已不是他们要考虑的问题了。当然，如果愿意，他们也可以着陆。该计划旨在让中间世代（"也就是我们。"老妇人干巴巴地说。）对他们的世界满意。这是一种切实可行的方法，她说，完全是出于好意，但恐怕它鼓励了当下极乐神信徒中非常盛行的那种心态。

她跟路易斯，她最好的学生说得很坦率。他也同样坦率地告诉她，不管他是否能到达那里，也不管到那里时他会有多老，他现在就想知道他要去的是哪里。他明白自己去那里是为了什么，他不需要明白自己是怎么抵达的，但他确实想知道他要去的究竟是哪里。

川河·伊提在获取信息方面提供了一些帮助，但事实证明，第六代的教育计划还无法获取。教育委员会正在对此进行审查。

他其他的老师建议他先完成高中和大学的学业，之后再来担心目的地的问题。如果届时他还想知道的话。

他去见了图书馆馆长，年迈的谭－3，他朋友炳迪的祖父。

"揣测我们的目的地，"谭说，"只会增加焦虑、急躁和错误的期望。"他微微一笑，慢慢地说，每说完一句话，就要停顿一会儿。"我们的任务是航行。抵达是另外的任务。"他停顿了一会儿，接着说，"但只知道航行的一代人——能教授下一代人如何抵达吗？"

伽蓝

路易斯继续探索他的兴趣。他独自回到丛林场景。

当然，他必须走那条小径。无论虚拟现实程序整合得多么完善，你也只能在其中做该做的事。就像一场梦，任何一场梦，尤其是一场噩梦：只提供有限的选择，如果这也算选择的话。

那儿有条小径。你必须走那条小径。这条小径会通向丑陋、堕落的小野人，他们会尖叫并射出有毒的飞镖，然后他必须做出选择。路易斯有条不紊地做出一个又一个的选择。

试图与野蛮人讲道理或逃离他们，很快以黑屏而告终，这当然意味着虚拟死亡。

有一次当野人攻击他时，他开枪打死了其中一个。这种可怕的感觉超乎他的想象，就在开枪的瞬间，他逃离了程序。那天晚上，他梦见自己有一个秘密的名字，没有人知道，连他自己也不知道。一名他以前从未见过的女人来到他面前说：“把你的名字加到狼身上。”

他又回到丛林场景，尽管这并不容易。他发现，如果他没有表现出恐惧，当野人攻击他时，他用枪威胁，却并不开枪，那么这些小野人最终会非常突然地选择接受他的存在。在那之后，另一枝选择树展开了。他可以继续使用武器，威胁野蛮人带他去失落之城（这本该是你进入丛林的原因）。他可以让他们服从他，但总是走不了多远就黑屏了：野蛮人谋杀了他。或者，如果他不表现出恐惧，不威胁他们，也不要求他们做什么，那么他就可以跟野蛮人们住在一起，住在一间半毁的小屋里。他们觉得他是个疯子，接纳了他。女人给他食物，教他如何做事，他开始学习他们的语言和习俗。这些语言和习俗令人惊讶的复杂、正式和迷人。当然，这只是虚拟学习，它只能做到这一步，看上去有很多东西，但其实没有，你出来的时候会发现根本没学到多少东西。一个程序只能容纳这么多东西，即使算上暗含的内容。但是，他能回忆起的那少而又少的一点居然丰富了他的思想。他打算过阵子再回去一次，再做一次上次的选择，再与野蛮人共同生活一阵子。

但这次，他的目的不一样了。这一次，进入丛林场景时，他尽可能很慢地移动，一进入丛林，他就停下来，一动不动地站在路上。他不再害怕遇见野蛮人。但由于他认识他们，与他们同住过，若是看到他们走向他，尖叫着要杀了他，当然这是不可避免的，但他还是会难过。因此，这次他不想看见他们。他们是人类创造的虚拟人。而他这次是想来一个没有人的地方体验一下。

他站在那里，立即开始出汗，他闻着臭味，拍打着周围嗡嗡作响的小家伙，它们落在他的皮肤上叮咬，他听着那些不可思议的声音。此时此刻，他想到了星。她不会承认虚拟现实是一种体验。除非老师要求，否则她从来不进虚拟地球。她从不玩虚拟游戏，甚至不去尝试路易斯和炳迪以博尔赫斯的花园为灵感设计的真正有趣的游戏。"我不想进入另一个人的世界里，我想待在我的世界里。"她说。

"但你会读小说。"他说。

"当然。但那是我在读。作者把故事放在那里，我去读了。是我让它存在。而 VR 程序员是在利用我来完成他的故事。除了我，没有人可以使用我的身体和思想。知道吗？"她总是那么犀利。

她说的有道理，但让路易斯震惊的是——此刻，他警觉而紧张地站在丛林小径上，这条小径既狭窄，又复杂到不可思议，就像一条疯狂的走廊；他看见一个长满腿的东西爬入险恶的黑暗之中，黑暗上方那个巨大的东西应该是一棵树，只不过这棵树是躺着的，而不是站立着——让他震惊的，不仅仅是因为这个地方虽然只是一个再创造的世界，一个感知场的程序，却有着如此令人窒息、毫无意义的复杂性，如此混乱；还因为它是那么具有敌意。危险，可怕。他体验到的是程序员的敌意吗？

有很多虐待狂式的程序，有些人迷上了它们。他如何知道自然是不是真的如此可怕呢？

当然，在某些虚拟现实程序中，地球看起来更简单，更容易理解——乡村场景或徒步上山场景。看这些影片的时候，你唯一要应付的知觉是视觉和听觉，你可以在影片中看到，即便如此混乱，自然也可能是美丽的。有些人也迷上了这些电影，一直看海龟在海里游泳，鸟儿在天空中飞翔。然而看是一回事，感觉是另一回事，即使这只是虚拟的感觉。

怎么会真的有人想在丛林这样的地方生活一辈子呢？感知场的不适是恒定不变的，炎热，生物，温度的变化，物体粗糙、肮脏的表面，无尽的不平坦——每走一步你都必须当心脚会落在什么上面。他记得当地人恶心的食物。他们杀死动物，吃动物的尸块。女人们咀嚼某种植物的根，把咀嚼过的玩意儿吐到盘子里，让它再腐烂一会儿，然后每个人都来吃它。若非这些蜇人咬人的有毒动物都是虚拟的，那你走出丛林时将满身毒素。事实上，在你和野蛮人一起生活的选择树中，最后发生在你身上的事情是，你把手放在一棵藤蔓上，但那其实是一种无腿的有毒动物。它咬了你的手，几分钟后，你感到剧痛和恶心，然后黑屏退出。当然，他们必须以这样或那样的方式结束程序：主观上的十个周期，现实中的十个小时，是 VR 程序允许的最长时限。他不仅是在虚拟中已然死亡，而且从虚拟程序出来后，他也感到极度僵硬、饥饿、口渴、疲惫和痛苦。

程序是诚实的吗？地球上的人们真的生活在这样的苦难中吗？不是十个周期／小时，而是一生？生活在对危险动物的持续恐惧中，对敌对野蛮人的恐惧中，对彼此的恐惧中，生活在来自植物荆棘的持续疼痛中，来自叮咬和蛰刺的疼痛中，来自负重带来的肌肉拉伤的疼痛中，来自在极度崎岖表面上扭伤脚的疼痛中，以及还要忍受更大的恐怖、饥饿、疾病、畸残和失明吗？没有一个野人，哪怕是婴儿和它年轻的母亲，是健康和洁净的。当他开始将他们当作人类去了解，他们的损伤、疮疤、痂癞和老茧，他们模糊的眼睛、扭曲的四肢、肮脏的脚和头发只会令他更加痛苦。他一直想帮助他们。

他现在站在虚拟小径上，在树木和长藤植物的黑暗之中——这些植物好像曜的附生植物，只是硕大无朋、盘根错节——他听到了一声噪音。在造就丛林的所有这些怪异拥挤的生命中，某种东西发出了一声噪音。他比以往任何时候都站得更稳，与此同时，他想起了伽蓝。

他曾和野蛮部落的男人一起外出，知道他们在打猎。他们瞥见了一道金色光芒。其中一个人小声说出一个词，伽蓝，他这次回来又想起了它。他没有在字典里找到这个词。

现在，从混乱和黑暗中走出的，正是伽蓝。它就在他前面几米处，从左到右横穿小径。它修长的身子低伏着，金色的皮肤上生着黑点。行走间，四只圆圆的脚有着难以形容的柔软和技巧。映入眼帘的先是低垂的头，接着它优雅地伸长身子，然后是一条尾巴，尾尖还轻轻颤抖着。在完全的寂静中，它再次消失在黑暗中。整个过程中它从未向路易斯投去一瞥。

他呆若木鸡地站着。这是虚拟现实，这是一个程序，他自言自语道。每次我进入丛林场景，只要我在这里站得够久，伽蓝就会穿过这条路。如果我准备好了，如果我想的话，我甚至可以用虚拟枪向它射击。如果程序包含狩猎功能的话，我就可以杀了它。如果程序不包含狩猎功能，我就无法开火。我就什么也做不了。伽蓝会继续前行，静静地消失，尾尖轻轻颤动。这不是荒野。这不是自然。这是至高无上的控制。

他转过身，退出了程序。

在去体育馆跑圈的路上，他遇到了炳迪。"我想开发一项VU 技术。"他说。

"好啊。"过了一会儿，炳迪咧嘴一笑，"我们开始吧。"

我们要去哪里？

程序、照片、描述——对地球的所有呈现都是可疑的，因为它们是技术的产物，是人类思维的产物。它们是诠释。母星不可触及，无法被直接理解。

目的地行星就更难理解了。随着他对图书馆的进一步探索，路易斯开始理解为什么零代人如此渴望得到关于新地球的信息。因为他们对此一无所知。

在可接近的范围内发现了一颗他们所说的类地行星，这促成了整个发现号项目的诞生。前零代人已经用尽手段，尽可能详尽地研究了它。但无论是光谱分析，还是对遥远深空一个不自发光的小天体的任何形式的直接观察，都不能得到他们所需要知道的一切。生命业已被证实是特定参数范围内的普遍现象，而他们能够确定的所有参数对他们来说都是非常有利的。尽管如此，正如他在一篇名为《他们要去哪里？》的古代文献中所读到的，与地球的极为微小的差异也可能会导致新地球完全不适于人类居住：生命形式与人类的化学构成不相容，就会使得那里的一切都有毒。大气中气体的平衡略有不同，就会使得人们无法呼吸。

空气就是自由，路易斯想。

图书馆馆长老谭正坐在附近一张书桌旁看书。路易斯走过去，在他旁边坐下。他给老谭看了这篇文章。"它说我们在那里可能无法呼吸。"图书馆馆长浏览了这篇文章。"我当然不能。"他说。在句与句之间常有的停顿后，他解释道，"那时我已经死了。"他露出一个人畜无害的半圆形微笑。

"我想找的是，"路易斯说，"他们希望我们到那儿以后做些什么。有什么指南吗——考虑到各种情形的那种？"

"目前而言，"老人说，"就算有这样的指南，也早就被封存起来了。"

路易斯开始说话，然后停下来，等待谭的停顿结束。

"信息总是受到控制的。"

"谁的控制？"

"主要出自零代人的决策。其次，是由教育委员会决定的。"

"为什么零代人会隐藏我们目的地的信息？有那么糟吗？"

"也许他们认为，如果一无所知，中间几代就不必操心了。第六代会搞明白的，然后把信息发给他们。这是一次科学发现之旅。"他抬头看着路易斯，表情冷漠。"如果空气不能呼吸，或者有其他问题，人们可以穿太空服出门。就像舱外工作人员，在里面居住，在外面考察，观测。向位于轨道上的发现号发送信息。然后，回到地球。"地球这个词他是用中文念的。"不可替代的供应品是十二代人的量，不是六代人的。以防我们不能留在那里，或是选择不留下，选择回到地球。"

谭花了很长时间才讲完这一切。在这些停顿之间，路易斯的脑海里充满了想象，就好似他在为一篇文章配插图：减速中的庞大轨迹，向着某颗恒星减速；悬浮在巨大行星表面的小小飞船；穿着太空服的小人们蜂拥进入丛林……如此生动，如此失真。虚拟不现实。

"回？"他说，"什么叫回？我们都不是在地球出生的。返回还是前进，对我们来说有什么区别？"

"唯之与阿，相去几何？善之与恶，相去若何？"老人说，赞许地看着他。然而路易斯无法读懂他眼眸中的神情。那是悲伤吗？

他知道这句话。星和她的父亲曜都曾求学于谭-3，后者既是图书馆馆长，也是精研中国古典文学的学者，他们三人均是老子的崇拜者。在二区长大的路易斯一直听到有人引用这部书，出于自保，他读了这部书的译本。最近他重读了一遍，试图搞清楚自己能理解其中的多少。刘曜曾用古代汉字抄写整部书。花了一年多时间。"只是练练书法。"他说。看着曜毛笔下流淌出的复杂而神秘的汉字，路易斯心中的感动要比阅读那些看似可以理解的翻译文字强烈许多。就好似不明则明。

流通

稻草制成的纸张是稀有物。手工书写也是罕事。曜得到许可，他可以用几米纸进行抄写，但他不能让纸张长时间不流通。他将几幅卷轴赠送给柴安友人。他们会将卷轴在墙上挂上一阵，然后回收它们。任何不重要的人工制品都不能存活超过几年。

衣服、艺术品、文本的纸质副本、玩具，都被归还给了这个循环，有时伴有悲伤的仪式。为心爱的洋娃娃举行的一场葬礼。当原件被回收时，祖父的肖像画可能会被复制到电子记忆库中。艺术是实用的、短暂的或非物质的：一件结婚衬衫、人体彩绘、一首歌、一则网络杂志上的故事。循环是无情的。发现号上的人们就是他们自己的原材料。他们拥有所需的一切，却什么都无法留下。这样一个世界可能遭受的贫困只会来自于能量／物质的损失或浪费，要么是被束缚在无用的物件里，要么就是被虚掷于太空中。

或者，从长远来说，来自于熵。

很久以前，一名表面维修工通过舱外行走去修复一次轻微碰撞造成的发动机罩擦伤，他将合金枪扔向几米外的同伴，然而对方没有接住。电影《丢失的枪》是二年级生态学课程中一个极富戏剧性的时刻。哦！当工具轻轻旋转，在群星间飘荡，越来越远时，孩子们惊恐地哭了。在那里——看啊——它要消失了！它会永远永远消失！

星光推动着飞船。氢原子接收器为微型聚变反应堆提供能量，反应堆为电子和机械系统，以及弗雷斯诺加速器提供动力，于是发现号沿着航线加速航行。在外部，这个小小的世界只受灰尘和光子的影响。除了氢原子，它什么都不接收。

从内部看，它是完全自我维持、自我更新的。人类皮屑的每一个细胞，织物或轴承上磨损出的每一点尘埃，叶片或肺叶里的每一分子蒸汽，都被吸入过滤器和再转换器，保存、重组、复用、重配、再生。这个系统处于平衡状态。有从未被调用的应急储备，还有谭提到的不可替代物资储备，其中一些是原材料，另一些是飞船上无法复制的高科技物品：其数量少得惊人，储存在两个货物箱中。热力学第二定律在这个几乎全封闭的系统中所起的作用已降至近乎于零。

一切都是深思熟虑和未雨绸缪。所有的生活必需品。我为什么在这里？为什么是我？一个生存的目的：一个原因。就连这个，零代人也试着为他们准备好了。

对于长达两个世纪的航行中的中间世代来说，他们存在的理由就是要活得好好的，保持飞船的良好运行，并为它配备下一代人。这样飞船就能完成它的使命，他们的使命。对于这一目标而言，他们所有人都是必不可少的。这个目标对地球上出生的零代人来说意义重大。发现。探索宇宙。科学信息。知识。

对于在这艘封闭、自足的飞船上出生和死亡的人们来说，任何无关的知识都是毫无用处、毫无意义的。

他们还需要知道什么他们不知道的呢？

他们知道生命在飞船里：光照、温暖、呼吸、友谊。知道外面一无所有。只有空虚。死亡。静默、即刻、绝对的死亡。

综合征

传染病是一种你会在书中读到，或是在历史影片中看到的可怕东西。每一代人中都有出现癌症或系统性疾病；孩子们摔断了手臂，运动员过度劳累；心脏和其他器官出了问题或衰竭；细胞遵循着程序老去，死亡；人也老去，死亡。医生的一项主要职责是确保死亡不会过于痛苦。

就连这项职责都被天使揽去了，他们强势推广积极死亡，这使得死亡成为一种虔诚的公共活动，令垂死之人通过催眠、诵经、音乐和其他技巧进入一种恍惚状态，而死亡本身则受到欣喜若狂的欢迎。

许多医生几乎只处理妊娠、出生和死亡：易出易入。疾病成了教科书中的词汇。

但还有综合征。

在第一代和第二代中，有许多男性在三四十岁时出现了皮疹、嗜睡、关节痛、恶心、虚弱、无法集中注意力等症状。这种综合征被记载为 SD，即躯体抑郁症。据医生判断，这是一种精神疾病。

为了应对 SD 综合征，某些专业工作领域设置了性别限制。有一项措施被提出来讨论和投票：男人负责所有的结构维护和表层维修。后者指的是修复和保养与太空接触的飞船表层，这是唯一需要舱外行走的工作：走出这个世界。

反对的声音很大。劳动分工堪称所有权力失衡机制中最古老、最深层的一种，我们难道要在这里重启这套如此不合理、不切实际的规定和禁令吗？要知道在这里，理智和平衡的保持可是要以生命本身为代价的。

理事会和区议会中的讨论持续了很长时间。性别限制的理由是，不能生育和哺育孩子的男人需要承担一种补偿性的责任，好让他们发挥更强的肌肉力量，以及满足他们由荷尔蒙决定的攻击性和展示需求。

许多人认为这个论点完全站不住脚。但认为这很有说服力的人要更多一点。公民投票决定所有舱外工作人员限定为男性。

一代人过去后，这个安排很少遭到质疑。其普遍的理由是，从生物学角度说，男性比女性更不重要，他们应该从事危险的工作。事实上，没有人在舱外工作时丧生，甚至没有人受到过危险剂量的辐射，但危险的感觉美化了这条规则。活跃好动的男孩们纷纷报名参加表层维修工作，人数远远超过了需要，于是他们被编入后备轮值表，定期参加舱外训练。舱外人员的着装与众不同：棕色帆布短裤，还有精心绣有星星的黑色袖套。

SD 综合征的发病率最终稳定在一个较低的水平，有人说这一下降与舱外工作限制有关，有人说没有。

第三代遭遇的是大量的自然流产和死婴，这一现象从未得到解释，幸运的是只持续了几年。这一事件导致晚孕和二孩家庭的增加，直到最佳替代比率得以恢复。

第四代和第五代人中出现了一系列可能相关、甚至更具衰弱性的症状，这些被诊断出来却未有解释的症状被记录为 TSS，即触觉过敏综合征。TSS 的症状是随机发作的疼痛和极度的神经过敏。TSS 患者避开人群，无法在食堂吃饭，抱怨他们碰到任何东西都感觉疼痛，他们戴墨镜和耳塞，用一种叫作袜子的东西遮住手脚。由于官方没有提供任何解释或治疗方法，预防神话纷纷涌现，民间疗法盛行一时。由于二区的 TSS 发病率很低，因此人们开始模仿柴安的饮食风格——米饭、大豆、生姜、大蒜。隐居生活似乎能缓解症状，所以一些患有 TSS 的人试图让他们的孩子远离同龄人和学校。但这时，法律介入了。根据《宪法》和教育委员会的判决，损害儿童和社区福祉的父母决定是无效的。上学的孩子们没有受到明显的不良影响。墨镜、耳塞和袜子在高中生群体中只是一种短暂的流行时尚，但二十岁以下的年轻人几乎没有受到这种失调症的影响。天使们声称，没有一名极乐教的修行者罹患 TSS，因此，要想摆脱这一疾病，你所要做的就是学会快乐。

天使们的祖先

金妍－0是零代人中最小的一个，她登船时才十天大。

金妍－0一直是理事会的重要一员。她的天赋在于组织、维护秩序和施行坚定而公正的管理。柴安人称她为孔夫人。

她有一个老来子，名叫金·特里－1。她的儿子是小学内联网的程序员，过着默默无闻的生活，不时遭受躯体抑郁症发作的折磨，直到金妍－0在79年去世。她是最后一个零代人，最后一个出生于地球的人。她的死被认为是标志性的事件。她的葬礼参加者众多，以至神庙区都无法容纳。仪式在公共网上进行了直播。这个世界上的几乎每个人都看了，因此每个人都看到了一个新宗教的诞生。

教会与国家

《宪法》明确规定了宗教信仰与政治的绝对分离。第四条特别提到了历史上诸多举足轻重的一神教，包括在制订发现号航行计划时正在控制各主要政府的宗教。任何企图"通过公开或隐秘援引犹太教、基督教、伊斯兰教、摩门教或任何其他宗教信仰或机构的原则或教义来影响立法机构的选举或审议"的行为，一旦得到宗教操纵特设委员会的确认，将受到公开谴责、褫夺职务或永久剥夺任何职位的惩罚。

在最初几十年里，第四条遭遇众多挑战。尽管项目规划者有意识地以科学公正的头脑为标准选拔发现号的船员，然而一神论者容易将理解限制在单一模式下，这点已经深深地根植于他们的许多科学中。他们曾期待说，在一个有意造就的差异巨大的群体中，相互忍让与其说是一种美德，不如说是一种必要。然而，在零代人时期，经过几年的太空旅行，那些曾经对宗教毫无概念或认为其是有害的人们，却突然开始自诩为摩门教徒、穆斯林教徒、基督教徒、犹太教徒、佛教徒或印度教徒。他们发现，当他们被突如其来地、彻彻底底地和不可逆转地从地球放逐，与地球上的每一个人脱离干系时，宗教信仰和活动确实给了他们所需要的支持和安慰。

忠实的无神论者们被这种突然爆发的虔信激怒了。原教旨主义净化运动的真实恐怖记忆，以及以上帝之名发动的无休止的种族灭绝运动的历史证据，都令他们对最温和的公共崇拜仪式都心生警惕。折衷主义挥舞着它无效的手。谴责者有之，挑战者有之。宗教操纵问题特设委员会被一再召集。

但是，零代人之后的几代人并没有流亡经验，他们的居处就是他们的生处，也是他们父母的生处。异族通婚使得祖先的信仰变得无关紧要。对于一位犹太－长老会－祆教后裔来说，选择遵从哪种严苛教义或许有些困难。但对于一名逊尼派－摩门教－婆罗门教后裔来说，放弃其中不相容的信条却轻而易举。

金妍－0去世后，第四条已有多年未被援引。有宗教活动，但没有宗教机构。宗教活动以私人的或家庭的形式进行。人们内观或坐禅，祈求指引或祷告赞美。一个家庭在没有月份的一年中找到合适的日子来庆祝耶稣的诞生，颂扬象头神的仁慈，或欢度逾越节。在所有的仪式中，最有可能启用宗教服饰和要素的总是公开的葬礼。人们用美丽而古老的语言吟诵着美丽而古老的词语，举行着哀悼和安慰的仪式。

葬礼与极乐教的诞生

金妍－0是一个激进的无神论者。她曾说："人们需要上帝，就好比三岁小孩需要电锯。"在她的葬礼上，人们小心地避免提及任何超自然现象或引用任何一本圣书。人们简短地——有些也并不是那么简短——谈了谈她对每个人生活的影响，她的魅力，她的清廉，以及她对后代强大的、家长式的、切实的关怀。他们感情丰沛地谈论着最后一个地球人的逝世。他们说，当创始者们设立的使命最终实现时——即抵达目的地时——观看这一仪式的孩子们的孩子们将会活着。届时，金妍的精神也将与他们同在。

最后，按照惯例，往生者的孩子站起来做最后的发言。

金·特里－1走上讲台，站在人们面前。内联网摄像机就在棺材旁边，他母亲的尸体披着白布躺在其中。他的动作强而有力，目的性十足。对认识他的人来说，他看起来不同以往——自信、冷静。他没有流泪，声音也没有颤抖，他的目光越过挤满神庙区的人群。"他光芒四射。"一些人后来这样说。

"最后一个在地球出生的人已经走了。"他用清晰有力的声音说道，这让很多人想起了他的母亲，理事会中一位优秀的发言人，"她已经走向荣耀，她的身体乃荣耀下的明亮之影。现在我们在这里，正从身体国度驶向灵魂国度。我们自由了。我们完全摆脱了黑暗，摆脱了罪恶，摆脱了地球。透过未来的走廊，我将这一信息传递于你们。我是信使，是天使。而你们，你们也是天使。你们是天选者。神召唤你们，呼唤你们的名字。你们是有福的。你们是神圣的存在，是圣洁的灵魂，被召唤来极乐世界生活。我们所要做的就是明悟我们是何人，明悟我们是天堂的居民。明悟我们是有福之人，是生于天堂之人，被选中踏上永恒之旅之人。明悟我们每一个都是神圣之人，生于极乐，死于更高的极乐。"他举起双臂，向着受惊而沉默的人群做了一个庄严的祝福手势。

他又做了二十分钟的演讲。

"这是悲伤导致的精神错乱。"一些人在离开神庙区或关掉荧幕时说。而内心阴暗的人则回应道："也许是觉得终于解脱了？"但是许多人都在讨论着金·特里在他们脑海中植入的想法和形象，感觉他给了他们一些他们一直很渴望却不自知的东西，或是一种有感于心却无法言说的东西。

成为天使

葬礼有着划时代的意义。既然这个世界上没有一个活人还记得那颗母星，那么有什么理由认为那里还有人记得他们呢？当然，按照《宪法》的规定，他们会定期发送有关发现号进程的无线电信息，但真的有人在听吗？

《空虚的孤儿》，四区的努比特尔乐队演唱的一首曲调优美、感伤的歌曲一夜之间风靡全世界。人人都在谈论金·特里－1的演讲。

他们去他的家庭空间拜访，想与他交谈，担忧者有之，好奇者有之。一对名叫帕特尔·吉米－2和龙·优子－2的夫妇接待了他们，两人是金的隔壁邻居。特里正在休息，他们说，但他今晚会出来讲话。他在神庙区讲话时，你们有没有体味到那种美妙的感觉？他们问。你们发现他有多么不同以往，多么脱胎换骨吗？我们目睹了他的改变，他们说，目睹了他变得睿智、耀目和雄辩。来听他讲话吧。他今晚会演讲。

有一段时间，听特里讲极乐神成为一种时尚。相关的笑话也盛行一时。无神论者斥责邪教的歇斯底里和自命不凡者的虚伪做作。然后，一些人将之抛诸脑后，而另一些人一个周期又一个周期、年复一年地前往金的家庭空间，参加与特里、吉米和优子的晚间聚会。人们也在自己的家庭空间举行聚会，伴随着小型的宴会、歌咏、冥想和祈祷。他们称之为天使般的欢聚，自称为极乐中的友朋，或天使。

当金·特里的这些追随者开始将天使作为一种称呼置于姓名之前时，理事会中出现很多反对和讨论的声音。天使们同意这种群体认同具有潜在的分裂性。特里本人告诉他的追随者不要违背大多数人的意愿："因为，不管我们是否知道，我们不都是天使吗？"

优子、吉米和吉米的小儿子英博利斯[1]与特里四人一同居住，他们住在金曾和母亲同住的家庭空间里。他们引领着夜间聚会。金·特里本人变得越来越孤僻。早年的时候，他偶尔会在一区的露天广场或神庙区举行的集会上发表演讲。但随着时

---

[1]　Inbliss，意为"在极乐中"。

间的推移，他越来越少地出现在公众面前，只在内联网上与追随者对话。他可能会短暂地出现在那些在他家里参加聚会的人面前，祝福并鼓励他们，但他的追随者认为，与他永久性的天使存在相比，他的肉体存在并不重要。身体物质暗化了极乐，模糊了灵魂需求。"这些道并不是我所行之道。"特里道。

他在123年的去世引发了一场混合了悲恸与节庆的歇斯底里。他的追随者信奉着由他精力充沛的诠释者帕特尔·英博利斯－3所注解的现世教义。因而，他们将他明面上的死亡当作他在真实世界的重生来庆祝，对他们而言，飞船世界只是进入真实世界的途径，是极乐的载体。

在特里和他的父母去世后，帕特尔·英博利斯独自一人住在金的家庭空间。他在那里举办聚会，在家庭欢聚上发表演说，在内联网上里对话交谈，研究和传播题为《天使们的天使》的语录集和冥想集。帕特尔·英博利斯是一个有大智慧、大抱负和奉献精神的人，他还有组织方面的天赋。在他的指导下，欢聚变得不那么迷乱了。实际上，它们现在在相当平静。他不鼓励穿特别的衣服——男人穿未染色的短裤和黑色衣服，女人穿白色衣服和头巾——这是许多天使都采纳的衣着方式。他说，穿奇装异服会造成分歧，我们不都是天使吗？

在他的领导下，越来越多的人宣称自己是天使。在第二世纪的前几十年中，皈依者数量越来越大，这导致有组织呼吁召开一场关于宪法第四条宗教操纵方面的听证会。该组织声称，帕特尔·英博利斯已经成立并散播了一个将特里奉为神明的邪教，从而威胁到了世俗权威。中央理事会实际上从未召集过一个针对该项指控的调查委员会。天使们声称，尽管他们将金·特里尊为向导和老师，但他们并不认为他比他们中的任何一个更神圣。我们不都是天使吗？帕特尔·英博利斯令人信服地辩称，极乐教的活动与政治和管理没有任何冲突，相反，它在每一个细节上都对后者予以支持：因为世界的法则和生活方式就是极乐教的法则和生活方式。《发现号宪法》就是我们的圣经。这艘飞船的生活本身就是极乐——对不朽的现实进行快乐而短暂的模仿。"为什么完美法律的追随者会违背它？"他问道，"为什么那些享受天使般秩序的人会寻求混乱？为什么天堂的居民会找寻其他的地方或方式去生活？"

事实上，天使是非常好的公民，积极承担所有公民职责，乐于履行社区义务，也是勤奋的委员会成员和理事会成员。事实上，中央理事会当时一半以上的议员是天使。不是六翼天使或大天使，两者是对那些非常虔诚的人和接近帕特尔·英博利斯的人的称呼，而只是普通的天使，他们享受着欢聚的宁静和友谊。现如今，欢聚已经是一种许多人熟悉并接受的生活元素。那些认为极乐教的信仰和实践有可能会违背任何道德，或者认为成为天使就是反叛的想法显然是荒谬的。

现如今已经七十多岁的帕特尔·英博利斯依然顽强地活跃着，也依然居住在金的家庭空间。

里面，外面

"会不会有两种人……"路易斯对星说道。他停顿了很长时间。她干脆地回答："是的。甚至可能有三种。大胆的思想家们假定多达五种。"

"不，只有两种。能把舌头卷成管子的人和不能的人。"

她吐吐舌头。从六岁起，他们俩就知道他可以把舌头卷成管子，用它吹口哨，而她却不能。他们都知道这是遗传决定的。

"有一种人，"他说，"出于需要，出于缺乏，他们必须服用某种维生素。另一种则不必。"

"嗯？"

"维生素信仰。"

她思考着。

"和遗传无关，"他说，"是文化信仰。元有机信仰。就个体而言，就好似代谢缺陷一样真实而明确。人们要么需要相信，要么不需要。"

她仍在沉思。

"那些需要相信的人不相信别人不需要相信。他们不相信有人不相信。"

"希望？"她试探性地提出。

"希望不是信仰。希望取决于现实，即使不是很现实。而信仰摈弃现实。"

"名可名，非常名。"星说。

"道可道，非常道。"路易斯说。

"信仰有什么坏处？"

"混淆现实与不现实是危险的，"他立即说道，"混淆欲望与权力，混淆自我与宇宙。极其危险。"

"哦。"她对他的自负做了个鬼脸。过了一会儿，她说："特里的母亲就是这个意思吗——人们需要上帝，就好比三岁小孩需要点炬。我想知道什么是点炬呢？"

"也许是种武器。"

"罗莎成为六翼天使前，我有时和她一起去欢聚。实际上，我曾经很喜欢。喜欢那些歌曲。当他们赞美事物时，你知道的，只是普通的事物，他们还说你做的一切都是神圣的。我不知道，我曾经很喜欢。"她说道，带着些许防卫态度。他点点头。"但之后他们会开始读书中那些奇怪的东西，关于航行到底是什么，以及发现到底意味着什么，说这样我就能找到道。基本上他们说外面什么都没有。整个宇宙都在里面。太奇怪了。"

"他们是对的。"

"哦？"

"对我们来说——他们是对的。外面什么也没有。只有真空和灰尘。"

"恒星——星系！"

"只是屏幕上的光点。我们无法抵达，无法触及。至少不是我们。也不在我们有生之年。我们的宇宙就是这艘船。"

这个想法如此熟悉，以至于令人乏味，又如此奇怪，让她感到不安。她斟酌了一下。

"这里的生活很完美。"路易斯说。

"是吗？"

"和平而富足，光明且温暖，安全又自由。"

好吧，当然，星想，她面露同意之色。

路易斯继续说道："你上过历史课，知道人们都遭受过怎样的苦痛。零代人以前的人中有谁的生活像我们的这样美好吗？有我们的一半吗？他们大多数人一直都处于担惊受怕中，处于痛苦不堪中。他们很无知。他们因为金钱和宗教而互相争斗。

他们死于疾病、战争和食物短缺，就像内城 2000 场景或丛林场景里那样。简直就是地狱。而这里是天堂。天使特里是对的。"

她被他的激动情绪弄糊涂了。"那又怎样？"

"那么，难道我们的祖先是要将我们从一个地狱送往另一个地狱，而且是经由天堂？你有没有看到这种安排潜在的危险？"

"嗯。"星沉吟道。她琢磨了一下他的比喻。"嗯，对第六代来说，也许这看起来有点不公平。但对我们没什么影响。我想，到时候我们已经年老体弱，根本无法出舱行走。虽然我也想蹒跚着出去看看新地球是什么样子。即便它是地狱。"

"这就是为什么你不是天使。你接受了这样一个事实：我们的生活，我们的航行，都有它自身以外的目的。也就是说，我们有一个目的地。"

"我接受了吗？我不这么认为。我只是希望我们能有一个目的地。生活在别的地方会很有趣。"

"但是天使们相信没有别的地方。"

"那当我们到达新地球的时候，他们会大吃一惊的，"星说，"但是，我想我们都是……我得为卡纳瓦尔做个图表。课上见。"

进行这次谈话的时候，他们十九岁，是大二学生。他们不知道的是，二年级学生总是讨论信仰和不信，以及存在的目的。

来自地球的信息

当然，自从发现号离开地球以来，信息就跟随着他们，或走在他们前面。在第一代时期，飞船收到许多个人信息。罗斯·贝蒂的后代：巴德格伍德的每个人都支持你！随着时间的推移，这种传送变得越来越稀少，最终消失不见。偶尔会有严重的接收中断事故，有一次持续近一年；随着距离的增长，特别是在过去的五年里，由于某种原因，扭曲、延误和部分损失成为常态。然而，发现号并没有被遗忘。文字来了。图像到了。母星上的某个人或某个程序持续不断地发送新闻、信息、技术更新、诗歌或小说，偶尔还有整份或整卷有关政治评论、文学、哲学、批评、艺术、纪录片的期刊；只不过，所有的定义都变了，你不能确定正在观看或阅读的是虚构的还是真实的，因为你能怎样把地球现实和地球虚构区分开来呢？科学方面也同样糟糕，因为他们把新的科学发现视为理所当然的，因而忘记了定义他们所用的术语。第一代和第二代花了大量的时间、激情和智慧来分析和解释来自地球的信息。关于所谓真正的追随者和真实的追随者（二者都是用阿拉伯文写的）这两个表面上看来是哲学－宗教学派矛盾，实则有可能是国家－种族矛盾的双方之间激烈冲突的报道，一区和四区中有着各种各样的观点。成千上万的人——传送中说的是数十亿，但这无疑是一个扭曲或错误——无论如何，地球上许许多多的人残杀他人或被杀害，正是因为这种思想或信仰冲突。有关上述思想、信仰和冲突到底是什么，发现号上曾有过激烈的争论。这样的争论持续了数十年，但没有人因此而死亡。

到了第三代和第四代，地球传送的大部分内容变得鲜有人懂，只有狂热的爱好者才会密切关注，大多数人对此则全不在意。如果地球上发生了什么重要的事情，总会有别的什么人注意到的。无论如何，接收到的东西都会被存入档案馆。或者说，应当被存入档案馆。

卡纳瓦尔－4

当她来到大学中心报名注册第一年课程时，星发现导航系教授卡纳瓦尔·博司－4要求她跳过他第一年的课程，直接进入第二年。"如果我根本没打算选导航课呢？"她质问教务主任，对这种专横的命令感到愤慨。但同时她感到受宠若惊，很明显，卡纳瓦尔留意着高中数学课和天文课，并且一直关注着她。她注册了二年级的导航课程。

导航员是一份光荣的职业，但吸引力有限，比不上舱外工作人员或内联网艺人。对许多人来说，导航这个想法有点吓人。他们解释说，在大多数工作中，你可能会犯错误，这当然会带来麻烦（玻璃碗中的任何事件都有可能影响到玻璃碗中的一切事物），但在像大气控制和导航这样的工作中，一个错误可能会伤害甚至杀死人——伤害或杀死所有人。

所有的系统都布满故障保护、备份和冗余。但众所周知，导航这件事是没有办法实现故障保护的。当然，计算机是绝对正确的，但是它们必须由人来操作，航线必须不断调整，导航员所能做的，就只是检查检查再检查他们的计算，以及计算机的计算与操作，检查再检查输入和反馈，检查和纠正错误，然后继续这样做，一遍又一遍地做。如果计算和操作相一致，如果一切都通过检验，那么什么都没发生。你只是重复了一遍又一遍，直到永远。

导航的刺激程度堪比细菌计数，后者也是一项不受欢迎的工作。而且，做这项工作所需的数学天赋和训练量也令人生畏。除了第一年的必修课，没有多少学生会继续选修导航课，也很少有人继续专攻它。卡纳瓦尔－4正在寻找候选人，或如他的一些学生所说，正在寻找受害者。

大概这门课不受欢迎是源自某种更深层次的不适感，某种对它所涉及事物的恐惧——太空航行，飞船的运动，它的路线，它的目标——只是没有人愿意说出来。但星有时会想到。

卡纳瓦尔·博司四十多岁，身材不高，身板笔直，长着一头粗糙浓密的黑发，一张生硬的脸庞，就像是禅宗大师笔下的人像一样，星想。他和路易斯是亲戚，他们是半血缘的表亲，有时星能看到两人相像之处。课堂上，他言行粗鲁，耐心有限，不能容忍任何错误。学生们抱怨：因为计算机模拟中一个微不足道的小错误，他可以把整个结果（这可是好几个小时的工作）弃如敝履——"一文不值"。他当然是傲慢又固执，但星反对他是自大狂的指控，常常为他辩护。"这不是因为他自大，"她说，"我不认为他拥有强烈的自我意识。他拥有的只是工作。毋庸置疑，工作必须是正确的。必须毫无瑕疵。我是说，如果我们离重力井太近，一个秒差距和一公里有什么区别？"

"好吧，但是一毫米不会有什么损害。"阿基说。他刚刚做好的一幅漂亮图表因为一文不值的评价被删除了。

"现在是一毫米，十年后就是一秒差距。"星一本正经地说。她看见阿基翻着白眼，可她并不在乎。似乎没有其他人明白卡纳瓦尔工作的兴奋点，理解把结果搞对的那种激动感——不是接近于正确，而是完全正确。完美。它真的很美。它是抽象的，也是人性的，甚至是谦逊的，因为你怎么想无关紧要。你也不能仓促行事，你必须把所有的小事都做对，处理好所有的细节，才能完成大事。航行要遵循一条航道。需要持续不断、警觉的注意力才能保持这条航线。这与你的愿望或意愿毫无关系，而是要遵从实际的情况。保持警觉，保持集中，每时每刻。天文导航：天堂航行。外部无垠无限，只有一条航道能通行其中。

如果你能想到这一点，你总是会立即意识到一个无可争辩的事实：你完全依赖于计算机。

在第三年的导航课中，卡纳瓦尔总会出这么一道题：计算机宕机五秒钟。使用给定的坐标和设置，在不动用计算机的情况下绘制接下来五秒钟的航线。——学生要么在几小时内放弃，要么花几天时间解题，然后宣告放弃，承认自己是在浪费时间。星没有交回题目。学期结束时，卡纳瓦尔问她要，她说："我想在假期里好好玩玩这道题。"

"为什么？"

"我喜欢这些计算题。我想知道自己需要多长时间解开它。"

"到目前为止有多久了？"

"四十四小时。"

他微不可察地点点头，转身离开。他缺乏表达赞同的能力。

然而，他有着快乐的能力。当他发现一些有趣的事情——通常是很简单的事情，愚蠢的错误，傻兮兮的事故，他就会哈哈大笑。他的笑声是响亮而孩子气的"哈！哈！哈！"。大笑过后，他总是面带笑容地说："蠢货！蠢货！"

"他真的是位禅宗大师，"她在小吃店里跟路易斯说道，"我是说真的。他会禅宗打坐。他四点起床打坐。三个小时。我也希望能打坐。但我必须在二十点上床睡觉，要是打坐的话，学习都完不成。"看到路易斯没有反应，她说道："你的虚拟尸体怎么样了？"

"简化成一副虚拟骨架了。"路易斯回答道，看上去仍然有点心不在焉。

大学生在三年级会选一门专业课。星选了导航课，路易斯是医学课。他们不再一起上课，但他们每天都在小吃店、健身房或图书馆见面。他们不再去彼此的房间了。

玻璃碗中的性爱

恋人们不会私奔（能去哪里呢？）。恋人会面是公共事务。你的生育能力是一个社会性事务，不乏强烈而直接的兴趣和关注。避孕是通过每二十五天一次的注射来保证的，女孩们从月经初潮开始注射，男孩们的开始时间则由医务人员确定。如果未能在规定的日期和时间前往诊所注射避孕针，你会立即遭受公开询问：诊所工作人员会来到你的班级、健身房或你所在的区域、走廊、家庭空间，大声清晰地宣布你的名字和违法行为。

在下列条件或承诺下可免除注射：绝育或更年期结束；发誓守贞或是严格同性恋；由男女双方共同正式宣布的怀孕意愿。一个违背守贞承诺的女人，或一个与公开宣布的伴侣之外的任何人怀上孩子的女人，都可以接受事后注射，但她和她的性伴侣都必须连续两年接受避孕注射。未经授权的怀孕将被即时中止。在接受教育的过程中，你很清晰地学过这些规则背后那些不可抗拒的社会和基因方面的理由。但是，如果你能将自己的性生活保密，那所有的理由都不是理由。而你无法保密。

你的走廊，你的家人，你的区域、你的族群、你的整个区都知道你是谁，你在哪里，你做什么，和谁一起做，而且他们互相交谈。羞耻和荣誉是强大的社会引擎。如果其运转是完全公开并符合理性需求的，而不是建立于等级幻想和支配意志之上，那它们便可以维持一个社会很长时间的稳定运行。

青少年可以搬出父母的家庭空间，在另一条走廊、另一片区域，甚至另一个区找到一名单身者，但是在新的走廊、区域和区里，每个人都会知道是谁在进出你的门。他们观察力敏锐、兴趣盎然、保持警惕、好奇心十足，而且大多保持开放态度，总是期待着丑闻出现，他们还会相互传话。

单寓区（单身公寓区）是许多年轻人离开父母空间后搬去的第一个地方。这是四区的一组走廊，毗邻大学，所有的空间都是单身空间。由于主加速器的外形，单寓区中的墙壁并不都是直角的，一些空间的尺寸也低于标准。学生们移动隔板，创造出一个由诸多小隔间和共享空间组成的迷宫。单寓区闹哄哄的，杂乱无章，满是脏衣服的味道。睡在那里是偶然的，性爱也是随意的。但是每个人都会准时到诊所来注射避孕针。

路易斯和另外两个医学院学生谭炳迪和奥尔蒂斯·爱因斯坦住在单寓区附近。星仍然和曜住在二区的家庭空间。她每天步行二十分钟往返于家和大学。

经过什么都尝试尝试的青春期之后，星在进入大学时已经发誓守贞。她说不想让避孕针控制她的身体周期，也不想让情感控制她的思想，直到她读完大学。

路易斯继续每二十五天注射一次避孕针，没有发誓守贞，但也没有和任何朋友上床。从来没有。他唯一的性经历是青少年派对上的混乱一夜。

他们彼此都知道这一切，因为这是众所周知的。他们在一起时没有谈论过这些事情。他们深深地享受着彼此之间的沉默，就如同享受彼此的谈话一样。

他们的友谊当然也是公开的。他们的朋友直率地揣测，为什么星和路易斯没有发生性关系，以及他们是否和什么时候会。

在他们的友谊之下，有些东西是不公开的，也并非友谊：不用言语，而是用身体做出的承诺；没有行动也能产生深远的影响。他们是彼此的隐私。他们已经找到了逃避之所。其中的关键就是沉默。

星打破了承诺，打破了沉默。

"简化成一副虚拟骨架了。"路易斯心不在焉地说，显然他脑中想的并不是一直在教他解剖学的虚拟尸体。残忍的编程者将这具尸体变成指导和惩罚解剖学徒的工具。"这是骨髓，白痴！"它会从一动不动的嘴唇和无肺的胸腔里空洞地低语道，或者是："你不会把它当成盲肠了吧？"星很喜欢听尸体说话。如果你没有犯任何错误，它偶尔会突然吟诵诗歌来奖励你。"灵魂拍手歌唱，它大声歌唱！"即使路易斯拔掉了喉头，它还是大声叫嚷。但是他今天没有给她讲有关尸体的故事，而是就坐在小吃店的桌子旁，若有所思。

她说："路易斯，莉娜——"

路易斯迅速地举起手，沉默不语。于是她也沉默了，除了名字，什么也没能说出。

"不。"他说。

然后是很长时间的停顿。

"听着，路易斯，你自由了。"

他的手又举了起来，躲避着讲话，维护着沉默。

她坚持说下去：“我想让你知道你是——”

“你无法给我自由。”他说道。愤怒或其他情绪加深了他的声音。“是的。我是自由的。我们都是。”

“我只是——”

“不要，星！不要！”他直直地盯着她的眼睛看了一会儿。接着站起身来。“随它去吧，”他说，“我得走了。”他在桌子之间大步走着。有人喊他：“嗨，路易斯。”他没有回应。人们看到了这场争吵。星和路易斯今天在小吃店吵了一架。嘿，星和路易斯怎么了？

阴阳

年轻女性可能会发现，她很难承受处于权力或权威位置的年长男性迫切的性追求。如果她觉得他很有吸引力，那么她的抗拒就会进一步减弱。她很可能会否认此种困难和吸引，希望保持自己和其他女性的选择自由。如果她对独立的渴求强烈而明确，那么她会抵御住来自男人欲望的压力，也会克制住自己的渴望——那种用她的屈服来回应他的侵略的渴望，那种边喊着“要我！”边让他进入自己的渴望。

或许，正是在这种屈服中，她开始看到自己的自由。毕竟，阴是她的原则。阴被称为否定原则，但会说是的恰恰是阴。

毕业典礼后不久，他们又在小吃店见面了。两人都在各自选择的专业接受强化训练，路易斯在中央医院实习，星是舰桥组的实习生。工作缠身，他们已经有两三旬没有单独见面了。

她说：“路易斯，我现在和卡纳瓦尔住在一起。”

寻获与失落

"我听说了。"还是那种含糊不清、心不在焉的口气，像是某种坚硬、顽固的东西上覆着一层柔软的掩饰。

"我上周才决定的。我本想告诉你的。"

"如果你觉得好的话……"

"是的。我觉得好。他想和我结婚。"

"那很好。"

"博司是——他就像核聚变堆芯。和他在一起令人兴奋。"她认真地说话，试图作出解释，希望他能理解。他的理解非常重要。他突然抬起头，面带微笑。她的脸转成暗红色。"智性上，情感上，都是。"她说。

"嘿，小饼脸，你说好就好。"他说道。然后他俯下身，轻轻地吻了吻她的鼻子。

"你和莉娜——"她急切地说。

他露出另一种微笑，平静、温和、绝对地回答道："不。"

完好

并不是说博司身上缺了几块。他是完整的。他是完整的一块。也许这就是他所缺少的部分——别的博司的那块，那个可能读过小说、玩过纸牌游戏、睡过懒觉，或者做过任何其他事、成为过其他任何人的博司。

博司做了他该做的，这造就了他。

如每一位年轻女人那样，星曾经想过，在他的生命中，她的存在会拓展和改变他的人生。和他住在一起后没多久她就明白了，这种安排极大地改变了她的人生，而他的人生则完全没

失落的诸乐园　　　　　　　　　　　　　　841

有改变。她已经成为博司所做的事的一部分。当然，是重要的部分：因为他只做重要的事。只是她从未真正理解他所做的事。

这种明悟对她的思想和人生轨迹造成的改变更大，而在性爱和生活上则不然。倒不是说，性爱的快乐、张力和探索不再吸引她，愉悦她，令她感到惊喜，只是她觉得性爱跟吃饭一样，是一种美妙的身体满足，并没有占据她太多的思想，甚至情感。那些被她的工作占据了。

这一发现，即博司带给她的启示，与他们的伴侣关系无关，或者说看上去无关。这和他做的工作有关，和他们所做的工作有关。他们的一生。飞船世界上每个人的一生。

"你让我和你住在一起，这样你就可以收编我了。"大概半年后，她对他说。

他一如既往诚实地回答——尽管他所做的一切都是为了掩盖谎言和延续欺骗，但他努力从不向朋友撒谎——"不，不，我信任你。但这简化了一切。不是吗？"

她大笑。"对你来说是的。对我来说不是！对我而言，过去一切都很简单。现在一切都加倍了……"

他望着她，好一会儿没说话。然后他握住她的手，轻轻地将嘴唇贴在她的掌心。他是一位彬彬有礼的性伴侣，他对激情的极度沉溺总是令她的心变得柔软，因而他们的性爱是一种总是可靠的、有时又很神奇的快乐。尽管如此，她知道，对他来说，她终究只是聚变堆芯的燃料——就他压倒一切的唯一的目的而言，这只是其中一个要素。她告诉自己，她没有感到被利用或被欺骗，因为她现在知道了，对于博司来说，一切都是燃料，他自己也是。

错误

婚后第三天，他告诉了她他工作的目的——他所做的事。

"一年前，你问我加速度记录的差异。"他说。他们独自在家庭空间进餐。它被称为度蜜月，虽然这个世界里没有任何与之相应的东西：没有蜂蜜或蜜蜂，也没有月份或月亮。但这是个不错的习俗。

她点了点头。"你说我忽略了一些参数。我不记得具体是什么了。"

"谎言。"他说。

"不，你不是这么说的。常数——"

他打断了她。"我说的全都是谎言，"他说，"蓄意的欺骗。把你引入歧途。让你觉得是你算错了。你的计算完全正确，没有忽略任何东西。差异是存在的，比你发现的要大得多。"

"在加速度记录中？"她问得很愚蠢。

博司点了一下头。他已经停止进食了。她知道，当他如此平静说话时，他其实非常紧张。

但她很饿，放下筷子前，她往嘴里塞了一大团面条。然后一边嚼，一边说道："好吧，你想跟我说什么？"

他的脸绷紧了。他抬眼看了她一会儿，一脸绝望。或是恳求？——如此不寻常，令她震惊，感动，就如同他在做爱中的脆弱。"怎么了，博司？"她低声说道。

"这艘船已经减速四年多了。"他说。

她的大脑正以惊人的速度运转，穿梭于所有的暗示、解释与情景中。

"出了什么问题？"终于，她相当沉稳地问道。

"没什么。减速是受到控制的。是有意的。"

他低头看着自己的碗。他抬头瞥了她一眼，又立刻低下头，她意识到他害怕她的判断。他害怕她。尽管如此，她认为，他的恐惧不会影响他的行为或言语。

"是有意的？"

"四年前做出的决定。"他说。

"谁？"

"舰桥上的四个人。后来又有行政部门的两个人。工程和维护部门的四个人现在也知道了。"

"为什么？"

这个问题似乎让他松了一口气，也许是因为她问得很平静，没有抗议或质疑的意思。他回答的语气更像平时的语气了，甚至带着一点他在课上时的自信和尖刻。"你问出了什么问题。没有问题。没出什么问题。我们一直在沿着航线前进，几乎没有偏差。但确实发生了一个错误。一个非同寻常的，巨大的错误。这给了我们利用它的机会。错误就是机会。是奇瑞克和我一起发现的。轨道逼近过程中的一个基本的、持续的错误，可以追溯到五年前，第 154 年，我们通过 CG440 重力井的时候。这段时间发生了什么事？"

"我们失去了速度。"她下意识地回答道。

"我们赢得了速度。"他说。他抬起头，直面她的怀疑。"加速度增长如此之大，如此之突然，以至于计算机假设存在十倍的误差，并对此进行了补偿。"他停下来确认她跟上没有。

"十倍？"

"奇瑞克拿着数据来找我时，我意识到，这只能解释为计算机补偿误差，我们已经加速到 0.82 倍光速，比计划中提前了四十年。"

她感到愤慨，对他的玩笑，他愚弄她的企图，他谈论的这项弥天大罪。"0.82 是不可能的。"她冷冷地说，不屑一顾。

"哦，不，"博司带着同样冷酷的笑容说道，"这是可能的。这是真实的。我们做到了。事实上，我们已经以 0.82 的加速度航行了 91 天。你所知道的加速度、盖加德计算式、质量增益极限——都是错的。这就是错误所在！就在基本假设中！错误就是机会。一旦你有了记录并能进行计算，一切就足够清晰了。到达新地球时，我们可以告诉地球上的物理学家们这一切。告诉他们哪里出错了。告诉他们如何使用重力井将物体加速到十分之八光速。这就是发现号的航行，是的。我们本可以用八十年就成功抵达。"他的脸因胜利而变得坚毅，就像是一张征服者的脸。"我们将在五年后达到目标恒星系，"他说，"在 164 年的上半年。"

她内心充满愤怒。

"如果这是真的，"她终于慢慢地、毫无表情地说，"你现在为什么要告诉我？你到底为什么要告诉我？你对其他人都守口如瓶。为什么？"

不仅仅是他讲的这件惊人的事情本身，还有他那胜利的表情，得意扬扬的语调，都激起了她的愤怒——这正是他一开始所不敢面对的：她的反对，以及你怎么敢？这样的问题。然而现在，她的愤怒已经丝毫影响不到他了，他坚信自己是正确的，这让他坚定不移。

"这是我们唯一的力量。"他说。

"我们？谁？"

"我们这些不是天使的人。"

计算天使的数量

当路易斯被告知《第六代教育大纲》因为正在修订而无法获得时，他不禁说道："但是我在八年前要求看它时，你们就是这么说的。"

教育中心信息屏幕上的女人如慈母般摇摇头。"哦，它总是在修订或考虑中，天使，"她说，"他们不得不持续更新它。"

"我明白了，"路易斯说，"谢谢。"然后他关掉了屏幕。

老谭两年前去世了，但他的孙子是一个出色的接班人。"听着，炳迪，"路易斯对着共享空间另一侧说，"人口统计登记天使了吗？"

"我怎么知道？"

"图书馆馆长是有用琐事的大师。"

"你是说，天使会被标记吗？不，为什么要这么做？过去的宗教信仰也从未被标记。标记会引发分歧。"炳迪说话不像他祖父那样慢，但节奏相似，每一句话后都是一个小小的、深思熟虑的沉默，一个四分之一音符的休止符。"我觉得极乐教是一个宗教信仰。我不知道还能怎么定义它。尽管我不确定宗教是如何被定义的。"

"所以没有办法准确知道有多少天使。或者换句话说：没有办法知道谁是天使，谁不是。"

"你可以去问。"

"当然可以。我会的。"

"你可以从一条走廊走到另一条走廊,"炳迪说,"询问你经过的每个人,你是天使吗?"

"我们不都是天使吗?"路易斯说。

"有时候似乎是这样。"

"的确如此。"

"你要这个做什么?"

"我担心的是我要不到的东西。例如,第六代的教育计划。"

炳迪看起来有些吃惊。"你打算生一个第六代的孩子吗?"

"不,我想了解新地球的一些情况。第六代将登陆新地球。我们可以合理假设他们将接受相关的教育。被告知会发生什么。如何应对外界生活。接受在行星表面做长期舱外工作的训练。毕竟,那将是他们的工作。零代人一定在教育计划中加入了相关信息。你爷爷说他们有。但它在哪里?由谁来训练他们?"

"嗯,还没有一个六代人穿上衣服呢,"炳迪说,"拿未知行星的故事吓唬可怜的小萝卜头们有点操之过急了,不是吗?"

"操之过急也总比什么都不做要好。"路易斯说,"到达目的地的时间是四十四年后。我们可能也想在新地球上走一走。如星所说,蹒跚地走。"

"我可以几十年后再考虑吗?"炳迪说,"现在我需要完成一点有用的琐事。"

他转向自己的屏幕,但一分钟后,他又回头看了看路易斯。"这和天使的数量有什么关系?"他说道,声音就好像是一位在提问的同时瞥见了答案的学生。

极乐教的敌人

　　她之前不认识秦·拉蒙－5，尽管他是博司圈子里的一员。他担任管理理事会委员已经有几年了。她没有投票给他。他自认为中华血统，住在松山苑，那里住的主要是秦姓和李姓。许多秦姓族人很早就成为天使。据他们说，拉蒙已在极乐教升至高位。他似乎是一个沉闷传统的男人，与许多男性天使一样，他以一种防御的、疏远的、戏谑的态度对待女人，星觉得这是可鄙可笑的。当发现他是十个——现在是十一个了——知情者（知道船正在减速前进，并将提前到达目的地的人）之一时，她感到既不快，又震惊。

　　"所以，这卷录音带是你在没有告知当事人的情况下录制的？"她问他，没有掩饰语调中的轻蔑和不信任。

　　"是的。"拉蒙面无表情地回答。

　　拉蒙也曾有过良心危机。查泰吉·乌玛－5向星解释说。博司也这么说过。星喜欢并钦佩乌玛，一名聪明优雅的小女人，当选为管理理事会主席，任期四年。她只得听她说。乌玛解释说，拉蒙已经被帕特尔·英博利斯的核心圈子——大天使团接纳了，他在那里获悉的内容令他如此不安，以至于他违背了保密誓言，记下了大天使之间的言谈，并将其交给了乌玛。后者把他的报告转达给了卡纳瓦尔和其他人。他们要求拉蒙证明自己的指控，所以他偷偷录下了一段大天使团的会谈。

　　"你们怎么能相信一个会做这种事的人？"星逼问道。

　　"这是他能为我们提供证据的唯一方法。"乌玛同情地看着星，"妄想性猜疑——关于阴谋接管导航、篡改我们的基因、在水源中放入未经测试的药物的谣言——我们都听过很多！这是拉蒙唯一的办法，来让我们相信他不是妄想狂，或者只是出于恶意编造的。"

"磁带很容易伪造。"

"造假很容易被发现。"加西亚·特奥－4微笑着说，他是一个身材高大、轮廓分明、和蔼可亲的工程师，哪怕正在努力不去信任这个房间里的任何人，星还是禁不住要信任他。"这是真的。"

"听一听它，星。"卡纳瓦尔说。她点点头，尽管有些心不在焉。她讨厌这种秘密、撒谎、躲藏、密谋。她不想参与其中，不想和这些人在一起，不想成为他们中的一员，不想分享他们攫取的权力——他们总是说，攫取权力是因为不得已；但是没人不得不撒谎。没有人有权做他们正在做的事情，在不告知的情况下控制别人的人生。

磁带上的声音对她毫无意义。男人们的声音，谈论一些她不懂的事情，反正不关她的事。让天使们保有他们的秘密，让卡纳瓦尔和乌玛保有他们的，就让我置身事外吧，她想。

但她被帕特尔·英博利斯的声音吸引了，那是一个柔和苍老的声音，强硬而又温柔，她无比熟悉。强忍着她的抗拒、她对被迫偷听的厌恶和她的怀疑，她听到那个声音说："要想掌控舰桥，卡纳瓦尔必须被拿下。还有查泰吉。"

"还有特兰。"另一个声音说。与此同时，特兰·戈洛－5，也是理事会的一员，苦笑着点了点头，表示承蒙错爱。

"你有什么打算？"

"查泰吉很容易，"另一个声音低沉地说，"她轻率傲慢。用流言就能削弱她的影响力。至于卡纳瓦尔嘛，那必然是他的健康问题。"

星感到一阵古怪的寒意。她瞥了一眼博司。他无动于衷地坐着，仿佛在做晨间的冥想。

"卡纳瓦尔是极乐教的敌人。"一个苍老的声音，是帕特尔。

"他在一个独一无二的权威的位置上。"另一个人说。低沉的声音回答道："必须把他换掉。在舰桥上，在学院里。在这两个职位上，我们都必须安排自己人。"低沉的声音很温和，充满了理性的确定性。

讨论还在继续，很多地方星难以理解，但她现在专心听着，尝试去理解。录音带戛然而止。

她环顾四周：乌玛、特奥、戈洛和拉姆达斯，她把他们看作是朋友；秦·拉蒙和两个女人，其中一位是工程师，另一位是理事会成员，她知道他们三个是这个秘密圈子的成员，但不认为他们是朋友。博司仍然保持着坐禅的姿势。他们聚集在乌玛那间装修成游牧风格的家庭空间里，这是最新的时尚，没有内置家具，只有带着闪亮的佩斯利涡纹的地毯和枕头。

"你的健康有什么问题？"星逼问道，"然后他们谈论一些关于心脏瓣膜的事情？"

"我有先天性心脏畸形，"他说，"记录在我的 H 文件夹里。"

每个人都有一个 H 文件夹：基因图、健康记录、学校记录、工作经历。密码在你自己手上，未经你的允许，没有人能看到你的 H 文件夹。等你死亡后，文件将从记录转到档案。这些个人档案一直被严格保密。除了父母或医生，没有人会要求看你的 H 文件夹。有人未经你的允许，通过破解或窃取密码的方式浏览你的文件夹，这简直是不可想象的。星没有看过博司的文件夹，也从来没有要求过，因为他们没有要孩子的打算。她不明白他为什么提起这个文件夹。

"记录部的职员中大约百分之九十是天使。"看到她茫然的表情，拉蒙说道。

她讨厌他的咄咄逼人，迫使她领会博司的意思。她讨厌拉蒙整个人，他过于柔和的声音，他紧绷而坚硬的脸。每当拉蒙在身边时，博司也变得紧张起来，他双唇紧闭，为天使夺权这件事困扰不已。现在拉蒙也控制了她，逼迫她也参与其中，聆听他背叛信任者而录制的录音带。

令她沮丧的是，她发现自己很想哭。她已经有很多年没哭过了。哭什么呢？

查泰吉·乌玛同情地凝视着她。"星，"其他人开始说话时，她平静地说道，"拉蒙给我看他的笔记时，我叫他出去。然后我吐了一整夜。"

"但是，"星说，"但是。但是他们为什么要这么做呢？"她的声音听起来有些失控，过于响亮了。其他人纷纷转头看她。

拉蒙和博司都给出了回答，一个说权力，另一个说控制。

她没有看向他们俩。她看着那个女理事，那个女人，等待一个合理的答案。

"因为——如果我没理解错——"乌玛说，"帕特尔·英博利斯告诉天使们，我们的目的地不是一个停驻地——根本不是一个地方。"

星瞪大眼睛："你是说他们认为新地球根本不存在？"

"船外什么都不存在。除了航行之外，什么都不存在。"

灵魂，说死亡是什么

在人生的旅途中欢聚，从一生，到一生，

永恒生命，永恒极乐。

我们在飞翔，哦，我的天使们，我们将飞翔！

所有的庆祝者都唱出了最后一行，甜蜜而欢腾。罗莎向着路易斯微微一笑。他们坐成一排，路易斯、罗莎和她的婴儿杰利卡，她的丈夫鲁伊斯·詹抱着他两岁大的儿子乔，把他放在膝上。天使们非常强调所谓的完整家庭和真正的兄弟情谊。夫妻两人会一起抚养他们双方的孩子。甜蜜的母亲爱惜儿女，坚强的父亲教导后代，小男孩和小女孩，他们并肩成长。路易斯的脑袋里满是标签、韵律和语录。在过去的四旬里，他除了天使文学几乎什么也没读。他读过两遍《天使对天使说》，三遍帕特尔·英博利斯的《新注释》，以及许多其他的文本，他与天使朋友和熟人交谈，尽量少说多听。他问罗莎自己能否和她一起去欢聚，她当然高兴地说，再乐意不过了。

"我不会成为天使，罗茜，"他说，"我不是为此而来的。"但她笑着握住他的手："哦，你已经是天使了，路易斯。别担心。我只想带你进入极乐！"

颂唱之后是缄默环节，在此期间，庆祝者静静地坐着，直到其中一个人被感动到开口讲话。路易斯曾十分期待这些环节。发言通常简短——分享快乐，或者恐惧或者悲伤，心知一定能获得同情。他第一次和罗莎来时，她站起来说："我很高兴，因为我亲爱的朋友路易斯也来到了这里！"人们转过身对着她和他微笑。有一些关于感恩和记住快乐的老生常谈的演讲，但人们的发言通常是发自内心的。上一次见面，一位妻子去世的老人说："我知道艾达在极乐中飞翔，但她不在我身边，我只有孤独地走在走廊里。如果你知道怎么做，请帮我学会不要为她的快乐而悲伤。"

今天，人们有点羞于启齿，只说些传统的话语，可能是因为有一位大天使在场。大天使会参加家庭或地区欢聚，进行简短的讲话或教导。他们中的一些人是演唱圣歌的歌手，庆祝者全神贯注地聆听。路易斯发现这些歌曲在音乐和智力上丰富而复杂，当歌手丸·翼－5被引介时，他饶有兴趣地准备听歌。

"我会唱一首新歌。"翼的讲话也如天使般简洁。他停顿了一下，然后开始吟唱。他的声音是一个坚定的男高音。他唱了一首路易斯从未听过的圣歌。曲调是一种自由自在、欣喜若狂的感情流露，显然是即兴创作的，建立在几个联结的和弦上，然而歌词与音乐不甚协调：它们是暗示性的、简短的、晦涩的。

> 眼睛，看到了什么？
>
> 黑暗，空虚。
>
> 耳朵，听到了什么？
>
> 寂静，无声。
>
> 灵魂，说死亡是什么？
>
> 寂静的，黑色的，外部。
>
> 让生命得到净化！
>
> 永远飞翔，永远快乐，
>
> 啊，极乐之舟！

最后三行升至传统的欢颂结尾，但这首歌灰暗的歌词重复了许多遍，令人久久难忘。歌手为歌词注入了一种恐惧的震颤，路易斯也感同身受。

他认为这是一场非凡的表演，丸·翼是一位真正的艺术家。

他意识到，自己这样做是为了抵御这首歌的冲击，试图淡化那些歌词对他的影响。

灵魂，说死亡是什么？
寂静的，黑色的，外部。

当他穿过拥挤的走廊回到自己在四区的家庭空间时，那灰暗的歌词仍在他的脑海中不停地回响。第二天早上醒来后，他明悟了这些词对他意味着什么。

他坐在床上，开始在一本空白书上写字，那是星十六岁时为他制作的生日礼物。尽管他一直用得很节制，但这些年来，大部分的页面都布满了他纤小清晰的笔迹。只剩下几页可用了。扉页上题着：一只装着路易斯思想的盒子。爱心制作：星。她的名字不是用字母写的，而是以古老的表意文字书写：星。每当他打开这本书时，他都会读一读她的赠言。

他写道："生命 / 船 / 舟 / 通道：通往不朽（真正的极乐）的凡俗手段。目的地隐喻——因为目的地意味着命运。所有的意义都在内部。外面什么都没有。外部什么都不是。否定，零，无效：死亡。生命在内部。去往外部就是否认，就是亵渎。"他盯着最后一个字看了一会儿，然后俯下身，在内联网屏幕上调出《牛津英语词典》。研究了一下亵渎的定义和词源。然后，他查阅了异端、异教徒、异教的这几个词，然后是正统。他突然退出系统，打开新的一页写道："人类精神的高度适应性！极乐是人们为了在航程中生存而做出的心理学／元有机性质的适应性变化——近乎完美的自稳态。遵循规则，活在内部，活在永恒。对到达的不适应。到达等同于身体／精神上的死亡。"他又停顿了一下，然后继续写道，"要如何应对，才能尽可能少地引发争论、派系斗争和损害？"

他停止了书写，坐了很长时间，一直处于沉思中。他睡眠空间的出气口吹出 22℃ 的气流，柔和、平稳、恒定，搅动着薄薄的书页，轻轻地向右边翻着，再次露出了扉页。一只装着路易斯思想的盒子。爱这个字。星的表意文字，意思是星星。真的没有其他人可以谈了。

她没有回复他的第一条信息。电话接通时，她说，她很忙，对不起，刚才事情太多了，我不能离开工作……她不可能变得自以为是。卡纳瓦尔是自以为重要的，他这么想并非没有理由。但是星会自大吗，会推托吗？不，她就是忙。为什么这么忙？什么样的工作会阻止一个人回复她的朋友？也许她仍然害怕他。这让他很难过，但这并不是新的悲伤。既然她害怕的是她自己而非他，那么真正的问题就是她的，而不是他的。所以他十分坚决。他拒绝延后联络。"我明天十点来。"十点，他出现在她家门口。她在家，卡纳瓦尔不在。她举止尴尬，不知该说什么。他们面对面坐在内置沙发上。"出什么事了吗，路易斯？"

"我需要告诉你我对天使的了解。"

在半年没说过话之后再次交谈，真是一桩奇怪的事，他明白这一点，然而，他发现她的反应更加奇怪。她看上去既惊讶又沮丧。她掩饰住自己的震惊，开口准备说话，但又停了下来。最后，她带着似乎是怀疑的表情说道："为什么是我？"

"还能是谁？"

"是什么让你觉得我和他们有任何关系？"

欲盖弥彰！路易斯想。他只是说道："没什么。就算有，也越来越稀少了。这件事很重要，我需要和你好好谈谈。我想知道你对此有什么看法。我需要你的判断。和你说话时，我的思维总能达到最佳状态。"

她一点也没有放松下来。带着紧张和警惕，她勉强点点头："你想喝茶吗？"

"不用了，谢谢。我会尽可能快地说。如果我没说清楚，请打断我。告诉我，我所说的是否可信。"

"最近我发现没什么是不可以相信的。"她冷冷地说，没有看他。"说吧。我必须在十点四十分到达舰桥。对不起。"

"半小时就够了。"

他只花费了一半时间就全盘托出了。一开始，他讲自己意识到教育委员会和理事会已经被天使控制了至少二十年。现在已经不可能找到零代人所制订的第六代教育计划了。这些计划显然已经被删除了——甚至可能已经从档案库中被删除了。

每次考虑到这种可能性，路易斯依旧感到震惊，他并没有尝试降低担忧。星继续掩饰自己的任何反应。他开始怀疑她是否早已洞悉他所告诉她的一切。如果是这样，她也不会承认。他接着往下说。

从星和路易斯的学生时代以来，小学和高中课程几乎没有改变。最显著的变化是关于地球和新地球的信息和讨论都减少了。现在上学的孩子们很少花时间去了解母星和目的地行星。有关两者的表述含混不清，语调有种古怪的遥远感。路易斯在最近的两篇课文中发现了行星假说这个短语。

"但是在 43.5 年后，我们就会到达假想行星中的一个。"路易斯说，"我们将如何理解它？"

星看起来非常痛苦——她被吓坏了。他也不知道该如何理解。于是继续往下说。

"我一直试图理解天使理论或信仰，想知道是什么元素导致他们否认我们来自一颗行星，并且我们的目的地是另一颗——这是重要的事实。极乐教是一个自洽的思想体系，它自身几乎是完美的，对于我们身边的人而言，它也是一个近乎完美的信仰体系。事实上，这就是问题所在。极乐是一个自给自足的命题，一个封闭的系统。这是对我们生活——飞船生活——的一种心理适应，是对一个自给自足系统的适应，这个系统是一个恒定的人工环境，它每时每刻供应着所有的生活必需品。我们这些中间世代没有任何目标，除了活着，以及保持飞船的运行和航向。为了达成目标，我们所要做的就是遵守规则——《宪法》。零代人视之为一项重要的责任和崇高的义务，是因为他们认为这是整个航程的组成部分——途径被目的赋予了荣耀。但是，对于那些看不到目的的人来说，途径并无多少荣耀可言。自我保存似乎是以自我为中心的。这个系统不仅仅是封闭的，而且是令人窒息的。这就是金·特里的愿景——如何赋予途径，即航行，荣耀——如何让遵守规则本身成为目的。然后他就发现，我们真正的旅程不只是去往外太空的物质世界，也是去往极乐的精神世界——通过正确地在这里生活，我们就将获得极乐。"

星点点头。

"在过去几十年里，帕特尔·英博利斯逐渐改变了这一愿景的重心。这里就是全部。飞船外什么都没有——字面意义上的一无所有，精神上也一片虚无。起点和终点都只是隐喻。他们不存在现实性。航行是唯一的现实。旅程就是它自身的目的。"

她仍无动于衷，就好像他所说的并无新事，但又很警觉。

"帕特尔不是理论家。他是位活动家。通过他的大天使团和他们的门徒来实现他的愿景。我相信在过去的十到十五年里，天使们已经在理事会中通过诸多决议，大部分与教育有关。"

她点点头，但依然小心。

"有关星际航行的最初目的——研究一颗行星，并可能定居于此——学校几乎什么都不教。课本和程序中仍然有关于宇宙的信息——星图、恒星类型、行星构成，所有我们在十岁学的东西都有——但是我和老师们谈过了，他们告诉我，他们跳过了大部分内容。孩子们不感兴趣，他们觉得这些陈旧的材料科学理论令人困惑。你知道几乎所有的学校管理人员和大约65%的教师——在一区是90%——都是极乐教徒吗？"

"这么多？"

"至少有那么多。我的感觉是，某些天使故意隐藏他们的信仰，以免他们的统治地位变得过于明显。"

星看上去不安而反感，却什么也没说。

"与此同时，在大天使团教义中，外部等同于危险，是物质和精神上的罪恶和邪恶，以及死亡。除此无他。飞船外没有什么好东西。内部是积极的，外部是消极的。纯粹的二元论。——眼下没有多少年轻的天使从事表层维修工作，但还是有一些年长的天使在舱外工作。他们在穿过气闸后会举行一个净化仪式。你知道吗？"

"不知道。"她说。

"仪式叫作消毒。一个旧有的材料科学理论词汇，被赋予了新的涵义。灵魂被寂静黑暗的外部毒害了……先不谈这个。天使们渴望遵守规则，因为我们现世的美好生活将直接引导我们走向永恒的幸福。他们渴望我们大家都遵守规则。我们生活在极乐之舟中。我们不能失去极乐。除非我们打破一条新的规则，非常大的一条：飞船不会停止。"

他停了下来。星看起来很生气，她在担心、烦恼或害怕的时候总是如此。

他逐渐发现了天使教义，以及天使对各级理事会控制程度的变化，这令他感到警醒，但并没有吓到他。他认为这是一个问题，一个必须解决的严重问题。解决这个问题的方法是把它公之于众，逼迫天使们解释他们的政策。还要让非天使们知道，帕特尔·英博利斯正试图改变规则，并在暗中蓄力施行。他们看到这一点以后，就会做出针对性反应。这样就不会引发危机。

"我们还有 43.5 年的时间，"他说，"有足够的时间商谈此事。这是把事情扳回正轨的问题。更激进的天使们也不得不赞同，我们确实有一个目的地，人们将在那里出舱工作，他们需要接受出舱训练，而不是将其视为一种罪恶。"

"情况比这更糟糕。"星说道。紧张而痛苦的神情再次出现在她的脸上。她猛地站起身，穿过房间——一间整洁严肃的房间，不像她过去住的乱七八糟的小窝——背对他站着。

"嗯，是的。"路易斯说。虽然不确定她是什么意思，但他鼓励她说任何事情。"我们都需要训练。抵达时我们都是六十多岁。如果行星是可居住的，至少我们中的一些人会住在那里——待在那里，我们得习惯这一点。同时，我们中的一些人也许会掉转头来，返回地球……顺便说一句，天使们从没提到过这点。英博利斯的思考似乎只是一条延伸到无限的直线。他推理中的缺陷是，他假定一具物质载体能够进行永恒的旅行。熵看上去不是极乐教的一部分。"

"是的。"星说。

"就这么多了。"一分钟后他说道。他对她的不回应感到困惑和担忧。他等了一会儿，开口道："我必须找人谈谈这件事，所以我就来找你了。找你聊一聊。你可能想和管理理事会和舰桥上的非天使人员谈谈这件事。他们需要关注一下我们使命的修订。"他停顿了一下，"也许他们已经关注了。"

"是的。"她又开口说道，并没有转身。

路易斯的脾气很好，很少生气，也不容易生气，但他感到特别沮丧。他看着星的背影，她的粉红色旗袍，她短腿没屁股的身形（这是她对自己柴安身材的描述），她乌黑的头发又亮又直，修剪得刚到肩膀。他还感到疼痛，一种痛彻心扉的疼痛。

"我的推理也有瑕疵。"他说着，站起身来。

她转过身来。她仍然看上去焦虑不安，这超出了他的预料。他花了很长时间才意识到天使思维已经演变得多么强大，现在一下子把所有发现都抛给了她——然而这一切似乎都没有让她吃惊。为什么会有这样的反应？她为什么不开口呢？

"什么瑕疵？"她问道，但还是怀疑着，踌躇着。

"没什么。我很想和你说说话。"

"我知道。导航工作，似乎永远没有尽头。"

她看着他，眼神却空洞无物。他简直无法忍受。

"那么，就这样吧。就好像我们在缄默环节上所说的，我只是分享一下我的忧虑。感谢你抽出时间。"

当她说出"路易斯"的时候，他已经走到了门口。

他停了下来，却没有转身。

"我想和你多说说这一切，也许稍后再谈。"

"当然可以。别太担心。"

"我必须和博司就这件事讨论一下。"

"当然。"他又开口道，然后步入走廊。

他想去别的什么地方，不是 4 号走廊，不是任何走廊，不是任何房间，也不是他知道的任何地方。但是这里没有他不知道的地方。世界上没有这样的地方。

"我想出去，"他自言自语道，"去外面。"

寂静的，黑色的，外部。

在舰桥上

"告诉你的朋友不必惊慌，"博司说，"天使们还没有掌权。我们仍然掌控大局。"

他重新开始工作。

"博司。"

他没有回应。

她在导航站中他座位附近站了一会儿。她注视着发现号的一个窗口：一只一米见方的屏幕，表皮传感器的数据以可见光的形式显示在屏幕上。黑暗。亮点，暗点，薄雾：本地星域，还有在左下角的一点点遥远的银河系中央星盘。

三年级的孩子会被带来参观窗口。

或者他们曾经会。

"这真的是我们面前看到的吗？"不久前她曾问过特奥。他笑着说："不，有些已经在我们后面了。这是我制作的影像。这是我们按照原有进度所应在的位置。以防万一有人注意到。"

她现在盯着它，想起了路易斯所说的VU。虚拟不现实。

她开始说话，并没有看向博司。

"路易斯认为天使正在控制局面。你认为你们控制着局面。我认为天使在控制你们。你们不敢告诉人们，我们比计划提前了几十年，因为你们觉得如果大天使团知道此事，他们会接管并改变航线以错过这颗行星。但是如果你们继续隐瞒真相，我保证当我们抵达时，他们就会接管。你们打算说什么？我们到了！惊喜吧。所有的天使都会说，这些人疯了，他们犯了一个导航错误，然后试图掩盖它。我们没到新地球——还要四十年呢——这是另一个恒星系。于是他们接管了舰桥，我们只得继续前进。一往无前。去往什么都没有的地方。"

时间过去了太久，她以为他没在听，根本没有听到她的话。

"帕特尔的人非常非常多，"他说道，声音低沉，"正如你朋友发现的那样……这不是一个容易做出的决定，星。除了既成的事实，我们没有任何力量。现实拒绝一厢情愿。我们抵达，进入轨道，就可以说：那就是行星。它是真的。我们的工作就是让人们登上它。但是如果我们现在告诉人们……无论是四年还是四十年后，帕特尔的人都会让我们名誉扫地，取代我们，改变航线，然后……如你所说……继续前行，去往什么都没有的地方。去往极乐。"

"如果你一直对人们撒谎，直到最后一刻，你如何能指望人们相信你，支持你呢？我是说普通人。不是天使。你有什么理由不告诉他们真相？"

他摇摇头。"你低估了帕特尔，我们不能放弃唯一的优势。"

"我认为你低估了你们的支持者。低估乃至蔑视的程度。"

"我们不能意气用事。"他突然严厉地说。

她盯着他："意气用事？"

全体理事会

"谢谢您，主席女士。我叫诺瓦·路易斯。我提请理事会讨论成立一个特设的宗教操纵问题委员会，来调查教育课程、记录库和档案库中某些材料的内容和可用性，以及屏幕上列出的十四个委员会和审议机构的人员组成情况。"

费里斯·金－4立即站了起来："根据宪法，宗教操纵委员会只能为调查选举或立法机构的审议而召集。学校课程、记录库和档案库中保存的材料，以及列出的委员会和理事会不能被定义为立法机构，因此可以免于审查。"

"宪法委员会将就此做出决议。"主持会议的乌玛说。费里斯坐下来，面露得意。

路易斯又站了起来："鉴于所讨论的宗教是极乐教信仰，我建议主席考虑宪法委员会可能有所偏颇，因为六名成员中有五名信奉极乐教的信条。"

费里斯再次站起："信条？宗教？这是什么样的误解？我们的世界没有信条或邪教。这些词语仅仅是在重复古老的历史，是我们上路之后早已抛弃的分裂性错误。"他低沉的声音变得香甜柔软，"医生，你会把空气称为信条吗，就因为你呼吸着它？你会称人生为宗教吗，仅仅因为你过着它？幸福是我们生存的基础和目标。我们中的一些人对这一认识感到喜乐，对其他人来说，快乐在于未来。但是这不是宗教，没有敌对的信条。在发现号上，我们团结一致，利益共同。"

"我们《发现号宪法》所规定的目标，即飞船航行者们的目标，就是航行穿过太空的一部分，到达某颗行星，研究那颗行星，如果可能的话，殖民它，并且把关于它的信息发送或带回至我们的母星——地球。我们团结一致，决心实现这一目标。你同意吗，费里斯议员？"

"我想，全体理事会不是一个就字眼和知识理论斤斤计较的地方吧？"费里斯转向主席，温和地表示反对。

"议员，宗教操纵的指控比起斤斤计较可要严重得多，"乌玛说，"我和我的顾问委员会将讨论这件事。它将被列入下次会议的议程。"

汤变稠了

"好吧，"炳迪说，"我们已经把大便放进汤碗里了。"

他们在跑步。炳迪跑了二十圈。路易斯五圈。他放慢速度，呼吸困难。"极乐汤。"他喘着说。

炳迪慢了下来。路易斯喘息着停下，站了一会儿。"该死。"

他们走到长凳上拿毛巾。

"你跟星谈的时候，她说了什么？"

"没说什么。"

过了一会儿，炳迪说："你知道，舰桥那群人和乌玛的顾问委员会，他们像大天使团一样紧密。他们只和彼此交谈。他们是一个派别，就像大天使团一样。"路易斯点点头。"好吧，那我们就是第三派，"他说，"大便派。汤变稠了。古老的历史会重演。"

大欢聚，161 年第 88 天

全体理事会宣布成立一个宗教操纵委员会，目的是调查教育课程中的意识形态偏差，以及对记录库和档案库中信息的压制和破坏。两天后，帕特尔·英博利斯呼吁举行一次大欢聚。

神庙区挤得满满当当。每个人都说："金妍－0 的葬礼恐怕也不过如此。"

老人站在讲坛上。他的脸黝黑，没有皱纹，脆弱的皮肤下依稀可见骨头。这张脸阴沉沉地出现在每个家庭空间的每张屏幕上。他举起双臂表示祝福。

人群发出一声叹息，像森林里的风声，但他们没听过。他们从未听过森林里的风声。除了他们自己的叹息和机器的声音，他们也从未听到过任何其他的叹息，其他的声音。

他讲了将近一个小时。起初，他谈到学习和遵循宪法规定及学校教授的生活规则的重要性。他激情断言，只有严格遵守这些规则，才能确保所有人的正义、和平和幸福。他谈到清洁、回收利用、为人父母、体育运动、教师和教学、专业研究，以及看似乏味的职业的重要性，如实验室工作、土壤工作和婴儿护理。当说到在所谓的简朴生活中找到幸福时，他看起来更年轻了，黑黝黝的眼睛闪闪发光。"极乐无处不在。"他说。

这便是他的主题：那艘名为发现的飞船，那艘穿越死亡虚空的生命之船：极乐之舟。

飞船内订立了规则、法律和方法，以此为依据，通过学习如何在凡俗的和谐与幸福中生活，每个凡人也懂得了去往真正目的地的方式。

"那里没有死亡。"老人说。叹息再一次穿过了拥挤在圆形大厅里的生命森林。"死亡什么都不是。死亡是零，死亡是空。生命就是一切。凡世的生命向前航行，永远向前，笔直而真实地通向永生、光明和欢乐。我们的出发地处于黑暗、痛苦和苦难中。在那邪恶的黑色大地上，在那可怕的地方，我们的祖先以其智慧悟出真正的生命和自由之所在。他们将我们——他们的孩子——送往远方，从罪恶、土地、重力和消极中解放出来，永远驶向光明。"

他再次祝福人们。有人以为他的布道要结束了，但他仿佛从自己的言语中汲取到了新的能量，于是他继续发言："不要误解我们探索的目标，我们生命的目的！不要把象征和隐喻误认为现实！祖先将我们送上了这趟伟大的旅程，不是为了让我们回到它开始的地方的。他们将我们从重力中释放出来，不是为了让我们再次陷入重力的。他们将我们从地球上解放出来，也不是为了让我们在另一颗地球上毁灭的！这是教条主义——科学原教旨主义——一种可怕的精神短视。我们的出发地是一颗行星，它在黑暗和痛苦中，是的，但那不是我们的目的地！怎么可能呢？

"我们的祖先将目的地说成是一个行星，因为他们除此之外一无所知。他们过去生活在黑暗、污秽和恐惧中，被重力所束缚着。在试图想象极乐时，他们只能想象一个更美好、更光明的行星，他们称其为新地球。然而，我们能够看透这个模糊符号的真意，并将其转译为真理：不是一颗行星，一个世界，一个有着黑暗、恐惧、痛苦和死亡的地方——而是凡世生命通向无尽生命的光明之旅，通向永恒不息极乐的永恒不息的朝圣之旅。哦，我的天使同胞们！我们的航行是神圣的，是永恒的！"

"啊。"森林里的每片树叶都在叹息。

"啊！"路易斯说道。他与炳迪，还有几位朋友在家里收看转播，他们自称为大便团。

"哈！"博司说道。他与星一道在家里收看转播。

在舰桥上，161 年第 101 天

"迪曼特昨天找我问情况，说他注意到加速度数据的异常。他追踪这个已经有两三旬了。"

"把他引入歧途。"博司一边说，一边比较两组数字。

"我不会这么做。"

几分钟后，他说："那你会怎么做？"

"什么也不做。"

他的手在工作台上上下翻飞。"交给我吧。"

"如果你这么选的话。"

"我别无选择。"

他继续工作。星也继续工作。

她停下手头工作："我十岁左右做过一个噩梦。我梦见自己在一个货舱里，四处游荡，我意识到墙上有个小洞，飞船外壳上有个小洞。世界的一个洞。它非常小。什么也没发生。但我知道，所有的空气都会冲出这个洞，这是无可避免的，因为外面是真空。飞船外一无所有。所以我把手放在洞口。我的手盖住了它。但是如果我把手拿开，我知道空气会开始涌出去。我一遍又一遍地叫喊，但是附近没有人。没有人听见。最后，我想我必须去寻求帮助，于是试图将我的手从洞口拿开，但我做不到。它就被固定在那儿。被什么都没有的外面固定在那儿。"

"一个可怕的梦。"博司说。在她说话的时候，他已经从工作台前转过身来，面对着她坐着，双手放在膝盖上，背挺得直直的，面无表情。"你回忆起这个梦，是因为你现在觉得自己处于相似的位置？"

"不，我觉得你在那个位置。"

他思考了一会儿。"你有没有想到解决的方法？"

"大声呼救。"

他十分轻微地摇了摇头。

"博司，总会有某个学生或工程师发现你的做了什么，并在你误导、拉拢或镇压他们之前谈论它。事实上，我觉得这已经发生了。迪曼特一直在追查此事，就好像他想证明什么似的。他非常聪明，极度反对独裁——我和他在一起上过课。他不会轻易被误导或拉拢。"

他没有回答。

"和我一样。"她补充道，语调冰冷，却无怨恨之意。

"你说大声呼救是什么意思？"

"告诉他真相。"

"告诉他一个人？"

她摇摇头，低声说道："说出真相。"

"星，"他说，"我知道你认为我们的策略是错误的。你很少提出你的不同意见，就算是提，也只向我一个人提出，这点我很感激。我希望我们能就什么是对的达成一致。但我不能把改变我们航线的权力交到邪教徒的手里，至少，要等到一切都尘埃落定。"

"这不该由你决定。"

"你能把决定权从我手里拿走吗？"

"总有人会的。当他们这么做时，你和你的朋友们已经撒了多年的谎，就为了握有唯一的权力。他们还能怎么看？你们会名誉扫地的。"她的声音听起来依然低沉，粗糙。过了一会儿，她咬着嘴唇补充道："你刚才问我的问题是可耻的。"

"那只是一个设问句。"他说。

又是一阵漫长的沉默。

他说："这是可耻的。对不起，星。"

她点点头。她坐下来看着自己的双手。

"你建议采取什么行动？"他问道。

"跟谭炳迪、诺瓦·路易斯、古普塔·莉娜——特设委员会背后的团体——谈一谈。他们正在努力揭露帕特尔的权力策略。有关事情是如何发生的，你想跟他们说多少随意，但请告诉他们，我们将在三年后到达目的地——除非帕特尔阻止。"

"或者迪曼特。"他说。

她的脸抽搐了一下。然后她更加谨慎和耐心地说："危险不在于像迪曼特这样的人，博司。一名狂热分子进入舰桥，用了两分钟来搞破坏，关闭导航电脑——这一直只是一种假设。但现在有人有理由这么做了。现在他们想要我们永远不能到达。至少那已经是公开的了，因为帕特尔的演讲。所以，我们即将到达这一事实现在必须公开，因为我们需要尽可能多的支持来实现它。我们必须获取支持。你不能继续一个人用手掌捂着这个世界的洞口！"

她感到，当她说出诺瓦·路易斯这个名字时，他退缩了。她越说越急迫，越说越流利，渐渐失却了沉稳，她以恳求收尾。她等待着，他却没有回应。她急切的说服欲慢慢消退，变成枯燥平静的无感。

最后，她冰冷平淡地说："也许你能。但是我不能继续对同事和朋友撒谎了。我不会出卖你，但我不会再参与共谋了。我什么都不会对人说。"

"这不是一个很实用的计划。"他说道，带着僵硬的微笑抬头看着她，"耐心一点，星。这是我唯一的要求。"

她站起身。"这里最坏的就是我们不信任对方。"

"我信任你。"

"不。你不信任我，不信任我的沉默，不信任我的朋友们。谎言扼杀了信任。最后终究是虚无。"

他再一次沉默以对。少时，她转身离开了舰桥。走了一会儿后，她意识到自己位于二区的 2－3 号转弯口，正朝着她父亲独自居住的旧居走去。她想见曜，但觉得现在去见他有点像是对博司的不忠。她转回头，开始朝四区的卡纳瓦尔－刘家走。走廊逼仄狭窄，拥挤不堪。她与跟她打招呼的人交谈。她想起了她以前噩梦中的一部分，那是她从未想过要告诉博司的。世界的墙洞不是由外部的东西——比如灰尘或石头——造成的，一看到洞口她就知道——在梦中你是知道的——自打飞船造出来后，洞就一直在那儿了。

非常重要的公告，161 年第 202 天

全体理事会主席在内联网发出通知，宣布将于二十时宣布一项非常重要的公告。上一次这样的公告是在十五年前宣布的，目的是解释改变职业配额的必要性。

人们聚集在家庭空间、大院、会议空间或工作场所聆听公告。全体理事会举行了会议。

查泰吉·乌玛于二十时准点出现在屏幕上。她说道："亲爱的发现号乘客，我们必须为一项巨大的变化做好准备。从今晚开始，我们的生活将会不同——将会有所转变。"她笑了，她的微笑很迷人。"不必担心。是一件值得高兴的事情。我们航行的伟大目标，这艘船和它的船员自起航就计划到达的目的地，比我们想象得要更近。不是我们的孩子，而是我们自己，将有可能踏上一个新的世界。现在，我们的首席导航员卡纳瓦尔·博司将宣布他和其他舰桥人员所取得的伟大发现，解释它的意义，以及对我们的影响。"

屏幕上的讲者由乌玛换成了博司。他浓密黝黑的眉毛给了他一种时而威慑、时而质疑的面相。不过，他的声音沉静积极，

相当学究气，令人安心。他先告诉人们，五年前，飞船经过一个巨大宇宙尘埃区附近的重力井时发生了什么。

星在生活空间里一个人观看直播，她看得出他开始说谎，不仅因为她知道真实的数字和日期，还因为当他开始说谎时，他表现得更有权威性和说服力。谎言涉及加速度和减速度的数值、发现计算机错误的时间，以及导航员的应对措施。

博司没有具体说明日期，但他暗示说，开始怀疑这艘船加速度异常的时间距今不足一年。计算机误差的大小及其影响是逐渐被揭示出来的。他描绘了这样一个场景，心存疑虑但勇敢无畏的人类竭尽全力获取计算机的秘密，计算机程序不允许对其原始误读的任何纠错，导航员们被迫与手中的仪器斗智斗勇，用尽浑身解数，让它们反向修补其巨大的过度补偿，他们正在操控飞船降低它那已经快得令人难以置信的速度。

直到这时，他说道，这场斗争是如此冒险。他们此前对已经发生的的和正在发生的事情都不确定，因此觉得做出任何声明都是不明智的。"避免因过早或错误的信息披露而造成的恐慌是我们的主要关切点。我们现在知道，再也没有理由惊慌了。没有了。我们的行动已经取得了完全的成功。正如加速度超过了所有的推测极限一样，我们也能够以超乎想象的速度为飞船减速。我们正沿着航线航行，一切尽在掌握。唯一的变化是时间表大大提前了。"

他抬起头，仿佛正望向屏幕之外，黑黝黝的眼睛深不可测。他的发言不慌不忙，措辞小心，甚至有点单调乏味，每一个句子都掷地有声。"我们正在减速，并将在未来 3.2 年内持续减速。

"164 年末，我们将泊入目的地——新地球——的近地轨道。

"众所周知，这一事件原计划于 201 年发生。我们的探索之旅缩短了将近四十年。

"我们是幸运的一代。我们将见证我们漫长旅程的结束。我们将实现航行的目标。

"在这两三年里，我们还有许多工作要做。我们必须准备好思想和身体，以离开我们的小世界，行走在广阔的新大地。我们必须准备好眼睛和灵魂，以迎接新太阳的光照。"

真正的道路

"这说不通啊，路易斯，"罗莎说，"这说不通。零代人就是不理解。他们怎么可能理解？他们认为我们罪孽深重，因而无法永远生活在天堂。他们生活于大地之上，他们无法自拔，所以他们觉得我们也必须脚踩土地。但我们不必——我们出生在这里，在路上，怎么可能呢？有了现在的生活，我们为什么还要过其他的生活？他们做得很完美。他们将我们送到了天堂。他们为我们创造了这个世界，这样我们就可以通过在凡俗幸福中的生活，来找到在幸福中永生的方法。我们怎么能在黑色的泥土世界里找到出路呢？外部世界，没有保护，没有指引？倘若离开真正的道路，我们怎能继续走真正的道路？停留在大地上，我们怎能到达天堂？"

"嗯，也许我们不能，但我们确实有任务在身，"路易斯说，"他们把我们送过去，是为了了解那个地球，并告诉他们我们学到了什么。学习对他们很重要。发现。他们给我们的船起的名字就叫发现。"

"正是如此！极乐的发现！找到真正的道路！你知道吗，路易斯，大天使团正在把我们一路所学发送回去。我们正在教授他们方法——正如他们所希望的那样。目标是精神性的目标。你没看到吗，我们已经到达目的地了？为什么我们不得不停下美丽的旅程，停在某个邪恶可怕的、满是泥土的地方，还要做舱外工作呢？"

一次选举，162 年第 112 天

诺瓦·路易斯－5 当选为全体理事会主席。在过去半年的困境中，作为一名调解员、谈判者和调停人，他赢得了广泛的信任，这令他的当选众望所归，甚至他在天使中也广受欢迎。他任职的那一年确实是和解和疗伤的一年。

一次死亡，162 年第 205 天

八十七岁那年，帕特尔·英博利斯－4 罹患严重的中风，去日无多。他的身旁持续着哭泣的祈祷、歌唱和欢聚。在长达十三天的时间里，教徒们占据了一区金家周边的所有走廊，英博利斯就是在这里出生并生活了一辈子。随着他濒死状态的持续，哀悼／欢聚者中的疲倦和紧张也与日俱增。人们担心会爆发类似于抵达公告发布后的那种歇斯底里和暴力事件。许多非天使居住者搬去和其他区中的朋友或亲戚同住。

最后，当一名大天使宣布圣父已经进入永恒极乐时，走廊里一片泣声，但是没有暴力。除了一名住在四区，名叫加尔·乔

尔弗－5的男人，他打死了自己的妻子和女儿。"这样她们就可以和圣父一起进入永恒极乐。"他说。然而，他并没有自杀。

帕特尔·英博利斯的葬礼举办时，神庙区人山人海。有许多演讲举行，但演讲者的语调很克制。英博利斯并无子嗣，所以没有人来做最后的演讲。作为仪式的收尾，大天使丸·翼唱起黑暗的圣歌：眼睛，看到了什么？人群在疲惫的沉默中散去。那天晚上，走廊空无一人。

一次出生，162年第223天

卡纳瓦尔·博司－5的孩子是他的妻子刘星－5生的，名字是他的父亲起的，叫卡纳瓦尔·阿莱霍－6。

诺瓦·路易斯在担任理事会主席期间不再行医，尽管如此，星请求他来接生，他还是来了。这是一次非常顺利的分娩。

第二天来看他的病人时，他和他们坐了一会儿。博司还在舰桥上。星还没有出奶，但婴儿已经在努力地在她的乳房，或其他任何够得到的地方吮来吮去了。"所以你要我来干什么？"路易斯说，"你显然比我更了解如何生养孩子。"

"我想我弄明白了，"她说，"边做边学！——还记得三年级的米米老师吗？"她坐在床上，看上去仍然疲惫，但心情愉悦，满脸幸福，温柔无比。她低头看着那个长着毛绒绒黑头发的小脑袋。"他太小了，我不敢相信这跟我们是同一个物种。"她说，"我分泌的东西，你们叫它什么来着？"

"初乳。这是他们唯一能吃的东西。"

"太神奇了。"她说，用手指肚轻轻抚摸着婴儿黑色的绒毛。

"是很神奇。"路易斯冷静地同意道。

"哦，路易斯，你在这里真是太——我真的很需要你。"

"这是我的荣幸。"他说道，依然冷静。

婴儿抽搐几下，原来是微小的排便。"干得好，干得好。他会成为大便团的一员。"路易斯说，"把他给我，我来帮他清理。你要来看看吗？博波渥。一条真正的博波渥。也是一个很好的样本。"

"这是一条戈邦多。"星轻声说道。他抬头看她，看到她在流泪。

他把换好干净尿布的婴儿放在她的怀里，她哭个不停。"对不起。"她说。

"新妈妈总会哭的，小饼脸。"

她痛哭一顿，哭得上气不接下气，然后她控制住了。

"路易斯，什么是——你有没有注意到博司——"

"作为一名医生？"

"是的。"

"是的。"

"他怎么了？"

有好一会儿，他什么也没说。然后他说道："他不肯去看医生的，所以你要我做一个现场诊断——是吗？"

"我想是的。对不起。"

"没关系。他会感觉特别累吗？"

她点点头。"他上周晕倒了两次。"她小声说。

"嗯，我的猜测是充血性心力衰竭。我对此非常了解，因为作为一名哮喘病患者，我自己也易容易得这个病，尽管现在还没有。得了这个病，你还可以活上很长时间。可以服用一些药物，也有各种治疗方法和措施。让他去医院找吉斯·钱德拉。"

"我会试试看。"她柔声说。

"一定要试，"路易斯严肃地说，"告诉他，他的儿子不能没有父亲。"

他站起身准备离开。星说："路易斯——"

"放轻松，别担心。不会有事的。这个小家伙肯定管用。"他摸了摸婴儿的耳朵。

"路易斯，当我们着陆时，你会出去吗？"

"当然会，如果可以的话。不然你以为我坚持要求这些教育和培训是为了什么？在视频屏幕上看一群舱外行走猛男穿着太空服跑来跑去？"

"似乎有很多人想留在这里。"

"好吧，到时候就知道了。这会很有趣的。已经很有趣了。我们发现了 D 号仓储区里一整个分区是什么。我们原认为它是非常重的防护服，但是每件都太大了。原来是临时的生活空间。你想办法把它们支起来，就可以在里面生活。还有很多充气圆环，博司认为是用来漂浮在水上的。船只。想象有足够多的水，可以让船只漂浮其上！不，我绝不会错过这个世界的……我明天再来看你。"

抵达时意向登记

163 年的第一季度，所有十六岁以上的人都被要求在内联网的一个开放登记处申报抵达时意向。他们可以随时改变他们的声明，在最终决定的那一刻之前，该声明并没有约束力，而最终决定将在对该行星宜居性的调查完成并经过全面测试后再行宣布。

他们被问道：

如果这颗行星被证明是宜居的，你愿意成为某团队的一员，去地表收集信息吗？

当飞船还在近地轨道上时，你愿意住在这颗行星上吗？

如果飞船离开了，你愿意作为殖民者留在这颗行星吗？

他们被要求陈述自己的观点：

为照看行星上的人，这艘船应该在轨道上停留多久？

如果到最后发现这颗行星不可到达或不适宜居住，或者如果你选择留在飞船上而不去拜访或殖民这颗行星，那么，当飞船离开时，它是应该回到母星，还是继续进行太空航行？

根据卡纳瓦尔和其他人的说法，如果重力井的挥鞭效应是可复制的，那么返回地球的旅程可能只需七十五年。一些工程师对此表示怀疑，但是导航员们相信发现号可以在一两个生命周期内返回地球。这一说法并没有激起多少热情，只有导航员们欣欣鼓舞。

抵达时意向的登记随时可以在内联网访问，其数据经历了有趣的波动。起初，愿意在飞船停留在近地轨道上时参观这颗行星或在上面生活的人数——他们被称为游客——相当多。然而，很少有人说，当飞船离开时他们愿意留在那里。这些志愿留下的顽固分子被贴上外部人的标签，他们欣然接受。

很显然，那些根本不想登陆行星，并希望尽快继续航行的人数是最大的。超过两千人即时注册成为旅行者。

这一投票的天使属性如此强烈，以至于最终决定是什么完全是毫无疑义的。发现号不会停留在目的地行星的近地轨道上，也不会回到母星，而是会继续航行，直至永恒。

有关物资耗尽、磨损、事故和熵的紧急争论动摇了一些旅行者，但是大多数人仍然坚定地希望生于极乐，死向极乐。

随着这一点变得越来越清晰，登记为愿意永久留在行星上的人数开始增长，并且一直在增长。很明显，大多数天使渴望继续其神圣的旅程，不愿被长久地束缚在行星上。很少有天使选择对行星表面进行探索性的考察。许多人遵循大天使团的教导，试图劝谕他们的朋友，说离开飞船存在无法想象的危险——不是身体上的危险，而是一种罪恶，一种以不朽灵魂为代价去追寻不必要知识的诱惑。

渐渐地，选项逐渐缩小，变得绝对。进入黑暗，留在那里，还是继续光明无尽的旅程。未知，还是已知。风险，还是安全。流放，还是回家。

一年后，从访客转而登记为外部人的人数增加到一千多人。

在163年下半年，那颗黄星——新地球恒星系的主星——映入眼帘，一颗2等星。学童被带到舰桥上，通过窗口观望它。

教育大纲经过彻底修订。尽管身为天使的教师们对新材料缺乏热情，甚至怀有敌意，但他们被要求允许非专业教师向学生展示有关目的地的信息。旧地球的 VR 程序——丛林场景、内城场景，等等——据称已然恶化并被销毁，但是许多教育影片被抢救出来，还有一些是在仓储区发现的，一直在等待着未来的定居者来使用它们。

那些登记为访客或外部人的人士组成了学习小组。他们在小组中学习和讨论这些影片和教学书籍。面对术语上的误解和争论，人们大量地求助于词典，尽管有时争论依然会持续下去。皱谷是指对食物的需求，还是地面塌陷至洞穴的地方？字典提供的意思有山峡、沟壑、冲沟、峡谷、裂缝、深渊……那就是说，地面上一个低矮的地方。当你非常需要食物时，就是如渊如谷般的。但为什么你会非常需要食物呢？

一名实用主义者

"不，我不打算离开飞船。"

路易斯盯着登记册，他刚刚在旅行者名单上发现了谭炳迪的名字。他打量了一眼朋友，又看了看屏幕。

"你不打算离开飞船？"

"我从来没有想离开啊。为什么这么问？"

"你又不是天使。"最后，路易斯愚蠢地说道。

"当然不是。我是一个实用主义者。"

"但是你一直很努力保持着……出去的路是敞开的……"

"当然。"过了一分钟，他解释道，"我不喜欢争吵、分裂、强迫选择，它们破坏了生活质量。"

"你就不好奇吗？"

"不。如果我想知道生活在行星表面是什么样子，我可以看训练视频和全息影像，以及阅读图书馆里所有关于旧地球的书籍。但我为什么想要知道生活在行星上的样子？我住在这里。我喜欢这里。我喜欢我所知道的，我知道我所喜欢的。"

路易斯表情依旧震惊。

"你有一种责任感，"炳迪动情地说，"来自祖先的职责——去寻找一个新世界……科学的责任——去寻找新的知识……如果一扇门打开了，你会觉得穿过它是你的责任。如果一扇门打开了，我会毫不犹豫地关上它。如果生活是美好的，我不会寻求改变它。生活是美好的，路易斯。"他说话的方式一如既往，两句话之间几乎没有停顿。"我会想念你和很多其他人。我会厌倦天使的。在那个土球上，你不会感到无聊的。但是我没有责任感，我宁可去享受无聊。我想过平静的生活，不伤害别人，也不受伤害。而且，从电影和书籍来看，我认为这里可能是整个宇宙中最适合过这种生活的地方。"

"归根到底，这是一个控制的问题，不是吗？"路易斯说。

炳迪点点头。"我们需要掌控，天使和我。而你不需要。"

"我们无法完全掌控。谁都不行。从来都不行。"

"我知道。但是我们有对此的绝佳模拟，就在这里。VR 对我来说已经足够了。"

一次死亡，163 年第 202 天

经历了疾病的反复发作之后，导航员卡纳瓦尔·博司死于

心力衰竭。他的妻子刘星和他们俩襁褓中的儿子，还有许许多多朋友、导航站所有工作人员，以及全体理事会的大部分成员，都参加了葬礼。他的同事帕特尔·拉姆达斯－4谈到了他在职业上的出类拔萃，说完后他痛哭失声。查泰吉·乌玛－5说，即便听到愚蠢的笑话他也会大笑，她还讲了一个曾逗乐过他的笑话。她讲到，有了一个儿子让他多么幸福，尽管他与儿子相处时间非常短暂。他的一个学生代替那个孩子作最后的发言，学生称他是一位严厉的老师，却是一个伟大的人。然后，星和技术人员们一道陪伴着他的遗体前往生命中心进行回收。她全程没有讲话。技术人员让她一个人和他待了一会儿。她的手非常温柔地放在博司的脸颊上，感受着死亡的寒冷。她只低声说了一句："再见。"

目的地

164年第82天，发现号泊入新地球的近地轨道。

飞船进行了四十次环行后，发射到行星表面的探测器传回了大量的信息，其中大部分对飞船上的接收者来说是无法或几乎无法理解的。

不过，他们很快确定，人类不用呼吸器或太空服就能在行星表面做舱外行走。越来越多的证据表明，新地球很可能适宜长期居住。人们可以住在那里。

164年第93天，第一艘舰对地运载器在行星表面标定为第八区的区域成功着陆。

自此之后就没有标题了，因为世界变了，名字变了，时间不再循旧法衡量，风吹走了一切。

离开飞船：穿过气闸进入登陆舱，这是一件容易理解的事情——令人害怕，极度令人激动，带有绝对意义，是一种悖逆行为、反抗行为、肯定行为。最后的行为。

离开登陆舱：走下五级阶梯，到达行星表面，就是抛却理解力，失去对事物的理解，失去理智。被翻译成一种新的语言，在这种语言中，任何词语——地面、空中——悖逆、肯定——行为、行动——都没有意义。一个没有语言的世界。没有意义的世界。一个未经定义的宇宙。

她立刻觉察到了那面墙，他们唯一需要的那面墙，也就是登陆舱的一侧。她背靠着它，并立刻转过身，让它挡在自己面前，这样她就能看着它，看着那面弯曲的、金属的、坚固的、有限制的墙，而不是看着另一堵墙，那乌有之墙，广阔无垠。

她把婴儿紧紧抱在怀里，他的脸紧贴在她的胸前。

人们和她一起，在她身旁，紧紧靠在墙上。但她只是模糊地意识到他们的存在。即便簇拥在一起，他们都感觉像是相互分离，远离彼此。她听到人们在喘息和呕吐。她也头晕，恶心。她无法呼吸。通气装置正在失灵，风扇过于强劲。关掉风扇！聚光灯照在她身上，她能感觉到头顶和脖子的热度。当她睁开双眼时，她能在墙壁的外壳上看到反射的强光。

墙壁的外壳，飞船的表面。她在从事舱外工作。仅此而已。小时候她一直想成为舱外工作人员。她正在做舱外工作。工作完成就可以回到世界中。她想抓住世界的外壳，但它是光滑的陶瓷做的，她抓不住它。啊。冰冷的母亲，坚硬的母亲，死去的母亲。

她再次睁开眼睛，低头往下看。越过阿莱霍柔滑的黑色小脑袋，她看到自己的脚站在泥土里。于是，她挪动脚步，想要避开泥土。因为你不应该走在泥土里。父亲在她很小的时候就告诉她，不行，在泥土花园里散步不好，植物需要整个空间，你的脚可能会伤害到细小的植物。所以她从墙壁边走开，想要离开泥土花园。但是，无论她在哪里驻足，到处都只有泥土花园、泥土、植物。她的脚伤害了植物，泥土伤害了她的脚底。她绝望地寻找一条过道、一条走廊、一块天花板和几面墙壁。她的目光离开墙壁，看到一大片绿色和蓝色的旋涡，围绕着一个无法忍受的光源中心旋转。她什么都看不见了，失去平衡，一下跪倒在地，把脸埋在婴儿的脸旁。她羞愧地哭了。

风，空气迅猛地流动着，无休止地吹着，让你感到寒冷，所以你颤抖、战栗，就像是发了烧。风停了又起，不安、愚蠢、不可预测、不可理解、疯狂、可恨，一场折磨。关掉它，让它停下来！

风，空气轻柔地流动着，细长的青草在山丘上飘动，带来远处的味道，所以你抬起头闻了闻，吸入这个世界奇怪的、甜蜜的、苦涩的味道。

森林中的风声。

在空气中搬运着色彩的风。

一些原本无足轻重之人变得突出、受人尊敬，不断被人需要。诺瓦·艾德－4很懂帐棚。他是第一个想出应该如何正确部署它们的人。如同奇迹一般，乱糟糟的橡皮布和绳索升起，变成了墙，挡风遮雨的墙——变成了房间，四围的表面将你包裹在美妙的熟悉感中，头顶是封闭的天花板，脚下是光滑的地板，空气宁静，光线均匀透亮。一切都大不相同，生活变得宜居了。因为你拥有了帐棚，拥有了家庭空间，知道你可以进去，住在里面，住在内部。

"这是帐篷。"艾德说。但人们听过更熟悉的词语，于是继续称之为帐棚。

一位十五岁的女孩李美丽，记起了从一部古老的电影中看到过的双脚覆盖物的名称。人们也尝试过穿袜子，有些人以前穿过，那些患有综合征的人，但是袜子很薄，很快就穿坏了。她在贮藏室里四处搜寻。登陆者们从飞船上持续带下来的物资让贮藏室变成了一个不断增长的巨大迷宫。最后，她找到标有鞋子的板条箱。鞋子伤到了很多人的脚，他们一生都在地毯上赤足行走，皮肤非常娇嫩。但鞋子造成的伤害比这里的地面造成的要小得多。大地，石头，岩石。

帕特尔·拉姆达斯－4技能高超，是他驾驶发现号泊入近地轨道，并引导第一艘登陆舱从飞船降落至地表。现在，他正一只手拿着阅读灯，另一只手拿着电线和插头，盯着一棵巨大植株墙一般的黑色起皱表面，他的帐棚就扎在这棵树下。他在找电源插座。他的目光迷离而悲伤。不久，他挺直身子，露出自嘲的表情。他拿着灯走回贮藏室。

伦格·蒂尔扎－5三个月大的婴儿躺在星光下，而蒂尔扎则在施工。来喂食时，她尖叫道："他瞎了！"他的瞳孔缩成小黑点。他烧得浑身通红。他的脸和头皮起了泡。他浑身抽筋并陷入昏迷。那天晚上他夭折了。他们不得不在泥土中回收他。蒂尔扎躺在泥土上，泥土中躺着死去的婴儿，就在她身下。她的嘴对着泥土呻吟。她大声呻吟着，扬起沾满褐色湿土的脸，一张由泥土做成的可怕的脸。

不是星星，是太阳。我们熟悉星光：安全、温和、遥远。太阳是过于靠近的星星。这一颗就是。

我的名字是星，星在心里对自己说。星星，不是太阳。

在一个黑暗周期，她让自己走出帐棚外，去看一看给了她名字的安全、温和、遥远的星星。闪耀的星星，明星。微小的亮点。很多，很多，很多。不是一个。而是每一个……她的思绪纷乱。她太累了。浩瀚的天空，无数的星星。她爬回到内部，回到帐棚里，回到路易斯旁边的睡袋里。他精疲力尽，睡在床上一动不动。她不由自主地听了一会儿他的呼吸声：那么轻柔，那么顺畅。她把阿莱霍揽进怀里，靠在自己的乳房上。她想起了躺在泥土里的蒂尔扎的孩子。就在土球里面。

她想到阿莱霍今天在草地上奔跑，在阳光下奔跑，为奔跑的快乐而欢呼雀跃。她匆匆忙忙叫他回到荫凉处。然而他喜欢阳光的温暖。

路易斯的哮喘留在了飞船上，他这么说。但他的偏头痛偶尔会很严重。许多人有头痛和鼻窦疼痛。这可能是由空气中的颗粒造成的，灰尘颗粒，植物花粉，行星的物质和分泌物，行星呼出的物质。他躺在帐棚里，在一天的漫长酷热中，在痛苦的缓慢退潮中，他思考着这颗行星的秘密，想象着这颗行星在呼气，而他自己正在吸入那些呼出的东西，就像一个爱人，就像呼吸着星的呼吸。纳入它，吸入它，成为它。

　　就在山坡上面，俯瞰着河流，但又不是很近，这里看起来是一个很好的定居点，有一个安全的距离，这样孩子们就不会掉进巨大、猛烈、汹涌、深邃的河水中。拉姆达斯测量了距离，说是有 1.7 公里。挑水的人发现了一个不同的距离定义：对于挑水而言，1.7 公里是一个很长的距离。挑水是必须的。地下没有管道，岩石里没有水龙头。当没有管道和水龙头时，你会发现水是必要的，持续而绝对的必要。水是美好的，是可敬的，是一种祝福，一种天使从未梦想到的极乐。你发现了口渴。渴的时候就要喝水！要洗才能干净！才能像之前那样，不要皮肤粗糙、不要粘满污垢，而是干净的！

　　星和父亲从田地里走回来。曜走路有点驼背。他的手变黑和开裂，沾满了泥土。她记得，当他在飞船上的泥土花园里工作时，细软的泥土也会粘在他的手指上，卡在他的指关节和指甲上，但只是在他工作的时候，然后他洗了手，手就干净了。

　　弄脏的时候能洗澡，一直有充足的水饮用，这是多么美好的事情啊。在会议上，他们投票决定将帐棚移到离河流近一些，离贮藏室远一些的地方。水比东西重要。孩子们必须学会小心。

　　每个人都必须学会小心，随时随地。

　　过滤水，烧开水。多么麻烦。但是有着自己文化的医生们执意如此。一些本地细菌是以人类分泌物为培养基进行繁殖的。感染是可能的。

挖厕所，挖粪池，多么辛苦的工作，多么麻烦。但是拿着手册的医生们执意如此。污水池和化粪池手册（两个世纪前在新德里以英语印刷）很难理解，里面满是必须根据上下文来理解的词汇：排水、砾石、基岩、渗漏。

麻烦，小心，注意，不要怕麻烦，遵守规则。绝不！永远！记住！不要！别忘了！否则！

否则什么？

你就那么死了。这个世界憎恨你。它讨厌外来物。

现在已经有三名婴儿、一名青少年、两名成年人死了。他们都埋在那个地方的泥土之下，离第一位死者蒂尔扎的孩子很近，后者是他们通往地下的向导。引领他们进入内部。

食物还有很多。看看贮藏室的食物区，巨大的墙壁和板条箱走廊，简直是一千个人可以吃到天荒地老的食物存量。天使们留给他们这一切，其慷慨程度令人咂舌。然后，你看到了大地向前伸展，越过贮藏室，越过新的棚子，在这一切之上，是延绵不绝的天空。这时，你再回头一看，就会发现那堆板条箱看起来是如此之小。

你听到刘曜在会议上说："我们必须继续测试本地植物的可食用性。"乔德里·阿尔温德说："我们现在应该造花园，趁现在是一年中最有利的时候——生长季节。"

你意识到，现在并没有足够的食物。可能永远都不会有足够的食物。如果豆子没有开花，大米没有从泥土中出来，基因实验没有成功，到时候就是会没有足够的食物吃。这里的时间不一样了。

在这里，每件事都有一个季节。

医生诺瓦·路易斯－5坐在土壤技术员昌·贝托－5的遗体旁，后者死于脚后跟水疱的血液感染。医生突然对着贝托的室友们喊道："他自己忽略了水疱！你们忽略了他！你们本可以看出它被感染了！你们怎么能让这种事发生？你们以为我们还处在无菌环境中吗？你们都没有听课吗？你们难道不明白这里的泥土很危险吗？你们以为我能创造奇迹吗？"然后他哭了起来，贝托的室友们呆立着，面对着死去的同伴和哭泣的医生，个个因恐惧、羞愧和悲伤而哑口无言。

生物。到处都是生物。这个世界是由生物组成的。唯一没有生命的东西是石头。其他一切都是活的。

植物覆盖土地，铺满水域，这里有无数种类和数量的植物。（刘曜－4在临时植物测试实验室工作。在疲惫的薄雾中，他时常感受到一种难以置信的快乐，一种拥有无尽财富的感觉，一种想要大声呼喊的渴望——看！看这个！多么不寻常！）还有动物，无数种类和数量的动物。（斯泰因曼·雅亿－4是第一批报名成为外部人的人员，但她不断看到和触碰到地面和空中无数微小的爬行和飞行生物，这令她陷入一种无可遏止的恐惧之中，不停地颤抖和尖叫着。最后，她不得不永远回到飞船上。）

起初，人们倾向于称这些生物为牛、狗、狮子，用的是地球书籍和全息图像中的单词。但那些阅读过手册的人坚持认为，新地球上所有的生物都比牛、狗、狮子要小得多，更像是地球人口中的昆虫、蜘蛛和蠕虫。"这里没有生命进化出脊柱。"年轻的加西亚·安妮塔说。她对这些生物十分着迷，做电气工程师之余，她就会研究地球生物学档案。"至少这一带的生命都没有。但是它们确实进化出了奇妙的外壳。"

有种长约一毫米、长着绿色翅膀的生物，喜欢一直跟着人，在人的皮肤上爬行，挠得人有点痒，它被称为狗。它们表现得很友善，而狗被认为是人类最好的朋友。安妮塔说，他们只是喜欢人类汗液中的盐，根本没有那个脑子想什么友好不友好的，但人们还是称其为狗。啊！是什么在我的脖子上？哦，原来是一只狗啊。

行星围绕着恒星旋转。

到了晚上，太阳落山。同样的东西，看上去便有所不同了。日落时，太阳带走一切色彩，随风飘在空中的云朵的色彩。

黎明时分，太阳升起，带来了所有万端的、猛烈的、微妙的颜色，整个世界被还原、复活、重生。

这里的连续性不取决于人类。尽管人类可能会依赖于它。那是另一回事。

飞船起航了。离开了。

改变主意的外部人大多在最初的几旬就回到了船上。全体理事会现在由大天使罗斯·明－5担任主席，理事会宣布发现号将于164年第256天驶离轨道。定居点的一些人要求再回到船上，他们无法忍受永久流放的大结局，或是在外部生活的痛苦现实。大约有同样多的飞船居民要求加入定居点，他们无法接受毫无用处的无休止的朝圣或一个大天使的政府。

当飞船离开时，行星上的九百零四个人选择留在那里，死在那里。他们中的一些人已经长眠在那里。

他们很少谈论此事。没什么好说的。当你一直疲累的时候，你只会想要吃东西和钻进睡袋睡觉。这看起来像是一件大事，飞船起航离开，但事实并非如此。反正从地面上也看不到它。起航日前的好多天里，收音机和内联网充斥着关于极乐之旅的话题，规劝着地面上的人们，说他们仍然全都是天使，欢迎他们回到欢乐之中。随后是一连串的个人信息、恳求、祝福、告别，然后船就离开了。

很长一段时间里，发现号持续向定居点发送新闻和信息，出生、逝世、布道、祈祷，以及航行中全体船员尽皆喜乐的报道。定居点也向飞船发送个人信息，还有与发回地球一样的信息和科学报告。对话和回应的尝试很少成功，几年后基本被放弃了。

按照《宪法》的规定，定居者收集并整理他们搜集的关于新地球的信息，并在生存工作允许的情况下，向母星发送这些信息。有一个委员会致力于保存和传送有关定居点的系统年报。人们也会发送观察、思考、图像和诗歌。

你不禁想知道真的会有人去听吗。不过这也没什么新鲜的。

定居点的接收器继续收到目标为飞船的信号，因为地球上的人们在未来的几年里都不会知道飞船已提前抵达，而他们的反馈也需要好几年才能到达。由于思想和词汇的变化，这些信息仍然像以前那样令人困惑，几乎全不相关，而且越来越难以理解。什么是被扣留的 E.O.？为什么米拉克会因此发生骚乱？什么是远行技术？为什么说知道激酶基因的 4:10 比例是至关重要的？

词汇问题也不是什么新鲜事。你在飞船上学过很多毫无意义的词语。那个世界上无所指代的词语。比如云、风、雨、天气这样的词。诗人的词语，在页底的注释中有解释，或者能在影片中找到一个简短的视觉呈现，有时也能在 VR 中找到一个简短的感官呈现。那些其实体是想象性的或虚拟出来的词语。

但是在这里，没有意义的词、没有内容的概念，就是虚拟这个词。这里没有什么是虚拟的。

云从西边来。西边。另一个实在词：方向。在一个你可能会迷路的世界中，这是一个至关重要的实在。

雨从某种云上落下来，打湿了你，你湿漉漉的，风一吹，浑身发冷。雨一直在下，没有停下来，因为这不是程序的设定，而是天气。它一直存在。你突然意识到自己应该进屋躲雨，在此之前你都没有这个意识。

可能地球上的人早就知道了。

这些巨大、密实、高耸的植物，这些树木，提供了非常稀有和珍贵的木材。木材是船内某些乐器和装饰品的制作材料。（一个词：船内。）木制品很少被回收，因为它们是不可替代的，其塑料复制品的质量要差得多。而在这里，塑料是稀有和珍贵的，但是木头遍布山丘和山谷。使用着陆库存中特有的古老工具，倒下的树木可以被切成一块一块的。（点炬一词的含义被重新发现了，在手册中它被拼写为电锯）。所有的树块都是实木，这是一种非常好的建筑材料，也可以制成各种有用的装置。木头也可以用来点火，以制造温暖。

这个极其重要的发现，地球上的人之前知道吗？

火。焊枪末端的玩意儿。煤气灯上活动的光点。

绝大多数人从未见过火的燃烧。他们围在火旁。别碰！但是现在空气很冷，到处是云和风，到处是天气。火－温暖的感觉很好。龙乔，定居点里第一台发电机的安装者，他收集了一些碎木头，把它们堆在帐棚中，点上火，并邀请伙伴们来取暖。但很快，每个人冲出帐棚，大声咳嗽，感觉透不过气来。这是幸运的，因为火喜欢帐棚，就像喜欢木头一样。它红黄色的舌头舔舐着帐棚，直到一切化作虚无，只剩下一团臭气熏天的黑色残渣留在雨中。一场灾难。（又一场灾难。）尽管如此，看到他们在一团烟云中连哭带咳地全都冲了出来，还是挺有趣的。

云。烟。词语是充实的、满满当当的，充满着意义。生与死的意义，意味着生命，意味着死亡。毕竟，诗人所书并不是虚拟的。

我孤身漫游，像一朵流云……

胡子里是什么天气？
那里吹大风，那里很奇怪……

燕麦０－２从泥土中长了出来，迅速抽条（春天），亭亭伫立，长出叶子和美丽的低垂的麦穗，先是绿色的，后是黄色的，最后收割了。麦子像抛光的珠子，在你的指间流淌，又落回（秋天）珍贵的食物堆里。

突然之间，飞船传来的材料不再包含任何个人信息或新闻，只是重复播放金·特里的三次讲话、帕特尔·英博利斯的讲话和各位大天使的布道演说，以及男声唱诗班的颂歌。这些录音被一次又一次地播放。

"为什么我是罗美玲－6？"

孩子理解了母亲的解释。她说道："但那只是在船内。我们住在这里。我们不都是零代吗？"

罗安娜－5在会议上讲了这件事。它传遍了整个社区，人们开怀大笑。就好似一只透明翅膀上镶着金线的动物在飞翔，每个人都停下工作，抬起头看着它："看哪！"有人叫它蝴蝶，这个美丽的名字流传了下来。

在寒冷的天气里，当工作没那么忙的时候，人们就事物的名称进行了大量的讨论。关于命名事物。比如狗。人们一致认为命名应该认真进行。虽然人们翻查记录，发现地球上有一些生物看起来有点像这种棕色生物，但因此就称之为甲虫不是好的做法。它不是甲虫。它应该有自己的名字。爬树者，敲击者，嚼叶者。那我们呢？你知道吗，安娜的孩子是对的。第四代、第五代、第六代——这和我们有什么关系呢？天使大可以数到一百……能数到十就算他们幸运了……泽林的孩子呢？她不是拉希里·帕德玛－6。她是新地球－拉希里－帕德玛－1……也许她就是拉希里·帕德玛。我们干吗要记着走了几步？我们哪儿也不去。她在这里。她生活在这里。这就是帕德玛的世界。

她在西院后面的帕蒂花园里找到了路易斯。这天是他的假期，不用去医院。初夏美妙的一天。他的头发在阳光下闪闪发光。循着银色光晕，她看到了他。

他坐在地上，在泥土上。这是他的休息日，但他自愿来到由小沟渠、堤坝和水闸组成的灌溉系统上轮班，系统需要持续却并不辛苦的监督和维护。帕蒂只有在适量浇水时才长得好。自从刘曜成功培育出这种可食用的品种后，整块或磨碎烘烤的帕蒂块茎就成了居民的主食。消化本地种子和谷物有困难的人们，就依靠着帕蒂繁衍兴旺起来。

参与灌溉系统轮班的多为十岁或十一岁的孩子、老人和残疾人，它不需要力气，只需要耐心。路易斯坐在水门旁，水门将水流从西溪分流到主河道系统的这条或那条支流。他那双纤细的、深棕色的腿伸展着，拐杖放在旁边。他把胳膊撑在身后，双手平放在黑色的泥土上，脸庞朝着太阳，双眼紧闭。他穿着短裤和一件宽松的破衬衫。他上了年纪，身体也有残疾。

星走到他身边，叫了他的名字。他哼了一声，并没有移动或睁眼。她蹲在他旁边。没多久，看着他如此美丽的嘴，她忍不住俯下身吻了他。

他睁开眼睛。

"你睡着了。"

"我在祈祷。"

"祈祷！"

"或者说崇拜？"

"崇拜什么？"

"太阳？"他试探道。

"干吗问我！"

他看着她，完全是路易斯的样子，温柔好奇，不置可否，毫无保留，从他们五岁起，他就一直那样看着她。凝视着她。

"那我还能问谁呢？"他问她。

"如果是关于祈祷和崇拜，不要问我。"

她一屁股坐在灌溉渠的护堤上，面对着路易斯，让自己坐得更舒服些。太阳温暖着她的肩膀。她戴着一顶稻草帽子，是路易丝塔亲手编的，手艺还不怎么熟练。

"被玷污的词汇。"他说。

"可疑的意识形态。"她说。

突然间，那些词语给了她快乐，那些大词——词汇！意识形态！——现在人们说话用的都是短促、沉重的词语：食物、屋顶、工具、获取、制造、保存、生活。那些他们再也不用的大词，那些冗长而轻快的词语，一时间托起她的思绪，仿佛一只蝴蝶在风中上下翻飞。

"嗯，"他说，"我不知道。"他思索了一阵。她看着他陷入沉思。"当我摔断膝盖、不得不躺着的时候，"他说，"我觉得没有愉悦的生活是无用的。"

一阵沉默之后，她用干涩的语调说道："极乐？"

"不，极乐是一种 VU。我说的是愉悦。我在船上对此没有任何了解。只有这里。每每有时。无条件存在的时刻。愉悦。"

星叹了口气。

"辛苦挣来的。"她说。

"哦，是的。"

他们无言地坐了一段时间。南风起了，停息下来，又轻轻地吹起来。闻起来有种湿土和豆花的味道。

路易斯说："当我成了祖母，他们说，我可以行走在天空之下，在另一个世界。"

　　　　　　寻获与失落

"哦。"星说。

她发出一声更深的叹息，近乎哽咽。路易斯将双手放在她的手上。

"阿莱霍和孩子们去上游钓鱼了。"她说。

他点点头。

"我太担心了，"她说，"我担心愉悦会消失。"

他再次点点头。过了一会儿，他说："但是我刚刚在想……当我崇拜——或者无论什么——的时候，我所想的都是泥土。"他捧起一捧冲积平原细碎的黑色土壤，看着它从手中滑落。"我在想，如果可以的话，我会站起来，在它上面跳舞……为我跳支舞吧，"他说，"可以吗，星？"

她坐了一会儿，然后站起身来——从低矮的护堤上用力把自己撑起来，她的膝盖近来不是很好——站着不动。

"我觉得有点傻。"她说。

她向斜上方高举双臂，好似张开双翼，接着低头看泥土里的双脚。她脱下凉鞋，推到一边，光着脚。她向左走，向右走，向前走，向后走。她双手向前，掌心向下，跳着舞步向他走来。他握住她的双手，她把他拉了起来。他笑了，她没怎么笑。她摇摆着，将裸露的双足从泥土中抬起来，又放下来。与此同时，他定定地站立着，紧握着她的双手。他们就这样一起翩翩起舞。

失落的诸乐园

图书在版编目(CIP)数据

寻获与失落 /（美）厄休拉·勒古恩著；周华明等译 .
-- 郑州：河南文艺出版社，2022.9（2022.11 重印）

ISBN 978-7-5559-1374-0

I. ①寻… II. ①厄… ②周… III. ①中篇小说 – 小
说集 – 美国 – 现代 IV. ① I712.45

中国版本图书馆 CIP 数据核字（2022）第 124902 号

THE FOUND AND THE LOST

by Ursula K. Le Guin

Text compilation copyright © 2016 by Ursula K. Le Guin

Simplified Chinese translation copyright © 2022

by Beijing Imaginist Time Culture Co., Ltd.

Published by arrangement with Curtis Brown Ltd.

through Bardon-Chinese Media Agency

ALL RIGHTS RESERVED

经授权，北京理想国时代文化有限责任公司拥有本书的中文（简体）版权

豫著许可备字 – 2022-A-0044

寻获与失落

[美] 厄休拉·勒古恩 著

周华明 胡绍晏 王侃瑜 陈楸帆 胡晓诗 江波 李特 姚人杰 慕明 三丰 译

特约策划	张亦非
责任编辑	张 娟
特约编辑	冯 婧
责任校对	丁淑芳
封面设计	陆智昌
内文制作	陈基胜

出版发行	河南文艺出版社
本社地址	郑州市郑东新区祥盛街27号 C座 5楼
邮政编码	450018
承印单位	山东韵杰文化科技有限公司
开　　本	880毫米×1230毫米　1/32
印　　张	28.125
字　　数	610 000
版　　次	2022 年 9 月第 1 版
印　　次	2022 年 11 月第 2 次印刷
定　　价	138.00元